HEATHER GRAHAM

DIE NORMANNENBRAUT

DIE GEFANGENE DES WIKINGERS

Zwei abenteuerliche Liebesromane

PAVILLON VERLAG
MÜNCHEN

PAVILLON TASCHENBUCH
Nr. 02/0066

Quellenhinweis:
Heather Graham: Die Normannenbraut
Aus dem Amerikanischen von Eva Malsch
Titel der Originalausgabe: GOLDEN SURRENDER

Heather Graham: Die Gefangene des Wikingers
Aus dem Amerikanischen von Julia Edenhofer
Titel der Originalausgabe: THE VIKING'S WOMAN

Umwelthinweis:
Dieses Buch wurde auf
chlor- und säurefreiem Papier gedruckt.

2. Auflage

Taschenbuchausgabe 1/2000
Der Pavillon Verlag ist ein Unternehmen der
Heyne Verlagsgruppe, München
http://www.heyne.de
Printed in Germany 2000
Umschlagillustration: Pino Daeni/Agentur Schlück
Umschlaggestaltung: Nele Schütz Design, München
Gesamtherstellung: Elsnerdruck, Berlin

ISBN: 3-453-16439-3

DIE NORMANNENBRAUT

O Herr, bewahre uns vor dem Zorn
des Nordländers!

Gebet aus dem achten Jahrhundert

PROLOG

IRLAND, A. D. 848

Aus den kalten, feindseligen Nebelschwaden des Nordens kamen seine schmalen Großboote, seine ›Drachenschiffe‹, die furchterregenden Seeschlangen glichen. Mit ihren breiten roten und weißen Segeln glitten sie über die Wellen und steuerten die smaragdgrüne Küste von Eire an.

Seine Männer waren furchtlos und schrecklich. Mit wildem Geheul sprangen sie von ihren Schiffen an Land, schwenkten ihre Schwerter, Äxte und Speere. Sie glaubten nicht an den Gott der Christenheit, kannten keine Moral, keine Skrupel. Doch ihr Anführer Olaf der Weiße, ein norwegischer Prinz — weit und breit als Herr der Wölfe bekannt, war anders.

Mit seinem schimmernden goldblonden Haar und seiner sehnigen, muskulösen Kraft überragte er seine Landsleute, die ihm voller Bewunderung und Respekt gehorchten. Trotz seiner barbarischen Erziehung hatte er seinen geistigen Horizont schon bald erweitert. Er war nicht gekommen, um dieses Land zu verwüsten, sondern um hier sein Königreich zu errichten.

Während sein Drachenschiff ihn zur irischen Küste brachte, leuchteten seine stahlblauen Augen, denn sie erkannten die wilde Schönheit dieses zerklüfteten Landes. Er wußte, daß er hierhergesegelt war, um für immer zu bleiben.

Die Geschichten, die während seiner Kindheit ins Haus seines Vaters in Norwegen gedrungen waren, hatten ihn viel gelehrt. Und als sein Blick über das zerfurchte Land schweifte, wußte er, daß er es unter seine Fittiche nehmen und nähren mußte wie ein kleines Kind. Er würde die Abteien und Klöster nicht entweihen, aber die Mönche und Priester zwingen, ihm Unterricht zu erteilen, damit er die schwierige Literatur der Iren besser verstehen lernte — die Kultur dieses unbezwingbaren Volks, das immer wieder überfallen, aber noch nie erobert worden war. Aye, er würde diese Menschen kennenlernen und dadurch Erfolge erzielen, wo andere versagt hatten.

An all diese Dinge dachte er angesichts der Küste, die Hände in die Hüften gestemmt. Irland ... Diese Insel gehörte ihm — oder er ihr. Das spürte er in seinem Blut wie die Wirkung eines berauschenden Mets. Diesem Land werde ich meinen Stempel aufdrücken, beschloß er und warf lachend die Mähne mit dem goldenen Haar in den Nacken. Funkelnd spiegelte sich die Morgensonne in seinen blauen Augen. Aye, hier in Irland erwartete ihn sein Schicksal. Nach diesem Land sehnte er sich, und der Wunsch, es zu besitzen, durchströmte ihn so heiß wie eine Fieberkrankheit. Auf sein Herz übte es eine ebenso starke Anziehungskraft aus wie ein verführerisches Mädchen.

Er drehte sich zu seinen Männer um und grinste breit. »Irland!« Hoch schwang er sein Schwert empor, seine Stimme übertönte den heulenden Wind. »Wir reiten landeinwärts, und auf dieser grünen Insel werden wir Wurzeln schlagen. Ein Königreich erwartet uns!«

Ohrenbetäubendes Jubelgeschrei dankte seinen Worten.

Der Herr der Wölfe war in Irland eingetroffen — unwiderruflich.

1

A. D. 852

Durch ein Fenster im Grianan, dem Sonnenhaus der Frauen, starrte Erin mac Aed auf die anmutigen Holzgebäude und die sanft geschwungenen Hänge von Tara, der alten und traditionsreichen Heimat des Ard-Righ, des hohen irischen Königs.

Erst vor kurzem war die Versammlung im großen Sitzungssaal beendet worden, und ihr Vater hatte die Mutter aus dem Grianan rufen lassen. Seither hielt Erin Wache am Fenster, denn sie mußte dringend mit ihrem Vater sprechen. Ungeduldig kaute sie an der Unterlippe, während sie auf die Rückkehr der Eltern von ihrem Spaziergang wartete. Das üppige Gras leuchtete smaragdgrün, in der Ferne funkelte ein schmaler Bach saphirblau. Gänse wanderten am Ufer entlang, Rinder und Pferde grasten träge auf den Hügeln.

Aber heute hatte Erin keinen Blick für die friedliche Schönheit, die sich vor ihr ausbreitete. Sie betrachtete die Wiesen und den Himmel und glaubte, die Welt würde sich um sie drehen. Sie konnte ihren Erinnerungen nicht entfliehen. Visionen aus der Vergangenheit überlagerten die Gegenwart. Die Bilder von Feuer, Blut und donnernden Hufen ließen sich nicht verdrängen, obwohl sie heftig blinzelte.

Nebel schien das goldene Nachmittagslicht zu verdunkeln, und sie sah sich selbst viel zu deutlich, wie sie vor zwei Jahren mit ihrer Tante, Bridget von Clonntairth, im Garten gesessen hatte. Die süße, schöne Bridget lachte so fröhlich, aber dann wurde Alarm geschlagen, und sie zwang Erin zu flüchten. Das Mädchen drehte sich um und sah, wie die Tante ihren kleinen Dolch mit dem perlenbesetzten Griff tief ins eigene Herz bohrte, von wilder Angst vor den heranrückenden Nordländern getrieben. Schrille Schreckensrufe hatten sich in den grausigen Lärm der trommelnden Pferdehufe gemischt, als die Norweger über Clonntairth hergefallen waren, das Königreich des Onkels.

Immer noch hatte Erin das Gefühl, das Kriegsgeschrei der Feinde zu hören, die wilde Klage des unvorbereiteten Irlands, das Feuer zu riechen, die bebende Erde zu spüren . . .

Sie holte tief Atem, versuchte, die bösen Erinnerungen zu bannen, und dann sah sie die Eltern endlich aus dem Wäldchen am Bach zurückkehren. Unruhig hatte sie dagesessen, seit Maeve gerufen worden war, die Augen unverwandt auf die Bäume gerichtet. Ihre Finger schlangen Knoten in die Fäden des Kleids, das sie gerade flickte. In den zwei Jahren nach dem Fall von Clonntairth hatte sie versucht, ihr altes Leben weiterzuführen, ihre Position als Prinzessin von Tara zu genießen, Vater und Mutter vorzugaukeln, sie hätte jenen Schreckenstag vergessen. Doch das konnte sie nicht.

Wie sie wußte, trafen sich an diesem Tag die Prinzen und Könige Irlands, um ihren Standort im bevorstehenden Kampf zwischen den Dänen und den Norwegern zu erörtern. Und wenn sie die Dänen haßte, so verachtete sie die Norweger, vor allem Olaf den Weißen.

Allein schon der Gedanke an seinen Namen erfüllte sie mit heißem Zorn und jagte ein wildes Zittern durch ihren Körper. Nun wollte sie endlich erfahren, ob die irischen Herrscher beschlossen hatten, Stellung zu beziehen. Wenn ja, so hoffte sie inständig, man hätte nicht entschieden, die Norweger wären das kleinere der beiden Übel.

»Wenn du auf deine Stiche achten würdest, Schwester«, unterbrach Gwynn ungehalten Erins Überlegungen, »wären sie klein und regelmäßig. Du solltest dich endlich vom Fenster entfernen. Es ziemt sich nicht für eine Prinzessin, wie eine neugierige Bäuerin hinauszustarren.«

Erin wandte sich zu ihrer älteren Schwester und seufzte gottergeben. Schon den ganzen Tag nörgelte Gwynn an ihr herum, aber Erin nahm ihr das nicht übel, denn sie wußte, wie unglücklich die junge Frau war.

Natürlich war Gwynns Ehe aus dynastischen Gründen geschlossen worden, aber der junge König von Antrim hatte das Herz seiner Braut schon lange vor der Hochzeit gewonnen. Zu spät erkannte sie, daß die Ritterlichkeit ihres Mannes nicht über den Traualtar hinausreichte. Jetzt, da seine Frau, seit fünf Monaten schwanger, im Elternhaus lebte, übte der hübsche, wortgewandte, verführerische Heith seine Anziehungskraft offenbar auf andere Frauen aus. Aber sie wagte es nicht, sich bei ihrem Vater zu beschweren. Aed würde sie wegen ihrer Eifersucht schelten oder — noch schlimmer — sein jähzorniges Temperament, das er meistens zu zügeln wußte, gegen den Schwiegersohn ins Feld führen.

»Du hast recht«, gab Erin mit sanfter Stimme zu. »Wenn ich nähe, muß ich versuchen, meine Gedanken im Zaum zu halten.«

Sie lächelte ihre Schwester an und spürte den tiefen Kummer, der das heitere Mädchen in eine schwermütige Frau verwandelt hatte. »Aber du warst immer die Tüchtigste von uns allen. Weißt du noch, wie Mutter angesichts unserer Stiche zu verzweifeln pflegte und deine immer lobte?«

Unsicher erwiderte Gwynn das Lächeln, und ihr wurde bewußt, daß sie diese freundlichen Worte eigentlich gar nicht verdiente, nachdem sie ihre Schwester den ganzen Tag schikaniert hatte. »Tut mir leid, Erin. Heute bin ich einfach unerträglich.«

Erin verließ ihren Platz am Fenster, ging zu ihr und kniete vor ihr nieder. Sie legte den Kopf auf Gwynns Knie, dann schaute sie ihr in die Augen. »Das verzeihe ich dir nur zu gern, denn ich weiß, wie sehr dir das Baby zu schaffen macht.«

»Süße Erin«, flüsterte Gwynn, und ihr Blick verschleierte sich. Trotz der Schwangerschaft war sie immer noch eine hübsche Frau. Ihrem Gesicht fehlte die Vollkommenheit, die ihre jüngste Schwester auszeichnete, aber zahlreiche Fürsten aus allen Landesteilen hatten sie umworben. Und deshalb fand sie ihr jetziges Schicksal um so bitterer.

Plötzlich lachte sie ihre Lieblingsschwester verlegen an. »Um Himmels willen, steh auf! Ich führe mich wie eine ekelhafte Hexe auf, und du redest mir auch noch gut zu. Wie wir alle wissen, ist es nicht das Baby, das mich quält und vor der Zeit altern läßt, sondern mein nichtswürdiger Ehemann.«

»Gwynn!« mahnte Bride, die älteste Schwester, in scharfem Ton — eine Matrone von dreieinhalb Jahrzehnten und Mutter erwachsener Söhne. »So darfst du nicht über deinen Mann sprechen. Er ist dein Herr, und du mußt ihm Ehrerbietung zeigen.«

»Ehrerbietung!« Verächtlich rümpfte Gwynn die Nase. »Wäre ich einigermaßen bei Verstand, würde ich einen Brehon aufsuchen und eine Trennung verlangen. Den Gesetzen zufolge könnte ich behalten, was mir gehört, und das müßte meinen edlen Gemahl empfindlich treffen. Dann würde er die Hälfte des Vermögens verlieren, das er an den Spieltischen zu verschleudern pflegt.«

»Gwynn ...« Diesmal klang der Tadel mild. Bede hatte das Wort ergriffen, die unscheinbarste der Schwestern, mit mausbraunem Haar und schmalem Gesicht. Nur die schönen smaragdgrünen Augen teilte sie mit den anderen. Trotzdem war sie stets die glücklichste gewesen, denn sie fand auch an den kleinsten Dingen Freude. Von Geburt an der Kirche versprochen, genoß sie vollkommene Zufriedenheit. Mit zwölf war sie ihrem Orden beigetreten und kam nur zu besonderen Gelegenheiten nach

Hause. Anläßlich der Sitzung hatte der Vater die Anwesenheit seiner ganzen Familie gewünscht, und das Wort des Ard-Righ galt als Gesetz. »Solltest du dich tatsächlich von deinem Mann trennen, würdest du es bereuen«, fuhr die Nonne fort, »denn du liebst ihn noch immer. Nach der Geburt des Babys wird sich vielleicht alles zum Guten wenden. Vergiß deinen Stolz nicht, Schwesterherz, und bedenk, daß die Zeit deine Freundin sein kann. Wenn die jugendlichen Stürme verebbt sind, wirst du wie eh und je Heiths Frau sein — und die Mutter seiner Erben.«

Immer noch zu Gwynns Füßen, blickte Erin in Bedes sanftes Gesicht und bewunderte wieder einmal die Einfühlsamkeit der jungen Frau, die trotz des Klosterlebens keineswegs unwissend und weltfremd war, sondern einen bemerkenswerten gesunden Menschenverstand besaß.

Gwynn seufzte. »Ich muß dir beipflichten, Bede. Niemals werde ich ihn verlassen, denn ich bin dumm genug, ihn zu lieben. Ich sehne mich nach ihm, nehme dankbar die kleinen Zeichen seiner Zuneigung entgegen, schluchze und schreie, wann immer ich neue Beweise für seine Untreue erhalte. Vielleicht wird es mir nach der Niederkunft tatsächlich gelingen, sein Herz zurückzuerobern.« Sie wandte sich wieder zu ihrer jüngsten Schwester. »Wahrscheinlich hab ich dich heute nur deshalb geärgert, weil ich dich um den weisen Entschluß beneide, nie zu heiraten — dich niemals wie eine Närrin zu verlieben. Du solltest dein Herz dem Allmächtigen weihen, so wie Bede. Aber wenn du dich nicht dazu durchringen kannst, laß es nicht von einem Sterblichen zertreten ...«

»Was für einen Unsinn redest du!« fiel Bride ihr spöttisch ins Wort. »Sie ist schon über das heiratsfähige Alter hinaus. Soll sie vielleicht weiterhin das Schwert schwingen und mit unseren Brüdern fechten, bis alle Leute hören, wie unweiblich sie sich benimmt und an ihr verzweifeln? Sie ist eine Tochter von Aed Finnlaith und hat die

Pflicht zu heiraten, so wie es auch wir taten, um unsere Bündnisse zu festigen und die Kronen unseres Vaters und unserer Brüder zu sichern.«

»Bride, laß das Mädchen in Ruhe ...«, begann Bede.

»Nein, das werde ich nicht! Vater nimmt viel zuviel Rücksicht auf ihre Gefühle. Aber Clonntairth war nun mal eine Tatsache des Lebens, und Erin muß darüber hinwegkommen.«

Als Clonntairth erwähnt wurde, erinnerte sich Erin plötzlich, wie ungeduldig sie auf die Rückkehr ihrer Eltern gewartet hatte. Sie mußte sich beeilen, sonst würde sie den Vater nicht mehr erreichen, ehe er von den Dienstboten sein Bad vorbereiten ließ, und dann würde sie ihn erst spätabends sprechen können. Sie sprang auf und wußte, ihre unziemliche Hast würde Bride veranlassen, die Mutter eindringlich zu warnen.

Aber die älteste Schwester würde nicht mehr lange bleiben, sondern nach dem Ende der Versammlung mit ihrem Mann und den Söhnen in ihre eigene Provinz zurückreisen.

»Entschuldigt mich, Schwestern.« Ehe Erin aus dem Grianan floh, lächelte sie den anderen Damen zu, die beisammensaßen, nähten und sich unterhielten. Vor dem Haus hörte sie, wie ihr Vater mit der Mutter die Mahlzeit besprach, die an diesem Abend aufgetischt werden sollte.

Erin wollte ihre Mutter nicht sehen, denn deren trauriger Blick würde nur neue Schuldgefühle in ihr wecken. Sie bezweifelte, daß sie jemals soviel Güte und Freundlichkeit aufbringen würde wie Maeve, und lächelte wehmütig.

Mit Recht war sie stolz auf ihre Eltern. Aed Finnlaith, der hohe König von Eire, herrschte über mehrere irische Könige von niedrigerem Rang, die ständig miteinander stritten. Als ein großartiger Krieger schweißte er sie zusammen, wie es keinem anderen hohen König vor ihm gelungen war. Trotzdem war er stets ein liebevoller Vater und Ehemann gewesen. Wenn ihn Sorgen plagten, so wie an diesem Tag, suchte er die Gesellschaft seiner Maeve, die ihn mit ihrem sanften Gelächter und Geschichten über Konkurrenzkämpfe im Grianan aufheiterte.

Um nicht beiden Eltern zu begegnen, lief Erin hinter das Sonnenhaus und wartete neben einem knorrigen alten Baum. Hier mußte der Vater vorbeigehen, um seine schöne Residenz zu erreichen. Während sie wartete, biß sie sich auf die Lippen. Jedes einzelne Wort würde sie sorgfältig wählen müssen, denn er durfte nicht merken, daß heiße Rachsucht ihr Herz erfüllte.

Ein Rascheln im Gras warnte sie vor der Ankunft des Ard-Righ.

Lächelnd ging sie ihm entgegen. »Vater!«

Aed hob den rothaarigen Kopf mit den grauen Strähnen und erwiderte das Lächeln. »Wie nett von dir, den Kummer eines müden alten Mannes zu lindern, meine liebe Tochter. Was führt dich zu mir?«

Sie umarmten sich, und Erin erklärte: »Ich möchte dich ein Stück begleiten, Vater.«

Zweifelnd hob er die Brauen, während sie weitergingen. »Willst du mich nicht eher mit Fragen bestürmen?«

»Ich wüßte gern, wie sich der Rat entschieden hat«, gestand sie.

Aed musterte sie nachdenklich. Das jüngste seiner zehn Kinder war eine außergewöhnliche Schönheit. Erins Augen spiegelten die grüne Schönheit und die Stärke ihres Heimatlandes wider. Ihr ebenholzschwarzes Haar schimmerte unter der Sonne, umrahmte ein feingezeichnetes Gesicht mit zarter, rosiger Haut. Aber nicht nur ihr Aussehen erfüllte den Vater mit Stolz, sondern auch ihre Klugheit. Sie verstand sehr viel von Politik, war belesener als ihre Brüder und hatte eine wundervolle Handschrift. Außerdem besaß sie eine ebenso melodische Stimme wie Bede, deren Begabung für das Harfenspiel sie noch übertraf.

Und sie verstand, das Schwert zu schwingen. Obwohl sich Aeds Söhne darüber beschwerten, ließ er sie von den besten Lehrern in der Fechtkunst unterrichten. Die Klage der jungen Männer brachte er mit der Ermahnung zum Schweigen, noch härter an sich zu arbeiten. Wenn ihre Schwester sie in die Knie zwingen konnte — wie sollten sie dann gegen die Norweger bestehen?

Aber Erins Frage bewog Aed, die Stirn zu runzeln. Aufmerksam beobachtete er sie, seit sie nach dem Überfall der Wikinger auf Clonntairth mit ihrem halb wahnsinnigen Vetter Gregory heimgekehrt war.

Die Norweger hatten Clonntairth völlig zerstört und seine Bewohner versklavt. Erin und Gregory waren durch Schutt und Asche gekrochen und durch alte unterirdische Gänge entkommen. Aed hatte seinen Neffen zu den Mönchen nach Armagh geschickt. Dank ihrer inneren Kraft erholte sich seine Tochter allmählich von dem schlimmen Erlebnis, doch sie nährte immer noch ihren Haß gegen die Feinde.

Aed war ein kluger Mann und wußte, daß der Haß zu Verzweiflungstaten führen konnte. Ein solches Gefühl vergaß man nicht so leicht, durfte es aber nicht fördern und niemals leidenschaftlich handeln, ohne den Verstand einzusetzen, sonst begab man sich in große Gefahr.

Vergeblich hatte er versucht, seiner Tochter dies alles klarzumachen. Daß ihr abgrundtiefer Haß persönliche Züge zu tragen schien, überraschte und verwirrte ihn. Bridget war von eigener Hand gestorben, ihr Mann Brian auf dem Schlachtfeld gefallen. Den Angriff hatten die Truppen Olafs des Weißen ausgeführt, eines seltsam barmherzigen Mannes, trotz seines furchterregenden Erbes. Er gestattete seinen Männern nicht, Frauen und Kinder zu töten, untersagte jeden sinnlosen Mord an einem Krieger. Die Besiegten wurden versklavt. Doch das entsprach dem Lauf der Welt, und nicht alle Sklaven führten ein elendes Leben. Angeblich bekamen die Vasallen des norwegischen Wolfs ein besseres Essen als so manche Prinzen und wurden während des Winters in warme Wolle gekleidet.

Aed zuckte seufzend die Achseln. »Wir wollen die Dänen unterstützen, da sie geschworen haben, zum Heiligen Patrick zu beten und uns große Reichtümer zu seinen Ehren in Aussicht zu stellen. Über diesen Beschluß bin ich froh, denn ich glaube, sie werden siegen. Sie sind jetzt in sich geeint und deshalb stärker als zuvor.«

Lächelnd senkte Erin den Blick, aber nicht, bevor der Vater die Freude in ihren Augen gesehen hatte. Mit scharfer Stimme warnte er: »Du solltest dieser Entscheidung keine allzu große Bedeutung beimessen. Wir selbst werden keine Waffen für die Dänen erheben. All diese Wikinger sind mörderische Barbaren, ganz gleich, welchen Mantel sie tragen. Außerdem glaube ich, daß einige irische Stämme trotz des heutigen Beschlusses auf der anderen Seite kämpfen werden. Ich würde es begrüßen, die Norweger fallen zu sehen, aber wir werden nur von einem Habichtsnest ins nächste geraten. Der Wikinger wird hierbleiben, und ich achte nicht auf seine Herkunft. In den nächsten Jahren müssen wir uns alle Männer genau ansehen und sorgfältig abwägen, wer unser Feind ist und wer nicht.«

Erin nickte, obwohl sie sich im Augenblick nicht besonders für die klugen Worte ihres Vaters interessierte. Sie wandte sich ab, denn sie wollte verhindern, daß er ihre Gedanken las. An den Wikinger-Wolf erinnerte sie sich genauso deutlich wie an das Gemetzel in Clonntairth …

Nach jener Schlacht war sie mit Gregory auf einen Hügel oberhalb der Stadt geflohen. Um nicht zu schreien, preßte sie eine Hand auf den Mund, denn sie hatte beobachtet, wie Lady Moira, die Frau eines Kriegers im Heer Onkel Brians, mehrmals vergewaltigt worden war. Und dann hatte sie *ihn* heranreiten sehen, einen Sonnengott auf einem mitternachtsschwarzen Streitroß, größer als seine Männer. Mit durchdringender Stimme gebot er ihnen Einhalt und tadelte sie, weil sie die Frau so grausam behandelten. Was würden ihnen halbtote Sklaven nützen, fragte er. O Gott, wie Erin ihn gehaßt hatte ...

Sie verstand die Gedankengänge ihres Vaters. Nein, der norwegische Wolf hatte weder ihre Tante ermordet noch die arme Moira vergewaltigt. Aber nun herrschte er über Clonntairth, dessen Bewohner in der Sklaverei dieser heidnischen Barbaren lebten.

An jenem Tag hatte sich Erin feierlich geschworen, ihren Onkel, ihre Tante und Moira zu rächen. Und nun hoffte sie, der Wolf würde den Tod erleiden und seine Wölfin versklavt werden — eine schöne blonde Frau, die an seiner Seite geritten war, ein blutiges Schwert in der Hand. Er hatte sie angesehen und gelächelt, einen fast menschlichen Ausdruck in eisblauen Augen.

Menschlich! Erin betrachtete den Wolf von Norwegen, Olaf den Weißen, als wilden Barbaren, als Tier. Aber nun stand es fest. Wenn die Iren und die Dänen gemeinsam gegen die Norweger kämpften, würde er wahrscheinlich sterben.

Sie versuchte, den erregten Klang ihrer Stimme zu dämpfen. »Wie Fennen mac Cormac mir erzählte, sollen sich die Heere am Carlingford-See versammeln. Er erwähnte auch, du würdest hinreiten, um die Schlacht zu verfolgen. Darf ich dich begleiten, Vater?«

»Und warum? Eine blutrünstige Frau mißfällt Gott und allen Männern. Ich müßte dich zu Bede schicken, damit sie deine Seele läutert.«

»Du verabscheust diese Heiden doch auch«, protestierte sie. »Und ich hörte dich über sie fluchen. Ich frage mich, warum du dich nicht von deinem Haß leiten ließest, um Rache ...«

»Genug, meine Tochter!« fiel Aed ihr ins Wort. »Ich bin der Ard-Righ, der König vieler Könige, und ich kann meine Männer nicht in ein sinnloses Gemetzel führen, um meinen persönlichen Haß zu befriedigen. Der Tod deines Onkels tut mir immer noch in der Seele weh, und ich werde aufatmen, wenn ich die Norweger auf dem Schlachtfeld fallen sehe. Aber die Dänen sollen ausführen, was *ich* nicht vermag.«

»Das verstehe ich Vater. Doch ich würde aus anderen Gründen gern mit dir reiten.«

»Oh? Und die wären?«

Es widerstrebte ihr, ihn zu belügen. Andererseits würde sie niemals erklären können, welches Grauen sie in Clonntairth empfunden hatte. Mein ist die Rache, sagte der Herr laut dem Heiligen Patrick. Und der Mensch durfte nicht Vergeltung üben. Aber Erins Herz schrie nach Rache. Lächelnd hob sie den Kopf. »Ich will kein Blut sehen, Vater. Es geht um ...« Sie machte eine Pause und errötete ein wenig. »... um Fennen mac Cormac. Ich glaube, er will mich umwerben. Noch weiß ich nicht, was ich davon halten soll, aber wenn ich eine Zeitlang in seiner Nähe wäre ...«

Interessiert hob Aed die Brauen. »Fennen mac Cormac? Ein guter Mann und ein wackerer Kämpfer, der allerdings eher mit seinem Verstand denkt als mit seinen Fäusten. Ich freue mich, meine Tochter.«

»Dann darf ich dich also begleiten?«

»Ich weiß nicht recht, Erin. Es könnte gefährlich sein. Wir müssen eine Abordnung entsenden, um zu erfahren, wem der Sieg winkt. Aber während ein Waffenstillstand für die Sicherheit der Männer sorgen würde ...«

»Vater!« unterbrach sie ihn. Jetzt durfte sie nicht lockerlassen, nachdem ihn ihre Zuneigung zu dem jungen König Fennen wohwollend gestimmt hatte. »Der alte Druide Mergwin besitzt eine Hütte in der Nähe des Carlington-Sees. Dort wäre ich sicher, während du die Dänen triffst.«

Aed zuckte die Schultern. Er war Christ, hegte aber keinen Groll gegen die vereinzelten Druiden, die immer noch dem alten Glauben anhingen. Und er mochte Mergwin, dem er Erin schon oft anvertraut hatte. In der Hütte, von dichtem Wald umgeben, würde ihr nichts zustoßen. Doch er wollte den Wunsch seiner Tochter nicht sofort erfüllen. Erst einmal sollte sie gründlich über weibliche Tugenden wie Pflichtbewußtsein und Gehorsam nachdenken. »Ich werde mit deiner Mutter darüber reden und dir morgen meine Entscheidung mitteilen. Heute abend darfst du an der Seite des jungen Königs speisen, der dein Wohlgefallen erregt hat, und danach unterhalte dich mit deiner Schwester Bede, die einen guten Einfluß auf dich ausübt.«

Ergeben neigte sie den Kopf und verbarg ihre Freude, denn sie wußte bereits, daß sie gesiegt hatte. »Ja, Vater.« Sie ließ sich auf die Stirn küssen, dann sah sie ihm nach, als er davonging.

2

In wallender weißer Robe, mit feurigen Augen, bot der Druide Mergwin einen eindrucksvollen Anblick. Sein langes Haar verschmolz mit dem dichten grauen Bart, der bis zu den Knien reichte. Angeblich war er der Sohn einer Druidenpriesterin und eines norwegischen Runenmeisters, der um die Jahrhundertwende mit den ersten Wikingern nach Irland gekommen war, um die Insel zu überfallen.

Mergwin sprach nie über seine Herkunft, aber welche Geheimnisse seine Vergangenheit auch immer bergen mochte — niemand zweifelte an seinem umfassenden Wissen und seinen magischen Kräften, die er vermutlich zweierlei Gottheiten verdankte. In seiner Hütte brannte ein bläuliches Feuer. Darüber hing ein Kessel, und darin braute er Getränke, die verschiedenen Zwecken dienten. So manches Mädchen kniete an kirchlichen Feiertagen in der Kapelle, rannte dann zu dem alten Druiden und ließ sich einen Liebestrank geben, um einen Krieger zu betören.

Viele Leute bekreuzigten sich und riefen die Jungfrau Maria an, wenn sie an seiner Behausung im Wald vorbeigingen, denn sie hielten ihn für verrückt. Andere erklärten, er sei ein böser Zauberer, gegen den man unerbittlich vorgehen müsse. Aber sie verstummten, sobald sie ein Blick aus seinen zwingenden Augen traf. Und so lebte er unbehelligt in seiner Einsamkeit und hieß alle willkommen, die ihn aufsuchten.

Er liebte und achtete Aed Finnlaith. Im Ard-Righ von Tara erkannte er einen gerechten, ungewöhnlichen Mann, der Verhandlungen unter seinen ständig streitenden Unterkönigen allen sinnlosen Kämpfen vorzog. Auch der jüngsten Prinzessin galt Mergwins Liebe. Der Vater hatte Erin schon als Kind zu ihm gebracht. Die Mönche und Priester mochten sie mit der Lehre Christi vertraut machen, aber von dem alten Druiden erfuhr sie alles über ihre eigene Seele und die Erde ringsum. Er hatte ihr Ehrfurcht vor Tieren und Pflanzen beigebracht und sie gelehrt, die Zeichen des Himmels zu lesen, Sonnenschein oder Gewitter vorauszusagen, welche Kräuter gewisse Krankheiten heilten oder Schmerzen linderten.

An diesem Tag ritt sie mit dem König von Connaught, Fennen mac Cormac, zu ihm. Irgend etwas bedrückte Mergwin, während er ihr entgegenging. Ein Schatten schien die Sonne zu verdunkeln. Er beobachtete, wie der junge Mann die Prinzessin vom Pferd hob, und es sah so aus, als würde Fennen jenen Schatten werfen.

Aber Erin lachte fröhlich. Offenbar genoß sie die Gesellschaft ihres hübschen Begleiters, und Mergwin schalt sich einen dummen alten Mann. Mac Cormac war ein allseits geachteter, kluger, gütiger König, ein passender Ehemann für Aeds Tochter. Ich muß die Zeichen von neuem lesen, beschloß der Druide.

»Erin mac Aed! Fennen mac Cormac!« rief er und verneigte sich. »Seid gegrüßt! Was führt Euch hierher?« Das wußte er natürlich. Das ganze Land wußte, daß sich die Streitkräfte der Wikinger bei Carlingford Lough versammeln würden. Er spürte bereits das Beben der Erde, und der Wind hatte ihm flüsternd vom Blut erzählt, das den Boden tränken würde.

»Eine Schlacht«, antwortete Fennen und riß seinen Blick nur kurz von der Prinzessin los, um den Druiden anzuschauen. »Ich reite als Gesandter mit dem Ard-Righ. Wir werden die Kämpfe verfolgen und dann von den dänischen Siegern Gold und Silber für den Heiligen Patrick entgegennehmen.«

Mergwin nickte dem jungen König zu, den er für einen Narren hielt. Die Dänen und Norweger hatten das Land gleichermaßen verwüstet und würden es wieder tun. Der irische Gesandte konnte von Glück reden, wenn er am Leben blieb.

»Aed Finnlaith, Maelsechlainn und ich selbst werden den Schatz in Empfang nehmen und dann hierher zurückkehren, um meine Lady Erin abzuholen. Gebt inzwischen gut auf sie acht, Alter.«

Mergwin versteifte sich. Dazu brauchte er von diesem jungen Emporkömmling nicht eigens aufgefordert zu werden. Kühl erwiderte er: »Bei mir ist es der Tochter von Aed Finnlaith stets wohl ergangen.«

Doch Fennen schien Mergwins Tonfall nicht zu bemerken, er hatte nur Augen für Erin. Am letzten Abend, im Sitzungssaal, war er niemals allein mit ihr gewesen. Bedrückt hatte er beobachtet, wie all die Herren, die jungen und alten gleichermaßen, von der Prinzessin verzaubert worden waren. »Laßt mich noch eine Weile mit der Lady allein, Druide, dann übergebe ich sie Eurer Obhut.«

Der alte Mann entfernte sich nur um wenige Schritte, und Fennen reichte Erin die Hand. »Gehen wir ein Stück in den Wald«, bat er. Sie hob die Brauen, und als sie Mergwin einen vielsagenden Blick zuwarf, mußte er lächeln. Er kannte sie so gut. Und warum sollte ihr der hübsche, kräftig gebaute junge Mann nicht gefallen? Aber eins wußte der Druide – mochte sie auch mit einem Verehrer in den Wald wandern und ihren ganzen Charme spielen lassen, niemals würde sie ihm etwas Unziemliches erlauben oder irgend etwas versprechen.

Während der König die Prinzessin zwischen den Bäumen auf einem schmalen Weg dahinführte, verfluchte er den Ard-Righ. Jetzt zählte sie zwanzig Jahre, und er liebte sie schon lange. Ihre Schwestern waren bereits mit sechzehn verheiratet worden, aber Aed hatte Fennens Werbung um Erin nie unterstützt und allen immer nur erklärt, seine jüngste Tochter würde er erst dann verehelichen, wenn er die Neigung ihres Herzens kannte.

Doch mac Cormac, dem so viele Frauen zu Füßen lagen, wünschte sich keine andere als die schöne Erin. Sicher, sie war ein sehr lebhaftes Mädchen, das in der Ehe gezähmt werden mußte, und genau das wollte er tun, natürlich sanft und liebevoll.

Auch sie dachte an eine mögliche Hochzeit, aber als sie den eindringlichen Blick seiner dunklen Augen erwiderte, mußte sie sich zu einem Lächeln zwingen. Sie mochte ihn, aber seit dem Grauen von Clonntairth schätzte sie ihre Freiheit über alles. Leise seufzte sie. Eines Tages würde sie heiraten müssen, doch vorerst war es ihr viel wichtiger, die Norweger besiegt zu sehen.

»O Erin, warum bereitet es Euch so großes Vergnügen, mich zu quälen?«

Verwirrt schaute sie Fennen an, las die heiße Liebe in seinem Gesicht und verspürte heftige Gewissensbisse. »Ich möchte Euch wirklich nicht weh tun.«

»Dann verlobt Euch mit mir. Wir sprechen mit Eurem Vater und ...«

»Fennen, bitte! Ihr bedeutet mir sehr viel, aber ich ersuche Euch, mich nicht zu drängen. Gebt mir Zeit, Euch besser kennen- und liebenzulernen.«

Wie lange sollte er noch warten? Plötzlich nahm er sie ungeduldig in die Arme. »Gewährt mir wenigstens einen Kuß, als Verheißung meines künftigen Glücks.«

»Also gut — ein Kuß«, stimmte sie zu. Sein Verlangen faszinierte sie und schmeichelte ihr.

Ehrerbietig berührte er Erins Lippen mit seinen, streichelte ihren Rücken, und seine andere Hand umfaßte ihren Nacken. Sie fand es angenehm, seine starken Arme zu spüren, auch der Kuß gefiel ihr, obwohl er nicht die freudige Erregung in ihr weckte, die sie erwartet hatte. Fennens Zungenspitze glitt über ihren geschlossenen Mund und versuchte, ihn behutsam zu öffnen. Neugierig gab sie nach, und seine Zunge spielte mit ihrer. Auch das erschien ihr nicht unangenehm.

Doch dann preßte er sie fest an sich, und da wurde sie

von Panik ergriffen. Visionen von jener Vergewaltigung, von Lady Moira in den Händen der Norweger, tauchten vor Erins geistigem Auge auf, und sie glaubte, wieder das verzweifelte Geschrei zu hören. Mit aller Kraft schlug sie ins Gesicht ihres Verehrers. »Ihr spracht von einem Kuß, Mylord von Connaught! Aber nun mißbraucht Ihr meine Zustimmung, nachdem mein Vater mich Euch anvertraut hat.«

Wütend rieb er sich die Wange, dann erkannte er, daß er zu weit gegangen war. »Verzeiht mir, Mylady«, entschuldigte er sich mit einer Demut, die er keineswegs empfand. Eines Tages würde er Erin nicht mehr loslassen müssen und ihr alle Freuden der Liebe beibringen. In ihrem Kuß hatte er eine schlummernde Sinnlichkeit gespürt, die ihr selbst noch nicht bewußt war. Nun fand er Trost in der Gewißheit, daß sich seine Geduld lohnen würde.

»O Fennen, es tut auch mir leid.« Wieder empfand sie Schuldgefühle. Sie hatte seine Zärtlichkeiten genossen — bis sie an die Norweger erinnert worden war. Zu ihrer Erleichterung erwiderte er ihr Lächeln, und sie freute sich an der Macht, die sie über diesen hübschen, vielbegehrten Krieger ausübte. »Jetzt müßt Ihr mich zu Mergwin zurückbringen und dann sehen, welches Schicksal die Wikinger in der Schlacht erleiden. Vater glaubt ganz fest an eine norwegische Niederlage.«

Er nickte. Respektvoll nahm er ihren Arm und führte sie zur Hütte zurück. »Die Dänen sind stark, und sie haben uns große Reichtümer versprochen.«

Der Druide stand vor seiner Tür. »Das Tageslicht schwindet rasch dahin, König von Connaught«, betonte er.

Aber Fennen beachtete ihn nicht. »Paßt gut auf Euch auf, meine Prinzessin. Bald sehen wir uns wieder.«

»Gott mit Euch, Mylord.« Anmutig knickste sie und lächelte sittsam, als er einen Kuß auf ihre Lippen hauchte.

Nur Mergwin sah das mutwillige Funkeln in ihren Augen hinter den halbgesenkten Wimpern und hätte beinahe gelacht. Glaubt bloß nicht, Ihr hättet Erin schon erobert, junger Herr, dachte er. Fennen legte ihm ein kostbares besticktes Tuch in die Hand, ein Geschenk von Lady Maeve und Aed, dann schwang er sich in prahlerischer Haltung auf sein Streitroß.

Erin winkte ihm nach, als er zwischen den Bäumen davonritt, dann wandte sie sich lächelnd zu Mergwin. »Nun, wie denkt Ihr über Fennen? Ist er nicht ein Angeber, wie die meisten Männer?«

Belustigt hob der Druide die Brauen. »Ihr verspottet den König von Connaught? Und ich dachte, Ihr hättet mir Euren Verlobten gebracht.«

Seufzend ging sie in die Hütte, und er folgte ihr. »Nein, Mergwin, ich verspotte ihn nicht. Er ist ein guter Mann und ein gerechter König, nur – ich weiß es einfach nicht. Wahrscheinlich liegt es an mir. Ich enttäusche meine Eltern und ärgere meine Schwester, aber ich verspüre nicht die geringste Neigung zu heiraten.«

»Vielleicht möchtet Ihr einem Orden beitreten, so wie Eure Schwester Bede«, schlug er boshaft vor.

»O nein!« Lachend wandte sie sich zu ihrem alten Freund und Mentor. »Ich kann Bedes Gott nicht so blindlings lieben ...«

»Oder den Haß in Eurem Herzen löschen«, unterbrach er sie leise.

Bedrückt zuckte sie die Achseln und ging zum Feuer, um ihre Hände zu wärmen. »Ich sah eine Stadt in Schutt und Asche fallen. Mein Vetter verlor den Verstand, die Leichen meines Onkels und meiner Tante wurden den Geiern zum Fraß vorgeworfen – und bis jetzt nicht gerächt. Wundert es Euch, daß mein Haß mich Tag und Nacht begleitet?«

Mergwin setzte sich an seinen Tisch und griff nach dem Mörser, in den er eine Wurzelmischung zerstieß. »Euer Vater konnte Clonntairth nicht rächen, Erin. Die zerstrittenen irischen Könige bekämpften einander, und die

Norweger waren damals sehr mächtig, und das sind sie auch jetzt. Aeds Sorge muß vor allem dem Schutz Taras und der Brehon-Gesetze gelten. Er darf den Regierungssitz keinem Angriff ausliefern — obwohl er allen Grund hätte, Rache zu üben. Sein Bruder fiel im Kampf gegen die Dänen, sein Vater wurde von einem irischen König ermordet. Aber soll er sich rächen und den Zusammenbruch der ohnehin geringfügigen zentralisierten Ordnung in Kauf nehmen?«

»Und was soll *ich* tun? Fennen mac Cormac heiraten, eine fügsame Ehefrau werden und wegschauen, wenn mein Land verwüstet wird?«

Ihr werdet Cormacs Sohn nicht heiraten, dachte Mergwin, doch das sprach er nicht aus. Er neigte sich wieder über seine Wurzeln. »Nun, Ihr könntet es schlimmer treffen.«

»Oder besser!«

Eigentlich müßte ich sie vor der dunklen Aura warnen, die den König umgibt, überlegte Mergwin. Sie bedeutet Leid oder Schmerzen — aber für wen? Für Fennen oder die Prinzessin, die er begehrt?

Leidenschaftlich fügte Erin hinzu: »Ich kann nicht heiraten und Kinder gebären und zusehen, wie die Männer ihren Geschäften nachgehen, während die Wikinger meine Provinz zerstören!«

Mergwin schaute in die funkelnden smaragdgrünen Augen. »Die Wikinger werden auch noch zur Zeit Eurer Kinder und Kindeskinder hierherkommen.«

»Und wir sitzen untätig da wie Opferlämmer? Werden die großen Könige der Provinzen wie Mylord Fennen sich auf die Seite der Schlächter stellen?«

»Es wird nicht nur Schlachten geben«, erwiderte er emotionslos. »Ebensowenig werden die Eindringlinge zuletzt lachen.« Erin holte tief Atem. Auf dem Tisch lag ein Beutel aus feinem Rehleder. Darin steckten Mergwins Runen, schön gemeißelte steinerne Schriftzeichen.

Impulsiv packte sie den Beutel und schüttelte ihn vor der Nase des Druiden. »Werft die Runen für mich! Ihr müßt mir mein Schicksal weissagen!«

»Nein!« protestierte er mit scharfer Stimme.

Sie kniete vor ihm nieder, doch in dieser Geste lag keine Demut. Stolz hob sie das Kinn. »Dann will ich's selber tun. Gestern abend, an der Tafel, erzählte der neue Dichter meines Vaters die Geschichte von Maelsechlainns Tochter. Zusammen mit fünfzehn anderen Mädchen stellte sie dem Norweger Turgeis eine Falle und erstach ihn. Eine Frau befreite die Iren von einem Heiden, Mergwin! Und als die Wikinger Clonntairth einnahmen, sah ich eine Kriegerin an ihrer Seite kämpfen. Genau das, mein lieber Druide, beabsichtige auch ich. Vielleicht werden die Eindringlinge unser Land noch jahrzehntelang verheeren, aber ich werde etwas dagegen unternehmen. Und wenn ich sterbe, wird der Feind neben mir sterben. Mit *diesem* Schicksal kann ich leben.«

»Törichtes Mädchen!« Mergwin stand auf, und seine blitzenden Augen verengten sich. »Wollt Ihr das Herz Eures Vaters brechen und Eure Mutter zur Verzweiflung treiben.«

»Viele Männer fallen im Kampf. Und ich kann das Schwert besser schwingen als die meisten. Mit jedem Tag wächst der Zorn meiner Brüder, weil ich sie übertrumpfe . . .«

»Halt!« Er hob die Hände, die weiten Ärmel seiner Robe flatterten hinter ihm. »Ich werde die Runen für Euch lesen, Erin, und dann werdet Ihr sehen, daß solche Träume nur alberne Fantasiegebilde sind.«

Leise lachte sie, und er las tiefe Zuneigung in ihren Augen, aber auch Triumph, weil sie ihr Ziel erreicht hatte. »Oh, danke, Mergwin!«

»Hoffentlich zeigen Euch die Runen eine achtbare Ehefrau und Mutter zahlreicher Kinder, die pflichtbewußt die Wünsche ihres Gemahls erfüllt«, murmelte er.

Wenig später saßen sie sich am Tisch gegenüber. Draußen brach die Dunkelheit herein, nur das Feuer und eine kostbare Kerze spendeten Licht.

Mergwin breitete ein Leinentuch aus und warf die Runen darauf, so daß die Schriftzeichen nach unten gekehrt waren. »Nun müßt Ihr drei berühren, Erin.«

Sie gehorchte, und er drehte das erste Zeichen um. Thurisaz, der Stein des Tors. Ihm zufolge sollte Erin sich still verhalten, die Welt ringsum aufmerksam beobachten und nicht ungestüm vorwärts stürmen. Wortlos drehte er den zweiten Stein um. Hegalez, der Künder schlimmer Tragödien und heftigen Aufruhrs, ein Götterstein. Ein Schicksal, das der Mensch nicht abwenden konnte, einer gewaltigen Meereswelle gleich, wie der endlose Strom der Eindringlinge ... Immer noch schweigend, betrachtete der alte Druide den dritten Stein, eine leere Rune.

Sein Blick verdüsterte sich, und eine böse Ahnung stieg in Erin auf. »Sagt mir, was Ihr seht, Mergwin!«

Darüber wollte er nicht sprechen. Die leere Rune war unfaßbar, für die Wikinger die Rune Odins. Sie konnte den Tod bedeuten, aber auch einen Anfang, eine Wiedergeburt. Da sie auf Hergalez gefolgt war, wies sie auf gefährliche Hindernisse hin, die vor Erin emporragen würden. Sie mußte die Veränderung hinnehmen, die auf sie zukam. Dann würde sie lange leben und mit der Zeit auch ihr Glück finden. Doch der Weg zu diesem Ziel war beschwerlich.

Konzentriert schloß er die Augen. Seine Finger liebkosten die kühlen Steine, und er vertiefte sich in die Symbole. Er sah Erin in einer Rüstung, so wie sie es angedroht hatte, fühlte den Schmerz der Strafe, der sie erwartete. Ein Mann würde diese Strafe vollziehen, aber nicht Fennen. Ein golden glänzender Mann, von Licht umhüllt, mächtig und gefährlich, jedoch nicht von einer bösen Aura umgeben. Er strahlte entschlossene Kraft aus. Die Runen schienen zu flüstern, Erins Lebensweg würde seinen unwiderruflich kreuzen. In Gedanken hörte Mergwin einen Wolf heulen. Eine hoch erhobene Standarte trug das Bild des Tieres — eine Wikingerstandarte.

»Mergwin!« drängte Erin, und er öffnete die Augen.

»Ich sehe genau das, was Aeds Tochter zukommt. Ihr werdet vielen Kindern das Leben schenken und alt werden.«

»Ihr belügt mich, Druide!« beschuldigte sie ihn erbost.

Mergwin erhob sich. »Nein. Ich bin ein müder Greis, der jetzt essen und schlafen gehen wird.« Ungeduldig packte er die Steine in den Rehlederbeutel.

Zögernd stand auch Erin auf, dann lächelte sie und folgte ihm zum Feuer. Sein schroffer Tonfall tat ihrer Zuneigung keinen Abbruch. »Ein Greis? Wenn Ihr alle Bäume dieses Waldes überlebt habt, werdet ihr noch immer nicht alt sein. Oh, dieser Eintopf, der offenbar schon den ganzen Tag hier brodelt, duftet köstlich. Wir wollen essen, dann erzähle ich Euch die neuesten Klatschgeschichten aus Tara.« Sie nahm den Deckel vom Kessel, ergriff den Schöpflöffel und füllte zwei hölzerne Schüsseln. »In meiner Satteltasche habe ich eine gute Flasche Wein aus dem Elsaß. Die kaufte ich einem Händler ab, der meiner Mutter Seidenstoffe brachte. Vielleicht bekommen wir einen Schwips, Mergwin.«

Er stellte seine Schüssel auf den Tisch. »Ich gewiß nicht, sonst entlockt Ihr mir Worte, die ich für mich behalten möchte.«

Ihre Augen verdunkelten sich, dann entgegnete sie würdevoll: »Es liegt keineswegs in meiner Absicht, Euch zu überlisten, Druide.« Sie wandte sich zur Tür, um zu ihrem Pferd hinauszugehen und den Wein zu holen. Doch sie drehte sich noch einmal um. »Was Eure Runen sagen, kümmert mich nicht, Druide, denn ich werde mein Schicksal selbst in die Hand nehmen.«

3

Die Hände in die Hüften gestemmt, stand er im Dämmerlicht neben der knorrigen Esche. Sein roter Mantel, mit dem Wolfskopf geschmückt, umwehte ihn, der Wind blies ihm das blonde Haar in die Stirn. Er blickte auf Carlingford Lough hinab. Am anderen Ufer des Sees lagerten die Dänen. Tausende versammelten sich in dieser Nacht, denn bei Tagesanbruch würde die Schlacht beginnen.

Olaf fröstelte ein wenig. Die Feinde waren geschickt und klug. Die Rüstung, die er ebenso wie einige irische Könige trug, verdankte er der erfinderischen Fertigkeit der Dänen, und gegen ihre List würde er am Morgen kämpfen.

Aber er, ein norwegischer Prinz, suchte mehr als Schlachten und Kriegsbeute. Schon während seiner Kindheit hatte er in kalten Nächten zu Füßen der Geschichtenerzähler von Irland geträumt. Als jüngerer Sohn konnte er die Königswürde des Vaters nicht erben, er mußte sein Schicksal selbst bestimmen. Er dachte an seinen Onkel Turgeis, der einst einen Großteil dieser smaragdgrünen Insel beherrscht hatte, vom Fluß Liffey bis Dubhlain — entschlossen, ein heidnisches Reich zu errichten. Doch das irische Volk hielt an seinem eigenen Gott fest.

Ich will dieses Land erobern und dann mit den Menschen hier zusammenleben, nahm sich Olaf vor. Ihn kümmerte es nicht, welchem Gott sie huldigten. Vor seinem geistigen Auge sah er ein großartiges neues Volk, das die Kraft und die architektonischen Talente der Wikinger und die wundervollen sozialen Gesetze und das Wissen der Iren in sich vereinte. Nur der Norweger, der ein Ire wird, kann überleben.

Er seufzte. Törichte Gedanken für einen Krieger, dem der Untergang drohte . . .

Im Augenblick vermochte er gar nichts zu erobern. Er war nur einer von vielen Feldherrn, die das norwegische Heer bei Tagesanbruch in die Schlacht führen würden. Aber er sehnte sich nach einem eigenen Königreich — hier in Irland.

Eine Hand legte sich auf seine Schulter. Er zuckte nicht zusammen, griff auch nicht nach seinem Schwert, denn er kannte diese Berührung. Langsam drehte er sich zu seiner süßen Grenilde um, einer hochgewachsenen, mutigen Frau, die wie ein Mann in den Kampf zu ziehen pflegte. Ihre einzigartige Schönheit hielt sein Herz und seine Seele gefangen.

Sie hob die goldblonden Brauen. »Willst du nicht zu mir ins Bett kommen, mein Wolf? Ich möchte dich morgen nicht vom Pferd fallen sehen, müde nach einer schlaflosen Nacht.«

Belustigt zog er sie an sich. »Du willst, daß ich schlafe, meine teure Barbarin? Oder hast du was anderes im Sinn?«

Ihr Lächeln bezauberte ihn, wie so oft. Er war ihr begegnet, als sie eine andere Wikingertruppe bei einem Angriff auf ein Dorf angeführt und seine eigene getroffen hatte. Nach dem Sieg waren sie aufeinander zugaloppiert, hatten lachend die Schwerter gesenkt. Seither ritten sie zusammen, ein Liebes- und Abenteurerpaar. Sie hatte schon andere Männer gekannt, und in ihren Adern floß kein königliches Blut. Aber während andere Krieger Prinzessinnen heirateten, die daheim ein behütetes Leben führten, hatte er Grenilde zu seiner Lebensgefährtin erkoren, die alles mit ihm teilte. Neben ihrer Schönheit und Klugheit verblaßten andere Frauen.

Sie hatte ihn von dem Verlangen befreit, bei seinen Überfällen Wehrlose zu vergewaltigen. Eine schreiende Frau reizte ihn nicht mehr, seit er Nacht für Nacht dieses göttliche Geschöpf in den Armen hielt. Seinen Männern konnte er die Frauen nicht verwehren, die als Teil der Beute galten. Aber er hatte gewisse Regeln eingeführt, und nun blieben manche Wikinger mit ihren Irinnen zusammen, sahen keine Sklavinnen in ihnen, sondern beinahe Ehefrauen.

Olaf küßte Grenilde, die willig die Lippen öffnete. Und während ihre Zungen ein zärtliches Duell ausfochten, wuchs seine Begierde. »Gehen wir ins Bett«, flüsterte er.

In seinem Zelt zog sie ihm den Mantel aus, das Kettenhemd, den Gürtel, die Tunika, die hohen Gamaschen aus rauhem Leder. Die sichtliche Freude, die ihr diese Tätigkeit bereitete, brachte sein Blut noch mehr in Wallung.

Als er nackt vor ihr stand, liebkoste ihr Blick seinen kraftvollen Körper. Ihre Atemzüge beschleunigten sich, sie trat näher, und ihre Zungenspitze berührte eine Narbe an seiner bronzebraunen, goldblond behaarten Brust. Da riß er ihr ungeduldig die Tunika vom Leib, preßte sie an sich und sank mit ihr aufs Lager. Hungrig betrachtete er die milchweißen Brüste, die aufgerichteten rosigen Spitzen, die von ihrer wilden Sehnsucht zeugten. Ihre Lippen fanden sich wieder, dann bedeckte er Grenildes ganzen Körper mit glühenden Küssen, genoß ihr halb ersticktes, flehendes Stöhnen, das ihm süße Qualen versprach.

Während sie sich vereinten, verschlossen seine heißen Lippen erneut ihren Mund, und er schlang die Finger in ihr zerzaustes goldenes Haar. Sie war stark, seine geliebte Wikingerin, und doch von betörender Weiblichkeit. Hemmungslos erwiderte sie seine Leidenschaft, schlang die Beine um seine Hüften, unterwarf sich bereitwillig seiner größeren Kraft.

Später lag er neben Grenilde und streichelte ihren erhitzten Körper. Wie schön und vollkommen sie war — und wieviel sie ihm bedeutete, seine unersättliche Geliebte und furchtlose Kämpferin ...

Eng aneinandergeschmiegt schliefen sie ein.

Im Dunkel seines Traums sah er Schlangen auf sich zukommen, die geifernden Köpfe hoch erhoben. Mit seinem Schwert versuchte er, sie abzuwehren, aber immer mehr krochen heran, und hinter ihnen erklangen grausige Schreie ... Schweißgebadet erwachte er und bebte am ganzen Körper. Wie gehetzt schaute er sich um, aber kein Feind war in sein Zelt eingedrungen. Nur Grenilde lag neben ihm auf den Felldecken. Bestürzt richtete sie sich auf. »Was hast du, mein Liebster? Der Wolf, der in keiner Schlacht mit der Wimper zuckt, zittert wegen eines Alptraums? Erzähl mir davon, und ich werde alle bösen Schatten verjagen.«

Er starrte in ihre saphirblauen Augen, die im bleichen Mondlicht glänzten, und das Fieber seiner Angst ergriff ihn erneut. »Morgen darfst du nicht in die Schlacht ziehen.«

Empört erwiderte sie seinen Blick. »Ich weiß besser zu kämpfen als die meisten deiner Männer«, fauchte sie verächtlich. »Und ich bin meine eigene Herrin. Ich werde das Schwert schwingen, wann immer es mir beliebt.«

»Du bist nicht deine eigene Herrin«, widersprach er wütend, »sondern meine Gefährtin, und du wirst tun, was ich dir sage!«

Grenilde zögerte, verwundert über den unvernünftigen Zorn, der in seinen Augen funkelte. Sollte sie ihn daran erinnern, daß sie die Achtung seiner Krieger errungen hatte, obwohl sie nur eine Frau war? Nein, besser nicht. Sie liebte ihn, und so beschloß sie, vorerst nachzugeben und dann zu tun, was sie wollte. Zärtlich drückte sie sich an ihn. »Was immer du wünschst, mein Wolf«, murmelte sie gähnend. Sie legte einen Arm über seine Brust, und bald darauf stellte sie sich schlafend.

Doch sie blieb noch lange wach, während er in einen tiefen Schlaf der Erschöpfung fiel, und betete zum guten Gott Thor, er möge ihren Liebsten am Morgen beschützen.

Die Schlacht von Carlingford Lough war die blutigste, die jemals auf dem smaragdgrünen Feld stattgefunden hatte.

Am Nachmittag, inmitten zahlloser Leichen, erkannte Olaf seine Niederlage.

Blut befleckte seinen ganzen Körper, mischte sich mit dem Schweiß, der in seine Augen rann und seinen Blick verschleierte. Einmal war er nur vom grausigen Schrei eines Angreifers vor dem sicheren Tod gerettet worden.

Seinen Arm, mit dem Gewicht des Schwerts vertraut, drohte bleierne Müdigkeit zu lähmen, und sein Geist rebellierte, obwohl er an ein solches Gemetzel gewöhnt war. Ihm graute vor dem Geruch des Todes, der ihn umgab. Auf dem ganzen Schlachtfeld lagen gefallene Norwegerkönige und -prinzen. Noch wußte er nicht, daß er zu den wenigen königlichen Hoheiten und Truppenführern zählte, die den Kampf überstanden hatten. Nur eins wußte er — wenn norwegisches Leben gerettet werden sollte, mußten sich seine Krieger zurückziehen. Es würde kein geordneter Rückzug sein. Die Überlebenden würden fliehen und sich irgendwo verstecken, bis sie sich erneut versammeln konnten.

Er hob die Hände, gab das Zeichen zum Rückzug. Nun besetzten die Dänen Dubhlain. Aber er würde Rache üben.

Blitzschnell wich er einer dänischen Streitaxt aus, und die massive Waffe grub sich in die Erde. Er nutzte die Gunst des Augenblicks, streckte den Feind nieder, dann schaute er sich um und sah seine restlichen Krieger zwischen den Bäumen verschwinden.

Während er das Schlachtfeld zu überqueren begann und ebenfalls das Wäldchen ansteuerte, entdeckte er Grenilde, immer noch mitten im Kampfgetümmel. Anmutig tänzelte sie umher, das Schwert erhoben, und wehrte ihre Gegner ab. Heller Zorn erfaßte ihn, denn sie hatte seinen Befehl mißachtet. Doch dann stieg Furcht in ihm auf, und er dachte an seinen Traum von den Dänen in Schlangengestalt.

Er rief nach ihr, und ihre blauen Augen begegneten seinem Blick. Dann rannte sie in seine Richtung, blieb kurz stehen, lief weiter, mußte noch einmal innehalten, um sich gegen das erhobene Schwert eines riesigen Mannes zu verteidigen.

Wieder stürmte sie zu dem Wäldchen, verfolgt von Dänen, die Streitäxte, Speere, Ketten und Schwerter schwenkten.

Olaf eilte ihnen entgegen und schrie Grenilde zu, sie solle sich hinter ihm verschanzen. Zu zweit mußten sie es mit zehn Gegnern aufnehmen, aber einer nach dem anderen fiel.

»Lauf, Grenilde!« brüllte er und stürzte sich auf den letzten seiner Feinde. Das Blut, das aus einem Kratzer am Arm quoll und über seine gepanzerte Brust rann, nahm er kaum wahr — auch nicht die Schwäche in seinem Bein, die von einer tiefen, klaffenden Schnittwunde im Oberschenkel herrührte. Jetzt durfte er sich nicht von Müdigkeit und Schmerz übermannen lassen. Er mußte kämpfen wie ein Dämon und alles außer seinem Überlebenswillen vergessen.

Nachdem er den letzten Angreifer niedergestreckt hatte, verließ er das Schlachtfeld, rannte zwischen die Bäume und rief Grenildes Namen, bis sie antwortete. Er folgte dem Klang ihrer Stimme, und da fand er sie. Sie lag auf Moos und welken Blättern, schöner denn je. Den Schmutz, das Blut und den Schweiß auf ihren Wangen sah er nicht, nur die wundervollen saphirblauen Augen. Sie drückten alles aus, was sie für ihn empfand, dann legte sich ein Schleier darüber, und sie stieß einen gellenden Schmerzensschrei aus — einen Todesschrei.

Er kniete neben ihr nieder. »Nein!« stieß er hervor, drehte ihren Körper herum und suchte nach der Wunde. Als er die Arme um sie schlang, spürte er ihr warmes Blut. Sie war am Rücken verwundet worden, und während er sie verzweifelt an sich preßte, fühlte er, wie langsam das Leben aus ihrem Körper wich. Mit letzter Kraft versuchte sie, sich an ihm festzuhalten. »Mein Liebster«, wisperte sie.

Von namenlosem Schmerz ergriffen, strich er ihr das zerzauste Haar aus der Stirn und küßte ihre Lippen. »Bis in alle Ewigkeit werde ich dich lieben«, schwor er, und sein Atem mischte sich mit ihrem, der allmählich erlosch. »Du darfst mich nicht verlassen.«

Obwohl Blut aus ihrem Mund quoll, brachte sie irgendwie ein Lächeln zustande, dann wurde sie von heftigem Husten geschüttelt.

»Stirb nicht!« flehte er. »Bitte, stirb nicht . . .«

»Nimm mich ganz fest in die Arme ...«, würgte sie hervor. »Deine Wärme – straft die Kälte des Todes Lügen. Halt mich ... Mein Liebster ... Ich friere ... Mir ist so kalt – wie in den eisigen Stürmen unserer Heimat . . .« Und dann brach die flüsternde Stimme.

Ganz fest drückte er die Tote an seine Brust, wiegte sie hin und her, sprach leise auf sie ein, als wäre sie ein schlafendes Kind. Die Sonne war untergegangen, als er Grenilde endlich zu Boden gleiten ließ. Zitternd stand er vor ihr, warf den blonden Kopf in den Nacken und schrie seine Verzweiflung zum Himmel hinauf. Sogar die tapfersten Dänen, die seine Klage hörten, erschauerten und beteten zu ihren Göttern. Nur zu gut kannten sie das mächtige Geheul des Wolfs, und es jagte ihnen Angst und Schrecken ein.

Aed Finnlaith stand auf einem Hügel oberhalb des Sees und betrachtete das blutige Schlachtfeld. In den Gestalten, die zwischen den Leichen umhergingen, erkannte er ausnahmslos Dänen. Ob es an ihrer Überzahl und ihrem strategischen Talent lag oder ob der Heilige Patrick ihre heidnischen Gebete erhört hatte, würde er niemals erfahren. Jedenfalls trugen sie den Sieg davon. Dubhlain, jahrelang in norwegischer Hand, gehörte jetzt den Dänen.

Aed kniete nieder, schloß die Augen und betete stumm. Die gefallenen Krieger, die das Schlachtfeld übersäten, waren seine Feinde, aber er fand keine Freude am ungeheuren Tribut, den der Tod gefordert hatte. Laß es zu Ende gehen, Allmächtiger, flehte er stumm. Laß die Dänen diese Stadt regieren und ihre Mauern bauen, halte sie ab von Überfällen auf weitere Landesteile, laß uns in Frieden leben ...

Doch er ahnte, daß sein Gebet kein Gehör finden würde.

»Vater!«

Eine Hand berührte seine Schulter, und er wandte sich zu seinem Sohn Niall von Ulster, einem kraftvollen, dreißigjährigen hübschen Riesen, dessen ernste grüne Augen die vom Vater geerbte Klugheit widerspiegelten.

»Fennen und Maelsechlainn erwarten uns, Vater. Wir müssen hinabreiten und von den Dänen den Tribut für den Schrein des Heiligen Patrick entgegennehmen.«

Der Ard-Righ nickte, erhob sich und zuckte ein wenig zusammen, als seine Gelenke knackten. In Nialls Gegenwart störte ihn das nicht, denn sein Sohn zeigte kein Verlangen, die Krone noch zu Lebzeiten des Vaters an sich zu reißen. Manchmal bezweifelte Aed, daß Niall überhaupt die Position des hohen Königs anstrebte. Dieser Titel war nicht erblich, sondern wurde zwischen mehreren mächtigen königlichen Stämmen weitergegeben. In Ulster mußte der junge Mann seine eigenen Schwierigkeiten bewältigen, die ständige Bedrohung durch die Wikinger.

Doch es gab genug andere Männer, die einen unvorsichtigen König stürzen konnten, und ein Mann in Aeds Lage durfte keine Schwäche zeigen. Er griff nach den Zügeln seines Pferds und stieg auf, mit geschmeidigen Bewegungen, die seine schmerzenden Knochen Lügen straften. »Wir reiten zu den Dänen!« rief er seinem Sohn zu.

Die Trompeten des Ard-Righ erklangen, und die Iren rückten vor. Die Dämmerung brach herein, während sie den Hang hinabritten. Und als sie sich zwischen den Gefallenen einen Weg zum Zelt Friggid des Krummbeinigen bahnten, des dänischen Heerführers, loderten bereits mehrere Feuer im hastig aufgeschlagenen Lager. Ringsum grinsten triumphierende Dänen und beobachteten die Iren. Ihre verschlagenen Blicke ließen Aed erschauern, denn sie warnten ihn vor einem Waffenstillstand, der nur zu leicht gebrochen werden konnte.

Trotzdem trat er Friggid furchtlos entgegen. Der temperamentvolle rothaarige Anführer herrschte gerade seine Männer an: »Findet ihn! Der Wolf muß sterben!« Dann bezwang er seinen Zorn und wandte sich zu dem irischen König. »Ein wahres Gemetzel, Ard-Righ.«

Aed lächelte grimmig. Der mörderische Däne hatte Angst, ein ganz bestimmter Norweger könnte überleben — der Wolf.

Die ganze Nacht verbrachte Olaf an Grenildes Seite. Am Morgen war er ein ruhiger, veränderter Mann, entschlossener denn je. Die Wunde an seinem Schenkel eiterte, doch er achtete nicht darauf. Er hob die Tote auf seine Arme und ging auf die Suche nach Wasser. Heiß brannte die Sonne herab, doch er verlangsamte seine Schritte nicht. Zu Mittag erreichte er einen Bach, in dem er seine Liebste badete. Ehrfürchtig strich er über ihr seidiges Haar, die glatte kühle Haut.

Aus Zweigen und Blättern errichtete er eine Bahre, bettete sie darauf und legte ihr Schwert zwischen ihre Hände. Ringsum stapelte er Brennholz aufeinander, so hoch wie möglich, damit ihre Reise nach Walhall erleichtert wurde. Der Wind würde sie emportragen, und dann würde sie neben dem Kriegsgott Odin sitzen und das Leben einer Prinzessin führen, das ihr auf Erden nicht vergönnt gewesen war.

Ein letztes Mal küßte Olaf die kalten Lippen.

Er suchte und fand einen Flintstein, entzündete einen

Funken und hielt eine Fackel an das Brennholz. Bald schlugen helle Flammen aus der Bahre. Während die Sonne unterging, stand er am Ufer des Bachs und beobachtete das Feuer. Seine Augen nahmen einen harten Ausdruck an. Jetzt schrie er nicht mehr seine Klage zum Himmel hinauf. Sie war ein Teil von ihm geworden, ein Teil seines Herzens.

Am nächsten Morgen konnte er kaum stehen. Seine Wunden hatten ihn geschwächt. Er kniete nieder, beugte sich zum Bach hinab, trank durstig, dann wusch er den Eiter von seinem Schenkel. Der Schmerz brannte so heftig wie Grenildes Totenfeuer am vergangenen Abend.

Er bemühte sich, die Wunde zu reinigen, aber die Müdigkeit überwältigte ihn, und er brach zusammen. Halb im Wasser blieb er liegen, das Gesicht im Schlamm vergraben, das goldene Haar schmutzig und verfilzt. Doch die sanften Wellen reichten nicht bis zu seinem Mund und seiner Nase. Der Wolf war gefallen, aber er atmete immer noch.

4

Auf Zehenspitzen schlich Erin in der Hütte umher und zog sich lautlos an. Sie schlüpfte in eine kurze wollene Tunika und dicke Ledergamaschen, dann schlang sie einen Gürtel aus ziseliertem Gold um ihre Taille. Vielleicht lag ein beschwerlicher Ritt vor ihr, und dabei wollte sie nicht von Frauenkleidung behindert werden. Sie nahm ihren tannengrünen Umhang vom Haken neben der Tür und legte ihn um die Schultern. Als sie den schweren Holzriegel berührte, verstummte Mergwins Schnarchen.

»Wohin geht Ihr, Erin?«

»Nur zum Bach«, antwortete sie und lächelte ihn unschuldig an.

»Heute solltet Ihr nicht ausreiten. Im ganzen Wald lauert Gefahr.«

»Ich nehme mein Schwert mit.« Mutwillig fügte sie hinzu: »Und was kann mir schon zustoßen? Ihr sagtet doch, ich würde im Kreis meiner zahlreichen Kinder alt werden.« Rasch schloß sie die Tür hinter sich und lachte, als sie den Druiden leise fluchen hörte. Er würde sich keine ernsthaften Sorgen machen, denn er wußte, wie gut sie den Wald kannte. Und vor Kriegern, die sich vom Hauptschauplatz des Kampfes entfernten, würde sie sich in acht nehmen, auf die Stimmen des Windes und der Erde lauschen, so wie Mergwin es ihr beigebracht hatte.

Jedenfalls mußte sie das Schlachtfeld aufsuchen, alles mit eigenen Augen sehen.

Was sie dazu trieb, wußte sie nicht genau. Im Grunde fand sie ihren Haß gegen die Norweger lächerlich, denn die Dänen waren noch viel barbarischer. Ihr Vater, der oberste König, vermochte politische Fragen verstandesmäßig abzuwägen, während sie nur an ihre Seelenqual dachte, die ihr norwegische Krieger zugefügt hatten — angeführt von Olaf dem Weißen.

Immer wieder zügelte sie ihr Pferd, als sie auf überwucherten Wegen zum Hügel oberhalb des Sees ritt. Sie beherzigte Mergwins Warnung, hielt Augen und Ohren offen. Doch es war schwierig, an einem so schönen Tag Gefahren zu erkennen. Der Himmel leuchtete strahlend blau, mit weißen Schäfchenwolken, Tauperlen glitzerten im hohen Gras, amethystfarbenes Heidekraut übersäte die Wiesen.

Nach einer knappen Stunde stieg sie ab, band das Pferd fest und kämpfte sich durch dichtes Gestrüpp zu den hohen Klippen über Carlingford Lough. Nichts in ihrem Leben, nicht einmal Clonntairth, hatte sie auf das grausige Bild vorbereitet, das sie nun sah. Für eine Weile wurde ihr sogar schwindlig. Zwischen den zerfetzten, verstümmelten Leibern auf dem Schlachtfeld tummelten sich bereits die Aasgeier. Wie viele Leichen mochten es sein? Sicher ein paar tausend ...

Rasch wandte sie sich ab, um dem Alptraum zu entrinnen. Genauso entschlossen, wie sie hierhergekommen war, drängte es sie jetzt, dieser Luft zu entfliehen, die nach Tod und Verwesung roch. Sie merkte kaum, wie heftig sie schluchzte, während sie durch das Dickicht zu ihrer Stute zurückkehrte. Dornen zerkratzten ihr die Wangen, ein dünnes Blutrinnsal mischte sich mit ihren Tränen. Sie holte tief Atem und stieg aufs Pferd. Erst jetzt erkannte sie, daß sie zu entsetzt gewesen war, um festzustellen, ob gefallene Norweger oder Dänen das Schlachtfeld übersäten. Sie wußte nicht, wer den Sieg errungen hatte.

Angesichts der zahlreichen Toten müssen es die Dänen sein, dachte sie. Und es wäre eine zu große Ironie des Schicksals, wenn es der Wolf geschafft hätte, dem Gemetzel zu entkommen. Falls es tatsächlich eine höhere Gerechtigkeit gab, würde Olaf der Weiße inmitten all der Norweger liegen, die man den Aasfressern überlassen hatte. Hoffentlich, betete Erin, damit ich die Vergangenheit endlich vergessen und lernen kann, weise zu werden wie mein Vater, versöhnlich wie Bede — denn was ich gesehen habe, ist zu gräßlich. Nie wieder will ich ein solches Blutbad gutheißen ...

Sie zitterte am ganzen Körper, der Geruch des Todes schien immer noch an ihr zu haften, und sie sehnte sich nach Wasser, um ihn abzuwaschen.

In der Nähe des Bachs, der durch den Wald floß, schwang sie sich vom Rücken ihres Pferds, band es fest, sah sich um und lauschte angespannt. Aber ringsum herrschte friedliche Stille. Sie war allein. Trotzdem hielt sie ihr Schwert in der Hand, als sie zum Wasser ging, das kristallklar im Sonnenlicht funkelte. Sie sank auf die Knie, tauchte ihr Gesicht in die kühlen Wellen und wünschte, sie würden das Grauen wegspülen. Dann trank sie und richtete sich mit geschlossenen Augen auf. Sie strich nasse Haarsträhnen aus ihrer Stirn, blinzelte Tropfen von den Wimpern.

Ihr Atem stockte, als sie die Gestalt entdeckte, die halb im Wasser lag, knapp fünfzig Schritte entfernt. Langsam erhob sie sich, ohne den Mann aus den Augen zu lassen. Ihre Finger schlossen sich fester um den Schwertgriff.

Offensichtlich hatte der Krieger an der Schlacht teilgenommen. Ein schmutziger, blutbefleckter Panzer umgab seine breite Brust, und an seinem großen, starken Körper erkannte sie den Wikinger. Er trug keinen Helm, aber es war unmöglich, die Farbe des schlammbedeckten Haars zu erkennen. Die Züge seines Gesichts konnte sie nicht sehen, denn er hatte es in die andere Richtung gewandt.

Erin ging vorsichtig auf ihn zu. Ein Fisch sprang aus dem Wasser, und das plätschernde Geräusch ließ sie zusammenzucken. Aber der Mann hatte sich nicht bewegt, und sie zwang sich, näher zu treten. Als sie neben ihm stand, glaubte sie, er wäre tot.

Doch dann bemerkte sie, wie sich die breiten Schultern

hoben und senkten. Verkrustetes Blut klebte an den Schläfen. Sein Oberschenkel, in dem eine böse Schnittwunde klaffte, lag unter der Wasserfläche. Ein Schwert mußte das Leder der hohen Gamaschen und das Fleisch zerfetzt haben.

Plötzlich stöhnte er, und Erin wäre beinahe zwischen die Bäume zurückgesprungen. Aber er verstummte sofort wieder. Mitleid, das sie nicht empfinden wollte, stieg in ihr auf. Er war schwer verletzt.

Was sollte sie tun? Einen wehrlosen Mann, der kaum atmete, konnte sie nicht erstechen — mochte er auch ihr Feind sein. Wahrscheinlich würde er ohnehin sterben. Und wünschte sie nicht den Tod aller Wikinger? Aber sein herzzerreißendes Stöhnen ... O Gott, hatte der Anblick des Leichenfelds ihre Seele so geschwächt?

Vielleicht war er ein Norweger von hohem Rang, und es würde sich lohnen, sein Leben zu retten und ihn als Gefangenen zu ihrem Vater zu bringen.

Ehe sie seine Wunden behandelte und ihn mit vorgehaltenem Schwert zwang, sie zu begleiten, würde sie ihn fesseln.

Sie eilte zu ihrer Stute, wühlte in den Satteltaschen, fand aber keine Stricke. Schließlich überlegte sie, die Lederriemen, die beide Taschen zusammenhielten, müßten stark genug sein, um die Handgelenke des Mannes zu binden.

Rasch kehrte sie zu dem gefallenen Wikinger zurück, kniete nieder und legte das Schwert neben sich. Vorsichtig hob sie erst eins seiner Handgelenke hoch, dann das andere. Als sie das Gewicht seiner Arme spürte, schätzte sie sich glücklich, weil kaum Leben in ihm war. Hätte er das Bewußtsein wiedererlangt, wäre es ihr sicher nicht gelungen, ihn zu fesseln.

Schlaff hingen seine Finger herab, während sie die Handgelenke zusammenband, und gegen ihren Willen wurde sie von neuem Mitgefühl erfaßt. Geistesabwesend wischte sie den getrockneten Schlamm weg, der an den goldenen Härchen auf den Handrücken hing. Seltsam, wie menschlich diese kleine Geste den Mann erscheinen ließ ...

Ich bin verrückt, dachte sie. Diese Hände haben mörderische Waffen gegen die Iren erhoben.

Er stöhnte wieder, und Erin biß die Zähne zusammen. Der Verstand sagte ihr, dieser Barbar würde den Tod verdienen, doch in der Tiefe ihres Herzens ertrug sie sein Leid nicht ...

Doch dann zuckte sie die Achseln und verdrängte diese Gedanken. Er war ihr Gefangener, und sollte er sich dagegen wehren, würde sie ihm die Spitze ihres Schwerts an die Kehle halten. Sobald sie ihn in Mergwins Hütte gebracht hatte, würde sie den Druiden bitten, dem Wikinger einen starken Schlaftrunk zu geben. Wenn dieser Riese wach war, könnte er gefährlich werden.

Erin packte ihn an der Rüstung, wälzte ihn mühsam herum, und er stöhnte gequält. Sie bettete seinen Kopf in ihren Schoß, strich ihm das Haar aus der Stirn, sprach beruhigend auf ihn ein. »Alles ist in Ordnung. Ich will nur Eure Wunden reinigen ...«

Erschrocken verstummte sie, als er die Augen öffnete — strahlend blau und kalt wie ein frostiger Morgen. Sie hielt den Atem an. Nein, es gab keinen Zweifel. Weder Blut noch Schlamm oder der schmutzige Bart konnten diese harten, stolzen Züge maskieren. »Ihr seid es!« fauchte sie. Dieses Gesicht war ihr viel zu vertraut, denn es hatte sie in zahllosen Alpträumen verfolgt.

Olafs Kopf dröhnte, sein ganzer Körper schmerzte, und er wußte nicht, wo er war. Nur eins wußte er — Haß und Entsetzen erfüllten die grünen Augen, in die er starrte.

»Ihr seid es! Der Wolfsbastard aus dem Norden!«

Er versuchte, sich zu bewegen, nach der kreischenden Hexe zu greifen, die ihn peinigte. Aber dann merkte er, daß er keine Gewalt über seine Arme hatte. Seine Handgelenke waren fest zusammengebunden. Plötzlich kehrte die Erinnerung zurück. Die Schlacht — Grenilde ... Er senkte die Lider, und als er die Augen wieder aufschlug, lag kein Ausdruck darin, weder Zorn noch Angst. Geistesabwesend betrachtete er Erin, so als wäre sie völlig unwichtig.

Rasch rückte sie zur Seite, ließ seinen Kopf unsanft zu Boden fallen, und er stöhnte wieder. Dann sprang sie auf, die Spitze ihres Schwerts berührte seine Kehle. »Auf die Beine, Olaf — Hund von Norwegen!«

Als er den Befehl mißachtete, drückte sich der Stahl noch fester an seine Halsschlagader, und das Staunen in seinem Blick erfüllte Erin mit Genugtuung. Langsam strich sie mit dem Schwert über die gepanzerte Brust, hinab zu seinen Hüften. »Steht auf, mörderischer Bastard! Ich bringe Euch als Geisel zu meinem Vater, und ich warne Euch. Eine falsche Bewegung, und ich schneide Euch die Männlichkeit ab!«

Seine Kinnmuskeln spannten sich an, und blaues Feuer schien aus seinen Augen zu sprühen, aber er erhob sich mühsam. Während er schwankend vor ihr stand, trat sie unwillkürlich einen Schritt zurück. Sie war groß für eine Frau, doch dieser Mann überragte sie um mehr als eine Haupteslänge. Die Zähne zusammengebissen, bekämpfte er den Schmerz in seinem verletzten Bein, das nun einen Teil seines Gewichts tragen mußte. Den Kratzer am Arm spürte er kaum noch.

»Dreht Euch langsam um, Wikinger!« zischte Erin. »Oder mein Schwert wird Euch liebkosen. Aber ich würde Euch gewiß keinen schnellen Tod vergönnen. Die Dänen wären barmherziger als ich.« Er gehorchte und fühlte die Stahlspitze im Rücken. »Geht jetzt — und macht nicht den Fehler, Euch umzuwenden!«

Taumelnd setzte er sich in Bewegung, stolperte und stürzte. Wieder verspürte Erin Mitleid, doch sie schloß kurz die Augen, erinnerte sich an Clonntairth, den Geruch des Feuers, die schreienden Frauen. Ihr Schwert berührte Olafs Rücken. »Ich zähle bis fünf, Wikinger, und wenn Ihr in dieser Zeit nicht aufsteht ...«

So schnell wie möglich erhob er sich, und sie gingen zu Erins Pferd. Ohne ihn aus den Augen zu lassen, ergriff sie die Zügel und biß sich auf die Lippen, als sie ihn wanken sah. Das Gewicht der blutbefleckten Rüstung mußte seinen geschwächten Körper schmerzhaft zu Boden ziehen, aber die bösen Erinnerungen halfen ihr erneut, ihr Mitgefühl zu besiegen.

Sie schnitt den linken Zügel ihrer Stute ab. »Hebt die Hände hoch!« Angesichts der bedrohlichen Waffe gehorchte Olaf zögernd. Das Eis in seinen Augen erlosch nicht. Es fiel Erin schwer, mit einer Hand das Schwert festzuhalten und mit der anderen den Riemen um die Fessel ihres Gefangenen zu schlingen. Trotz seines elenden Zustands, durfte sie ihm nicht trauen, keinen Augenblick lang in ihrer Wachsamkeit nachlassen.

Noch schwieriger fand sie es, aufs Pferd zu steigen, die Waffe und den Zügel in den Händen, an den sie ihre Geisel gebunden hatte. Glücklicherweise war die Stute ein sanftmütiges Geschöpf und blieb reglos stehen, während Erin sich mühselig in den Sattel hievte. Sie drückte die Knie in die Flanken des Tiers und versetzte es in flotten Trab.

Als sie ihren Gefangenen beobachtete, konnte sie ihm ihre Bewunderung nicht versagen. Unter der Sonnenbräune war sein Gesicht aschfahl, von Schmerz verzerrt, aber er rannte neben ihr her, ohne einen Laut von sich zu geben.

Seine kalten blauen Augen, die ihren Blick erwiderten, wirkten seltsam leblos und doch spöttisch, und sie fröstelte. Obwohl er ihr ausgeliefert war, erschien er ihr beängstigend. Besäße er seine gewohnte Kraft, würde er seine Fesseln zerreißen und mich vom Pferd ziehen, dachte sie und richtete das Schwert auf sein stolzes, verächtliches Gesicht. »Ich warne Euch, Wikinger! Solltet Ihr versuchen, Euch zu befreien, werdet Ihr es bitter büßen.«

Er starrte sie immer noch an, als er auf die Knie sank, dann fiel er vornüber. Erin sprang vom Pferd und band es an einem Strauch fest. Vorsichtig näherte sie sich dem reglosen Wikinger. Wollte er sie in eine Falle locken? Sie drückte die Schwertspitze an seinen Rücken, doch er rührte sich nicht. War er gestorben? Natürlich verdiente er den Tod, doch es widerstrebte ihr, die Verantwortung dafür zu tragen. Die kam ihrem Vater zu, ihren Brüdern, den Kriegern, die den Feinden auf dem Schlachtfeld gegenüberstanden.

Seufzend bückte sie sich und legte eine Hand auf den breiten Rücken. Olaf atmete noch. Sie war dem Weg gefolgt, der sich am Bach dahinwand, und sie beschloß, ihren besinnungslosen Gefangenen mit etwas Wasser zu beleben.

Sie drehte ihn mühsam herum, richtete ihn auf und lehnte ihn an einen Eichenstamm, an dem sie ihn mit dem Zügel festband. Dann eilte sie zur Stute, nahm ihren kleinen Silberbecher aus einer Satteltasche und füllte ihn mit Wasser.

Die Augen des Wikingers waren immer noch geschlossen, als sie den Becher an seine trockenen Lippen hielt. Wasser rieselte in seinen Bart. Seine Lider bebten, sein Mund bewegte sich. Instinktiv begann er zu trinken.

»Langsam!« warnte sie ihn. Da öffnete er seine eiskalten Augen, die sie durchdringend anstarrten. Offenbar verstand er ihren weisen Rat, denn er hielt inne, und vor seinem nächsten Schluck holte er tief Atem.

Er versuchte, sich zu rühren, und merkte, daß sie ihn am Baum festgebunden hatte. »Danke«, murmelte er auf norwegisch und lächelte schwach.

Hastig wich sie seinem Blick aus. Sobald er bei Bewußtsein war, jagte er ihr Angst ein, trotz seiner Fessel. »Dankt mir nicht, Wikinger!« herrschte sie ihn an. »Ich lasse Euch nur am Leben, damit Ihr um so schmerzlicher leidet. Ein rascher Tod wäre eine zu große Gnade für Euch.«

Verächtlich stieg sie über seine ausgestreckten Beine hinweg und holte ein Stück Brot aus einer Satteltasche. Sie wollte es an Olafs Lippen halten, doch sie besann sich eines Besseren. Womöglich würde er sie in die Finger beißen. Und so steckte sie es an die Schwertspitze und reichte es ihm.

»Eure Mahlzeit, Wikinger«, spottete sie. »Was immer Ihr in meinem Land gegessen habt, ist Euch durch das Schwert zuteil geworden, so wie heute. Aber diesmal könnte Euch die Klinge den Schlund aufschlitzen, also nehmt Euch in acht!«

Sie war froh, daß Aed sie veranlaßt hatte, die Sprache der Eindringlinge zu lernen. Der Wolf verstand jedes Wort, das sie sagte. Das verriet der Haß in seinen Augen, der die Leere plötzlich verdrängte.

Sie beobachtete, wie er in das Brot biß, und wieder einmal dachte sie an den Tag, wo er mit seiner blonden Wölfin durch Clonntairth geritten war. Abrupt zog sie das Schwert zurück, an dem das halb verspeiste Brot steckte, und tat so, als müßte sie gähnen. In der Abenddämmerung funkelten ihre Augen wie smaragdgrüne Dolche. »Verzeiht, Bastard von Norwegen, ich bin zu erschöpft, um Euren Hunger noch länger zu stillen.« Einige Schritte von ihm entfernt, legte sie sich ans Ufer des Bachs, die Waffe in Reichweite. »Schlaft gut, Wikinger! Morgen werdet Ihr wieder an der Seite meines Pferdes laufen und dann dem Zorn meines Vaters begegnen — der irischen Rache!«

5

Fröstelnd schreckte Erin aus dem Schlaf hoch und blinzelte ins erste schwache Tageslicht. Sie erinnerte sich sofort, wo sie war. Aber was hatte sie geweckt? Und dann wußte sie es. Der Wolf starrte sie an. Trotz seines eisigen Blicks wurde ihr heiß, denn sie gewann den Eindruck, diese ungewöhnlichen blauen Augen könnten ihre Gedanken lesen.

Sie rückte näher an den Bach heran, neigte sich hinab, um ihr Gesicht zu waschen und zu trinken, dann stand sie auf und schlenderte zu ihrem Gefangenen, das Schwert in der Hand. »Heute werdet Ihr laufen — oder sterben, Wikinger«, erklärte sie und durchschnitt den Lederriemen, der ihn am Baumstamm festband. »Auf die Beine!« Seine Arme fielen herab, und er wartete, bis wieder Leben hineinfloß. »Beeilt Euch!« Erin bedrohte ihn mit ihrer Waffe. »Ihr dürft Euch waschen und trinken. Aber macht keine Dummheiten! Ich kann sehr gut mit dieser Klinge umgehen.«

Er taumelte wieder, als er sich erhob, doch sie merkte ihm an, daß die Nachtruhe ihm neue Kraft gegeben hatte. Vorsichtshalber folgte sie ihm zum Ufer, die Schwertspitze berührte seinen Nacken. Sie erlaubte ihm nur einen Schluck. »Genug! Geht jetzt zu meinem Pferd! Und keine falsche Bewegung! Bedenkt — Ihr seid mein Gefangener.« Daß er ihr wohl oder übel gehorchen mußte, erfüllte sie mit wildem Triumph.

Als sie die Stute losband, flog ein aufgeschreckter Vogel aus dem Gebüsch und schrie wie ein Höllendämon. In panischer Angst bäumte sich das Pferd auf, und Erin mußte das Schwert fallen lassen, um die Zügel zu ergreifen und das Tier zu beruhigen. Damit war ihr Schicksal besiegelt. Sobald sie Olaf den Rücken kehrte, umschlangen starke Arme ihre Taille, die gefesselten Hände drückten sich hart in ihren Magen. »Euer Gefangener? Das glaube ich nicht.«

Sie atmete kaum, halb gelähmt vor Entsetzen, wußte jedoch, daß sie gegen ihren Feind kämpfen mußte. Sie wand sich in seinem eisernen Griff herum, trat mit aller Kraft nach ihm und hoffte sein verletztes Bein zu treffen.

Ein qualvolles Stöhnen bezeugte ihren Erfolg. Aber die gebundenen Arme umfingen sie immer noch. Vor Schmerz wankte er heftig, verlor das Gleichgewicht, und sie stürzte mit ihm zu Boden. Sie lag unter ihm, rang verzweifelt nach Luft, und auch er mußte warten, bis er wieder zu Atem kam.

Dann richtete er sich ein wenig auf und schüttelte den Kopf, als müßte er Nebel aus seinem Gehirn vertreiben. Seine Lider senkten sich, und Erin glaubte, die Sinne würden ihm wieder schwinden. Diese Gelegenheit mußte sie nutzen. Sie versuchte, sich aus der Umklammerung zu lösen, und beinahe wäre es ihr gelungen, doch da schob er die gebundenen Hände unter ihrem Rücken nach oben und schlang unsanft die Finger in ihr Haar. Gepeinigt schrie sie auf, zerkratzte ihm blitzschnell das Gesicht. Er fluchte wütend und preßte ihr einen Ellbogen zwischen die Rippen. Die Zähne fest zusammengebissen, um den Schmerz zu ertragen, wehrte sie sich mit Fausthieben und Fußtritten.

Schließlich zerrte er die gefesselten Arme unter ihr hervor und schlug sie mit einem Handrücken ins Gesicht.

Ihr Kopf dröhnte. Reglos lag sie da, die Augen geschlossen, kämpfte mit den Tränen und wartete auf den nächsten Schlag, der sie gewiß töten würde, auf Olafs barbarische Rache.

Nichts geschah. Langsam hob Erin die Lider, sah ihn neben sich liegen, einen Schritt entfernt. Müde starrte er sie an, während er nach Luft rang. Als er sich zu ihr wälzte, unterdrückte sie einen Angstschrei. Sie wollte aufspringen und fliehen, doch ihr Körper, vor Entsetzen erstarrt, gehorchte ihr nicht.

Der Wolf umschlang sie wieder mit seinen gefesselten Armen. Bleischwer lag er auf ihr und rührte sich nicht. Sie spürte nur seine tiefen Atemzüge. Nie zuvor hatte sie sich so machtlos gefühlt, niemals war ihr die Schwäche ihres Geschlechts so bewußt gewesen.

Schreckensvisionen schwirrten durch ihr Gehirn. Ganz sicher würde er sie töten — und vorher vielleicht vergewaltigen oder foltern. In wachsender Verzweiflung wartete sie.

Nach einer Weile zog er seine Arme über ihren Kopf und rückte von ihr ab. Offenbar hatte er sie nur festgehalten, bis seine Kräfte zurückgekehrt waren. Nun würde er über sie herfallen ...

Aber statt dessen stand er auf, kehrte zum Bach zurück und trank wieder. Dann wusch er sich den Schlamm aus dem Gesicht und den Haaren, was seinen gefesselten Händen sichtlich schwerfiel. Erin richtete sich auf, doch da wurde ihr schwarz vor Augen, und sie sank zu Boden und kämpfte mit sich, um nicht die Besinnung zu verlieren. Als sich die Nebelschleier in ihrem Gehirn aufgelöst hatten, stand Olaf vor ihr, Wasser tropfte aus seinem Bart. »Habt Ihr noch was zu essen?« fragte er auf irisch. Das verblüffte sie — insbesondere, weil sie ihn in seiner Muttersprache beschimpft hatte.

Mit einiger Mühe stand sie auf und erwiderte tonlos: »In meinen Satteltaschen.«

Er packte sie an den Haaren und zog sie zu der friedlich grasenden Stute. Mit zitternden Fingern wühlte Erin in den ledernen Taschen. Als sie sich umdrehte, um dem Wikinger Brot und Dörrfleisch zu reichen, hielt sie den Atem an. Vor Überraschung ließ sie das Essen fallen. Er hatte die Augen geschlossen, und an seinen Schläfen traten vor Anstrengung die Adern hervor, während er seine

Handgelenke mit aller Kraft gegen die Fessel stemmte. Der Lederriemen riß und landete am Boden.

Nun öffnete Olaf wieder die Augen, schaute Erin an, dann das Essen, das im Gras lag. »Hebt es auf«, befahl er, wieder in ihrer Sprache.

Wortlos bückte sie sich und gehorchte.

Als er das Brot und das Fleisch verschlang, ließ er sie nicht aus den Augen. Nach seiner Mahlzeit umklammerte er ihren Arm, zerrte sie zum Bach, sank am Ufer zu Boden und zog sie mit sich hinab. Mit seiner freien Hand riß er das Leder von seinem verletzten Schenkel und entblößte eine lange, tiefe Schnittwunde.

Erin sah, wie er die Zähne zusammenbiß. Offensichtlich litt er starke Schmerzen. Rasch wandte Erin den Blick von seinem Schenkel ab, aber er umfaßte ihr Kinn und drehte ihr Gesicht zu sich herum. »Ihr werdet die Wunde säubern.«

»Nein«, flüsterte sie und fühlte sich elend.

Seine Finger umschlossen ihr Kinn noch fester. »Ihr müßt es tun.«

Krampfhaft schluckte sie, riß den Saum ihrer Tunika ab und tauchte ihn ins kalte Wasser, dann hielt sie inne. Olafs Augen glichen harten, glitzernden Diamanten. »Ihr müßt es tun«, wiederholte er.

Vorsichtig begann sie, die Wunde zu waschen, und er stöhnte nur ein einziges Mal leise auf. Sein Gesicht färbte sich grau, ansonsten ließ er nicht erkennen, welche Qualen er ausstand.

Erin biß sich auf die Lippen. Sie zitterte am ganzen Körper, als sie die Reinigung beendet hatte. »Die Wunde müßte ausgebrannt werden.«

Er nickte, stand auf und begann, den Boden abzusuchen. Wieder dachte sie an Flucht, aber als sie ihre Muskeln anspannte, um aufzuspringen, wandte sich Olaf zu ihr. Offenbar las er in ihren Augen, was sie plante, denn er kehrte hinkend zurück, versetzte ihr einen kräftigen

Stoß und warf sie ins Wasser. Nachdem er einen Flintstein gefunden hatte, sammelte er ein wenig Brennholz und machte ein Feuer am Ufer. Dann holte er Erins Schwert aus dem Gebüsch, humpelte wieder zu ihr und zog sie aus dem Wasser. Mit einer Hand umklammerte er ihren Arm, mit der anderen hielt er die Klinge in die Flammen, dann zog er sie mit sich zu Boden und reichte ihr die Waffe. »Jetzt!« zischte er.

Mit zitternden Fingern drückte sie das erhitzte Metall an seinen Schenkel, und als sie das verbrannte Fleisch roch, fiel sie beinahe in Ohnmacht. Diesmal schrie er laut auf. Er ließ sie los, krümmte sich im Gras und krallte beide Hände in die Erde.

Erschrocken ließ sie das Schwert fallen, tiefes Mitleid schnürte ihr die Kehle zu, wurde aber sofort von ihrem Verstand verdrängt. Diesen Augenblick mußte sie zur Flucht nutzen. Sie sprang auf, um zu ihrer Stute zu laufen, aber da packte eine kräftige Hand ihren Fußknöchel und brachte sie zu Fall. Olaf hatte die Augen geschlossen. Er war kaum bei Bewußtsein, aber hielt ihr Bein eisern fest, obwohl sie mit aller Kraft versuchte, es ihm zu entreißen.

Nach einer Weile rückte er näher zu ihr, ergriff ihr Handgelenk und ließ den Fußknöchel los. »Irisches Biest!« fauchte er. »Nun habe ich Euch einiges heimzuzahlen. Ihr solltet meine Rachsucht nicht noch mehr schüren. Jetzt seid Ihr meine Gefangene — ganz und gar in meiner Macht.«

Bitter fragte sie sich, wieso er trotz seiner Schmerzen bei Bewußtsein blieb und sprechen konnte. »Niemals werde ich in Eurer Macht sein, Wikinger!« fuhr sie ihn an. »Mein Vater wird uns finden, und dann wird man Euren Leichnam bald den Ratten zum Fraß vorwerfen . . .« Schreiend unterbrach sie sich, als er ihr Handgelenk verdrehte.

»Haltet den Mund!« befahl er, wälzte seinen schweren

Körper auf Erin und keuchte gequält, weil die anstrengende Bewegung seinem Schenkel neue Schmerzen bereitete. Mit beiden Händen hielt er ihren Kopf fest. »Seid still! Ihr stellt die Geduld der Götter wirklich auf eine harte Probe!«

Entsetzt starrte sie in seine hypnotischen blauen Augen und wagte nicht mehr, sich zu rühren. Um ihre Angst nicht zu zeigen, senkte sie die Lider.

Die Zeit verstrich. Olaf hielt Erins Kopf immer noch fest, aber allmählich lockerte sich der Griff. Schließlich ertrug sie ihre innere Anspannung nicht länger, vorsichtig öffnete sie die Augen und erkannte, warum der Wolf völlig reglos auf ihr lag. Die heftigen Schmerzen hatten ihren Tribut gefordert und ihm das Bewußtsein geraubt. Seine Wange ruhte auf ihrer Schulter, das blonde Haar kitzelte ihr Kinn. Hart drückte sich die breite gepanzerte Brust an ihren Busen, seine Schenkel waren zwischen ihre gesunken. Sie befanden sich in einer absurden intimen Stellung. So als hätte er sie vergewaltigt ...

Dieser Gedanke erweckte eine fast panische Angst, und Erin entschied, lange genug gewartet zu haben. Behutsam versuchte sie, sich unter seinem schweren Körper hervorzuwinden, hob seinen rechten Arm, der neben ihrem Kopf ins Gras gesunken war. Dann rückte sie vorsichtig ihre Beine nach einer Seite und drehte sich langsam auf den Bauch. Nun konnte sie leichter unter Olaf hervorkriechen.

Halb und halb hatte sie sich befreit, als sie plötzlich eine Bewegung spürte. Sie drehte sich um und schrie bestürzt auf, als sie dem Blick des Wolfs begegnete. Sein Arm umschlang ihre Taille, zerrte sie zu sich heran, und dann lag sie wieder unter seinem schweren Gewicht. »Mädchen, noch bin ich nicht im Vollbesitz meiner Kräfte. Aber solltet Ihr noch einmal zu fliehen versuchen, werde ich Euch ein Bein brechen. Da Ihr sehr zarte Knochen habt, schaffe ich das mit einer Hand, ohne allzu große

Anstrengung.« Eindringlich schaute er ihr in die Augen, dann sank sein Kopf wieder auf ihre Schulter.

Tränen rollten über ihre Wangen. Lautlos weinte sie, während sie die Sonne aufgehen sah. Schließlich wurde auch sie von dem Bedürfnis nach jener Ruhe überwältigt, die der Wolf so dringend benötigte, und sie versank in einen rastlosen Schlaf.

Olaf sah das majestätische Gebäude von Walhall, um das sich Nebelschleier rankten, so wie es sich für die Halle der Götter geziemte. Kostbare Steine funkelten an erlesenen Trinkgefäßen, die Krieger und ihre Frauen waren in Seide gekleidet. Lachend genossen sie ihr Festmahl, und die Männer hoben große Trinkhörner an die Lippen.

Aber Olaf hielt nicht inne, um mit seinen Gefährten zu trinken. Er eilte durch die Halle, von einer nebelverhangenen Tür zur anderen. Grenilde ... Sicher würde sie auf ihn warten. Und da schwebte sie ihm entgegen, die Arme ausgestreckt. Er hielt sie fest, fühlte nicht die heiße Leidenschaft, die sie ihm geschenkt hatte, nur inneren Frieden und die Zärtlichkeit endlich wiedervereinter Seelen ...

Im Halbdunkel zwischen Schlaf und Wachen lächelte er, spürte die Liebkosung ihres lockigen Haars an der Wange und die Wärme ihres Körpers. Seine Finger glitten über ihr Gesicht und den zarten Hals, seine Hand umschloß eine feste, runde Brust. Leise seufzte sie und schmiegte sich fester an ihn.

Er blinzelte, brennend schien ihm der grelle Sonnenschein in die Augen. Aber noch schmerzlicher war der Verlust seines Traums. Er betrachtete die Frau, die neben ihm in seinen Armen lag. Das Haar, das sein bärtiges Kinn berührte, schimmerte nicht golden, sondern schwarz wie die Nacht. Und die schlanken, langen Beine, mit seinen verschlungen, gehörten nicht Grenilde, ebensowenig das zarte Gesicht — im Schlaf täuschend süß und unschuldig. Zweifellos hielt er das irische Biest umfangen, das so eifrig bestrebt gewesen war, ihn zu entmannen.

Leise seufzte sie, drückte sich noch fester an ihn, eine ihrer weichen Brüste füllte seine Hand. Ein bitteres Lächeln umspielte seine Lippen. Offenbar lebte sie in ihrer eigenen Traumwelt.

Doch Erin träumte nicht so wie er. Langsam kehrte sie aus dem Dunkel des Schlafs in die Wirklichkeit zurück, suchte einfach nur die Wärme und Kraft des Körpers an ihrer Seite, der ihr Sicherheit und Geborgenheit schenkte.

Wohlig rekelte sie sich, bis sie die Lider hob und in die eisblauen Augen des Wolfs starrte.

Spöttisch grinste er, als er das Entsetzen in ihrem Blick bemerkte. Sie schaute an sich hinab, auf ihre hochgerutschte Tunika, ihre Beine, mit seinen verkeilt. Hastig stieß sie seine Hand von ihrer Brust, in der sie ein seltsames Prickeln fühlte. Plötzlich lachte er, aber es klang hohl und freudlos. Da kam ihr die demütigende Lage, in der sie sich befand, voll zu Bewußtsein. Haßerfüllt schlug und trat sie nach ihm und fügte seiner Wunde neue Schmerzen zu.

Sofort verstummte sein Gelächter, von heller Wut verdrängt. Er schnellte empor, und dann saß er rittlings auf ihr, umklammerte ihre Handgelenke und zog ihr die Arme über den Kopf nach hinten. Offensichtlich hat er seine Kraft wiedergefunden, dachte sie und bereute zu spät ihren unüberlegten Angriff.

»Eigentlich müßte ich Euch einige Lektionen erteilen, irische Hexe«, fauchte er. »Dankt Eurem Gott, daß meine Gedanken anderweitig beschäftigt sind — und daß ich Eure Hilfe brauche. Ein Däne hat mein Bein durchstochen.« Er ließ sie los, stand langsam auf und zog Erin auf die Beine. »Gehen wir zum Wasser.« Am Ufer des Bachs stieß er sie zu Boden, dann ließ er sich vorsichtig neben ihr nieder. »Reinigt die Wunde, und macht Eure Sache gut, denn ich spüre immer noch ein starkes Brennen. Lindert den Schmerz!«

Ihre Hände zitterten, als sie die schmerzende Wunde mit frischem Wasser kühlte. Immer wieder warf sie beunruhigt einen Blick in Olafs Gesicht. Er hatte den Kopf in den Nacken gelegt, die Augen geschlossen, doch sie öffneten sich mehrmals zu schmalen Schlitzen, die gefährlich und warnend glitzerten.

»Der Schlamm in diesem Bach besteht aus einem besonderen Lehm«, erklärte sie zögernd. »Wenn Eure Wunde gewaschen ist, sollte ich eine Packung aus Lehm und Wasserpflanzen darauf legen. Dann wird der brennende Schmerz bald aufhören ...«

»Und ein heimtückisches Gift wird mich töten?« fragte er mit scharfer Stimme.

»Nein, ich sage die Wahrheit.«

»Dann macht mir die Packung, aber vorsichtig!«

Erin riß noch etwas Leder von der zerfetzten Gamasche, die den verletzten Schenkel umgab, dann löste sie einen weiteren Stoffstreifen vom Saum ihrer Tunika, um einen Verband herzustellen. Während sie den Schlamm mit den Pflanzen verknetete, fühlte sie viel zu deutlich Olafs verwirrende Nähe, seine heißen Atemzüge an ihrem Hals, und als sie sich über sein Bein beugte, seine warme Haut. Selbst wenn sie ihn nicht ansah, spürte sie seinen Blick, in dem kalter Spott und verächtliche Belustigung lagen.

Wann immer sie seinen Körper versehentlich streifte, erschauerte sie ein wenig. Sie mußte fliehen, aber uneinholbar, denn zuvor würde sie ihn noch einmal verletzen und seine Rachsucht erneut entfachen müssen.

Offenbar erriet er ihre Gedanken. »Angeblich ist Rache süß, irische Hexe ...«

»O ja, Wikinger, Rache ist süß«, bestätigte sie und berührte den Verband über seiner Wunde, als wollte sie prüfen, ob er auch richtig saß. Dann stand sie auf und streckte sich, scheinbar steif und müde von der Arbeit. Wie sie gehofft hatte, neigte er den Kopf und begutachtete die Pakkung auf seinem Schenkel. Nein, er ist noch nicht bei Kräften, sagte sich Erin. Er hat kaum etwas gegessen, und der Wundschmerz muß ihn trotz der nächtlichen Ruhe immer noch schwächen. Wenn sie die Flucht ergriff, konnte er ihr unmöglich nachlaufen. Und falls sie nicht schleunigst das Weite suchte, würde er ›süße‹ Rache an ihr üben.

Vorsichtig bückte sie sich, um einen abgebrochenen kurzen Ast vom Ufer aufzuheben, und hoffte, Olaf würde nichts bemerken. Doch er hörte das Rascheln und sah auf — einen Augenblick zu spät.

Als sie den Ast mit aller Kraft auf seinen Schädel schlug, begegnete sie seinem Blick und las darin eine Botschaft, ehe sich die Lider senkten. Wenn er sie jemals wieder in seine Gewalt bekäme, würde er sich grausam rächen.

Er brach am Ufer zusammen, doch Erin wußte, daß sie ihn nicht tödlich getroffen hatte. Wahrscheinlich war er nicht einmal bewußtlos. Aber sie wartete nicht ab, um das herauszufinden, sondern rannte davon, vergaß ihr Pferd und den absurden Gedanken, sie hätte Olaf den Weißen jemals gefangennehmen können. Wie von Sinnen, stürmte sie zwischen den Bäumen dahin, durch Büsche und Dornengestrüpp, nur von einem einzigen Wunsch besessen, sich möglichst weit von dem Mann zu entfernen, der eine so unglaubliche Macht und Stärke ausstrahlte.

6

A. D. 853

Erin lehnte sich an den breiten Eschenstamm, schloß die Augen und holte tief Luft. Der Frühling zog ins Land und wurde von heftigen Regenfällen begleitet. Der Boden unter ihren Füßen war feucht, der Wald roch nach frischem Grün.

Neuer Regen lag in der Luft. Bald würde sich das Erdreich in Schlamm verwandeln. Als sie ihre müden Glieder streckte, zuckte sie zusammen und griff sich an die Schulter. Dann starrte sie überrascht auf ihre klebrigen Finger. Blut sickerte aus einer Wunde. Seltsam — sie hatte keinen Schmerz verspürt.

Sie nahm ihren vergoldeten Helm ab und setzte sich unter den Baum. Nicht weit entfernt, an der Meeresküste, würden ihre Plünderer jetzt das dänische Lager verwüsten. Sie hörte das Geschrei der Männer nicht, denn sie hatte gelernt, nicht darauf zu lauschen und nicht an das Gemetzel zu denken.

In ihrer Nähe knackte ein Zweig, und sie griff angstvoll nach ihrem Schwert. Verwundert hob sie die Brauen, als Mergwin vor ihr stehenblieb. Doch ihre Überraschung verflog ebenso schnell wie ihre Furcht. Der alte Druide hatte schon oft die Gabe bewiesen, plötzlich aufzutauchen, obwohl man ihn ganz woanders vermutete.

»Frauen sollen keine Waffen tragen, Mylady Erin«, begann er, »schon seit 697 nicht, als die Mutter des Heiligen Adamnan zwei schöne Mädchen gegeneinander kämpfen sah. Diese zarten Geschöpfe gingen mit Eisensicheln aufeinander los, so wild und barbarisch, daß der Heilige in Tara jenes Gesetz erließ, das wir Cain Adamnan nennen. Kennt Ihr es nicht?«

Sie wollte seinem Blick standhalten, vermochte es aber nicht. Erschöpft seufzte sie auf. »Ich nehme nicht an Schlachten teil, Mergwin.«

»Nein, aber Ihr befehligt die Männer, dann greifen sie die Wikinger, die Ihr in die Falle gelockt habt, vom Wald aus an.«

Das Blut stieg ihr in die Wangen, und sie fühlte sich elend. »Was tut Ihr hier, Mergwin?« fragte sie ärgerlich. Nun fing ihr Arm zu schmerzen an, und der vergoldete Brustpanzer erschien ihr unendlich schwer. Warum übte der Druide eine so niederschmetternde Wirkung auf sie aus? Sie war siegreich gewesen, wie schon so oft, seit sie ihre Überfälle durchführte. Aber sie empfand keinen Triumph. Sie sehnte sich nach ihrem Zuhause, nach der Mutter. Sie wollte den Schmutz von ihrem Körper waschen, ihr Haar sorgfältig kämmen und Seide für neue Kleider aussuchen ...

»Ich dachte, ich würde Euch hier finden, Erin«, antwortete Mergwin und setzte sich zu ihr. Als er ihre Verletzung entdeckte, fügte er hinzu: »Ich werde Euch einen Umschlag machen. Danach müßt Ihr die Wunde sauberhalten, oder die ruhmreiche Laufbahn der Goldenen Kriegerin wird ein schnelles Ende finden. Versteht Ihr mich?«

Schweigend nickte sie.

In tadelndem Ton fuhr er fort: »Ich nehme an, weder Aed noch Fennen von Connaught wissen, welche Lady die Wikinger mit ihrer listigen Strategie zur Verzweiflung treibt.«

Erin konnte ihm noch immer nicht in die Augen schauen. »Nein, das wissen sie nicht.« Tollkühn konnte sie einer Kriegerhorde entgegenreiten, aber wenn der Druide ihr ins Gewissen redete, kam sie sich immer noch wie ein unartiges Kind vor. Für ihn war sie nicht die Goldene Kriegerin, sondern eine junge Frau, die befürchtete, entlarvt und gefangengenommen zu werden. Manchmal fragte sie sich, warum sie diesen Weg jemals beschritten hatte. Endlich sah sie ihren alten Lehrer an. »Mein Vater darf nicht erfahren, daß ich diese Angriffstruppen befehlige. Er würde dem allen ein Ende setzen und mich mit Fennen verheiraten.«

»Ich müßte Eurem Vater reinen Wein einschenken«, murmelte Mergwin, und sie schnappte nach Luft, als er einen Streifen, den er von seiner Robe abgerissen hatte, fest um ihren verletzten Oberarm wand. »Schon längst solltet Ihr als Fennens Frau in seiner königlichen Residenz leben, fern von Blutvergießen und törichten Mutproben.«

Sie erschauerte und verspürte viel schlimmere Angst als bei ihrem ersten Überfall. Nur selten gestattete sie sich nachzudenken. Am Tag ihrer Begegnung mit dem norwegischen Wolf hatte sie aufgehört, von glorreichen Kämpfen zu träumen, und gelernt, wie verwundbar sie war.

Doch dann war Gregory heimgekehrt, restlos genesen und von neuem Mut erfüllt. Seine Rachsucht hatte ihre eigene wieder angestachelt. Mit ihrem Vetter war sie in Clonntairth gewesen, mit ihm hatte sie den gnadenlosen Angriff der Nordländer beobachtet, nur sie beide erinnerten sich an das Grauen. Und so schwelgten sie gemeinsam in Tagträumen von niedergemetzelten Wikingern. Und sie erkannte, daß Gregory bei den Mönchen nicht nur seine Gesundheit wiedererlangt, sondern auch gelernt hatte, listenreiche Pläne zu schmieden.

Nach dem Sieg der Dänen am Carlingford-See hatte man geglaubt, nun würde Friede im Land herrschen. Doch das war ein frommer Wunsch gewesen. Dänische Banden plünderten Küstendörfer, noch während die irischen Könige mit Friggid dem Krummbeinigen zusammentrafen, und auch die besiegten Norweger kehrten bald zurück, um unbarmherzige Vergeltung zu üben.

Gregory kümmerte es wenig, ob die Angreifer den Dänen oder den Norwegern angehörten. Fieberhaft drängte es ihn, alle ausländischen Eindringlinge zu vernichten, ebenso die treulosen Iren, die ihrer Heimat den Rücken kehrten, um sich Wikingergruppen anzuschließen und ihr eigenes Volk zu berauben.

Während seiner Genesung bei den Mönchen in Armagh, hatte Gregory verschiedene Kriegsstrategien studiert. Was er gelernt hatte, brachte er in Einklang mit Erins Geschichten von tapferen, kämpferischen Frauen — von Maelsechlainns Tochter, die den Norweger Turgeis getötet hatte, und der blonden Wölfin an der Seite Olafs des Weißen. Und so wurde die Goldene Kriegerin geboren.

Nur ihrem Vetter hatte Erin anvertraut, sie sei nach der großen Schlacht von Carlingford Lough einem Wikinger begegnet und feige geflohen.

Gregory war fasziniert und versicherte, sie habe sich großartig verhalten. Offensichtlich sei sie von den Waldgeistern gerettet worden, um ihr heroisches Schicksal zu erfüllen. Sie selbst glaubte keineswegs an ihr Heldentum, aber er entwarf einen schönen vergoldeten Helm und einen passenden Brustpanzer. Und ehe sie so richtig wußte, wie ihr geschah, stimmte sie seinen kühnen Plänen zu. Sie wurde die Goldene Kriegerin, von Königen bewundert, von Dichtern verehrt, von den Wikingern respektvoll gefürchtet.

Zunächst ritt sie dem Feind nur mit Gregory und ein paar jungen Männern entgegen, die in Tränen ausbrachen, als sie zum erstenmal Blut sahen. Aber die Kraft ihrer Überzeugung machte ihnen Mut, und nachdem sie einige Nächte lang ihr Entsetzen, ihre Wunden und den Tod von Brüdern oder Freunden beweint hatten, entwickelten sie sich zu einer hartgesottenen, widerstandsfähigen Streitkraft. Und nach erfolgreichen Überfällen gesellten sich immer mehr irische Prinzen und Krieger zu dem Geheimbund.

Sie trafen sich nur, wenn Erin und Gregory den familiären Pflichten in Tara zu entrinnen wußten — in letzter Zeit etwas häufiger, denn Aed war vollauf mit seinen Sorgen wegen der wieder stark gewordenen Norweger beschäftigt. Er reiste durch das Land, um die Könige zusammenzutrommeln, denn nur eine gemeinsame Verteidigungstaktik vermochte das Überleben der Iren zu sichern. Maeve hatte sich gegen ihre jüngste Tochter noch nie behauptet. Vermutlich kam sie gar nicht auf den Gedanken, das Mädchen könnte lügen, was die ›Pilgerfahrten‹ mit dem Vetter betraf.

Erin trat nur in der goldenen Rüstung vor ihre Krieger, mit dem Helm, der ihr Gesicht verbarg. Monatelang hatte sie befürchtet, ihre Stimme würde sie verraten, doch die wurde durch eine seltsame Echowirkung getarnt, die hinter dem kunstvoll geschmiedeten Goldvisier entstand. Ihre Getreuen respektierten ihren Wunsch, namenlos zu bleiben. Wer immer seine Neugier bekundete, sah sich sofort mehreren gezückten Schwertern gegenüber.

»Bitte, Mergwin«, flehte sie nun, »Ihr dürft meinem Vater und Fennen nichts verraten. Noch nicht. Vorerst will ich nicht heiraten, denn ich werde gebraucht. Wir haben den Wikingern schwere Niederlagen beigebracht, zahlreiche irische Menschenleben und Dörfer gerettet.« Sie berührte die bärtige Wange des Druiden. »Bitte! Ich schwöre Euch, ich trage meine Waffe nur, um mich selbst zu verteidigen, wenn . . .«

»Wenn die Goldene Kriegerin nicht schnell genug verschwinden kann, nachdem sie arglose Männer in den Tod gelockt hat?«

Allmählich verlor Erin die Geduld. Sie war müde, ihr Arm schmerzte, und der Alte tat so, als müßte man die Wikinger bemitleiden. »Mergwin, diese ›arglosen Männer‹ sind Diebe, Vergewaltiger und Mörder. Sie plündern ein Land, das nicht ihnen gehört — *mein* Land. Und sie brauchen es nur zu verlassen, wenn sie ihre elende Haut retten möchten. Wir greifen ihre Lager nur an, wenn wir wissen, daß sie wieder einmal eines unserer Dörfer verwüsten wollen.«

Sie stand auf und straffte den Rücken. Nun erkannte Mergwin, wie es ihr gelungen war, einen wilden Haufen junger Leute zu einer formidablen Kampftruppe zu formen. Aus den smaragdgrünen Tiefen ihrer Augen strahlte die ganze Liebe zu ihrer Heimat. Er vermochte ihr nicht zu widersprechen und die Berechtigung ihres Tuns zu bestreiten, denn die geheimen Überfälle hatten ihrem Vater geholfen, die irischen Könige zu einigen. Er fürchtete einfach nur um ihr Leben. Aber wenn er die Gefahr, die ihr von seiten des blonden Riesen drohte, auch deutlich sah — der Druide wußte, daß es nicht in seiner Macht lag, ihr Einhalt zu gebieten.

Auch er erhob sich und war froh, daß er sie um einiges überragte. Wenn er sich gegen Aeds mutwillige Tochter durchsetzen wollte, mußte er die ganze Aura seiner ehrfurchtgebietenden Erscheinung nutzen. »Schickt Eure Leute weg, Erin«, befahl er. »Ich bin gekommen, um Euch nach Tara zu geleiten. Euer Vater beruft eine Ratsversammlung ein, und Eure Abwesenheit würde ihm sicher auffallen.«

Das ließ sich nicht leugnen. »Also gut, Mergwin.« Er reichte ihr den Helm, sie setzte ihn auf und schloß das Visier. Jetzt war sie nicht mehr seine sanftmütige Erin, die gebrochene Rotkehlchenflügel heilte und Tränen um verendete Waldtiere verlor. Mit beängstigender, siegessicherer Würde trug sie ihre goldene Rüstung.

Lautlos eilte sie zwischen den Bäumen hindurch, zu dem Lager, wo die Dänen überfallen worden waren. Sie wappnete ihre Augen gegen den Anblick der Leichen. Wie so viele Krieger hatte sie gelernt, den Tod einfach zu übersehen. Inständig betete sie, Gregory möge nicht zu den Gefallenen zählen.

Stille erfüllte den Wald, und sie zwang sich, kurz stehenzubleiben und zu lauschen, wie Mergwin sie es vor langer Zeit gelehrt hatte. Zunächst hörte sie nur das leise Rascheln der Blätter im Wind, der aber gleich darauf schwaches Stimmengewirr aus der Ferne herantrug. Sie folgte dem Geräusch und erreichte die Lichtung, wo ihre Truppe, etwa zwanzig Mann stark, das Wikinger-Lager überfallen hatte.

Zwischen den Zelten und den inzwischen kalt gewordenen Feuerstellen sah sie das grausige Ergebnis des Gemetzels. Mühsam schluckte sie und kämpfte mit den Tränen. Das sind Wikinger, sagte sie sich, aber in letzter Zeit ertappte sie sich immer öfter dabei, wie sie beim beklemmenden Anblick von Leichen nicht mehr daran dachte, welchem Volk sie angehört hatten. Neben einem Kochkessel lag ein erstochener alter Mann — vor einem Zelt eine Frau, eine irische Pike im Herz.

Erin wurde schwarz vor Augen. Ich muß mich jetzt zusammenreißen, dachte sie verzweifelt. Die *Wikinger* sind die Schlächter und Barbaren, wir aber die gebildeten Christen ...

Sie ging zur Mitte der Lichtung, ihre Stimme hallte über das Lager. Ihre Männer kamen aus den Zelten, die Beute in den Händen, und als sie ihnen ihr heidnisches Verhalten vorwarf, senkten sie beschämt die Köpfe. Einer trat vor und fiel vor ihr auf die Knie. »Verzeiht, Lady. Diese Frau wurde in der Hitze des Gefechts getötet. Während unsere Speere und Piken durch die Luft flogen, erschien sie unversehens, mitten im Getümmel.«

Als er zu Erin aufschaute, erschrak sie. Er war kein anderer als Fennen mac Cormac. O Gott, er wird mich erkennen, dachte sie in wachsender Panik, dann zwang sie sich zur Ruhe. Nein, er konnte unmöglich herausfinden, wer sie war. Durch das geschlossene Visier sah man nur ihre Augen. »Steht auf, bitte!« befahl sie. »Ich hoffe nur, wir werden dieses Land nicht von den Heiden befreien, um uns selber in Heiden zu verwandeln.«

Alle Männer umringten sie, mit Kriegstrophäen beladen. Es störte Erin nicht, daß sie die feindlichen Lager plünderten. Fast alles, was die Wikinger besaßen, war ursprünglich das Eigentum der Iren gewesen. Sie hob ihre golden behandschuhten Hände. »Meine Freunde, wir müssen jetzt auseinandergehen. Ihr werdet hören, wann und wo wir uns wieder treffen.«

Schweigend begannen die Krieger mit dem dunklen Wald zu verschmelzen. Erins Blick glitt hastig über die Gesichter, und als sie ihren Vetter entdeckte, schickte sie ein stummes Dankgebet zum Himmel. Gregory lächelte ihr über das Lager hinweg zu, dann neigte er leicht den Kopf, um anzudeuten, daß er den Grund ihrer Sorge kannte. Fennen ...

Sie hatte beobachtet, wohin der junge irische König geeilt war, und als sie das Lager verließ, schlug sie die entgegengesetzte Richtung ein. Gregory erwartete sie, an einer zuvor vereinbarten Stelle, und sie warf sich in seine Arme. Endlich brauchte sie ihre Angst nicht mehr zu verbergen. »Wenn Fennen mich erkannt hätte ... Warum wußte ich nicht, daß er an unserer Seite kämpft? Du hättest mich warnen sollen.«

»Das konnte ich nicht, Erin, denn er stieß erst im allerletzten Augenblick zu uns. Mir blieb nichts anderes übrig, als ihn freundlich aufzunehmen — so wie alle Iren, die sich unserer Sache verschreiben wollen. So kurz vor der Schlacht wollte ich dich nicht beunruhigen.« Nach einer kurzen Pause fragte er: »Warum mußten wir auseinandergehen?«

»Mein Vater hat in Tara eine Ratsversammlung einberufen, deshalb müssen wir nach Hause zurückreiten. Ich fürchte, es wird Ärger geben, denn jetzt weiß Fennen, daß du zu den geheimnisvollen Angreifern gehörst, die schon so viele Wikinger geschlagen haben. Und Mutter glaubt, wir beide würden lammfromm zu den Kapellen reiten ...«

Gregory schüttelte den Kopf. »Diesen Überfall wird

Fennen gewiß nicht erwähnen. Dein Vater darf die Erfolge der Goldenen Kriegerin und ihrer Anhänger nicht gutheißen, denn im Grunde sind wir Gesetzlose — wir tun, was uns beliebt. Und als König von Connaught ist Fennen verpflichtet, sich den politischen Entscheidungen des Ard-Righ unterzuordnen — und dieser will Zurückhaltung üben, bis eine straff organisierte Verteidigung auf breiter Ebene aufgebaut ist. Also wird Fennen seine Mitgliedschaft bei unserem Geheimbund ebenso wenig zugeben wie ich.«

»Hoffentlich hast du recht. Bring jetzt unsere Pferde hierher, wir müssen die Rüstungen ablegen.«

Gregory runzelte die Stirn. »Wieso weißt du, daß dein Vater eine Ratsversammlung einberufen hat?«

»Weil Mergwin im Wald aufgetaucht ist.«

»Mergwin!«

Sie lächelte ein wenig gequält. »Dieser alte Druide verfügt über besondere Fähigkeiten.«

Ihr Vetter unterdrückte einen Fluch und entfernte sich, um die Pferde zu holen.

Während Erin ihren Helm abnahm, dachte sie an Fennen, dessen Entschluß, für die Goldene Kriegerin zu kämpfen, ihr Wohlgefallen erregte. Nun mochte sie ihn lieber denn je.

Als Gregory zurückkehrte, half er ihr, den goldenen Brustpanzer abzustreifen, dann befreite sie ihn auch von seiner Rüstung.

»Erin ...« begann er zögernd.

»Ja, Gregory?«

Er wandte ihr den Rücken zu, während er die Helme und Panzer sorgfältig in den Satteltaschen verstaute, um sie vor dem Ritt nach Tara zu verstecken. »Wie hat Mergwin uns gefunden, wie konnte er Bescheid wissen?«

»Manchmal erfährt er gewisse Dinge — einfach so. Komm jetzt, Gregory, wir müssen ihn suchen und dann zusammen mit ihm aufbrechen. Ein Glück, daß er uns aufgespürt hat! Mein Vater wird glauben, wir wären die ganze Zeit mit ihm zusammengewesen.«

Sie mußten den Druiden nicht suchen, denn er ritt auf seinem rostbraunen Wallach heran, sein Umhang und der lange Bart flatterten in der Brise. »Nun, können wir nach Tara reiten?«

Wortlos schwangen sich Erin und Gregory in die Sättel und folgten ihm. Nach einer Weile lenkte sie ihr Pferd an die Seite des alten Mannes. »Warum hat mein Vater eine Ratsversammlung einberufen? Ist etwas geschehen?«

Er warf ihr einen unergründlichen Blick zu. »So könnte man es nennen, Mylady Erin. Olaf der Weiße hat die Dänen vom Liffey vertrieben — und Dubhlain eingenommen. Der Herr der Wölfe ist zurückgekehrt.«

Angst krampfte ihr Herz zusammen, als er mit ausdrucksloser Stimme hinzufügte: »Angeblich will er sich nicht mit Dubhlain zufriedengeben. Man behauptet, der Wolf würde bis nach Tara vorrücken.«

7

»In meiner Abwesenheit wirst du Tara nicht verlassen. Ich habe großzügig geduldet, daß du mit Gregory immer wieder in anderen Kapellen betest, obwohl ich es unsinnig finde. Aber während wir kämpfen, bleibst du hier. Hast du mich verstanden, meine Tochter?«

Tränen brannten in Erins Augen. Ihr Vater, ihre Brüder und Gregory — alle würden aufbrechen, um dem Wolf entgegenzureiten, der angeblich mit ein paar tausend Kriegern im Vormarsch war. In den Tälern von Tara hatten sich die irischen Könige mit ihren Truppen versammelt, um endlich mit vereinten Kräften den gemeinsamen Feind zu bekämpfen, unter der Führung des Ard-Righ. »Ja, Vater«, antwortete sie kleinlaut, und er legte einen Finger unter ihr Kinn.

»Du weißt, in meinem alten Herzen hege ich eine Schwäche für dich, mein Mädchen, aber ich meine es ernst. Wenn du meinen Befehl mißachtest, werde ich dich unbarmherzig zur Rechenschaft ziehen.«

Erin nickte und beobachtete, wie Aed auf sein Pferd stieg. Dann eilte sie hinter der Mutter her, um ihre Brüder zu küssen. Mit einem wehmütigen Lächeln rückte sie die Schließe von Nialls Umhang zurecht. »Paß auf dich auf.«

»Kopf hoch, kleine Schwester. Bald sehen wir uns wieder.«

Er verabschiedete sich von seiner Frau, und Erin ging zu ihrem Vetter, der ihr zuflüsterte: »Offensichtlich muß die Goldene Kriegerin für einige Zeit verschwinden, und das ist gut so. Vorerst bist du in Sicherheit.«

»Aber ich habe solche Angst um meinen Vater und euch alle, Gregory.«

»Wir werden bestimmt zurückkommen.«

»Das hoffe ich von ganzem Herzen.«

Eine Hand berührte ihre Schulter, und sie drehte sich um. Fennen stand vor ihr, zog sie an sich und hauchte einen Kuß auf ihre Lippen. »Auch ich werde zurückkehren, und danach wollen wir nicht länger warten. Wir reden mit Eurem Vater und heiraten sofort.«

Sie öffnete den Mund, um zu widersprechen, doch sie besann sich anders. Wenn das irische Heer zurückkam, würde der Wolf vielleicht tot und die norwegische Bedrohung überstanden sein. »Gebt gut auf Euch acht, Fennen mac Cormac.«

»Der Kampf wird nicht lange dauern, das verspreche ich Euch, meine Schöne.« Prahlerisch schwang er sich in seinen Sattel und galoppierte davon, um die Reihen der Connaught-Krieger zu ordnen.

Erin hielt nach Gregory Ausschau, doch er war bereits losgeritten. Traurig blickte ihre Mutter dem Vater nach, der sich an die Spitze des langen Zuges setzte, und legte einen Arm um die Schultern ihrer jüngsten Tochter. Sie standen reglos nebeneinander, bis das letzte Pferd im Hitzeschleier der Mittagssonne verschwunden war.

Langsam verstrichen die Tage in Tara. Die täglichen Pflichten erschienen Erin immer öder und banaler. Man hatte ihr die Aufgabe zugeteilt, die Schafe zu hüten. Und während die Tiere weideten, lag sie im Gras und träumte von einer siegreichen Heimkehr der Iren. Nur der Tod des norwegischen Wolfs würde sie von allen bösen Erinnerungen befreien. In ihrer Fantasie sah sie auch, wie Fennen vor Aed niederkniete und um ihre Hand anhielt. Und der Vater, stolz auf die Heldentaten des jungen Königs, willigte nur zu gern ein ...

Diese Träume jagten einen wohligen Schauer durch Erins Körper, und sie fragte sich, wie es sein würde, einen Mann ganz und gar zu kennen, mit jedem Atemzug zu lieben.

Eines Nachmittags, fünf Wochen nach dem Abmarsch des irischen Heeres, wurde sie von trommelnden Hufschlägen jäh in die Wirklichkeit zurückgeholt. Ihr Herz begann heftig zu pochen, und sie sprang auf. Wie weit war sie mit der Herde davongewandert? Schwebte sie in Gefahr? Wenig später atmete sie auf, denn sie erkannte Gregory in dem Reiter, der sein Pferd nun in gemächlichen Trott versetzte, um die Schafe nicht zu erschrecken.

Erfreut rief sie seinen Namen und lief den Hang hinab. Sobald er abgestiegen war, warf sie sich an seine Brust. »O Gregory, ist alles in Ordnung? Wie geht es meinem Vater und meinen Brüdern?«

Er schob sie ein wenig von sich, um lächelnd in ihre sorgenvollen Augen zu schauen. »Als ich sie vor zwei Tagen verließ, waren sie alle noch wohlauf.«

»Und warum bist du hier?« fragte sie atemlos. »Droht uns eine Niederlage?«

»Nein, nein«, beruhigte er sie hastig, »alles läuft bestens. Dein Vater wollte nur einen Boten nach Tara schicken, um die Neuigkeiten bekanntzugeben.« Er machte eine Pause und überlegte, ob er den wahren Grund seiner Rückkehr nennen oder Erin zunächst die Freude gönnen sollte, einen Verwandten wohlbehalten wiederzusehen. Schließlich entschied er sich für letzteres. »Dieser Wolf ist ein seltsamer Gegner — und ich glaube, überaus schlau. Wenn er ein Dorf überfällt, tötet er nur die Männer, die ihre Waffen gegen die Norweger erheben. Er stiehlt ein paar Vorräte, um seine Krieger zu versorgen, und ehe er sich zurückzieht, brennt er keine einzige Hütte nieder. Ehrlich gesagt, ich zweifle an seiner Absicht, Tara anzugreifen. Wahrscheinlich erwartet er, wir würden annehmen, daß er sich genauso verhält wie alle anderen Wikinger vor ihm. Das tun wir natürlich, und dadurch könnten wir in eine Falle tappen.«

Erin umfaßte die Hand ihres Vetters und führte ihn den niedrigen Hügel zu ihren Schafen hinauf, wo sie eben noch von Friedenszeiten geträumt hatte. Nachdenklich öffnete sie ihren Beutel, reichte ihm Käse und frisches Brot. »Ich verstehe nicht . . .«, gestand sie, während er heißhungrig zu essen begann. »In welche Falle sollte Olaf die Iren locken? Hätte er Tara nie bedroht, wäre er in Ruhe gelassen worden. Solange er sich mit Dubhlain begnügt, gehen wir ihm aus dem Weg.«

Er schüttelte den Kopf und nahm eine Kürbisflasche mit Quellwasser entgegen. Durstig trank er, dann wischte er sich mit einem Ärmel die Lippen ab und seufzte. »Ich weiß nicht, was dies alles bedeutet, Erin, und genau das macht mir Sorgen. Niemand begreift, was er vorhat. Tag für Tag schlagen wir ihn weiter zurück. Bald werden wir ihn nach Dubhlain treiben, und trotzdem habe ich nicht das Gefühl, wir würden ihn jagen. Es ist mir ein Rätsel.«

»Mir nicht!« rief sie triumphierend. »Mein Vater übertrumpft den Wolf, diesen Hund von Norwegen, und letzten Endes werden wir siegen!«

Ihr wilder Gefühlsausbruch verblüffte ihn. Persönlicher Haß schien dahinterzustecken. Sicher, sie hatte die Tragödie von Clonntairth miterlebt, aber dort waren nicht ihre Eltern gestorben, sondern seine. Und wenn er auch auf Rache sann — er gab Olaf nicht die Schuld an dem Verlust. Im Krieg geschahen solche Dinge nun mal, auf beiden Seiten, und er hatte gelernt, dergleichen rein verstandesmäßig zu betrachten. Doch Erin war eine Frau, und trotz ihrer kämpferischen Talente gewannen immer wieder ihre Gefühle die Oberhand.

Ausdruckslos starrte sie auf die Schafe. »Hast du den Wolf gesehen?«

»Ja.«

»Er lebt also noch. Wurde er wenigstens verwundet?«

»Nicht einmal einen Kratzer hat er abbekommen. Viele Iren glauben, die nordischen Götter würden ihn schützen.« Der Ausdruck in ihren Augen mißfiel ihm, und er fand, nun wäre es an der Zeit, ihr die Wahrheit zu sagen.

»Erin, ich habe deinen Vater aus einem ganz besonderen Grund gebeten, mich als Boten hierherzuschicken, und auch alle Männer, die mich begleiten, selbst ausgesucht.« Er schwieg eine Weile, und als sie ihn abwartend ansah, räusperte er sich. »In Wirklichkeit bin ich hergekommen, weil ich dich brauche.«

»Ich verstehe nicht ...«

»Die Goldene Kriegerin muß wiederauferstehen.«

»Was? Du mußt verrückt sein, Gregory! Wenn wir meinem Vater begegnen würden — dann stünde ich lieber ganz allein einer Wikingerhorde gegenüber ...«

»Wir würden gar nicht in seine Nähe kommen«, unterbrach er sie. »Athrip hat die ganze Umgebung erkundet. Der Wolf gefährdet Tara nicht, aber einen knappen Tagesritt von hier entfernt lagern ein paar abtrünnige Iren und Dänen. Und Athrip glaubt, sie werden uns angreifen, weil die Stadt derzeit nur von wenigen Männern geschützt wird. Die Frauen edler Krieger sind hier. Für die könnten diese Schurken hohes Lösegeld verlangen — oder sich selbst mit ihnen vergnügen.«

Erin dachte kurz nach. »Wie kann ich euch helfen? Mein Vater hat mir das Versprechen abgenommen, nicht von hier wegzugehen, und meine Mutter findet jeden Morgen neue Pflichten, die ich in Tara erfüllen muß.«

»Wenn wir nicht handeln, wird es bald kein Tara mehr geben.«

»Ich kann mir nicht vorstellen, daß mein Vater keine Streitkraft herschicken würde.«

»Nur wir sind hier. Während sich der Kriegsschauplatz in Richtung Dubhlain verlagert, werden die Kämpfe mit jedem Tag schwieriger. Ich habe alle Männer bei mir, die Aed erübrigen kann. Erin, dein Vater rechnet mit meinem Sieg, und auch ich glaube daran. Aber wir müssen den Feind überraschen. Denk dir etwas aus — bitte!«

Er sah, wie sie mit sich kämpfte. Was bereitete ihr größeren Kummer - wieder in die goldene Verkleidung zu schlüpfen und Barbaren gegenüberzutreten oder die Befehle ihres Vaters zu mißachten? Nach einer Weile wurde sie sehr nachdenklich, und sie erwiderte mit klarer, kühler Stimme: »Ich weiß, welchen Vorwand ich gebrauchen kann. Sag meiner Mutter, Mergwin sei krank und du würdest mich mit deinen Männern zu ihm begleiten. Und dann taucht nahe der Druidenhütte plötzlich die Goldene Kriegerin auf.«

»Eine großartige Idee, Kusine!«

Erin stand auf und wischte Sand und Grashalme von ihrem Kleid. Sie blickte zu den schönen Gebäuden von Tara hinüber, die in der Sonne glänzten, und dachte an jenen Tag, an dem sie in Mergwins Hütte von ihrem künftigen Heldentum geträumt hatte.

Jetzt war sie eine Heldin, und ironischerweise wollte sie keine mehr sein. »Komm!« Sie reichte ihrem Vetter eine Hand. »Gehen wir zu meiner Mutter und meinen Schwestern. Du mußt ihnen die guten Neuigkeiten von Vater und meinen Brüdern erzählen - und dann mit den Frauen sprechen, die ihre Männer und Söhne nicht wiedersehen werden.«

Sie eilten zu Gregorys Pferd, das er am Zügel nahm, während Erin nach den Hunden pfiff. Rasch wurden die Schafe zusammengetrieben.

Olaf der Weiße spielte ein unglaubliches Katz- und Maus-Spiel. Tagelang griff er kleine Dörfer an, dann verschwand er blitzschnell, den Iren immer um einen Schritt voraus, und zog sich stetig in Richtung Dubhlain zurück.

Aber an diesem Tag hatte er vor den Feldschanzen von Dubhlain Stellung bezogen, um zu kämpfen. Dabei setzte er die Taktik ein, die auch die Tochter Aeds — ohne dessen Wissen — anwandte. Er lockte die Iren in einen Hinterhalt. Die Schlacht tobte vom Morgen bis zum Nachmittag und dauerte auch jetzt noch an, während die Dämmerung hereinbrach.

Aed beklagte sein Alter, als er inmitten des Blutvergießens focht. Scheinbar hatten die Iren das Feld vor dem bewaldeten Hügel lange gehalten, aber nun merkte er, daß dies eine Selbsttäuschung gewesen war. Eben hatten ihn noch seine eigenen Männer umgeben, nun stürmten von allen Seiten Norweger auf ihn ein.

Ich bin alt, sagte er sich, ich habe mein Leben gelebt. Doch eine solche Erkenntnis konnte einem Mann im Angesicht des Todes nicht helfen. Er dachte an Maeve und seine Kinder, an Irland, für das er so verzweifelt gekämpft hatte. Und so hob er erneut sein Schwert, obwohl er auf verlorenem Posten stand.

Und so plötzlich, wie er von den Feinden umzingelt worden war, wichen sie zurück. Sein Kopf dröhnte. Sein Blickfeld verschleierte sich, er schloß die Augen, und als er sie wieder öffnete, sah er Olaf den Weißen vor sich. Es stimmte, daß eine ganz besondere Aura von diesem Mann ausging. Sogar für einen Wikinger war er ungewöhnlich groß, und unter der geschmückten Rüstung schien sich die Verkörperung sehniger Kraft zu verbergen.

Zielstrebig ging er auf den Ard-Righ zu. Ich will nicht sterben, dachte Aed. Während er in die kalten blauen Augen des Nordländers blickte, durchrann ihn ein Schauer, doch davon ließ er sich nichts anmerken. Er betete stumm, schwang wieder seine Waffe und griff an. Klirrend wurde ein Schwerthieb nach dem anderen pariert, und die Begegnung zwischen den beiden Männern glich eher einem geschmeidigen Tanz als einem Duell auf Leben und Tod.

Die Arme des Iren bebten unter der Gewalt der Schwertstreiche, die er abwehrte. Allmählich wurde ihm bewußt, daß niemand anderer in den Zweikampf eingriff. Wenigstens brauchte er keine Streitaxt im Rücken zu befürchten. Doch er hatte den Zenit seiner männlichen Stärke längst überschritten, und er sah sich einem hervorragenden Krieger gegenüber. Daß er ihm so lange standhielt, tröstete Aed in der Gewißheit seiner Niederlage. Immerhin würde er den Heldentod erleiden, ein stolzer Recke und Heerführer.

Die Wikingerklinge warf ihn auf die Knie. Er versuchte, wieder aufzustehen, rutschte aber im blutigen Schlamm aus — unfähig, seine schwere Waffe wirksam einzusetzen. Erneut schloß er die Augen, dachte an grünes Gras, den Geruch regennasser Erde, Maeves Lächeln, das Blau des irischen Himmels. Und er versuchte, nicht zu zittern, als er die gegnerische Schwertspitze an der Kehle spürte. Doch sie entfernte sich wieder, und er hob verwundert die Lider.

Mißgönnte ihm der Norweger den würdigen Tod auf dem Schlachtfeld? Er konnte sich nicht vorstellen, daß der Wolf — für seine eigenartige Barmherzigkeit bekannt — dies dem Ard-Righ versagen würde, der so tapfer gekämpft hatte.

Zu seiner Überraschung streckte sich eine Hand, bis zu den Fingerknöcheln von Leder umhüllt, nach seiner aus. Eine gewisse Belustigung lag in den eisblauen Augen.

»Erhebt Euch, hoher König von Tara.« Die tiefe Stimme, die Aed in dessen Muttersprache anredete, klang erstaunlich angenehm. Verwirrt griff der irische Anführer nach der dargebotenen Hand, und der blonde Riese fügte hinzu: »Hoffentlich werde ich so viel Mut und Kraft besitzen wie Ihr, wenn ich in Eure Jahre komme.«

Aed stand auf und bemühte sich, nicht zu schwanken. »Wenn Ihr mich nun töten würdet, Herr der Wölfe ...«, erwiderte er auf norwegisch. »Gewährt einem König das Recht seiner Würde und macht ein Ende.«

Der Wikinger lachte, und Aed ahnte nicht, daß er als erster Mensch nach langer Zeit ein warmes Licht in diesen sonst so kalten Augen sah. »Bei Eurem christlichen Gott, Ard-Righ, ich werde Euch nicht das Leben nehmen.

Kehrt zu Euren Kriegern zurück. Wir werden Euch kein Haar krümmen, denn Ihr seid klug und ein Ehrenmann.«

Aed traute seinen Augen nicht, als die hochgewachsenen Nordländer beiseite traten, um ihn hindurchzulassen. Gleich wird sich eine Axt in meinen Rücken bohren, dachte er, doch Olaf hielt sein Wort. Unbeschadet überquerte der hohe König das mittlerweile schweigende Schlachtfeld, an dessen Rand die Norweger zwischen den Bäumen verschwanden. Er dankte dem Allmächtigen für die merkwürdige Laune des Wolfs, der ihm das Leben geschenkt hatte, und begann, die Ergebnisse des Kampftags zu überdenken. Doch er wußte beim besten Willen nicht, wer gesiegt hatte.

Vierzig Meilen entfernt, im Landesinneren, verließ Aeds Tochter den Schauplatz ihrer eigenen Schlacht. Gregory und die Truppen der Goldenen Kriegerin hatten Tara gerettet, aber Erin befand sich keineswegs in freudiger Stimmung, während sie durch den Wald ritt. Ihr Vetter war verwundet, und sie mußte ihn so schnell wie möglich zu Mergwin bringen, der geradezu magische heilsame Kräfte besaß.

Gregory ritt an ihrer Seite. Trotz seiner Schmerzen lächelte er ihr zu, und sie versprach: »Bald wird dir der Druide helfen.«

»Um dich mache ich mir Sorgen, nicht um mich.«

Sie antwortete nicht sofort. Beinahe hätte dieser Tag ihr Ende bedeutet. Sie war mitten ins Schlachtgetümmel geraten, in einen Zweikampf mit einem bärenstarken Dänen verwickelt worden und seiner mörderischen Axt mit knapper Not entronnen. Sie selbst hatte den tödlichen Schlag nicht ausführen müssen, weil Gregory rechtzeitig herbeigeeilt war, aber erkannt, daß sie zu töten vermochte — allerdings nur, um ihr eigenes Leben zu retten.

Ihr Herz fand keinen Gefallen am Krieg. Und sie wußte, was ihren Vetter beunruhigte. Sie könnte erneut einem erbitterten Feind gegenüberstehen und zögern, zum entscheidenden Schwertstreich auszuholen.

»Hab keine Angst«, bat sie schließlich. »Wann immer ich in Gefahr bin, werde ich tun, was nötig ist.«

»Hoffentlich mußt du deine goldene Rüstung nie wieder tragen.«

Schweigend ritten sie weiter, und wie Erin geahnt hatte, wurden sie von Mergwin schon erwartet. Er behandelte Gregorys Wunde, gab ihnen zu essen und bereitete ihnen in seiner Hütte ein Nachtlager, ohne viel zu reden. Trotz der schrecklichen Schlacht des vergangenen Tages schlief Erin wie ein Kind.

Zum Frühstück verspeisten sie Räucherfisch. Der Druide war immer noch wortkarg, und Erin forschte vergeblich nach dem Grund seiner sonderbaren Stimmung. Beim Abschied las sie tiefe Trauer und Mitleid in seinen Augen. Dieser Blick verfolgte sie noch lange und gab ihr zu denken. Beinahe hätte sie ihren Vetter darauf hingewiesen, doch er saß müde und zusammengesunken im Sattel, und sie wollte ihn nicht mit ihrer unerklärlichen Angst belasten.

Sie erreichten Tara ohne Zwischenfälle, und Gregory blieb noch einen Tag, ehe er zu Aeds Heer zurückkehrte.

Erin hütete Schafe oder Gänse, versank wieder in ihren Tagträumen und ahnte nicht, wie bald sie sich in grausiges Nichts auflösen würden.

8

Erschöpft lehnte Aed Finnlaith an einem hohen Baum und betrachtete die Feldschanzen von Dubhlain, deren Erdwälle man allmählich durch Mauern aus Stein und Mörtel ersetzte. Seine Truppenführer saßen an ihrem Lagerfeuer und schwelgten im Erfolg dieses Tages, doch er bezweifelte, einen Sieg errungen zu haben. Die grünen irischen Hügel wurden vom Blut ihrer Söhne getränkt. Manche Krieger, mit denen er am Vorabend noch gegessen hatte, lagen nun niedergemetzelt auf dem Schlachtfeld. Wie lange sollte das Morden noch andauern? Vielleicht werden uns die Wikinger noch unendlich lange bedrohen, dachte er entmutigt. Viel zu schlau spielt Olaf Katz und Maus mit uns.

Olaf der Weiße ... An diesem Tag hatte Aed ihn auf seinem kraftvollen Rappen, das Schwert hoch erhoben, an der Spitze seines Heers wiedergesehen. Mit einem durchdringenden heidnischen Kriegsschrei war er dahingaloppiert, so wie viele norwegische Anführer vor ihm. Aber er unterschied sich von ihnen. Das hatte er am Vortag bewiesen, davon zeugte das Leben des Ard-Righ. Der Wolf kämpfte nur gegen Männer, er verschonte Frauen und Kinder — ein wilder Krieger, aber kein Henker.

Seufzend nahm Aed seinen Helm vom Kopf und streifte den schweren Brustpanzer ab. Viele Iren kämpften immer noch in Lederkleidung und fielen dem Stahl der Wikingerschwerter um so leichter zum Opfer. Er setzte sich unter den Baum, und plötzlich fühlte er sich uralt.

Vielleicht war sein graues Haar ein angemessenes Zeichen der Schwäche, die er nicht nur in seinen Knochen, sondern auch in seinem Kopf spürte.

Seine Männer wollten ihn veranlassen, in die Stadt einzufallen. Vielleicht verlangten sie das zu Recht. Und warum tat er es nicht? Weil er nicht siegen konnte. Er wußte, daß Olaf mit einem Angriff rechnete und den nächsten Schritt des Ard-Righ neugierig abwartete. Und wenn es eine Hoffnung auf das Überleben der Iren und Frieden gab, dann lag sie in den Händen des Wolfs. Sicher, er war ein Barbar aus dem Norden, aber beinahe zivilisiert. Angeblich hatte er viele irische Gebräuche angenommen, zum Beispiel das tägliche Bad. Und er begeisterte sich für die Baukunst. Innerhalb der wachsenden Mauern von Dubhlain stand bereits ein steinernes Schloß, und wie Aed gehört hatte, floß durch ausgehöhlte Baumstämme Wasser in die Häuser der Stadt.

Der Schmerzensschrei eines tödlich Verwundeten drang wie die Spitze eines Speers in sein Ohr. Er biß die Zähne zusammen, konnte aber nicht verhindern, daß Tränen über seine bärtigen Wangen rollten - er, der seit vierzig Jahren nicht mehr geweint hatte. Für wenige Augenblicke gab er der Schwäche seines Herzens nach und beklagte die Söhne Irlands, die ihr Leben geopfert hatten.

Langsam und schwankend erhob er sich. Ohne seine Rüstung und das blutverkrustete Schwert anzurühren, ging er zum Lagerfeuer, wo die Könige und Truppenführer auf die Ratssitzung warteten — auf seinen Beschluß, am nächsten Morgen Dubhlain anzugreifen.

In ihren Mienen las er siegessichere Vorfreude. Ihr Narren, dachte er. Ihr konntet beobachten, wie uns der Wolf immer näher zu sich heranlockte, und trotzdem meint ihr, dieser Tag hätte uns gehört? Sie sind Christen, und trotzdem erscheinen sie mir wie blutrünstige Wilde. O Gott, sind wir, die Anhänger des wahren Glaubens, keinen Deut besser als die nordischen Barbaren?

Immer noch erörterten sie lebhaft ihre vermeintlichen Erfolge. Aed setzte sich, wärmte seine Hände über den Flammen und wartete, bis das Gespräch verstummte. Dann schaute er auf, die Augen immer noch zwingend trotz des rauchigen Schleiers, der sich über das einst leuchtende Blau gesenkt hatte. »Es ist vorbei. Morgen schicken wir eine Abordnung zu Olaf und schlagen ihm Verhandlungen vor.«

Das Knistern des Feuers war vorerst die einzige Antwort auf diese überraschende Ankündigung. Die Gesichter starrten ihn an, großteils zornig, aber manche auch erleichtert. Schließlich brach Fennen mac Cormac das angespannte Schweigen. »Ihr habt uns zusammengerufen und die endgültige Niederlage der Wikinger gefordert, Aed. Und nun sollen wir aufgeben, obwohl uns nur mehr ein Tag vom Sieg trennt?«

Geduldig erwiderte der Ard-Righ: »Es ist wahr, ich rief Euch alle zusammen, weil Olaf ganz Irland bedrohte. Aber wir werden uns niemals vom Wikinger befreien. Er ist ein Däne, ein Norweger, ein Schwede — und er wird zuschlagen, wann immer er will. Diese Volksstämme kämpfen sogar gegeneinander, wie wir gesehen haben. Und Olaf zählt nicht zu den Feinden, an die wir gewohnt sind. Auch das haben wir gesehen. Überlegt doch, Mylords. Es sieht so aus, als hätten wir die heutige Schlacht gewonnen. Die Norweger verschanzen sich hinter ihren Mauern. Aber dürfen wir diesem Sieg trauen? Wir sind einer eher kleinen Feindesschar hierhergefolgt. Was wird geschehen, wenn wir morgen angreifen und Olaf uns mit einigen tausend Männern erwartet? Sollten wir nicht besser verhandeln? Er ist mächtiger als alle Wikinger vor ihm, seine Leute gehorchen ihm blindlings. Ein Bündnis mit ihm würde uns vor den Überfällen der Gesetzlosen entlang der Küsten schützen. Er ist ein besserer Krieger als alle Dänen, davon konnten wir uns überzeugen — ebenso von seiner Großzügigkeit. Er gestattete uns, alle unsere Verwundeten mitzunehmen, und in unseren Dörfern hinterließ er keine Todesspur. Ich glaube, er möchte nicht mehr beanspruchen als Dubhlain, aber er wünscht, daß wir ihm diese Stadt zuerkennen. Und ich finde, er soll sie haben. Sie steht ohnehin schon lange unter Wikingerherrschaft. Und heute haben wir Olaf nicht besiegt, nur Land gewonnen. Falls wir uns gegen Verhandlungen entscheiden und ihn auch morgen nicht schlagen, besitzt er genug Macht und Stärke, um uns immer wieder anzugreifen und die irischen Königreiche letzten Endes zu vernichten. Denkt darüber nach, Mylords. Bei Tagesanbruch werden wir unseren Beschluß fassen.«

Wieder herrschte Schweigen rings um das Lagerfeuer, aber Aed erwartete auch keine sofortige Antwort. Müde stand er auf und ging zu seinem Zelt.

»Vater?« Niall war ihm nachgeeilt. »Wahrscheinlich werden sich die Könige auf deine Seite stellen. Nur wenige träumen immer noch vom Sieg. Doch die meisten glauben, Olaf wäre mit den Göttern im Bunde und unbesiegbar. Nur eins bereitet ihnen Sorgen – wie der Friede gesichert werden soll und ob wir uns nach erfolgreichen Verhandlungen darauf verlassen können, daß der Wolf uns tatsächlich nicht mehr angreifen wird.«

Lächelnd legte Aed die Hände auf die Schultern seines Sohnes. »Ich danke dir für diese Mitteilung.« Wie er wußte, besaß Niall das Vertrauen und den Respekt der jüngeren Könige. »Und welche Ansicht vertrittst du selbst?«

Niall zögerte, dann räusperte er sich. »Ich gebe dir recht, Vater, und ich denke, der Wolf ließ dich am Leben, weil er dich achtet und hofft, du würdest lieber den Frieden anstreben als ihm ein sinnloses Gemetzel aufzwingen.« Mit heiserer Stimme fügte er hinzu: »Schau dir diese Mauern an! Gott allein weiß, welches Grauen uns dahinter erwarten würde.«

Wortlos nickte Aed und betrat sein Zelt. Dort traf er ein Mädchen an, eine von vielen Dirnen, die das Heer von einem Schlachtfeld zum anderen begleiteten. Da er auf seine eheliche Treue Wert legte, mußte er sie enttäuschen. »Geh, mein Kind«, sagte er sanft, »für deine Dienste habe ich keine Verwendung.«

Sie war zu jung und zu hübsch, um ein solches Leben zu führen. Das Blut stieg ihr in die Wangen. Offensichtlich glaubte sie, er hielte sie für unwürdig, sein Lager zu teilen.

Da er sie nicht kränken wollte, machte er ein Zugeständnis. »Wenn du mir Wasser bringen würdest ... Ich möchte den Gestank des Bluts von meinen Händen waschen.«

»Natürlich, Mylord«, erwiderte sie schüchtern. »Ich kann auch Eure Schultern mit einer Salbe einreiben, das würde die Anspannung lindern.«

»Das wäre sehr freundlich von dir.« Aed beobachtete, wie sie Wasser brachte und seine Hände hineintauchte. Mit ihrem schwarzen Haar und den grünen Augen erinnerte sie ihn ein wenig an Erin, wenn sie auch längst nicht so schön war wie seine jüngste Tochter. Sie begann, seinen Nacken und die Schultern zu kneten, ein wachsendes Wohlgefühl erfaßte ihn, und er schloß die Augen, in Gedanken immer noch bei Erin. Wie wundervoll würde es sein, heimzukehren ... Doch daran durfte er noch nicht denken, zuerst mußte ein Friedensvertrag mit Olaf dem Weißen zustande kommen.

Plötzlich versteifte er sich. Vor seinem geistigen Auge sah er seine Tochter und den norwegischen Wolf nebeneinanderstehen. Als Vater litt er Höllenqualen – als Ard-Righ wußte er, was er zu tun hatte, welches Bündnis er eingehen mußte, ein Bündnis, das niemals zerreißen konnte.

Er verbrachte eine schlaflose Nacht voller Verzweiflung. Im Morgengrauen wurden Boten hinter die Mauern von Dubhlain geschickt. Der Wolf erklärte sich bereit, mit Aed zu verhandeln, und ein unglücklicher Niall ritt nach Tara, um seine Schwester Erin zu holen. Das Bündnis war geschlossen.

Auf dem Weg nach Dubhlain versuchte es Erin mit jeder weiblichen List, ihren Bruder zu einer Erklärung zu bewegen. Sie schmeichelte ihm und schmollte, flehte ihn an und vergoß sogar ein paar Tränen, konnte ihm aber kein Sterbenswörtchen entlocken.

Aed hatte ihr befohlen, so zu reisen, wie es sich für eine Prinzessin geziemte, und ihr Gefolge bot tatsächlich einen eindrucksvollen Anblick. Die schönsten Seidengewänder und Pelze schmückten die Männer und Frauen, auch die Pferdedecken waren aus Seide, mit Silber- und Goldfäden durchwoben. Erins blauer Umhang fiel in weichen Falten über die Kruppe ihrer Stute, mit schneeweißem Fuchsfell besetzt. Über dem Pelzkragen schimmerte ihr Haar wie Rabenflügel. Sie hatte Angst, und gerade deshalb reckte sie das Kinn noch höher als sonst.

Als Niall von Ulster ihre würdevolle Miene betrachtete, die Wangen von der frischen Luft gerötet, erschien sie ihm schöner denn je. Er fühlte sich wie ein Verräter. Aber seine unwandelbare Treue zum Vater und seine eigene Überzeugung von der Richtigkeit des Beschlusses zwangen ihn, das Geheimnis zu wahren. Er bezweifelte nicht, daß seine Schwester sofort einen Fluchtversuch unternehmen würde, hätte sie auch nur die leiseste Ahnung, welches Schicksal ihr bevorstand.

»Niall?« Mit sanfter Stimme unterbrach sie seine Gedanken, und er wappnete sich gegen einen neuen Ansturm von Fragen.

»Ja, Erin?«

»Falls ich irgendwie Vaters Groll erregt habe, so ginge es mir viel besser, wenn ich wüßte, womit. O Niall, bitte ...«

»Ich bin nur sein Bote, und ich weiß wirklich nicht, warum er dich zu sich beordert«, log er. »Tut mir leid.« Wie schmerzlich ihn das alles bedrückte, würde sie wohl niemals erfahren.

Die Reise dauerte mehrere Tage. Nachts wurden sie in den Dörfern, die am Weg lagen, freundlich aufgenommen. Während sie sich dem irischen Lager vor Dubhlain näherten, versuchte Erin, ihre Angst zu unterdrücken.

Falls der Vater von ihrem Doppelleben erfahren hatte, würde er sie stundenlang anschreien — aber was konnte er sonst schon tun? Vielleicht würde er ankündigen, er wolle sie in ein Kloster stecken oder sie mit einem mächtigen, aber widerwärtigen König verheiraten, doch eine solche Drohung niemals wahr machen. Immerhin hatte sie nichts Unrechtes getan, sondern als Goldene Kriegerin seine Stadt Tara beschützt, während er den Wikingern gegenübergetreten war.

Von einem Hügel aus blickte sie auf Dubhlain hinab, vor dessen Mauern sich die irischen Zelte bis zum Horizont erstreckten. Noch viel größer als das Lager war die Stadt, in der sich prachtvolle Gebäude aus Stein und Holz erhoben.

»Vater wird dich sofort sehen wollen«, erklärte Niall und spornte sein Pferd an. Erins Stute folgte ihm den Hang hinab. Während sie zwischen den Zelten hindurchritten, nickte die Prinzessin den Männern zu, die sich respektvoll verneigten. Sie versuchte zu lächeln, aber plötzlich wünschte sie sich nichts sehnlicher, als umzukehren, im Gefolge nach ihrer Schwester Bede zu suchen und ihr alles anzuvertrauen. Vielleicht konnte die Nonne den Allmächtigen sogar veranlassen, ein Wunder zu bewirken und sie beide blitzschnell nach Tara zurückzubefördern ...

An Nialls Seite ritt Erin zum Zelt des Vaters, das etwas abseits von den anderen stand. Das Gefolge blieb zurück. Er schwang sich aus dem Sattel und half ihr vom Pferd. Als sie das Mitgefühl in seinen Augen las, wurde sie von neuer Angst erfaßt. Der Ard-Righ mußte tatsächlich sehr zornig sein, wenn er seine Tochter hierherbeordert hatte, in die unmittelbare Nähe des Feindes. Doch dann stieg auch in ihr Wut auf. Ich bin es, die verraten wurde, dachte sie. Seit Wochen bleibt das riesige Heer meines Vaters dem Wolf auf den Fersen — und tut nichts, um ihn aus unserem Land zu verjagen. Statt dessen war anscheinend ein Waffenstillstand zustande gekommen. Zumindest hatte Niall irgend etwas dergleichen gemurmelt.

Sie schloß kurz die Augen, dachte an jenen Tag im Wald, am Ufer des Bachs. Hätte sie damals nur ihr Schwert durch Olafs Kehle gestoßen … Wenn sie ihn wiedersah — würde er sich an sie erinnern? Höchstwahrscheinlich, nachdem sie den schwerverletzten Mann verächtlich beschimpft und dann niedergeschlagen hatte, um ihm zu entkommen … Krampfhaft schluckte sie und rückte ihren schönen Umhang zurecht.

Nein, sie würde ihn ganz sicher nicht sehen. Selbst wenn ihr Vater einen Waffenstillstand mit ihm geschlossen hatte, würde er sich niemals mit diesem Barbaren an einen Tisch setzen und von seiner Tochter auch nicht erwarten, daß sie die Wikinger gastfreundlich empfing — warum immer er ihr auch grollen mochte.

»Geh hinein«, forderte Niall sie leise auf.

»Kommst du nicht mit?« fragte sie in scharfem Ton.

»Vater wünscht, dich allein zu sprechen.« Mit diesen Worten stieg er wieder auf sein Pferd, und sie holte tief Atem.

Dann zog sie die Zeltplane beiseite und trat ein. Ihr Vater saß hinter einem roh gezimmerten Schreibtisch und studierte Pergamente. Sein violetter Umhang hing von den Schultern bis zum Boden hinab. Als er den Kopf hob, drohte ihr das Herz stehenzubleiben. So durchdringend hatte er sie noch nie angesehen. Aber warum? Er war doch ihr Vater. Dachte er wirklich nicht an all das Gute, das die Goldene Kriegerin vollbracht hatte, sondern nur an den Verstoß gegen das Adamnan-Gesetz?

Wären wir doch in Tara, dachte sie, nicht hier vor der Wikingerfestung, dann würde ich zu ihm laufen, ihn umarmen, küssen und ihn um Verzeihung bitten … Nein, nicht einmal in Tara könnte sie das, nicht angesichts seiner furchterregenden Augen, der schrecklichen inneren Spannung, die ihn zu beherrschen schien.

Bedrückt preßte sie eine Hand auf ihre Brust, verneigte sich tief und ehrerbietig. »Mein Vater, ich bitte dich demütig um Vergebung.«

»Wofür?« Verwirrt hob er die Brauen.

Er weiß es nicht, sagte sie sich und fürchtete, vor Erleichterung in Ohnmacht zu fallen. Aber warum hatte er sie dann in sein Kriegslager bestellt? Ohne aufzublicken, erwiderte sie: »Für alles, was ich getan haben mag, um deinen Zorn zu erregen.«

»Du hast mich nicht erzürnt, Erin.« Nun klang seine Stimme so unbehaglich, daß sie erstaunt den Kopf hob. Er starrte auf seine Pergamente. »Ich habe dich kommen lassen, um dich zu verheiraten.«

»Aber ...«

»Kein aber!« brüllte Aed unvermittelt. »Was deine Verehelichung betrifft, habe ich mich lange genug großzügig und nachgiebig verhalten, meine Tochter.«

Sie wollte aufbegehren, doch dann hielt sie inne. Wenn er sie nun Fennen mac Cormac versprochen hatte? Natürlich! Beinahe lächelte sie, als sie sich an ihre Träume auf der Schafweide erinnerte. Vielleicht war es endlich an der Zeit, ein friedfertiges, häusliches Leben zu beginnen. Andererseits — warum beorderte der Vater sie auf ein blutiges Schlachtfeld, wenn er sie mit einem Mann verheiraten wollte, den sie schon seit Jahren kannte? Würdevoll erwiderte sie Aeds Blick.

»Ich kenne die Pflichten einer Prinzessin, Vater, und ich werde heiraten, so wie du es befiehlst — aber nur einen Mann meiner eigenen Wahl. Solltest du beschlossen haben, mich mit Fennen zu vermählen ...«

Ungeduldig fiel er ihr ins Wort. »Es ist nicht Fennen mac Cormac. Ich habe dich Olaf dem Weißen versprochen, und du wirst morgen vor Einbruch der Abenddämmerung dein Ehegelübde ablegen.«

»*Was?*« Alles Blut wich aus ihren Wangen.

»Du hast es gehört!« Jetzt schrie er wieder, weil er das

Entsetzen in ihrem bleichen Gesicht nicht ertrug. »Morgen wirst du Olaf heiraten. Die Verträge sind bereits besiegelt.«

»Vater! Nein, das kannst du nicht ... Du weißt, wie sehr ich die Wikinger verabscheue, vor allem den Wolf!« Erin begann, am ganzen Körper zu zittern. Vergeblich versuchte sie, sich einzureden, sie habe sich verhört. In Aeds Augen las sie nur zu deutlich die bittere Wahrheit. »Das werde ich nicht tun!« fügte sie entschlossen hinzu.

»Doch.«

Verzweifelt eilte sie zu ihm und warf sich auf die Knie. »Vater, bitte! Er ist ein Barbar! Diesem blutrünstigen norwegischen Wolf kannst du dein eigenes Fleisch und Blut nicht überantworten. Ich werde Fennen heiraten oder einen anderen oder ins Kloster gehen, was immer du willst — aber zwing mich nicht, die Frau des Schlächters zu werden, der unsere Familie niedergemetzelt hat! Wir sind Iren, Vater, und die Brehon-Gesetze schützen unsere Frauen ...«

»Und sie besagen ebenso, daß Töchter ihre Väter ehren sollen.« Er wich ihrem Blick aus, betrachtete immer noch seine Pergamente.

»Verstehst du denn nicht!« stieß sie hervor. »Ich kann es nicht! Lieber sterbe ich.« Als er sie noch immer nicht anschaute, brach sie in Tränen aus. »O Vater, bitte!«

Schluchzend vergrub sie das Gesicht in seinem Schoß und dachte bitter: Noch nie hat er meinen Tränen widerstanden. Und jetzt handelt er ohne jegliches Gefühl ...

»Du verstehst es nicht!« würgte sie hervor, von neuem Entsetzen erfaßt, als sie sich das Wiedersehen mit Olaf ausmalte. Er hatte ihr ›süße‹ Rache geschworen. Wenn sie ihn tatsächlich heiraten mußte, würde er sie vielleicht töten — oder ihr das Leben zur Hölle machen.

Plötzlich hörte sie Schritte und richtete sich auf. Zwei große, starke Krieger, die sie nicht kannte, waren an den Schreibtisch getreten. Ihr Vater hob eine Hand. »Sorgt dafür, daß sie gut bewacht wird«, sagte er leise.

Die Männer griffen nach Erin. Wütend riß sie sich los, stand auf und reckte das Kinn vor. Bis vor kurzem hatte sie noch gehofft, alles wäre ein böser Traum. Doch nun mußte sie sich mit der grausigen Wirklichkeit abfinden. Ihr Vater, den sie ein Leben lang geliebt hatte, warf sie kaltblütig dem Feind vor die Füße. Sie war überzeugt gewesen, er würde nicht einmal die niedrigste irische Hure einem Wikinger überlassen. Und nun lieferte er dem Wolf seine Tochter aus. Angesichts seiner abweisenden Miene erkannte sie, wie sinnlos jede weitere Bitte wäre. Er hatte sich hinter einem unsichtbaren, undurchdringlichen Schild verschanzt.

»Rührt mich nicht an!« fauchte sie, zu den Wächtern gewandt, und warf die lange Schleppe ihres Umhangs über einen Arm. »Ich bin durchaus imstande, aus eigener Kraft zu gehen.« Die Schultern gestrafft, eilte sie zum Zeltausgang, wo sie sich noch einmal umdrehte. »Ich werde den Wikinger nicht heiraten, Vater. Solltest du versuchen, mich dazu zu zwingen, entfessle ich einen Aufruhr, der sogar deinen stärksten Krieger erbleichen lassen wird.«

Aed sah sie noch immer nicht an. »Ich bin der Ard-Righ — und dein Vater, der dich viel zu sehr verwöhnt hat. Der Kummer, den ich dir bereite, schmerzt mich selber noch mehr als dich, aber ich tue, was ich tun muß. Für Irland, das wichtiger ist als du oder ich. Um dieses Landes und seines Volkes und um künftiger Jahrhunderte willen, wirst du den Wolf von Norwegen heiraten, Erin.«

Wortlos kehrte sie ihm den Rücken und ging hinaus. Die beiden Männer führten sie in ein Wäldchen, zu einem Zelt, das von mehreren Wachtposten umgeben war. Erbost schüttelte sie die Hand des Kriegers ab, der sie hineingeleiten wollte, und schlug die Klappe hinter sich zu.

»Erin?« Ihre Schwester Bede erwartete sie, die Augen voller Mitleid.

Weinend warf sich Erin in ihre Arme. »O Bede, Vater — Olaf . . .«

»Ich weiß«, erwiderte Bede und strich ihr besänftigend über das schwarze Haar.

Es dauerte eine Weile, bis Erins Tränen versiegten. Dann rückte sie ein wenig von Bede ab und schaute ihr in die Augen. »Ich werde den Wolf nicht heiraten. Niemand kann mich dazu zwingen. Nicht einmal, wenn man mir ein Messer an die Kehle hält.« Aufgeregt begann sie, im Zelt umherzuwandern. »Ich werde einen Brehon finden, der sich für mich einsetzt.«

»Keiner wird sich gegen den Ard-Righ stellen«, warnte Bede. »Und wie ich höre, ist der Wolf zwar ein erbitterter Kämpfer, aber ein gütiger Mann. Niall erzählte mir Olafs Residenz sei die schönste, die er je gesehen habe. Der Norweger hat Vater geschworen, du würdest all die Hochachtung genießen, die einer Prinzessin von Tara zukommt. Glaub mir, Erin, es wird gar nicht so schlimm sein. Eine Zeitlang bleibe ich bei dir, alle deine Damen werden dir Gesellschaft leisten, und du wirst mit vielen irischen Familien zusammentreffen. Unsere Baumeister wollen die norwegische Architektur studieren.« Nach kurzem Zögern fuhr sie fort: »Und sei versichert, der Wolf ist ein wunderbarer Mann, ohne Pockennarben und mit schönen Zähnen. Bestimmt wird er gut zu dir sein . . .«

Erschrocken verstummte sie, als Erin in wildes, schrilles Gelächter ausbrach. Gut? Zu ihr? Niemals, nicht in tausend Jahren. Er würde sie ebenso hassen wie sie ihn. Hätte ich ihn nur getötet, damals im Wald, sagte sie sich, und plötzlich kam ihr ein neuer Gedanke. Wenn sie ihrem Vater von jener Begegnung erzählte, würde er vielleicht erkennen, welch einem abscheulichen Barbaren er sie anvertrauen wollte.

Doch dann verwarf sie diesen Plan. Nicht einmal das würde Aed umstimmen. Er hatte sein Herz vor ihr verschlossen, dachte nicht mehr an das Wohl seiner Tochter, sondern nur mehr an sein kostbares Irland.

»Du mußt dich jetzt hinlegen«, unterbrach Bede die Überlegungen ihrer Schwester.

Erin schüttelte den Kopf. »Heute nacht werde ich fliehen. Ich habe genug für dieses Volk und das Land getan.«

»Und wie willst du entkommen?« fragte Bede bestürzt. »Das Zelt wird bewacht.«

»Es gibt genug Männer, die mir helfen werden. Außerdem nehme ich mein Schwert mit, und ich weiß damit umzugehen.«

Bede verbarg ihre tiefe Sorge und zwang sich zu einem Lächeln. »Nun, wenn du flüchten willst, mußt du dich erst einmal stärken. Ich werde dir eine nahrhafte Mahlzeit holen.«

»Du hast recht, ich werde meine ganze Kraft brauchen. Bring mir noch etwas Brot und Dörrfleisch für unterwegs. Ich weiß nicht, wie lange ich reiten muß.«

Von Gewissensbissen geplagt, nickte Bede. »Ich bin gleich wieder da.« Sie verließ Erin und eilte ins Zelt ihres Vaters, der sich gerade mit Niall und einigen Männern aus Ulster beriet. Sobald er die angstvolle Miene seiner Tochter sah, schickte er die anderen hinaus.

»Vater«, begann sie ohne Umschweife, »ich sorge mich so um Erin. Heute nacht will sie fliehen, was ihr natürlich mißlingen wird. Aber ich fürchte, sie wird sich eher töten lassen, als den Wolf zu heiraten. Womöglich sticht sie sich vor dem Traualtar ein Messer ins Herz.« Der Schmerz in Aeds Augen krampfte ihr das Herz zusammen, und sie legte einen Arm um seine Schultern. »Eines Tages wird sie dir verzeihen, Vater.«

»Wirklich?« Geistesabwesend tätschelte er ihre Hand. »Wenn sie es nur einsehen würde . . .« Hoffnungslos seufzte er. »Seltsam, Bede ... Ich traue Olaf mehr als den meisten meiner Truppenführer. Er ist ein Ehrenmann.«

»Ja, ich weiß.«

»Was immer Erin jetzt auch planen mag — sie muß ihn heiraten.« Eine Zeitlang schwieg er nachdenklich, dann stand er von seinem Schreibtisch auf. »Warte hier. Mergwin ist draußen im Wald, ganz in unserer Nähe. Ich komme bald zurück.«

»Erin erwartet, daß ich ihr eine Mahlzeit bringe, und Essensvorräte für ihre Flucht.«

Er nickte, rief nach einem Wachtposten und befahl ihm, verschiedene Speisen zu beschaffen. Dann verließ er das Zelt. Beunruhigt ging Bede auf und ab. Sie haßte es, ihre jüngste Schwester zu hintergehen und ihr weh zu tun. Aber wie ihr Vater besaß sie die Gabe, das Wohl Irlands über das Schicksal eines einzelnen zu stellen. Wenn der Ard-Righ und Olaf mit vereinten Kräften gegen die gesetzlosen dänischen, norwegischen und schwedischen Banden vorgingen, würden sie zahllose Menschenleben retten.

Als Aed zurückkam, reichte er Bede ein winziges Fläschchen, mit einem Pulver gefüllt. »Gib ihr die Hälfte davon, dann wird sie die Nacht durchschlafen und fügsam erwachen. Morgen früh mußt du ihr noch ein Viertel geben, dann die letzte Dosis vor dem Abend. Verstehst du?«

Bedrückt biß sie sich auf die Lippen, aber sie nickte ihrem Vater zu.

Ich bin wach, dachte Erin. Aber sie war nicht richtig wach. Offenbar träumte sie. Licht fiel ins Zelt, und in Wirklichkeit müßte es doch dunkel sein. Wäre der Tag angebrochen, hätte Bede sie schon längst geweckt.

Ja, es war ein Traum, denn ringsum sah alles ein wenig verschwommen aus. Sie versuchte, sich aufzusetzen, das gelang ihr auch, aber die Schleier verschwanden nicht. Nun erschien Bede in ihrem Traum. »Ich habe dir das Frühstück gebracht, Erin. Du mußt etwas essen.«

Erin gehorchte. Was für ein angenehmer Traum ... Sie fühlte sich nicht schwach, aber wie Luft. »Trink den Met, Erin, du mußt den Met trinken«, drängte Bede, und Erin griff gehorsam nach dem Becher.

Andere Frauen tauchten neben Bede auf, und Erin lächelte, weil alle so nett waren. Eine begann, ihr das Haar zu kämmen, ganz sanft und behutsam. Sie selbst brauchte nichts weiter zu tun, als dieses köstliche, nebelhafte Gefühl zu genießen. Die Frauen wuschen sie, kleideten sie in Seide, die ihre Haut zärtlich liebkoste.

Ihr Vater kam ins Zelt, und sie runzelte die Stirn. Eigentlich dürfte er nicht in ihrem schönen Traum vorkommen, denn sie war ihm böse. Doch dann lächelte sie. Sie liebte ihn, also konnte sie ihm gar nicht richtig böse sein, und er musterte sie besorgt ... Sie reichte ihm eine Hand, die er ergriff, dann führte er sie aus dem Zelt. »Kann sie reiten?« schien er zu flüstern.

»Ja. Wir bleiben an ihrer Seite.«

Seltsam – wieso bezweifeln sie, daß ich reiten kann, fragte sich Erin, die dem geflüsterten Wortwechsel zwischen ihrem Vater und ihrer Schwester gelauscht hatte. »Natürlich kann ich reiten«, versicherte sie und lächelte wieder. Wie eigenartig ihre Stimme klang ...

Das Pferd unter sich spürte sie kaum. Sie glaubte zu schweben.

Der Traum wurde immer fantastischer. Man geleitete sie in einen schönen Saal mit Steinmauern und kunstvollem Schnitzwerk, und da waren Leute, so viele Leute. Alle lächelten sie an, und sie erwiderte das Lächeln. Ein Fest, ein wundervolles Fest ... Und alle wirkten so fröhlich.

Man führte sie zum anderen Ende der Halle. Die Hand ihres Vaters glitt davon. Aber das störte sie nicht, denn nun wurden ihre Finger von einer anderen starken, energischen Hand ergriffen. Und Bede war immer noch bei ihr. Ein komischer kleiner Mann, der wie ein Mönch aussah, sagte etwas, und Bede wisperte ihr zu, sie müsse es wiederholen. Erin mußte sich sehr bemühen, um nicht zu lachen. Es erheiterte sie maßlos, daß sich ausgerechnet ihre Schwester, eine Nonne, über einen Priester lustig machte.

Offenbar hatte sie die richtigen Worte ausgesprochen, denn plötzlich jubelten alle Leute. Es beglückte sie, ihnen soviel Freude zu machen, dann blickte sie auf die Hand, die ihre festhielt. Eine kraftvolle Hand mit langen, schmalen Fingern, säuberlich geschnittenen Nägeln und feinen Härchen, die Goldfäden glichen. Sie blickte auf, und ihr Lächeln erlosch.

Olaf der Weiße war in ihrem Traum erschienen. Hochgewachsen, mit leuchtend blondem Haar, ehrfurchtgebietend, schön gekleidet ... Eine goldene Brosche hielt seinen breiten, wallenden purpurroten Umhang zusammen. Verblüfft starrte er Erin an, dann wurden seine blauen Augen von zorniger Glut verdunkelt. Plötzlich lachte er und erinnerte sie an einen Wolf, der einen Rivalen im Kampf besiegt und in seine Gewalt gebracht hatte und nun seine Beute verhöhnte.

Sie erstarrte vor Entsetzen, aber dann stimmte sie in das Gelächter ein. Es war so komisch. Der Wolf glaubte doch wirklich und wahrhaftig, er könnte sich an ihr rächen. Er wußte nicht, daß alles nur ein Traum war ...

Er senkte den Kopf und seine Lippen berührten nur ganz leicht die ihren. Dieser zarte Kuß verstärkte das himmlische Gefühl, auf Wolken zu schweben, dann begann ein Festmahl. Köstliches Essen wurde aufgetischt, dazu tranken sie alle erlesene Weine, vom europäischen Festland eingeführt. Tänzer und Gaukler traten auf ...

Sobald Olaf sich von seiner Überraschung erholt hatte, verspürte er große Lust, das Mädchen zu erwürgen. Doch dann wurde ihm die ironische Gerechtigkeit der Ereignisse bewußt, und er lachte laut auf. Unglaublich — ausgerechnet diese Irin war ihm angetraut worden. Natürlich hätte er sich schon damals im Wald denken können, daß sie von adeligem Geblüt war. Hatte sie nicht irgend etwas von ihrem Vater gefaselt, dem sie ihn ausliefern wollte? Nur eine Prinzessin vermochte, solche Reden zu führen. Das Blut floß schneller durch seine Adern, als er sich entsann, wie sie ihn mit einem gezielten Schlag auf den Kopf außer Gefecht gesetzt hatte. Und nun befand sich das kleine Biest in seiner Gewalt ...

Er würde sie zur Rede stellen, bei allen Göttern, aber nur, um für klare Verhältnisse zu sorgen. Denn er wollte nicht mehr gegen die Iren kämpfen, nicht einmal gegen das Biest, mit dem man ihn verheiratet hatte und das ihn so sehr verabscheute. Welch eine Erleichterung, endlich einmal andere Gefühle zu empfinden, für eine kleine Weile den Schmerz des Verlustes zu vergessen ... Doch die Gleichgültigkeit, die ein Teil seines Wesens geworden war, erfaßte ihn erneut. Er würde tun, was nötig war, um seine Frau zu einer untadeligen Gastgeberin in seinem Heim zu erziehen, aber nicht mehr. Ansonsten würde er sie in Ruhe lassen. Sollte sie sich in ihrem Haß vergraben, so wie er in seinem Kummer. Sobald sie begriff, daß ihm keineswegs entfallen war, was sie ihm angetan hatte, mochte sie ein zufriedenes Leben führen und all die im Ehevertrag festgelegten Vergünstigungen genießen.

Sie reizte ihn kein bißchen, obwohl er nun erkannte, daß ihr Vater nicht gelogen hatte. Erin mac Aed gehörte zu den schönsten Frauen, die ihm je begegnet waren — mit ebenholzschwarzem Haar, das bläulich schimmerte, und strahlend grünen Augen, von dichten, langen dunklen Wimpern umrahmt. Ihre fein gemeißelten Züge verrieten die königliche Herkunft. Das hellviolette Seidenkleid schmiegte sich eng an einen wohlgeformten Körper. Der Ard-Righ muß tatsächlich beabsichtigen, Frieden zu halten, wenn er mir eine solche Schönheit anvertraut, dachte Olaf.

Grinsend schaute er zu dem alten Mann hinüber. Wenn er selbst als Wolf von Norwegen galt, dann konnte man Aed den Fuchs von Irland nennen.

Das Mädchen verabscheute ihn — das wußte Olaf. Anfangs hatte er sich gewundert, wie es der irische König geschafft hatte, sie mit ihm zu verheiraten. Daß Aed Finnlaith von jener Begegnung im Wald wußte, war unwahrscheinlich. Doch Erin mußte sich heftig gegen die Hochzeit gesträubt haben. Deshalb war sie mit einer Droge besänftigt worden, in sorgfältig bemessener Dosis. Sie wirkte normal, aber ein forschender Blick in die leicht verschleierten smaragdgrünen Augen ließ keinen Zweifel an ihrem Zustand.

Aufmerksam beobachtete er sie und merkte, daß die Wirkung der Arznei nachzulassen begann. Sehr gut — wenn er mit ihr sprach, mußte jedes einzelne seiner Worte in ihr Bewußtsein dringen. Er schob seinen Stuhl zurück, dessen Lehne das geschnitzte Emblem des Wolfs zeigte.

In einer Ecke entdeckte er die Schwester seiner Frau, die Nonne. Ein Mädchen mit klugen Augen. Er gab ihr einen Wink, und sie nickte.

Wenig später eilte sie zu Erin, die sie leicht verwundert anschaute. Dann wandte sie sich zu Olaf, und er sah ihr an, daß sie nun erkannte, was geschehen war. Noch stand sie zu sehr unter dem Einfluß der Droge, um sich zu wehren, aber sie wußte Bescheid. Erbost schüttelte sie die Hand ihrer Schwester ab und starrte in die Augen ihres Mannes. »Hund von Norwegen!« zischte sie. »Ich verachte Euch! Ihr seid ein Barbar! Nicht besser als ein wildes Tier ...«

Seine Kinnmuskeln verkrampften sich. Eisig erwiderte er ihren haßerfüllten Blick. Der Augenblick der Abrechnung würde nicht mehr lange auf sich warten lassen.

Seine Braut, mittlerweile wieder sanftmütig und fügsam, wurde aus der Halle geführt. Wütend schaute er ihr nach. Dann ergriff er seinen Kelch und nahm einen großen Schluck. O ja, er würde Vergeltung üben, den verächtlichen Abscheu in Erins Augen besiegen. Jetzt war er der Herr von Dubhlain, und um diese Würde hatte er hart gekämpft. Er würde auch in seinem eigenen Heim herrschen.

Nicht einmal die tiefe Trauer um seine geliebte Grenilde — allein schon der Gedanke an ihren Namen war ein schmerzlicher Schrei in seinem Herz — konnte ihn davon abhalten, dieses kleine Biest zu zähmen, mit dem er verheiratet war. Erin würde lernen, daß er kein Mann war, an dem sie ungestraft ihre scharfe Zunge erproben konnte.

9

Seltsame Stille herrschte im Brautgemach, als Erin in Rosenwasser gebadet wurde. Die irischen Damen, die sie bei sich behalten durfte, wuschen ihr dichtes schwarzes Haar und rieben es trocken, bis es in weichen Wellen auf die Schultern fiel. Dann zogen sie ihr ein Nachthemd aus feiner Seide an und entfernten sich. Keine einzige hatte während all dieser Vorgänge gelächelt, geschweige denn einen gewagten Scherz ausgesprochen.

Nur Bede blieb bei Erin und beobachtete sie aufmerksam. Gefügig hatte die Braut alles mit sich geschehen lassen. Aber nun schien die Wirkung des Mohnsamens, der bei der Hochzeit ein leises ›Ja‹ hervorgerufen hatte, allmählich zu verfliegen. Die Nonne betete, der Kriegsherr möge seine ehelichen Rechte fordern, bevor seine Frau wieder vollends zur Besinnung kam.

Bede küßte ihre Schwester. »Die Heilige Bridget wird dir in dieser Nacht beistehen.« Der Anblick der großen Smaragdaugen in Erins bleichem Gesicht machte sie sehr traurig. Rasch wandte sie sich ab, um aus dem Raum zu eilen. Doch sie mußte sich, von innerer Bewegung fast überwältigt, kurz am vergoldeten Türrahmen festhalten.

Wie sehr sie die Rolle haßte, die sie bei diesem Täuschungsmanöver gespielt hatte ... Wenn Erin wieder klar denken kann, wird sie Vater und mir bei lebendigem Leib die Haut abziehen wollen, sagte sie sich, dann seufzte sie gottergeben. Immerhin erlitt ihre Schwester keine ungewöhnlichen Qualen. Vielen Prinzessinnen wurden ein solches Los zuteil. Ohne zurückzuschauen, schloß Bede die Tür hinter sich.

Das leise Klicken riß Erin aus dem Nebel ihrer Benommenheit. Zum erstenmal seit Stunden war sie bei vollem

Bewußtsein. »Nein!« flüsterte sie, als sie auf ihr weißes Hemd hinabblickte, dann schlug sie schaudernd die Hände vors Gesicht. Sie hatten ihr Drogen verabreicht, um etwas zu erzwingen, das sie bei klarem Verstand niemals getan hätte. Der Wolf war jetzt ihr Mann. Bald würde er in dieses Gemach kommen und erwarten, daß sie ihn wie eine pflichtschuldige Ehefrau willkommen hieß. Auf welche Weise würde er sie quälen, um sich für alles zu rächen, was sie ihm damals im Wald angetan hatte?

»Nein!« Sie sprang auf, lief zu der Truhe, die ihre Aussteuer enthielt, und wühlte darin, bis sie eine perlenbesetzte Schere fand. Wie angemessen, sagte sie sich. Diese Waffe gleicht dem Dolch, mit dem sich Tante Bridget das Leben genommen hat ... Und jetzt würde sie den Eroberer erstechen. Sicher glaubte er, eine demütige, von Drogen betäubte Braut würde ihn erwarten, der allein schon sein Anblick Angst und Schrecken einjagte. Nun, sie würde ihn überrumpeln und töten — oder selber sterben, ehe sie sich von seinen schmutzigen Wolfspfoten anrühren ließ.

Sie erblaßte, als sie an all die Iren und Wikinger dachte, die bald in den Fluren tuscheln und über die Vorgänge im Ehebett kichern würden — über die Braut, die den Gelüsten des Barbaren ausgeliefert war ...

»Niemals!« wisperte sie, ehe sie die Pelze und Laken beiseite schob, um ins Bett zu kriechen. Die Schere an die Brust gedrückt, deckte sie sich zu.

Die Tür begann aufzuschwingen, und Erins Herz pochte so heftig, daß sie kaum Luft bekam. Rasch wich sie Olafs düsterem Blick aus. »So sehen wir uns also wieder, irische Hexe«, spottete er, während er seinen Hochzeitsstaat abzustreifen begann. Durch gesenkte Wimpern beobachtete sie, wie er aus den Stiefeln schlüpfte und seinen Gürtel auf ein geschnitztes Schränkchen legte. Offenbar war er sehr ordentlich, denn er faltete den bestickten Umhang sorgsam zusammen und hängte ihn über eine Stuhllehne, dann die Gamaschen, die Tunika und den Kilt.

Verwirrung mischte sich mit ihren Haßgefühlen. Die Norweger waren doch schmutzige, schlampige Schweine, oder? Aber als Olaf umherging, nahm sie einen Duft von Sandelholz wahr, der mit einem keineswegs unangenehmen männlichen Geruch verschmolz. Frisch und sauber ...

Für einen so großen Mann bewegte er sich erstaunlich geschmeidig. Aus den Augenwinkeln sah sie ihn zum Bett gehen — splitternackt. Obwohl sie nicht genau hinschaute, die Lider immer noch gesenkt hielt, stellte sie fest, welch breite, muskulöse Brust mit goldenem Kraushaar bedeckt und welch schmale Hüften er besaß.

»Schau mich an!« befahl er, und sie zwang sich zu gehorchen. Ausdruckslos musterte er sie, dann verzogen sich seine Lippen zu einem grimmigen Grinsen, das seinen eisigen Blick nicht erreichte. Diese Gefühlskälte ließ Erin frösteln. Er empfand nichts für sie, bestenfalls erregte sie seine Belustigung und seine Vorfreude auf die Rache, die er nun plante. Noch weiß er nicht, daß *ich* meinen Rachedurst stillen werde, sagte sie sich wild entschlossen.

Trotzdem erschauerte sie wieder, als er ins Bett stieg und über ihr kniete, die Hände zu beiden Seiten ihres Kopfs aufgestützt. Nein, mein Wikinger, dachte sie. Wenn du mir zu nahe kommst, werden die Spitzen meiner Schere deine Brust durchbohren. Lächelnd neigte er sich herab.

Jetzt, ermahnte sie sich, bebte aber am ganzen Körper. Sie spürte Olafs Gewicht, seine warme Haut, das kraftvoll klopfende Herz, in das sie ihre Schere stoßen wollte. Aber ihre Finger wurden feucht, und das Mordwerkzeug drohte ihr zu entgleiten.

Der Wolf richtete sich auf, zog Pelze und Laken ein wenig hinab, schlug auf Erins zitternde Hände, und die Schere flog auf den kalten Steinboden. »Hättest du nicht den Mut verloren, irische Hexe, wäre dein Hochzeitsbett jetzt mit Blut aus deiner Kehle befleckt.« Sie fand keine Worte, sondern starrte ihn nur angstvoll an. Blitzschnell sprang er auf und schob die Decken vollends nach unten. Dann stand er da, die Hände in die Hüften gestemmt, und musterte Erin. »Ah, das mörderische Glitzern in diesen grünen Augen verwandelt sich in eine inständige Bitte um Gnade. Süße, unschuldige Irin ...«

Er packte ihr Handgelenk, zerrte sie aus dem Bett, und sie schrie auf vor Schmerz und Entsetzen. »Ich kann dich immer noch töten, Wikingerbastard!« fauchte sie.

Hätte er sie geohrfeigt, wäre das leichter zu ertragen gewesen als sein Gelächter. Während er sie mit einer Hand festhielt, griff die andere in ihren Halsausschnitt und zerriß das weiße Hemd. Als die Fetzen zu Boden fielen, ließ er Erin los, trat zurück und verbeugte sich höhnisch. »Mit deiner Erlaubnis möchte ich begutachten, was dein Vater mir angeboten hat. Ich lasse mich nicht gern betrügen.«

Obwohl sie sich zutiefst erniedrigt fühlte, gelang es ihr, den Kopf hochzuhalten. Könnte ich ihn doch mit meinen Augen erdolchen, dachte sie verzweifelt und biß in ihre Unterlippe, während sein Blick langsam und abschätzend über ihre Brüste wanderte, die schmale Taille, das dunkle Haar zwischen den Schenkeln, die langen, schlanken Beine. Dann schaute er wieder in ihr Gesicht, immer noch mit diesem kalten, spöttischen Lächeln.

Für einen Moment war sie versucht, ihn zu fragen, ob sie ihm gefiel. Wortlos sah er sie an, und schließlich brach sie das Schweigen, das an ihren Nerven zerrte.

»Hoffentlich fühlst du dich nicht übervorteilt, Wolf von Norwegen. Die Iren sind stolz auf ihre Gesetze und ihren Gerechtigkeitssinn. Mein Vater würde niemanden hintergehen.«

Da brach er in neues Gelächter aus, das aber sofort verstummte. Erin glaubte, einen schmerzlichen Ausdruck in seinen Augen zu erkennen. Doch das mußte eine Täuschung gewesen sein, denn jetzt starrte er sie wieder so eisig an wie vorher. Sie hatte sich geschworen, keine Angst mehr zu zeigen. Trotzdem geriet sie in Panik, als er auf sie zukam und seine ganze starke Männlichkeit so unverhohlen zur Schau trug. Von ihrem stolzen Mut verlassen, dachte sie nur noch ans Überleben. Instinktiv wandte sie sich ab, um zu fliehen — ohne zu wissen, wohin.

Sie hörte und sah nichts von ihm, spürte nur seine Finger, die sich eisern um ihr Handgelenk schlossen. Er riß sie an seine Brust, preßte sie an sich, und ihr blieb nichts von den Geheimnissen seines stahlharten Körpers erspart.

Verzweifelt wand sie sich in seinen Armen, und das war ein Fehler, denn dadurch fühlte sie noch intensiver, wie sein Glied über ihren Bauch strich, wie seine blonden Körperhaare an ihren Brüsten kratzten.

Er schlang seine Finger in ihr Nackenhaar, bog unsanft ihren Kopf nach hinten und zwang sie, in seine Augen zu schauen. »Also macht dir dein Eroberer angst, irisches Biest. Dazu hast du auch allen Grund.« Plötzlich stieß er sie so heftig von sich, daß sie taumelnd aufs Bett sank. »Aber eine Vergewaltigung brauchst du heute nacht nicht zu fürchten, teure Gemahlin.« Hoch aufgerichtet stand er vor ihr und zitterte leicht, aus den Tiefen eines Gefühls heraus, das sie nicht zu ergründen vermochte. »Glaubst du, ich wäre wahnsinnig vor Verlangen nach deiner kostbaren Jungfräulichkeit? Nein, eine kaltblütige, mordlustige Frau erscheint mir nicht begehrenswert. Du hast mir nichts zu bieten.« Abrupt wandte er sich ab, und Erin starrte verwirrt auf seinen breiten Rücken. In ihrem Kopf dröhnte es, als wäre sie geschlagen worden.

Eine Zeitlang blickte er reglos ins Kaminfeuer, und nach einer Weile faßte sie sich, nutzte die Gelegenheit und deckte sich zu. Schließlich drehte er sich zu ihr um, strich über seinen Bart und lächelte, halb grimmig, halb geistesabwesend. »Doch deine Angst gilt sicher nicht nur einer Vergewaltigung. Du fragst dich, wie ich mich an dir rächen werde. Was hast du mir an jenem Tag angedroht?«

Er ging zu Erin, riß ihr die Decken weg, und so konnte sie ihr Zittern nicht mehr verbergen. Immerhin gelang es ihr, einen Schrei zu unterdrücken, als er sich zu ihr herabbeugte, so nah, daß sie den Puls in seinem Hals schlagen sah. Langsam ließ er einen Finger durch die Vertiefung zwischen ihren Brüsten wandern, über ihren Bauch und die zarte weiße Haut eines Oberschenkels.

»Wolltest du mich nicht entmannen?« Es klang wie eine höfliche Frage, doch der gefährliche Unterton seiner Stimme entging ihr nicht. »So etwas kann ich dir leider nicht antun, so sehr ich's auch genießen würde.« Er richtete sich auf, warf verächtlich die Pelze und Laken über ihren Körper. Dann seufzte er müde und fuhr durch sein goldblondes Haar. »Nun, ich trage dir nichts nach. Wenn du mir keinen Ärger machst, wirst du dein künftiges Leben erträglich finden. Aber ich sage dir — ich bin der Herr dieses Schlosses, und solltest du dich gegen mich stellen, wirst du es büßen. Hast du mich verstanden?«

Zögernd nickte sie. Offenbar blieb ihr vorerst nichts anderes übrig. *Mein* Herr wirst du niemals sein, dachte sie. Die vorübergehende Kapitulation, zu der sie sich gezwungen sah, störte sie nicht sonderlich.

Olaf löschte die Öllampen, dann legte er sich neben Erin ins Bett und kehrte ihr den Rücken. Gegen ihren Willen empfand sie seine Gleichgültigkeit als Beleidigung. Offensichtlich hatte er sie mit seiner blonden Wölfin verglichen, der er den Vorzug gab. Gott sei Dank! Wenigstens brauchte sie seine barbarischen Gelüste nicht zu befriedigen. Doch so entschlossen sie sich das auch einredete — seine abfälligen Worte besaßen die seltsame Macht, sie zu kränken und zu demütigen. Dieses Gefühl brannte jetzt in ihr, vermischt mit ihrem Haß.

Sie starrte ins Dunkel, das die schwachen Flammen des Kaminfeuers kaum erhellten. Bald verrieten Olafs tiefe, regelmäßige Atemzüge, daß er eingeschlafen war. Voller Bitterkeit erinnerte sie sich, wie er sie aus dem Bett gezerrt, das Hemd von ihrem Körper gerissen und sie dann beiseite gestoßen hatte, als wäre sie ein Nichts. Mühsam kämpfte sie mit den Tränen. Was erwartete er von ihr? Blinden Gehorsam einem Mann gegenüber, der sie so verächtlich behandelte? Wie konnte der Vater ihr das zumuten?

Als sie sich zur Seite drehte, sah sie im Feuerschein den Perlengriff ihrer Schere schimmern, die neben dem Bett am Boden lag. Erin schlug die Hände vors Gesicht. Nein, nicht einmal den Wikinger konnte sie kaltblütig in den Rücken stechen, während er schlief.

Aber sie wollte die Schere in ihrer Nähe haben. Wenn er sie wieder anrührte und seine Körperkraft nutzte, um sie zu erniedrigen, würde sie ihre Waffe gebrauchen, nicht mehr kleinmütig zögern, so wie vorhin.

Sie hob den Kopf, warf einen Blick auf Olafs bronzebraune Schulter, die sich gleichmäßig hob und senkte. Vorsichtig kroch sie aus dem Bett, schlich auf Zehenspitzen über den Steinboden und bückte sich, um die Schere aufzuheben.

Seine Stimme traf sie wie ein Peitschenhieb, seine Finger krallten sich in ihre schwarzen Locken. »Bei allen Göttern, was bist du doch für eine Närrin!«

Heftige Schmerzen trieben ihr Tränen in die Augen, als sie an den Haaren hochgezogen wurde. Es tat so weh, daß sie beinahe um Gnade gefleht hätte. Doch sie beherrschte sich. Blindlings schlug sie nach seinem Gesicht. Er drehte ihr den Arm auf den Rücken, und sie konnte einen qualvollen Schrei nicht länger unterdrücken. Mit aller Kraft schleuderte er sie aufs Bett, gefährlich glitzerten seine blauen Augen in der Finsternis. »Wenn du so etwas noch einmal versuchst, irische Hexe«, warnte er sie, »wirst du merken, daß die Wikinger keineswegs abgeneigt sind, ihre Frauen zu verprügeln. Nicht einmal in der Hochzeitsnacht.«

Sie rieb ihre Kopfhaut, an der Stelle, wo er vermutlich

die Hälfte ihrer Haare ausgerissen hatte. Rasch setzte sie sich auf, schlüpfte unter die Decken und beobachtete ihn angstvoll. Natürlich glaubte er, sie hätte ihn im Schlaf erstechen wollen. Was würde er jetzt tun?

Wieder verrieten seine lässigen Schritte jenen beleidigenden Gleichmut, als er das Zimmer durchquerte. Er kramte in seinem Schränkchen, dann kehrte er zu ihr zurück. »Halt deine Hände hoch!« befahl er.

Da erkannte sie, daß er sie fesseln wollte. »Nein!«

Ungeduldig griff er nach ihr, und sie wehrte sich verbissen, trat nach ihm, versuchte, ihm das Gesicht zu zerkratzen.

Fluchend warf er sich mit seinem ganzen Gewicht auf sie, und bald gelang es ihm, mit einer Hand ihre beiden Unterarme zu umklammern. Der Kampf hatte ihm den Atem genommen, eine Zeitlang lag er reglos und keuchend auf ihr. Sein Bart kitzelte ihren Hals, und zu ihrem Entsetzen spürte sie, wie sich ihre Brustwarzen unter seiner warmen Haut erhärteten, den Druck seiner kräftigen Schenkel an ihren.

Plötzlich hob er den Kopf. »Du solltest deinen Widerstand aufgeben und ganz still liegen, teure Gemahlin. Sonst könnten meine körperlichen Bedürfnisse meinen Abscheu vor kaltherzigen Jungfrauen übertrumpfen. Im Augenblick kenne ich kein weibliches Wesen, das mir etwas bedeutet, aber die Talente einer guten Kriegslagerdirne wußte ich des öfteren zu schätzen. Vielleicht fühle ich mich versucht, auch dich in einem solchen Licht zu betrachten. Immerhin hofft man allgemein, unsere Ehe würde einen Erben hervorbringen und das Bündnis zwischen den einstigen Feinden noch stärken.«

Erin schloß die Augen, als sie ein wachsendes Pulsieren an ihrem Schenkel fühlte. Krampfhaft schluckte sie. Ihr ganzer Körper nahm Olafs viel zu vertraute Nähe wahr, sein Fleisch, so fest an ihres gedrückt ... Ihre Handgelenke, die sich eben noch gegen seinen Griff gestemmt hatten, erschlafften. Und da wurde sie wieder einmal seinem spöttischen Gelächter ausgeliefert. Während er rittlings auf ihren Hüften saß, schlang er einen Gürtel um ihre Unterarme und band ihn am Bettpfosten fest.

Heißer Zorn und das Bewußtsein dieser neuen, noch schlimmeren Demütigung schnürten ihr die Kehle zu. Krampfhaft rang sie nach Atem. Ohne ihr noch einen Blick zu gönnen, streckte sich Olaf neben ihr aus und kehrte ihr den Rücken — offensichtlich in der Absicht, weiterzuschlafen. Wie ein lästiges Ärgernis hatte er sie unschädlich gemacht, um nicht in seiner Nachtruhe gestört zu werden. Lautlos begann sie zu weinen.

Doch er schlief nicht, und weil seine Stimme so erstaunlich sanft klang, zuckte sie verwirrt zusammen. »Tut mir leid, daß du mich gezwungen hast, dich zu fesseln. Aber ich habe keine Lust, die ganze Nacht wach zu bleiben und meinen Rücken vor deiner Schere zu schützen.«

Sie wollte erklären, sie habe nicht beabsichtigt, ihn in den Rücken zu stechen, und sich nur bewaffnen wollen, damit sie ihm nicht hilflos ausgeliefert war, falls er sie angreifen sollte. Doch sie wagte nicht zu sprechen, sonst würde er ihre Tränen bemerken. Und das könnte sie nicht ertragen — nachdem ihr Stolz schon schmerzlich genug verletzt worden war.

Eine eigenartige Spannung lag in der Luft, während Olaf auf eine Antwort wartete. Aber sie gab ihm keine. Schließlich hörte sie einen ungeduldigen Seufzer, und wenig später verkündeten tiefe Atemzüge, daß er wieder eingeschlafen war.

Sie lag noch lange hellwach neben ihm. Tränen rannen unaufhörlich über ihre Wangen. Jetzt war sie die Gemahlin des Wolfs, des mächtigsten aller Wikinger, und absurderweise immer noch Jungfrau, ans Ehebett gefesselt.

Aber sie war nur Jungfrau, weil es ihm beliebte, weil er sie allen seinen Wünschen unterwarf — Olaf der Weiße, ihr meistgehaßter Feind.

10

Langsam tauchte Erin aus einem unruhigen Schlaf empor. Ihre steifen Arme schmerzten, und sie fühlte sich elend.

Sie brauchte nicht nachzudenken, um zu wissen, wo sie sich befand und warum sie die verkrampfte Haltung ihrer Handgelenke quälte. Sie waren immer noch an den Bettpfosten gefesselt. Und neben ihr schlief der Wolf friedlich und seelenruhig, den goldblonden Kopf seitlich an ihre Brust geschmiegt, einen Arm über ihren Bauch gelegt.

Wie konnte sie dieser viel zu intimen Zweisamkeit entrinnen? Sie betrachtete die Hand, die über ihrer Hüfte ruhte. Vielleicht — wenn sie vorsichtig zur Seite rutschte ... Als sie sich zu dem blonden Kopf wandte, stieg ihr das Blut in die Wangen. Olaf schlief nicht mehr. Seine blauen Augen zeigten unverhohlene Belustigung angesichts ihrer mißlichen Lage. Er grinste, und da schaute sie rasch weg, um die schönen Leinenvorhänge anzustarren, die das geschnitzte Bett umgaben.

»Verzeih«, entschuldigte er sich spöttisch, »bin ich dir zu nahe gerückt? Dann will ich dir sofort aus der Verlegenheit helfen.« Er nahm die Hand von ihrer Hüfte, langsam und kreisförmig glitten seine rauhen Fingerspitzen über ihren Bauch. Sie hielt den Atem an, um das Zittern zu bekämpfen, das von dieser Berührung entfacht wurde.

Mühsam schluckte sie und beobachtete, wie seine Finger ihren Nabel umrundeten und dann zu einer Brust wanderten, die sie umschlossen. Ganz leicht strich er mit dem Daumen über die zarte Spitze. Gefühle, die Erin nie zuvor verspürt hatte, erwärmten sie. Jetzt konnte sie ihr

Zittern nicht mehr unterdrücken, denn die heiße Welle, die sie durchströmte, drohte sie zu überwältigen und machte ihr angst. Sie schloß die Augen, und ehe sie sich zurückhalten konnte, stöhnte sie: »Bitte ...«

Zu ihrer Erleichterung hörte er sofort auf, sie zu peinigen. Unsicher hob sie die Lider. Auf einen Ellbogen gestützt, lächelte er sie an und musterte sie seltsam eindringlich. »Also bist du doch nicht gefühlskalt. Sehr gut. Vielleicht können wir in Frieden miteinander leben.«

Darauf gab sie keine Antwort. »Würdest du mich jetzt losbinden?«

Er richtete sich auf, um ihren Wunsch zu erfüllen, und sie schloß wieder die Augen, denn sie wollte seinen starken, bronzebraunen Körper nicht sehen.

Als er die Fesseln gelöst hatte, fielen ihre Arme kraftlos herab. Sie öffnete die Augen und rieb über ihre geröteten Handgelenke.

»Warum haßt du mich so sehr?« fragte er sie in scharfem Ton.

»Unsere erste Begegnung war nicht besonders erfreulich, und du müßtest meine Gefühle verstehen.«

»Nein. Als du mich am Bach fandest, wolltest du mir helfen — bis du mich erkanntest. Nun? Warum haßt du mich?«

»Weil du meine Tante getötet hast!« fauchte sie.

Die Überraschung, die seine sonst so unergründlichen Züge widerspiegelten, verwirrte Erin. »Ich habe noch nie eine Frau getötet«, entgegnete er.

Mühsam hielt sie die Tränen zurück. Er durfte sie nicht sehen. »Der König von Clonntairth war mein Onkel — und Bridget seine Königin.«

Olaf stand vom Bett auf und wiederholte kühl: »Ich habe noch nie eine Frau getötet. Auch meinen Männern erlaube ich das nicht.«

»Natürlich nicht«, bestätigte sie bitter. »Deine Krieger schlitzen den Frauen nicht die Hälse auf. Sie fallen nur über sie her und mißbrauchen sie, bis die Armsten nur noch den Tod herbeisehnen.«

»Offensichtlich hat man dir was Falsches erzählt«, erwiderte er tonlos.

»Was Falsches?« Vor lauter Wut vergaß sie ihre Nacktheit, sprang auf und starrte ihn über das Bett hinweg an. »Ich weiß, was du getan hast. Das sah ich mit eigenen Augen, denn ich war in Clonntairth.«

»Aber ich habe deine Tante nicht getötet«, versicherte er noch einmal.

»Nun ja — sie erstach sich, weil du kamst ...« Erin griff an ihre Kehle. »Und ich beobachtete, wie sich deine Männer auf Moira stürzten — eine Frau, die ich gut kannte.«

»Moira?« Er schwieg eine Weile. »Diese Irin habe *ich* nicht angerührt, das schwöre ich dir. Wenn du tatsächlich in Clonntairth warst, mußt du das wissen.« Hätte er eine verschreckte, schreiende Frau nehmen sollen, während Grenilde noch am Leben gewesen war? Nein, gewiß nicht, dachte er ärgerlich.

»Möglicherweise warst du keiner dieser Hunde, die sich damals an wehrlosen Frauen vergingen, Wolf von Norwegen. Aber die Stadt wurde auf deinen Befehl hin verwüstet — und die arme Moira von deinen Leuten vergewaltigt ...«

»Der König von Clonntairth hätte sich ergeben können«, fiel er ihr ungeduldig ins Wort. »Dann wären alle Stadtbewohner geschont worden. Bei jedem Kampf sind Tote und Verwundete zu beklagen, und unglücklicherweise müssen manchmal Unschuldige darunter leiden. Das ist nun mal der Lauf der Welt.«

»Mein Onkel hätte sich ergeben sollen?« stieß Erin erbost hervor. »Clonntairth gehörte ihm ...«

»... und wurde von einem Stärkeren erobert. Auch das ist der Lauf der Welt.«

»Und wenn sich gleich starke Männer gegenüberstehen?« fragte sie herausfordernd.

»Dann schließen sie Kompromisse«, antwortete er leichthin, »so wie ich mit deinem Vater.«

»Vergiß nicht, was du soeben sagtest. Mit *meinem Vater* hast du einen Kompromiß geschlossen, nicht mit mir ...« Erschrocken unterbrach sie sich, als es an der Tür klopfte.

»Herein!« rief er geistesabwesend, ohne an die Blößen seiner Frau zu denken, ergriff ein Laken und schlang es um seine Hüften.

Heiß färbte das Blut ihre Wangen, und sie fand gerade noch Zeit, unter den Felldecken zu verschwinden, ehe ein winziger Mann eintrat. Er verneigte sich, dann schenkte er Erin ein so unwiderstehliches spitzbübisches Lächeln, daß sie es gegen ihren Willen erwiderte. »Euer Bad, Herr Olaf«, verkündete er.

»Laß es hereinbringen.«

Der Zwerg trat beiseite, und zwei Diener schleppten eine schwere Metallwanne herein, gefolgt von mehreren errötenden Mädchen, die dampfendes Wasser hineinschütteten. Sie wagten weder Olaf noch Erin anzuschauen, bevor sie kichernd hinausrannten. Der kleine Mann stellte mehrere Glasfläschchen auf eine Truhe neben der Tür. »Soll ich Euch helfen, Herr?«

»Nein.« Der Wolf wandte sich zu seiner Frau. »Erin, das ist Rig. Er wird dir stets zu Diensten sein.«

»O ja, Herrin«, bekräftigte der Gnom. »Wann immer Ihr etwas braucht, ich bin für Euch da.«

»Danke«, murmelte sie und preßte die Pelze an ihre Brust. Mit einer tiefen Verbeugung eilte er hinaus.

Olaf ließ das Laken fallen. Als hätte er Erins Anwesenheit vergessen, versank er im warmen Wasser, schloß die Augen und seufzte wohlig.

Eine Zeitlang beobachtete sie ihn unschlüssig, dann sprang sie aus dem Bett, lief zu ihrer Truhe und suchte Unterwäsche hervor. Überzeugt, ihr Mann würde sie nicht mehr beachten, schlüpfte sie in ein leichtes Hemd.

Doch sie täuschte sich. »Komm her!« befahl er. »Du mußt mir den Rücken waschen.«

»Das werde ich *nicht* tun!« widersprach sie empört. Sofort bereute sie ihre Weigerung, denn er erhob sich, stieg aus der Wanne und ging triefnaß auf sie zu. Obwohl es keinen Fluchtweg gab, wandte sie sich rasch ab, aber da lagen seine Hände bereits auf ihren Schultern.

Unsanft drehte er sie zu sich herum und drückte sie an seine Brust.

»Du stellst meine Geduld wirklich auf eine harte Probe, Erin. Als ich schwer verwundet war, fandest du helle Freude daran, mich grausam zu martern — obwohl du *mich* einen Barbaren nennst. Und jetzt mutest du mir auch noch deinen Ungehorsam zu. Wenn man die Umstände bedenkt, war ich wirklich sehr nachsichtig mit dir, Prinzessin von Tara. Aber ich glaube, jetzt sollten wir einige Dinge klären, ehe ich meinen Entschluß widerrufe, die Iren milde zu behandeln. Ich habe dich nur aus politischen Gründen geheiratet. Sei fügsam, mach dich unsichtbar, wenn ich es wünsche — dann bleibst du ungeschoren. Du bist nur ein Werkzeug jenes Kompromisses, von dem wir gesprochen haben, so sehr dir das auch mißfallen mag. Und wenn du dich weiterhin wie ein gehässiges Biest benimmst, wirst du deine Tage und Nächte in Fesseln verbringen. Begreifst du das? Man hat mir versichert, mein Irisch sei allgemein verständlich.«

Erin erschauerte in ihrem dünnen Hemd, das er völlig durchnäßt hatte. Wie sie es haßte, klein beizugeben — wie sie seine rohe Kraft verabscheute, der sie sich machtlos ausgeliefert fühlte ... Obwohl sie eine starke Frau war, gestählt durch ihre Waffenübungen — gegen Olaf vermochte sie ebenso wenig auszurichten wie eine sanfte Brise gegen einen arktischen Sturm. »Ich verstehe dich«, würgte sie zwischen zusammengebissenen Zähnen hervor. »Und ich werde deinen verdammten Rücken waschen.«

»Nein, ich habe mich anders besonnen. Du mußt mich mit einem Öl einreiben.«

Lächelnd zeigte er zur Truhe neben der Tür, und sie fragte sich beklommen, welche neue Demütigung ihr jetzt drohte. Er ließ sie los und ergriff ein Handtuch, um sich abzutrocknen.

»Das Fläschchen ganz rechts . . .«

Sie seufzte tief auf, als müßte sie sich mit einem unvernünftigen Kind abgeben, holte die kleine Flasche und kehrte zu ihm zurück. Sie wußte, daß er sie lauernd beobachtete, und so zwang sie sich, eine gelangweilte Miene aufzusetzen.

»Diese besondere Essenz brachten mir einige meiner Barbarenbrüder von einer Reise ins südliche Europa mit«, erläuterte Olaf. »Sie duftet sehr angenehm und wirkt entspannend, wenn sie von zarten Fingern in die Muskeln gerieben wird. Ich fühle mich ein wenig verkrampft, denn es ist nicht so einfach, die Nacht neben einer Frau zu verbringen, die einem nach dem Leben trachtet.«

»Du hast wie ein Stein geschlafen!« zischte sie.

»Tatsächlich? Trotzdem schmerzen meine Muskeln.« Er streckte sich bäuchlings auf dem Bett aus. »Würdest du jetzt anfangen?«

Widerstrebend setzte sie sich zu ihm, öffnete die kleine Flasche und goß ein wenig Öl in ihre Hand, das sie auf seinem breiten Rücken und den kräftigen Schultern verteilte. Dabei wehrte sie sich entschlossen gegen den Wohlgeruch, der ihr viel zu aufreizend in die Nase stieg.

Während sie das Öl einrieb, bewunderte sie unwillkürlich die glatte Bronzehaut, die harten Muskeln. Ein seltsames Schwindelgefühl erfaßte sie, und sie zog rasch ihre Hand zurück. »So, ich bin fertig.«

Sie wollte aufstehen, aber Olaf drehte sich um und hielt ihr Handgelenk fest. Wieder schenkte er ihr jenes spöttische Lächeln, das seine Augen nicht erreichte. »Das hast du gut gemacht. Es war sehr angenehm, und nun möchte ich auch meine Beine verwöhnen lassen.« Als er helle Zornesröte in ihr Gesicht steigen sah, warnte er: »Sei froh, daß ich nicht noch mehr von dir verlange!«

Die Zähne fest zusammengebissen, goß sie Öl auf seine Beine, und während sie es einmassierte, bemerkte sie, welch wohlgeformte Waden er besaß. O Gott, nun strich sie über dieses Fleisch, obwohl sie es verachtete, und es fühlte sich so warm, so kraftvoll, so verwirrend an. Bei den Kniekehlen hielt sie inne, und Olaf schaute sie über die Schulter an. »Mach weiter! Auch die Oberschenkel.«

»Nein!«

»Vergiß nicht, teure Gemahlin — du wirst immer so weit gehen, wie ich es wünsche.«

Erin holte tief Atem und verteilte Öl auf den muskulösen Oberschenkeln. Plötzlich rollte er sich herum, und ihre Hand streifte versehentlich sein Glied, das sofort eigenes Leben zu gewinnen schien und zu pulsieren begann.

Sie zuckte zurück, riß sich aber dann zusammen, tat so, als hätte sie nichts bemerkt, begann seine Hüften und den flachen Bauch einzuölen. Olaf brüllte vor Lachen.

Ihre Seele schmerzte, da wurde sie von der Versuchung überwältigt, ihm ebensolche Schmerzen zuzufügen. Mit aller Kraft bohrte sie ihre Finger in sein Fleisch, und er ermahnte sie in scharfem Ton: »Nimm dich in acht, Irin! Versuch nichts, was du bereuen könntest.«

Sie grub die Fingernägel in ihre eigenen Handflächen, haßte ihn abgrundtief, haßte sich selbst. Wäre sie doch fähig, ihn zu bekämpfen, mit einer gewissen Aussicht auf Erfolg . . . Leise unterbrach er ihre stürmischen Gedanken. »Sei auf der Hut, du süßes Biest! Du befindest dich jetzt in meiner Gewalt, und ich bin nicht mehr schwach, nicht mehr verwundet, nicht mehr benommen von der Erinnerung an die Schlacht, von meinen Schmerzen. Wenn du mir weh tust, werde ich's dir hundertfach vergelten.«

Mühsam unterdrückte sie den Impuls, ihn zu schlagen, massierte anstatt seine Brust, dann die Vorderseiten der Oberschenkel. Nervös schluckte sie, als sie die lange weiße Narbe entdeckte und sich entsann, wie grausam sie ihn damals im Wald behandelt hatte, als er so schwer verletzt gewesen war. Nun, immerhin hatte sie die Wunde gereinigt, die danach gut verheilt war. Das verdankte er sicher jener Packung aus Lehm und Wasserpflanzen. Sie hatte ihn gepeinigt und trotzdem gerettet. Schon damals war ihr seine beunruhigende Männlichkeit bewußt geworden — und jetzt ertrug sie es nicht mehr, ihn zu berühren. Hastig zog sie ihre Hände zurück.

»Vielen Dank«, murmelte er spöttisch.

Erin stand rasch auf und floh zum Fenster.

Diesmal rief er sie nicht zurück. Sie kehrte ihm den Rücken und hörte, wie er im Zimmer umherging und sich ankleidete. Der sanfte Duft von Sandelholz hing immer noch in der Luft, ein angenehmer, männlicher Geruch, der sie für immer an Olaf erinnern würde.

»Ich möchte dich wirklich nicht unglücklich machen«, erklärte er. »Du mußt nur verstehen, daß ich mich nicht mit einer haßerfüllten, heimtückischen Ehefrau abplagen will. Und ich habe keine Zeit, um mich mit deinen kleinlichen Rachegelüsten zu befassen. Den Tod deiner Tante bedaure ich, aber solche Dinge geschehen nun mal in einem Krieg. Auch ich bin Krieger, aber jetzt möchte ich kein Zerstörer mehr sein, sondern Bauherr. Das Schicksal hat uns unter beklagenswerten Umständen zusammengeführt, und das ist schade. Doch nun bist du meine Frau, mein Eigentum, also finde dich damit ab. Dann wirst du ein friedliches, ungestörtes Leben führen.«

»Ich bin in Irland aufgewachsen. Und nach den Brehon-Gesetzen werde ich niemals das Eigentum eines Mannes sein.« Stolz und Verzweiflung schwangen in ihrer leisen Stimme mit.

Olaf empfand plötzlich Mitleid — und Bewunderung.

»Die Brehon-Gesetze bedeuten mir nichts. *Ich* bin mein eigenes Gesetz. Trotzdem will ich dich nicht verletzen.«

»Wenn du friedlich mit mir zusammenleben möchtest — warum demütigst du mich dann so?«

»Seltsam, daß gerade du diese Frage stellst. Du hast mich noch viel schlimmer erniedrigt, und du hegst immer noch den Wunsch, mein Leben zu beenden. Doch du solltest erkennen, wie wenig du gegen mich ausrichten kannst. Ich habe keine Zeit, um mit dir zu streiten. Vielen Leuten mißfällt mein Bündnis mit deinem Vater. Sie werden Dubhlain und andere irische Städte angreifen und neue Kriege entfachen. Zahlreiche Häuser werden in Schutt und Asche fallen, und wir müssen sie wiederaufbauen. Du siehst also, es gibt viel zu tun. Solltest du versuchen, mir Steine in den Weg zu legen, werde ich dich mit aller gebotenen Härte zur Vernunft bringen.« Nach einer kleinen Pause fügte er hinzu: »Nun werde ich der Dienerschaft befehlen, ein Bad für dich vorzubereiten.«

»Meine Schwester ...«, begann Erin.

»Du kannst sie später sehen«, unterbrach er sie. »Ich werde dir eine Dame schicken, mit der du dich sicher gut verstehen wirst.«

Sie hörte, wie sich die Tür hinter ihm schloß, und starrte blicklos aus dem Fenster, hin und her gerissen zwischen ihrer Wut und ihrem Wunsch, er wäre nicht so vernünftig und kultiviert — und kein so überaus starker, anziehender Mann.

Es klopfte an der Tür. »Herein!« rief Erin geistesabwesend und überlegte, womit sie ihre Tage in dieser normannischen Festung ausfüllen sollte.

»Ich bin's, Mylady — Rig. Wir bringen Euch eine Wanne und frisches Wasser.«

Das Blut stieg ihr in die Wangen, als ihr bewußt wurde, wie wenig ihr dünnes Hemd verhüllte. Aber der Zwerg sah sie nicht an, eilte geschäftig umher und beaufsichtigte die Dienstboten, die Olafs Wanne hinaus- und eine andere hereintrugen. »Ruft mich, wenn Ihr noch etwas braucht, Mylady.«

»Ja, Rig, vielen Dank.« Sie lächelte ihn an, ohne zu ahnen, daß sie ihren ersten treuen Freund in Dubhlain gefunden hatte.

Seit er an diesem Morgen ihre schönen, traurigen Augen gesehen hatte, ihre trotz allen Kummers freundliche Miene, bewunderte er sie. Olaf ist ein beneidenswerter Mann, entschied der Gnom. Er hat zwar nur wegen dieses Bündnisses geheiratet, aber unwissentlich ein Juwel errungen. »Gleich wird Eure Dame kommen«, kündigte er an, verneigte sich und verließ das Zimmer.

Schmerzhaft pochte es in Erins Schläfen. Wie schnell alles geschehen war ... Eben noch hatte sie in Freiheit gelebt und ihre Rache an dem Mann geplant, dem sie sich nun hilflos ausgeliefert sah.

Wenigstens schien er nicht auf seinen ehelichen Rechten zu bestehen. Das wäre unerträglich gewesen. Hätte sie doch ihr Schicksal nicht so leichtsinnig herausgefordert und Fennen geheiratet . . . Sicher würde sie seine Umarmung genießen. Doch dann schloß sie gequält die Augen und gestand sich ein, daß seine Küsse niemals jenes seltsame Zittern in ihr entfacht hatten, das sie erfaßte, wann immer der blonde Wikinger sie berührte. Nur, weil ich ihn so sehr hasse, redete sie sich verzweifelt ein. Ich zittere vor Zorn und Angst, das ist alles.

Hatte er tatsächlich beschlossen, sie in Ruhe zu lassen? Natürlich liebte er sie nicht, aber würde er nicht gewisse Bedürfnisse stillen wollen, die jeden Mann gelegentlich überkamen? Plötzlich schlug sie die Hände vors Gesicht. Warum sollte ihn die jungfräuliche, unerfahrene Braut reizen, die der oberste irische König ihm zugeführt hatte?

Es mußte eine andere Frau geben, die den großen Herrn der Wölfe mit ihren Liebeskünsten zu verwöhnen pflegte. Sehr gut, sagte sich Erin. Soll er sich nur an seine Hure halten, solange er mich verschont . . .

Bei diesem Gedanken haßte sie ihn leidenschaftlicher denn je. Und irgendwann würde sie ihre Flucht planen — aber wohin konnte sie gehen? Auf keinen Fall nach Hause zu ihrem Vater, den sie ihr Leben lang geliebt und der ihr das alles angetan hatte. Und die Mutter? Erin sehnte sich schmerzlich nach ihr, nach ihrer Güte und sanften inneren Kraft. Sicher hatte Maeve nichts von den Absichten ihres Mannes geahnt — im Gegensatz zu der verräterischen Bede.

Bedrückt schlüpfte Erin aus ihrem Hemd, stieg ins warme Badewasser und schlang ihr Haar zu einem Nackenknoten zusammen. Am besten, sie nahm die Dinge vorerst so, wie sie kamen. Wenn sie zuviel nachgrübelte, würde sie womöglich den Verstand verlieren.

Wieder klopfte an an der Tür, die dann mit leisem Knarren aufschwang. Verblüfft starrte Erin in ein hübsches, lächelndes Frauengesicht.

»Moira!« rief sie ungläubig.

11

Lautlos schloß Moira die Tür hinter sich. »Ich bin so froh, daß Ihr Euch an mich erinnert, Erin.«

»Wie sollte ich mich nicht an Euch erinnern, Moira?« Eine Zeitlang hatte Erin niemals die Augen schließen können, ohne an die verzweifelten Schreie dieser armen Frau zu denken. Unbehaglich schluckte sie.

»Anfangs war es grauenvoll.« Moiras Lächeln vertiefte sich. »Aber wie Ihr seht, geht es mir jetzt gut. Ich wurde sehr schwer verletzt, doch Grenilde pflegte mich gesund.«

»Grenilde?«

Die schönen grauen Augen Moiras umschatteten sich, und sie zögerte kurz. »Mylord Olafs Gefährtin. Jetzt ist sie tot. Seither bin ich mit Sigurd zusammen, seinem obersten Berater, und ich führe ein angenehmes Leben.« Sie ging zu Erins Truhe, öffnete sie und wählte ein Kleid aus, das sie aufs Bett legte. Dann trat sie mit einem Badetuch neben die Wanne. »Dubhlain wird Euch gefallen. Hier herrscht reges Leben und Treiben. Gelehrte, Händler, Priester — alle kommen in die Stadt.«

Immer noch verwirrt, stieg Erin aus dem Wasser und ließ sich in das weiche Tuch hüllen.

»Es ist wundervoll, daß der König von Dubhlain eine irische Prinzessin geheiratet hat«, fuhr Moira fort. »Für die Iren, die hier wohnen, wird das Bündnis gewisse Erleichterungen bringen. Nicht, daß wir leiden müßten«, fügte sie hastig hinzu. »Olaf ist ein sehr gerechter Mann. Aber manchmal übt er nur mit dem Verstand Gerechtigkeit, nicht mit dem Herzen. Und Ihr, als seine Frau, könntet sein Herz beeinflussen.«

Erin senkte den Blick. Sie wollte die junge Frau nicht

enttäuschen, bezweifelte aber aus gutem Grund, daß der Wolf ihr jemals sein Herz öffnen würde.

»Ich habe ein malvenfarbenes Leinenkleid für Euch herausgesucht«, erklärte Moira. »Seid Ihr damit einverstanden?« Erin nickte stumm und ließ sich beim Anziehen helfen. »Was für schönes, dichtes Haar Ihr habt! Es wird mir eine Freude sein, Euch zu kämmen.«

»Oh, Ihr müßt mich nicht bedienen.« Endlich fand Erin ihre Stimme wieder. »Ich kann für mich selber sorgen.«

Moira lachte leise. »Ich diene Euch sehr gern, und es wird mir so vorkommen, als hätte ich eine jüngere Schwester. Setzt Euch!«

Nachdenklich gehorchte Erin. »Wieso seid Ihr so heiter? Wie konntet Ihr vergessen — verzeihen . . .?«

»Zunächst wollte ich nur überleben, und das tat ich. Und ich wurde anständig behandelt. Die bösen Erinnerungen sind nicht entschwunden, aber ich habe mich geändert. Nun lebe ich schon seit drei Jahren bei diesen Menschen. Ich bekomme gutes Essen und werde ordentlich gekleidet. Und ich habe den Wolf achten gelernt und viele Leute in dieser Stadt liebgewonnen. Olaf regiert in Dubhlain, und das Getreide auf den Feldern neigt sich mit dem Wind. Wir müssen uns der norwegischen Herrschaft beugen, weil uns nichts anderes übrigbleibt.« Erin blickte zu Boden, und Moira sprach zögernd weiter. »Auch Ihr solltet Euch in Euer Schicksal fügen. Wenn Ihr zu fliehen versucht, würdet Ihr das Bündnis Eures Vaters zum Gespött machen. Die Wikinger wären gedemütigt, würden auf Rache sinnen und einen neuen Krieg beginnen.«

Erin kämpfte mit den Tränen und gab Moira widerstrebend recht. Nein, natürlich durfte sie nicht flüchten. Sie würde zu viele Menschenleben aufs Spiel setzen. »Keine Bange, ich laufe nicht davon.«

Behutsam strich Moira mit einem Kamm durch Erins Haar. »Bald werdet Ihr Euch hier eingewöhnen. Die meisten norwegischen Damen sind sehr freundlich. Wir sitzen in einem schönen Gemach und nähen, und die Sonne scheint herein wie im Grianan von Tara. Und Ihr werdet sehr beschäftigt sein. Abends müssen viele Herren verköstigt und in der richtigen Rangordnung an der Tafel plaziert werden. Oft kommen auch irische Lords zu Besuch.«

Nun sah die Zukunft etwas besser aus. Erin beschloß, ebenso wie Moira, alles zu tun, um zu überleben, und sie würde immerhin einen gewissen Trost darin finden, ihren Landsleuten beizustehen. Sie würde eine untadelige Königin sein, ihrem Mann möglichst aus dem Weg gehen und ein einigermaßen erträgliches Leben führen.

»Ihr müßt mir helfen, Moira. Noch weiß ich nicht, was von mir erwartet wird. Die Männer mögen dieses Bündnis begrüßen, aber ich kann mir nicht vorstellen, daß es auch den Frauen gefällt.«

»Viele Wikinger haben Irinnen geheiratet. Haltet still, ich will Euer Haar feststecken. Dann suchen wir Eure Schwester auf, und ich führe Euch ins Sonnenzimmer.«

Erin zürnte Bede immer noch, aber als sie den Schmerz in deren Augen las, bezähmte sie ihren Groll. Niemals hatte die Nonne ihr ein Leid zufügen wollen, glaubte jedoch, das Opfer der unseligen Heirat wäre für Irland lebensnotwendig und Gottes Wille.

Den Tränen nahe, nahm Bede sie in die Arme. »Verzeih mir, meine Schwester.«

O Bede, du weißt gar nicht, was du mir angetan hast, dachte Erin. Trotzdem lächelte sie. »Komm mit! Moira wird uns lehren, wie man bei den Wölfen lebt.«

Im Sonnenzimmer saßen mehrere Damen, darunter nur zwei verheiratete Irinnen. Erin hatte nie zuvor Norwegerinnen gesehen und betrachtete fasziniert deren Kleidung. Sie trugen lange, helle Leinengewänder mit verschieden geschnittenen Ärmeln unter schweren Wolltuniken, im Gegensatz zu den einteiligen Kleidern irischer Frauen, die besonderen Wert auf die kunstvollen Schließen ihrer Umhänge legten. Die Norwegerinnen hielten ihre Tuniken mit ähnlichen Schnallen an den Schultern fest. Zahlreiche Ringe, Armbänder und Halsketten aus Gold, Silber und Edelsteinen kennzeichneten sie als Gemahlinnen reicher, mächtiger Herren.

Obwohl Erin die Lieblingstochter des wohlhabenden Ard-Righ war, legte sie niemals üppiges Geschmeide an. Moira hatte ihr Goldspangen ins Haar gesteckt, ansonsten trug sie keinen Schmuck zu ihrem schlichten Leinenkleid. Sie fragte sich, ob die Norwegerinnen Seide besaßen oder ob sie selbst nur deshalb über solche edlen Stoffe verfügte, weil die irischen Kaufleute einen lebaften Handel mit den Katholiken in Spanien und Italien betrieben.

Unbehaglich betrat sie den Raum, wo emsige Hände an Webstühlen arbeiteten oder nähten, fühlte sich wie eine Außenseiterin und blieb zunächst zögernd stehen. Aber Bede ging zuversichtlich weiter, im Vertrauen auf Gott, der ihr in allen Lebenslagen helfen würde. Moira stellte sie als christliche Nonne vor, dann erklärte sie, Erin mac Aed, die Prinzessin von Tara, sei die neue Königin von Dubhlain.

Die Damen nahmen Erin nicht sofort bereitwillig in ihrer Mitte auf. Doch wie Bede feststellte, machte ihre Schwester den bestmöglichen Eindruck. Allmählich gaben die Norwegerinnen ihre abweisende Haltung auf, während Erin sie mit sanfter Stimme bat, ihr zu helfen, damit sie sich in ihrer neuen Umgebung einleben konnte.

Moira wartete im Hintergrund, und nach einer Weile ging sie zur Hausherrin, um ihr mitzuteilen, sie müsse sie nun mit der Köchin bekannt machen. Fragend schaute Erin ihre Schwester an, aber Bede wollte sie nicht begleiten und schüttelte fast unmerklich den Kopf. Offenbar hoffte sie, im Kreis der Norwegerinnen wertvolle Kenntnisse zu erlangen oder einige zum Christentum zu bekehren.

Als Erin mit Moira die reichgeschnitzte Treppe zur Halle hinabstieg, sah sie ein paar alte Männer am Feuer sitzen, die ihr zulächelten. »Warum habt Ihr Euch nicht an unserem Gespräch im Sonnenzimmer beteiligt, Moira?«

»Diese Damen sind mit Wikingerhelden verheiratet«, erwiderte Moira ein wenig bitter. »Aber ich bin nur Sigurds Geliebte.«

»Trotzdem dürften sie nicht größere Rechte haben als Ihr.«

»Laßt die Dinge auf sich beruhen, Erin. Ich bin zufrieden, obwohl ich zunächst nur eine Kriegsbeute war.«

Sie verließen den einen Flügel der U-förmig angelegten Residenz und durchquerten einen kleinen Garten. Verwirrt runzelte Erin die Stirn, als sie auf einem fernen Berghang mehrere Männer mit Schwertern und Streitäxten fechten sah. Moira bemerkte ihren Blick. »Sie tauschen ihre Erfahrungen in der Kriegskunst aus. Auch einige Eurer Brüder und Euer Vetter Gregory nehmen an diesen Übungen teil.«

»Und mein Vater?« fragte Erin tonlos.

»Er ist bereits nach Tara geritten.«

Krampfhaft schluckte Erin. Ohne Abschied hatte er sie verlassen, und bald würde auch Bede gehen. Sie mußte in einem Hornissennest zurückbleiben, allein mit Moira, die sich als bessere Dienerin entpuppt hatte.

Sie erreichten den zweiten Flügel des U-förmigen Baus. Hier befanden sich die Küche, die Schmiede, die Wäscherei, die Vorratskammern und einige Ställe.

In der Mitte der geräumigen Küche erhob sich ein großer Herd aus Lehm und Stein. Kessel hingen über dem Feuer, Bratspieße drehten sich an schweren Ketten. Eine Wand wurde von Backöfen eingenommen, die den Duft frischen Brots verströmten. In hölzernen Regalen stapelten sich verschiedene Geräte.

Erstaunt sah Erin Wasser aus einem ausgehöhlten Baumstamm in einen Bottich fließen, nachdem man einen

Hebel betätigt hatte. Die weibliche und männliche Dienerschaft, hauptsächlich irischer Herkunft, kümmerte sich um das Fleisch, das an den Spießen steckte, rührte in den Kesseln, knetete Brotteig auf riesigen Plankentischen. In einer Ecke saß ein junges Mädchen und rupfte Geflügel, ein anderes schöpfte Rahm von frischer Kuhmilch ab. Köstliche Gerüche erfüllten die Küche.

»Nun werdet Ihr Freyda kennenlernen«, verkündete Moira. »Sie führt hier die Aufsicht. Wenn Euch irgendwas mißfällt, müßt Ihr Euch an sie wenden ...« Plötzlich erstarrte sie.

Erin folgte dem Blick ihrer Begleiterin und entdeckte eine üppig gebaute Frau mit langen wirren Locken. Sie trug eine tief ausgeschnittene Robe und herrschte einen sichtlich bedrückten kleinen Mann an, der einen Bratspieß mit Rindfleisch drehte. Daß sie irisch sprach, war keineswegs verwunderlich, denn mit ihrem dunklen Haar sah sie nicht nordisch aus. »Moira, was hat das zu bedeuten?«

»Ach, nichts ... Kommt mit mir, ich habe Freyda gesehen.«

Die Köchin, eine freundliche, dicke Frau, hatte hübsche Kirschenaugen. Sie schenkte Moira ein warmherziges Lächeln, dann musterte sie Erin unverhohlen. »Ja, Ihr werdet uns sicher eine gerechte Herrin sein — und für unseren guten König Olaf eine bildschöne Königin.«

Erin errötete, als ihre Hüften freimütig abgetastet wurden. »Ihr seid ein bißchen zu dünn, aber da, wo's drauf ankommt, breit genug. Oh, ich werde schon dafür sorgen, daß Ihr tüchtig eßt und unserem König viele Söhne schenkt.« Unbehaglich starrte Erin auf den Steinboden, und Freyda kicherte fröhlich. »Ich werde jeden Morgen mit Euch die Speisenfolge für den Abend besprechen. Heute habe ich das Fleisch schon ausgesucht. Oder wollt Ihr was dran ändern?«

»Nein, nein«, erwiderte Erin hastig. »Ich traue Eurer

Urteilskraft viel mehr als meiner eigenen. Bald werde ich den Geschmack der Krieger kennenlernen.« Plötzlich merkte sie, wie die Irin, die den kleinen Küchengehilfen beschimpft hatte, zu ihr herüberschaute. Sie erwiderte den Blick und fragte sich, warum eine Landsmännin eine so heftige Abneigung in ihr wecken konnte. Die grauen Augen betrachteten sie abschätzend und spöttisch, dann wandte sich die Frau ab und verließ mit wiegenden Hüften die Küche.

Das Gespräch mit Freyda war beendet, und plötzlich erinnerte sich Erin, daß sie noch nichts gegessen hatte. »Moira, könnte ich einen kleinen Imbiß bekommen?«

Erschrocken hielt Moira den Atem an. »Oh, verzeiht, das habe ich vergessen ... Unsere Hauptmahlzeit findet abends statt. Von jetzt an werde ich euch jeden Morgen etwas bringen. Es tut mir so leid.«

»Das ist nicht nötig«, entgegnete Erin lächelnd. »Aber jetzt muß ich meinen Hunger stillen.«

Die Köchin tischte ihnen saftiges Rindfleisch auf, das Erin köstlich schmeckte, bis ihr einfiel, daß auch Olafs Rinderherden zur Kriegsbeute zählten. Ich esse irischen Braten, dachte sie. Und Moira ist eine Irin, die in ihrem eigenen Land diese Wikingerschurken bedient.

Und dann erinnerte sie sich an jene andere Irin und deren unverschämten Blick. »Moira, wer ist diese Frau, die uns vorhin angestarrt hat?«

Moira leckte angelegentlich Bratensaft von ihren Finger. »Sie — heißt Mageen.«

»Wurde auch sie bei einem Überfall gefangengenommen?«

»Ja, von den Dänen. Sie wohnte bereits in Dubhlain, als Olaf die Stadt einnahm.«

»Offenbar darf sie sich hier frei bewegen. Ist sie keine Dienerin?«

Moira zögerte nur ganz kurz, aber Erin bemerkte es. »Doch ... Kommt jetzt, ich muß Euch noch so viel zeigen.«

Am Nachmittag lernte Erin die Schneiderinnen, die Wäscherinnen und verschiedene andere Dienstboten kennen. Sie erfuhr, daß ihr ein besonderer Raum für Audienzen zur Verfügung stand. Dort konnte sie Bittsteller und Leute empfangen, die einen Arbeitsplatz am Königshof anstrebten. Unter anderem hatte sie auch die Aufgabe, kleine Streitigkeiten unter den Frauen zu schlichten.

Als die Abenddämmerung hereinbrach, kehrte sie in ihr Zimmer zurück, um sich vor der Mahlzeit frisch zu machen. Sie beeilte sich, denn dabei wollte sie nicht von Olaf überrascht werden. Während sie ihre Hände und das Gesicht abtrocknete, dachte sie wieder an die seltsame Irin, die ihr in der Küche begegnet war, Mageen mit den schwingenden Hüften, den wissenden Augen, der herausfordernden Miene. Nur eine einzige Frau konnte es wagen, die Königin so frech anzugaffen — Olafs Hure. Ein unerwarteter heftiger Schmerz erfaßte Erin.

Was kümmert mich das, fragt sie sich. Ich habe ihn nicht aus Liebe geheiratet, sondern unter Zwang — zum Wohl Irlands. Und solange er mich in Ruhe läßt, ist mir alles andere gleichgültig ... Trotzdem empfand sie helle Empörung, nicht zuletzt, weil offenbar alle Leute über Mageen Bescheid wußten.

Als sie die Treppe hinabstieg, schluckte sie mühsam. Nun würde sie als Königin neben ihrem Ehemann sitzen. Zu ihrer Erleichterung sah sie Bede mit Niall am großen Feuer stehen, das die Halle wärmte, und ging zu ihnen.

»Niall!«

Der Bruder wandte sich zu ihr, die Augen traurig und voller Mitleid. »Erin ...«

»Bleibst du hier?«

»Noch einige Tage. Dann muß ich nach Ulster zurückkehren.«

Sie wollte ihn umarmen, ihm versichern, er trage keine Schuld an ihrem Unglück. Aber hätte sie das getan, wäre es ihr nicht gelungen, die Tränen zurückzuhalten. Bede brach das drückende Schweigen. »Hier leben viele Irinnen. Du wirst nicht allein sein, Erin. Wußtest du, daß Olaf die christliche Lehre nicht nur duldet, sondern fördert? Bald wirst du dich in Dubhlain zu Hause fühlen.«

Nein, Erins Zuhause war Tara. Niemals konnte Olafs Residenz ihr Heim werden. Hier bin ich von Feinden umgeben, dachte sie, doch das behielt sie für sich.

»Deine Brüder Brice und Leith bleiben ein paar Monate hier«, erklärte Niall. »Und Gregory wird dir zur Seite stehen, so lange du es wünschst.«

»Gott sei Dank«, entgegnete sie mit einem schwachen Lächeln.

Plötzlich verstummten alle Gespräche in der Halle. Erin drehte sich um und sah Olaf die Treppe herabsteigen, hoch aufgerichtet und ehrfurchtgebietend, im langen, wehenden Mantel. Er ließ seinen Blick durch den Raum wandern, entdeckte sie und streckte eine Hand nach ihr aus.

Sofort erinnerte sie sich an die Erziehung, die sie bei ihrer Mutter genossen hatte. Den Kopf majestätisch erhoben, ging sie ihrem Mann anmutig entgegen. Er führte sie zu den beiden reichgeschnitzten Stühlen am oberen Ende der Tafel, und nachdem sie sich gesetzt hatten, ließ er ihre Hand sofort verächtlich los, als hätte er sie nur notgedrungen berührt. Offenbar will er mich prüfen, dachte sie, und herausfinden, ob ich auch unter widrigen Umständen die Rolle der fügsamen Ehefrau spiele. Wieder einmal haderte sie stumm mit ihrem Schicksal, das ihr ein so demütigendes Leben aufzwang.

Norweger und Iren eilten zu ihren Plätzen, und das Stimmengewirr erklang wieder, während die neuen Verbündeten einander mißtrauisch musterten. Die Diener trugen große, üppig gefüllte Platten herein.

»Nun, wie hat dir dein erster Tag in meinem Schloß gefallen, Erin?« erkundigte sich Olaf.

Ohne von dem Messer aufzublicken, mit dem sie das

Fleisch auf ihrem Teller manierlich zerteilte, erwiderte sie kühl: »Sehr gut.« Sie spürte seinen forschenden Blick, und aus den Augenwinkeln beobachtete sie, wie er seinen Kelch etwas fester umfaßte.

»Ich nehme an, du bist auf das ganze Ausmaß deiner Pflichten hingewiesen worden?«

»Da ich in Tara erzogen wurde, dürfte mir in — diesem Haus keine Aufgabe zu schwierig erscheinen«, entgegnete sie mit sanftem Sarkasmus.

Er gab keine Antwort und begann ein Gespräch mit dem Mann an seiner anderen Seite. Erin schaute sich in der Halle um. Offenbar würde es noch einige Zeit dauern, bis tatsächlich Friede zwischen den Iren und Norwegern herrschte. Mehrere hitzköpfige Krieger brachen einen Streit vom Zaun, während sie sich die Bäuche vollschlugen. Die Wikinger waren in der Überzahl, und in Olafs Reihen gab es viele Männer, die den Standpunkt vertraten, er würde den Feind viel zu milde behandeln.

»Erwartest du Schwierigkeiten?«

Erin zuckte zusammen, als ihr Mann unvermittelt wieder das Wort an sie richtete. »Ich erwarte gar nichts. Aber ich müßte wohl um Frieden beten, da deine Eindringlinge gegenüber den rechtmäßigen Erben dieses Landes eindeutig in der Überzahl sind.«

Er neigte sich zu ihr, und sein Atem streifte ihre Wange. »Ah, und wenn hier mehr Iren säßen, würdest du all zu gern Blut fließen sehen — besonders meines, nicht wahr?«

Eisig lächelte sie ihn an. »Ich habe nie vorgegeben, andere Wünsche zu hegen.«

Olaf erwiderte das Lächeln und legte einen Arm um ihre Schultern, als wären sie in traulichem Liebesgeflüster versunken. »Planst du immer noch, mich zu ermorden und dann die Flucht zu ergreifen?«

Die Berührung jagte einen leichten Schauer über Erins

Rücken. »O nein, ich möchte das Leben meiner Landsleute nicht aufs Spiel setzen. Deshalb ziehe ich es vor, den Tag abzuwarten, wo dir ein Dänenschwert den Schädel spalten wird.«

Zu ihrer Verwunderung schienen ihn diese Worte zu erheitern, denn er lachte schallend. Erbost schenkte sie ihre Aufmerksamkeit den Gauklern, die am anderen Ende der Halle ihre Künste zeigten. Olaf hörte wieder dem Mann zu, der an seiner anderen Seite saß. Verstohlen musterte Erin den Wikinger, der einen Ehrenplatz einnahm. Er war nicht ganz so groß wie der König, hatte rotes Haar und graublaue Augen. Bei seiner Ankunft hatte er sie nur kurz und verächtlich angesehen, was sie als Zeichen seiner Abneigung gegen die Iren wertete. War das dieser Sigurd? Ja, wahrscheinlich. Arme Moira ...

Niemand unterhielt sich mit Erin. Der Wikinger zu ihrer Rechten war in ein Gespräch mit dem Iren an seiner anderen Seite vertieft. Inständig hoffte sie, die Mahlzeit würde bald beendet sein. Bede und Niall saßen am Ende der Tafel, und sie hatte Gregory noch nicht gesehen.

Wie sie zu ihrer Bestürzung erfuhr, waren soeben einige Wikingerschiffe von einer Spanienreise zurückgekehrt. Und die Mahlzeit würde noch eine ganze Weile dauern, denn nun wurden frische Früchte aufgetragen.

Sie aß eine halbe Orange und fühlte sich so einsam wie noch nie in ihrem Leben. Wie sollte sie das Tag für Tag ertragen? Sie trank einen großen Schluck Ale, dann lehnte sie sich in ihrem Stuhl zurück. Vielleicht konnte sie eine Krankheit vorschützen und die nächsten Mahlzeiten in ihrem Zimmer einnehmen.

Die Gaukler beendeten ihre Darbietung. Ein Mann begann, vom Wikingerkönig Fairhir zu erzählen, der gegen den Gott Freir gekämpft hatte. Es war eine lustige Geschichte, und Erin genoß die Abwechslung. Nach diesem Vortrag verneigte sich der Mann, von seinen Zuhörern bejubelt.

Offenbar wollte er eine weitere Geschichte zum Besten geben, aber eine Frau erhob sich am Ende der Tafel, scheuchte ihn aus der Halle und winkte eine Tänzergruppe herbei. Spöttisch und herausfordernd schaute sie zu Erin herüber, die sie sofort erkannte. Mageen ...

Die Frau setzte sich wieder und lachte laut über den Scherz eines Tischnachbarn. Heißer Zorn trieb das Blut in Erins Wangen. Sie wandte sich zu Olaf, der die Tänzer nur kurz beobachtete, Mageen flüchtig anlächelte und dann wieder mit dem rothaarigen Riesen über die Probleme des Schiffsbaus sprach.

Nun bemerkte Erin, daß viele Damen — norwegische ebenso wie die wenigen irischen — voller Mitleid und Neugier zu ihr herübersahen. Hastig schauten sie weg, als sie die Blicke erwiderte. Eine Zeitlang blieb sie noch sitzen, mit kerzengeradem Rücken. Schließlich ertrug sie es nicht länger und erhob sich. Sofort erregte sie die Aufmerksamkeit ihres Mannes. Seine Augen verengten sich. »Ich wünsche, mich zurückzuziehen, Olaf. Die Reise war sehr anstrengend, und ich muß meinen Schlaf nachholen.«

Zunächst sah es so aus, als wollte er widersprechen, doch dann zuckte er die Achseln. Offenbar fand er ihre Anwesenheit unwichtig.

Sie floh in ihr Gemach, wo sie von Moira erwartet wurde, und fragte mit scharfer Stimme: »Warum habt Ihr nicht an der Mahlzeit teilgenommen?«

Hilflos hob Moira die Schultern. »Abends bleibe ich der Halle lieber fern.«

»Weil Ihr nicht sehen wollt, wie diese Hexe sich aufspielt?«

Statt einer Antwort hob Moira nur die Brauen, und Erin seufzte. »Tut mir leid — Ihr könnt natürlich tun, was Ihr wollt.«

»Ich werde Euch beim Auskleiden helfen.«

Schweigend ließ Erin alles über sich ergehen. Wenig später saß sie im Nachthemd auf dem Bett, und während

Moira ihr das Haar kämmte, fragte sie: »Vielleicht möchtet Ihr Euch alles von der Seele reden?«

Erin schüttelte den Kopf. Was sollte sie sagen, wenn sie sich selber nicht verstand? Ihr konnte es doch gleichgültig sein, daß Olafs Hure größere Macht besaß als seine Königin, daß es alle Leute in Dubhlain wußten, daß er Mageen in der Halle zugelächelt hatte. Der Mann, der nur nackt neben seiner Frau schlief, um sie zu verhöhnen und zu erniedrigen, befriedigte seine Gelüste anderswo — bei einer Dirne, die nicht nur in seinem Bett, sondern auch in seinem Haushalt herrschen wollte. Aber warum sollte Erin sich darüber aufregen?

»Nun, dann wünsche ich Euch eine gute Nacht.« An der Tür drehte sich Moira um und versuchte, fröhlich zu lächeln. »Sicher wird Olaf bald heraufkommen.«

Als Erin allein war, stieg sie in das breite Bett und überlegte, ob sich ihr Mann die Mühe machen würde, sein Schlafzimmer aufzusuchen, wenn er es offenkundig vorzog, seine Nächte woanders zu verbringen. Die Bitterkeit, die sie bei diesem Gedanken empfand, erschreckte sie. Ich könnte ihn um eine eigene Kammer bitten, dachte sie. Dann hätte er seine Freiheit und ich meine. Und wir würden nicht ständig streiten.

Sie hörte seine Schritte, und als die Tür knarrte, schloß sie die Augen. Während er sich auskleidete, spürte sie alle seine Bewegungen — und dann seine Nähe, als er neben dem Bett stand und sie betrachtete. »Reich mir deine Handgelenke, Erin«, bat er leise. »Ich möchte dir nicht gestatten, heute nacht in den Witwenstand zu treten.«

Entsetzt hielt sie den Atem an und kämpfte mit den Tränen. Nein, nicht noch einmal ... Aber sie brachte es nicht über sich, ihn um Gnade anzuflehen. Langsam öffnete sie die Augen. An diesem Abend erschien er ihr nicht so furchterregend, und sie glaubte, sogar Bedauern in seinem Blick zu lesen. Schwache Hoffnung stieg in ihr auf. »Ich — werde dich nicht angreifen. Das verspreche ich.«

»Wenn ich dir nur glauben könnte ... Gib mir deine Hände. Obwohl du mir einen grausamen Tod wünschst, will ich dir keine Schmerzen zufügen. Aber notfalls werde ich nicht zögern, Gewalt anzuwenden.«

Er meinte es ernst, und sie war seiner Kraft nicht gewachsen. Ihre Lippen begannen zu beben. Gehorsam streckte sie die Hände aus. Olaf fesselte sie mit einer Seidenschärpe, dann schaute er prüfend in ihre Augen, und plötzlich band er sie wieder los. »Wenn du noch einen Mordversuch wagst, sieh zu, daß er gelingt. Sonst drohen dir zwanzig Peitschenhiebe — wie einer gemeinen Verbrecherin.«

Stumm erwiderte sie seinen warnenden Blick. Er ging davon, um alle Kerzen zu löschen, und als er neben ihr ins Bett sank, wahrte er einen breiten Abstand. Eine Kluft lag zwischen ihnen, die vermutlich niemals überbrückt werden konnte.

12

Während der ersten Woche, die Erin als Olafs irische Königin in Dubhlain verbrachte, konnte sie ihre Verzweiflung nur selten vergessen. Olaf hörte auf, sie herauszufordern, und beachtete sie nur, wenn er ihr kleine Aufträge erteilte. Sie tat ihr Bestes, um ihn vor den Kopf zu stoßen. Seine Kleider, die ausgebessert werden mußten, überließ sie anderen Frauen. Und wenn er sie in die Küche schickte, wo sie einen Imbiß oder Ale holen sollte, gab sie vor, sie hätte es vergessen. Meistens beherrschte er sich, aber sie spürte, wie sein Ärger wuchs. Ihren Wunsch nach einem eigenen Schlafzimmer erfüllte er nicht. Er wollte sie in seiner Nähe haben, um sie im Auge zu behalten. Bald litt sie unter ihrem Schlafmangel, denn Nacht für Nacht störte sie die Nähe seines nackten Körpers.

Eines Nachts versank sie in unruhigen Schlummer und träumte von einem wunderbaren irischen Krieger, der sie rettete. Fennen hätte der Mann ihrer Träume sein müssen. Aber sie erwachte zitternd und erinnerte sich, daß die Haare ihres kraftvollen Helden goldblond geschimmert, die Augen in nordischem Blau gestrahlt hatten.

Nach den ersten Tagen innerhalb der Mauern von Dubhlain war sie Moiras Wachsamkeit und ihren Pflichten entflohen, um sich die Stadt anzusehen. Die hölzernen Gehsteige überraschten sie ebenso wie die Reihen hübscher, strohgedeckter Häuser — manche aus Stein, andere aus Holz. Zwischen den Wohngebäuden lagen die Läden der Händler und verschiedene Werkstätten. Die Vielfalt der Waren, die man hier erwerben konnte, war erstaunlich. Jenseits der Ostmauer erstreckten sich Ackerland und die Weiden, wo Rinder und Pferde grasten.

Sehnsüchtig betrachtete Erin die unüberwindlichen Mauern. In Gedanken vertieft, hörte sie die Hufschläge erst, als sie dicht hinter ihr trommelten.

Erschrocken drehte sie sich um und begegnete dem spöttischen Blick ihres Mannes. »Träumst du von deiner Flucht?« fragte er.

Sie wich vor dem großen, tänzelnden schwarzen Streitroß zurück. »Leider ist es nur ein Traum.«

Er streckte eine Hand nach ihr aus. »Komm, es wird spät. Wir reiten zusammen nach Hause.«

»Danke, ich gehe lieber.«

»Was du willst, kümmert mich nicht.« Er gab ihr keine Gelegenheit, noch einmal zu widersprechen, neigte sich aus dem Sattel herab, schlang einen Arm um ihre Taille und zog sie zu sich hinauf. Wieder einmal verwirrte sie seine Nähe, die warme, muskulöse Brust an ihrem Rücken, sein Atem in ihrem Haar. »Ein Glück, daß du dich in unserer Sprache verständigen kannst.«

Sie wußte nicht, ob er sie wieder verhöhnen wollte, und so erwiderte sie ausdruckslos: »Und du beherrschst die irische Sprache. Das ist wohl ebenso erfreulich.«

»Wenn man ein Land erobern will, sollte man imstande sein, mit den Einwohnern zu reden.«

»Gewiß. Und die Iren tun gut daran, die Sprache der Eindringlinge zu erlernen, und möglichst viel über sie zu erfahren.«

Olaf lachte leise. »Anscheinend bist du eine kluge Frau, Erin mac Aed. Sind dir noch andere Sprachen geläufig?«

»Latein und die Sprache der Franken.«

»Großartig! Du solltest mir Latein beibringen. Ich möchte mehr über diesen Gott wissen, den ich um der Iren willen dulden muß.«

Sie erreichten den grandiosen Eingang der königlichen Residenz. Rasch sprang Erin vom Pferd, ehe er sich aus dem Sattel schwingen und ihr herunterhelfen konnte. »Wenn du etwas über den christlichen Gott lernen willst, sollltest du dich an meine Schwester Bede wenden, Olaf. Sie steht ihm viel näher als ich.« Sie rannte ins Haus, verfolgt vom Gelächter ihres Mannes. Oh, wie sie ihn haßte, diesen Wikinger, der sich ständig über sie lustig machte und dem sie — die stolze Prinzessin von Tara — gehorchen mußte.

In ihrem Zorn stürmte sie blindlings weiter und stieß am Fuß der Treppe mit einem Mann zusammen. Rasch trat sie zurück, entschuldigte sich und starrte in Fennen mac Cormacs Gesicht.

»Erin!« flüsterte er atemlos. »Schon die ganze Zeit versuche ich, dich allein zu sprechen.« Er legte seine Hände auf ihre Schultern. »Ich weiß, wie du leidest. Und ich habe dich nicht vergessen. Bald werde ich dich befreien — wenn ich auch noch nicht weiß, wie.«

»O Fennen«, erwiderte sie unglücklich, »du kannst nichts tun. Dem Gesetz nach bin ich mit Olaf verheiratet.« Der Gedanke an ihre Flucht mußte tatsächlich ein Traum bleiben, denn auf keinen Fall wollte sie neues Blutvergießen heraufbeschwören. Traurig lächelte sie Fennen an und schaute in seine ernsten braunen Augen. Sie hatte ihn niemals richtig geliebt, nicht so wie er sie, aber er bedeutete ihr sehr viel, und sie mußte verhindern, daß er sich ihretwegen in Gefahr brachte. »Geh jetzt!« drängte sie. »Sei vorsichtig ...«

»Niemals werde ich dich diesem nordischen Barbaren überlassen ...«

»Er ist kein grausamer Mann«, hörte sie sich erwidern, und es war die Wahrheit, wie sie sich eingestehen mußte. »Es geht mir gut, Fennen, und wir beide müssen die Dinge so hinnehmen, wie sie sind.«

»O Erin ...« Plötzlich erstarrte er und blickte über ihre Schulter.

Noch bevor sie sich langsam umdrehte, wußte sie, was er sah.

Olaf war ihr gefolgt. Nun stand er einige Schritte entfernt, ohne eine Miene zu verziehen. O Gott, was hatte er gehört? Kalte Angst stieg in ihr auf. Aber er kam gemächlich näher, ließ nicht erkennen, ob er gelauscht hatte. »Mylord von Connaught«, begrüßte er Fennen höflich, ergriff Erins Arm und zog sie von dem irischen König weg. »Wenn Ihr uns jetzt bitte entschuldigen wollt — ich habe einiges mit meiner Frau zu erörtern.«

Fennen nickte stumm und wich zurück. Der Held meiner Träume, dachte sie bitter. Warum scheinen sogar erprobte Krieger vor dem Wolf zu zittern?

Olafs Hand umschloß ihren Arm wie ein Stahlband, als er sie in das eheliche Gemach führte. »Was willst du mit mir besprechen?« fragte sie würdevoll, nachdem er sie losgelassen hatte.

Er lehnte an der Tür, die Arme lässig vor der Brust verschränkt. »Ich wünsche, dich nie wieder in den Armen eines irischen Königs zu sehen.«

»Ich lag nicht in seinen Armen!« protestierte sie empört.

Aber er winkte ungeduldig ab, obwohl er seine Stimme nicht erhob, klang sie seltsam scharf. »Falls du deinem galanten Iren ein langes Leben wünschst, solltest du verhindern, daß ich dich noch einmal allein mit ihm erwische.«

Erin reckte ihr Kinn hoch. »Ich dachte, als Königin von Dubhlain müßte ich nicht nur mit norwegischen, sondern auch mit irischen Herren freundschaftlichen Umgang pflegen.«

Seine Lippen verzogen sich zu einem schwachen Grinsen. Seufzend schlenderte er zum Bett, warf sich darauf und verschränkte die Hände unter dem Kopf. »Komm her.«

»Wie du wünschst.« Sie ging zum Bett, blieb aber ein paar Schritte davor stehen.

»Komm hierher zu mir, Erin«, beharrte er.

Sie sah das kalte Feuer in seinen Augen und erwiderte unbehaglich: »Das möchte ich nicht.«

»Immer wieder scheinst du zu vergessen, wie viele Zugeständnisse ich dir mache. Setz dich endlich zu mir! Oder soll ich Gewalt anwenden?«

Widerwillig ließ sie sich neben ihm nieder, und er fuhr fort: »Wenn man eine Frau vernachlässigt, kann man sie zur Zanksucht oder zum Ehebruch treiben. Ich wollte nichts weiter, als in Frieden mit dir leben, Erin, aber damit erweise ich dir anscheinend einen schlechten Dienst ...«

Erschrocken fiel sie ihm ins Wort. »Nein! Ganz sicher nicht!«

Der Protest verhallte wirkungslos. Er riß sie in seine Arme, drehte sich mit ihr herum, so daß sie unter ihm lag, und obwohl sie den Kopf verzweifelt zur Seite wandte, gab es kein Entrinnen. Er preßte seine Lippen auf ihre, seine Finger schlangen sich in ihr Nackenhaar, hielten sie eisern fest. Als sie sich mit beiden Fäusten gegen seine Brust stemmte, umfing er mit der anderen Hand ihre Unterarme.

Olafs Mund schien wie Feuer zu brennen, und wenn sie sich auch mit aller Kraft wehrte — diese Hitze strömte unaufhaltsam in ihren Körper und schwächte ihren Widerstand. Zielstrebig öffnete seine Zunge ihre Lippen, schob sich zwischen die Zähne, erforschte ausgiebig ihren Mund — feurig und doch sanft. Sie glaubte, einem unbekannten Abgrund entgegenzufliegen. Jetzt hielt Olaf ihr Haar nicht mehr fest, strich über ihre Wange, ihren Hals, ihre Brust.

Abrupt richtete er sich auf. Sie starrte ihn verwirrt an, als er kalt lächelte und mit einer Fingerspitze ihre noch feuchten Lippen berührte. »Von jetzt an wirst du meine Befehle sicher bereitwilliger ausführen, teure Gemahlin. Und du wirst es dir zweimal überlegen, ehe du dich wieder auf ein Geplänkel mit irgendeinem Mann einläßt — mag es ein Norweger oder ein Ire sein. Denn dann müßte ich ernsthaft glauben, daß du dich vernachlässigt fühlst, und ich würde mich gezwungen sehen, diesem Übel abzuhelfen.«

Wie kühl und leidenschaftslos er mit ihr sprach, obwohl er eben noch jene seltsamen Flammen in ihr entfacht hatte ... Gedemütigt wich sie seinem Blick aus. Dieser glutvolle Kuß war nur eine Lektion gewesen — erteilt von einem Mann, der viel von Liebeskünsten verstand - und eine Erinnerung an die Macht, die er über sie besaß. Wenn sie sich weiterhin gegen ihn sträubte, würde sie es bitter bereuen. Nur das hatte er ihr mit seinem Kuß bedeuten wollen.

Unverschämterweise ruhte seine Hand immer noch auf ihrer Brust. Erin wollte wütend in sein Gesicht schlagen, aber er packte blitzschnell ihr Handgelenk.

»Entweder bist du die mutigste oder die dümmste Frau, die mir je begegnet ist«, herrschte er sie an. »Willst du es denn niemals lernen? Mal sehen — werde ich dich jemals wieder im vertrauten Zwiegespräch mit dem König von Connaught finden?«

»Nein«, fauchte sie. »Was du mir antust, ist ein Kreuz, das ich alleine tragen muß. Andere sollen meinetwegen nicht leiden oder sterben.«

Sie wollte sich unter ihm hervorwinden, aber er ließ sie noch nicht gehen. »Nur eins noch — ich möchte dich nicht an der kurzen Leine halten. Aber wenn du ständig daran zerrst, muß ich sie natürlich zurückreißen. Könnten wir nicht zu einer Einigung gelangen?«

»Du meinst, wir sollten eine Kompromiß schließen?« fragte sie bitter.

»Genau.«

Endlich rückte er zur Seite, und sie konnte aufstehen. So würdevoll wie möglich schritt sie zur Tür. »Also gut — gehen wir einen Kompromiß ein, Wikinger. Aber nach dem irischen Gesetz kann ich immer noch eine Trennung anstreben.«

So schnell sie konnte, schloß sie die schwere Tür hinter sich, um endlich einmal das letzte Wort zu behalten.

Erin stürzte sich in die Arbeit, und der große Haushalt lief reibungslos. Freyda und Rig unterstützten sie, wo sie nur konnten, und sie hatte sich längst mit den beiden angefreundet. Fachkundig suchte sie das schmackhafteste Rindfleisch aus und stellte die Speisenfolge zusammen. Bald verstand sie es auch, die Sitzordnung an der Tafel so zu regeln, daß sich weder die irischen Lords noch die norwegischen Jarls gekränkt fühlten. Im Sonnenzimmer der Frauen ließen die Spannungen zwischen den Irinnen und Norwegerinnen allmählich nach. Erin kam sich nicht mehr so einsam vor, aber es bedrückte sie, Moira stets im Hintergrund zu sehen, einen unauffälligen dienstbaren Geist. Sie konnte die Freundin nicht zwingen, eine andere Position einzunehmen und sich dadurch in Schwierigkeiten zu bringen.

Zunächst gab es keine unliebsamen Zwischenfälle. Dann spitzte sich die Lage zu. Wie Erin herausfand, widersetzte man sich in der Küche einer ihrer Anordnungen, weil Mageen das Gegenteil befohlen hatte. Als sie das Sonnenzimmer betrat, um das Problem mit ihrer Schwester Bede zu besprechen, hörte sie verstohlenes Getuschel.

»Wie schade, wo die Königin sich doch so sehr bemüht ...«

»Wenn sie Norwegerin wäre, könnte man noch verstehen, daß Mageen sich so aufführt ...«

»Ihm ist es gleichgültig, also unternimmt er nichts ...«

Leises Gekicher erklang. »Armes kleines Ding! Eine Tochter von Aed, die Prinzessin aus Tara, so tief gesunken ...«

»Grenilde hätte das niemals zugelassen ...«

Erin lehnte sich an die getäfelte Wand und fühlte, wie ihr Herz schmerzhaft gegen die Rippen hämmerte. O Gott, wie gnadenlos über sie geklatscht wurde, weil sie keine Macht in ihrem eigenen Haushalt besaß ... Nicht einmal Olaf konnte sie noch tiefer demütigen als diese

Frauen. Und sie hatte doch wirklich ihr Bestes getan, um ihrer Stellung gerecht zu werden.

Jetzt nicht mehr, gelobte sie sich, verließ hoch erhobenen Hauptes das Sonnenzimmer und kehrte in ihr eigenes Gemach zurück. Während des restlichen Tages vernachlässigte sie ihre Pflichten und starrte aus dem Fenster. Sie sah, wie Olaf mit seinen Männern auf den Feldern arbeitete. Ihre Brüder waren bei ihm, auch Gregory, den sie seit ihrer Ankunft in Dubhlain kaum gesehen hatte. Ihr Vetter, der zusammen mit ihr durch eine Hölle gegangen war und dann an ihrer Seite gekämpft hatte, wandte sich jetzt dem Wolf zu, weil dieser ihm Clonntairth zurückerstatten wollte — sobald Gregory mächtig genug sein würde, um dort seine Stellung zu halten.

Nach dem Einbruch der Dunkelheit erschien Moira, um Erin daran zu erinnern, nun sei es an der Zeit für die Mahlzeit in der großen Halle.

»Ich fühle mich nicht wohl«, erwiderte Erin. »Seid bitte so freundlich und entschuldigt mich bei Olaf.«

Bestürzt hielt Moira den Atem an. »Aber Ihr müßt ...«

»Moira!« Zum erstenmal sprach Erin wie eine Herrin mit ihrer Freundin. »Ich habe Euch meine Wünsche mitgeteilt.« Sie nahm an, Olaf würde ihre Abwesenheit kaum bemerken und sie schlimmstenfalls nur ein bißchen ärgern. Sobald er nach dem Essen zu ihr kam, wollte sie ihn zur Rede stellen. Sie durfte kein Wort mit Fennen wechseln — während er sich skrupellos mit Mageen vergnügte und ihr auch noch erlaubte, seine Frau herabzuwürdigen.

Zu ihrer Überraschung stürmte er wenige Minuten später ins Zimmer. Beinahe bereute sie ihre Handlungsweise, als sie die Wut in seinen Augen las, doch dann bekämpfte sie diese feige Anwandlung und wappnete sich gegen seinen Angriff. »Was bildest du dir eigentlich ein?« schrie er.

Trotz ihres Unbehagens brachte sie ein sanftes, argloses

Lächeln zustande. »Ich lege keinen Wert darauf, mit deiner Hure zu speisen.«

»*Was?*«

»Von jetzt an werde ich dir nicht mehr in der Halle Gesellschaft leisten. Ich bin eine Prinzessin von Tara. Du hast von mir verlangt, deinen Haushalt zu führen. Und das tat ich, um dein Abkommen mit meinem Vater zu erfüllen. Aber ich werde keinen Finger mehr rühren, solange du deiner Hure gestattest, mich lächerlich zu machen.«

Verwirrt starrte sie ihn an, als er in schallendes Gelächter ausbrach. »Du wirst mich jetzt begleiten.«

»Nur wenn du mich mit Gewalt nach unten schleppst. Und in deiner Halle sitzen Iren, die meine Rechte verteidigen würden. Ich glaube, sogar in deinen eigenen Reihen befinden sich Männer, die der Ansicht sind, deine Ehefrau müßte respektiert werden.«

Die Hände in die Hüften gestemmt, legte er den Kopf schief. »Du scheinst zu vergessen, wer hier der Eroberer ist.«

»Nein, Olaf«, entgegnete sie kühl, »das vergesse ich niemals.«

Nachdenklich musterte er ihr Gesicht. Was war nur los mit ihr? Er tat sein Bestes, wollte ihr helfen, sich an ihr neues Leben zu gewöhnen, überhörte ihre ständigen Sticheleien, und er verlangte so wenig von ihr. Warum forderte er nicht viel mehr? Sie war eine vollkommene Schönheit, ihre Augen glichen den weiten grünen Wiesen Irlands, wenn die Sonne auf die Tautropfen im Gras schien. Sie besaß makellose, ebenmäßige Gesichtszüge und einen wohlgeformten Körper — elfenbeinweiß, weich und doch kraftvoll, wie geschaffen für die Liebe. Trotzdem ließ er sie in Ruhe, obwohl sie ihn reizte wie keine andere Frau, die er kannte. Warum? Es gab eine ganz einfache Antwort. Sie verabscheute ihn, und er hatte sich eine andere Ehefrau gewünscht — Grenilde, die er nicht vergessen konnte.

Aber nun war Erin seine Königin, und sie mußte ihre Pflicht erfüllen. »Wenn du mit Gewalt in die Halle geschleppt werden willst, werde ich diesem Wunsch gerne entsprechen«, erklärte er gedehnt.

»Mach, was du willst!« fauchte sie und floh auf die andere Seite des Betts. »Aber selbst wenn du mich bewußtlos schlägst — ich werde mich erst dann wieder um deinen Haushalt kümmern, wenn du deine Hure in ihre Schranken gewiesen hast.«

Wortlos kam er auf sie zu, und sie wich zurück, bis ihre Schultern die Wand berührten.

»Nein!« schrie sie, als er nach ihr griff, schlang die Finger in sein goldblondes Haar und riß mit aller Kraft daran. Dann biß sie so fest in seine Schulter, daß er verblüfft nach Luft schnappte und sie losließ. Seine Augen verengten sich vor Zorn.

»Tu für mich, eine Prinzessin von Tara, wenigstens das, was du auch für deine Mätresse getan hättest, die blonde Wikingerwölfin!« kreischte sie.

Sobald die Worte ausgesprochen waren, hätte Erin sie am liebsten zurückgenommen. Nie zuvor hatte sie so unbändigen Zorn in Olafs Augen gelesen. Er hob seine Hand, ein harter Schlag traf ihre Wange, der sie aufs Bett warf. Ihr Kopf schwirrte, ein brennender Schmerz trieb ihr Tränen in die Augen. Würde sie die Kraft finden, sich gegen einen neuen Angriff zu wehren? Das war gar nicht nötig. Er verließ das Zimmer, und in dieser Nacht kam er nicht mehr zu ihr.

Rig brachte ihr am Morgen einen Teller mit frischgebackenem Brot, Räucherlachs und Käse. Zuerst sah er ihre Blässe, dann die roten Striemen auf der einen Wange. Er senkte den Kopf, zutiefst entrüstet über den Herrn, dem er schon seit so vielen Jahren diente. Wie konnte Olaf, der allen Menschen Barmherzigkeit zeigte, ausgerechnet seine sanftmütige Frau so grausam behandeln? Eines Tages würde er dem Wolf sagen, was er davon hielt, selbst wenn er sich den bitteren Zorn dieses mächtigen Kriegers zuziehen sollte.

Erin lächelte, und er beobachtete, wie sie die Wange mit ihrem Haar zu verdecken suchte. Das gelang ihr nicht ganz. Er trug den Teller zum Bett, wobei er die Verletzung unauffällig, aber ganz genau betrachtete. Es sah nicht allzu schlimm aus. Bis zum Nachmittag würden die roten Streifen verschwinden. »Offenbar fühlt Ihr Euch immer noch nicht wohl.« Der Zwerg verneigte sich. »Ich will dafür sorgen, daß Ihr nicht gestört werdet.«

»Danke, Rig. Heute vormittag möchte ich hierbleiben.«

Aus einem Horn goß er frische Kuhmilch in einen Kelch. »Vielleicht sollte ich Euch die Zeit vertreiben und von unseren Göttern erzählen.« Ohne eine Antwort abzuwarten, fuhr er fort: »Am Anfang gab es nur einen großen Abgrund namens Ginnungagap. Allmählich entstanden zwei Welten zu beiden Seiten — Niflheim, das Reich der Dunkelheit, und Muspelheim, wo Wärme und Licht herrschten. Da, wo sie einander trafen, wuchs das Leben in Gestalt Ymirs des Riesen. Aus dem Eis erschuf Ymir eine Kuh namens Audhimbla, die ihn ernährte. Sie leckte am Eis, um die erste menschliche Gestalt zu bilden — Buri. Ymir zeugte finstere, böse Riesen, und aus Buri ging Bor hervor, der Vater Odins, unseres höchsten Gottes. Die Söhne Bors töteten Ymir, und Odin brach auf, um die Erde zu erschaffen. Ymirs Blut verwandelte sich in Flüsse, sein Fleisch wurde zum Erdreich, aus seinen Gebeinen erhoben sich die Berge. Und Muspelheim spendete sein Licht. Dann erschufen Bors Söhne den ersten Mann und die erste Frau, indem sie zwei Bäumen Atem einhauchten — Ask und Embla. Der Mensch begann die Erde zu bevölkern und hauste in einer Festung, die aus Ymirs Augenbrauen gebaut worden war und Midgard hieß.«

Erin lachte. »Menschen, aus Bäumen entstanden!«

»O ja!« Rig eilte hin und her, um das ohnehin ordentliche Zimmer aufzuräumen. »Aber alle Riesen sind noch nicht tot. Eines Tages werden sie gegen die Götter kämpfen. Surtur bewacht Muspelheim mit einem Feuerschwert, und am Tag des Weltuntergangs — Ragnarök — wird er sich den Göttern entgegenstellen.«

Erstaunt hob Erin die ebenholzschwarzen Brauen. »Die Götter und die ganze Welt werden ein Ende finden?«

»Ja«, entgegnete Rig grinsend, »und nein. Von Ragnarök erzähle ich Euch ein andermal. Aber diese drei Gottheiten solltet Ihr Euch schon jetzt merken: Odin ist der Gott des Krieges, der Weissagung und der Künste. Mit seinen Walküren wählt er die Helden aus, die auf dem Schlachtfeld sterben müssen. Auch Thor ist ein Kriegsgott — Freia und ihr Bruder Freir sind die Gottheiten der fruchtbaren Erde. Angeblich bringt eine geschnitzte Figur dieser Göttin jeder Ehe reichen Kindersegen.«

»Oh ...« Erin richtete sich auf und schob ihren kaum berührten Teller beiseite. »Vielen Dank, Rig, aber mehr kann ich nicht essen. Ich würde gern noch ein bißchen schlafen.«

Er bedauerte, daß er so schnell entlassen wurde. Vorhin war es ihm immerhin gelungen, sie aufzuheitern. Hatte er danach etwas Falsches gesagt? Betrübt ging er aus dem Zimmer und verfluchte den Narren Olaf, der Irlands schönste Königin erobert hatte und nun mißhandelte.

Die ganze Nacht hatte Erin kein Auge zugetan, und jetzt sehnte sie sich nach einem erholsamen Schlaf. Sie wollte ihren Gedanken entrinnen, wenigstens für eine kleine Weile. Vor lauter Erschöpfung versank sie bald in tiefem Schlummer.

Als sie erwachte hatte sie ihre Kräfte zurückgewonnen. Sie berührte ihre Wange und stellte erleichtert fest, daß die Schwellung der Striemen zurückgegangen war. Wieder einmal kämpfte sie mit den Tränen. Wie sollte sie sich gegen Olaf wehren? Sie hatte ihm zwar mit den Brehon-

Gesetzen gedroht, doch die würden ihr nicht helfen. In Irland konnten sich alle Männer und Frauen, auch die niedrigsten Dienstboten, ihre Freiheit erkaufen. Sogar eine Bäuerin durfte mit der Hilfe eines Brehons ihren Mann vor den Richter bringen. Wer eine bessere Position bekleidete, mußte sich an eine höhere Autorität wenden. Und Erin, die Königin von Dubhlain, hätte keine andere Möglichkeit, als vor den Gebieter dieser Stadt zu treten — ihren eigenen Ehemann. Und das wäre natürlich sinnlos.

Natürlich erwartete er Gehorsam von seiner Frau. Aber mußte sie sich schlagen lassen? Warum war er in so heftigen Zorn geraten? Sie hatte Grenilde eher gedankenlos erwähnt und keineswegs, um ihn zu verletzen. Diese Wikingerin hatte vor all den Jahren sogar ihre widerstrebende Bewunderung erregt. Seit ihrem Tod schien Olaf sich nicht mehr für Frauen zu interessieren — außer für die willfährige Mageen, die sich in diesem Haus so unverschämt aufspielte und die Autorität seiner Frau untergrub.

Es klopfte an der Tür. Bede kam herein, begleitet von einer Norwegerin namens Sirgan, die Erin vom ersten Tag an freundlicher begegnete als die anderen. Sie genoß die besondere Gunst der Nonne, weil sie sich für den christlichen Gott begeisterte. Das mutete etwas seltsam an, denn sie war mit Heidl verheiratet, einem der wildesten Berserker von Dubhlain.

Alle Norweger galten als erbitterte Kämpfer, aber die Berserker stellten eine Klasse für sich dar. In der Schlacht brüllten und knurrten sie wie Tiere, drohten mit fiebrig glühenden Augen und brachen sich die Zähne, indem sie wütend in ihre Schilde bissen. Erin verstand nicht, wie die sanftmütige Sirgan das Leben an der Seite eines solchen Mannes ertrug. Vielleicht hoffte sie vor jeder seiner Schlachten, es könnte die letzte sein.

»Ich habe mir Sorgen um dich gemacht, liebe Schwester.« Bede eilte zum Bett und ergriff Erins Hand. »Wenn du dich immer noch krank fühlst, muß ich die Ursache deines Leidens herausfinden und es behandeln.«

Erin brachte ein überzeugendes Lächeln zustande. »Es geht mir schon viel besser, und ich werde bald aufstehen.«

Erleichtert wandte sich die Nonne zur Tür, wo Sirgan wartete. Offenbar freute sich Bede nicht nur über Erins Genesung. Sie schien deren Hilfe zu brauchen, um ein Problem zu lösen, das sie allein nicht meistern konnte.

»Sirgan würde gern mit dir sprechen«, erklärte sie.

Erin schaute die Norwegerin neugierig an. »Wie kann ich Euch helfen?«

Die blonde Frau trat ans Fußende des Betts, die Stirn voller Kummerfalten. Sie war nicht mehr jung, aber die Gesichtszüge verrieten ihre einstige Schönheit. »Ich habe solche Angst um Moira«, begann sie unbehaglich. »Sie lebt schon lange bei uns. Tag für Tag nahm sie geduldig das Verhalten einiger meiner Landsleute hin, die den Iren nicht so freundlich gegenüberstehen. Aber heute, als Gundred sie wegen eines falsch aufgestellten Webstuhls beschimpfte, brach Moira in Tränen aus und floh aus dem Sonnenzimmer. Gundred ist eine sehr boshafte Frau. Und ich bange um Moira, die mir viel bedeutet.«

Erstaunt hörte Erin zu. Es gab tatsächlich liebenswerte Norweger — Rig, Freyda und jetzt auch Sirgan. »Vielen Dank, daß Ihr mir Bescheid gegeben habt. Ich werde mit Moira reden und sehen, ob ich ihr helfen kann.«

Die Nonne seufzte beruhigt auf, dann verließ sie mit Sirgan das Zimmer. Erin stand auf, um sich zu waschen und anzukleiden. Sie wußte nicht, wo sie Moira suchen sollte, also rief sie nach Rig und befahl ihm, sie zu holen.

Wenig später trat Moira ein, die Augen rot geweint, und entschuldigte sich hastig: »Verzeiht, daß ich heute morgen nicht hier war, aber Rig erklärte mir, Ihr würdet Euch nicht wohl fühlen und keine Störung wünschen. Wie ist Euch jetzt zumute?«

»Besser, danke. Ich ließ Euch zu mir bitten, weil ich wissen möchte, was Euch bedrückt.«

Moiras Unterlippe zitterte. »Nichts. Ich glaube, ich bin nur übermüdet.«

Erin nahm ihren Arm, führte sie zum Bett, und sie setzten sich. »Bitte, Moira, Ihr müßt mir alles anvertrauen. Ich habe gehört, Gundred sei unfreundlich zu Euch gewesen, und um den Frieden in diesem Haus zu erhalten, muß ich erfahren, was Euch quält.«

Da brach Moira in Tränen aus. »Ich erwarte ein Kind!« würgte sie mühsam hervor, während Erin sie tröstend umarmte. »Und ich will kein uneheliches Kind, mag es nun Ire oder Norweger sein, denn es würde von beiden Völkern verachtet.«

Besänftigend strich Erin über den Kopf der weinenden Frau. »Niemand wird Euer Kind verachten, das verspreche ich Euch. Hört mir zu. Ich werde von Olaf verlangen, er soll Euch zu meinem Vater nach Tara schicken. Dort leben viel junge Männer, die ihre Familien verloren haben, und der Ard-Righ findet sicher einen, der Euch ebenso liebevoll aufnehmen wird wie das Kind. Nie wieder soll Sigurd Euch anrühren, dieses normannische Ungeheuer ...«

Verwirrt unterbrach sie sich, weil Moira plötzlich zu lachen begann, obwohl immer noch Tränen über ihre Wangen rollten. »O Erin, Gott segne Euch, aber ich will Sigurd nicht verlassen. Ich liebe dieses normannische Ungeheuer, und ich habe nur Angst um mein Baby.«

Langsam stand Erin auf und holte tief Atem. »Wenn Ihr Sigurd liebt und sein Kind unter dem Herzen tragt, muß er Euch heiraten.«

Halb lachend, halb schluchzend erwiderte Moira: »Er begehrt mich, aber er wird niemals eine Irin zur Frau nehmen. Da er kein König ist, braucht er solche Bündnisse nicht.«

Diesen Einwand nahm Erin nicht zur Kenntnis. »Bleibt

hier. Ich komme bald zurück. Und dann schmieden wir Hochzeitspläne.«

Würdevoll schritt sie aus dem Gemach, und Moira schaute ihr nach, ohne zu ahnen, wie angstvoll ihre Herrin sich fragte, woher sie ihre Zuversicht nahm. Erin konnte nur auf ein kleines Wunder hoffen, das ihr helfen würde, ihr Versprechen zu halten.

13

Olaf saß auf seinem schwarzen Hengst und blickte zu den Männern hinüber, die sich im Kriegshandwerk übten. Interessiert beobachtete er Gregory von Clonntairth und seine königlichen Schwäger von Ulster und Tara. Er war klug genug gewesen, um Aed Finnlaiths Kampfkraft niemals zu unterschätzen. Letzten Endes waren sie in eine Sackgasse geraten, hatten zwischen einem Bündnis und weiterem sinnlosen Blutvergießen wählen müssen. Und obwohl das Bündnis, durch die Heirat gefestigt, die ungesetzlichen Überfälle der Dänen in ganz Irland nicht verhindern konnte, durften sich der Wolf und der Ard-Righ sicher fühlen. Wenn sie ihre Streitkräfte vereinten, waren sie unbesiegbar.

Angeblich versteckte sich Friggid der Krummbeinige im nördlichen Gebiet, das Niall von Ulster gehörte. Eines Tages würde Olaf diese dänische Ratte vernichten und dann die Männer von Ulster hinter sich wissen. Ja, bald würde er Friggid gegenüberstehen, denn Grenilde mußte gerächt werden. Der Tod des tückischen Feindes würde den Schmerz in seinem Herzen lindern.

Der Gedanke an die verstorbene Liebste erinnerte ihn an den beklagenswerten Zustand seiner Ehe. Erin stellte seine Geduld tatsächlich auf eine harte Probe. Nicht nur im Schlafgemach forderte sie ihn ständig heraus. Sie demütigte ihn sogar in der Halle vor den versammelten Kriegern, indem sie ihre Position mißachtete und durch Abwesenheit glänzte. Nur weil sie sich über einen geringfügigen häuslichen Zwischenfall ärgerte ... Außerdem hatte sie Grenilde verächtlich als seine ›Mätresse‹ bezeichnet, also verdiente sie seinen Zorn.

Warum bedrückte es ihn dann, daß er die Beherrschung verloren und sie geschlagen hatte? Und warum war er so dumm gewesen, die letzte Nacht neben dem Herd zu verbringen, statt in seinem weichen Bett? Weil ihn Erins Schönheit und Temperament mit jedem Tag stärker faszinierten. Und weil er deshalb beschlossen hatte, sich von ihr fernzuhalten. Seine Nächte an ihrer Seite waren zur Qual geworden, und er verspürte kein Verlangen, seine Bedürfnisse anderswo zu stillen.

Angewidert seufzte Olaf. Frauen! Er wußte nicht einmal, was ihren Wutanfall heraufbeschworen hatte. Schon lange war er nicht mehr bei Mageen gewesen — zum letztenmal vor dem Tag, wo er der Hochzeit mit Erin zugestimmt hatte. Trotzdem mußte er etwas unternehmen. Er hatte Aed versprochen, man würde seiner Tochter die Achtung zollen, die einer Prinzessin von Tara zustand.

Ärgerlich schwang er sein Pferd herum und ritt auf den höchsten Hügel innerhalb der Stadtmauern. Er schätzte es nicht, wenn er mit häuslichen Angelegenheiten behelligt wurde. Als Hufschläge hinter ihm erklangen, drehte er sich in seinem schönen Ledersattel um und runzelte erstaunt die Stirn. Seine Frau ritt auf ihn zu, in tollkühnem Galopp.

Sie hatte Grenilde herabgewürdigt, seine ›Mätresse‹ genannt — aber nicht aus Grausamkeit, nur aus Verzweiflung. Wie sollte sie wissen, daß die blonde Wikingerin seine ganze Welt gewesen war? Sein Zorn ließ ein wenig nach, während er ihre beachtlichen Reitkünste beobachtete.

Nur wenige Schritte von ihm entfernt, zügelte sie ihr Pferd. Das ebenholzschwarze Haar und der violette Mantel flatterten im Wind.

»Ich möchte dich sprechen, Olaf.« Wortlos neigte er den Kopf, und sie fuhr fort: »Es gibt ein häusliches Problem, das deine sofortige Aufmerksamkeit erfordert. Moira, meine Dame, die deinem Sigurd gehört, erwartet sein Kind. Vor einigen Jahren wurde sie bei dem Überfall auf Clonntairth erbeutet. Soviel ich weiß, lebt sie seither mit

Sigurd zusammen, und er war wohl auch einer der Männer, die sich damals an ihr vergingen. Du hast deinen Frieden mit meinem Vetter Gregory gemacht und ihm angeboten, ihm die Provinz Clonntairth zurückzugeben. Auch Moira steht eine Wiedergutmachung zu, nach allem, was sie erlitten hat. Du mußt Sigurd zwingen, sie zu heiraten. Nie hat sie dir Schwierigkeiten bereitet, immer war sie eine ergebene Gefangene und Sklavin. Du darfst ihr die Verachtung der anderen Frauen nicht länger zumuten, und ihr Kind soll nicht als Bastard auf die Welt kommen, der weder von Iren noch von Norwegern anerkannt wird.«

Spöttisch betrachtete er ihre stolze Miene und hob die blonden Brauen. »Ich soll Sigurd also zur Ehe zwingen.«

»Gewiß. Auch ich wurde dazu gezwungen.«

Olaf warf lachend den Kopf in den Nacken. »Also Auge um Auge, Prinzessin von Tara?«

»Nein. Für das Unrecht, das mir angetan wurde, gibt es keine Entschädigung.«

Ihre Stimme war beinahe nur ein Flüstern und bewegte ihn trotzdem zutiefst. Plötzlich empfand er das Bedürfnis, sie noch einmal zu schlagen, aber auch den viel heftigeren Wunsch, sie an sich zu pressen und herauszufinden, ob die Leidenschaft, die in ihren Augen funkelte, auch durch ihr Blut floß. O ja, er wollte ihr zeigen, wer ihr Herr und Meister war, welch große Gnade er ihr mit dem Verzicht auf seine ehelichen Rechte erwiesen hatte.

Er riß sein Streitroß so wütend herum, daß es sich protestierend aufbäumte. Doch er hatte es sofort wieder in der Gewalt und starrte Erin mit eisigen Augen an. Zu ihrer Verblüffung bekam sie die Antwort, die sie kaum zu erhoffen gewagt hatte. »Also gut, es soll geschehen!« stieß er hervor.

In einer Staubwolke galoppierte er zum Kampfplatz seiner Männer zurück. Eine Zeitlang schaute sie ihm nach, dann kehrte sie zur Residenz zurück, um Moira die gute

Neuigkeit zu überbringen. Sie wußte nicht, daß Olaf mit schmalen Augen beobachtete, wie geschickt sie mit ihrer Stute umging. Wie eine Kriegerin.

Sigurd tobte, als er den Befehl zur Hochzeit erhielt. Aber der Wolf brüllte genauso laut, und schließlich senkte der Riese mit dem flammend roten Haar verlegen den Kopf.

Nicht allzu überrascht erkannte Olaf, daß der erste Feldherr und Berater seine irische Lebensgefährtin wirklich liebte und seiner Vaterschaft voller Stolz entgegensah. Wäre es ihm nicht um den äußeren Schein gegangen, hätte er sie vermutlich schon längst geheiratet. Der Wolf schlug ihm vor, der Dame selbst einen Antrag zu machen, dann würde niemand erfahren, daß die Hochzeit nicht seine eigene Idee gewesen war.

Nach diesem Gespräch seufzte Olaf tief auf. Eine weitere unerledigte Aufgabe wartete auf ihn, die ihm gar nicht gefiel. Er mußte sich mit Mageen befassen. Erbost verließ er die Residenz. Er haßte es, wenn ihm das Leben mit kleinlichem Weiberkram schwergemacht wurde.

In froher Stimmung ritt Erin nach Hause. Vielleicht erfüllte ihre schreckliche Ehe doch einen gewissen Zweck, wenn sie ihre Macht nutzen konnte, um ihrem Volk zu helfen.

Moiras glückstrahlendes Gesicht war ihr Lohn genug, und Erin versicherte ihr, die Hochzeit würde noch an diesem Abend stattfinden.

Erneut in Tränen aufgelöst, verließ Moira das Gemach ihrer Herrin. Aber diesmal waren es Freudentränen. Erin trat ans Fenster und schaute blicklos in den Hof hinab. Ihre Freude verflog sehr schnell, als sie an die kummervolle Nacht dachte, die diesem Tag des Triumphs vorausgegangen war. Olaf hatte ihr ein Zugeständnis gemacht — vielleicht, weil er sein unbeherrschtes Verhalten und die grausame Ohrfeige bereute. Trotzdem wollte sie seine Hure nicht länger in ihrem Haus dulden.

Sie berührte ihre Wange, die immer noch ein wenig brannte. Nicht Mageens, sondern Grenildes wegen hatte er sie geschlagen — weil sie es gewagt hatte, die blonde Schönheit zu erwähnen, die er über den Tod hinaus liebte.

Sicher brachte er Mageen keine tieferen Gefühle entgegen. Falls er überhaupt zu einer echten Liebe fähig war, dann hatte Grenilde sie ins Jenseits mitgenommen.

»Olaf!« Glücklich und dankbar eilte Mageen ihm entgegen. »Ich habe dich so schmerzlich vermißt!« Sie schlang beide Arme um seinen Hals und ahnte nichts Böses, bis er sie gewaltsam von sich schob.

»Du hast deine Grenzen überschritten, Mageen, und ich bin nur gekommen, um dir etwas mitzuteilen. Wir werden uns nicht wiedersehen, und du mußt Dubhlain verlassen.«

Bleich vor Entsetzen, fiel sie vor ihm auf die Knie. »Nein!«

Er seufzte ungeduldig und zog sie auf die Beine, dann setzte er sich auf die Bank neben dem schlichten Tisch und streckte müde die langen Beine aus. Erstaunt las er die unverhohlene Angst in ihren Augen. Nie hätte er gedacht, diese temperamentvolle, lebenshungrige Frau könnte sich vor irgend etwas fürchten.

»Das meinst du nicht ernst«, flüsterte sie. »Du kannst mich nicht einfach wegschicken . . .«

»Leider bleibt mir nichts anderes übrig, Mageen. Du hast meine Frau beleidigt.« Obwohl er leise sprach, klang ein stahlharter Unterton in seiner Stimme mit und verriet ihr, daß seine Entscheidung unwiderruflich war.

»Nein!« Verzweifelt stampfte sie mit dem Fuß auf. »Ich glaube es nicht! Der Herr der Wölfe läßt sich von einem hochnäsigen, kleinen irischen Biest Befehle erteilen? Und was soll aus uns werden? Willst du auf all die Freuden verzichten, die ich dir in so vielen Nächten geschenkt habe? Sie kann dich nicht so lieben wie ich.«

»Erin ist meine Königin, Mageen«, erwiderte er und stand auf. »Ich werde eine passende Unterkunft für dich finden. Bis dahin darfst du dich nicht mehr in meiner Halle blicken lassen.«

Noch immer konnte sie sich nicht in ihr Schicksal fügen. Mit aller Kraft warf sie sich an seine Brust. »Du Narr! Wegen dieser Frau, die dich haßt und am liebsten ermorden würde, gibst du mich auf? Ich warne dich — sie wird dir davonlaufen und die Ehe brechen.«

Eindringlich schaute sie in seine Augen, umklammerte seine muskulösen Arme, spürte unter seiner Tunika den warmen, kraftvollen Körper. Nein, sie würde ihn nicht gehen lassen. Kein anderer Mann vermochte, ihre sinnlichen Wünsche so vollkommen zu erfüllen wie er. Daß er sie nie wieder besuchen würde, wollte sie sich erst gar nicht vorstellen, obwohl sie schon lange nicht mehr beisammen gelegen hatten. »Glaub mir, Olaf, sie verabscheut dich, und sie kann dich nicht befriedigen. Beobachte doch einmal, wie ihre grünen Augen umherschweifen, wenn sie bei all den Männern in der Halle sitzt. Angeblich wollte sie Fennen mac Cormac heiraten, der sich immer noch in Dubhlain herumtreibt. Wahrscheinlich ist er der Mann, um dessen Hüften sie in heißem Entzücken ihre Beine schlingt ...«

Olafs Finger gruben sich schmerzhaft in ihre Schultern, dann ließ er sie langsam los. Ihre Worte beunruhigten ihn tiefer, als er sich das eingestand. »Man wird gut für dich sorgen, Mageen. Bis ich eine passende Bleibe für dich gefunden habe, mußt du dich von meiner Frau fernhalten. Denn was immer du auch denken magst — sie ist die Königin von Dubhlain.«

Wieder sank sie auf die Knie und schluchzte gebrochen. Olaf hob sie hoch, trug sie zum Bett und legte sie darauf. Dann küßte er sanft ihre Stirn und verließ das kleine Haus.

Auf dem Rückweg zu seiner Residenz verfolgte ihn der

Gedanke an Mageen immer noch. In zahlreichen Nächten war er zu ihr gegangen, um ein Verlangen zu stillen, das jeden Mann von Zeit zu Zeit befiel. Nach seiner Ansicht eine rein sexuelle Beziehung ... Aber sie hatte offenbar mehr für ihn empfunden, obwohl sie wußte, daß er an keine ernsthafte Bindung dachte. Nun, es gab Gefühle, die sich nicht kontrollieren ließen, so wie seine Trauer um Grenilde — oder jene Faszination, die ihn zu seiner schönen irischen Ehefrau lockte, wenn sie ihn auch ständig ärgerte.

Plötzlich erinnerte er sich an Mageens Worte. Fennen mac Cormac — der irische König, mit dem Erin in der Halle geflüstert hatte. Ein junger, hübscher Mann, die Augen voll schmerzlicher Sehnsucht, wann immer er die Königin in der Halle beobachtete ...

Olaf hatte ihr befohlen, nicht mehr mit mac Cormac zu sprechen, und sie gehorchte, aber nur, weil sie den Iren keiner Gefahr aussetzen wollte.

Heiße, unwillkommene Wut stieg in Olaf auf. Wenn die Anklage nun der Wahrheit entsprach? Sicher nicht. Aed hätte ihm seine Tochter nicht angeboten, wäre sie mit Fennen zu vertraut gewesen. Aber Väter wußten nicht alles ...

Liebte sie diesen Iren? Plante sie, mit ihm zu fliehen? Hatte sie in seinen Armen gelegen, die smaragdgrünen Augen von Leidenschaft verschleiert?

Diese Vision schürte Olafs Zorn ebenso wie die Erinnerung an die Nächte, wo sie entsetzt zurückzuckte, wann immer er sie versehentlich berührte.

Er zwang sich, seine Wut zu bezähmen. Wie lächerlich, die Eifersucht auf eine Frau, die ihm immer nur Schwierigkeiten bereitet hatte! Andererseits war er ein König und Krieger, ein Wikinger, ein sehr besitzergreifender Mann. Er glaubte nicht an die Brehon-Gesetze, betrachtete seine Frau als sein Eigentum, und das würde er mit aller Macht schützen. Sollte er herausfinden, daß man ihn betrog, würde er zuerst mac Cormac töten und dann seine Hände um Erins schönen, elfenbeinweißen Hals legen. Und dann mußte er leise lachen. Es war wohl besser, wenn mac Cormac die Stadt verließ. Vielleicht sollte man seine Abreise ein wenig beschleunigen.

14

Kurz vor der abendlichen Mahlzeit betrat er die große Halle, die sich bereits gefüllt hatte. Würde Erin diesmal ihre Pflichten als Königin wahrnehmen? Natürlich, nachdem er ihr einen Wunsch erfüllt hatte, würde sie es nicht wagen, ihn von neuem zu erzürnen. Er sah sie am Feuer stehen, wo sie sich mit ihrem Bruder Leith unterhielt.

Als sie ihren Mann entdeckte, ging sie ihm anmutig entgegen und begrüßte ihn freundlich. »Sigurd und Moira werden heiraten, bevor ich das Essen auftragen lasse, damit alle an der Zeremonie teilnehmen können. Ich hoffe, du bist damit einverstanden.«

In ihren Augen sah er ein Glitzern, das ihre respektvollen Worte Lügen strafte. Stets würde sie seine Anordnungen befolgen — und ihn gleichzeitig herausfordern, wo sie nur konnte.

»Sehr schön«, entgegnete er. »Dann soll die Hochzeit beginnen.«

Moira und Sigurd wurden von einem christlichen Mönch getraut, und danach feierte man in übermütiger Stimmung. Wein und Ale flossen in Strömen. Belustigt beobachtete Olaf, wie sein großer rothaariger Feldherr manchmal wie ein kleiner Junge errötete. Und seine irische Braut vergoß immer wieder Freudentränen.

Er selbst trank viel zuviel, und das ärgerte ihn genauso wie die majestätische Haltung seiner Frau, die lächelnd neben ihm saß. Wann immer er ihren Blick auffing, ließ sie ihn spüren, wie überlegen sie sich ihm fühlte. Aber er würde sie schon noch in die Knie zwingen.

Plötzlich grinste er boshaft und hob seinen Kelch. »Trink mit mir, teure Gemahlin, auf deinen Sieg! Eine neue glückliche Verbindung zwischen einem Norweger und einer Irin!«

Wie erwartet, gehorchte sie und prostete ihm zu, aber ihr Lächeln erreichte ihre Augen nicht.

Und dann erinnerte er sich wieder an Mageens Anschuldigung, Fennen mac Cormac sei Erins Geliebter ... Der beschwipste Sigurd lenkte ihn ab, indem er ihm seine bärenstarken Arme um die Schultern schlang. Lachend schob Olaf ihn von sich und wünschte ihm augenzwinkernd eine erfolgreiche Hochzeitsnacht. Dann wandte er sich wieder zur anderen Seite, aber seine Frau war verschwunden.

Eine Zeitlang blieb er noch am Tisch sitzen, dann stand er auf. In seinen Schläfen pochte es schmerzhaft. Letzte Nacht hatte er schlecht geschlafen, dann mehrere Stunden auf dem Kampfplatz mit seinen Männern verbracht und schließlich auch noch alberne häusliche Probleme lösen müssen. Jetzt sehnte er sich nach einem erholsamen Bad.

Müde verließ er die Halle und befahl Rig, die Wanne nach oben zu bringen. Als er das Schlafzimmer betrat, lag Erin noch nicht im Bett. Sie verknotete gerade das Band, das den Halsausschnitt ihres Nachthemds zusammenhielt. Die Tür fiel hinter ihm ins Schloß, und Erin zuckte unwillkürlich zusammen, was ihn zu einem Lächeln bewog. Hastig eilte sie auf ihre Seite des Betts und kroch unter die Decken.

Wortlos begann er, sich auszuziehen. Inzwischen beaufsichtigte Rig die Dienstboten, die volle Wassereimer und die Wanne hereinschleppten. Verwundert überlegte Olaf, warum der Zwerg seinem Blick so unbehaglich auswich.

Olaf stieg in die Wanne, und Rig stand neben ihm, einen letzten Eimer in den Händen. Die Augen halb geschlossen, fragte der Wolf: »Worauf wartest du? Bist du plötzlich verrückt geworden?«

Da schüttete ihm Rig das heiße, dampfende Wasser auf

die Brust, und Olaf stöhnte verblüfft: »Was ist denn in dich gefahren? Verschwinde, bevor ich mich vergesse und dir den Hintern versohle ...«

Der Gnom warf einen neugierigen Blick auf die zusammengekrümmte Gestalt im Bett, dann flüchtete er aus dem Zimmer.

Bald ließ der brennende Schmerz auf Olafs Haut nach, und seine Muskeln begannen, sich im warmen Wasser zu entspannen. Doch sein Ärger und seine innere Unrast verflogen nicht. Immer wieder ertappte er sich dabei, wie er zu seiner Frau hinüberschaute, die reglos dalag, aber sicher nicht schlief — davon war er überzeugt.

Zum Teufel mit ihr und ihrem geheuchelten, falschen Gehorsam! Wie ein Narr hatte er die Ohrfeige bereut, sich allen Wünschen Erins gebeugt, seinem Feldherrn die Hochzeit befohlen und seine Hure weggejagt. Und diese Frau zeigte nicht einmal die geringste Dankbarkeit.

Plötzlich umspielte ein Lächeln seine Lippen. »Erin, wasch mir den Rücken!« Sie gab keine Antwort. Ebenso geschickt, wie sie ihre Unterwürfigkeit mimte, stellte sie sich jetzt schlafend. »Ich weiß, daß du noch wach bist, werte Gemahlin. Ein langer, anstrengender Tag liegt hinter mir, den ich — wie ich vielleicht hinzufügen darf — wegen deiner Forderungen noch unangenehmer fand. Also kann ich jetzt mit Fug und Recht von dir verlangen, meinen Rücken zu schrubben.«

»Ich gehorche dir in allen Dingen, die den Haushalt betreffen«, erwiderte sie kühl, ohne sich ihm zuzuwenden. »Aber was dich persönlich angeht, schulde ich dir nichts. Du hast meinem Vater gelobt, man würde mich in deinem Haus achten, und sogar von Kompromissen gesprochen, die du mit mir schließen willst. Aber gestern abend hast du es für richtig befunden, mich zu schlagen und dich als der grausame Barbar zu erweisen, der du bist. Dein heutiges Verhalten macht mir mein leidvolles Schicksal zwar etwas erträglicher — doch du hast nur getan, was du meinem Vater und den Menschen schuldest, deren Land du regierst und mit denen du angeblich in Frieden zusammenleben möchtest. Nachdem die bewußten Angelegenheiten geregelt sind, werde ich dich nicht mehr belästigen. Aber ich erwarte, nicht länger angegriffen und beleidigt zu werden. Dann wird diesem Frieden nichts im Wege stehen. Ich beabsichtige, mich von dir fernzuhalten und dich nicht mehr zu erzürnen, dann wirst du auch keinen Grund mehr finden, mich zu ohrfeigen.«

Triefnaß stieg er aus der Wanne und ging so leise zum Bett, daß Erin ihn erst bemerkte, als er sie packte und hochhob. Verwirrt starrte sie ihn an, dann stemmte sie sich vergeblich gegen seine Brust. »Du nennst mich einen grausamen Barbaren.« Seine Stimme klang messerscharf. »Und trotzdem wagst du es immer wieder, meinen Zorn zu entfachen. Ich muß dir wohl beweisen, daß ich kein Barbar bin, sondern ein zivilisierter Mann, der dein Leben so angenehm wie möglich gestalten will. Du willst meinen Rücken nicht waschen, also werde ich mich demütig bescheiden und *dir* zu Diensten sein.«

Erin begann, am ganzen Körper zu zittern. Sie kannte sowohl seinen Zorn als auch seine ätzende Höflichkeit, und letztere erschien ihr viel gefährlicher. Doch sie konnte nur ein halbersticktes »Nein!« hervorstoßen, ehe er sie ins Wasser fallen ließ. Verzweifelt klammerte sie sich an den Wannenrand, um ihr Gleichgewicht wiederzufinden und nicht unterzutauchen.

»Oh, wie gedankenlos von mir!« Ihr nackter, tropfnasser Ehemann kauerte sich neben die Wanne und hielt ihre Handgelenke fest. »Natürlich kann ich dir nicht den Rücken waschen, solange du dein Hemd an hast, oder?«

»Zum Teufel mit dir, Wikinger! Ich will nicht, daß du mir den Rücken wäschst!«

Mit einer Hand bezwang er Erins Gegenwehr, während er ihr mit der anderen das durchweichte Leinenhemd über den Kopf zog. Ihre Handgelenke ließ er nur los, um die Ärmel herunterzuzerren, dann umschloß er sie wieder mit eiserner Kraft.

»Halt doch still!« bat er und schaute sie mit unschuldigen, arglosen blauen Augen an. »Ich möchte dir doch nur einen Liebesdienst erweisen.«

Sie versuchte aufzustehen, aber die Gefahr, ihr nackter nasser Körper könnte an seinen gepreßt werden, belehrte sie eines Besseren. Also sank sie blitzschnell in die Wanne zurück. Als er zwischen ihren angezogenen Knien nach der Seife und dem Waschlappen tastete, schnappte sie nach Luft und zuckte zusammen.

»Entspann dich doch, Prinzessin«, murmelte er. »Nachdem dich dein barbarischer Ehemann geohrfeigt hat, muß er's doch wiedergutmachen.«

Er trat hinter sie, hob ihr langes Haar hoch und begann, ihre Schultern einzuseifen. Wieder klammerte sie sich am Wannenrand fest, als wäre das die einzige Rettung vor einem Sturz in dunkle Abgründe. Seltsame Gefühle durchströmten sie. Was geschieht mit mir, fragte sie sich unglücklich. Seine Nähe hatte sie schon so oft gepeinigt, aber diesmal war es anders. Sie fand es unmöglich, ihn zu bekämpfen, sich zu wehren, konnte sich nicht bewegen, nicht einmal mehr denken. Olafs Hände, die jetzt über ihren Rücken glitten, schienen ihr Gehirn genauso einzulullen wie ihren Zorn.

Doch sie zwang sich, ihre Gedanken zu ordnen. Seine sanften Berührungen hatten ihr schon immer viel größere Angst eingejagt als seine Grobheit. Von Anfang an lauerte diese merkwürdige Spannung zwischen ihnen, schon seit jener Begegnung am Ufer des Bachs – eine Spannung, die sich stürmisch zu entladen versprach und jetzt nicht nur Erins Glieder zu lähmen drohte. Erneut lief sie Gefahr, den Kopf zu verlieren. Eben noch war es ihr gelungen, einigermaßen klar zu denken. Und jetzt wurde sie immer tiefer in den Bann unwillkommener erotischer Gefühle gezogen.

Olaf wußte nicht, ob er von Göttern oder Dämonen verführt wurde. Es mußte am reichlichen Weingenuß liegen, der seine Sinne verwirrte. Erins pechschwarzes Haar fühlte sich wie Seide zwischen seinen Fingern an. Genau wie die helle, zarte Haut an ihrem Hals. Er schöpfte Wasser auf ihre Schultern, ließ es über den Rücken laufen, seifte sie wieder ein und merkte, daß sie unter seinen liebkosenden Händen erschauerte. Dann neigte er sich hinab, preßte seine Lippen auf ihren Nacken und spürte, wie sie sich versteifte — doch gleich darauf erzitterte sie wieder. Sein Mund wanderte zu ihrem Ohr, und sie spürte seinen warmen Atem. »Bebst du vor Angst, Prinzessin? Fürchtest du dich so sehr vor dem wilden Barbaren aus dem Norden?«

Er ließ die Seife ins Badewasser fallen, griff unter ihre Achselhöhlen und zog sie hoch. Als sie im Wasser stand, strich er mit beiden Händen über ihren Rücken und die sanft geschwungenen Hüften. Nun fühlte er Erins Zittern nicht nur, er konnte es sehen.

Seine Lippen wanderten ihren Rücken hinab, seine Zunge kitzelte ihre erhitzte Haut. »Nein, verdammt!« stöhnte sie kaum hörbar. Vergeblich versuchte sie, sich loßzureißen, als sein Arm ihre Taille umschlang.

Während sie ihm ihren Körper zu entwinden suchte, drehte sie sich unwillkürlich zu ihm um. »Bitte . . .«, wisperte sie. Ein Blick in ihre verschleierten Augen genügte ihm, um triumphierend zu lächeln. Er wußte, wie sehr sie sich bemühte, seine Zärtlichkeiten gleichgültig über sich ergehen zu lassen. Doch das gelang ihr nicht. Das Feuer der Leidenschaft, das schon so lange in ihr schlummerte, war geweckt worden. Das erkannte er nur zu deutlich. Mochte sie ihn auch hassen, bis zu ihrem letzten Tag — nie wieder würde sie leugnen können, wie begierig ihre Sinnlichkeit auf seine Liebkosungen antwortete.

Er griff wieder nach der Seife, ließ sie über Erins Schenkel gleiten, dann über den Bauch, hinauf zu den Brüsten, die er aufreizend zu streicheln begann. Sein Daumen spielte mit den Spitzen, die sich sofort aufrichteten.

Reglos stand sie im Wasser, die Hände geballt, und er beobachtete den Puls, der heftig in ihrem Hals vibrierte. Während er fortfuhr, mit ihren Brüsten zu spielen, schaute er tief in ihre Augen, dann sah er, wie sich ihre Lippen öffneten, als wollte sie wieder eine Bitte aussprechen. Doch sie blieb stumm. Da neigte er sich zu ihr, sein Mund näherte sich ihrem. Wie verzaubert erlaubte sie es, aber als er sie küßte, versuchte sie ihm erneut zu widerstehen. Er umfaßte ihren Nacken, während seine Zunge langsam zwischen ihre Lippen glitt.

Mit einem halberstickten Seufzer protestierte sie, aber der Kuß war zu fordernd, zu überwältigend, und ihr blieb nichts anderes übrig, als sich von der verführerischen Strömung mitreißen zu lassen. Erst als seine Hand zwischen ihre Schenkel glitt und das weiche Fleisch aufwühlend liebkoste, begann sie, sich wieder zu wehren, stemmte beide Hände gegen seine Schultern — nur um sich dann kraftlos an ihm festzuklammern.

Olaf hob sie aus dem Wasser, trug sie zum Bett, das mit Felldecken übersät war. Behutsam ließ er sie auf das weiche Lager gleiten, und sein Blick wanderte über ihren Körper, die elfenbeinweißen Brüste mit den dunklen, harten Spitzen, den flachen Bauch, die weichen Rundungen der Hüften, das verlockende ebenholzschwarze Dreieck zwischen den Beinen, das ein unbekanntes Glück zu verheißen schien, die langen, wohlgeformten Beine ...

Mageens Worte kehrten zurück, um ihn zu peinigen. Aber obwohl er sich schwor, Fennen mac Cormac zu töten, sollte er Erin nicht unberührt finden, glaubte er der Unschuld, die ihre verwirrten Augen widerspiegelten.

Das Feuer seines eigenen Körpers drohte außer Kontrolle zu geraten, trotzdem ertrug er die wachsende süße Qual seines Verlangens, starrte seine Frau an, glaubte, ihre Schönheit trinken zu müssen.

Eine seltsame Trägheit überkam Erin, und doch fühlte sie sich, als sollten große Kräfte in ihr freigelassen werden. Fast unmerklich waren sie in ihrem Inneren entstanden, und nun wuchsen sie wie ein Feuersturm, der süße Schmerzen bereitete und ihre Glieder schwächte. Olaf hielt sie nicht mehr fest. Sie hätte aufspringen und fliehen können, doch sie vermochte, nur reglos dazuliegen und ihn anzuschauen. Nicht einmal, als er davonging, brachte sie die Kraft auf, die Flucht zu ergreifen. Sie beobachtete, wie er eines der Fläschchen holte, die auf der Truhe neben der Tür standen. Erst als er zu ihr zurückkehrte, wollte sie fliehen, doch da war es zu spät.

Rittlings setzte er sich auf ihre Hüften, hielt sie nicht nur mit seinen starken Schenkeln fest, sondern auch mit der blauen Glut seiner Augen, die ein wenig spöttisch schillerten, aber gleichzeitig eine sonderbare Zärtlichkeit ausstrahlten. Alles, was in Erin vorging, schienen sie zu erkennen und zu ergründen.

»Niemals käme ich auf den Gedanken, einen Dienst von dir zu verlangen, den ich dir nicht auch erweisen würde, meine liebe Frau«, erklärte er, verteilte etwas Öl zwischen seinen Handflächen und stellte das Fläschchen auf den Boden. »Kein Sandelholz, sondern nur Blumenessenz ...«

Abwehrend hob sie die Hände, die er mühelos ergriff. Sanft begann er, ihre Finger einzuölen, dann die Handflächen. »Olaf ... Laß mich! Ich ...« Sie versuchte, sich aufzurichten, aber er umfaßte ihre Schultern und drückte sie ins Kissen zurück.

»Lieg still!« befahl er.

Seine Augen ... Erin konnte ihn einfach nicht bekämpfen, wenn er sie so anschaute. Sie wollte sich gegen ihn stemmen, doch dazu fehlte ihr die Kraft, und jene eigenartige Trägheit floß wieder durch ihren Körper. Verwirrt schloß sie die Augen, um nachzudenken, doch sie vermochte, nur mehr zu empfinden. Olafs Hände, die nun über ihre Arme glitten, raubten ihr die letzten zusammenhängenden Gedanken. Beinahe schrie sie auf, als er das duftende Öl auf ihren Brüsten verteilte. Immer wieder umkreisten seine Finger die harten dunklen Spitzen. Dann widmete er seine betörenden Liebkosungen ihren Hüften, ihrem Bauch, wo ein flüssiges Feuer zu brennen begann.

Sie schloß die Augen, und sie hoffte, dadurch könnte sie der Zauberkraft seiner Augen entgehen, das Verlangen bekämpfen, das sie zu überwältigen und mitzureißen drohte wie eine stürmische Meereswelle.

Olaf drehte sie auf den Bauch, und sie spürte seine Hände auf ihren Schultern, auf dem Rücken, und jede Bewegung seiner Finger schien sie noch tiefer in die Flut ihrer Gefühle hinabzuziehen.

Er strich den Rosenduft auf ihre Schenkel, ihre Waden, massierte sie in die Füße ein. Dann drehte er sie wieder auf den Rücken, stand neben dem Bett und betrachtete sie. Sie öffnete die Augen, aber ihre Lider waren so schwer.

Lächelnd sah er, daß sie ein Knie leicht angewinkelt hatte, ein letzter Ausdruck ihres Selbstschutzes, aber er ahnte, daß sie keinen Widerstand leisten würde.

Eine innere Stimme warnte Erin, und sie wußte, daß sie Olaf Einhalt gebieten mußte. Doch sie brachte kein Wort hervor, konnte ihn nur anstarren, seinen kraftvollen, goldbraunen Körper, die breiten Schultern, die schmalen Hüften. Gefühle, die sie nie zuvor verspürt hatte, erhitzten ihre Adern. Ihre Lippen waren trocken geworden, und sie befeuchtete sie mit der Zunge. Endlich kehrte ein letzter Rest des Verstands zurück, den Olaf mit seinen magischen Zärtlichkeiten umnebelt hatte, so wie es ein starker Met niemals vermochte.

Leise schrie sie auf, als sie erkannte, daß er sie nicht verspottete – er meinte es ernst. Gleich würde er Besitz von ihr ergreifen. »Nein!« fauchte sie. »Rühr mich nie wieder an, Barbar!«

»Ich habe dich nicht wie ein Barbar berührt, und das wissen wir beide«, versicherte er in sanftem Ton.

In Erins Augen hatte er gelesen, wie die Verzauberung in Angst übergegangen war. Nun legte er sich rasch auf ihren erstarrten, abwehrenden Körper, ergriff ihre Hände, die vergeblich nach ihm schlugen, und preßte sie zu beiden Seiten ihrer Schultern ins Kissen.

Als er seine Finger in ihre schlang, tat er ihr nicht weh, bezwang sie eher mit seinen Augen als mit seinen Körperkräften.

Erin schluckte, und ihr Herz klopfte wie rasend. »Bitte ... Ich flehe dich an, Olaf!«

»Du gehörst mir, du bist meine Frau. Und auch das ist ein Teil unseres Schicksal. Wehr dich nicht, denn du weißt, daß du vor Entzücken zitterst, wenn ich dich berühre.«

Seine Augen zogen sie noch tiefer in einen seltsamen Bann. Ihr Körper war immer noch angespannt, bereit zur Flucht, aber ihre Gegenwehr erlahmte, und sie fühlte sich erneut wie ein Opfer dieser betörenden Hitze, die ihr Blut aufwühlte.

Olaf begann, sie zu küssen, zeichnete ihre Lippen mit seiner Zungenspitze nach, schob sie in ihren Mund. Aufreizend spielte er mit ihrer Zunge, seine Barthaare prikkelten auf ihren Wangen, und sogar das schürte die Flammen in ihrem Körper, die sich ihrer Kontrolle entzogen.

Ohne ihre Hände loszulassen, richtete er sich ein wenig auf, und seine Lippen liebkosten eine ihrer Brüste. Immer fordernder umkreiste er mit seiner Zunge die bebende Spitze, nahm sie in den Mund, schmeckte das exotische Rosenöl. Atemlos vor wachsender Leidenschaft schaute er sie an, dann schenkte er der anderen Brust die gleichen Zärtlichkeiten. Fest schlangen sich ihre Finger um seine, lockerten sich, verstärkten den Druck erneut.

Zu spät erkannte Erin, daß er mit einem Knie ihre Schenkel auseinander geschoben hatte. Seine heißen Lippen wanderten zu ihrem Bauch hinab, kosteten das duftende Ol, das sich in ihrem Nabel gesammelt hatte, folgten dem Schwung einer Hüfte.

Nun lag er zwischen ihren Beinen, sanft zwang seine Brust ihre Schenkel noch weiter auseinander. Er spürte, wie sie in einem sinnlichen Rhythmus bebten, der allmählich anschwoll, blickte zu ihrem Gesicht hinauf. Bleich und schön schimmerte es im Rahmen des rabenschwarzen Haars, das auf dem Kissen und den Fellen ausgebreitet lag. Sie hatte die Augen geschlossen. »Nein«, hörte er sie flüstern, aber es war nur ein schwacher Hauch.

Immer noch hielt er ihre Finger fest, spürte die Anspannung darin, und sein Blick ließ ihr Gesicht nicht los, als seine Zunge zwischen das dunkle Kraushaar hinabtauchte. Erin erschauerte, rang nach Atem, stöhnte protestierend. Doch das konnte ihn nicht beirren. Zielstrebig suchte er und fand die zarten, verletzlichen Fältchen ihrer Weiblichkeit mit der sanftesten aller Waffen. Er gab ihre Hände frei, um ihre Hüften zu umfassen, liebkoste sie immer intimer, immer leidenschaftlicher, und eine heftige Erschütterung belohnte ihn, die ihren ganzen Körper durchzuckte.

»Bitte ...«, seufzte sie, und er sah, wie sie den Kopf hin und her warf. Jetzt hob sie ihre Hüften seinem Mund entgegen, wand sich in natürlichem, sinnlichem Rhythmus, der beschleunigt wurde, als sein wachsendes, fremdartiges Verlangen alle Ängste und Hemmungen verscheuchte. Sie grub ihre Finger in Olafs Schultern, und da konnte er seine eigene Begierde nicht länger bezähmen. Die Welt, das Bett, seine schöne Frau — alles begann, in schwarzroter Glut zu verschwimmen.

Er richtete sich auf, und wieder stieß Erin einen leisen Schrei aus, als er langsam, aber kraftvoll und zielstrebig in sie eindrang. Dann hielt er inne, eingehüllt in ihre pulsierende Wärme. Sanft streichelte er ihr Haar. »Ganz ruhig, Erin — ganz ruhig.«

»Olaf ...« Sie preßte das Gesicht an seinen Hals, klammerte sich an seinen Schultern fest. Sie spürte seine harte Männlichkeit in sich, und der Schmerz war wie brennender Stahl, aber seine breite Brust spendete sonderbaren Trost.

In diesem Augenblick brauchte sie seine Kraft, den ganzen Schutz, den er ihr bieten konnte.

»Halt dich an mir fest, Erin. Der Schmerz wird verschwinden. Komm mit mir ...« Wieder begann er, sich zu bewegen, fühlte sich willkommen in der süßen, hingebungsvollen Hitze ihres Körpers. Immer tiefer drang er in sie ein, riß sie in einem immer wilderen Rhythmus mit sich, spürte erneut die fließenden, sinnlichen Bewegungen ihrer Hüften.

Gleißende Sterne schienen hinter seinen Augen zu bersten. Leidenschaft, die er so lange bezähmt hatte, strömte jetzt über ihn hinweg in hungrigen Wellen. Eng mit Erin verschmolzen, forderte er sie zu gleicher stürmischer Glut heraus, küßte ihre Lippen, ihre Brüste, dann wieder ihre Lippen, durstig und bebend. Der letzte Rest seiner Beherrschung schwand dahin, voll und ganz überließ er sich seiner Begierde.

Erins schlanke Beine umschlangen seine Hüften, ihre Brüste hoben sich seinem Mund entgegen. Er wußte, daß sie ihm in eine Welt folgte, wo gleißendes Licht durch pechschwarze Nebelschleier strömte. Ihr Schrei mischte sich in sein Stöhnen, als sie gemeinsam den Gipfel des Entzückens erreichten.

Er ließ sie nicht los, blieb mit ihr vereint, während die Welt allmählich wieder in die richtigen Dimensionen zurückkehrte. Dann glitt er langsam von ihrem Körper hinab. Er lag neben ihr, wollte sie in die Arme nehmen, sanft auf sie einsprechen, aber die Worte gefroren auf seinen Lippen, als er ihr Gesicht betrachtete. Ihre Augen waren geschlossen, und er spürte deutlich ihre Abwehrhaltung. Ärger stieg in ihm auf. Warum schreckte sie jetzt beschämt vor ihm zurück, nachdem er sie so behutsam und zärtlich auf die Liebe vorbereitet hatte — obwohl sie nach dem anfänglichen Schmerz so rückhaltlos in ihrer Lust aufgegangen war?

Wenigstens gehört sie ganz und gar mir, dachte er bitter. Er hatte den Widerstand bemerkt, als er in sie eingedrungen war, und jetzt sah er das Blut zwischen ihren Schenkeln — ein Anblick, der ihn mit männlichem Triumph erfüllte. Wäre er betrogen worden, hätte er einen Mord verübt.

Erin kehrte ihm den Rücken, und er ahnte, daß sie lautlos weinte. Zornig und verwirrt starrte er auf ihre bebenden Schultern. Er hatte sie doch nicht vergewaltigt, sondern sich liebevoll mit ihr vereint, nicht nur seine eigenen Bedürfnisse gestillt.

Grenilde ...

In Erins Armen hatte er Grenilde vergessen und ihr Andenken verraten. Nach ihrem Tod war er mit einigen Frauen zusammen gewesen, aber ohne Liebe und Zärtlichkeit. Diese Gefühle hatte er ausgerechnet diesem irischen Biest geschenkt, das ihn verachtete und um seinen Tod betete. Nicht einmal Grenilde hatte er so viel von sich selbst gegeben, und Erin wandte sich weinend von ihm ab.

Verwirrung und Zorn quälten ihn, und das Eis, das sein Herz umschloß, kehrte in seine Augen zurück. Ganz leicht strich er mit einem Finger über den Rücken seiner Frau. »Nun, Prinzessin, jetzt kannst du dir einreden, du wärst von deinem barbarischen Wikingermann mißbraucht worden, so wie du es erwartet hast.«

Seine Worte schienen ihre Brust wie ein Schwert zu durchdringen. Damit er ihr Schluchzen nicht hörte, grub sie die Zähne in ihre Hand, bis sie Blut schmeckte. Wieder erklang seine Stimme, plötzlich ganz sanft. »Erin ...«

Er strich über ihre Schulter, und sie zuckte vor der Berührung zurück. »Bitte! Laß mich wenigstens jetzt in Ruhe!«

Schweigend stieg er aus dem Bett und starrte auf sie hinab, die Hände geballt. Dann ging er zu seiner Truhe, schlüpfte in eine Hose, in eine Tunika und in seine Lederstiefel, eilte aus dem Zimmer und warf krachend die schwere Tür hinter sich zu.

Olaf blickte zum Vollmond auf, verschwendete aber kaum einen Gedanken an ihn, während er durch die Nacht wanderte und versuchte, mit sich ins reine zu kommen. Was ihn so tief bewegte und sein Herz zu zerreißen drohte, wußte er nicht genau. Er hatte sein Ziel erreicht und Erin besessen, trotzdem fühlte er sich nicht befriedigt. Jetzt begehrte er sie mit einem neuen Hunger, der so süß gestillt werden könnte. Mit jedem Mal würde das Feuer heller in ihm brennen. Ein Fieber — aye, für ihn war sie wie ein Fieber, eine Frau mit der herausfordernden leidenschaftlichen Sinnlichkeit einer Sonnengöttin, aber sie verachtete ihn.

Er hatte sie in Ruhe lassen und friedlich mit ihr leben wollen, doch das ging jetzt nicht mehr. Niemals konnte er ihr Ruhe gönnen, aber vielleicht würden sie Frieden finden.

Grenilde ... Der Name schmerzte immer noch in seiner Seele, aber wenn er die Lider senkte, sah er keine blauen, sondern leuchtende smaragdgrüne Augen, stolz und höhnisch — dann verschleiert von heißer Lust.

»Du wirst es schon noch lernen, daß ich dein Herr bin«, flüsterte er. »Und du wirst nicht länger von einem anderen Leben träumen, von einem anderen Ehemann, vom Tod aller Wikinger. Denn ich bin ein Wikinger, doch ich bin auch das Irland, das von jetzt an deine Heimat ist. Aye, du wirst mir ganz und gar angehören, denn du kannst deine eigenen Gefühle nicht verleugnen. Freiwillig oder unfreiwillig wirst du zu mir kommen, und ich werde nehmen, was mir zusteht. Aber zuerst will ich dir freundlich meine Hand reichen und sehen, ob du sie nicht gern und zärtlich ergreifst. Du wirst nicht mehr weinen, wenn du in meinen Armen die Freuden der Leidenschaft genossen hast.«

Wieder schaute er zum Mond empor, und diesmal runzelte er die Stirn. Ein seltsamer Mond ... Schwarze Tänzer schienen darauf zu spielen. Die Schatten der Götter. Ein Donner in Walhall.

Ein Rauschen schien in der Brise anzuschwellen, und er dachte an die Walküren. Unentwegt suchten sie nach jenen, die sterben sollten, und kredenzten ihnen dann einen Trunk in der großen Halle. Glaubte er an die Götter, an Odin und dessen Weisheit — an Thor, den mächtigen Krieger, an Freia, die Göttin der Fruchtbarkeit?

Noch einmal beobachtete er die Schattentänzer. Was mochten sie verheißen? Schließlich kehrte er in das Haus zurück, das sein ganzer Stolz war, und schlief allein neben dem Herd in der Küche.

Jenseits der weiten grünen und violetten Felder und Hügel und Klippen erwachte Aed Finnlaith mitten in der Nacht. Was hatte ihn geweckt? Er schaute zu seiner Frau hinüber, die friedlich schlief und im Traum lächelte.

Nichts Besonderes hatte ihn aufgeschreckt. Aber er fand keine Ruhe mehr, und so stand er auf, zog eine kurze Wolltunika an, verließ sein Gemach und trat in die schweigende Halle.

Das Herdfeuer war fast herabgebrannt, spendete noch etwas Wärme, aber nur wenig Licht. Viel heller schien der Mond. Aed ging an schlafenden Wachposten vorbei, hinaus in die Nacht, spürte die beißende Kälte des Windes kaum.

Ein Schatten glitt über den Vollmond, hüllte ihn in eine seltsame Finsternis. Der Ard-Righ erschauerte und spürte, daß irgend etwas Böses in dieser Nacht geboren wurde. Er versuchte, die Angst abzuschütteln, die in seine alten Knochen zu kriechen drohte. Und dann wanderten seine Gedanken zur jüngsten Tochter, wie so oft seit seiner Rückkehr nach Tara. Manchmal glaubte er, ihr leises Lachen wie eine Melodie in der Brise zu hören, und wenn er die Augen schloß, sah er sie auf sich zulaufen, mit wild flatterndem pechschwarzem Haar.

Vielleicht werden wir nach Dubhlain reiten, ihre Mutter und ich, dachte er. Seine Frau war entsetzt gewesen, weil er Erin mit einem Wikinger verheiratet hatte. Aber Maeve kannte Olaf nicht, konnte ihn nicht beurteilen, ehe sie den hochgewachsenen goldblonden König gesehen und die Kraft gespürt hatte, die sogar die Luft rings um ihn zu durchdringen schien.

Ja, er würde das junge Paar zusammen mit Maeve besuchen und darum beten, daß das Kind seines Herzens ihn willkommen heißen möge. Noch zwei Wochen wollte er warten und Erin Zeit geben, sich an ihr neues Leben zu gewöhnen.

Ehe er ins Haus zurückkehrte, wandte er sich noch einmal zum umschatteten Vollmond, der ihm mißfiel, der etwas Dunkles und Tödliches ankündigte. Aed floh in seine Halle, suchte Schutz vor dem feuchten Nachtwind, in dem klagende Stimmen mitschwangen, und er fühlte ein seltsames Zittern in der Erde. Du bist ein alter Narr, schalt er sich traurig, und du läßt dich von den törichten Fantasien eines Greises einschüchtern.

Ins Bett zurückgekehrt, legte er einen Arm um seine schlafende Frau und drückte sie fest an sein heftig schlagendes Herz.

In der dunkelgrünen Tiefe des Waldes starrte auch Mergwin zum Mond hinauf, aber mit harten, abschätzenden Augen, und er erschauerte nicht. Er spürte die Brise, streckte die Arme aus und rief die Erde an. Dann wartete er und nahm die Antwort des Himmels in sich auf. Schattenland. Ein Verrätermond.

Ein Blitz durchzuckte die Finsternis und erlosch, der

Schatten umgab den Mond noch dichter. Mergwin drehte sich rasch um, ein wilder Wind bauschte seine Robe, zerzauste sein langes Haar und den Bart. Er betrat seine kleine Hütte, legte noch etwas Holz ins Herdfeuer und schürte es. Dann hängte er den Kessel darüber und warf seine Druidenopfer hinein. Die Flammenhitze brannte in seinen Augen, während er die uralten Worte sang, die Worte der Erde. Er konnte das Unglück nicht abwenden und nur hoffen, dessen Kräfte zu schwächen.

Die Dänen ritten bereits über das Land. Jetzt spürte er, wie der Boden unter den Hufen zitterte. Friggid der Krummbeinige suchte Rache. Doch damit hing das Böse nicht zusammen, das Mergwin fürchtete. Schon vor langer Zeit hatte das Schicksal entschieden, daß der Wolf den Geier treffen mußte. Irgendwann würde sich der Sieger erheben. Aber war die Zeit schon gekommen?

Mergwin schüttelte den Kopf. Etwas anderes beunruhigte ihn. Etwas Närrisches — ein Fehler, vielleicht nur eine dumme Laune des Schicksals, die aber grausige Folgen nach sich ziehen könnte. Dummer alter Mann, ermahnte er sich. Du besitzt nicht die Weisheit, um solche Dinge zu erkennen und vorauszusagen. Seufzend verließ er seinen Herd, trat wieder in die Nacht hinaus und starrte den Mond an. Bald würde er mit seinem König und dem Wolf reiten, letzteren aufmerksam beobachten und vielleicht die Gefahr ergründen, die er jetzt nicht verstand.

15

Rasch frischte der Wind auf. Wie eine Statue stand Erin auf einer Klippe hoch über der Irischen See, unbewegt bis auf ihren langen Umhang und die rabenschwarzen Haare, die in der starken Brise wehten.

Graue Meereswellen donnerten ohrenbetäubend gegen die steinige Küste. Immer wieder flog salzige Gischt empor, Erin spürte die Tropfen auf den Wangen.

Auch der Himmel war grau und warnte vor einem Gewitter. Tief beugte sich das violette Heidekraut im unheilvollen Wind. Aber hier fand Erin endlich inneren Frieden. Dieser Sturm war ebenso wie die grünen Wiesen ein Teil ihres Landes, ihres Erbes.

Mit steifen, schmerzenden Gliedern war sie erwacht. Sie glaubte, irgend etwas hätte sie entzweigerissen. Dann erinnerte sie sich an Olafs Worte, begann zu weinen, fühlte sich verraten und mißbraucht. Ihr Zorn kehrte zurück. Aber inmitten ihrer widersprüchlichen Empfindungen dämmerte ihr ein trauriger Verlust – so als hätte sie die Gelegenheit erhalten, nach einem kostbaren, funkelnden Juwel zu greifen, wäre aber zu überrascht gewesen, um die Gelegenheit zu nutzen und es genauer zu betrachten.

Gib es zu, sagte sie sich spöttisch. Vielleicht mußt du ihm recht geben. Sicher, du hast ihn gehaßt, aber trotz deines Abscheus warst du immer fasziniert, schon damals in Clonntairth, als er majestätisch wie ein blonder Gott heranritt und sich lächelnd zu seiner Grenilde wandte. Und seit jenem Tag bewunderte ein verborgener Teil ihres Herzens seine übergroße Kraft, seine bezwingende Ausstrahlung.

Und vielleicht hatte das Feuer in ihr eben erst zu brennen begonnen. Immer höher würde es emporlodern. Sie mochte ihn verachten, aber letzte Nacht hatte er nicht nur ihren Körper, sondern auch ihre Seele erobert. Nie wieder würde sie dieselbe sein.

Während sie beobachtete, wie das Gewitter heraufzog, fragte sie sich, was sie nun wirklich für Olaf empfand. Gewiß, er gehörte zu den brutalen Wikingern und lebte in einer brutalen Zeit.

Aber er erhob sich über die anderen Männer, über seine Zeit, folgte einem sonderbaren Ehrenkodex. Er mochte Erin grausam behandelt haben, aber wie sie sich eingestehen mußte, hatte sie ihm auch allen Grund dazu gegeben. Und jene Ohrfeige? Jeder andere Mann würde eine so feindselige Ehefrau viel öfter schlagen. Und die Vergewaltigung? Beide wußten, wie lächerlich dieses Wort klang, wenn man es auf die Ereignisse der vergangenen Nacht anwandte.

Er liebte sie nicht. Aber kein Mann hätte sie zärtlicher und behutsamer über die Schwelle der körperlichen Liebe führen können, das wußte sie trotz ihrer Unerfahrenheit.

Danach war er wütend geworden angesichts ihrer Tränen. Dennoch hatte er sie zu trösten versucht, war aber schroff abgewiesen worden und wohl nur deshalb zu seinem alten, eisigen Zorn zurückgekehrt.

Erin lächelte wehmütig. Sie kannte Geschichten von gefangenen Frauen, die sich in ihre Eroberer verliebten, hatte sich aber immer darüber lustig gemacht. Solche Frauen mußten würdelose Närrinnen sein. Aber wie konnte sie Moira verspotten? Sie hatte gesehen, wie innig ihre Freundin den rothaarigen Wikingerriesen liebte, der ihre Gefühle mit gleicher Glut erwiderte.

Und Erin war keine Gefangene, keine Kriegsbeute, sondern die Königin von Dubhlain, die Frau des Wolfs von Norwegen – eines Mannes, dem sie nichts bedeutete. Trotz dieser Erkenntnis, trotz aller Versprechungen, die sie sich selber gegeben hatte, geriet sie immer schneller in seinen Bann. Niemals durfte er das merken, denn er würde ihre Gefühle gegen sie verwenden, sie noch grausamer mit höhnischer Verachtung strafen.

Und wie sollte sie ihn bekämpfen? Es gab keine Schlacht, die sie zu gewinnen vermochte. Vielleicht wäre es ratsam, von Bede die Kunst der Standhaftigkeit zu erlernen, aber die Nonne würde heute abreisen.

Erin hörte die Hufschläge nicht, wußte auch nicht, daß Olaf sie schon eine ganze Weile mit seinen scharfen Adleraugen beobachtete, ohne das Dilemma ihres Herzens wahrzunehmen. Er sah nur die reglose Gestalt, das flatternde ebenholzschwarze Haar, den hoch erhobenen Kopf. Ein Blitz zerriß den grauen Himmel, gefolgt von einem mächtigen Donnerschlag.

Dicht hinter Erin zügelte er sein Pferd. »Man sagt, an solchen Tagen würde Odin auf seinem Pferd Sleipnir über den Himmel reiten. Es besitzt acht Beine, und wenn es dahingaloppiert, zertrümmert es die Wolken.«

Sie drehte sich um und starrte ihn an, erstaunt über den sanften Klang seiner Stimme.

Sie hatte sich gewundert, weil sie nicht daran gehindert worden war, die Stadtmauern zu verlassen, und mit Olafs Zorn gerechnet. Für ihn gab es keinen Grund, ihr zu trauen.

Nun spürte sie trotz seiner unergründlichen Miene, daß er ihr nicht grollte. Ein eigenartiger Schatten lag über seinen blauen Augen, die ihr geheimnisvoll erschienen wie eh und je. Die Lippen unter dem goldblonden Bart lächelten nicht.

Ein Fremder, dachte sie. Nach allem, was wir bekämpft und was wir geteilt haben, ist er ein Fremder geblieben. Sogar seinen eigenen Leuten ist er fremd, weil er auch ihnen seine Seele nicht offenbart. Niemanden läßt er an sich heran.

Er stieg von seinem Hengst, ging mit ausgestreckter Hand auf sie zu und musterte sie forschend. »Komm mit mir nach Hause, Prinzessin von Tara«, bat er leise, »denn ich suche den Trost meiner Frau.«

Es war keine Entschuldigung, kein Geständnis irgendwelcher Gefühle. Aber dieser zärtlichen Stimme konnte sie nicht widerstehen, und so legte sie ihre Hand in seine.

»Ich wollte nicht fliehen, hatte nur Sehnsucht nach dem Meer.«

Er nickte und führte sie zu dem kleinen Grashügel, wo ihre Stute weidete. »Ich fürchte, es wird uns nicht gelingen, dem Gewitter davonzureiten.«

Nachdem er sie in den Sattel gehoben hatte, holte er seinen Hengst, stieg auf und kehrte zu ihr zurück. Sie lächelte schmerzlich.

»Vielleicht wollte auch Odin am Meer entlanggaloppieren.«

»Vielleicht.« Ihr Mann erwiderte das Lächeln.

Wieder zuckte ein Blitz über den Himmel, und mit einem Donnerschlag begann es zu regnen.

»Komm!« überschrie Olaf das wilde Rauschen des Windes und den Lärm der schweren Tropfen, die wie Hagel herabprasselten. »Da ist eine Höhle . . .« Er lenkte sein Streitroß den Hang hinab, und Erin folgte ihm.

Obwohl der heftige Sturm zum Schlag seines Herzens paßte, empfand er eine seltsam leichte Heiterkeit. Klirrend polterten die Hufe über die Steine. In der Höhle angekommen, stieg Olaf ab und hob seine Frau aus dem Sattel. Sie wies seine Hilfe nicht zurück, wich aber seinem Blick aus.

Er trat zur Höhlenöffnung, beobachtete den sturmgepeitschten Regen und fröstelte ein wenig. Dann wandte er sich zu Erin, die triefnaß dastand, und plötzlich fühlte er sich etwas verlegen.

»Das Gewitter wird eine ganze Weile dauern«, bemerkte er und wünschte, sie würde etwas sagen. Er ging tiefer in die Höhle hinein, fand einen Stapel Brennholz und ein paar zerschlissenen Felle. »Ich mache Feuer.«

Endlich begann sie zu sprechen. »Kommst du oft hierher?« fragte sie zögernd.

»Manchmal. Mir gefällt die Klippe, wo ich dich vorhin traf, und ich liebe es, den Wind zu spüren, das Meer zu beobachten. Oft habe ich das Gefühl, ich wäre zu lange von der See entfernt gewesen, und dann muß ich sie wiedersehen.«

Bei seinen Worten zuckte sie leicht zusammen, denn sie erinnerte sich, daß er — der Eindringling — in einem Wikingerboot mit Drachenbug aus schwarzem Meeresnebel aufgetaucht war.

Geschickt schlug er einen Funken aus einem Flintstein, entfachte ein Feuer, warf trockenes Holz hinein. Als er zu Erin aufschaute, las er in ihren Augen, daß er etwas Falsches gesagt hatte. Langsam erhob er sich, kam zu ihr und legte eine Hand auf ihren Arm. »Ich kann nicht ändern, was oder wer ich bin — oder was ich getan habe. Aber jetzt bist du meine Frau, und ich möchte eine gute Ehe mit dir führen. Anfangs versprach ich, dich in Ruhe zu lassen. Aber inzwischen weiß ich, daß ich das nicht kann. Außerdem hast du nun keinen Grund mehr, mich abzuweisen. Dein Wunsch wurde erfüllt, Moira und Sigurd sind glücklich verheiratet, und von meinen früheren Beziehungen sollst du nicht mehr behelligt werden.«

Erin schaute in seine Augen, und obwohl er ihr immer noch fremd erschien, wußte sie unbewußt, er würde ihr alles geben, wozu er fähig war. Lächelnd berührte sie seine Wange, die rauhen Barthaare. Zu ihrer Überraschung umfaßte er ihre Finger und küßte ihre Handfläche. Dann flüsterte er: »Ich werde immer ganz sanft mit dir umgehen, meine Erin.«

Da warf sie sich an seine Brust, genoß seine Körperwärme, die durch seine und ihre feuchte Kleidung drang. Begierig erwiderte sie seine Küsse, liebte das aufreizende Spiel seiner Zunge, den Geschmack seines Mundes.

Nach einer Weile hob er den Kopf. »Wir werden uns erkälten, wenn wir in unseren nassen Sachen hier herumstehen«, flüsterte er heiser.

Erin trat zurück und schluckte, war aber entschlossen, das Feuer zu löschen, das in ihr zu brennen begann. An diesem Tag wollte sie alles auskosten, was er ihr geben konnte. Es mochte nur Verlangen gewesen sein, das ihn zu ihr getrieben hatte, doch sie würde zumindest seinen Körper kennenlernen, wenn er ihr schon seine Seele verschloß, und ihn gründlich erforschen. »Erlaube mir, dir zu helfen«, bat sie leise.

Olaf traute seinen Ohren nicht, glaubte, in ihren Augen ertrinken zu müssen wie in einem smaragdgrünen Meer. Aber er hatte sich nicht verhört. Ihre melodische Stimme hallte in seinem Herzen wider, jagte einen wohligen Schauer durch seine Glieder. »Nur zu gern«, antwortete er.

Mit zitternden Händen löste sie die Schließe seines Umhangs, befreite ihn von der Tunika, küßte seine Brust, genoß den Geschmack seiner regennassen Haut. Nun verstand sie seine Zärtlichkeit in der vergangenen Nacht, denn alles, was sie jetzt für ihn tat, erfüllte sie mit warmer Freude.

Lächelnd ergriff sie seine Hand, führte ihn zum Feuer und bedeutete ihm, sich zu setzen. Dann zog sie ihm die Lederstiefel und die wollenen Strümpfe aus. Beim Anblick seiner Norwegerhose konnte sie ihre Verwunderung nicht verbergen, und er lächelte ein wenig, zwang sich aber, ihr nicht zu helfen.

Sie löste das Band, streifte die Hose über seine Hüften nach unten, und er hielt den Atem an. Plötzlich zog er sie an sich und schlang die Finger in ihr regennasses Haar. Fest drückte er sie an seine Brust.

»Du bist das schönste Juwel dieser Insel.« Sein Flüstern glich einer Liebkosung. Er entfernte ihren Umhang, wollte ihr die Kleider vom Leib reißen, aber sie schüttelte mit einem geheimnisvollen Lächeln den Kopf und sprang auf. Sie zog am Band ihrer Robe, das den Halsausschnitt zusammenhielt, ließ sie zu Boden fallen, schlüpfte anmutig aus den Schuhen, dann ganz langsam aus den wollenen Strümpfen und den feinen Strumpfbändern aus Spitze.

Nun stand sie einfach nur da, und es war ein Angebot, von dem er in vielen Nächten nur hatte träumen können.

Er betrachtete die grünen Augen, die den Gewittersturm des Meeres ebenso widerspiegelten wie den Frieden der irischen Wiesen. In weichen Wellen fiel das regenfeuchte schwarze Haar auf ihre Schultern. Zwischen den Strähnen ragten ihre Brüste hervor, hoch angesetzt, fest und rund, die Spitzen einladend vorgereckt, wie Frühlingsrosenknospen. Rasch hoben und senkten sie sich. Sein Blick wanderte zu den Hüften hinab, die sich so sinnlich winden konnten, wie er mittlerweile wußte, zum pechschwarzen Dreieck, das die verlockenden Tiefen ihrer Weiblichkeit verbarg, zu den langen Beinen.

Atemlos preßte er ihren nackten Körper an seinen, und sie stöhnte leise, als sie sein heißes, wachsendes Verlangen spürte. Langsam strich sie über seine muskulösen Schultern und seinen Rücken, und er erwiderte ihre aufreizenden Zärtlichkeiten, indem er ihre Hüften streichelte. Lächelnd rieb sie ihre Wangen an seiner Brust, genoß den Gegensatz zwischen ihrer zarten Haut und dem rauhen blonden Kraushaar. Auch sie ließ ihre Hände über seine schmalen Hüften gleiten, doch sie wagte es nicht, noch weiterzugehen.

Schon lange hatte er keine Liebe mehr empfangen, und während das Fieber seiner Begierde in ihm stieg, erkannte er, daß er noch nie so geliebt worden war.

Erin gehörte ihm, ganz und gar, eine Blume, die in seinen Armen aufgeblüht war, und nun fühlte sie sich zu ihm gedrängt wie zur Sonne. Die angeborene Sinnlichkeit schlummerte nicht länger in ihr, sie wurde Olaf rückhaltlos geschenkt. Seine Frau wollte ihn erfreuen, aber auch sich selbst, und sie beantwortete alle seine stummen

Bitten mit den ersehnten Zärtlichkeiten, berührte ihn da, wo er es wünschte, erforschte immer wieder neue Bereiche. Er zog sie mit sich hinab auf die zerschlissenen Felle, küßte sie voller Glut, vergrub das Gesicht in ihrem nachtschwarzen Haar. Hingebungsvoll saugte er an ihren Brüsten, aber jetzt lag sie nicht mehr still da so wie letzte Nacht. Ihre Hände glitten über seinen Rücken, die Hüften und den flachen Bauch, doch sie zögerte immer noch, und schließlich ermutigte er sie: »Faß mich an, Erin, faß mich an ...«

Da gehorchte sie und zuckte fast zusammen, als sie das heiße Pulsieren spürte. Doch dann liebkosten ihn ihre Fingerspitzen immer kühner, und sie fand einen Rhythmus, der ihn leidenschaftlich erschauern ließ. An ihren Lippen flüsterte er: »Hör nicht auf, meine süße, süße Frau, hör nicht auf ...«

Ihr Atem stockte, als er eine Hand zwischen ihre Schenkel schob, und das weiche Fleisch zu erforschen begann. Bald schrie sie leise, schmiegte sich kraftlos an ihn, flehte um Gnade.

Das Gewitter, das vor der Höhle raste, war nichts — verglichen mit dem Sturm in Erins erhitztem Blut. Unter sich spürte sie den harten Felsboden, und trotzdem glaubte sie, auf Wolken zu schweben. Es gab Augenblicke blinder Schwärze — und andere voll blendendem Licht. In vollen Zügen genoß sie die intimen Liebkosungen, zitternd und schaudernd, wollte immer noch mehr und fürchtete, ihr Körper würde bersten, wenn das wilde Drängen in ihrem Inneren nicht bald ans Ziel gelangte. Mit begierigen Fingern, mit ihren Lippen und ihrer Zunge tat sie, was sie sich vorgenommen hatte — sie erforschte Olafs Körper, bis ihr nichts mehr verborgen blieb. Alle Hemmungen waren vergessen, und sie ließ sich nur noch von ihrem fieberheißen Verlangen leiten.

Beide schrien auf, als er in sie eindrang, als sie das ersehnte bebende Leben in sich spürte. Wie vollkommen sie zueinander paßten ... Niemals wollte sie dieses Glück entbehren, ganz und gar mit Olaf zu verschmelzen, ein Teil von ihm zu sein.

Er führte sie zu jenem sonnigen Gipfel empor, wo die Erde aufhört und der Himmel beginnt, und noch höher hinauf — in goldene, flammende Wellen. Der Augenblick höchster Ekstase war so überwältigend, daß immer neue heftige Erschütterungen durch Erins Körper flossen, während sie langsam wieder hinabsank. Sie schrie seinen Namen, flüsterte ihn, bis er sie mit zärtlichen Küssen zum Schweigen brachte.

Allmählich kehrte Erin in die Wirklichkeit zurück, streckte sich lächelnd in Olafs Armen. Behutsam strich er ihr das feuchte Haar aus der Stirn und fragte sich, warum er so ein Narr gewesen war und sie in seinem Hochmut unterschätzt hatte. Niemals würde er ihr Herr sein, niemals würde er sie einschüchtern. Doch sie konnte sich auch nicht selbst belügen. Sie hatte ihm alles gegeben — aber nur, weil es ihr eigener Wunsch gewesen war ...

An die Liebe glaubte er nicht mehr, doch er staunte über die Kraft seiner Gefühle. Bis zu seinem letzten Atemzug wollte er Erin beschützen, niemals dulden, daß sie auch nur an einen anderen Mann dachte. Und während er sie zärtlich in den Armen hielt, lullte ihn das monotone Rauschen des Regens in den Schlaf.

Während der Wolf schlief, brannte ein Dorf an den Grenzen von Ulster. Friggid der Krummbeinige blickte nicht in die Flammen, sondern nach Süden, und er lächelte. Der Wolf hielt Dubhlain besetzt, und er hatte die Tochter Aed Finnlaiths geheiratet — angeblich das schönste Mädchen dieser Insel. Und der Wolf hatte ein Bündnis geschlossen. Er würde hierherkommen und sterben. Das Schicksal nahm seinen Lauf ...

Niall von Ulster rief seine Männer zusammen und rüstete zum Kampf. Und der jungverheiratete Sigurd fragte sich ärgerlich, was aus seinem Herrn geworden war, während die Krieger von Dubhlain ihrem Lehnsmann in die Schlacht folgten.

Mergwin stand im Regen, auf dem moosbewachsenen Waldboden bei Carlingford Lough. Bleischwer hing seine regennasse Robe herab. Er hob die Arme zum grauen Himmel empor und flüsterte die alten Worte, rief die Wolken an und die Erde.

Auf einem kleinen steinernen Altar schlitzte er die Kehle eines Rehkitzes auf und beobachtete, wie die braunen Augen brachen, brachte er ein Lebensopfer dar, sah das Blut fließen.

Der Druide dachte weder an die Vergangenheit noch an die Gegenwart. Er bekämpfte die Spinnweben in seinem Gehirn und versuchte, das Böse zu verstehen, das die Zukunft bringen würde. Aber er sah es nicht, wußte nicht, wann es zum Angriff übergehen würde. Nur eins wußte er — in der Nacht geboren, würde es am Tag Kräfte sammeln.

Flehentlich bat er die Erde und den Himmel um Hilfe, die Bäume und die Blätter. Das Rehkitz opferte er dem Erdreich, seine Kräuter dem Wind. Und er betete zu den Mächten, die über die Welt herrschten.

Er betete für Erin.

Auf einen Ellbogen gestützt, betrachtete Olaf das Gesicht seiner Frau. Seine Fingerspitze zog kleine Kreise auf ihrem Bauch. »Von Anfang an war es das Schicksal der Götter eines Tages zu sterben.«

Sie hatte ihm erzählt, sie verdanke Rig gewisse Kenntnisse über die nordische Götterwelt. Der Zwerg habe den Beginn des Lebens geschildert, aber nicht dessen Ende.

»Surtur wird die Streitkräfte aus Muspelheim führen, so wie es immer geplant war. Die große Schlacht wird auf dem Feld Vigrid stattfinden. Drei schreckliche Winterzeiten werden den Anfang des Endes ankündigen. Ein gewaltiges Erdbeben erschüttert die Berge, ein Wolf frißt die Sonne, ein anderer den Mond. Fenrir, der bösartigste aller Wölfe, die Feuer atmen, verschlingt Odin. Aber dann wird Vidarr, Odins Sohn, Fenrir schlachten. Thor, der die Midgard-Schlange stets bekämpft hat, wird sie endlich niedermetzeln, aber dann neun Schritte zurückgehen und am Gift sterben. Surtur wird Freyr töten.« Er machte eine Pause und lächelte sie an. »Unser Fruchtbarkeitsgott heißt Freyr.«

»Das weiß ich. Rig hat es mir erzählt.«

»Und danach wird Surtur die ganze Welt anzünden.«

»Alles wird untergehen?« Erin runzelte die Stirn. Anscheinend hatte Rig seine Erzählung aus dem Grund unterbrochen — damit sie das Ende der Geschichte anderswo hörte.

»Ja und nein. Das Feuer wird alles vernichten, aber irgendwann wird die Welt wieder grünen. Eine Tochter der Sonne bringt Licht und Wärme zurück, die Söhne Odins und Thors werden an einem Ort namens Idafeld wohnen und die Erde erneut bevölkern. Und Baldr, der Götterliebling, von seinem Bruder Hod getötet, wird die Welt der Toten verlassen und nach Idafeld kommen — zusammen mit seinem Mörder. Endlich werden sie alle in ewigem Frieden zusammenleben.« Olaf sah seine Frau geheimnisvoll lächeln. »Was hast du?«

»Oh, nichts Besonderes.« Das war es also, was Rig ihr vorenthalten hatte — vielleicht, damit sie es von ihrem Mann erfuhr. Kämpfe wirkten zerstörerisch, aber danach konnte man Frieden finden. An einen unwandelbaren Frieden zwischen den Wikingern und Iren glaubte sie nicht. Vor langer Zeit hatte Mergwin sie gewarnt, weder sie noch ihre Kinder würden das erleben. Aber möglicherweise konnte sie ihren eigenen Frieden genießen. Augenblicke wie dieser mußten ihr Kraft geben, wenn die Welt durcheinandergeriet.

Die Nachmittagssonne schien in die Höhle, und Erin schaute zum Ausgang. »Es hat zu regnen aufgehört.«

»Schon lange«, erwiderte Olaf grinsend. Ihre Blicke trafen sich, und beide lachten. Dann drückte er bedauernd einen Kuß auf ihre Lippen, stand auf und zog sie auf die Beine. »Wir müssen zurückreiten, ehe Sigurd die Wachposten losschickt.«

Erin nickte. Inzwischen waren die Kleider am Feuer getrocknet, und sie zogen sich schweigend an, halfen einander, die Umhänge zurechtzurücken und die Schnallen zu schließen. Ehe sie die Höhle verließen, küßten sie sich ein letztes Mal.

Auf dem Rückritt beobachtete Erin ihren Mann verstohlen. Wie großartig er aussah ... Bedrückt dachte sie, daß er immer noch ein Fremder war. Hoch aufgerichtet im Sattel — wieder ganz der Wolf von Norwegen, der ihr sein Herz und seinen Geist verschloß ... Würde sie jemals seinen Panzer durchbrechen können?

Als sie sich der Stadt näherten, wandte er sich zu ihr. Das blaue Eisfeuer war in seine Augen zurückgekehrt.

»Beeil dich!« schrie er. »Während unserer Abwesenheit ist etwas geschehen!«

Verwirrt umklammerte sie die Zügel, während ihre Stute hinter Olafs Hengst hergaloppierte. Der Wind wehte ihr das Haar ins Gesicht. Trotzdem sah sie die Männer, die sich hinter der Hofmauer des Schlosses versammelten, mit Schwertern, Piken, Streitäxten und Schilden. Sie rüsteten zum Krieg.

Erin stand am Fenster ihres Gemachs und blickte zu den Männern hinab, die im Hof ihre Vorbereitungen trafen. Warum war es ihr Schicksal, immer wieder jene gehen zu sehen, die sie liebte?

Tränen brannten in ihren Augen, wurden aber nicht vergossen. Sie war die Königin von Dubhlain, und wenn die Krieger im Morgengrauen davonritten, mußte sie ihre

Pflicht erfüllen, Olaf die Steigbügel halten und das Heer mit einem Jubelruf verabschieden, freudig und siegessicher. Seit dem Rückritt hatte sie nicht mehr mit ihrem Mann gesprochen.

Die Pferde spürten die Aufregung, die in der Luft lag, und tänzelten unruhig im Hof umher. Geschäftig rannten die Standartenträger, Dienstboten, Schmiede und Krieger durcheinander. Olaf machte seine Pläne, und Erin nahm an, daß er sie vorerst vergessen hatte. Von Gregory, Leith oder Brice konnte sie nichts erfahren. Und Niall saß mit dem König zusammen, um die Strategie zu planen.

Die Vorbereitungen dauerten bis in die Nacht hinein. Fröstelnd lag Erin im Bett, in die Felldecken gewickelt. Wie ungerecht ... So lange hatte sie auf den Frieden gewartet, und jetzt, wo er endlich in ihre Seele eingekehrt war, wurde er ihr wieder entrissen.

Es dauerte lange, bis sie einschlief, und sie erwachte nicht, als Olaf sich neben sie legte.

Aber im Schlaf rückte sie näher zu ihm, und er nahm sie in die Arme. Er selbst tat kaum ein Auge zu, fand aber Erholung in Erins Nähe. Als sie am Morgen die Augen öffnete, las sie eine sonderbare Zärtlichkeit in seinem Blick, die sofort wieder verschwand. War es nur Einbildung gewesen oder hatte sie soeben gesehen, wie er wirklich war – obwohl sie glaubte, sie würde es niemals wissen?

Er strich ihr das Haar aus dem Gesicht und fragte leise: »Wünschst du dir immer noch, eine dänische Streitaxt würde meinem Leben ein Ende bereiten?«

Beinahe hätte sie gesagt: ›Ich liebe dich.‹ Aber sie sprach die Worte nicht aus, die ihr auf der Zunge lagen. Zuviel konnte sie ihm nicht zugestehen, wenn er ihr so wenig gab.

»Nun, ich habe nicht die Absicht zu sterben, nur um dir einen Gefallen zu tun«, fügte er mit rauher Stimme hinzu.

Sie wollte ihm versichern, ihr liege nichts an seinem Tod. Inzwischen mußte er eigentlich wissen, welche Macht er auf sie ausübte. Doch sie kam nicht dazu, dieses Geständnis abzulegen. Wütend riß er sie in die Arme, und sie klammerten sich in leidenschaftlicher Verzweiflung aneinander.

Sie unterhielt sich mit Brice und Leith, schwatzte über belanglose Dinge, die vielleicht auch ihre Mutter gesagt hätte, ermahnte ihre Brüder, stets im Zelt zu schlafen, keine nasse Kleidung anzubehalten und tüchtig zu essen. Zu Niall sagte sie nichts. Sie küßte ihn, ließ sich umarmen und unterdrückte ihre Tränen.

»So schlimm wird es nicht sein, Prinzessin«, flüsterte Gregory ihr zu. »Wir wissen dich hier in Sicherheit, und kein elender Däne kann die Streitkräfte Nialls von Ulster, Aed Finnlaiths und des norwegischen Wolfs besiegen.«

Erin versuchte zu lächeln. »Ich wünschte, ich könnte euch begleiten, Gregory. Es fällt mir so schwer, daheim zu sitzen und zu warten.«

Er grinste. »Die Tage, wo du deine Kriegskünste beweisen konntest, gehören der Vergangenheit an, Kusine. Gott sei Dank! Wäre dir damals etwas zugestoßen, hätte ich die Schuld daran getragen. Übrigens, deine Brüder wissen Bescheid. Leith hat es erraten. Das erzählte er mir an deinem Hochzeitsabend, und er sagte es auch Niall und Brice. Sie sprechen nie wieder darüber. Wahrscheinlich sind sie stolz auf dich, wenn sie auch mit Schrecken an die Gefahr denken, in die du dich begeben hast. Wäre die Goldene Kriegerin noch länger in die Schlacht geritten, hätten sie Mittel und Wege gefunden, um dich aufzuhalten. Nun sind wir offenbar zur Legende geworden.«

Neue Tränen stiegen in Erins Augen. Sie hatten es die ganze Zeit gewußt — Leith, Brice und Niall — und ihr Geheimnis bewahrt. Jetzt fand sie es noch viel schmerzlicher, ihre Brüder davonreiten zu sehen.

Gregory küßte ihre Wange. »Bitte, weine nicht, Erin. Wir gehören einer formidablen Streitkraft an. Unter Olafs Führung können wir nicht verlieren, und landeinwärts werden wir die Truppen deines Vaters treffen. Bald kommen wir nach Hause.«

»Ich werde nicht weinen, Gregory«, erwiderte sie leise und gab auch ihm einen Kuß. Dann wischte sie ärgerlich ihre Tränen weg.

Die hohe, schrille Klage des Schlachthorns erklang. Erin sah Olaf auf seinem Streitroß sitzen und brachte ihm den Silberkelch. Er hob ihn hoch und trank, während seine Männer Siegerparolen schrien und die Pferde sich rastlos aufbäumten.

Olaf reichte seiner Frau den Kelch zurück, neigte sich herab und strich über ihre Wange. »Gib auf dich acht.«

Sie küßte seine Handfläche und senkte den Kopf, denn er sollte nicht sehen, daß ihre Augen in Tränen schwammen. Dann trat sie rasch zurück.

Im Lärm klirrender Waffen und donnernder Hufe zog die Kriegerschar aus der Stadt.

16

Aed Finnlaith sah seinen Schwiegersohn am anderen Flußufer auf dem nachtschwarzen Streitroß sitzen. Das goldblonde Haar schimmerte in der Sonne. Sogar aus der Ferne betrachtet, strahlte der Wolf von Norwegen ungeheure Kraft aus. Ich bin froh, saß ich an seiner Seite reiten werde, dachte der Ard-Righ und erschauerte ein wenig. Denn ich bin zu alt, um gegen einen solchen Mann zu kämpfen.

Hörner erklangen, Banner wurden geschwenkt. An der seichtesten Stelle des Stroms sprengte der oberste irische König hindurch und versuchte nicht zu zeigen, wie schmerzhaft das kalte Wasser auf die Haut seiner betagten Beine drang. Ohne abzusteigen, begrüßte er Olaf mit einer kurzen Umarmung, dann seinen Sohn Niall, dessen Provinz sie gemeinsam verteidigen wollten.

Die Truppen verschmolzen miteinander, und der lange Marsch begann. Fünfzig Meilen weit folgten sie der Straße landeinwärts, scheinbar endlose Tage verstrichen. Dann schlugen sie die Richtung zur Küste ein. Die Dänen griffen nachts an — heimlich, in kleinen Plünderergruppen, wurden aber energisch abgewehrt. Das Hauptkontingent von Friggids Streitkräften ließ sich vorerst nicht blicken.

Während der kleinen Scharmützel kämpfte Aed stets in der Nähe seines Schwiegersohns, und bald gewann er die Überzeugung, Olaf wäre unbesiegbar. Allein schon der Kriegsruf des Wolfs vermochte manchen Dänen in die Flucht zu schlagen. Doch er focht nicht wild drauflos wie die Berserker, sondern mit kühler Berechnung und zielstrebiger Taktik.

Eines Nachts, als die Toten begraben oder verbrannt

wurden, ging Aed zu dem seltsamen Mann, den er noch immer nicht besser kennengelernt hatte, und bot ihm Ale in einer ledernen Kürbisflasche an. Ringsum brannten die Lagerfeuer.

Bald werde ich meinen Hunger stillen und dann meine müden Knochen zur Ruhe betten, dachte der Ard-Righ. Bei diesem Feldzug ritt er nicht an der Spitze, sondern überließ die Strategie Niall und dem Wolf. Voller Bewunderung hatte er beobachtet, wie selbstverständlich Olaf hinter dem jungen König von Ulster ins zweite Glied trat, ihn fachmännisch beriet und so sein Ehrgefühl förderte. Da Ulster verteidigt wurde, war es vor allem Nialls Schlacht. Aed kämpfte für den Sohn, aber auch für die irischen Gesetze, die diesem die Provinz zuerkannt hatten. Und Olaf zog mit in den Krieg, weil es die Bündnistreue verlangte. Doch der Ard-Righ spürte, daß den Wolf auch noch andere Gründe dazu trieben.

Er beobachtete, wie sein Schwiegersohn einen großen Schluck Ale trank, dann fragte er ohne Umschweife: »Suchst du den Kampf mit Friggid dem Krummbeinigen, um Ulster zu retten oder um die Niederlage von Carlingford Lough zu rächen?«

Die kristallblauen Augen streiften ihn nur kurz. »Beides trifft zu, Hoher König. Das — und noch mehr.« Olaf gab ihm die Kürbisflasche zurück und verschwand zwischen den Bäumen.

Der Wolf setzte sich ins kühle Moos und lehnte den Kopf an einen dicken Stamm. Meistens ritt er, ohne an anderes zu denken als die Kämpfe, in die er verstrickt war. Aber es gab Nächte, wo er sich nach Dubhlain zurücksehnte, nach einem heißen Bad, einer wohlschmeckenden Mahlzeit, den aufreizenden Zärtlichkeiten seiner Frau.

Bei diesem Gedanken runzelte er die Stirn. Unterwegs trafen die Krieger immer wieder Huren in den Lagern an, ließen sich aufheitern, prahlten vor den Mädchen mit ihren Erfolgen auf den Kampfschauplätzen, fanden Entspannung nach den anstrengenden Tagen. Aber Olaf sah sich außerstande, körperliche Freuden in weiblichen Armen zu genießen. Wie er belustigt beobachtete, hielt sich auch Aed von solchen Vergnügungen fern. Er hatte bereits gehört, daß der alte König seiner Frau unerschütterlich die Treue hielt.

Wieder einmal erhitzte die Vorstellung, Erin könnte sich einem anderen hingeben, Olafs Blut. Doch das brauchte er nicht zu befürchten.

Sigurd war in Dubhlain zurückgeblieben, um dort die Aufsicht zu führen, und hatte von seinem Herrn den strengen Befehl erhalten, die Königin sorgsam bewachen zu lassen.

Olaf bezweifelte, daß sie einen Fluchtversuch unternehmen würde, doch er wußte nicht, welche Gedanken sich hinter den strahlenden grünen Augen verbargen. Sicher, er hatte Erins Leidenschaft geweckt. Aber wenn sie ihn immer noch haßte, würde sie sich womöglich einen Liebhaber zulegen, um dem ›barbarischen Wikinger‹, den sie nur gezwungenermaßen geheiratet hatte, Hörner aufzusetzen.

Er ballte die Hände, dann öffnete er sie langsam. Nein, das würde Sigurd zu verhindern wissen. Außerdem war sie sich ihrer Stellung als Prinzessin von Tara und Königin von Dubhlain bewußt, also würde sie sich wohl kaum auf eine billige Liebschaft einlassen. Er schloß die Augen und sah sie vor sich – das seidige schwarze Haar über den vollen Brüsten, die wohlgeformten langen Beine, den verführerischen Gang ... Dieses Bild verwehrte es ihm, die Gesellschaft einer Hure zu suchen.

Aber ein anderes Bild trieb ihn aufs Schlachtfeld. Grenilde, seine schöne blonde Liebste. Er runzelte die Stirn, als das Fantasiebild zu verschwimmen begann, als die blauen Augen von smaragdgrünen verdrängt wurden, dann fluchte er leise. Das irische Biest, das seinen Kopf von einem Schwert gespalten sehen wollte, mußte eine Hexe sein ...

»Der König von Dubhlain ist sehr nachdenklich heute nacht.«

Olaf hob die Lider, erbost über die Störung. und starrte den alten Mergwin an, der lautlos zu ihm gekommen war. »Der König von Dubhlain wünscht allein zu bleiben.«

»Ein Lichtschleier umgibt Euch, Wikinger«, fuhr der Druide unbeirrt fort. »Wenn Ihr in einer Schlacht sterben sollt, wird es vorerst nicht geschehen.«

»Das müßte meine Frau beglücken«, bemerkte Olaf trocken.

Mergwin zuckte die Achseln und strich über seinen langen Bart. »Ihr wollt Friggid den Krummbeinigen töten, mein junger Herr. Und es ist Euer Schicksal, ihm eines Tages zu begegnen. Einer von Euch muß fallen. Vielleicht werdet Ihr den Dänen niederstrecken. Morgen allerdings noch nicht ... Aber sein Tod allein wird Euch nicht geben, was Ihr sucht.«

»Oh — und was suche ich, Druide?«

»Die Rückkehr Eurer Seele. Die müßt Ihr in Eurem eigenen Leben finden, Wolf von Norwegen, nicht im Tod eines anderen.«

Olaf stand auf und schüttelte welkes Laub von seinem Umhang. »Ihr sagt, ich werde ihn nicht so bald fällen. Soll ich Friggid weiterhin gestatten, diese Küsten zu verwüsten und zahllose Männer niederzumetzeln?«

»Keineswegs«, erwiderte Mergwin, ohne den Sarkasmus des Königs zu beachten. »Friggid muß sterben. Er gehört nicht hierher, und der Wind flüstert, dies sei Eure Heimat, Wolf. Ihr müßt den Dänen suchen und bekämpfen.«

»In der Tat?« Belustigt hob Olaf die Brauen, und der Druide lächelte.

»Seht Euch doch an! Ihr tragt einen irischen Mantel, Ihr redet mit mir in meiner Sprache, und sicher glaubt Ihr immer öfter, es wäre Eure eigene. Ja, Wikinger, dies ist

Euer Land. Ihr wollt es erobern. Gleichzeitig wird es Euch in sich aufnehmen, und Ihr werdet ein Teil von ihm sein.«

Olaf lachte. »Vielleicht habt Ihr recht. Aber sagt mir, mein Freund — wieso wißt Ihr diese Dinge?«

»Ich lese oft die Runen für Euch, Herr der Wölfe.«

»Die Wikingerrunen?« fragte Olaf mit sanftem Spott, der keine Beachtung fand.

»Ich glaube, Ihr wärt niemals in einem Drachenschiff übers Meer gefahren, hätte Euer Runenmeister Euch nicht dazu geraten. Und Eure Männer wären Euch auch gar nicht gefolgt. Die norwegische Niederlage von Carlingford Lough wurde von den Runen prophezeit — ebenso Eure erste Begegnung mit der Prinzessin, die Ihr jetzt Eure Frau nennt.« Mergwin bemerkte den neugierigen Blick des Königs und bekräftigte: »Aye, darüber weiß ich Bescheid.«

»Und Ihr habt nichts unternommen, um die Hochzeit zu verhindern?«

»Nein.« Der Druide lächelte sanft. »Diese Ehe ist das Schicksal Irlands.«

»Oh . . .«

»Morgen wird der Kampf mit Eurem Sieg enden. Die Rune der Sonne, Sowelu, steht auf Eurer Seite. Aber nehmt Euch in acht, mein Herr. Verrat und andere böse Dinge kommen auf Euch zu. Ich weiß nicht, wann Euch Gefahr drohen wird und von welcher Seite — nur daß Ihr sie abwenden müßt. Erst dann werdet Ihr Eure Seele wiederfinden.«

Die ruhige Gewißheit und der flehende Unterton in Mergwins Warnung überraschten Olaf. »Ich werde auf der Hut sein, Druide«, versprach er und war sich nicht sicher, ob er den alten Mann für einen wahren Propheten oder einen Wahnsinnigen halten sollte.

Ein Teil von Mergwins Weissagung traf ein. Kaum hatten die Norweger und Iren das Lager abgebrochen, als sie auch schon von Friggids Truppen überfallen wurden. Gefangen zwischen Wald und Bergen, tobte der Kampf in kleinen Kesseln. Oft mußten die Männer achtgeben, um gegen Feinde zu fechten und nicht gegen Freunde.

Wie Olaf bald feststellte, hatte Friggid der Krummbeinige seine Streitkräfte mit Neuankömmlingen von seinen heimischen Küsten und aus Britannien verstärkt. Die Angriffe entlang der Straße waren harmlos gewesen, verglichen mit dem Heer, das jetzt von Norden her zuschlug.

Klirrender Stahl und Blutströme beherrschten den Morgen. Olaf hielt seine Stellung auf einem Grat an der Südseite, wo ein schmaler Bach floß, sah Leith und Brice mac Aed in seiner Nähe kämpfen. Mit wildem Kriegsgeschrei begrüßten sie die Dänen und schwangen entschlossen ihre Schwerter. Lächelnd wich er einer Speerspitze aus. Das Gefühl des sicheren Sieges erwärmte sein Herz. Die Dänen wurden zurückgeschlagen, und der Druide täuschte sich. Dies war der Tag, wo Friggid fallen würde.

Der Gedanke an den Triumph, der ihm unmittelbar bevorstand, gab Olaf neue Kraft. Mit einem gellenden Schlachtruf stürzte er sich ins Getümmel. Die Dänen, die eben noch dicht wie Fliegen aneinandergeklebt hatten, begannen sich zu zerstreuen. Das Schwert des Wolfs streckte einen Feind mit wild funkelnden Augen nieder, dann hielt er nach seinem nächsten Opfer Ausschau.

Zu seinem Entsetzen sah er eine dänische Streitaxt auf Leith mac Aed zufliegen. Warnend schrie er auf, seine Klinge bohrte sich in den Hals des Angreifers, eines blutrünstigen Berserkers — zu spät. Leith sank vornüber, das Kettenhemd zwischen den Schulterblättern färbte sich rot.

Olaf kniete neben ihm nieder. Der Schlachtenlärm begann zu verhallen. Seine Truppen waren vorgestoßen, und er blieb zurück, allein mit dem sterbenden jungen Mann. Längst hatte er sich an den Tod gewöhnt, doch nun krampfte sich sein Herz zusammen bei dem Gedanken, wie schmerzlich sein irischer Verbündeter und seine irische Frau um den Sohn und den Bruder trauern würden. Sollte er versuchen die Blutung zum Stillstand zu bringen und Leith zu retten?

»Ihr könnt nichts tun, mein Herr. Es war Leith von Taras Schicksal, hier und heute zu sterben. Nun müßt Ihr weiterreiten.«

Erstaunt hob Olaf den Kopf. Mergwin näherte sich und sank neben dem Jungen auf die Knie. Behutsam drehte er ihn auf den Rücken. Leith lächelte schwach, dann verzerrte sich sein Gesicht, und er tat seinen letzten Atemzug.

Der Druide schloß die glasigen Augen. »Geht, Wolf von Norwegen. Euer Tagewerk ist noch nicht vollbracht.«

Zögernd stand Olaf auf. Wollte ihn der verrückte Alte in den schnellen Tod schicken? Oder durfte er diesen feurigen Augen trauen? Doch die Schlacht erwartete ihn. Er überquerte den Grat und stieg den Hang hinab, zu den Bäumen, wo jetzt das Kriegsgeschrei heulte. Geduckt, das Schwert gezückt, spähte er vorsichtig nach allen Seiten. Ein Kampf im Wald war stets gefährlich. Wie leicht konnte eine Klinge den Nacken durchstechen, und man verblutete, ohne den Gegner gesehen zu haben ...

Ein schriller Ruf warnte ihn vor einem Angriff, und er fuhr herum. Mit einem kraftvollen Schwertstreich fällte er den Feind und sah, wie der Zorn in den brechenden Augen maßloser Verwirrung wich.

Die Schlacht währte den ganzen Nachmittag. Bei Einbruch der Dunkelheit waren die Dänen zurückgeworfen worden, fast bis zum Meer. Wieder stand Olaf auf einem Grat, befahl seinen Männern, noch weiter vorzurücken, schickte seine Gruppe zur linken Flanke und eine zur rechten, um den Feind zu umzingeln. Als er sich umdrehte, stand er plötzlich ganz allein dem Dänen gegenüber, der die Norweger bei Carlingford Lough geschlagen und Grenildes Tod herbeigeführt hatte – Friggid dem Krummbeinigen.

Blitzschnell sprang Olaf zur Seite, die Streitaxt flog um Haaresbreite an seiner Schulter vorbei und grub sich in den Boden. Leicht hätte er den rothaarigen, pockennarbigen Dänen niederstrecken können, doch es widerstrebte ihm, einen Wehrlosen zu töten.

»Holt Eure Waffe, Krummbein! Ich will wie ein Mann gegen Euch kämpfen!«

Friggid grinste eiskalt. »So sei es, Wolf!« rief er und schwang seine Axt hoch. »Heute abend werdet Ihr auf mein Leben trinken, wenn Ihr in Walhall mit den Toten speist!«

Er stürzte sich auf Olaf, der den Angriff mit seinem Schwert abblockte. Stahl klirrte, zwei starke Arme bebten, dann wichen beide Gegner zurück. Der Wolf fügte Friggid eine Schnittwunde am Arm zu, doch der Däne ließ sich fallen und rollte davon, um Zeit zu gewinnen.

Olaf folgte ihm, sein Feind warf ihm Erdreich in die Augen, blendete ihn vorübergehend und erhob sich. Doch als er zum tödlichen Schlag ausholte, spürte der Wolf den Luftzug der Axt und wehrte sie mit seiner Klinge ab. Das Schwert zitterte und glitt ihm aus der Hand.

Jetzt war sein Blick nicht mehr verschleiert. Er sah Friggid auf sich zukommen und sprang hoch, um einem Angriff auszuweichen, der seinen Beinen galt. Die Schwungkraft der schweren Axt riß den Krummbeinigen zu Boden, aber er stand sofort wieder auf.

Der waffenlose Wolf mußte Katz und Maus spielen, trat den Rückzug an, wich den Attacken behende aus. Plötzlich landete das Schwert vor seinen Füßen. Woher es kam, wußte er nicht, und es kümmerte ihn auch nicht. Rasch hob er es auf.

Friggid brüllte in wilder Berserkerwut, stürmte vorwärts und schwang die Axt empor, zielte auf Olafs Schädel.

Erst im allerletzten Augenblick duckte sich der Wolf zur Seite und spürte, wie ein Teil seiner Haare abgeschnitten wurde, doch die Taktik hatte Erfolg. Der Däne stolperte, von der Kraft seines eigenen Angriffs getrieben, und fiel in einen welken Blätterhaufen.

Sofort stürzte Olaf ihm nach, aber er kam zu spät. Zwei Dänen warfen sich auf ihn und ermöglichten ihrem Anführer die Flucht. Wütend auf den feigen Friggid, der den Kampf von Mann zu Mann nicht länger gewagt hatte, stach der Wolf beide Feinde nieder.

Er trug den Tagessieg davon, aber das Krummbein war ihm entwischt, und er fühlte sich tief enttäuscht und ausgelaugt. Zwischen den Bäumen raschelte es. Er duckte sich, hob sein Schwert, sah aber nur ein langes weißes Gewand im Wald verschwinden. Lächelnd betrachtete er seine Waffe, die auf so wundersame Weise zu ihm zurückgekehrt war. Dann hob er sie hoch, und der Stahl fing die letzten Sonnenstrahlen ein.

»Danke, Mergwin«, flüsterte Olaf. »Ich danke Euch für mein Leben — denn ich liebe es sehr.« Neue Kraft begann durch seine müden Glieder zu strömen.

Brice mac Aed ließ niemanden in Leiths Nähe. Er saß im Moos, an einen Eichenstamm gelehnt, die Leiche in den Armen. Tränen rannen über seine Wangen, während er mit seinem toten Bruder sprach und ihm das Haar aus der Stirn.

Nicht einmal Niall, selbst in tiefer Trauer, konnte ihm Leith entreißen, um die Bestattung vorzubereiten. Die Wikinger hatten längst beschlossen, den verzweifelten jungen Iren mit seinem Gram allein zu lassen und sich nur mit den Gefallenen aus ihren eigenen Reihen zu befassen. Aber die irischen Priester verlangten besorgt die Herausgabe der Leiche, deren Seele sie in den christlichen Himmel senden wollten — so wie die Seele Fennen mac Cormacs, der ebenfalls an diesem Tag sein Leben verloren hatte.

So lagen die Dinge, als der Ard-Righ vom Tod seines Sohnes erfuhr. Er versuchte nicht, Brice zur Rede zu stellen, stand nur auf der Lichtung und hatte das Gefühl, sein Herz wäre so spröde und ausgetrocknet wie seine alten Knochen. Leith, der fröhliche Junge mit dem hellen Gelächter, der die Streithähne Niall und Brice stets mühelos besänftigt hatte, mit ein paar schlichten, vernünftigen Worten. Schmerzlich schloß Aed die Augen. Zehn Kinder hatte er gezeugt, und wie durch ein Wunder waren sie alle groß geworden. Seine Söhne kämpften schon seit Jahren, bis auf Mikel, der bei den Wachtposten von Tara ausgebildet wurde, und Shean und Galbright, die in ein Kloster eingetreten waren.

Zehn Kinder — aber das vermochte die Trauer um dieses eine nicht zu lindern. Doch er war der Anführer der Männer, die so lange und so tapfer für ihn gefochten, die ihre eigenen Söhne für Irland geopfert hatten. Er durfte seinen Kummer nicht zeigen, konnte aber auch den Sohn nicht verurteilen, der den Bruder umarmte.

Langsam ging er zu Brice und legte ihm eine Hand auf die Schulter. »Er war dein Bruder und mein Sohn. Jetzt werde *ich* ihn übernehmen.«

Eine Zeitlang hielt Brice die blutüberströmte Gestalt noch fest, dann begegnete er der Verzweiflung im Blick seines Vaters und fügte sich.

Der hohe König trug seinen toten Sohn zu seinem Zelt. Leith war größer und stärker gewesen als er — trotzdem strauchelte Aed nicht unter der Bürde. Er wusch den Schmutz und das getrocknete Blut aus dem erstarrten Gesicht, hüllte sein Kind liebevoll in Seide und übergab es den Priestern.

Friggid der Krummbeinige stand auf einem Hügel und schaute haßerfüllt ins Tal hinab, wo die irischen und norwegischen Verbündeten ihre Toten bestatteten. Seine eigenen Leute waren gefallen oder großteils in alle Winde verstreut. Nur vierzig Krieger hatten sich wieder um ihn versammelt und pflegten nun die Verwundeten. Fluchend hob er eine Faust. »Der Wolf lebt immer noch!«

Olaf der Weiße besaß Dubhlain, die Tochter des Ard-Righ, und die Könige der Provinzen fraßen ihm aus der Hand. Das mußte ein Ende finden. Während die Sonne hinter den Klippen versank, beobachtete Friggid die Trauerzeremonien.

Plötzlich wandte er sich zu den Männern. Seine Augen glühten wie im Fieber. »Heute nacht reiten wir nach Süden! Niall von Ulster wird nordwärts ziehen, der Ard-Righ landeinwärts, in südlicher Richtung. Der Wolf folgt der Küste, in den Süden. Wir schließen uns den gesetzlosen Banden an, die über die Meeresarme herfallen, und bleiben Olaf stets um einen Schritt voraus. Zu guter Letzt erwarten wir ihn, stellen ihm eine Falle und sehen ihn nach Walhall reisen — am Tor der Stadt, die er uns genommen hat.«

Die Dänen jubelten ihrem Anführer zu, und er grinste. Ob sie alle für ihn fallen würden, kümmerte ihn nicht. Er war besessen von seinem Haß gegen den Wolf, den Jüngeren, Stärkeren, den mächtigen, schönen goldblonden Helden.

Olaf mußte sterben. Einmal war er nur mit knapper Not dem Tod entronnen und hatte den Verlust seiner Grenilde hinnehmen müssen. Doch jetzt war er mit der Tochter des Ard-Righ verheiratet. Eine Schwachstelle? Friggid beschloß darüber nachzudenken.

Asche zu Asche, Staub zu Staub. Monoton erklangen die Gebete, während Erde auf Leiths seidenes Leichentuch gestreut wurde. Noch nie hatte Aed Finnlaith so alt ausgesehen wie in dem Augenblick, wo er sich von dem Stück Land abwandte, das mit dem Blut seines Sohnes bezahlt worden war.

Olaf ging zu seinem alten Feind und neuen Freund. »Meine Männer wollen deinen Sohn und den König von

Connaught ehren, ihren Tribut den großen Helden zollen, die nach ihrem Glauben bald die Festtafel von Walhall zieren werden.«

Der alte König lächelte sanft. »Ich danke dir, Wolf, und ich bin froh, daß die Krieger, die an Leiths und Fennens Seite gekämpft haben, ihnen diese Ehre erweisen. Walhall — oder der Himmel des Christentums? Welch ein Unterschied liegt schon in solchen Worten, mein Freund? Bitte, sag deinen Männern, sie haben meinen Segen und mögen so beten, wie es ihnen beliebt.«

Schweigend nickte Olaf, ging davon und verstand besser denn je, was ihn zu dem alten Ard-Righ hinzog. Die irischen Priester murrten, doch die Norweger ließen sich nicht daran hindern, Leith mac Aed und Fennen mac Cormac eine ungefährdete Reise nach Walhall zu ermöglichen.

Die beiden Verstorbenen wurden zusammen mit ihren Schwertern beerdigt, mit Nahrung für den Übergang in die andere Welt, mit Tellern, Kelchen und Messern. Und damit sie in den Himmel reiten konnten, begrub man auch ihre Pferde mit Sätteln und Zaumzeug. Die Wikinger bevorzugten es, ihre Toten zu verbrennen und deren Geister durch die Lüfte zu senden. Doch die christlichen Priester hätten es niemals ertragen, einen irischen Prinzen und einen irischen König in Flammen aufgehen zu sehen.

Aed zog sich mit den Söhnen in sein Zelt zurück. Für sie war es an der Zeit, allein und ungestört zu trauern, und Olaf respektierte das. Er selbst fand keinen Schlaf und wanderte durch die Nacht. Immer ungeduldiger sehnte er sich nach seinem Heim, nach seiner Frau, die ihn völlig verzaubert hatte und Grenilde allmählich aus seinem Herzen verdrängte.

An diesem Tag hatte er die Dänen wieder besiegt. Friggid lebte zwar noch, war aber aus Dubhlain und Ulster vertrieben, der Tod Grenildes zumindest teilweise gerächt worden. Doch dieser Erfolg schenkte dem Wolf nicht den erträumten inneren Frieden.

Die Tür zur Vergangenheit konnte er allmählich schließen und in die Zukunft schauen. Würde er sie gemeinsam mit Erin erleben? Drei lange Monde waren sie nun schon getrennt. Davor hatten sie kaum eine Gelegenheit gefunden, einander kennenzulernen. Nach seiner Rückkehr würden sie noch einmal von vorn anfangen, das gelobte er sich. Ihre Kämpfe hatten sie ausgefochten. Nun wollte er alles tun, um seiner Frau Freude zu bereiten, sie in sein Leben einzubeziehen und an ihrem teilzuhaben. Weil er sie brauchte. Weil er sie ... Er schloß die Augen, dann blickte er zu den Sternen auf.

Ja, vielleicht liebte er sie. Vielleicht war mit Grenilde nicht alles verlorengegangen.

Ein Geräusch ließ ihn zusammenzucken. Gleich darauf holte er tief Atem und schüttelte ärgerlich den Kopf, als er Mergwin wie einen bleichen Geist zwischen den Bäumen hervortreten sah. »Ihr versteht es wirklich, einen Mann zu erschrecken, Druide.«

Würdevoll strich Mergwin seine langen, weiten Ärmel glatt. »Ich glaube, junger Herr, Ihr bewahrt immer ruhiges Blut, mag ich nun plötzlich erscheinen oder nicht.«

Olaf lächelte, wurde aber sofort wieder ernst, als er sich an die Ereignisse des Tages erinnerte. »Mein Freund, ich stehe in Eurer Schuld, denn ich denke, Ihr habt mir das Leben gerettet.«

»Spart Euch die Dankbarkeit, Wikinger. Ich habe Euch nicht das Leben gerettet, sondern dem Schicksal nur ein wenig unter die Arme gegriffen. Ihr hättet Friggid ohnehin besiegt.« Mergwin senkte die Stimme. »So wie es dem jungen Leith und Fennen beschieden war zu sterben.«

Ungeduldig seufzte der Wolf. »Die Menschen bestimmen ihr Schicksal selbst, Druide.«

Mergwin schaute ihn durchdringend an, dann zuckte er die Achseln. »Wie Ihr meint, Norweger ...«

Da mußte der Wolf wieder lächeln. »Ihr gefallt mir, Mergwin. Doch ich glaube, jeder muß seinen eigenen Weg gehen. Haltet getrost an Eurem Schicksal fest — ich werde meines selbst gestalten.« Schweigend erwiderte der Druide seinen Blick, und Olaf fragte: »Was wollt Ihr mir diesmal weissagen? Die Schlacht ist vorbei, morgen reiten wir nach Hause. Mein geschlagener Feind ist davongerannt. Könnt Ihr das bestreiten?«

»Nein. Es ist nur ...«

»Was, Druide?«

»Nichts, nichts. Gute Nacht, König von Dubhlain.« Langsam entfernte sich Mergwin, während er etwas Unverständliches vor sich hin murmelte.

Olaf blieb noch eine Zeitlang unter den Sternen stehen, atmete den sauberen Duft der Erde und der Sommerluft ein, der ihm den Sieg versüßte — und den Gedanken an die Zukunft.

Morgen würde sein Schwager Niall nach Ulster reiten, er selbst mit Aed heimwärts ziehen, nach Süden. Er kehrte in sein Zelt zurück, und wenig später schlief ein.

Mergwin verbrachte eine rastlose Nacht. Unruhig wälzte er sich auf seinem Lager umher, denn er wußte, daß die Schatten immer noch über den Mond tanzten.

17

An manchen Tagen ihrer Trennung von Olaf konnte sie nicht glauben, daß sie ihn jemals geheiratet hatte. Und sie sagte sich, was zwischen ihnen geschehen war, müsse ein Traum gewesen sein. Wann immer ihr solche Zweifel kamen, ritt sie zu der Klippe hoch über dem Meer, versuchte sich an das Lächeln ihres Mannes zu erinnern, an das blaue Feuer der Leidenschaft in seinem Blick, an die Stunden in der Höhle, wo er ihr alte nordische Sagen erzählt hatte. Und sie malte sich gern aus, er hätte damals etwas für sie empfunden.

Aber meistens führte sich Erin die harte Wirklichkeit vor Augen. Er sah in ihr sein persönliches Eigentum, das er schützen und verteidigen würde. Und so, wie er es ihrem Vater versprochen hatte, würde er seine Leute stets veranlassen, ihr Respekt zu zollen. Doch wenn sie einmal ihre Grenzen überschritt — wie weit würde er in seinem Zorn gehen, um sie zu bestrafen?

Am Tag nach dem Abmarsch des Heeres war Bede ins Kloster zurückgekehrt, und Erin vermißte ihre Schwester schmerzlich. Sie hatte befürchtet, sie würde sich in der Fremde einsam fühlen, aber Moira war immer für sie da.

Trotz der Abwesenheit der Krieger wurde das Abendessen stets in der Halle eingenommen. Die Frauen speisten zusammen mit den Wachtposten. Umsichtig sorgte Sigurd für Ruhe und Ordnung.

Einen Monat, nachdem Olaf mit seinen Männern davongeritten war, machte Erin eine Entdeckung, die sie zunächst nicht wahrhaben wollte und dann halb erfreut, halb ängstlich hinnahm. Sie erwartete ein Kind, und die Gewißheit wuchs mit jedem Tag. Morgens wurde ihr übel, abends fühlte sie sich völlig erschöpft.

Sie würde das Kind eines Wikingers gebären. Doch das störte sie zu ihrer eigenen Überraschung kein bißchen. Es war Olafs Kind, und es würde so stark und schön sein wie der Vater.

Würde er sich freuen? Sehnten sich nicht alle Männer nach Söhnen? Oder hatte er diesen Wunsch nach Grenildes Tod begraben?

Eines Morgens ritt sie wieder zur Klippe. Sie durfte sich frei bewegen, wenn Sigurd ihr auch immer in einigem Abstand folgte. Zu ihrer Verwunderung sah sie eine Frau viel zu nah am Felsenrand stehen, genau an der Stelle, wo sie Olaf am Tag vor seiner Abreise begegnet war.

Als Erin näherkam, erkannte sie Mageen. Ohne lange zu überlegen, drückte sie die Schuhabsätze in die Flanken ihrer Stute und galoppierte zu der reglosen Frau, die sich nicht umdrehte, obwohl sie die donnernden Hufschläge hören mußte. Sie rührte sich auch nicht, als Erin abstieg und zu ihr ging. Offenbar bemerkte Mageen die Anwesenheit ihrer Feindin gar nicht. Wie im Traum starrte sie zur Felsenküste hinab.

»Mageen?« begann Erin zögernd.

Die blasse Frau gab keine Antwort und trat noch näher an den Klippenrand heran. Instinktiv packte Erin sie am Arm, riß sie mit sich zu Boden, rollte mit ihr vom Abgrund weg. Erst jetzt schien Mageen aus ihrem seltsamen Traum zu erwachen und blinzelte verwirrt.

Ohne das Handgelenk der Frau loszulassen, setzte Erin sich auf. Mageens Augen zeigten keine Dankbarkeit. »Warum habt Ihr mich zurückgehalten?«

»Wolltet Ihr Euch das Leben nehmen?« Wie Erin erst jetzt bemerkte, fehlte Mageens dichtem Haar der frühere schöne Glanz. Der einst so wohlgerundete Körper war fast ausgemergelt. Die Augen, noch vor wenigen Monaten fröhlich und strahlend, wirkten leer und leblos.

»Es wäre am besten gewesen«, erwiderte Mageen leise. »Ihr werdet stets die Siegerin bleiben nicht wahr, Erin von

Tara? Ihr besitzt Gold und Juwelen und die Krone — und ein Wort von Euch genügt, um mir alles zu nehmen. Sogar die Huren, Bettler und Diebe wenden sich von mir ab.«

»Was meint Ihr?«

Ehe Mageen antworten konnte, sprengte ein Pferd heran, in dessen Sattel der stets wachsame Sigurd saß.

»Erin, Ihr müßt Euch vom Klippenrand entfernen!« Ärgerlich stieg er ab. »Ihr werdet diese Angelegenheit *mir* überlassen! Stellt Euch vor, Ihr wärt da hinuntergestürzt! Was würde Olaf sagen?«

Er wollte ihr auf die Beine helfen, doch sie schob seine Hand entschlossen beiseite. »Nein, Sigurd, ich will mich selbst um Mageen kümmern. Und ich werde gewiß nicht hinunterfallen.«

Zögernd runzelte er die Stirn. »Nun gut, Ihr könnt kurz mit ihr sprechen. Ich erwarte Euch da drüben beim Wäldchen.« Während er davonritt, drehte er sich immer wieder besorgt zu ihr um.

»Nie habe ich Euren Tod gewünscht«, versicherte sie der unglücklichen Frau. Und nach einer kleinen Pause fügte sie hinzu: »Ihr müßt wissen, daß ich nicht hierherkommen wollte. Und nach meiner Freiheit auch noch die Achtung der Leute zu verlieren — das war mehr, als ich ertragen konnte.«

Mageen lachte freudlos. »An Eurer Stelle hätte ich mir die Haare ausgerissen, Mylady — aber nicht aus Wut über den mangelnden Respekt der Menschen in meiner Umgebung. Ich habe den König geliebt. Und ich frage mich, ob nicht auch Ihr gegen Euren Willen Liebe für ihn empfindet.«

Unbehaglich senkte Erin den Blick. »Es lohnt sich nicht, für einen Mann wie Olaf zu sterben. Er liebt niemanden.«

»Darum geht es mir nicht. Ihr habt ja keine Ahnung, Mylady ... Ich wurde aus der großen Halle verbannt, die Händler verkaufen mir nichts. Die Krieger suchen meine Hütte nicht auf. Niemand in der Stadt grüßt mich.«

Erin erhob sich und streckte eine Hand nach Mageen aus, die sie mißtrauisch ansah. »Bitte, zürnt mir nicht länger. Ihr habt mir gezeigt, wie leicht man seine Macht mißbrauchen kann, ohne es zu wollen. Daß Ihr so grausam gestraft wurdet, wußte ich nicht, und das lastet schwer auf meinem Gewissen. Natürlich werde ich meinen Mann nicht mit Euch teilen.« Wehmütig lächelte sie. »Obwohl ich zu dieser Ehe gezwungen wurde ... Aber ich will wiedergutmachen, was Euch angetan wurde. Wenn Ihr eine Freundin in dieser Stadt sucht, dann habt Ihr eine gefunden — mich. Heute abend erwarte ich Euch in der Halle, und alle sollen sehen, daß Ihr willkommen seid.«

Langsam ergriff Mageen die Hand der Königin und schaute ihr ungläubig in die Augen, dann stand sie auf. »Danke, Mylady.«

»Sagt mir ...« Erin schluckte verlegen. »Besitzt Ihr noch andere Talente außer — ich meine ...«

Da kicherte Mageen, und Erin freute sich, als der kecke Humor allmählich in die glanzlosen Augen ihrer neuen Freundin zurückkehrte. »Ihr wollt wissen, ob ich noch etwas anderes beherrsche als die Künste einer Hure? Aye, ich kann kochen und nähen. Aber ich lernte schon vor langer Zeit, welch wankelmütige Geschöpfe die Männer sind, wie schnell ihr Blick nach neuen Reizen sucht. Und so erschien es mir klüger und einträglicher, die Rolle der stets begehrten Frau zu spielen — nicht jener armen Kreatur, die daheim bleibt, um zu flicken, zu waschen, das Essen zu bereiten und ihrem Herrn und Meister stets zu dienen.«

»Nicht alle Männer sind so«, erwiderte Erin. »Mein Vater hielt meiner Mutter immer die Treue. Und nun möchte ich Euch einen Vorschlag machen. Für Moira von Clonntairth wird die Schwangerschaft mit jedem Tag beschwerlicher. Ihr könntet ihr die Hausarbeit abnehmen, Mageen. Sie ist herzensgut und kennt keine Vorurteile.«

»Aye, Mylady.« Mageen lächelte dankbar. »Nur zu gern würde ich für Moira sorgen — und später für das Baby.«

»Dann wäre das geregelt. Reiten wir jetzt zurück. Der Wind weht immer heftiger, und es wird kalt.«

»Ihr werdet reiten, Mylady, aber ich muß zu Fuß gehen.«

»Nein, Sigurd wird Euch auf sein Pferd heben und zu Moira bringen.« Entschlossen eilte Erin zu ihrer Stute, ergriff die Zügel und winkte Sigurd zu sich.

Mageen legte ihr eine Hand auf die Schulter. »Ich danke Euch, Erin von Tara. Ihr habt mir Eure Freundschaft angeboten, und seid versichert — dafür schenke ich Euch die ganze Treue meines Herzens, und sollte es einmal notwendig sein, werde ich mit dem Leben für Euch einstehen, das ihr soeben gerettet habt.«

Verlegen errötete Erin. »Ich wollte nur wiedergutmachen, was ich in meiner Achtlosigkeit angerichtet hatte.«

»Nein, Ihr tatet viel mehr.« Nach kurzem Zögern fuhr Mageen fort: »Ihr müßt gut auf Euch aufpassen. Die erste Schwangerschaft ist oft mühsam.«

Erin streichelte bestürzt den Hals ihres Pferdes. »Ist es schon so offensichtlich?«

»Nein. Aber *ich* sehe es — genauso sehe ich, daß auch Ihr in den Bann des Wolfs geraten seid. Hütet sein Kind gut, denn es wird Euch seine Liebe sichern.«

Nun warteten sie schweigend, bis Sigurd herangeritten war. Erin glaubte, er würde ihren Entschluß mißbilligen, ihr weitere Vorwürfe machen und Moiras neue Hausgehilfin nicht willkommen heißen. Doch er hob Mageen widerspruchslos auf seinen Hengst. Dabei dachte er, die Königin wäre wahrhaft die Tochter ihres Vaters, des weisen, unbezwingbaren Aed Finnleith.

Von den Schlachtfeldern waren Botschaften in die Stadt gelangt, und Erin wußte, daß die Streitkräfte der Verbündeten nordwärts ritten. Man versicherte ihr, sowohl ihrem Mann als auch ihrem Vater und dem König von Ulster gehe es gut. Doch von ihren anderen Brüdern und Gregory hörte sie nichts. Sie konnte nur beten und hoffen, die Truppen würden die Dänen bald schlagen und heimkehren.

Mit jedem Tag erkannte sie klarer, wie sehr sie ihren Mann vermißte, der ihr fremd und doch so vertraut war. In vielen schlaflosen Nächten dachte sie an ihn, eine Hand auf der Hälfte des Betts, wo er gelegen hatte.

Wie würde er seine Nächte verbringen? Vergnügte er sich unterwegs mit willfährigen Frauen, die sein goldenes Haar berührten, sich an seine breite Brust preßten, seine Zärtlichkeiten genossen?

Manchmal erwachte sie morgens völlig erschöpft, nannte sich eine Närrin und beklagte, daß sie als Frau geboren war. Von ihr erwartete er bedingungslose Treue, und er selbst? Sie wußte nicht, was er trieb. Nur eins stand fest — er würde sie halb umbringen, sollte er sie des Ehebruchs verdächtigen. Das war ungerecht. An seinem Mißtrauen zweifelte sie nicht, denn offenbar hatte er Sigurd beauftragt, sie streng zu bewachen.

Sie war oft mit Moira zusammen, nähte winzige Kleider für das ungeborene Kind ihrer Freundin, der sie mittlerweile sehr nahe stand. Aber ihr eigenes Geheimnis kannte bis jetzt nur Mageen.

Eines frühen Morgens, um die Mitte des Sommers, wurde sie von lautem Jubel im Hof geweckt. Hastig kleidete sie sich an und lief hinaus. Sigurd vergaß allen gebotenen Respekt, hob sie hoch und drückte einen Kuß auf ihre Stirn. »Es ist vollbracht! Lord Olaf hat die Dänen besiegt, und nun reiten die Truppen nach Hause.«

Vor Erleichterung wurde ihr fast schwindlig, aber sie empfand immer noch Angst. «Mein Vater ...«

»Er lebt.« Sigurd wechselte einen raschen Blick mit dem jungen Boten, der die Nachricht überbracht hatte. In den letzten Tagen war ihm die temperamentvolle Königin, die sich so gut mit seiner Frau verstand, ans Herz gewachsen. Und er sah keinen Grund, ihr vor Olafs Rückkehr vom Tod ihres Bruders zu erzählen.

»Oh, Gott sei Dank!« rief sie, und ihre smaragdgrünen Augen strahlten. »Wir müssen ein großes Fest vorbereiten.«

Sigurd lachte über ihren Eifer. »Es wird noch eine Weile dauern, bis die Truppen eintreffen.«

»Trotzdem — es gibt viel zu tun.« Ihr Herz hatte heftig zu schlagen begonnen. Endlich kam Olaf nach Hause... Wie würde er sie begrüßen? Wie ein gefühlloser Fremder? Oder würde das Feuer der Leidenschaft das Eis in seinem Blick schmelzen?

Eines Nachts fand sie keinen Schlaf. Sie kleidete sich an und stieg leise die Treppe hinab. Wenn sie eine Weile am Feuer saß und einen Becher Ale trank, würde ihr das vielleicht über ihre innere Unrast hinweghelfen.

Ehe sie die letzten Stufen erreichte, blieb sie stehen, denn sie hörte Sigurds Stimme. Er sprach mit dem Hauptmann der Wache von Dubhlain, und was er sagte, klang besorgt. An die Mauer gedrückt, die das Treppenhaus von der Halle trennte, schlich Erin lautlos näher.

»Könnten wir die Iren aus Meath veranlassen, uns zu trauen und an unserer Seite zu reiten, wäre mir wohler zumute. Im Augenblick stehen uns nur wenige Krieger zur Verfügung. Noch mehr Männer können wir nicht aus der Stadt abziehen. Dann wäre sie schutzlos. Ich habe keine Ahnung, was ich tun soll. Olaf ist immer auf der Hut vor einem Angriff. Aber er wird nicht erwarten, daß eine elende gesetzlose Bande über ihn herfällt, nachdem er Friggids Truppen besiegt hat.«

Erin verstand die Antwort des jungen Hauptmanns nicht.

»Bei Odins Blut!« stieß Sigurd plötzlich hervor. »Vielleicht begreifen diese Iren nicht, daß unser König für einen irischen König gekämpft hat. Oder ihre eigenen Könige sind ihnen gleichgültig. Aber wenn sie sich weigern, gegen diesen gesetzlosen Abschaum vorzugehen, wird er wahrscheinlich Olaf und seine Truppen angreifen.«

Ein Schauer rann über Erins Rücken. Würden die siegreichen Krieger in ein Rattennest geraten? Kraftlos lehnte sie sich an die Wand. Die Iren, die Sigurd erwähnt hatte, mußten ganz einfach mit den Normannen reiten! Ihr Vater war in Gefahr, ebenso Gregory und Brice, mit dem sie als Kind so oft gestritten hatte, der ruhige, vernünftige Leith, der ernste, besonnene Niall — und ihr Mann, den sie erwartete, dessen Kind sie unter dem Herzen trug.

Angespannt lauschte sie. Sigurd erklärte, die irischen Truppen, deren Hilfe gebraucht würde, hielten sich gerade weiter oben an der Küste auf, einen halben Tagesritt entfernt. Und die Gesetzlosen, im Norden der Stadt postiert, könnten binnen einer Stunde hier ein.

Von den Iren habe man nur gehört, sie würden auf ein Zeichen des Heiligen Patrick warten. Erst wenn Sigurd in die Schlacht ziehe, würde er wissen„ ob er mit dem dringend benötigten Beistand rechnen dürfe. Wäre es doch möglich, die Gesetzlosen aus ihrer Stellung zu locken!

Erins Atem stockte. Sie wußte von einem Zeichen, das die Iren anerkennen würden. Wenn die Goldene Kriegerin erschiene ... Doch das wage ich nicht, sagte sie sich bedrückt.

Sie dachte an ihren Vater. Wie entschlossen war sie gewesen, ihm niemals zu verzeihen, welches Ehejoch er ihr aufgezwungen hatte. Aber wenn er sterben würde, könnte sie es sich selber nie verzeihen.

Plötzlich hörte sie Stuhlbeine auf dem Hallenboden scharren und floh die Treppe hinauf, in ihr Zimmer. Keuchend sank sie gegen die Tür.

Gregory irrte sich. Die Goldene Kriegerin mußte wieder in den Sattel steigen.

Rastlos begann sie umherzuwandern und schmiedete ihren Plan. In der nächsten Nacht wollte sie sich aus dem Haus schleichen. Sie würde dafür sorgen, daß Sigurd, ihr strenger Bewacher, möglichst lange an der Tafel saß und eifrig dem Met zusprach. Danach würde er sich seiner

Frau widmen, da er schon im Morgengrauen aufstehen mußte, um seine Männer zusammenzutrommeln. Wenn die Norweger ihr Ziel erreichten, würden die Goldene Kriegerin und die Iren den Gesetzlosen bereits auflauern. Und Sigurd würde gerade rechtzeitig eintreffen, um sie zu unterstützen. Aber konnten sie den Feind schlagen?

Mergwin ... Wäre der alte Freund doch bei ihr! Er würde ihr den richtigen Rat geben. Und wenn sie selbst die Runen warf und zu ergründen versuchte, ob Olaf in Gefahr schwebte? Er hielt nicht viel von Orakeln, aber als Befehlshaber von Wikingern verwahrte er solche gemeißelten Steine. Viele seiner Männer taten keinen Schritt ohne die Weissagung der Runen.

Sie holte den Beutel aus Katzenfell. Ein einziger Stein, hatte Mergwin erklärt, könne ihr helfen, einen Entschluß zu fassen. Und so zog sie einen hervor, starrte auf unregelmäßige Kerben, die einander kreuzten. Diese Rune wurde von den Norwegern Nauthiz genannt, und sie wies auf qualvolle Schmerzen hin. Hastig warf sie den Stein beiseite und redete sich ein, sie würde ebenso wenig an Orakel glauben wie Olaf.

»Ich bestimme mein Schicksal selbst«, flüsterte sie. Und die Angst um ihren Mann gab den Ausschlag. Ja, sie würde zu den Iren reiten.

Langsam beruhigte sie sich, und plötzlich zweifelte sie nicht mehr an ihrer Entscheidung. Es war so demütigend, eine Frau zu sein, vom Ehemann begehrt, aber nicht geliebt zu werden, keinerlei Macht zu besitzen, ihm ausgeliefert zu sein. Hoffentlich würde er nichts von ihrer Liebe merken, die ihm sogar noch größere Vorteile ihr gegenüber verschaffte ...

Oh, sie würde es genießen, wieder die Rüstung der Goldenen Kriegerin zu tragen, wenigstens für kurze Zeit Machtgefühle zu empfinden. Und wenn alles gutging, würde sie Olaf vielleicht sogar verraten, wer diese legendäre Frau war ...

Doch das durfte sie nicht. Er wäre genauso entsetzt wie ihr Vater — vor allem, weil sie das Leben des ungeborenen Kindes aufs Spiel setzte. Schützend legte sie eine Hand auf ihren Bauch. Ein Junge mit goldenem Haar und leuchtend blauen Augen. Ein irischer Sprößling des Wolfs ... Ihren Sohn würde sie rückhaltlos lieben können, ohne die Ängste und Bedenken, die ihr sein Vater einflößte. Und wenn sie das Baby durch ihren Leichtsinn verlor?

Nein, das Wagnis war nicht zu groß — und notwendig. Sie mußte eben vorsichtig sein. Energisch bekämpfte sie ihre Furcht und dachte an ihre Landsleute da draußen, die zu sterben bereit waren für das Bündnis zwischen Iren und Norwegern. Das Bündnis, das Erins Freiheit geraubt hatte ... Denn erst war sie vom Wolf gefangengenommen worden, dann von ihrem eigenen Herzen.

18

»Wir greifen an, wenn der Tag anbricht!« verkündete Friggid seinen Kriegern, einer schäbigen, zerlumpten Bande. Die armseligen Reste seiner Truppen und die Gesetzlosen hatten sich zusammengeschlossen — Dänen, Iren und Norweger, die keinem Herrn gehorchten, nur ihren eigenen Wünschen. Für ihn waren es genau die richtigen Männer, denn sie kämpften verbissen für alles, was in der Reichweite ihrer gierigen Hände lag. »Der Wolf lagert an der Felsenküste. Wir müssen ihn überrumpeln.« Er blickte zur Straße und stopfte die Spitzen seines langen Barts in den Gürtel.

Ein Ire kam zu ihm und entblößte grinsend halb abgebrochene, faulige Zähne. »Wenn ich Euch einen Rat geben darf, dänischer Jarl... Vorhin sah ich zwischen den Bäumen eine Reiterin in goldener Rüstung. Der will ich's heimzahlen, denn vor zwei Jahren griff sie mit ihren Leuten eine Dänentruppe an, der ich damals angehörte. Von den Iren wird sie Goldene Kriegerin genannt. Sicher ist sie unterwegs zu den Streitkräften des Königs von Meath. Wir sollten sie aufhalten und für unsere Zwecke benutzen. Machen wir ihr doch einfach weis, wir wären Iren.«

Friggid grinste spöttisch. »O ja, wenn uns diese berühmte Kriegerin gegen den Wolf ins Feld führt, wäre das große Bündnis schwer erschüttert.« Er wandte sich zu seinen Männern und schrie: »Versteckt alles, was uns als Wikinger kennzeichnet! Wer nicht Irisch spricht, muß den Mund halten! Wir erwarten eine Dame in Gold!«

So lange wie möglich saß Erin mit Sigurd und Moira an der Tafel. Scheinbar trank sie genauso viel wie alle anderen, während die siegreichen Könige von Dubhlain und

Tara gefeiert wurden. Schließlich taumelte sie gähnend die Treppe hinauf, und ihre schauspielerische Leistung wirkte so überzeugend, daß die kichernde Moira ihren Mann anwies, die Herrin in deren Gemach zu tragen.

Erin wartete noch eine Weile, dann holte sie die goldene Rüstung und den Helm aus ihrer Truhe, wickelte beides in eine Felldecke und schlich aus dem Haus. Aus Angst, bemerkt zu werden, sattelte sie kein Pferd, legte nur ein Zaumzeug ins Maul eines großen Wallachs. In einem weiten wollenen Umhang, der sie bei der Wache am Stadttor als Bettlerin ausweisen sollte, ritt sie in die Nacht hinaus.

Zunächst suchte sie ein Dorf auf, das landeinwärts an einem Berghang lag. Dort bot sie einem Bauern ein goldenes Armband an und bat ihn, dafür ihr Pferd gegen seines einzutauschen. Sie erklärte, wenn sie wiederkomme, müsse der Handel rückgängig gemacht werden, und der Mann dürfe keiner Menschenseele davon erzählen.

Während sie ihren Weg fortsetzte, fragte sie sich angstvoll, ob ihr Plan, die Gesetzlosen in eine Falle zu locken, gelingen würde. Vermutlich schon, denn die Goldene Kriegerin war lange nicht mehr aufgetaucht, und die Gerüchte mußten mittlerweile verstummt sein.

Im Morgengrauen ritt sie nach Norden, lauschte auf das Rascheln der Blätter, das Flüstern des Winds. Rosa Streifen zeigten sich am Himmel, und sie sah den Rauch eines erlöschenden Lagerfeuers, zerbrochene Äste, hin und wieder Hufspuren im Erdreich.

Erin beabsichtigte nicht, sich den Männern von Meath zu nähern. Die sollten sie nur aus der Ferne sehen, dann würde sie weiterreiten, die Stellung der Gesetzlosen aufspüren und sie herauslocken.

Aber davor mußte sie sich vergewissern, daß tatsächlich Iren das Lager bewohnten, auf das sie zuritt.

Nachdem sie vom Pferd gestiegen war, kroch sie lautlos durch das Unterholz. Kein einziger Zweig knackte unter ihren Füßen. Im ersten rosig-goldenen Tageslicht sah sie das Lager vor sich und atmete auf. Diese Männer waren eindeutig Iren. Nur Iren würden mit Lederschurzen kämpfen und ihre Waffen vor ein rauchendes Feuer legen. Die von Sigurd erwähnten Gesetzlosen mußten Dänen sein, vielleicht mit ein paar verräterischen Norwegern und Iren vereint. Erin eilte zu ihrem Pferd zurück, versteckte sich im Gebüsch und wartete, bis die Sonne höher stieg. Dann war es an der Zeit. Sie legte ihr goldene Rüstung an, setzte den Helm mit dem geschlossenen Visier auf und ritt durch das Lager. Ein kräftig gebauter Krieger lief ihr entgegen und erklärte ihr rasch, wo die Gesetzlosen Stellung bezogen hatten. Sie nickte und wartete, bis die Iren auf ihre Pferde gestiegen waren, dann brach sie nach Norden auf, gefolgt von der Truppe.

Die Gesetzlosen lagerten östlich von der Straße, an einer Bucht, die sich großartig für Erins Strategie eignete. Hinter hohen Felsblöcken konnten sich die Iren verbergen, um später über die Gegner herzufallen.

Sie bedeutete ihren Leuten, sich in kleinen Gruppen entlang der Bucht zu verteilen. Die Pferde blieben zurück, während die Männer durch die Büsche zu den Klippen krochen. Erin wartete, bis alle postiert waren, dann kletterte sie einen hohen Felsen hinauf. Heiß fühlten sich der Sand und die Kiesel unter ihren tastenden Fingern an. Auf dem Gipfel angekommen, sah sie, daß das feindliche Lager viel größer war, als sie gedacht hatte. In wachsender Angst blickte sie der Schlacht entgegen und wünschte, die Sonne würde ihr nicht so grell in die Augen scheinen. Es fiel ihr schwer, die Anzahl der Gesetzlosen abzuschätzen. Beinahe bereute sie ihren Entschluß. Doch jetzt war es zu spät für feige Bedenken. Außerdem führte sie tapfere Iren an, die bereit waren, zu kämpfen und sogar zu sterben.

Sie stand auf und schwenkte ihr Schwert im Kreis herum. Bald entdeckten die Männer, die im Lager ihren Geschäften nachgingen, die goldene Gestalt auf der Klippe.

Schreiend griffen sie zu ihren Waffen und rannten zu den Felsblöcken an der Bucht. Erin warf sich zu Boden, ihr Herz klopfte wie rasend. Nun mußte sie so schnell wie möglich verschwinden. Aber ehe sie die Felswand hinabkriechen konnte, merkte sie, daß hier etwas nicht stimmte. Der Feind stürmte nicht blindlings vorwärts, irgend jemand rief, dies sei eine Falle. Die Klippe wurde nicht angegriffen, sondern vorsichtig umzingelt. Viel zu schnell erklang klirrender Stahl. Vorsichtig stieg sie hinab, denn es wäre reiner Selbstmord gewesen, hier oben zu bleiben, wo sie nirgends in Deckung zu gehen vermochte. Der Schlachtenlärm drang von Osten heran, und sie konnte nur annehmen, daß die Iren zurückwichen, um ihre Pferde aufzusuchen und in den Wald zu fliehen.

Am Fuß der Klippe angekommen, wollte Erin in dieselbe Richtung laufen, das Schwert fest umklammert. Doch da trat ihr ein großer Krieger in den Weg.

Schon lange hatte sie sich nicht mehr im Schwertkampf geübt - zu lange, dachte sie in verspäteter Reue. Verzweifelt wehrte sie die Fechthiebe des Mannes ab, sprang immer weiter zurück, duckte sich blitzschnell zur Seite, und seine Waffe blieb in einer Felsspalte stecken. Diesen Augenblick mußte sie zur Flucht nutzen. Doch da eilte ein zweiter Feind auf sie zu, und vor Entsetzen stockte ihr Atem, denn sie sah sich ihrem Mann gegenüber.

Die kalten Stahlaugen des Wolfs von Norwegen drohten ihre Seele zu gefrieren. Erst jetzt erkannte sie ihren tödlichen Irrtum. Sie hatte keine Iren, sondern Gesetzlose zu diesem Lager geführt. Keine Eindringlinge — nein ... Verräter an ihrem eigenen Land — Verräter am Bündnis ihres Vaters. Sie hatte sich auf die falsche Seite gestellt, gegen ihren Mann.

Langsam hob er das Schwert, in dessen Griff das Emblem des Wolfs geschnitzt war. »Ihr habt bemerkenswert gekämpft, meine Dame, aber bisher war das nur ein harmloses Geplänkel. Jetzt müßt Ihr meiner Waffe begegnen.«

Erin fand keine Zeit mehr, noch länger über ihren dummen, unverzeihlichen Fehler nachzudenken, denn nun sah sie sich gezwungen, ihr Leben zu verteidigen. Ohrenbetäubend stieß Stahl gegen Stahl. Wie flink und geschmeidig er zu fechten verstand ... Wie sie aus den Augenwinkeln beobachtete, wurden sie von mehreren Wikingern beobachtet. Jemand trat vor, aber Olaf schrie, dies sei sein persönlicher Kampf, man solle sich da heraushalten.

Verzweifelt parierte Erin seine Fechthiebe, kannte nur noch einen einzigen Gedanken — ihr Leben so lange wie möglich zu verlängern. Unter der ungeheuren Kraft seiner Angriffe sank sie auf die Knie, wehrte sich aber immer noch, so gut sie es vermochte. Erst als er ihr die Waffe aus der Hand schlug, fand sie sich mit ihrer Niederlage ab. Am Boden hingestreckt, die Spitze seines Schwerts am Hals, schloß sie die Augen und wußte, daß es zu spät war, um noch irgend etwas anderes zu erleben, als ein letztes Mal in den Sonnenschein zu schauen, ein letztes Mal die salzige Meeresluft einzuatmen.

»Großer Gott, nicht!« Es war Gregorys Stimme. Schnelle Schritte erschütterten das Erdreich. »Nicht! Das kannst du nicht ...«

»Beruhige dich und geh ins Lager zurück«, befahl Olaf mit seltsam tonloser Stimme. »Ich beabsichtige nicht, sie zu ermorden. Geht! Alle!«

»Aber ...« Gregory, der liebe Gregory, der befürchtete, Olaf würde seine eigene Frau töten, Gregory, der sie verteidigen und schützen wollte ...

»Geh!« schrie der Wolf wütend. »Ich sagte doch, sie wird am Leben bleiben! Verlaßt mich jetzt!«

Vorsichtig öffnete Erin die Augen. Die anderen hatten gehorcht, nur Gregory wich immer noch nicht von der Stelle, das Gesicht vor Verzweiflung verzerrt. Hoch aufgerichtet stand der goldene Riese vor ihr, das Schwert in der Hand, dessen Spitze reglos ihre Kehle berührte.

»Olaf ...«, flehte Gregory.

»Niemals werde ich meine Frau umbringen!« stieß Olaf in zorniger Verachtung hervor, und Erin fühlte sich wie gelähmt.

»Du — du weißt es!« stotterte ihr Vetter.

Die Schwertspitze entfernte sich von Erins Hals. »Sag mir, Gregory, da du schon unbedingt hierbleiben möchtest«, begann Olaf mit kalter Gelassenheit, »was tun die Iren mit Verrätern? Sogar Aed würde antworten, der Tod sei die gerechte Strafe. Steh auf, Erin!«

Sie konnte sich nicht rühren, und da bückte er sich - aber nicht, um ihr auf die Beine zu helfen, sondern um ihr unsanft den goldenen Helm vom Kopf zu ziehen. Dabei riß er ihr einige Haare aus. Tränen brannten in ihren Augen, aber gleichzeitig kehrte auch ihr Überlebenswille zurück. So würdevoll wie möglich erhob sie sich und versuchte verzweifelt zu erklären: »Ich wollte dich nicht bekämpfen, sondern die Iren gegen Gesetzlose ins Feld führen, die dir auflauern ...«

»Sei still!« Schmerzhaft schlang er die Finger in ihr Nackenhaar. »Das, mein Freund Gregory, ist der gefährlichste Feind eines Mannes. Eine Frau. Wie schön sie ist, nicht wahr, deine Kusine? Ihre Augen könnten arktisches Eis schmelzen, ihre schwarzen Locken schimmern wie die feinst gesponnene Seide, ihre Wangen wie Marmor, und sie besitzt den Körper einer Göttin. Wenn sie lächelt, gleichen ihre Lippen zarten Rosenblättern, aber im selben Atemzug plant sie den Tod ihres Ehemanns. Zufällig wird sie gerade noch rechtzeitig gefangengenommen. Und jetzt? Natürlich beteuert sie ihre Unschuld, und sie erwartet, man würde ihr glauben, weil man so verzaubert ist von ihren Reizen ...«

»Olaf!« schrie sie. »Niemals würde ich gegen dich ...«

Gnadenlos unterbrach er sie, indem er kräftig an ihren Haaren zerrte und ihr neue Tränen in die Augen trieb. »Ich habe dir einmal versprochen, ich würde dich hart bestrafen, solltest du dir irgend etwas zu Schulden kommen lassen. Und ich halte immer mein Wort.« Olaf stieß einen Pfiff aus. Sofort traten zwei Norweger hinter den Klippen hervor, etwa fünfzig Schritte entfernt, und führten sein schwarzes Schlachtroß zu ihm. Rasch hob er eine Hand, um zu verhindern, daß sie noch näher kamen und Erin sahen. Die letzte Wegstrecke legte der Hengst allein zurück. Schweren Herzens beobachtete Erin, wie ihr Mann nach einem Paar eiserner Handschellen griff, die mittels eines langen Hanfseils am Sattel befestigt waren. Nun erkannte sie seine Absicht. Er würde sie mit sich führen — so wie sie ihn an jenem Tag ihrer ersten Begegnung — mit dem einzigen Unterschied, daß sie nicht seine Widerstandskraft besaß.

»Du kannst doch nicht ...«, begann Gregory, und Erin fiel ihm ins Wort.

»Olaf, bitte! Ich flehe dich an! Ich bin doch deine Frau!«

»Nur weil du meine Frau bist, lebst du noch«, erwiderte er mit kaltem Lächeln.

»Wenn du mir zuhören würdest ...«

»Ich brauche nichts zu hören, wenn ich sehen kann. Dein Verrat hat mehreren Männern das Leben gekostet - das Leben von Kriegern, die für deinen Bruder kämpften, um Ulster zu retten.« Während er mit einer Hand immer noch ihr Nackenhaar festhielt, schloß er mit der anderen blitzschnell die schweren Eisenschellen um ihre Unterarme.

»Nein!« schrie sie und versuchte, nach ihm zu treten.

Wütend schob er sie zu Gregory hinüber. »Setz ihr den Helm auf!«

Während ihr Vetter gehorchte, unternahm er einen letzten, tapferen Versuch, sie zu retten. »Olaf! Straf mich an ihrer Stelle ...«

Der Wolf stieg auf sein Streitroß. »Tut mir leid. Erin und ich haben schon einmal einen ähnlichen Weg zurückgelegt. Sie scheint immer noch zu glauben, es gäbe kein Gesetz außer ihrem eigenen. Nun muß ich ihr ein für allemal klarmachen, daß ich keine leeren Drohungen ausstoße und daß ich nicht jedesmal, wenn ich ihr den Rücken kehre, um mein Leben bangen will. Kehr ins Lager zurück, Gregory. Wenn du es nicht freiwillig tust, werden dich meine Wachen holen.«

Erin wandte sich zu ihrem Vetter und versuchte, ihm mit einem flehenden Blick zu bedeuten, es wäre besser, wenn sie mit ihrem Mann allein bliebe. »Geh, Gregory!« flüsterte sie.

»Das kann ich nicht.«

»Du mußt.« Sie sah ihn unglücklich über den steinigen Boden davonstolpern, dann blickte sie zu Olaf empor, der kerzengerade auf dem rastlos tänzelnden Hengst saß.

»Das ist Gerechtigkeit, Prinzessin«, herrschte er sie an. »Sogar damals am Bach bin ich dir niemals so bösartig begegnet wie du mir. Und seit du in meinem Haus wohnst, habe ich immer wieder über dein feindseliges Verhalten hinweggesehen. Aber jetzt ist die Grenze meiner Geduld erreicht. Du wirst so bestraft, wie du es verdienst.«

»Du willst nicht hören ...« Erin konnte nicht weitersprechen. Die Lippen fest zusammengepreßt, drückte er die Fersen in die Flanken seines Hengstes. Das Tier begann loszutraben, und sie schnappte nach Luft, als sie ihm stolpernd nachlaufen mußte.

Zunächst nahm sie nichts von ihrer Umgebung wahr, denn es erforderte ihre ganze Aufmerksamkeit, sich den Schritten des Rappen anzupassen, um nicht zu stürzen. Doch dann erkannte sie in wachsendem Entsetzen, daß Olaf sie durch das Lager führte. Die Männer, die gerade ihr Pferde sattelten, die Sachen zusammenpackten oder die Toten begruben, hielten inne. Die Augen der Iren spiegelten Ungläubigkeit und Trauer über den Verrat der Goldenen Kriegerin wider, die Norweger betrachteten sie voller Haß. Keiner kam ihr zu Hilfe. Am liebsten wäre sie im Erdboden versunken angesichts der Verachtung, die ihr nun von allen Seiten entgegen schlug. Immer wieder zerrte Olaf sie im Kreis herum, und sie sah die Gefallenen, deren Tod sie verursacht hatte. Niemals würde sie diese Augen vergessen, die blicklos in den Himmel starrten.

Endlich zügelte der Wolf seinen Hengst. »Wir brechen nach Dubhlain auf! Ich reite mit meiner Gefangenen voraus.«

Zunächst sah es so aus, als würde niemand seinem Befehl widersprechen. Die Männer widmeten sich wieder ihren Aufgaben, um ihm dann in gebührendem Abstand zu folgen. Nur ein einziger widersetzte sich der Anordnung. Brice mac Aed, der immer noch der Truppe seines Schwagers angehörte, war während des Scharmützels am Brustkorb verletzt worden. Ein Gefährte hatte gerade die Wunde verbunden, als die Goldene Kriegerin ins Lager gezerrt worden war. Der Anblick hatte ihn anfangs völlig betäubt.

Aber während der Wolf nun davonritt, pulsierte neues Leben durch Brices Adern. Ohne auf den pochenden Schmerz seiner Wunde zu achten, stürmte er hinter dem schwarzen Streitroß her. Erin! Er hatte Leith verloren, und nun würde der wütende Wikinger seine Schwester töten. Als er am Lagerfeuer vorbeistürmte, wurden plötzlich seine Beine von hinten gepackt, und er fiel der Länge nach zu Boden.

Erbost drehte er sich um und starrte in Gregorys Gesicht. »Laß mich los! Bist du verrückt geworden? Das ist Erin ...«

»Still!« flehte Gregory und wischte sich Sand von den Lippen. Beide sprangen auf, und er umfaßte die Schultern seines älteren, größeren Vetters. »Hör mir zu, Brice. Er weiß, daß es Erin ist, und er wird sie nicht töten. Aber sie hat sich gegen ihn gestellt. Kein Gesetz in irgendeinem Land der Welt würde ihm verwehren, Rache zu üben. Warum sie es tat, weiß ich nicht. Aber er will sie schützen, glaub mir, Brice. Schau dir doch die Gesichter der Wikinger an! Hätte er sie nicht weggebracht, würden sie ihn einen Feigling nennen und eine viel grausamere Strafe verlangen. Wahrscheinlich würden sie Erin zu Tode peitschen. Jetzt muß sie allein sehen, wie sie zurechtkommt. Wenn wir uns einmischen, machen wir alles nur noch schlimmer. Wir müssen abwarten, was in Dubhlain geschehen wird.«

Verzweifelt senkte Brice den Kopf. »Sie ist meine Schwester, Gregory. Wie kann ich ...«

»Du mußt sie gehen lassen und an den Mann glauben, an dessen Seite wir nun schon so lange reiten. Er ist seltsam, dieser Wikinger, der uns so nahe steht wie ein Bruder. Mächtig, aber nicht unbarmherzig. Streng, aber nicht skrupellos. Erin kann sich viel besser helfen, wenn wir die beiden sich selbst überlassen.«

Olaf hielt den Hengst im Zaum. Hätte er ihn schneller laufen lassen, wäre Erin schon längst gestürzt. Trotzdem rang sie heftig nach Atem, als er die Straße erreichte, das Pferd zügelte und sich zu ihr wandte.

»Hast du mir noch nicht genug angetan?« keuchte sie. »Siehst du denn nicht, wie mich meine eigene Seele quält? Überleg doch! Niemals werde ich dir verzeihen ...«

»Du mir verzeihen?« unterbrach er sie mit eisiger Stimme. »Wie kannst du solchen Unsinn reden?« Wieder versetzte er das Pferd in Trab, und die eisernen Handschellen zerrten grausam an Erins Armen. Wann immer ihre Füße den Boden berührten, glaubte sie, Schwertspitzen würden sich in ihre Sohlen bohren. Ringsum begann sich, die Welt zu drehen. Donnerschläge schienen in ihren Ohren zu dröhnen. Mit aller Kraft wehrte sie sich gegen einen Sturz. Im Schatten einer knorrigen Eiche hielt Olaf an. Erin prallte gegen die Flanke des Hengstes und sank zu Boden. Es dauerte eine Weile, bis sie wieder zu Atem kam, dann flehte sie: »Olaf! Ich würde mich doch nicht gegen meinen eigenen Vater stellen!«

»Er reitet nicht mehr mit mir. Wir haben uns im Norden getrennt. Sicher weißt du auch das, nachdem du meine Stellung ebenso kanntest wie die der Gesetzlosen.«

»Nein ...«

»Steh auf.«

»Ich kann nicht ...« Schreiend unterbrach sie sich, als er am Hanfseil riß, und erhob sich taumelnd — gerade noch rechtzeitig, ehe die Hufe des Streitrosses weitertrabten. »Ich verachte dich!« kreischte sie. »Bring mich lieber um, als ...«

Abrupt wurde der Hengst gezügelt. »Ich werde dich nicht töten. Wie du selbst betont hast, bist du meine Frau. Ich werde dich weder umbringen, noch sollst du Verletzungen davontragen, denn ich sehe nicht gern Narben.«

Ein Schauer rann ihr über den Rücken.

»Nein ...«, protestierte sie mit schwacher Stimme, haßte die Kälte und Härte in seinen Augen. Wollte er tatsächlich mit ihr schlafen, während dieser schreckliche Zwist sie entzweite? Nein, da stürzte sie lieber und brach sich alle Knochen unter den Pferdehufen ...

»Die Entscheidung liegt nicht bei dir, Erin.«

Gequält stöhnte sie, als der Rappe seinen Weg fortsetzte und die eisernen Handschellen wieder schmerzhaft in ihr Fleisch schnitten. Lange kann ich nicht mehr, dachte sie und stolperte. Ich kann kaum noch laufen ... Immer öfter wurde ihr schwarz vor Augen. Sie vermochte kaum noch, Luft in ihre Lungen zu saugen. Alle Muskeln in ihrem Körper schienen zu brennen. Und dann fiel sie.

Nur drei Schritte weit wurde sie über den Boden geschleift, dann blieb das Pferd stehen. Olaf schwang sich aus dem Sattel, und sie spürte die Spitze seines Schwerts an ihrem Hals. »Steh auf!«

Unfähig, die ausgetrockneten Lippen zu öffnen und zu sprechen, schüttelte sie nur den Kopf.

»Du wirst aufstehen«, fügte er leise hinzu. »Und du

wirst den Schmerz, den du anderen zuzufügen pflegst, am eigenen Leib spüren.«

Wie aus weiter Ferne hörte sie seine Worte. Warum gab er ihr keine Gelegenheit, alles zu erklären? Aber sie hätte ohnehin kein Wort hervorgebracht. Sie konnte nicht einmal die Augen aufschlagen, kaum noch gegen das Dunkel ankämpfen, das sie einzuhüllen drohte.

»Auf die Beine, Erin! Ich weiß, du bist dazu imstande, denn du besitzt die Geschmeidigkeit einer Katze ...«

Halb benommen nahm sie wahr, daß sich die Schwertspitze von ihrer Kehle entfernte. Die Erde unter ihr schien zu zittern, und dann erkannte sie, daß sich ein anderes Pferd näherte.

»Was macht Ihr hier, Druide?« hörte sie Olaf wütend fragen.

»Ich bin gekommen, um Euch Einhalt zu gebieten, Herr der Wölfe!« rief Mergwin und stieg ab. Das Böse, das mit dem Schatten auf dem Mond begonnen hatte, nahm bereits seinen Lauf.

»Ich strafe eine Verräterin, die Menschenleben auf dem Gewissen hat. Irisches und norwegisches Leben.«

»Ihr müßt sofort aufhören!« Mergwin eilte auf den König zu, der das Leid in seinen Augen rasch hinter eisiger Kälte verbarg.

»Sie hat sich gegen uns gestellt, also muß ich mich an ihr rächen.« In all den Nächten, wo er von ihr geträumt hatte, war sie nur von dem Wunsch besessen gewesen, ihn zu töten.

»Du irrst dich.«

»Da hinten in unserem Lager liegen zwölf Tote, die dir nicht mehr sagen können, daß ich mich keineswegs irre.«

»Wenn du so weitermachst, wirst du sie töten.«

»Nein, Druide, an ihrem Tod liegt mir nichts ...«

Olaf verstummte, als Erin leise stöhnte, und beide wandten sich zu ihr. Plötzlich hämmerte der Druide mit beiden Fäusten gegen die Brust des Wolfs. »Ihr müßt mir gestatten, sie zu betreuen. Sie erwartet ein Kind!«

Erstaunt hob Olaf die Brauen, starrte ihn mißtrauisch an, und dann zeigte sich — vielleicht zum erstenmal seit vielen Jahren — Unsicherheit in seinem Blick. »Wie könnt Ihr das wissen? Und wenn Ihr so verdammt viel voraussehт — warum habt Ihr dann diesen Morgen nicht prophezeit und uns allen erspart ...«

»Ich bin kein Allwissender, und ich erkenne nur, was mir höhere Mächte mitteilen. Aber ich sage Euch, König aller Narren, Ihr werdet Euren eigenen Erben töten ...«

Erin hatte nur wenig von diesem Wortwechsel verstanden. Ringsum drehte sich die Welt. Plötzlich spürte sie, wie sie von starken Armen umschlungen wurde. Sie wollte dagegen ankämpfen, war aber völlig hilflos. Ihre Lider flatterten, und sie schaute in blaue Augen, die sie immer noch verurteilten.

Die kraftvollen Arme trugen sie, als wäre sie so leicht wie ein Vogel. Sie schwankte zwischen schwachem Bewußtsein und dichter Schwärze, und sie sehnte sich nach dieser Nacht, die den Schmerz aus ihren Glieder ziehen und sie aus der grausigen Wirklichkeit entführen würde.

Doch das wurde ihr nicht vergönnt. Olaf setzte sie unter eine schattenspendende Eiche, seine Finger gruben sich in ihre Schultern. »Ist es wahr?«

Was sollte wahr sein? Sie wußte nicht, was er meinte, sein Gesicht verschwamm vor ihren Augen.

Unsanft begann er, sie zu schütteln. »Bist du schwanger?«

Verwundert riß sie die Augen auf. Wieso wußte er das?

»Stimmt es?«

Sie konnte nicht sprechen, und so nickte sie nur. Die Augen fielen ihr zu, die Welt drohte, ihr zu entgleiten.

Olaf ließ sie los, und jemand anderer berührte sie mit alten, knotigen, sanften Fingern. Sie spürte einen Becher an den Lippen, schmeckte ein süßes, beruhigendes Getränk.

Da schlug sie die Augen wieder auf und lächelte. »Mergwin«, hauchte sie. Voller Sorge erwiderte er ihren Blick, und wie aus weiter Ferne hörte sie die Stimme ihres Mannes.

»Bedank dich bei deinem Gott dafür, daß du meinen Sohn unter deinem Herzen trägst, Erin. Fünf Monate lang will ich dich schonen. Und dann werde ich dich grün und blau schlagen, weil du in deiner wilden Rachsucht ein Leben aufs Spiel gesetzt hast, das mir gehört.«

Alles in ihr drängte sie, ihn zu schlagen, zu verfluchen, ihm die Augen auszukratzen. Doch dafür fehlte ihr die Kraft. Mergwins Trunk lähmte ihre Zunge, und sie überließ sich der Finsternis, die ringsum herabsank.

Zehn Männer blieben ihm noch. Die meisten seiner Söldner waren gefallen. Trotzdem feierte Friggid der Krummbeinige einen makabren Triumph.

Die verbündeten irischen und norwegischen Streitkräfte Olafs des Weißen verließen die Klippen am Strand. Nun trat der Däne aus der Höhle, in der er sich verschanzt hatte, und starrte ihnen nach.

Unbeabsichtigt hatte er viel mehr erreicht als einen Riß im norwegisch-irischen Bündnis, und sein Gelächter mischte sich in die Hufschläge, die in der Ferne verhallten. Durch sein Eingreifen hatten sich die irische Ehefrau und der norwegische Ehemann entzweit. Die verehrte Goldene Kriegerin war niemand anderer als die Gemahlin des Wolfs, die Tochter des Ard-Righ.

Nachdenklich setzte sich Friggid auf den steinigen Boden. Ja, er hatte ein Schwert tief in Olafs Brust gebohrt. Eigentlich müßte ein Wikinger jeden töten, der einen solchen Verrat an ihm verübt hatte, mochte es ein Mann oder eine Frau sein, ein Fremder, ein Bruder oder die eigene Gattin. Aber der Wolf behandelte die Prinzessin erstaunlich milde. Liebte er sie mehr, als er es zugeben wollte? Schon vor urewigen Zeiten hatten die Götter bestimmt, alle Männer, auch die stärksten, müßten eine Schwäche haben. Nun glaubte Friggid, die Schwäche seines Feindes zu kennen. Er konnte sich Zeit lassen, in die Heimat zurückkehren, neue Truppen zusammentrommeln, warten, die Dinge beobachten — sorgfältig Pläne schmieden.

Niemals durfte er hoffen, Olafs Macht gewachsen zu sein. Trotzdem würde er ihn zu Fall bringen. Zu diesem Zweck würde er die irische Königin noch einmal benutzen — mit größerem Erfolg denn je.

O ja, der Schmerzensschrei des Wolfs würde von neuem erklingen.

19

An die Heimreise erinnerte sie sich später kaum. Bilder glitten in ihr Gehirn und wieder davon — die Farbe des Himmels, die blendende Sonne, wenn sie die Augen öffnete und wieder schloß, um erneut Trost im Dunkel zu finden. Eine Droge, dachte sie vage, Mergwins Trank, eine geheime Mischung aus Kräutern, die Körper und Geist von allen Schmerzen befreite ...

Irgendwann erwachte sie in ihrem eigenen Bett. Sie spürte das weiche Kissen, duftende frische Laken, die Felldecken, und als sie die Lider hob, sah sie die seidenen Vorhänge, um die Pfosten drapiert. Sie war zu Hause ...

Nein, wie lächerlich, so etwas zu denken! Es war das Heim des Wolfs, des Eroberers, des Königs von Dubhlain. Er war nur so lange fort gewesen, daß sie begonnen hatte, dieses Haus als ihres zu betrachten. Wie viele Nächte lang hatte sie allein in diesem breiten Bett gelegen, sich an Olafs Liebkosungen erinnert, an die süßen Stürme der Leidenschaft ...

O Gott, warum war sie so dumm gewesen, das Haus zu verlassen? Warum hatte sie jene Männer verkannt. Anscheinend war sie von ihnen erwartet worden. Aber warum? Irgend etwas mußte schiefgelaufen sein — etwas, an dem sie keine Schuld trug. Trotzdem würde Olaf ihr niemals glauben, denn die Tatsache, daß sie gegen ihn gekämpft hatte, blieb bestehen. Aber unwissentlich, dachte sie verzweifelt. Niemals würde ich mich bewußt gegen ihn stellen.

In diesem Augenblick spürte sie, wie sehr sie ihn liebte, und diese Erkenntnis erfüllte sie mit bitterem Schmerz. Ohne Liebe war man stark, gefeit gegen körperliche Qualen, denn sie konnten die Seele nicht treffen. Aber wenn man liebte, war man verletzlich. Allein schon Olafs Worte taten ihr so weh, wie es sein Schwert niemals vermochte.

Plötzlich spürte sie seine Anwesenheit. Ich werde ihn nicht mehr anflehen, mir zuzuhören, gelobte sie sich. Er darf nicht erfahren, welche Macht er über mich hat, sonst bin ich verloren … Langsam wandte sie den Kopf zur Seite und begegnete seinem Blick. Er stand am Fenster oberhalb des Hofs, prächtig in Rot und Schwarz gekleidet, einen weiten Umhang mit goldener Schließe um die Schultern.

Als Erin sich aufsetzte, merkte sie, daß man ihr ein weißes Nachthemd aus feinem Leinen angezogen hatte. Unsicher griff sie sich an die Kehle. Die ruhige, kühle Miene ihres Mannes erschreckte sie, denn wie sie inzwischen wußte, war sein Zorn nicht so gefährlich wie seine Gelassenheit.

»Du bist also erwacht«, sagte er leise. »Und du siehst frisch und munter aus.« Er wandte sich vollends vom Fenster ab und stützte ein Bein auf einen Stuhl, die Arme vor der Brust verschränkt. »Jetzt können wir miteinander reden.«

»Da du mich ohnehin nicht anhören willst, habe ich dir nichts zu sagen.«

»Laß dir was einfallen.«

Mühsam versuchte sie, nicht auf ihr heftig pochendes Herz zu achten. »Ich wollte dir alles erklären. Aber du ziehst es vor, mich zu strafen, ohne die Wahrheit zu kennen, ohne Rücksicht auf Gerechtigkeit. Du verurteilst mich, und ich werde nie vergessen …« Wie du mir Handschellen angelegt und mich hinter deinem Pferd hergeschleift hast, dachte sie, so wie ich dich – damals bei Carlingford Lough.

»Wie grausam du von mir behandelt wurdest? Ich habe sehr gut acht gegeben, um dich nicht ernsthaft zu verletzen, um dir keine bleibenden Schäden zuzufügen. Und ich tat nichts weiter, als dir eine Lektion zu erteilen.«

»Dazu hattest du kein Recht ...«

»Oh, doch«, unterbrach er sie. »Solche Rechte wurden mir bei unserer Hochzeit verliehen.«

Ihre Bitterkeit verwandelte sich in Wut. Könnte sie ihn doch schütteln, die kalte Verachtung aus seinem Gesicht schlagen! »Du bist ein Narr«, fauchte sie. »Man rühmt deine Weisheit und Barmherzigkeit, aber du verstehst es nicht einmal, die Wahrheit herauszufinden. Denk doch einmal nach! Wäre ich tatsächlich entschlossen gewesen, dich zu töten, hätte ich es versucht, ohne meine Brüder, meinen Vater und meinen Vetter zu gefährden.«

»Du wußtest, daß ich nicht mehr mit Aed ritt.«

»Jetzt weiß ich's, weil du's mir gesagt hast.«

»Und du willst mir einreden, du seist auf der Suche nach den Iren von Meath zufällig über die Gesetzlosen gestolpert?«

»Genauso war es. Ich dachte, diese Banden bestünden aus Dänen oder Norwegern, aber ich sah Iren.«

»Nun hast du endlich etwas ausgesprochen, das ich dir glaube. Natürlich nimmst du an, alle Gesetzlosen müßten eher Wikinger sein als Iren. Aber auf den Klippen und am Strand wurden längst nicht so viele tote Iren gefunden wie Wikinger!«

Erins Atem stockte. »Unmöglich!«

»Doch.«

»Aber — sie begrüßten mich auf irisch, trugen Lederschurze, sprachen über Meath, und der König von Meath ist ein Verbündeter meines Vaters ...«

Verächtlich fiel er ihr ins Wort. »Du beleidigst meine Klugheit, wenn du verlangst, ich soll dir glauben — wo ich doch weiß, daß du die Arglist einer Füchsin besitzt.« Langsam kam er auf sie zu. »Sicher, dieser Bande gehörten auch ein paar Iren an. Aber ich vermute, die Herkunft der Männer, die du als ruhmreiche Goldene Kriegerin benutzen wolltest, um mich zu töten, war dir gleichgültig.«

»Du irrst dich!« rief sie in tiefster Verzweiflung.

»Was würdest denn du an meiner Stelle glauben?«

Ihre Lippen begannen zu zittern, und sie mußte blinzeln, um gegen ihre Tränen anzukämpfen.

»Warum vertraust du mir nicht, Olaf?«

»Nicht einmal, wenn du gefesselt und geknebelt wärst, würde ich dir trauen. Mein Rücken wurde zu oft bedroht.«

Als müßte sie sich vor ihm schützen, preßte sie ihr Kissen in dem bestickten Leinenbezug an die Brust. »Du hörst nicht auf mich. Also denk, was du willst, und laß mich in Ruhe!«

»O nein, unser Gespräch ist noch lange nicht beendet«, erwiderte er und entriß ihr das Kissen. »Erzähl mir noch mehr von deiner Geschichte, die mich allmählich belustigt. Wieso wußtest du von den Gesetzlosen, wenn du dich nicht mit ihnen abgesprochen hattest?«

»Durch Sigurd! Eines Nachts war ich durstig und ging nach unten, um einen Becher Ale zu trinken. Er redete gerade mit dem Hauptmann der Wachposten, und er sah mich nicht, denn ich versteckte mich im Treppenhaus.«

Olaf wandte sich ab und begann umherzuwandern. »Wann wirst du das Kind zur Welt bringen?«

Krampfhaft schluckte sie, als sie den Sinn seiner Frage erkannte. »Eigentlich müßtest du imstande sein, die Monate zu zählen.«

»Natürlich«, bestätigte er trocken und drehte sich zu ihr um.

»Du bist der Vater meines Babys, das weißt du!«

»Nein, ich weiß nur, daß du alles tun würdest, um mir das Leben zu vergällen. Aber du erwartest tatsächlich mein Kind, daran zweifle ich nicht, weil du während meiner Abwesenheit streng bewacht wurdest. Du kannst von Glück reden. Wärst du nicht schwanger, würdest du jetzt in einem Verlies schmachten. Und hättest du mich nicht verführt, um mein Vertrauen zu erschleichen ...«

»Du Bastard!« Empört sprang sie aus dem Bett und trommelte mit beiden Fäusten gegen seine Brust.

Mit eiserner Kraft umfaßte er ihre Handgelenke. »Laß das!« Er wollte sie aufs Lager schleudern und gehen, doch die Nähe ihres warmen Körpers unter dem dünnen Leinen begann, seinen Verstand zu umnebeln. Sie hatte ihn schmählich verraten, aber das bedeutete ihm nichts mehr, als die Leidenschaft sein Blut erhitzte. Was für ein Narr er war ... Sie wünschte seinen Tod, verachtete ihn mehr denn je. Niemals würde sie erfahren, wie weh es seinem Herzen getan hatte, sie mit Handschellen zu fesseln und hinter seinem Pferd herzuziehen — und wie gern er ihr glauben würde. Nun, das konnte er sich nicht leisten als König von Dubhlain, der immer noch um seine Position kämpfen mußte.

Er wollte aufhören zu denken, nur noch Erins weichen Körper spüren, das Gesicht in ihrem seidigen Haar vergraben, die zarte Haut fühlen, die verlockenden vollen Brüste. Ja, er begehrte sie, er würde sein Verlangen stillen, trotz allem, was zwischen ihnen geschehen war, und er würde ihr nicht erlauben, ihn abzuweisen.

Ungeduldig warf er sie aufs Bett und rannte zur Tür, um zu überprüfen, ob der Riegel vorgeschoben war. Dann kehrte er zu Erin zurück, und sein herausfordernder Blick verriet nur allzu deutlich, was er beabsichtigte. Wortlos begann er, sich auszukleiden.

Erschrocken rückte sie zum Kopfteil des Betts hinauf, lehnte sich dagegen und zog die Beine an. »Das wirst du nicht tun!« zischte sie. »Du kannst mich nicht Verräterin nennen und andeuten, wie gern ich die Hure gespielt hätte, und mich gleich darauf nehmen, als wäre ich dein jederzeit verfügbares Eigentum!«

Seine Stiefel fielen zu Boden, seine Kleider landeten auf dem achtlos hingeworfenen Mantel. Tränen füllten Erins Augen. Wie oft hatte sie sich nach dem Anblick seines schönen nackten Körpers gesehnt ...

Er darf mich nicht anrühren, dachte sie, sonst könnte

ich ihm nicht widerstehen, und er wird mich erst recht für eine Dirne halten. »Wenn du mir zu nahe kommst, wäre es eine Vergewaltigung, König von Dubhlain«, warnte sie ihn so würdevoll wie möglich.

»Das bezweifle ich. Aber wenn du es so nennen willst — mir ist es einerlei.« Langsam, aber zielstrebig ging er zum Bett, nahm sie in die Arme, preßte seinen Mund auf ihren. Die Fäuste, die auf seinen Rücken trommelten, beachtete er nicht. Um Erins Kopf festzuhalten, schlang er die Finger in ihr Nackenhaar. Aufreizend ließ er seine Zunge über ihre Lippen gleiten, bis sie stöhnte und seiner überwältigenden Anziehungskraft nachgab.

Ein Schluchzen stieg in ihrer Kehle auf, als sie seine Zunge in ihrem Mund spürte, die lang ersehnten Liebkosungen seiner Hände, die sie gegen ihren Willen zu erwidern begann.

Plötzlich riß er sich von ihr los, und sie starrte verwirrt in seine Augen, die eine seltsame Mischung aus eisigem Zorn und wildem Schmerz widerspiegelten. »Olaf ...«

Seine Begierde war übermächtig, sogar stärker als sein Wunsch, dieses Land zu regieren. Aber er konnte sein Verlangen nicht befriedigen. Sie hatte ihn beschuldigt, er wurde sie vergewaltigen. Und die Genugtuung, recht zu behalten, mißgönnte er ihr. Ein spöttisches Lächeln umspielte seine Lippen.

»Ich habe beschlossen, dich lieber nicht gegen deinen Willen zu nehmen, teure Gemahlin«, erklärte er, stand auf und trat ans Fenster.

Neues Grauen erfaßte Erin. Er hatte sie nur geküßt, um zu beweisen, welche Macht er auf sie ausübte, wie leicht er ihren Widerstand zu brechen vermochte. Doch sogleich wurde ihr Herzenskummer von heller Wut verdrängt. »Du elender Wikinger! Nie wieder wirst du mich anrühren! In diesem Land gibt es Gesetze, und die werde ich gegen dich verwenden. Ich verlange, daß du mir ein eigenes Zimmer zur Verfügung stellst, während ich unsere Scheidung betreibe. Dann brauchst du dich nicht mehr um meine Mordlust zu sorgen, denn ich werde mich nicht darum scheren, ob du am Leben bleibst oder nicht.«

Erstaunt sah sie sein Lächeln, als er sich vom Fenster abwandte. »Du läßt dich wohl niemals unterkiegen, was? Aber du überschätzt deine Macht. Du wirst kein eigenes Zimmer bewohnen, das dich ohnehin nicht vor mir schützen würde. Denn selbst wenn ich dir eins zugestände, käme ich zu dir, wann immer ich Lust dazu hätte. Und du wirst auch keine Scheidung erwirken. Deine Brehon-Gesetze bedeuten mir nichts. Was mir gehört, behalte ich. Und du wirst diesen Raum erst verlassen, wenn ich es gestatte.«

»Ich werde fliehen!« stieß Erin zwischen zusammengebissenen Zähnen hervor.

»Verschone mich mit deinen Drohungen. Inzwischen müßtest du wissen, wie sinnlos sie sind.«

»Olaf ...« Mühsam rang sie nach Fassung. »In all den Monaten habe ich keinen einzigen Fluchtversuch unternommen. Ich weiß, du glaubst mir nicht, aber ich versichere dir noch einmal — ich wollte dich nicht töten. Statt mich zu strafen, solltest du besser nach der wahren Gefahr suchen, denn ich wurde in eine Falle gelockt.«

Sein Gesicht war ausdruckslos, als er zum Bett kam und sich zu ihr setzte. Er wollte ihr Kinn umfassen, aber sie wandte abrupt den Kopf zur Seite. »Rühr mich nicht an!«

Leise seufzte er. »Ich habe wohl bewiesen, daß du in dieser Hinsicht keine Wahl hast.«

»Dann bekommst du nur, was du dir nimmst, denn solange du mich Verräterin schimpfst, gebe ich dir nichts.«

»Du kannst mir nicht geben, was ich mir nehmen würde — wenn ich es wollte.«

»Liebe ist kein Besitztum, das man sich nimmt, sondern ein Geschenk.«

»An die Liebe glaube ich nicht. Sie ist eine Schwäche, die Männer zu Narren macht.« Grinsend fügte er hinzu. »Für dich gibt es kein Entrinnen, Erin. Du bist und bleibst meine Frau — meine schwangere Frau. Aber eins gestehe ich dir zu. Ich werde deine Warnung, auch andere könnten mir schaden wollen, ernst nehmen. Und ich will versuchen herauszufinden, ob du vielleicht doch die Wahrheit sagst.«

»Wie großzügig von dir!« entgegnete sie sarkastisch.

Er lachte, und sie war versucht, ihm mit allen Fingernägeln ins Gesicht zu fahren, aber er erriet ihre Absicht und hielt ihre Handgelenke fest. »Du erwartest nicht nur dein, sondern auch mein Kind. Allein schon aus diesem Grund war es sträflicher Leichtsinn, die Goldene Kriegerin zu spielen. Dafür hätte man dich auspeitschen müssen. Oder wolltest du den Erben des Wikingers töten?«

»Nein. Und ich werde ein *irisches* Kind gebären. Auch Mergwin hatte einen Wikingervater, aber er ist ein Ire, mit Leib und Seele.«

»So oder so, es ist mein Kind.«

»Behältst du mich nur deshalb hier? Bin ich deine Gefangene, weil du dir einen Erben wünschst? Und wenn er geboren ist? Werde ich dann verstoßen?«

»Ich behalte dich, weil du mir gehörst, weil du mich erfreut hast und es vielleicht wieder tun wirst. Und auch, weil ich mein Kind haben will. Was nach der Geburt geschehen wird, bleibt abzuwarten.«

»Wir werden ein unglückliches Leben führen . . .«

Lächelnd hob er die Brauen. »Als ich dich vorhin küßte, machtest du keinen allzu unglücklichen Eindruck.«

Erin schlug so schnell in sein Gesicht, daß er keine Zeit fand, es zu verhindern, und sie nur verblüfft anstarren konnte. »Nie wieder, Wikinger! Fessle mich, leg mich in Ketten, droh mir, nimm mich — ich werde mich dir nie mehr hingeben!«

Zu spät bereute sie ihren Wutausbruch. Da sie ihre Unschuld nicht beweisen konnte, war es töricht von ihr, seinen Zorn und seine Rachsucht herauszufordern. Schweigend saß sie da und wartete auf die Vergeltung. Doch er rieb nur über seine Wange, und seine Augen verengten sich.

»Ich muß deinen Mut bewundern, Erin. Aber schlag mich niemals wieder! Vergiß nicht, ich bin ein grausamer Barbar.«

Sie wich seinem Blick aus. »Die Grausamkeit, die du bevorzugst, ist schlimmer als Handschellen oder Peitschen.«

»Bei den Flammen aller vorstellbaren Höllen!« stieß Olaf hervor. »Ich stehe meiner Frau gegenüber, die ihr Schwert gegen mich schwingt, und ich bin grausam, weil ich ihren armseligen Erklärungen keinen Glauben schenke!« Er sprang auf und begann, sich so hastig anzuziehen, daß er seine Kleider beinahe zerriß.

Erin antwortete nicht, schloß die Augen und hüllte sich in die Decken, als könnten sie ihr Schutz vor ihrer hoffnungslosen Verzweiflung bieten.

Als er wieder sprach, klang seine Stimme kühl und beherrscht. »Du verachtest mich, und ich mißtraue dir. Aber wir sind verheiratet, und ich will mein Kind haben. Nur wenige Getreue wissen, daß es die Königin von Dubhlain war, die den Tod von zwölf Männern verursacht hat, denn deren Familien sollen nicht nach Rache streben. Verlaß dieses Haus nicht! Du wirst nicht noch einmal gewarnt. Und noch etwas — ich werde mit dir sprechen und dich anrühren, wann immer ich es wünsche.« Fast unhörbar fügte er hinzu: »Ich bin ein Narr, Erin, denn ich glaube immer noch, es gibt Hoffnung. Steh jetzt auf. Der König und die Königin werden in der Halle erwartet.«

Ihr blieb nichts anderes übrig, als zu gehorchen. Mit zitternden Händen kleidete sie sich an, während Olaf ungeduldig neben der Tür stand. Sobald sie fertig war, ging sie zu ihm und nahm den Arm, den er ihr reichte. »Ich folge dir nur, weil du der Stärkere bist.«

»Deine Beweggründe kümmern mich nicht — solange du tust, was ich dir sage.«

Mühsam kämpfte sie mit den Tränen, während sie in königlicher Haltung die Treppe hinabstiegen.

Wieder einmal stand Olaf unter dem Vollmond, das Herz voller Verzweiflung. In seinem Zorn und Schmerz hatte er vergessen, seiner Frau vom Tod ihres Bruders und Fennen mac Cormacs zu berichten. In der Halle hatte sie sich vergeblich nach Leith umgesehen und war in Tränen ausgebrochen.

Nun wurde sie von Brice getröstet. Olaf war in die Nacht hinausgeflohen. Wünschte Erin, er wäre an Leiths und Fennens Stelle gestorben?

Er seufzte tief auf. Aus eigener Erfahrung wußte er, wie schmerzlich der Verlust geliebter Menschen war, und er beschloß, die Trauer seiner Frau zu achten. In dieser Nacht wollte er neben dem Herd schlafen.

20

Schlanke, majestätische Großboote füllten den Hafen und reihten sich entlang der Küste aneinander, die Drachenbüge stolz erhoben. Die rotweißen Segel blähten sich im Wind.

Olaf wartete an der Mündung des Liffey, um die Norweger zu begrüßen. Angesichts seiner königlichen Haltung hätte es kein Wikinger an Bord der Schiffe gewagt, über seine irische Tracht zu spotten. Zu seiner Rechten stand Sigurd, zu seiner Linken Gregory mit Brice mac Aed.

Als der erste Besucher mit gestiefelten Füßen ins Wasser sprang, um an Land zu laufen, lächelte Olaf, dann sanken sie einander jubelnd in die Armen. Es dauerte eine ganze Weile, bis sie sich trennten und prüfend musterten.

»Da bist du also, Bruder Wolf!« rief der Neuankömmling, fast so groß wie Olaf und ein oder zwei Jahre älter. »Die schöne Stadt Dubhlain gehört dir und hält dich von der See fern.«

»So ist es, Eric. Willkommen in Irland.«

»Und es scheint auch ein Ire zu sein, der mich hier empfängt«, meinte Eric lachend, und seine blaugrauen Augen funkelten.

Der Wolf zuckte die Achseln. »Davon wirst du die Iren nicht überzeugen.« Schon gar nicht meine Frau, ergänzte er stumm.

Erfreut wandte sich Eric zu dem rothaarigen Riesen und schlug ihm auf die Schulter. »Sigurd, du alte Streitaxt! Hat mein Bruder auch dich von den Meeren weggelockt?«

»Es war ein vernünftiger Tausch.« Sigurd grinste breit. »Das wirst du schon noch sehen.«

»Laß deine Männer an Land kommen, Eric«, bat Olaf, »dann gehen wir alle in die Halle. Und wenn du die Freundschaft von Iren suchst, rate ich dir, mit Gregory und Brice mac Aed anzufangen.«

Die irischen Prinzen betrachteten den Norweger etwas argwöhnisch, aber die Gutmütigkeit, die aus dessen Augen strahlte, wirkte unwiderstehlich. Brice und Gregory blieben mit Sigurd im Hafen, um die Landung der Wikingertruppen zu beaufsichtigen, während der Wolf und sein Bruder den Hang zum Stadttor hinaufstiegen.

Nachdem die erste Wiedersehensfreude verflogen war, wandte sich Eric mit ernster Miene zu Olaf. »Ich bringe dir Geschenke von unserem Vater, dem Jarl, aber ich bin auch gekommen, um dich zu warnen.«

»Wieso?« fragte Olaf verwirrt. Erst vor drei Wochen war er nach dem Sieg über die Dänen aus dem Norden zurückgekehrt. Sollte er sein ganzes Leben lang um seine Position kämpfen?

»Es geht nicht um die unmittelbare Zukunft. Auf See sprechen sich Neuigkeiten schnell herum. Ich weiß bereits, daß Friggid der Krummbeinige eine schmerzliche Niederlage erlitten hat. Und wie ich außerdem erfahren habe, ist er in seine Heimat zurückgekehrt. Angeblich trommelt er Männer zusammen und verspricht ihnen große Reichtümer in Dubhlain, falls sie an seiner Seite gegen dich kämpfen. Das wird ihn einige Zeit kosten, denn sogar die tapfersten Krieger fürchten dich, Olaf. Aber du mußt auf der Hut sein und dich rüsten, denn dieser Däne ist halb wahnsinnig. Es kümmert ihn nicht, was er alles aufs Spiel setzt — wenn er dich nur töten kann.«

»Sei beruhigt. Ich habe Friggid nie unterschätzt, und ich weiß, er wird mich immer wieder angreifen — bis einer von uns mit den Walküren tanzt. Und ich werde den Tag segnen, wo ich ihm wieder begegne. Aber wenn seine Drohungen sogar das Meer überqueren, mußt du für mich sprechen, Eric. Verbreite die Nachricht, Dubhlain könne nicht eingenommen werden. Seine Bewohner, Norweger und Iren, werden diese Mauern bis zu ihrem Tod verteidigen. Du spottest, weil ich ein Ire geworden bin, mein Bruder, aber gerade dadurch habe ich viel gewonnen. Die Hälfte dieser Insel würde kämpfen, um mich zu verteidigen.«

Eric blieb stehen, seine Hände in die Hüften gestemmt, den blonden Kopf in den Nacken gelegt, und betrachtete die hohen Festungsmauern. »Ich verspotte dich keineswegs, denn du hältst hier tatsächlich eine Stellung, wie es noch keinem Wikinger gelungen ist. Aber nachdem ich meine Warnung ausgesprochen habe, will ich meinen Besuch bei dir in vollen Zügen genießen. Du wirst dich über die Geschenke freuen — Seidenstoffe und Juwelen und silberne Teller, Wandteppiche für dein Haus.« Er unterbrach sich kurz und zwinkerte seinem Bruder zu. »Ich habe noch ein ganz besonderes Geschenk für dich.«

»Spann mich nicht auf die Folter! Was ist es?«

»Eine Frau, mein Bruder. Eine seltene, einzigartige Schönheit von den Franken erbeutet, die sie angeblich im fernen Persien gestohlen haben. Ihre Haut hat die Farbe von Honig, ihre Augen gleichen schwarzen Mandeln . . .«

»Eric!« Unterbrach der Wolf ihn ärgerlich. »Wenn es etwas gibt, was ich nun wirklich nicht brauchen kann, ist es eine weitere Frau. Bei den Göttern, ich habe schon genug Schwierigkeiten.«

»Natürlich habe ich von deiner Ehe gehört, die du nur geschlossen hast, um dein Bündnis mit dem Ard-Righ zu festigen. Genau deshalb bringe ich dir dieses Juwel aus Persien. Wie jeder weiß, trauerst du immer noch um Grenilde. Aber du bist ein Mann, und du darfst deinen Kummer nicht am Leben erhalten, indem du Tag für Tag eine langweilige, unscheinbare Irin anstarrst.«

Da warf Olaf seinen Kopf zurück und brach in schallendes Gelächter aus. »Besten Dank für deine Fürsorge, Eric, aber glaube mir, ich habe keine Verwendung für eine Frau, so schön sie auch sein mag. Komm jetzt, ich will dir meine langweilige, unscheinbare Gemahlin vorstellen.«

Von ihrem Zimmer aus sah Erin die geblähten Segel der Drachenschiffe. Voller Angst hatte sie die Ankunft der Wikinger beobachtet. Aber sie war von Rig beruhigt worden, der ihr versichert hatte, die Besucher würden in friedlicher Absicht kommen und Geschenke von Olafs Vater, einem großen norwegischen Jarl, mitbringen.

Sehr schnell verwandelte sich ihre Erleichterung in Zorn. Offenbar hatten alle Leute in Dubhlain gewußt, daß diese Schiffe eintreffen würden, nur die Königin nicht. Seit vierzehn Tagen wechselte Olaf kaum ein Wort mit ihr, und natürlich hatte er es vorgezogen, ihr nichts von diesem Ereignis mitzuteilen.

Sie setzte sich ins heiße Bad, das Rig für sie vorbereitet hatte, und kaute bedrückt an einem Fingernagel. Ihre Lage verschlechterte sich zusehends. Anfangs war sie durch ihre Trauer um Leith und Fennen unempfindlich gegen Olafs Kälte gewesen, doch dieses Gefühl verflog jetzt allmählich. Nach jener ersten Nacht, wo er sie allein gelassen hatte, war er zu ihr zurückgekehrt. Doch er rührte sie nicht an. Schlaflos lagen sie nebeneinander, angespannt und gequält. Vor vierzehn Tagen hatte er das Gemach mitten in der Nacht fluchend verlassen, und seither war er nicht mehr zurückgekehrt. Erin redete sich ein, das sei gut so. Aber in schwachen Augenblicken erkannte sie, daß sie lieber mit ihm streiten als unter seiner Gleichgültigkeit leiden würde.

Laute Schritte auf der Treppe rissen sie aus ihren Gedanken. Hastig stieg sie aus der Badewanne und wünschte plötzlich, sie hätte sich nach Moiras Hochzeit eine Dienerin genommen. Die Wikinger erregten ihre Neugier, und außerdem stand ihr Stolz auf dem Spiel. Wenn diese Seefahrer Neuigkeiten nach Norwegen brachten, sollten sie erzählen, der Herr der Wölfe habe eine untadelige irische Gemahlin.

Obwohl kühles herbstliches Wetter herrschte, wählte sie eine hellblaue Robe aus dünner Seide, die keinen Gürtel erforderte und deshalb die Schwangerschaft verbarg. Ein taubenblauer Umhang aus Wollstoff würde sie wärmen.

Sie bürstete ihr Haar und schmückte es mit Juwelen, dann ging sie zu der geschnitzten Tür. Nach zwei tiefen Atemzügen straffte sie die Schultern und war bereit, den Besuchern gegenüberzutreten. Immerhin, sagte sie sich, bin ich die Tochter von Aed Finnlaith.

»Es hat sich nicht viel geändert.« Lachend legte Eric die gestiefelten Füße auf den Tisch. »Swein von Osgood hat bei einem Kampf Hariks Ohr abgeschnitten, worauf Hariks Bruder Swein erstach. Sweins Witwe schrie nach Rache, und Harilk wurde von ihrem Onkel getötet. Zweifellos wird die Fehde andauern, bis in beiden Familien nur noch Kleinkinder leben ...«

Olaf stand nachdenklich am Feuer und drehte sich verwundert um, als sein Bruder plötzlich verstummte. Mit großen Augen starrte Eric zur Treppe, dann nahm er hastig die Füße vom Tisch und stand auf.

Belustigt und ärgerlich zugleich, folgte der Wolf dem Blick seines Bruders und sah Erin die Stufen herabsteigen.

Hatte es jemals eine Zeit gegeben, wo es ihm gelungen war, ihre Schönheit leidenschaftslos zu betrachten? Das schimmernde mitternachtsschwarze Haar, noch feucht vom Bad, kräuselte sich ein wenig — ein perfekter Rahmen für ihr ebenmäßiges Gesicht. Verlockend zeichneten sich die vollen Brüste unter dem weiten Seidenkleid ab, das die Schwangerschaft überspielte. Die hellblaue Farbe hob die rosigen Wangen hervor. Wieder einmal empfand er heißes Verlangen — wie so oft, seit er das gemeinsame Schlafzimmer verlassen hatte, weil er es unerträglich fand, neben ihr zu liegen und seinem Entschluß treu zu bleiben, er würde sie nicht mehr anfassen. Doch er zwang sich zu einem kühlen Lächeln. »Ah, Erin, endlich! Wir haben Gäste, meine Liebe. Ich möchte dich mit meinem Bruder Eric bekannt machen. Bedauerlicherweise ist er infolge dieser verwandtschaftlichen Bande ebenfalls ein Wikinger, aber du wirst ihn einigermaßen annehmbar finden. Eric, das ist meine irische Gemahlin — Erin mac Aed, Prinzessin von Tara, Königin von Dubhlain.«

Eric warf ihm einen vorwurfsvollen Blick zu, dann wandte er sich wieder zur Hausherrin, ohne seine Bewunderung zu verhehlen. »Erin mac Aed von Tara!« Er eilte zur Treppe und ergriff ihre Hand. »Ich habe schon unzählige Frauen an zahlreichen Orten gesehen. Und nun entdecke ich, daß die eine, die ich Schwägerin nennen muß, die Allerschönste ist.«

Sie lächelte — unfähig, dem kühnen Charme dieses Fremden zu widerstehen. Einerseits glich er Olaf, andererseits nicht. Der Kleidung und den Manieren nach war er ein Wikinger, und er sprach sie auch auf norwegisch an, doch er besaß eine Galanterie, die ihrem Mann fehlte. Vielleicht war der Wolf auch einmal so gewesen, unbeschwert und lebensfroh. Aber Eric strahlte nicht die ruhige innere Stärke seines Bruders aus, diese unbezähmbare Willenskraft. »Wenn du in Frieden zu unserer Küste gekommen bist, so begrüße ich dich sehr gern, Eric. Ich wußte nicht, daß mein Mann einen Bruder hat, und ich heiße dich gern willkommen.«

»Einen Bruder?« entgegnete er lachend. »Er hatte einmal sieben. Drei gingen an fernen Küsten verloren, aber die restlichen wirst du im Lauf der Jahre sicher kennenlernen, meine schöne Schwägerin. Unser übergroßer

Haushalt zählt zu den Gründen, die uns immer wieder in andere Länder treiben. Daheim ist es einfach zu beengt, und so suchen wir unser Glück woanders.«

»Hüte deine Zunge, Eric!« mahnte der Wolf und grinste. »Meine Frau hält nichts von Männern, die ihr Glück in fremden Ländern suchen. Bei vielen Gelegenheiten erinnert sie mich mit sanften Worten an die Tatsache, daß ich ein barbarischer Eindringling bin.«

»Wenn dies meinem Bruder mißlungen ist, Erin, so will ich dir beweisen, daß wir Norweger im Grunde nicht viel anders sind als die Iren. Bescheiden bebauen wir unser Land, und wie alle Männer sind wir auf der Suche nach Frieden, Gesundheit und Eintracht in unseren Familien.«

»Das heißt also, daß Ihr den Frieden in Eurem eigenen Land sucht«, entgegnete Erin.

»Laß dich auf kein Wortgefecht mit meiner Frau ein!« warnte der Wolf seinen Bruder. Er ergriff Erins Hand, führte sie zum Kaminfeuer und drehte sich um, so daß er besitzergreifend die Arme um ihre Taille legen und über ihren Kopf hinweg sprechen konnte. »Womöglich würde sie dich veranlassen, allen Leuten Entschuldigungen zu schicken, die du je bekämpft hast, und ihnen die Kriegsbeute zurückzuerstatten.«

Sicher mußte Eric den feindseligen Spott aus der Stimme seines Bruders heraushören. Am liebsten hätte sie sich von ihrem Mann losgerissen, um zu erklären, er halte sie für eine schändliche Verräterin.

Aber Eric fand an den Worten seines Bruders nichts auszusetzen. »Immerhin scheint diese Irin mit norwegischem Blut zu verschmelzen. Täusche ich mich, Bruder, oder darf ich unserem Vater die Neuigkeit erzählen, sie würde in deinem irischen Haus eine Familie zu gründen beginnen?«

Das Blut stieg ihr in die Wangen, als Olaf eine Hand auf ihren Bauch legte. »Aye, Eric. Es würde den Jarl beglücken, daß seine Saat auf fernen Inseln gedeiht. Sag ihm, der Wolf würde ihm prächtige Enkel schenken, die in Irland das Wikingererbe verbreiten werden.«

Trotz ihres Zorns zwang sich Erin zu einem Lächeln, als sie sich zu ihrem Schwager wandte. »Nein, Eric, erklär deinem Vater, seine Saat sei in den Schoß eines edlen, gebildeten Volks eingedrungen und es müsse ihn mit Stolz erfüllen, der Großvater eines irischen Kindes zu werden.«

»Aber Erin!« protestierte Olaf und heuchelte Verwirrung. »Ich sprach mit vielen irischen Königen und Kriegern, und man gab mir zu verstehen, wenn ein Mann seine Frau verlasse, würde das gemeinsame Kind bei ihm bleiben. Denn es ist der Erbe des Vaters, und die Iren nehmen die Bedeutung einer solchen Erbschaft sehr wichtig.«

Kalte Angst stieg in ihr auf. Hatte er beschlossen, sie nach der Niederkunft zu ihrem Vater zurückzuschicken - mit dem Hinweis, der Ehevertrag gelte nicht mehr, nachdem sie ihr Schwert gegen ihn erhoben hatte? Unwillkürlich zitterte sie in seinen Armen. O Gott, niemals würde sie ihm gestatten, ihr das Kind wegzunehmen. Hatte sie sich mit ihrer feindseligen Haltung ins eigene Fleisch geschnitten? Er suchte sie nicht mehr auf, schlief nicht mehr mit ihr. Aber was hätte sie tun sollen? Sich schuldig bekennen, obwohl es nicht der Wahrheit entsprach? Niemals!

Mit trockener Belustigung unterbrach Eric ihre Gedanken. »Ich glaube, dieses Kind — mag es nun Ire oder Norweger sein — wird zu einer beachtlichen Persönlichkeit heranwachsen, wenn es die Wesenszüge von Vater und Mutter in sich vereint. Aber welche Gepflogenheiten herrschen in dieser Halle, Olaf? Du konntest es kaum erwarten, mich in dieses prachtvolle Haus zu führen, und nun bietest du einem müden Reisenden keinen Met an, der seine durstige Kehle erquicken würde?«

»Die Königin vernachlässigt ihre Pflichten«, bemerkte

Olaf kühl und ließ Erin los. »Würdest du für die Annehmlichkeiten *meiner* Familie und meiner Freunde sorgen?«

Rasch senkte sie den Kopf, um ihre Wut und ihren Schmerz zu verbergen. Es stimmte, Olaf hatte ihre Verwandten stets rückhaltlos willkommen geheißen, ihren ältesten Bruder im Kampf gegen die Dänen unterstützt, den verstorbenen Bruder gerächt. Aber Eric, der jetzt in dieser Halle stand, erinnerte sie von neuem an ihren Verlust. Dies hier war ihr Land, Leiths Land. Und ihr Mann zählte ebenso zu den unerwünschten Eindringlingen, wie dieser in Pelze gehüllte Krieger, sein Bruder.

Als sie aufsah, begegnete sie Erics nachdenklichem Blick. »Ich wäre dir dankbar, liebe Schwägerin, wenn du für meine Bedürfnisse sorgen würdest.«

Der sanfte Klang seiner Stimme überraschte sie. Hatte er endlich die Spannung zwischen der irischen Königin und dem norwegischen König gespürt? »Sehr gern.« Würdevoll schritt sie zum Ausgang, der zur Küche führte, drehte sich dort noch einmal um. »Und ich freue mich, dich Schwager zu nennen, Eric.«

Später kehrte sie nicht in die große Halle zurück, die sich nun mit norwegischen Helden füllte. Sicher würden sie alle mit ihren Eroberungen prahlen, und Erin bezweifelte, daß sie es verkraften würde, sich solche Geschichten anzuhören. Sie verbrachte den Vormittag mit Moira und hoffte, die Freundin würde ihr Trost spenden, aber bald fühlte sie sich noch elender. Moira liebte es, von der Zukunft zu sprechen, von der gemeinsamen Kindheit und Jugend ihrer beiden Babys. Und an diesem Tag bezweifelte Erin ernsthaft, daß Olaf ihr erlauben würde, ihr Kind aufwachsen zu sehen.

Am Nachmittag wuchs ihre innere Unruhe. Sie hatte Olafs Befehl befolgt und das Haus seit der Rückkehr vom Schauplatz des Kampfes nicht mehr verlassen. Aber plötzlich war ihr sein Verbot gleichgültig, das Bedürfnis, seinen norwegischen Steinmauern für eine Weile zu entrinnen, überwältigend. In der allgemeinen Aufregung, die seit der Ankunft der Gäste in ganz Dubhlain und der Residenz herrschte, hoffte Erin, sie würde unbemerkt zu den Klippen reiten können, um ihre Seele von der frischen Meeresluft trösten zu lassen.

Während sie dahingaloppierte, genoß sie es, das starke Pferd unter sich zu spüren, das Gefühl der Freiheit. Doch von der Klippe aus sah sie im Hafen an der Mündung des Liffey die großen Drachenschiffe, die dort ankerten. Sie stellten zwar keine Bedrohung dar, versinnbildlichten aber die Kluft zwischen ihr und Olaf — eine Kluft, die von gesellschaftlichen und kulturellen Unterschieden geprägt wurde und von mangelndem Vertrauen. Trotzdem waren wunderbare Empfindungen zwischen ihnen entstanden, wenn auch nur für kurze Zeit. Wehmütig dachte sie an den Tag, wo sie einander in der Höhle geliebt hatten, ganz in der Nähe der Klippen.

Im tosenden Lärm der Brandung hörte sie die Hufschläge erst, als sie dicht hinter ihr aufklangen. Erschrocken drehte sie sich um. Hatte Olaf ihr Verschwinden bemerkt? Dann atmete sie erleichtert auf, als sie Brice und Gregory erkannte.

»Erin!« rief ihr Vetter vorwurfsvoll. »Liebste Kusine, niemals hätte ich dich für so dumm gehalten!«

»Warum schimpfst ausgerechnet du mit mir ...«

»Du benimmst dich wirklich albern, Erin«, fiel Brice ihr ins Wort. In sanfterem Ton fügte er hinzu: »Olaf erzählte uns, er habe dir befohlen im Haus zu bleiben. Das ist eine milde Strafe von seiten eines Wikingers — nein, von seiten jedes Mannes, der dem Schwert seiner Frau gegenübergestanden hat.«

»Brice, ich habe mich nie gegen ihn gestellt, ich wurde getäuscht. Wenn mir nicht einmal mein eigener Bruder glaubt ...«

»Das spielt jetzt keine Rolle!« rief Gregory. »Wir müssen

sofort zurückreiten, Erin. Ein Bote ist aus Tara gekommen, und dein Mann sucht dich.«

Sie biß sich in die Unterlippe, die zu zittern begann. »Weiß er, daß ich das Haus verlassen habe?«

»Keine Ahnung. Jedenfalls müssen wir sofort zurück. Die Halle ist überfüllt, vielleicht hat er deine Abwesenheit noch nicht bemerkt. Wir dürfen keine Zeit mehr verschwenden.« Er schwang seinen Hengst herum, Erin und Brice sprengten hinter ihm her. Erst bei der Stadtmauer drosselten sie die Geschwindigkeit der Pferde.

Als sie abstiegen, drängte Brice: »Geh durch die Küche hinein, Erin, und tu so, als wärst du beschäftigt gewesen. Gregory und ich kümmern uns um deine Stute.«

Seine Schwester nickte und schluckte mühsam. »Danke ... Glaub mir, ich bin unschuldig.«

»Wir sind mac Aeds. Und wenn du mir versicherst, daß du ein reines Gewissen hast, traue ich dir.«

Sie lächelte ihm zu, dann eilte sie zum Hintereingang und betrat die Küche, dankbar für das Durcheinander, das hier herrschte. Sie unterhielt sich kurz mit Freyda und ein paar Küchenhilfen, dann ging sie rasch in die Halle und hoffte, niemand würde ihr die kalte Angst anmerken. Zu ihrer Erleichterung begegnete sie zunächst nicht Olaf, sondern seinem Bruder.

»Erin!« begrüßte er sie grinsend. »Die schönste aller Augenweiden!«

Ihre Nervosität ließ ein wenig nach, und sie erwiderte sein Lächeln. Offenherzig bot ihr dieser Mann seine Freundschaft an, respektierte sie als Frau seines Bruders, und gleichzeitig schmeichelte seine Bewunderung ihrem Selbstwertgefühl. »Wie gewandt du dich ausdrückst, lieber Schwager! Ich glaube, es fällt dir nicht schwer, die Frauen zu umgarnen ...«

»Was er oft genug bewiesen hat«, wurde sie von Olaf unterbrochen. Bestürzt drehte sie sich um und starrte in seine kühlen blauen Augen. »Ich habe dich gesucht, meine teure Gemahlin«, fuhr er fort, und seine Miene verriet nicht, ob ihm ihr Verschwinden aufgefallen war.

»Ich hatte zu tun«, erklärte sie und wollte an ihm vorbeigehen, doch er hielt ihren Arm fest.

»Du muß uns jetzt entschuldigen, Eric. Meine Frau wird von einem Boten ihres Vaters erwartet.«

»Natürlich.« Eric zog ihre Hand an die Lippen. »Ich freue mich schon auf den Abend, meine liebe Schwägerin. Sicher werde ich die Gesellschaft einer schönen Frau an meiner Seite sehr genießen.«

Ungeduldig zog Olaf sie davon. Sie gingen schweigend zu seiner Waffenkammer, und sie fragte sich, ob er auf seinen Bruder eifersüchtig war — ein Gedanke, der schwache Hoffnung in ihr weckte. Bedeutete seine abweisende Miene, daß er von ihrem Ungehorsam wußte?

Gregory und Brice erwarteten sie an der Seite eines kleinen Mannes, der die Farben von Ard-Righs Heer trug. Wortlos nickte Olaf ihnen zu, trat ans Fenster und starrte in den Hof hinaus. Unsicher schaute der Bote zu ihm hinüber, dann räusperte er sich und begann zu sprechen. »Aed Finnlaith, Ard-Righ der Iren, befiehlt seinem Sohn Brice und seinem Neffen Gregory von Clonntairth morgen nach Tara zurückzukehren. Die Priester haben sich versammelt, um Seelenmessen für Leith mac Aed abzuhalten, und die Familie soll daran teilnehmen.« Wieder starrte der Mann auf den Rücken des Wolfs. »Aed Finnlaith, Ard-Righ von Irland, wünscht auch, daß seine Tochter Erin, die Ehefrau und Königin des Königs von Dubhlain, diese Messen besucht. Er bittet seinen Verbündeten und Schwiegersohn, Olaf von Norwegen und Dubhlain, ebenfalls nach Tara zu kommen und der alljährlichen Regierungsversammlung beizuwohnen ...«

Der Bote setzte seinen monotonen Vortrag fort, aber Erin hörte nicht mehr zu. Nach Hause! Wie sehr sie sich nach ihrer Mutter sehnte — und nach Aed ... Seit der bitteren Trennung war sie ihrem Vater nicht mehr begegnet.

Nun wollte sie ihn endlich wieder umarmen, den Trost seiner Liebe und Weisheit suchen. Daheim würde sie inneren Frieden und neue Kraft finden. Doch dann wurde sie jäh aus ihren schönen Träumen gerissen, denn sie hörte die Stimme ihres Mannes.

»Leider können meine Frau und ich zur Zeit nicht nach Tara reisen. Die Kämpfe haben mich viel Zeit gekostet. Nun muß ich mich hier in der Stadt um verschiedene Angelegenheiten kümmern. Aber ich werde mich bemühen, sie alle rechtzeitig zu erledigen, damit ich die Einladung des Ard-Righ zur Regierungsversammlung annehmen kann.«

Schmerzlich krampfte sich Erins Herz zusammen. Er erlaubte ihr nicht, ihre Heimat wiederzusehen.

»Olaf«, begann Gregory mit ruhiger Stimme, »es ist der Wunsch meines Onkels, daß die ganze Familie für die Seele meines verstorbenen Vetters betet. Brice und ich würden deine Frau beschützen ...«

»Bitte, Olaf!« erschrocken zuckte Erin zusammen, als ihr bewußt wurde, wie flehend sie ihren Mann ansah. »Ich würde meine Eltern so gern wiedersehen.«

Eisig erwiderte er ihren Blick. »Vorerst werden wir nicht mehr darüber sprechen.« Er wandte sich zu Gregory und Brice, und Erin erschauerte, als sie sein nachdenkliches Gesicht beobachtete. Er wußte es. Ja, er mußte wissen, daß ihr Bruder und ihr Vetter sie von den Klippen in die Stadt zurückgeholt hatten. Doch er erwähnte nichts davon, entließ den Boten und ging zur Tür. »Die Gäste erwarten uns, Erin.«

Sie nickte, zwang sich, ihre tiefe Enttäuschung zu verbergen, und folgte ihm in die Halle. An der Tafel nahm sie ihren Platz zur Rechten des Königs ein und senkte den Kopf, denn er sollte die Tränen nicht sehen, die in ihren Augen brannten. Wikinger und Iren setzten sich, erstaunlich einträchtig und in bester Stimmung, aber Erin nahm kaum wahr, was ringsum vorging. Könnte sie doch nach

Tara reiten, zu jenem schönen, alten, eindeutig irischen Ort ...

Eric, der sich neben ihr niedergelassen hatte, riß sie aus ihren Gedanken. »Ich finde es hoch interessant, die Vorgänge in dieser Halle zu beobachten, meine Liebe. Wir wurden geboren, um einander an die Gurgel zu springen, ohne zu bedenken, daß wir Männer sein könnten, die ähnliche Ziele anstreben. Zum Beispiel sprach ich heute stundenlang mit deinem Bruder über Pferdezucht. Er ist Ire, ich bin Norweger, und trotzdem haben Brice mac Aed und ich viel gemein. Aber wäre er nicht der Bruder meiner Schwägerin würden wir uns eines Tages vielleicht auf dem Schlachtfeld gegenüberstehen.«

Sie lächelte wehmütig. »Ja, es ist wunderbar, Männer zu sehen, die einander nicht zu vernichten suchen.«

»Aber es erscheint mir bedauerlich, daß gerade jene, die sich für den Frieden einsetzen, ihn nicht in der eigenen Seele finden.« Er neigte sich noch näher zu ihr. »Eins solltest du dir vor Augen führen, Erin von Tara, die klügsten Männer können oft die blindesten Narren sein, denn sie lassen sich von ihrem Ehrgefühl leiten — nicht von ihrem Herzen.« Seine blaugrauen Augen funkelten boshaft. »Aber vielleicht ist der Bruder eines Wolfs der einzige, der es wagen würde, ihm zu sagen, er solle seinem Herzen einen Stoß geben.« Vielsagend zwinkerte er ihr zu, warf einen Blick auf Olaf, dann widmete er sich angelegentlich seinem Essen.

Zögernd wandte sie sich zu ihrem Mann, der düster die Stirn runzelte, und unterdrückte ein Lächeln. Würde es Eric tatsächlich gelingen, ihn aus der Reserve zu locken? Könnte Olaf tatsächlich Eifersucht empfinden, weil sie sich so ungezwungen mit seinem Bruder unterhielt? Doch ihre Belustigung verflog sofort, als Olaf sich zu ihr herüberbeugte.

»Du solltest heute abend besonders vorsichtig sein, denn du hast meine Geduld erneut auf eine harte Probe gestellt. Ich weiß sehr wohl, daß du meinen Befehl mißachtest hast – und daß dein Bruder und dein Vetter ihr Bestes taten, um dich vor meinem Zorn zu schützen.«

Erins Kehle wurde eng, und es dauerte eine Weile, bis ihr die Stimme gehorchte. »Ich bitte dich, Brice und Gregory nicht für meine Handlungsweise verantwortlich zu machen . . .«

»Gewiß nicht, denn die beiden sind tapfere, treue Burschen und tüchtige Krieger. Und da Blutsbande sie mit dir verbinden, stehen sie dir natürlich blindlings bei.«

Sie zwang sich zur Ruhe und nahm einen Schluck aus dem Silberkelch, den sie mit Olaf teilte. »Vielleicht ist es nicht blinde Loyalität, die dahintersteckt, sondern einfach nur Vertrauen.«

»Vertrauen?« wiederholte er spöttisch. »Kaum kehrte ich dir heute den Rücken, mußtest du mich schon wieder herausfordern. Doch das gefällt mir sogar, denn du hast ein schwieriges Problem für mich gelöst. Vielleicht hätte ich dir erlaubt, deine Eltern in Gregorys und Brices Gesellschaft zu besuchen. Doch du hast mir die Entscheidung abgenommen.«

Mit bebenden Fingern stellte sie den Kelch auf den Tisch. »Das ist also dein letztes Wort.«

»Möglicherweise.« Seine Stimme klang kühl, aber auch seltsam belegt. »Es hängt davon ab, wie sehr du dir wünschst, deine Familie wiederzusehen.«

Diese Antwort verwirrte Erin. Sie wandte sich zu ihm, und ihre Augen verrieten die Hoffnung, die er in ihr geweckt hatte. »Was meinst du?«

Er antwortete nicht sofort und blickte zur Mitte der Halle, wo eine einzigartig schöne Frau zu tanzen begonnen hatte. Ihre Haut schimmerte wie Honig, die mitternachtsschwarzen mandelförmigen Augen strahlten. Sie trug eine seidene Hose, die wenig verbarg. Anmutig und verführerisch bewegte sie sich im Rhythmus einer Musik, wie Erin sie nie zuvor gehört hatte.

»Diese Frau wollte ich Olaf überlassen«, hörte sie Eric sagen. »Aber er hat das Geschenk zurückgewiesen. Ein solches Vergnügen lehnt ein Mann nur ab, wenn er schönere Schätze besitzt.«

Er lächelte sie an, und ehe sie antworten konnte, setzte er das Gespräch mit dem Norweger an seiner rechten Seite fort. Sie starrte auf ihren unberührten Teller, dann beobachtete sie wieder die Tänzerin. Plötzlich sah sie keinen Grund mehr, noch länger in der Halle auszuharren. Wenn sie jetzt ging, würde Olaf es wahrscheinlich nicht einmal bemerken. Aber als sie aufstehen wollte, fühlte sie seine Hand auf ihrem Arm.

»Versuchst du schon wieder wegzulaufen?« fragte er leise.

»Ich laufe nicht weg«, entgegnete sie würdevoll, »aber ich bin müde und möchte mich in meinem Zimmer ausruhen.«

Langsam zog er seine Hand zurück. »Dann geh nach oben und warte auf mich. Wir haben einiges zu besprechen.«

Nur mit halbem Ohr hörte sie die Stimme ihres Schwagers, der ihr eine gute Nacht wünschte. Sie eilte die Treppe hinauf, schloß ihre Tür hinter sich, lehnte sich kraftlos an das geschnitzte Holz. Die wenigen Worte ihres Mannes hatten genügt, um ihr Blut zu erhitzen, um wieder jene gefährliche Schwäche hervorzurufen. Sie zitterte am ganzen Körper. Wie sollte sie ihm widerstehen? Es mußte ihr gelingen – und andererseits ertrug sie den Gedanken nicht, er könnte die exotische Tänzerin oder eine andere Frau aufsuchen. Närrin, schalt sie sich. Sie wußte nicht einmal, wo er schlief, seit er ihr Bett verlassen hatte.

»Was soll ich nur tun?« wisperte sie. In ihrem Widerstand lag die einzige Macht, die sie noch besaß, die einzige Würde, die sie noch aufrechterhalten konnte, solange sie als vermeintliche Verräterin gefangengehalten wurde.

21

Sie starrte zur Mondsichel und den unzähligen funkelnden Sternen hinauf. Kühle Nachtluft wehte durch das offene Fenster herein, aber Erin schloß es nicht, obwohl sie in ihrem dünnen Nachthemd fröstelte. Darauf kam es nicht an. Die Angst jagte ihr noch viel kältere Schauer über den Rücken.

Als die Tür geöffnet wurde, drehte Erin sich nicht um. Sie spürte, daß Olaf sie beobachtete. Welches Spiel mochte er spielen? Falls er sie wieder begehrte, mußte er sie mit Gewalt nehmen — das wußte er. Gefährliche Gefühle kämpften in ihr. Einerseits hatte sie beschlossen, Widerstand zu leisten, und andererseits wünschte sie, ihr Mann würde ihn brechen. Dann konnte sie seine Leidenschaft genießen, ohne ihren Stolz zu verlieren.

Leise und gedehnt begann er zu sprechen. »Ich beglückwünsche dich, liebe Gemahlin. Offensichtlich hast du meinen Bruder tief beeindruckt und sein Herz erobert.«

Ohne sich ihm zuzuwenden, zuckte sie die Achseln. »Ich finde Eric sehr höflich und liebenswürdig.«

»Seltsam — wo er doch mit mir verwandt ist . . .«

Auf diese Bemerkung antwortete sie nicht. »Wäre mir seine Ankunft rechtzeitig mitgeteilt worden, hätte ich alle nötigen Vorbereitungen getroffen, um ihn freundlich zu empfangen. Aber ich wußte nicht einmal von seiner Existenz.«

»Du konntest dir doch denken, daß ich einer Familie angehöre.«

»Davon hast du nichts erwähnt.«

»Und du hast nie danach gefragt.«

Drückendes Schweigen sank herab. Die Kälte der Nacht schien die Gefühle auszudrücken, die zwischen ihnen herrschten. Trotzdem wußte sie, daß sie Olaf nur anzuschauen brauchte, um von einem wilden Feuer erfaßt zu werden. Sie wollte sich nicht umdrehen, dem Blick nicht begegnen, der ihr alle Würde zu rauben, alles zu enthüllen drohte, was sie so verzweifelt in ihrem Inneren verbarg.

»Mach das Fenster zu!« befahl er. »Willst du dich erkälten und die Gesundheit meines Kindes gefährden?«

Sie gehorchte, schloß die vergitterten Läden, starrte aber weiterhin hinaus. Diesmal dauerte die Stille so lange, daß Erin sich fragte, ob sie bald mit beiden Fäusten gegen die Steinmauer hämmern und schreien würde wie die klagenden Geister der Toten, die im Wald spukten.

Dann brach Olaf endlich das Schweigen. »Dreh dich um.«

Langsam erfüllte sie seinen Wunsch, schlang die Finger ineinander und senkte den Kopf.

»Warum zögerst du, mich anzuschauen, Erin?«

»Weil ich nicht weiß, welch ein Spiel du mit mir treibst. Was haben wir zu besprechen?«

»Etwas, das dir am Herzen liegt.«

Sie wandte sich wieder ab. »Wirf mir keinen Köder hin! Ich erwarte nicht, daß du mir erlauben wirst, mit Brice und Gregory nach Tara zu reisen.«

»Wende dich zu mir und stell meine Geduld bitte nicht noch länger auf die Probe, indem du mich zwingst, immer wieder dieselbe Forderung zu stellen.«

Seufzend gehorchte sie, und Olaf fragte: »Um wen trauerst du? Um Leith oder den jungen König von Connaught? Um den Bruder oder den Geliebten?«

»Fennen war nie mein Geliebter, das weißt du ganz genau.«

»Bitte, beantworte meine Frage.«

»Ich trauere um beide — um meinen Bruder, den ich sehr liebte, und um einen guten Freund.«

Nach einer kleinen Pause erwiderte er etwas sanfter: »Reden wir nicht mehr darüber. Ich kenne den Schmerz, den du jetzt empfindest aus eigener Erfahrung, und ich will den Dolch in deinem Herzen nicht noch herumdrehen.« Er räusperte sich, als würden seine eigenen Gefühle ihn verlegen machen. Dann schlug er wieder seinen gewohnten sarkastischen Ton an. »Wieviel würde dir diese Reise bedeuten?«

»Das weißt du — ebenso, wie wir beide wissen, daß du mir nicht gestatten wirst, meine Familie wiederzusehen.«

Er antwortete nicht sofort. Sein Blick wanderte über ihre Gestalt, die sich im Kerzenlicht unter dem dünnen Hemd abzeichnete. »Das liegt bei dir.«

»Du beliebst du scherzen.«

»Keineswegs. Du müßtest dich bereit erklären, einen gewissen Preis zu bezahlen.«

Ihr Atem stockte. »Du meinst, ich soll dir meinen Körper zur Verfügung stellen — und zur Belohnung darf ich nach Tara reisen? Dann sage ich ja, Olaf, denn du pflegst dir ohnehin zu nehmen, was du haben willst. Und da du mein Mann bist, habe ich mich nie gegen dich gewehrt.«

Sein belustigtes Lächeln überraschte sie. »Du irrst dich, denn ich ersuche dich nicht, deinen Körper hinzugeben. Warum sollte ich etwas verlangen, das mir bereits gehört?«

Heißer Zorn trieb ihr das Blut in die Wangen. Er spielte immer noch mit ihren Gefühlen. »Hör auf, in Rätseln zu sprechen, denn das ermüdet mich allmählich. Sag doch klipp und klar, ob du mich zu meinen Eltern reisen läßt oder nicht!«

»Ein Mann — mag er ein Wikinger oder ein Ire sein — sagt viel eher ja, wenn er sich in entspannter, angenehmer Stimmung befindet.«

»Olaf!« Sie kreischte beinahe. »Was willst du von mir?«

»Du sollst einen Preis bezahlen.« Seine heisere Stimme schien sie zu liebkosen. »Aber ich möchte keine widerstrebende Frau in den Armen halten — und auch keine Leidenschaft in dir entfachen, die du gegen deinen Willen empfinden würdest. Einmal sagtest du, Liebe kann nicht genommen, sondern nur geschenkt werden. Kluge Worte ... Und jetzt bitte ich dich, mir Liebe zu schenken.«

Ungläubig starrte sie ihn an. »Das kann ich nicht ...«

Olaf wandte sich gähnend ab. »Dann wirst du in diesen Mauern bleiben.«

»Aber — was für einen Unterschied würde es denn machen ...«

»Einen ganz gewaltigen.« Er sah sie wieder an und grinste spöttisch.

»Selbst wenn ich darauf einginge ...«, begann Erin zögernd. »Ich würde es gezwungenermaßen tun.«

»Das siehst du falsch. Du brauchst nur nein zu sagen, und ich verlasse dieses Zimmer.«

»Aber dann verbietest du mir die Reise nach Tara?«

Olaf zuckte die Schultern. »Wie ich bereits erklärte — ein gutgelaunter Mann ist eher bereit, seiner Frau Wünsche zu erfüllen. Aber du müßtest dich ernsthaft bemühen, meine Stimmung zu bessern, nachdem du mich heute mit deinem Ungehorsam erzürnt hast.«

Unglücklich ballte sie die Hände. Nachdem sein Anblick das vertraute Feuer in ihr entzündet hatte — wie konnte sie ihn gehen lassen? Die Bedürfnisse ihres Körpers und ihres Herzens begannen, ihren Verstand zu besiegen. Was bedeutete ihr Stolz — verglichen mit der Ahnung, daß der Wolf seine Leidenschaft, die dieses Gespräch geweckt haben mußte, bei der exotischen Tänzerin stillen würde?

Als er sich zur Tür wandte, zauderte sie nicht länger. »Olaf!«

Abwartend lehnte er sich an die Wand. »Ich meine es ernst. Keine Halbheiten, keine kalten Küsse. Du kommst freiwillig zu mir und gibst mir alles.«

Ihr Mund wurde trocken. Wenn du die ersten Schritte tust, flehte sie stumm, würdest du finden, was du suchst. Ich fürchte zu versagen, und mein runder Bauch wird dir nicht so reizvoll erscheinen wie der schlanke Körper jener Tänzerin ...

Offenbar erriet er ihre Gedanken. In seine Augen trat

ein erstaunlich sanfter Ausdruck, als er hinzufügte: »Du bist meine Frau, und jetzt erscheinst du mir schöner denn je — weil es mein Kind ist, das deinen Bauch wölbt, deine Wangen rosig färbt und deine Brüste vergrößert. Auch in den letzten Monden deiner Schwangerschaft werde ich dich immer noch schön finden, Erin. Du gleichst einem Fieber, das in mir rast und das ich nicht ergründen kann.«

Tränen hingen an ihren Wimpern. Schmeichle mir nicht, dachte sie bedrückt, wenn du nur von den Bedürfnissen des Fleisches, nicht des Herzens sprichst.

»Länger werde ich nicht warten«, warnte er sie.

Da erwiderte sie seinen Blick. Sie würde ihre Angst nicht zeigen, den Preis bezahlen, alles tun, was er verlangte und was sie vermochte, und den Schmerz in ihrer Seele bekämpfen. Entschlossen entfernte sie sich vom Fenster, griff nach dem Saum ihres Nachthemds und zog es über ihren Kopf. Achtlos ließ sie es fallen, während sich das Blau in Olafs Augen verdunkelte. Dann ging sie auf ihn zu, ohne zu ahnen, daß die zögernde Zurückhaltung ihrer Schritte dem Schwung der Hüften noch größeren Reiz verlieh.

Es war keine Lüge gewesen, als er versichert hatte, er finde sie trotz ihrer Schwangerschaft schön. Sie besaß immer noch zarte Schultern und einen schlanken Hals. Die großen, elfenbeinweißen Brüste mit den dunklen, rosigen Spitzen schienen sich nach Zärtlichkeit zu sehnen. Die Beine hatten sich nicht verändert, waren so wohlgeformt wie eh und je. Sie bewegte sich mit angeborener Anmut, und er dachte, ein Mann müßte sie nur gehen sehen, um Begierde zu empfinden.

Als sie näher kam, hielt er den Atem an. Ein schwacher Rosenduft drohte seine Sinne zu umnebeln, strömte in sein Blut. Nun hätte er eine Hand ausstrecken, das seidige Haar und die runden Brüste streicheln können. Aber er tat es nicht. Reglos wartete er, nach außen hin ruhig, innerlich zitternd.

Erin blieb vor ihm stehen und senkte die Wimpern. Er berührte sie nicht, stellte sie bis zuletzt auf die Probe. Wieder fürchtete sie, es würde ihr mißlingen, ihm die erwarteten Freuden zu schenken. Aber jetzt gab es kein Zurück mehr.

Während sie mit der Zunge über ihre trockenen Lippen fuhr, begegnete sie Olafs erwartungsvollem Blick, spürte die Hitze seiner Leidenschaft.

»Komm ganz zu mir«, flüsterte er, und sein Atem liebkoste ihre Wange. Da stellte sie sich auf die Zehenspitzen, schlang die Arme um seinen Hals, hauchte einen Kuß auf seinen Mund. Dann strich sie eine goldene Locke aus seiner Stirn, umfaßte sein Kinn, ließ ihren Daumen über seine Lippen gleiten, preßte ihren Körper an ihn.

Leise stöhnte er, als er sie umarmte. Wieder küßte sie ihn, und diesmal konnte er seine Leidenschaft nicht länger bezwingen. Fordernd schob er seine Zunge in ihren Mund, seine Hände wanderten über ihren Rücken und die Hüften.

Erin beendete den Kuß, trat ein wenig zurück, öffnete die silberne Schließe mit dem Wolfswappen, und Olafs königlicher roter Umhang fiel zu Boden. Ihre Blicke trafen sich. Und in diesem kurzen atemlosen Zeitraum erkannte sie, daß sie sich dem Willen ihres Mannes unterwarf, aber dadurch eine seltsame innere Kraft gewann — geboren aus dem Wissen um die Glut, die ihn ebenso erfüllte wie sie selbst. Sie kniete nieder, um ihn von seinen Stiefeln zu befreien — eine Geste, die demütig und stolz zugleich wirkte. Dabei spürte sie, wie er die Finger in ihr Haar schlang. Dann erhob sie sich wieder und entfernte seinen Gürtel.

Die Tunika streifte er selber über seine Schultern, und sie landete auf seinem Mantel. Nun lag Erin wieder in seinen Armen. Gnadenlos reizte ihre weiche Haut sein nacktes Fleisch. Erstaunt und entzückt spürte er, wie Erin sich aufreizend an ihm rieb. In sinnlichem Rhythmus bewegte sie ihre Brüste und Hüften. Ihre Lippen liebkosten das goldene Kraushaar auf seiner Brust, die harten Muskeln. Immer kühner wurden ihre Zärtlichkeiten. Ja, sie wollte ihm tatsächlich alles geben, spielte mit seinen Sinnen, bis das Feuer in ihm unerträglich brannte.

Er hob sie auf die Arme, trug sie zum Bett, las in ihren Smaragdaugen, was er ersehnte. Und er wußte, daß ihn der Zauber ihres geheimnisvollen Lächelns niemals loslassen würde. Als er neben ihr lag, schmiegte sie sich an ihn. Aber in dieser Nacht spielte sie auch weiterhin die führende Rolle, und nach einer Weile erhob sie sich. Rittlings saß sie über seinen Hüften, stolz und schön, und nahm ihn in sich auf.

Ein wohliger Schauer durchlief ihn, und er umfaßte ihre Taille, während sie sich langsam bewegte. Bald wuchs sein Verlangen, und er zog sie herab, drückte sie fest an seine Brust, verschloß ihr die Lippen mit einem hungrigen Kuß. Sie stöhnte leise angesichts seiner wilden Forderung, doch sie erwiderte den Sturm seiner Leidenschaft voller Hingabe. Als sie sich wieder aufrichtete, liebkoste sein Mund ihre Brüste, die verlockend zwischen dem zerzausten Haar hervorragten.

Dann umschlang er sie mit beiden Armen, und ohne sich von ihr zu trennen, drehte er sie auf den Rücken. Von zügelloser Lust getrieben, führte er sie beide zum Gipfel empor, und sein Mund suchte Erins Lippen, während er spürte, wie sie ihre Erfüllung fand. Reglos lagen sie da, doch er löste sich nicht von ihr. Wenig später begann er das Spiel der Sinne von neuem, bewegte sich langsam und trotzdem drängend, schürte die Flammen, obwohl Erin geglaubt hatte, sie wären erloschen.

»Nein«, flüsterte sie mit schwacher Stimme, »ich denke, ich kann nicht mehr . . .«

»Du sollst nicht denken — nur fühlen, meine süße Irin.« Triumphierend lächelte Olaf, als sie sich stöhnend unter ihm wand, seine Schultern umklammerte, über seinen Rücken strich. Er liebte es, sie zu beobachten, in ihrer Schönheit zu schwelgen, ihren atemlosen Schrei zu hören, der die Erlösung von der süßen Qual ankündigte.

Nachdem der Sturm verebbt war, schlummerte sie erschöpft ein. Eine Zeitlang betrachtete Olaf ihr ebenmäßiges Gesicht, dann seufzte er zufrieden und nahm sie in die Arme. Bald versank auch er in tiefem Schlaf.

Langsam kehrte Erin ins Bewußtsein zurück und schaute den blonden Wikinger an, der neben ihr schlief. Sie hatte den Preis bezahlt, durfte nach Tara reisen, die trauernde Mutter trösten, den Vater umarmen, das Leid der Vergangenheit begraben. Und sie würde für Leiths und Fennens Seelen beten. Diese Zeit brauchte sie, um jenen nahe zu sein, die sie liebten oder während eines viel zu kurzen Erdenlebens geliebt hatten.

Nach dem stürmischen Zauber der letzten Nacht wünschte sie sich verzweifelter denn je, dieses Haus zu verlassen, denn sie konnte keinen Kampf gewinnen, wenn sie immer mehr Boden unter den Füßen verlor. Sie hatte sich geschworen, Olaf niemals zu verzeihen. Aber wie jede Frau, die einen Mann liebte, wußte sie, wie gern sie ihm vergeben würde, wenn er sie darum bäte. Oft hatte sie von einem solchen Tag geträumt. Er würde ihre Hand ergreifen und eingestehen, er habe sich geirrt und glaube an ihre Unschuld, sie anflehen, ihm nicht länger zu grollen, obwohl er so viel Großmut eigentlich nicht verdiene. Und dann würde er erklären, er liebe sie über alles.

Doch dieser Tag würde niemals anbrechen. Damit mußte sie sich abfinden. Tränen stiegen ihr in die Augen. Wenn er sie mit Zärtlichkeiten überschüttete und flüsterte, wie schön sie sei, wie sehr er es genieße, mit ihr zu verschmelzen, war es leicht, sich auszumalen, er könnte sie irgendwann liebenlernen. Aber Worte, in der Hitze der Leidenschaft gesprochen, zählten nicht viel. Er liebte sie nicht, er begehrte sie nur, und das war ein schwaches Bindeglied. Nach ihrer Abreise würde er einer anderen Frau ähnliche Dinge sagen, vielleicht schon an diesem Abend. Von ihr wollte er im Grunde nur, daß sie ihm einen Erben schenkte. Hatte er nicht angedeutet, er würde im Rahmen der irischen Gesetze handeln, wenn er sie nach der Niederkunft zu ihrem Vater zurückschickte?

Sie unterdrückte ein Schluchzen und wandte sich zu ihm – ganz vorsichtig, um ihn nicht zu wecken, denn sein Arm lag über ihren Brüsten, sein Schenkel auf ihrer Hüfte. Wenn er schlief, wirkte sein Gesicht viel jünger. Die Züge – sonst so streng und hart, um nur ja keine Gefühle zu zeigen – hatten sich entspannt, die honigfarbenen Wimpern verbargen das eisige Blau seiner Augen. Die Lippen zwischen dem sorgfältig gestutzten Bart und Schnurrbart lächelten schwach, als würde er gerade etwas Schönes träumen.

Eine Locke hing ihm in die Stirn, und es drängte Erin, sie nach hinten zu streichen, doch sie tat es nicht. Nur selten schlief der Wolf tief und fest. Eine winzige Bewegung konnte ihn wecken, und es war so wundervoll, ihn zu betrachten, ohne daß er es wußte. Heute verlasse ich ihn, dachte sie wehmütig, dann fragte sie sich plötzlich, ob er auch an diesem Morgen noch bereit war, das Abkommen einzuhalten. Vielleicht hatte er nur mit ihr gespielt und würde lachend erklären, er schulde ihr gar nichts. Und sie war so eifrig bemüht gewesen, ihren Teil der Vereinbarung zu erfüllen ...

Beschämt wandte sie sich ab, kroch behutsam unter seinem Arm und seinem Bein hervor. Er erwachte nicht, kein Muskel zuckte in seinem Gesicht. Rasch stand sie auf, streckte sich, hob ihr Nachthemd vom Boden auf und schlüpfte hinein. Im selben Augenblick klopfte es an der Tür, und sie schob den Riegel zurück.

Rig stand auf der Schwelle, einen randvollen Eimer in der Hand. »Verzeiht, Mylady, ich wußte nicht, ob Ihr baden wollt. Und so bringe ich Euch Waschwasser, denn Euer Bruder teilte mir mit, er wolle in zwei Stunden aufbrechen. Und er läßt Euch bitten, so schnell wie möglich Eure Sachen zu packen ...«

»Was?« unterbrach sie ihn verwirrt. Wie konnte Brice wissen, daß sie die Erlaubnis erhalten würde, ihn nach Tara zu begleiten? Olaf hatte das Zimmer nicht verlassen, nachdem jene Abmachung getroffen worden war.

»Mylord Olaf kündigte gestern abend an, Ihr würdet mit Brice und Gregory zu Eurer Familie reiten«, fuhr Rig fröhlich fort, dann erstarb sein Grinsen, als er sah, wie Erin blaß wurde und die Lippen zusammenpreßte. »Stimmt was nicht? Soll ich Eurem Bruder ausrichten, Ihr würdet Euch nicht gut genug fühlen, um die Reise anzutreten?«

»Nein, nein ... Bitte, sagt ihm, ich würde mich beeilen.« Erin griff nach dem Eimer, lächelte mit zusammengebissenen Zähnen und schloß die Tür. Dann drehte sie sich zu ihrem Mann um, der immer noch friedlich schlief. Sie mußte sich sehr beherrschen, um nicht vor Wut laut aufzuschreien. Entschlossen ging sie zum Bett, schwang den Eimer hoch und goß das kalte Wasser in Olafs selbstgefälliges Gesicht.

Erschrocken riß er die Augen auf und fuhr so schnell hoch, daß sie unwillkürlich ein paar Schritte zurückwich. »Was im Namen aller Götter ...« Als er Erin entdeckte, verengten sich seine Augen, dann sprang er auf. »Hast du den Verstand verloren?«

Sie schleuderte erbost den leeren Blecheimer gegen seine Brust, und er zuckte schmerzlich zusammen. »Verlogener Wikingerbastard!« kreischte sie. »Heidnische Ratte! Elender Wurm ...«

Erst als er sie am Arm packte und auf die durchnäßten Laken stieß, verstummte sie. Doch sie fuhr gleich wieder fort, ihn zu beschimpfen. »Du hast schon gestern abend bekanntgegeben, ich dürfe nach Tara reisen, Sohn einer norwegischen Hure!«

Ein Knie auf das Bett gestützt, umfaßte er unsanft ihr Kinn. »Hüte deine Zunge, Erin!« warnte er sie leise und schüttelte Wassertropfen aus seinem blonden Haar. »Aye, ich habe meine Entscheidung bereits gestern abend getroffen. Niemals lasse ich mich von einer Frau in meinen Entschlüssen beeinflussen.«

»Zum Teufel mit dir!« Heller Zorn gab ihr die Kraft, sich loszureißen und beide Fäuste gegen seine Brust zu hämmern. »Mögest du in tausend Höllen schmoren ...«

Es dauerte eine Weile, bis es ihm gelang, ihre Handgelenke zu umklammern. »Nimm dich in acht! Noch bist du hier, und ich könnte mich anders besinnen.«

»Versuch nicht, mich noch einmal zu ködern! Nie wieder werde ich deine Worte für bare Münze nehmen.«

»Dazu warst du ohnehin nie bereit.«

»Du hast mich hereingelegt und auf schändliche Weise benutzt ...«

Plötzlich lachte er. »Nein, du irische Hexe, ich gab dir Gelegenheit, deine eigenen Wünsche zu befriedigen. Und ich denke, während deiner Abwesenheit werde ich dich sehr vermissen.«

Keuchend versuchte sie, sich von seinem Griff zu befreien. »Es fällt mir schwer, das zu glauben, da du es im allgemeinen vorziehst, woanders zu schlafen.«

»Und das stört dich?«

Statt einer Antwort richtete sie sich auf, um in eine der Hände zu beißen, die sie festhielten. Aber Olaf war schneller, ließ sie so plötzlich los, daß sie nach rückwärts fiel.

Dann packte er ihre Fußknöchel und zog sie zum Bettrand. Dabei rutschte ihr Hemd bis zur Taille hoch. Nun bemühte sie sich nicht mehr, ihn zu attackieren, sondern zerrte verzweifelt den Saum nach unten.

Belustigt beugte er sich über sie, umschloß wieder ihre Handgelenke und drückte sie hinter ihrem Kopf in die nassen Decken. »Ich wußte nicht, daß du dich vernachlässigt fühltest, sonst wäre ich schon früher in mein Schlafzimmer zurückgekehrt.«

»Laß mich los!« zischte sie, als er auf sie hinabsank, als sie seine wachsende Erregung spürte.

»Das kann ich nicht. Ich bin ein Gefangener deiner Stimmungen, mögen sie erfreulich oder unangenehm sein. Die schöne Verführerin macht mich ganz schwach, und auch die rasende Megäre entzündet ein Feuer in meinem Blut. Natürlich bin ich außerstande, mich manierlich zu benehmen, weil ich ein Wikinger bin. Und da ich weiß, wie lüstern meine hochmütige Königin ist ...«

»Halt den Mund!« schrie sie. »Statt mich zu beleidigen, solltest du mich lieber um Verzeihung bitten ...«

»Also gut, verzeih mir, daß ich dich so lange vernachlässigt habe ...«

»Du Bastard!«

»... und eins will ich dir versichern. Ich habe in all den Nächten kein einziges Mal eine andere Frau aufgesucht, sondern neben dem Herd geschlafen. Macht dich das nicht glücklich?«

»Überglücklich«, erwiderte Erin sarkastisch und senkte rasch die Lider.

»Aye, ich werde dich schmerzlich vermissen.« Die unverhoffte Zärtlichkeit, die in seiner Stimme mitschwang, verwirrte sie, und in ihrer Überraschung merkte sie nicht, daß er ihre Handgelenke losgelassen hatte. Im nächsten Augenblick war er in sie eingedrungen. »Wie die Luft zum Atmen werde ich dich vermissen«, flüsterte er an ihren Lippen. »Verweigere mir nicht diese letzten Freuden in deinen Armen, ehe wir uns trennen. Nun bleibt mir wenigstens eine schöne Erinnerung.«

Heiße Wellen durchströmten ihre Glieder. »Könnte ich dir irgendwas verwehren, selbst wenn ich es wollte?« wisperte sie und verlor sich viel zu schnell im Taumel ihrer Gefühle.

»Nein, meine süße Gemahlin«, entgegnete er, und seine Leidenschaft drang bis zu ihrem Herzen, zu ihrer Seele.

Begierig erwiderte sie seine Küsse, und plötzlich bedauerte sie zutiefst, daß sie schon in so kurzer Zeit abreisen würde. Mußten sie sich immer gerade dann trennen, wenn sie einander endlich näherkamen?

22

Schneeflocken tanzten durch die Luft und landeten auf Erins wollenem Umhang, auf ihrem nachtschwarzen Haar. Sie war müde gewesen nach dem anstrengenden Ritt durch die Kälte. Aber als sie die letzten Hügel vor den Tälern von Tara erreichten, begann es zu schneien. Und dieser schöne Anblick, vereint mit der Wiedersehensfreude, hob Erins Stimmung.

Ein Mann kam ihnen entgegen — hoch aufgerichtet und stolz, trotz seiner grauen Haare und des faltigen Gesichts, das schmal geworden war. Nun blieb er stehen. Sie drückte die Fersen in die Flanken ihrer Stute, galoppierte den anderen in einer Schneewolke davon.

Aed beobachtete, wie sie auf ihn zuritt, und sein altes Herz schlug schneller. Sein Kind — sein schönes, anmutiges Kind eilte zu ihm. Voller Sorge beobachtete er Erins Gesicht, wagte nicht, ihr die Arme entgegenzustrecken, aus Angst, sie könnte ihn zurückweisen. Wie bei einem Ertrinkenden zogen in rascher Folge Bilder aus der Vergangenheit an seinem geistigen Auge vorbei. Erin, die auf wackeligen Beinchen die ersten Schritte machte. Erin, die ihm stets als erste entgegenrannte, wenn er vom Schlachtfeld zurückkehrte.

Dicht vor ihm zügelte sie ihre Stute und stieg ab. Er schaute prüfend in Erins Augen, aber er konnte den strahlenden Glanz darin kaum sehen, denn sie warf sich stürmisch in seine Arme. »Vater!« flüsterte sie. Da wußte er, daß sie ihm verziehen hatte, und seine Tränen mischten sich mit den Schneeflocken, die auf seine Wangen fielen.

Belustigt schaute sich Eric in der Halle um. Moira hatte Sigurd erst vor wenigen Stunden eine kerngesunde, stimmgewaltige Tochter geschenkt. Und die Wikinger, die jeden Grund zum Feiern nutzten, schwelgten singend und gröhlend im Ale und vergnügten sich mit munteren Dirnen. Einige seiner Männer hatten sich bereits schwankend in die Stallungen oder ihre Zimmer zurückgezogen. Andere blieben einfach liegen, wo sie umgefallen waren. Neben ihm ruhte ein Arm auf dem Tisch und fühlte sich wie ein totes Gewicht an, als er ihn hochhob und wieder losließ. Ächzend nahm der Mann eine bequemere Stellung ein, und Eric lachte leise. Während er sein Trinkhorn leerte, dachte er an seinen Bruder.

Olaf hatte mit den Kriegern getrunken, aber das Ale konnte ihn nicht aus seiner schlechten Stimmung reißen. Offenbar verstand er noch immer nicht, daß er in der irischen Hexe seine Meisterin gefunden hatte. Je länger ihre Abwesenheit dauerte, desto mürrischer wurde er. Eric grinste wieder. So viele Männer sind Narren, dachte er, und merken es nicht, wenn sie erobert wurden. Und dabei war der Wolf in anderer Hinsicht so klug und tüchtig. Dank seines politischen Geschicks lebten Iren und Wikinger friedlich in Dubhlain zusammen. Fleisch und Getreide, Met und Ale füllten seinen Keller. Arbeitswillige Hände bestellten seine Felder, seine Schafe und Rinder wurden gut gehütet. Er war ein mächtiger Mann, und weil er wußte, wann man kämpfen und wann man Frieden halten mußte, hatte er die Achtung der Könige, der Krieger und Bauern errungen.

Die schwere Hallentür schwang auf, und Eric sah seinen Bruder eintreten, völlig ernüchtert, das Gesicht so düster wie eine Gewitterwolke.

Olaf kam zu ihm, wärmte sich die Hände am Kaminfeuer und fragte mißgelaunt: »Was, du sitzt immer noch gerade da? Und ganz allein, im Gegenteil zu deinen Kriegern? Ich glaube, bei eurer Abreise werden nur wenige Mädchen in Dubhlain zurückbleiben.«

Eric lachte gutmütig. »In manchen Nächten begnüge

ich mich lieber mit der Rolle des Beobachters. Außerdem habe ich in diesen Mauern nur eine einzige Frau gesehen, die mein Herz gewinnen könnte, und die muß ich bedauerlicherweise ›Schwägerin‹ nennen.«

Ungeduldig stöhnte Olaf und rieb sich die Schläfen. »Offenbar hat sie dein Herz trotzdem betört.«

»Und deines?«

»Das verschenke ich nicht. Einmal tat ich es, und als es gebrochen wurde, traf mich das schmerzlicher als der Schlag einer dänischen Streitaxt.«

»Grenilde ist tot, aber du lebst — ebenso wie deine irische Schönheit.«

»Aye«, murmelte Olaf bitter, »meine irische Schönheit. Auch Meeresklippen und die stürmische See sind schön, aber gefährlich.«

Eric stand auf, streckte sich und schob mit seiner Fußspitze einen Betrunkenen beiseite.

»Du hast dich als großer Krieger und weiser, starker König erwiesen, Olaf. Obwohl du deine Macht kennst, läßt du oft genug Gnade vor Recht ergehen. Aber das wunderbarste Herz, das du erobert hast, verdammst du, ohne an Gerechtigkeit zu denken. Versuch, deine Frau noch einmal zu beurteilen — diesmal als König, nicht als Ehemann. Ich weiß, wie sehr sie dir fehlt. Hol sie hierher zurück.«

Der Wolf starrte ihn an und beherrschte sich nur mühsam, aber Eric fürchtete seinen Zorn nicht. Da sein Bruder ein gerechter Mann war, würde er keine Rache suchen, wenn man die Wahrheit aussprach.

»Lockt dich die See noch nicht?« fragte Olaf kühl. »Du bist schon sehr lange hier.«

Eric schnitt eine Grimasse. »Sicher, es drängt mich, an Bord meines Schiffes zu gehen. Aber ich dachte, du würdest meine Anwesenheit in Dubhlain wünschen, während du eine Reise unternimmst. Falls die Stadt inzwischen angegriffen wird, könnte ich Sigurd beistehen.«

Seufzend starrte der Wolf in die Flammen. »Ja, ich werde Erin nach Hause holen, denn mein Sohn soll hier in der Wikingerfestung geboren werden.«

Sein Bruder gab keine Antwort. Lächelnd schlenderte er aus der Halle und überließ den Hausherrn seinen Gedanken.

Warme Kleidung schützte sie vor der Winterluft. In der Kapelle war es stickig gewesen, und Erin hatte sich nur mühsam auf die Gebete besinnen können. Sie kniete am Steinboden, den Rücken kerzengerade, lauschte der monotonen Priesterstimme. Wachsendes Unbehagen erfaßte sie, und sie ertrug die lange Messe nur ihrer Mutter zuliebe. Wenn es einen Himmel gab, würden Leith und Fennen ohnehin schon längst dort weilen, denn sie hatten nur die läßlichen Sünden der Jugend begangen. Solche Männer würde der Allmächtige willkommen heißen, auch wenn niemand für ihre Seelen betete.

Nachdem sie die Kapelle verlassen hatte, atmete sie tief die frische Morgenluft ein und betrachtete mit einem wehmütigen Lächeln die Häuser im Tal. Sie liebte Tara, das ihr unter der dünnen Schneedecke majestätischer denn je erschien — der richtige Ort für den hohen König. Und sie würde dem Heim ihrer Kindheit stets einen Platz in ihrem Herzen bewahren. Sie war froh, daß sie ihre Mutter wiedergesehen hatte. Vor Kummer war Maeve um Jahre gealtert, und die Anwesenheit der Tochter wirkte heilsam — nicht zuletzt, weil die Sorge um deren Schwangerschaft sie von der Trauer um ihren Sohn ablenkte. Und Erin ließ sich gern verwöhnen. Das war Balsam für ihre verletzte Seele.

Auch die Versöhnung mit ihrem Vater beglückte sie, das Wissen, daß sie sein Herz von einer schweren Last befreit hatte. Sie verbrachte viele Stunden mit ihm, und die Erinnerung an die liebevollen Gespräche würde sie bis an ihr Lebensende begleiten.

Ja, sie genoß ihren Aufenthalt im Elternhaus. Und trotzdem empfand sie jetzt ein neues Heimweh. Sie betrachtete Tara als die Stätte ihrer Kindheit, aber seit sie zur Frau geworden war, fühlte sie sich in Dubhlain zu Hause – in der geräumigen steinernen Residenz ihres Mannes. In wie vielen Nächten schlief sie jetzt schon allein? Streckte er manchmal den Arm aus, um die Seite des Betts zu berühren, das sie mit ihm geteilt hatte? Umarmte er sie in seinen Träumen?

Sie wandte sich nach Nordosten, in die Richtung von Dubhlain, und dachte lächelnd an den Boten, der ihr von Moiras Tochter berichtet hatte. Wie gern hätte sie das neugeborene Kind gesehen! Anfangs hatte der Mann gezögert, aber dann – von ihrer sichtlichen Freude ermutigt – Einzelheiten verraten. Und sie brach in fröhliches Gelächter aus, als sie erfuhr, der Riese Sigurd habe Freudentränen vergossen und sich noch am selben Abend sinnlos betrunken. Dann hatte sie gefragt, ob Olaf ihr etwas ausrichten lasse, und der Norweger war unglücklich errötet. Nein, sein Herr habe ihn nicht beauftragt, ihr etwas mitzuteilen ...

Als sie Schritte hinter sich hörte, drehte sie sich um und lächelte ihren Vater an. Mit großen, unschuldigen Augen hatte sie ihn belogen und versichert, in Dubhlain stehe alles zum Besten. »Ich bin die Tochter meines Vaters, Ard-Righ. Und ich werde immer meinen Weg machen, aus eigener Kraft.«

Nun erwiderte er ihr Lächeln und mahnte: »Gehen wir ins Haus. Es wird kalt, und du solltest dich am Feuer wärmen. Deinem Baby darf nichts zustoßen.«

Sie unterdrückte einen Seufzer, nahm aber gehorsam seinen Arm. Olaf hätte keine strengeren Bewacher finden können als ihre Eltern.

»Deine Hand ist ganz kalt«, schimpfte Aed, und Erin lachte.

»Ich friere wirklich nicht, Vater.«

Trotz ihrer Worte legte er einen Arm um ihre Schultern. »Aye, du siehst gesund und ganz wundervoll aus. In deinem Zustand erinnerst du mich an deine Mutter. Mit jedem Kind, das sie unter dem Herzen trug, wurde sie schöner, und keinen Tag lang fühlte sie sich krank.«

»Dann bin ich froh, daß ich meiner Mutter gleiche. Ich bin zwar schwerfällig und oft müde, aber niemals krank.«

In einträchtigem Schweigen gingen sie weiter, aber als sie sich dem Haus näherten, blieb Aed plötzlich stehen und musterte seine Tochter nachdenklich. »Du hast Richtung Dubhlain geschaut. Woran hast du gedacht?«

Sie zwang sich zu einem heiteren Achselzucken. »An nichts Besonderes. Wahrscheinlich an Moira. Ich freue mich schon darauf, ihr Baby zu sehen.«

»Nicht an deinen Mann?«

»Nun ja, in der Zeit vor meiner Abreise war er kaum daheim. Er hatte viel zu tun, und sein Bruder kam zu Besuch. Wenn Olaf an der Versammlung der irischen Könige teilnimmt, wird er in den nächsten Wochen hier eintreffen. Aber vielleicht findet er keine Zeit dazu. Der Krieg hat ihn lange von dem Haus seiner Träume ferngehalten.«

Es dauerte eine Weile, bis Aed antwortete. »Er wird kommen und dich holen, denn er will ganz sicher, daß sein Kind unter seinem Dach geboren wird.« Zögernd fügte er hinzu: »Ich habe Angst um dich. Mergwin spricht von Gefahren, die er nicht sehen kann.«

Erin fröstelte, aber sie zwang sich zu einem Lächeln. »Welche Gefahren könnten mir drohen? Ich kann nicht mehr weglaufen in meinem Zustand, höchstens watscheln. Und mag ich hier oder dort sein, bald bin ich Mutter und mit meinem Kind beschäftigt . . .« Plötzlich verstummte sie und hielt den Atem an, als sie einen heftigen Tritt ihres Babys verspürte.

»Erin, was hast du?« fragte Aed besorgt.

Lachend umklammerte sie die Hand ihres Vaters. »Fühl

doch! Ein Engel bewegt sich. Stark und herzhaft — und entschlossen. Das ist ein irischer Tritt, meinst du nicht auch?«

Der Ard-Righ lachte mit ihr. »Vergiß nicht die Kraft seines Vaters!« warnte er sanft. Während er sie in die Halle führte, verdrehte er die Augen und betete stumm: Schenk ihr einen Sohn, Allmächtiger, denn ich bin zu alt, um eine Enkelin zu verkraften, die das Temperament ihrer Mutter erben würde.

Pflichtbewußt aß Erin die Suppe, die ihre Mutter vorbereitet hatte, und zog sich dann in ihr Zimmer zurück. Dort war es warm und gemütlich. In einem dünnen Nachthemd setzte sie sich vor den Kamin und zog die Beine an. Sie versuchte, die Angst zu verdrängen, Olaf würde niemals kommen. Aber wäre es nicht besser, sie würde ihr Kind zum Iren erziehen — hier auf dem königlichsten Grund und Boden der ganzen Insel? Umgeben von Menschen, die sie liebten und auch ihr Baby lieben würden? Nein, sagte sie sich seufzend, mein Mann will seinen Erben haben. Und er wird kommen.

Sie malte sich aus, wie sie ihn begrüßen würde — kühl und würdevoll, in ihrer schönsten Robe, in einem weiten Umhang, mit Fuchsfell gesäumt, der ihre unförmige Gestalt verhüllen würde. Versonnen schloß sie die Augen, legte sich die Worte zurecht, die sie sagen würde. »Willkommen in Tara, mein Gemahl. Sei versichert, daß im Reich des Ard-Righ alle deine Wünsche erfüllt werden ...«

Plötzlich wurde sie aus ihren Träumen gerissen und öffnete die Augen. Schritte erklangen im Flur, und dann wurde auch schon die Tür aufgerissen. Ungläubig starrte sie den Wolf von Norwegen an. Da stand er auf der Schwelle, die Hände in die Hüften gestemmt, ein königsblauer Mantel kämpfte mit dem Eisblau in seinen Augen. Wie majestätisch er in seinem Staat wirkte ...

Sie sah so schutzbedürftig aus, wie sie da vor dem Kamin kauerte, die grünen Augen voller Verwirrung. Unter dem Saum ihres Hemds schauten die nackten Zehen hervor. Er wollte zu ihr laufen, sie sanft umarmen, über ihren Bauch streichen, in dem sein Kind wuchs. Doch er konnte es nicht. Wie festgewurzelt blieb er stehen, malte sich aus, daß sie seine Berührung in kaltem Zorn erdulden würde, steif und angewidert. Sogar seine Zunge schien gelähmt zu sein. Nun hatte er eine so weite Reise hinter sich, und plötzlich vermochte er, keinen Schritt weiterzugehen.

Hastig stand Erin auf. Die Begrüßungsrede, die sie sich eben noch ausgedacht hatte, war vergessen. Bissig fuhr sie ihn an: »Soeben hast du ein *irisches* Königshaus betreten, mein Gemahl. Hier pflegt man anzuklopfen, ehe man Türen öffnet.«

Der Klang ihrer Stimme riß ihn sofort aus seiner Erstarrung. Spöttisch hob er die blonden Brauen. »Sogar in einem *irischen* Haushalt müßte die Tür der Ehefrau auch die Tür des Ehemanns sein. Aber selbst wenn es nicht so ist, mußt du mir verzeihen. Wir Norweger pflegen einfach einzutreten. Wir sind nun mal ungehobelte Kerle. Aber vielleicht darf ich zu meiner Entschuldigung vorbringen, daß der *irische* Ard-Righ mich persönlich hierhergeleitet und beteuert hat, alle Türen seines Hauses stünden mir offen.«

Mühsam rang sie nach Atem, als er langsam auf sie zuging. »Es überrascht mich, dich hier zu sehen. Die Versammlung der Könige hat noch nicht begonnen, und die Geschäfte in Dubhlain erfordern sicher deine ganze Aufmerksamkeit.«

Sanft berührte er ihre Wange, dann wanderte seine Hand über ihr vollen Brüste und ihren gewölbten Bauch. »Ich fürchte, wir müssen vor der Regierungsversammlung nach Hause reisen.«

»Warum?« flüsterte sie unbehaglich.

»Das Baby ...«

»Es kommt erst in zwei Monaten zur Welt.«

»Es war ein Fehler, dir die Reise hierher zu erlauben. In den letzten Wochen darfst du nicht mehr reiten. Deshalb müssen wir uns nun beeilen.« Plötzlich nahm seine Stimme einen rauhen Klang an. »Ich werde keinen Widerspruch dulden, Erin. Heute nacht werde ich mit deinem Vater alles Nötige bereden, und morgen früh brechen wir auf.«

Sie senkte den Blick, betrachtete Olafs Hand, die noch immer auf ihrem Bauch lag, wollte gar nicht widersprechen, war unendlich froh, daß er gekommen war. Wo immer er sein mochte, sie würde ihm nur zu gern folgen.

Das Baby schien diese Freude zu teilen, denn es trat heftig gegen die Hand seines Erzeugers. Verwirrt hob Olaf den Blick zu ihrem Gesicht, und sie lächelte. »Er ist stark, unser Sohn«, meinte er leise, fast ehrfürchtig.

»Vielleicht ist es eine Tochter.«

»Nein, ein Sohn«, versicherte er im Brustton der Überzeugung, und als er sah, wie sie eine Grimasse schnitt, lachte er. Spielerisch strich er über ihr schwarzes Haar. »Ich glaube, du würdest sogar das Gegenteil behaupten, wenn ich im hellen Sonnenschein sagte, nun sei Tag.«

Da irrst du dich, wollte sie erwidern, doch sie konnte es nicht — ebenso wenig, wie sie dem Befehl ihres Herzens zu folgen vermochte, sich in seine Arme zu werfen. Kühl starrten sie sich an, und die Kluft zwischen ihnen wuchs.

Olaf trat zurück. »Ich habe sehr viel mit deinem Vater zu besprechen. Pack deine Sachen zusammen, und dann ruh dich aus. Wir werden schon im Morgengrauen abreisen.« Ehe er das Zimmer verließ, wandte er sich noch einmal zu ihr. »Verriegle deine Tür nicht, denn mögen wir nun in Tara oder in Dubhlain sein — du bist und bleibst meine Frau, und das würde ich dir sogar beweisen, indem ich eine *irische* Tür aufbreche.«

Schweigend hielt sie seinem Blick stand. Als sie allein

war, schwankte sie zwischen Zorn und Glück. Einerseits wollte sie ihn erwürgen, andererseits stieg heiße Freude in ihr auf, weil er in dieser Nacht neben ihr liegen würde.

In aller Eile suchte sie ihre Sachen zusammen, und legte ihr Reisekleidung zurecht — ihr wärmstes Kleid, den dicksten pelzgefütterten Umhang, Wollstrümpfe und hohe Lederstiefel. Als sie fertig war, betrachtete sie ihr Bett. Wie oft hatte sie da lachend mit ihren Schwestern gelegen und über die Zukunft geschwatzt, über die Träume, die sich erfüllen würden oder auch nicht? In dieser Nacht würde ihr Mann neben ihr schlafen.

Sie lag bereits unter der weichen Daunendecke, als er zurückkam, und kehrte der Tür den Rücken. Während sie hörte, wie er umherging und sich auskleidete, wünschte sie plötzlich, sie hätte sich nicht schlafend gestellt. Wie gern würde sie den wohlgeformten Körper betrachten, nach dem sie sich so schmerzlich gesehnt hatte ... Dann spürte sie, wie er sich zu ihr legte, und wartete auf die zärtliche Berührung seiner Hände. Doch er drehte sich zur anderen Seite und umarmte sein Kissen.

Als sie glaubte, er wäre eingeschlafen, konnte sie ein Schluchzen nicht länger unterdrücken. Sofort wandte er sich zu ihr und umfaßte ihre Schulter. »Was hast du?« murmelte er besorgt.

Da sie die Wahrheit nicht gestehen konnte, log sie leise: »Manchmal bewegt sich das Baby so heftig.«

Da schlang er einen Arm um sie, drückte ihren Rücken an seine nackte Brust und streichelte behutsam ihren Bauch. »Ist es so besser?«

Erin lächelte im Dunkeln. »Viel besser, Olaf.« Bald schlief sie ein, und fühlte sich sicher und geborgen.

23

Olaf strich über seinen Bart und betrachtete aufmerksam die schöne Wiege, die Rig geschnitzt hatte. Dieses Kunsthandwerk hatte der kleine Wikinger während der langen Wintermonate in seiner Heimat gelernt. Nun beobachtete er seinen Herrn, der die Wiege auffallend lange begutachtete, etwas unsicher. Doch dann wandte sich der Wolf zu ihm. »Ich sage dir, kein Prinz bekam je ein schöneres Bettchen. Ein wahres Meisterwerk wie ich es nie zuvor gesehen habe!« Der Zwerg grinste breit, und seine Augen wurden feucht. Sein Blick kehrte zu der Wiege zurück, die er mit liebevollen Händen angefertigt hatte. So wie es Olafs Wunsch entsprach, zeigte das Kopfteil das Emblem des Wolfs und die gekreuzten Schwerter sowie das Sinnbild der Gerechtigkeit — das Wappen des Ard-Righ.

Wenn man die Wiege anstieß, schaukelte sie sanft hin und her, und das blankpolierte Holz schimmerte. Erin würde sich freuen, dachte Olaf, und sein Herzschlag beschleunigte sich. Vielleicht würde sie sogar verstehen, wieviel er ihr mit der Anordnung zugestanden hatte, die Insignien ihrer Familie müßten in die Schnitzerei einbezogen werden. Um sie zu überraschen, hatte er ihr nichts davon erzählt. Aber als Rig mit dem fertigen Kunstwerk zu ihm gekommen war, hatte der Wolf seine Frau vergeblich gesucht.

Es ist keineswegs sonderbar, daß ich sie nicht finde, dachte er seufzend. Tagsüber ging er ihr aus dem Weg, nachts lag er neben ihr, hielt sie im Arm und empfand eine fast überwältigende Zärtlichkeit. Natürlich wünschte er sich viel mehr, aber er zügelte seine Leidenschaft, um seinen Sohn nicht zu gefährden — oder seine Tochter, wie Erin einwenden würde.

In diesen Tagen herrschte eine Art Waffenstillstand zwischen ihnen, doch eine gewisse Spannung blieb spürbar. Er konnte noch immer nicht an ihre Unschuld glauben, und sie war offenbar zu stolz, um noch einmal davon zu sprechen. Wenn sie einander im Haus begegneten oder sich abends an die Tafel setzten, unterhielten sie sich höflich über das Wetter, und andere belanglose Dinge. Nur nachts fühlte er eine beglückende Vertrautheit, und auch Erin schien in seiner Nähe Frieden zu finden.

»Hast du die Königin gesehen?« fragte er den Zwerg.

Rig schüttelte den Kopf. »Vielleicht ist sie in der Küche. Oder sie sitzt bei den Damen im Sonnenzimmer und näht.«

»Mhm …« Ungeduldig wandte sich der Wolf ab. »Bring die Wiege in unser Zimmer und stell sie vor den Kamin, dort wird meine Frau sie sofort sehen. Ich werde Erin suchen und sie dann hinaufführen.«

»Aye, Mylord!« Eifrig führte der Gnom den Auftrag aus.

In der Küche erfuhr Olaf von Freyda, die Königin sei hier gewesen und wieder gegangen.

Er lief ins Sonnenzimmer, wo Moira ihr Baby auf dem Schoß hielt und ihm dasselbe berichtete. Dann schlug sie vor, er solle sich doch bei Freyda erkundigen. Ärgerlich kehrte er in die Halle zurück. Dort stand sein Bruder vor dem Herd, schärfte sein Schwert und beobachtete ihn belustigt. »Hast du irgendwas verlegt?«

»Aye, meine Frau!« entgegnete Olaf mißmutig. »Du weißt nicht zufällig, wo sie steckt?«

Angelegentlich betrachtete Eric sein Schwert. »Die Menschen, die sich lieben, kennen ihre Gewohnheiten. An deiner Stelle würde ich sie am Meer suchen.«

»Am Meer!« schrie Olaf. »Die Klippen liegen viel zu weit entfernt. Und ich habe ihr ausdrücklich verboten, nicht mehr zu reiten!«

»Sie ist zu Fuß gegangen.«

Fluchend rannte der Wolf aus der Halle, ohne auf Erics

leises Gelächter zu achten. Wenig später hatte er seinen kraftvollen Rappen gesattelt und galoppierte den Klippenweg hinauf. Erst als er Erin entdeckte, versetzte er den Hengst in langsameren Trab. Ein weiter Umhang verbarg ihre Schwangerschaft, sie sah so aus wie an jenem Tag, als er sie hier angetroffen und dann in die Höhle geführt hatte. Vielleicht war dort das Kind gezeugt worden, das nun bald das Licht der Welt erblicken sollte. Er stieg ab, ging auf sie zu und sah, wie sich ihre Schultern strafften. Offensichtlich hörte sie seine Schritte.

»Du bist zu weit gewandert, Erin«, sagte er leise und legte eine Hand auf ihre Schulter. »Damit könntest du das Baby gefährden.«

»Gewiß nicht. Ich bin jung und gesund, und die älteren Damen in der Halle betonen immer wieder, die Bewegung würde mir guttun.«

Ihre Stimme klang bedrückt, und er drehte sie zu sich herum. Auch ihre Augen wirkten umschattet. »Warum schaust du so traurig drein, Erin? Dazu hast du keinen Grund.«

Wehmütig lächelte sie. »Wirklich nicht? Gerade dachte ich an die Tage, die Monate und Jahre, die noch vor uns liegen, und die Zukunft lastet schwer auf meiner Seele. Sie erscheint mir so leer und freudlos. Ich bin es müde, mit dir zu leben und zu wissen, daß du mich noch immer für eine Verräterin hältst.«

»Das war niemals mein Wunsch. Aber ich wurde gezwungen, so zu denken, als ich ein smaragdgrünes Augenpaar hinter einem goldenen Visier sah. Wie gern würde ich glauben, du hättest niemals beabsichtigt, dein Schwert gegen meine Männer und mich zu erheben! Könntest du es doch beweisen ...«

Sie senkte den Kopf und unterdrückte ein Schluchzen. »Es gibt keinen Beweis. Nur mein Wort — und die Überzeugung meines Vetters Gregory und meines Bruders Brice. Beide zweifeln nicht an meiner Unschuld.«

»Vielleicht, weil du sie noch nie mit Morddrohungen verfolgt hast.«

»Nein, weil sie mich lieben und mir vertrauen.«

Zögernd legte er einen Finger unter ihr Kinn. »Also verlangst du von mir, dir Liebe und Vertrauen zu schenken?«

Er bekam keine Antwort, denn plötzlich rang sie nach Atem und sank an seine Brust. Bestürzt umfaßte er ihre Oberarme. »Erin! Was hast du?«

»Ich — ich glaube, es ist das Baby«, stammelte sie. Am Morgen hatte sie leichte Schmerzen verspürt, aber als bedeutungslos abgetan, da es noch zu früh für die Niederkunft war.

»Das kann nicht sein«, erwiderte Olaf.

»Oh!« schrie sie und krümmte sich zusammen. Im kalten Winterwind begannen ihre Zähne zu klappern. »Olaf! Es ist das Baby!«

Wortlos hob er sie hoch und setzte sie auf sein Pferd.

»Aber — ich darf doch nicht reiten!«

»Manchmal bist du wirklich unglaublich dumm!« schrie er, schwang sich in den Sattel und hielt sie fest. »Jetzt kannst du keine verfrühte Geburt mehr heraufbeschwören, denn das Baby ist ohnehin schon unterwegs — ganz gleichgültig, was du tust! Und ich will nicht, daß unser Kind im gefrorenen Gras geboren wird.«

So schnell er es wagte, ritt er in die Stadt zurück. In seinem Hof angekommen, hob er seine Frau vom Pferd und trug sie in die Halle. »Ich kann gehen«, protestierte sie mit schwacher Stimme.

Statt einer Antwort stöhnte er nur erbost, dann rief er nach den Frauen. Sofort erschien Moira und rannte hinter ihm die Treppe hinauf. Zunächst war sie verblüfft, doch dann übernahm sie umsichtig das Kommando. »Legt sie aufs Bett, Olaf, und helft mir, sie auszukleiden! Rig soll frisches Bettzeug holen und Mageen ausrichten, Erins Zeit sei gekommen. Sie wird wissen, was jetzt geschehen muß.«

»Und ich?«

»Ihr, Mylord, geht jetzt nach unten und trinkt ein Horn Ale, denn Ihr könnt nichts anderes tun als warten.«

Er wartete, und während der Vormittag in den Nachmittag überging und der Nachmittag in den Abend, wartete er immer noch geduldig, wobei Sigurd und Eric ihm Gesellschaft leisteten. Nach dem Abendessen sah er den Mond am Himmel emporsteigen, und als die mitternächtliche Stunde heranrückte, schlug er mit der Faust auf den Stein seines Kamins und fluchte.

»Es ist eine Erstgeburt«, bemerkte Eric und versuchte, seine eigene Sorge zu verbergen. »Die dauert oft sehr lange.«

Schweigend starrte der Wolf ins Feuer. Aye, es konnte lange viel Zeit kosten, neues Leben hervorzubringen. Aber Erin hatte die ersten Wehen schon vor so vielen Stunden verspürt, und das Baby kam zu früh. Sie war stark und gesund, aber wieviel vermochte sie zu erdulden? Plötzlich erkannte er, daß er es ertragen würde, das Kind zu verlieren. Er konnte noch viele zeugen. Aber Erin wäre unersetzlich . . . Laut stöhnte er auf und wünschte verzweifelt, er könnte ihr etwas von seiner Kraft geben. Als er Schritte auf der Treppe hörte, fuhr er herum und sah Moira sichtlich bestürzt in die Küche eilen. Offenbar hatte sie gehofft, ihm nicht zu begegnen, aber er rief nach ihr, und so kam sie in die Halle. Unsicher schaute sie Sigurd an.

»Stimmt was nicht, Moira?« fragte der Wolf und zwang sich zur Ruhe.

Nervös rang sie die Hände. »Die ganze Zeit ging es so gut, kein einziges Mal hat sie geklagt. Aber nun müßte das Kind endlich kommen, und sie ist zu geschwächt, um uns zu unterstützen. Und wir brauchen ihre Hilfe.« Als sie seinen erschrockenen Blick sah, fügte sie hastig hinzu: »Mylord, wir tun alles, was in unserer Macht steht.«

Er nickte und wandte sich wieder zum Feuer. Moira verschwand in der Küche, und wenig später schleppte sie eine Schüssel mit heißem Wasser nach oben. Unglücklich schaute er ihr nach.

»Du kannst nichts tun, mein Bruder«, erklärte Eric.

»Doch!« Ungläubig beobachteten die beiden Männer, wie er die Treppe hinaufstürmte. Ohne anzuklopfen, betrat er das Schlafgemach, achtete nicht auf die verwirrten Gesichter der Damen und rannte zum Bett.

Wie blaß und zerbrechlich Erin aussah, das schöne schwarze Haar schweißnaß und zerzaust ... Ihre Lider flatterten, vergeblich bemühte sie sich, den Anweisungen Moiras zu folgen, die sie drängte, den Atem anzuhalten und fest zu pressen. Mageen, die immer wieder die Bettwäsche wechselte, schaute den König verwundert an, aber sie schwieg.

Als Moira den Mund öffnete, um ihn hinauszuschicken, bedeutete er ihr, sie solle ihm den Platz an Erins Seite überlassen. Widerstrebend gehorchte sie, und er umklammerte Erins Hand. »Du darfst nicht aufgeben. Das hast du noch nie getan. In keinem einzigen Kampf.«

Sie sah ihn an, die Smaragdaugen von Schmerz verschleiert. »Du — darfst nicht hierbleiben!« keuchte sie. »Bitte, Olaf, geh ...«

Der Lebensfunke in ihrem Blick drohte zu erlöschen, und er mußte ihn zurückholen, um jeden Preis. »Eigentlich hast du recht. Dein Anblick ist nicht gerade erfreulich. Aber ich bleibe hier, bis mein norwegischer Sohn geboren ist.«

»Meine irische Tochter!« fauchte sie, und er lächelte. Jetzt starrte sie ihn mit klaren Augen an. Plötzlich verzerrte sich ihr Gesicht, ihre Fingernägel gruben sich in seine Hand. Während der heftigen Wehen liefen Tränen über ihre Wangen. »Olaf, ich kann nicht mehr ...«

Verzweifelt beugte sich Moira vor. »Sie muß pressen, Mylord!«

»Wie schwach die Frauen sind!« rief Olaf spöttisch und legte einen Arm um Erins Schultern, um sie zu stützen. »Du wirst jetzt kämpfen, meine schöne Irin. Und ich helfe dir dabei. Beiß die Zähne zusammen, Liebste, und preß! Tu doch, was Moira sagt! Oder muß sie dir alles abnehmen?«

An ihren Mann gelehnt, bot sie ihre letzten Kräfte auf, dann verlor sie beinahe die Besinnung.

»Ich sehe schon das Köpfchen!« jubelte Moira. »Nur noch einmal! Olaf, ein einziges Mal muß sie's noch versuchen!«

»Noch einmal, Erin!« befahl er mit rauher Stimme. »Dann darfst du schlafen.« Er umklammerte ihre Schultern und zwang sie, zu gehorchen. Sie hielt den Atem an und preßte — und dann verspürte sie unendliche Erleichterung, als die schwere Last ihren Körper verließ, hörte Freudenschreie, Olafs zärtliches Flüstern. »Ich wußte ja, daß du es schaffst, meine Irin. Eine Kämpfernatur wie du ...«

Ringsum schien sich die Welt zu drehen, und Erin sank erschöpft in die Kissen zurück.

Schrilles Gebrüll füllte den Raum, dann erklang wieder Olafs sanfte Stimme. »Ein Junge, Erin!« Er lachte leise. »Sein hübsches Haar sieht zwar noch etwas verklebt aus, aber ich glaube, es ist goldblond.«

Lächelnd schaute sie zu Mageen hinüber, die das Baby in lauwarmem Wasser badete. Olaf wartete ungeduldig, bis sein Kind in weiche Tücher gehüllt worden war, dann nahm er es in den Arm und kniete neben Erin nieder, um es ihr zu zeigen. »Ein wunderschöner Sohn, und ich danke dir von ganzem Herzen.«

Seine Worte rührten sie zutiefst, und als sie die Augen schloß, um ihre Tränen zu verbergen, spürte sie seinen Kuß auf der Stirn.

Nur mit Mühe konnte Moira ihm seinen Erben entreißen. »Mylord«, wisperte sie, »Ihr habt uns großartig geholfen, aber nun müßt Ihr uns verlassen. Wir wollen Erin baden und das Bett frisch beziehen, und das machen wir lieber allein. Außerdem braucht sie jetzt ihre Ruhe.«

Widerstrebend nickte er und gab ihr das Baby. Dann wandte er sich um zu seiner Frau. Ihre Lider waren geschlossen, allmählich kehrte die Farbe in ihre bleichen Wangen zurück. Die anstrengende Niederkunft war ihr immer noch anzumerken, aber ein schwaches Lächeln umspielte ihre Lippen.

Müde stieg er die Treppe hinab. In der Halle schaute er in Erics und Sigurds angstvolle Gesichter, und da grinste er breit. »Ein Sohn! Mutter und Kind sind wohlauf.«

Sein Bruder stieß einen haarsträubenden Wikingerkriegsruf aus, und Sigurd drückte dem König ein Trinkhorn in die Hand. Erleichtert ließ Olaf das kühle, erfrischende Ale durch seine Kehle rinnen, und viele Stunden, nachdem die beiden Männer schlafen gegangen waren, blickte er immer noch ins Kaminfeuer.

Noch nie hatte er so viel Liebe empfunden wie in dieser Nacht — Liebe zu dem winzigen Geschöpf, das ein Händchen um seinen Zeigefinger geschlungen hatte, Liebe zu der Frau mit dem starken Herzen, der er seinen Sohn verdankte. Nein, noch viel mehr. Sie hatte ihm das Leben wiedergeschenkt, sie war die Seele, die er suchte.

Am Nachmittag erwachte Erin, und Moira überreichte ihr mit einem strahlenden Lächeln das Baby. Sie wußte, welches Glück die junge Mutter jetzt erfüllte, denn sie hatte es selbst erst vor kurzer Zeit kennengelernt.

Erin legte ihren Sohn neben sich, wickelte ihn aus und begutachtete ihn, die kleinen Finger und Zehen, das rosige Gesichtchen. Als er die Augen aufschlug, blinzelte sie erstaunt.

»Moira, seine Augen!«

»Ja.« Die junge Frau kicherte. »Man sieht schon jetzt, daß er deine grünen Augen geerbt hat. Aber der Haarschopf stammt eindeutig vom Vater. Wieso Olaf das schon letzte Nacht wußte, ist mir allerdings ein Rätsel.«

Lächelnd legte Erin das wimmernde Baby an ihre Brust. Instinktiv begann es zu saugen, vor liebevoller Freude wurde ihr fast schwindlig.

»O Moira! Ich bekam einen goldblonden Jungen, weil Olaf es so angeordnet hatte.«

Ihre Freundin schnitt eine Grimasse, dann lachte sie. »Der Herr der Wölfe begehrt schon wieder Einlaß, und wenn der Kleine satt ist ...«

»Ein Kamm! Und eine Schüssel! Ich muß mich waschen und mein Haar ordnen. Noch einmal soll er mich nicht so häßlich antreffen.«

»Nur keine Aufregung! Er darf erst herein, wenn du es wünschst. Und nimm dich bitte in acht, Erin. Du mußt dich noch schonen. Heute nacht warst du so schwach. Es wird eine Weile dauern, bis du wieder zu Kräften kommst. Nun werde ich dein Haar kämmen, bis es glänzt, aber du mußt auch etwas essen.«

Erin wußte selbst, daß sie eine Stärkung brauchte. An die Schmerzen dachte sie kaum noch. Was immer sie erlitten hatte, sie war reich belohnt worden. Zärtlich betrachtete sie das Köpfchen, das sich hungrig an ihre Brust drückte. Ihr Kindchen, der goldene Sohn des Wolfs ...

Während sie gehorsam aß, schlief das Baby neben ihr. Etwas später trat Olaf ein und sah, wie sie es träumerisch betrachtete.

Da stieg erneut heiße Liebe in ihm auf. Sie schenkte ihm ein strahlendes Lächeln, das er erwiderte, dann setzte er sich auf die andere Seite des Betts, so daß das Baby zwischen ihnen lag.

»Ist er nicht schön, Olaf?« fragte sie schüchtern.

»Aye, Erin«, bestätigte er leise.

Eine Zeitlang genossen sie in einträchtigem Schweigen den Anblick ihres neugeborenen Babys, so wie alle stolzen Eltern. Olaf griff unter seinen Umhang und zog ein kleines Kästchen hervor, nach norwegischer Art kunstvoll geschnitzt.

»Ich wußte nicht recht, was ich einer Prinzessin von Tara verehren sollte«, erklärte er in etwas rauhem Ton. »Aber wie ich festgestellt habe, schmücken die Irinnen gern ihr Haar, und ich hoffe, das da gefällt dir.«

Tränen brannten in Erins Augen, als sie den hölzernen Deckel hob. Was Olaf ihr schenkte, spielte keine Rolle. Nur daß er daran gedacht hatte ... Und dann stockte ihr Atem. Noch nie hatte sie ein so kostbares Geschmeide gesehen. Funkelnde Smaragde und Saphire hingen an zarten Goldkettchen, bildeten zwei Ornamente, die zu beiden Seiten des Kopfs getragen werden konnten. »Ich danke dir«, flüsterte sie mit zitternden Lippen. »Das ist ein wunderbares Geschenk.«

»Aber lange nicht so schön wie deine Augen.«

Zögernd fragte sie: »Darf ich dich um ein weiteres Geschenk bitten?«

»Aye?«

»Ich würde unseren Sohn gern Leith nennen.«

»Das ist ein irischer Name«, bemerkte er beiläufig.

Flehend schaute sie ihn an. »Er klingt so ähnlich wie Leif, und das ist Norwegisch. Für die Iren wäre er Leith mac Amhlaobh, denn so lautet dein Name in meiner Muttersprache. Und für die Norweger wäre er Leif Olafson. Bitte, Olaf! Ich würde ihm so gerne den Namen meines Bruders geben.«

Er schwieg eine Weile, dann stimmte er zu. »Also gut, wir nennen ihn Leith.«

Freudentränen rannen über ihre Wangen, und Olaf griff über das schlafende Baby hinweg, um sie abzuwischen. Tief bewegt küßte sie seine Handfläche. Ehe sie etwas sagen konnte, schwang die Tür auf, und Moira kam energisch herein.

»Mylord, jetzt muß Erin schlafen. Sie braucht noch sehr viel Ruhe. Und in der Halle wartet ein Verrückter, der sehr seltsam aussieht. Er verlangt, das Kind zu sehen und erklärt, die Königin müsse ein Gebräu trinken, das furchterregend aussieht . . .«

Erin und Olaf schauten sich an und brachen in Gelächter aus. »Mergwin!« riefen sie wie aus einem Mund.

»Schickt den Verrückten herauf, Moira«, befahl der Wolf. »Sicher wird Erin dieses Gebräu trinken, denn es gibt kein anderes, das ihr die Kräfte schneller zurückgeben wird.« Während Moira hinauseilte, stand er auf. »Nur ungern verlasse ich dich, Erin. Der Druide wird dich bestimmt nicht lange stören.« Zögernd fuhr er fort: »Wenn du heute nacht deine Ruhe haben willst, schlafe ich woanders.«

Lächelnd schüttelte sie den Kopf. »Ich bin viel ruhiger, wenn ich dich neben mir spüre.«

»Wenn es so ist . . .« Er beugte sich herab und küßte sie. »Natürlich schlafe ich am liebsten dort, wo ich hingehöre.«

Wenig später trat Mergwin ein, musterte ihren Sohn und ermahnte sie streng: »Erin mac Aed, du wirst mir zuhören und dich drei Tage lang ausruhen. Vorher wirst du nicht versuchen aufzustehen . . .«

»Ich werde tun, was du sagst«, versprach sie belustigt und beobachtete, wie ihr alter Mentor das Baby behutsam in den Arm nahm und dann in die schön geschnitzte Wiege mit den norwegischen und irischen Emblemen legte.

Gehorsam trank sie das Gebräu aus Kräutern, während der alte Mann neben ihr auf dem Bett saß. Und dann schlang sie beide Arme um seinen Hals. »O Mergwin, ich bin so unsagbar glücklich!«

Er drückte sie an sich, und das Herz wurde ihm schwer. Scheinbar war alles in bester Ordnung. Warum konnte er sich nicht mit der jungen Mutter an diesem schönen Kindchen freuen? Aber die Finsternis bedrohte Erin immer noch. Könnte er doch einen Weg zum Licht sehen . . .

24

Es war unglaublich leicht, in die Stadt einzudringen, und er konnte nur mühsam ein triumphierendes Gelächter unterdrücken. Im Hof der Residenz zügelte er seine altersschwache Stute, über deren Kruppe Geflügel hing. Beim Anblick des schönen Gebäudes empfand er unwillkürlich Bewunderung für seinen Feind, dann stieg neuer Haß in ihm auf, als er an den geschnitzten Fensterläden die Embleme des Wolfs entdeckte.

Er fürchtete nicht, in Dubhlain erkannt zu werden, denn er hatte seinen prächtigen langen Bart geopfert und eine irische Mönchskutte angezogen, deren Kapuze seinen Kopf fast verbarg. Wie ein Heilkundiger, der Kräuter sammelte, trug er einen großen Korb bei sich. Außerdem beherrschte er die Landessprache.

Auf dem Marktplatz verkaufte Friggid sein Geflügel, dann führte er sein schäbiges Pferd in die Nähe der steinernen Festung zurück und band es fest. Ungehindert betrat er die Halle. Jeder, der eine Bitte oder Beschwerde vorbringen wollte, durfte hierherkommen. Und alle, die es wünschten, konnten sich satt essen. In Dubhlain sollte niemand hungern.

Friggid wußte von diesem Brauch, bat um Gastfreundschaft und wurde aufgefordert, am Herd Platz zu nehmen, wo man ihm eine Schüssel mit Hammelfleisch vorsetzte.

Während er aß, beobachtete er aufmerksam das Kommen und Gehen, die Dienstboten, die gerade den Boden fegten. Hin und wieder stieg eine Dame die Stufen hinauf. Vermutlich schlief der Wolf nahe dem Treppenabsatz, denn er würde ganz sicher als erster zu den Waffen greifen, wenn seiner Residenz nächtliche Gefahr drohte.

Niemand beachtete den unauffälligen Mönch, und er wartete geduldig. Sobald sich die Halle gelehrt hatte, schlich er rasch die Stufen hinauf. Wilde Rachsucht erhitzte sein Blut. Im Oberstock schaute er sich um. Er hörte Frauengelächter, aber niemand versperrte ihm den Weg, als er zur ersten Tür am Flur eilte. Lautlos öffnete er sie. Sein Blick fiel sofort auf die kunstvoll geschnitzte Wiege, und er lächelte grimmig. Der Sohn des Wolfs schlief. Blonde Locken wiesen unverkennbar auf seinen Erzeuger hin.

Vorsichtig hob Friggid das Kind aus der Wiege und legte es in den Korb. Glücklicherweise erwachte es nicht, stieß kein verhängnisvolles Gebrüll aus. Da Lady Erin ihren Sohn nicht allzu lange allein lassen würde, mußte er sich beeilen. Trotzdem konnte Friggid der Versuchung nicht widerstehen, sich vorher umzusehen. Sein Blick wanderte über die schönen Vorhänge und Pelzdecken des Betts, die blankpolierten Truhen. Heftiger Neid erfaßte ihn. *Er* müßte mit der hinreißenden Königin in diesem herrlichen Haus leben. »Aber zu guter Letzt habe ich doch noch gewonnen, Olaf«, flüsterte er.

Lautlos öffnete er die Tür einen Spaltbreit. Der Flur war immer noch leer, aber leiser Gesang drang zu ihm. Eine Frau schien sich zu nähern. Er rannte die Treppe hinab und verließ die Halle. Auch diesmal hielt ihn niemand auf. Wer sollte sich schon um einen zerlumpten Mönch kümmern?

Auf seiner halblahmen Mähre ritt er aus der Stadt. Als er den nördlichen Wald erreichte, riß er sich die Kapuze vom Kopf und lachte schallend in den Wind. Seine Männer, die ihm unwandelbare Treue geschworen hatten, erwarteten ihn mit einer Amme, die das Kind stillen und umsorgen würde, und mit einem stattlichen Hengst. Die traurige Stute, auf der er jetzt saß, wollte er schlachten lassen.

Erin summte vor sich hin, als sie den Flur entlangging. Der kristallklare Tag paßte zu ihrer heiteren Stimmung. Leith war jetzt drei Wochen alt, und sie hatte die meisten ihrer Pflichten wieder aufgenommen. Es gab viel zu tun, denn Olaf hatte angeordnet, die Katholiken, die in Dubhlain lebten, sollten die Christmette so begehen, wie es dem Zeremoniell entsprach. Die Wikinger blickten dem Heiligen Abend erwartungsvoll entgegen. Die Königin hatte ihnen erklärt, ein großes Fest würde stattfinden, und sie pflegten übermütig zu feiern, wann immer sich eine Gelegenheit bot. Im Rahmen der Christmette sollte der kleine Leith getauft werden, sechs Wochen nach der Niederkunft. Bis dahin wollte Erin ihren Mann von ihrer Unschuld überzeugen. Er mußte ihr endlich zugestehen, daß sie niemals wissentlich gegen ihn gekämpft hatte. Von Gefühlen sprachen sie noch immer nicht. Aber sie glaubte, er hätte sie in jenen letzten qualvollen Augenblicken der schweren Geburt ›Liebste‹ genannt, wenn sie sich auch nicht ganz sicher war. Nachdem sie einen Bruder und einen guten Freund verloren hatte, verstand sie Olafs Trauer um Grenilde viel besser. Natürlich sollte er der Toten stets gedenken, aber allmählich müßte er in seinem Herzen auch Raum für eine neue Liebe finden.

Lächelnd betrat sie ihr Zimmer, um nach ihrem schlafenden Sohn zu sehen. Als die die leere Wiege sah, stieg kalte Angst in ihr auf, doch sie zwang sich zur Ruhe. Olaf hatte ihn vielleicht geholt – oder Moira. Nein ... Der Wolf war mit einigen Männern in den westlichen Wald geritten, um zu jagen, und mit ihrer Freundin hatte sie eben erst im Sonnenzimmer die Speisenfolge für das Weihnachtsfest besprochen.

Erins Gedanken wanderten zu Mergwin, der sich immer noch in der Stadt aufhielt. Nein, niemals würde er den Prinzen ohne die Erlaubnis des Königs anrühren. Rig? Mageen? Unwahrscheinlich ...

Der schmerzliche Schrei, den Erin bisher unterdrückt

hatte, brach jetzt aus ihr hervor und schien alle Mauern der Festung zu erschüttern. Sie stürmte in den Flur, wo sich bereits erschrockene Frauen und die Krieger versammelten, die aus der Halle heraufgeeilt waren »Das Baby — Leith ist verschwunden!« stammelte sie.

Flehend wandte sie sich zu dem bestürzten Zwerg. »Rig, wo ist mein Kind? Hat Olaf irgend jemandem befohlen, seinen Sohn aus dem Haus zu bringen. Mageen! Ist Leith aufgewacht? Hat er geweint? Wo kann er denn stecken?«

Sie bekam keine Antwort, sah nur unglückliche, verständnislose Gesichter. Schluchzend sank sie auf die Knie, und Moira nahm sie in die Arme.

»Wir werden ihn finden. Sicher gibt es eine Erklärung ...«

Ein Wikinger trat vor. »Beruhigt Euch, Mylady. Wir werden sofort den Wolf holen.«

Während er mit einigen Gefährten die Stufen hinabsprang und die anderen das ganze Haus abzusuchen begannen, legte Erin das Gesicht an Moiras Schulter. »Er ist noch so klein! Ohne mich kann er nicht überleben. O Gott, wo mag er sein?«

Weder in der Residenz noch in irgendeinem der anderen Häuser fand sich eine Spur von dem kleinen Prinzen. Erin war kaum noch bei Sinnen, als Olaf die Halle erreichte. Mit durchdringender Stimme stellte er gezielte Fragen und drückte seine zitternde Frau an sich. Niemand wußte eine Antwort.

Schweigend beobachtete Mergwin, der den Jagdtrupp begleitet hatte, die verzweifelten Menschen, und eine grausige Erkenntnis krampfte ihm das Herz zusammen. Nun war das Dunkel hereingebrochen. Er hatte geglaubt, Erin würde Gefahr drohen, und nicht gewußt, daß die Mondschatten ihrem Sohn galten. Schließlich trat er in die Mitte der Norweger und Iren und wandte sich an den blonden Riesen, der seine schluchzende Königin im Arm hielt. »Mylord, wenn wir uns erkundigen, welche Fremden heute in die Stadt gekommen sind, werden wir erfahren, wo sich der Prinz befindet.«

Der Wolf nickte und rief: »Wer war an diesem Morgen hier? Wer hat um Gastfreundschaft gebeten?«

»Der Mönch!« Diese Antwort kam nach kurzem Zögern aus mehreren Kehlen, dann meldete sich der Wikinger zu Wort, der Olaf nach Hause geholt hatte.

»Er war der einzige Unbekannte, der heute die Halle betrat.«

Eine böse Ahnung stieg in Olaf auf. »Beschreibt ihn!«

»Er trug eine zerlumpte braune Kutte. Sein Gesicht sah ich kaum, denn es lag im Schatten seiner Kapuze.« Nachdenklich runzelte der Wikinger die Stirn. »Und er hatte einen seltsamen Gang, so als säße er auf einem Pferd.«

»Friggid der Krummbeinige ...«, flüsterte Eric ungläubig, und Erin hob den Kopf von der Schulter des Wolfs, um ins entsetzte Gesicht ihres Schwagers zu starren.

»Der Däne?« hauchte sie und erinnerte sich an den Mann, der das Gemetzel von Carlingford Lough heraufbeschworen hatte. Dann begann sie, gellend zu schreien. Ohne auf die zahlreichen Zuschauer zu achten, schlug sie mit beiden Fäusten auf die Brust ihres Mannes, verfluchte und beschuldigte ihn. Niemals würden die Iren gegen Kinder kämpfen. Nur *Wikinger*, die unseligen Eindringlinge, seien dazu fähig. Wie habe Olaf es wagen können, seinen verdammten Krieg in diesem Land zu führen, Wikinger gegen Wikinger, und seinen eigenen Sohn zu gefährden? Die Lippen fest zusammengepreßt, ertrug er die wilden Anklagen, bis sie sich kraftlos an ihn lehnte.

Sein Blick suchte Mergwin, der sofort zu ihm kam und einen Arm um die weinende Königin schlang. Mit sanfter Gewalt führte er sie die Treppe hinauf. In ihrem Zimmer verabreichte er ihr ein beruhigendes Getränk.

Olaf schickte Wachen in das Gebiet jenseits der Stadtmauern, dann rief er Eric und Sigurd in seine Waffenkammer. Sein Bruder legte ihm eine Hand auf die Schulter. »Sie hat es nicht so gemeint.«

»Doch«, widersprach der Wolf mit eiskalter Stimme. »Aber das spielt jetzt keine Rolle. Zuerst muß ich meinen Sohn finden, dann werde ich mich mit meiner Frau befassen.«

Die ganze Umgebung wurde gründlich abgesucht. Die einzelnen Gruppen hatten verabredet, in welcher Tonfolge die schrillen Kriegshörner erklingen sollten, falls man auf eine Spur stieß. Eric bezweifelte, daß Friggid ein großes Kontingent rekrutiert haben konnte, denn im Kampf gegen Olaf hatte er viele Männer verloren, und nur wenige Dänen wagten es, sich gegen den mächtigen Wolf zu stellen.

Obwohl Sigurd den Zorn seines Herrn fürchtete, wagte er auszusprechen, was er dachte. »Vielleicht ist das Kind schon tot. Das Krummbein würde nicht zögern, ein so zartes Leben auszulöschen. In seinem Haß gegen Euch ist er zu allem fähig.«

Schmerzlich verzerrten sich Olafs Züge, aber er erwiderte mit ruhiger Autorität: »Das glaube ich nicht. Wenn Friggid meinen Sohn tötete, wäre seine Rachsucht nur teilweise befriedigt, und ich würde immer noch leben. Nein — durch meinen Erben will er *mich* treffen ...«

Er unterbrach sich, als es an der Tür klopfte. Ein Wachposten meldete, in der Halle warte ein Bote von Friggid dem Krummbeinigen. Olaf stürmte aus der Waffenkammer, und sein nur mühsam bezähmter Zorn ließ den Dänen zusammenzucken.

»Versichert mir, daß mein Kind lebt!« herrschte der Wolf ihn an und packte ihn am Halsausschnitt der Tunika. »Sonst werdet Ihr hier und jetzt sterben!«

Das Gesicht des Boten, von den Narben unzähliger Kämpfe übersät, färbte sich dunkelrot. »Wenn ich nicht zurückkehre, wird Friggid Euren Sohn erstechen, Herr der Wölfe.«

Besänftigend berührte Eric die Schulter seines Bruders, der den Dänen widerstrebend losließ.

»Nun, dann sprecht!«

»Wenn Ihr das Kind wiederhaben wollt, müßt ihr im Morgengrauen zum südlichen Wald reiten. Nehmt nur einen einzigen Krieger mit, der Euren Sohn nach Hause bringen kann.«

»Das werde ich nicht tun. Falls Friggid mit mir fechten will, erwarte ich ihn am Stadttor von Dubhlain — allein. Sobald mein Sohn in Sicherheit ist, werden sich meine Männer zurückziehen. Dieser Kampf betrifft nur mich und das Krummbein, weder Norweger noch Iren oder Dänen. Es hat schon zu viele Menschenleben gekostet. Richtet diese Botschaft Eurem Anführer aus und kehrt mit der Antwort hierher zurück.«

»Nein!« Ein Schrei hallte vom Oberstock herab.

Olaf drehte sich um und sah Erin am Treppenabsatz stehen, das Geländer umklammert, das Haar wild zerzaust. Im nächsten Augenblick rannte sie herunter und wandte sich an den Dänen. »Diese Nachricht dürft ihr Friggid nicht überbringen. Sagt ihm, ich komme zu ihm — wohin immer er will, wenn er mein Kind freigibt. Ich bin eine viel bessere Geisel, denn ich reite gut und werde ihn nicht behindern. Richtet ihm aus ...«

»Erin!« fiel Olaf ihr mit donnernder Stimme ins Wort, packte ihren Arm und schrie den Boten an: »Verschwindet aus meiner Halle, oder ich lasse Euch die Nase und beide Ohren abschneiden! Und berichtet dem Jarl, was *ich* angeordnet habe — nicht diese kreischende Furie ...«

So schnell die Beine ihn trugen, rannte der Däne zum Ausgang, denn er bezweifelte nicht, daß der Herr der Wölfe seine Drohung wahr machen würde.

»Überbringt Friggid *meine* Botschaft!« rief Erin ihm

nach, ohne zu wissen, ob er sie noch gehört hatte, ehe die Tür ins Schloß fiel.

Sie fand keine Zeit, darüber nachzudenken, denn Olaf schüttelte sie mit aller Kraft. »Mußt du immer wieder Verrat an mir üben? Du Närrin! Du kennst diesen Dänen nicht! Nur um Leith vor meinen Augen die Kehle zu durchschneiden, ehe er mich hinrichtet, will er mich in diesen Wald locken. Du glaubst, er wird dich gegen das Kind eintauschen? O nein, er wird euch beide behalten. Bist du so versessen darauf, von ihm vergewaltigt zu werden?«

Wütend starrte sie ihn an. »Ein Wikinger ist wie der andere. Für die Iren macht es keinen Unterschied, ob Norweger oder Dänen in ihr Land eindringen.«

Sofort bereute sie ihre harten Worte, als sie den Schmerz in Olafs Augen sah. Außerdem mußte sie ihm recht geben. Sein Feind würde ihn ebenso töten wie Leith. Nur sie allein konnte Friggid mittels einer List bewegen, das Kind freizulassen – und wenn sie sich selbst opfern mußte. Dazu war sie bereit, denn ihr Sohn und ihr Mann würden am Leben bleiben.

Sie hatte Mergwin weisgemacht, sie würde schlafen, sorgsam ihren Plan geschmiedet, aber nicht mit dem ganzen Ausmaß von Olafs Zorn gerechnet. Er stieß sie von sich, so daß sie nach hinten taumelte und gestürzt wäre, hätte Sigurd sie nicht festgehalten. »Legt meine Frau in Ketten!« befahl der Wolf.

»Ich werde die Königin in ihr Zimmer bringen ...«

»Nein!« schrie Olaf. »Ins Verlies! Denn diese verräterische Hexe versteht es nur zu gut, Männer zu umgarnen und ihren Willen durchzusetzen.«

Der rothaarige Riese hielt Erin an den Schultern fest und trat unbehaglich von einem Fuß auf den anderen. »Olaf, ich ...«

»Ihr werdet sofort gehorchen! Ich weiß, was ich tue.«

»Nein!« protestierte Erin empört, aber Sigurd hob sie

bereits hoch, um sie die feuchten Kellerstufen hinabzutragen. O Gott, wie sollte sie diesem Gefängnis aus Stein und Stahl entrinnen, um ihr Kind zu retten?

Sigurd kettete sie nicht an, brachte ihr warmen Met, etwas zu essen und Pelzdecken. Doch seine Miene verriet nur zu deutlich, daß er seinem Herrn die Treue halten und sie nicht freilassen würde. Sie hatte keine Tränen mehr, konnte kaum noch einen klaren Gedanken fassen. Rastlos wanderte sie auf dem kalten Steinboden umher, hoffte innere Ruhe zu finden, versuchte einen neuen Plan zu schmieden. Noch immer war sie überzeugt, nur sie könnte ihren Sohn retten.

Eine Stunde nach der anderen verstrich. Erins Brüste schmerzten. Längst hätte sie Leith stillen müssen. Nun hatte er schon zwei Mahlzeiten versäumt. Wenn er hungrig war und weinte . . . Nein, daran darf ich nicht denken, beschloß sie, sonst verliere ich vollends den Verstand.

»Erin!« Das Flüstern war kaum zu vernehmen. Hatte sie sich nur eingebildet, ihren Namen zu hören? Sie lief zu der schweren Holztür und spähte durch das kleine Gitterfenster. Zu ihrer ungeheuren Erleichterung klirrte ein Schlüssel.

»Wer ist da?« hauchte sie.

Knarrend öffnete sich die Tür, und sie erkannte Mageen. »Beeilt Euch, Mylady! Wenn Olaf mich erwischt, läßt er mich zu Tode peitschen.«

»O Mageen! Gott segne Euch!«

»Kommt mit mir! Schnell!«

Erin folgte ihrer Befreierin durch einen gewundenen unterirdischen Gang.

»Auf diesem Weg erreichen wir die Küche — und hoffentlich unbemerkt den Hinterhof«, erklärte Mageen. »Bald graut der Morgen. Wahrscheinlich schlafen die meisten Männer noch.«

Bald verließen sie die dunklen feuchten Tiefen und stiegen zur Küche hinauf. Einige Dienstboten hatten versucht, während der Nacht wach zu bleiben, aber nun saßen sie dösend auf Stühlen oder lagen auf Binsenmatten am Boden. Lautlos und ungehindert huschten die beiden Frauen ins nächtliche Dunkel hinaus.

»Mageen, ich danke Euch«, wisperte Erin. »Nun brauche ich nur noch ein Pferd und einen Dolch.«

»Wenn Ihr zu dem Dänen reitet, komme ich mit.«

»Nein, Ihr dürft Euch nicht in unnötige Gefahr begeben.«

»Und wer soll Euren Sohn in Sicherheit bringen?«

Erin zögerte, dann seufzte sie tief auf. »Möge der Allmächtige Euch schützen und Euren Edelmut erkennen. Zuerst müssen wir uns irgendwie an den Wachen vorbeischleichen.«

Leise kicherte Mageen. »Ich habe mich mit einem irischen Schmied angefreundet, der von Stadt zu Stadt reist und seine Dienste anbietet. Er wird unsere Pferde an den Wachposten vorbeiführen, und wir treffen uns an der Westmauer. Dort klafft ein kleines Loch, weil eine der Wasserleitungen, ein ausgehöhlter Baumstamm, entfernt wurde. Er ist schadhaft, und man muß ihn ausbessern.«

Rasch wurde der Tag heller, während sie endlich zum Westwald ritten. Angst erfüllte Erins Herz, und in Gedanken wünschte sie ihrer Begleiterin noch einmal Gottes Segen, denn sie ahnte, daß Mageen sich noch viel mehr fürchtete als sie selbst.

Als sie die Bäume erreichten, bedeutete sie der anderen Frau, anzuhalten. Ihre Ankunft würde dem Dänen nicht entgehen, und um ihren Plan zu verwirklichen, brauchte sie Platz, den sie im Wald nicht finden würde. Ein Rascheln im Unterholz verriet, daß der Gegner ihr tatsächlich auflauerte. Sie zwang sich, mit möglichst ruhiger Stimme zu rufen: »Noch weiter reite ich nicht, Friggid! Zeigt Euch, aber vorsichtig, sonst mache ich kehrt!«

Grinsend tauchte er auf, von schwerbewaffneten Männern flankiert. »Ich habe Euch erwartet, Erin von Tara, und heiße Euch willkommen.« Er sprach sehr gut Irisch, und sie erkannte in ihm den Mann, der sie am Tag ihres Kampfs mit Olaf getäuscht hatte. Beinahe wurde ihr übel, doch sie ließ sich nichts anmerken. »Wenn diese Frau meinen Sohn nach Dubhlain zurückbringen kann, begleite ich Euch freiwillig.«

Sein Gelächter jagte ihr einen eisigen Schauer über den Rücken. »Warum sollte ich das Kind hergeben. Der Wolf wird kommen, um es zu holen.«

»Ihr wollt nicht den Prinzen töten, sondern seinen Vater. Und Olaf wird Euch nicht nur seines Erben wegen folgen, sondern auch um meinetwillen, da er ein sehr besitzergreifender Mann ist. Ich würde Euch viel weniger zur Last fallen als ein Säugling.«

»Aye, vielleicht seid Ihr eine bessere Geisel, denn Ihr könnt mir viel schönere Freuden schenken als Eurer Sohn. Steigt ab, Mylady, und tretet näher, damit ich genau sehe, was mir geboten wird.«

Obwohl Mageen leise protestierte, gehorchte Erin. Auf diesen Augenblick kam es an. Langsam ging sie auf den Dänen zu, der wieder zu lachen begann. »Ah, nun habe ich sowohl das Kind als auch die Mutter . . .«

Erschrocken verstummte er, als sie blitzschnell ihren Dolch zwischen seine Beine richtete. »Mein Leben bedeutet mir nichts, wenn mein Sohn stirbt. Dann gebe ich es bereitwillig hin. Ihr werdet nicht so glücklich sein und den Rest Eurer Tage nicht als Mann, sondern eher als Frau verbringen.«

»Halt!« befahl er, als seine Wachen vortraten. »Übergebt ihrer Begleiterin das Kind!«

Erin bedrohte ihn mit ihrer Waffe und beobachtete, wie Leith, von mehreren Decken umhüllt, in Mageens Arme gelegt wurde. Bis sie ein leises Wimmern hörte und sicher sein konnte, daß er noch lebte, hielt sie den Atem an. Danach zog sie den Dolch noch immer nicht zurück. »Ihr dürft Euch erst bewegen, wenn sie das Stadttor erreicht hat. Versucht nicht, mich zu erzürnen, denn meine Hand könnte leicht ausrutschen.«

Sarkastisch grinste er. »Euer Kind ist hungrig. Wollt ihr es nicht stillen, ehe wir davonreiten? Eine so häusliche Szene würde mir sehr gefallen.«

»Nein. Brecht jetzt auf, Mageen! Ich drehe mich erst um, wenn ich weiß, daß Ihr in der Stadt angekommen seid.«

Erin spürte Mageens Zögern, dann hörte sie ihre erstaunlich kühle Stimme. »Eins solltet Ihr bedenken, Däne. Die schwere Niederkunft der Königin liegt erst drei Wochen zurück. Wenn Ihr Euch an ihr vergeht, werdet Ihr sie ganz sicher töten, und dann habt Ihr nichts, um den Wolf zu ködern.«

Seine lüsternen Augen wanderten zwischen den beiden Frauen hin und her. »Nun, sie ist eine Beute, auf deren Genuß ich gern warte.«

Noch immer zauderte Mageen, dann vernahm Erin endlich Hufschläge, die sich rasch entfernten. Sie mußte ihre ganze Willenskraft aufbieten, um unverwandt in die spöttischen Augen des Krummbeins zu blicken. Schließlich brach er das Schweigen. »Eure Dienerin nähert sich der Stadtmauer, Mylady. Zieht jetzt den Dolch zurück. Ich habe nicht vor, Euch zu töten. Vielmehr bin ich ein Meister in der Kunst, qualvolle Schmerzen hervorzurufen.«

Erschöpft ließ sie die Waffe sinken und biß die Zähne zusammen, als Friggid mit einer Hand ihr Haar packte und mit der anderen nach ihren Brüsten griff. Lachend sah er, wie sie blaß wurde. »Ich habe wahrlich einen guten Tausch gemacht, Erin von Tara. Drei Wochen will ich Euch noch zugestehen. Dann habt Ihr Euch sicher von der Geburt erholt, und ich werde mir nehmen, was Olaf gehört.«

Erin zwang sich zu einem höhnischen Lächeln. »Ihr

werdet den Wolf vielleicht gar nicht in Eure Nähe locken, denn ihm liegt nichts an mir, weil er mich für eine Verräterin hält. Also war es vermutlich ein schlechter Tausch.«

»Das bleibt abzuwarten. Steigt jetzt auf Euer Pferd, und keine falsche Bewegung! Vielleicht können wir Olafs Herz erweichen, wenn wir ihm einen Eurer Finger schicken.«

Da sie seine Drohung durchaus ernst nahm, schwang sie sich widerspruchslos in den Sattel.

»In den Wald!« befahl er.

»Vielleicht folgt er uns schon jetzt«, bemerkte sie.

»Wohl kaum, Mylady. In den Decken Eures Kindes liegt eine Nachricht. Wenn ich nicht den Vorsprung eines Tages erhalte, werdet Ihr sterben.« Er stieg auf seinen Hengst, dann schlug er ihrem Pferd auf die Kruppe, das erschrocken einen Satz nach vorn machte und sie beinahe abwarf.

Während sie der Truppe durch den Wald folgte, versuchte sie, die Männer zu zählen. Wie viele mochten es sein. Sicher hundert — oder noch mehr . . . Mühsam kämpfte sie mit den Tränen. In der letzten Nacht hatte sie keinen Schlaf gefunden, und nun spürte sie, wie sie immer schwächer wurde. Da Friggid einen möglichst großen Vorsprung gewinnen wollte, würde er ihr noch lange keine Ruhepause gönnen.

Der Anblick Mageens, die mit dem Baby in die Halle eilte, verblüffte Olaf dermaßen, daß ihm zunächst die Worte fehlten. Dann riß er ihr seinen Sohn aus den Händen und preßte ihn an sich. Nachdem er sich von Leiths Wohlbefinden überzeugt hatte, fragte er seine einstige Geliebte in wachsendem Zorn: »Wie bist du zu dem Kind gekommen?«

»Erin . . .«, begann sie und rang nach Atem.

Mit scharfer Stimme rief er nach Moira und übergab ihr das Kind. »Hütet meinen Erben so gut wie Eure eigene

Tochter.« Dann wandte er sich wieder zu Mageen. »Offenbar hat mich meine Frau ein weiteres Mal verraten.«

»O nein!« beteuerte sie flehend. »Sie wollte nur ihr Kind retten — und ihren Mann. Jetzt befindet sie sich in den Händen der Dänen.«

Er stieß einen wilden Fluch aus, dann kehrte er ihr den Rücken, und sie sah den tiefen Kummer in seinen Augen nicht. »Sigurd! Schickt Männer nach Norden und Süden, nach Tara und Ulster! Diesmal wird Friggid sterben. Nie mehr soll dieses Land unter ihm leiden.«

Mergwin, der am Herd saß, schaute sorgenvoll auf. Wußte der Wikingerwolf, daß er längst ein Ire geworden war? Und erkannte er den Wert des Schatzes, den er besaß? Doch darauf kam es vorerst nicht an. Nur eins zählte — der Wolf würde dem Dänen folgen, um Erin zu retten. Hoffentlich war es nicht zu spät ...

Eindringlich betete der Druide zu seinen alten Göttern. Die Vision eines Feuers erschien vor seinem geistigen Auge, und wieder einmal erfaßte ihn namenlose Angst.

25

Die Tage dehnten sich zu Wochen. Immer noch ritten sie vom Morgengrauen bis zum Sonnenuntergang. Anfangs dachte Erin, die anstrengende Reise in den Osten würde sie umbringen. Doch sie war stärker, als sie geglaubt hatte.

Jeden Tag rechnete Friggid ihr spöttisch vor, wie lange er noch warten mußte, bis er sich an seiner Beute erfreuen konnte. Die Zeit lief ihr davon, und von Olaf war nichts zu sehen. Oder folgte er ihr gar nicht? Fand er, sie hätte ihn einmal zuviel verraten? Hatte er entschieden, es wäre besser, seine Frau, dieses ständige Ärgernis, loszuwerden.

Schmerzlich vermißte sie ihr Baby, tröstete sich aber mit dem Gedanken, daß es bei seinem Vater in guten Händen war und von allen Bewohnern der Residenz geliebt wurde.

Die Dänen behandelten sie nicht grausam, erkannten sie als Friggids Eigentum an und ließen sie in Ruhe. Manche begegneten ihr sogar sehr freundlich und respektierten ihre Tapferkeit.

Nach neunzehn Tagen erreichten sie endlich das Ziel, eine Siedlung, die eben erst errichtet wurde. Schweren Herzens sah Erin, daß Friggid viel mehr Männer zur Verfügung standen, als sie angenommen hatte.

Die Siedlung entstand an der Stelle eines teilweise niedergebrannten irischen Dorfs. Das erkannte Erin an vereinzelten Hütten aus Flechtwerk, mit Lehm beworfen, die sich immer noch zwischen den Bauwerken der dänischen Eindringlinge zeigten. Hohe Erdwälle und Zäune aus gekreuzten Baumstämmen umgaben das Lager. In der Mitte erhob sich ein Podest, und Erin fragte sich, welch makabre Strafmaßnahmen Friggid dort ergreifen mochte.

Während sie sich umschaute, kam er zu ihr. »Euer Wolf ist spät dran, Königin, falls er überhaupt erscheint. In ein paar Tagen ist meine Festung uneinnehmbar. Folgt mir!« Er hob sie vom Pferd und führte sie in die größte Behausung nahe dem seltsamen Podest. Der Architektur nach glich sie Olafs Residenz, war aber viel kleiner. Der Däne schob Erin in eine Kammer am Treppenabsatz. »Genießt die letzte Nacht, die ihr allein verbringen werdet, Mylady! Die Wartezeit ist zu Ende.« Die Tür fiel ins Schloß, ein schwerer Riegel wurde vorgeschoben.

Verzweifelt warf sich Erin aufs Bett, und die Tränen, die sie während des langen Ritts stets zurückgehalten hatte, begannen nun zu fließen. Schließlich sank sie vor lauter Erschöpfung in einen tiefen, traumlosen Schlaf.

Am Morgen brachten ihr einige Dienstboten eine Mahlzeit, Badewasser und saubere Kleidung. Jetzt, wo sie sich einigermaßen ausgeruht fühlte, konnte sie ihre Flucht planen. Tagsüber blieb die Tür ihrer Kammer unverriegelt. Die Dänen beobachteten, wie Erin in die Halle hinunterging. Niemand hielt sie auf, und Friggid ließ sich nirgends blicken. Entschlossen eilte sie aus dem Haus, um sich genauer umzusehen. Über die hohen Erdwälle und Zäune konnte sie nicht klettern, aber im Westen bildeten aufragende Klippen eine natürliche Verteidigungsbastion gegen Überraschungsangriffe. Auf diesem Weg mußte sie entkommen.

Sie heuchelte Interesse für die Bauarbeiten, wanderte umher, durfte sich offenbar frei bewegen. Friggid ist sich seiner Sache viel zu sicher, dachte sie. Um so leichter werde ich ihm entwischen. Schließlich ging sie auf die Klippen zu, wobei sie verstohlen nach allen Seiten spähte. Bald fand sie einen Weg, der sich nach oben wand. Atemlos erreichte sie einen Gipfel, und ihre Zuversicht wuchs. Offensichtlich brauchte sie nur in westlicher Richtung hinabzusteigen, dann konnte sie sich im Wald verbergen und später Hilfe suchen. Natürlich würde sie die Kälte nur schwer ertragen, aber sie erfror oder verhungerte lieber, als sich von dem verhaßten Dänen anrühren zu lassen. Nachdem sie für eine kleine Weile auf einem Felsblock gesessen hatte, um sich auszuruhen, machte sie sich auf den Weg.

Wie festgewurzelt blieb sie stehen, als eine höhnische Stimme hinter ihr erklang. »Glaubt bloß nicht, Ihr könntet mir davonlaufen, Mylady, wo ich doch so lange warten mußte, um meine Rache zu genießen. Jetzt soll meine Geduld süßen Lohn finden, denn die Geschichten über Eure Schönheit und Euer Temperament sind keineswegs übertrieben.«

Entsetzt starrte sie Friggid an, der sie auf den Klippen erwartet haben mußte. »Niemals werdet Ihr siegen, Däne. Wenn Olaf nicht kommt, wird sich mein Vater Euch entgegenstellen ...«

»Dann stirbt der Ard-Righ, und die albernen Scharmützel zwischen den Königen werden Irland von neuem quälen. Und indem sie einander zerfleischen, bieten sie mir eine noch bessere Gelegenheit, immer mehr Grund und Boden zu erobern.«

Sie schwieg, denn wie sie nur zu gut wußte, wäre Aeds Tod der schlimmste Schicksalsschlag, der ihre Heimat treffen konnte.

Grinsend stolzierte Friggid zu ihr und spielte mit einer ihrer Locken, die im Wind flatterten. »Vergeßt Euren Wolf und betet, er möge Euch nicht nachreiten. Sicher werdet Ihr mit der Zeit lernen, mir willig zu dienen ...« Er sprach weiter, doch sie hörte ihm nicht mehr zu. Seine Nähe ließ sie erschauern.

Plötzlich merkte sie, daß er verstummt war. Er schaute über ihre Schulter nach Osten, dann flüsterte er: »Unmöglich! So schnell kann er nicht hier sein.«

Sie drehte sich verwundert um, und ihr Atem stockte. Angst und ein heißes Glücksgefühl kämpften in ihrem Herzen. Der Herr der Wölfe war auf dem Weg zu ihr.

Rasch kamen die Truppen näher, mit wehenden Standarten. Die Erde zitterte unter den Hufschlägen, norwegische Schlachthörner erklangen, vermischt mit dem Kriegsgeschrei der Männer. Bis zum Horizont erstreckte sich die gewaltige Reiterschar. Aed Finnlaiths Banner flatterte im Süden, Niall von Ulster galoppierte aus dem Norden heran, und Olaf der Weiße, König von Dubhlain, aus dem Osten. Bald erkannte Erin den Wolf an seinem blonden Kopf, der die anderen überragte. Ein scharlachroter Umhang flog hinter ihm her. Er kam hierher, um sie zu holen.

Wie oft hatte sie, wenn auch halbherzig gewünscht, er würde in seiner Residenz bleiben, kein neues Blutvergießen heraufbeschwören ... Doch jetzt, bei seinem Anblick, empfand sie nur noch wilde Freude. Lachend wandte sie sich zu Friggid. »Er ist da, Däne! Der Wolf wird Euch töten!« Daß sie vorher wahrscheinlich selbst den Tod finden würde, störte sie nicht. Ihre Liebe konnte ihr der Feind nicht nehmen, niemals auslöschen, was zwischen einer irischen Prinzessin und einem norwegischen Prinzen geschehen war. Und in Dubhlain würde ihr Sohn weiterleben, ein Zeuge ihres Glücks.

Friggid packte ihren Arm. »In der Tat, der Wolf reitet auf uns zu. Doch das wird Euch nichts nützen, Mylady. Nie wieder wird er Euch besitzen — und auch Dubhlain nicht, denn heute wartet der Tod auf ihn.«

Schmerzhaft verdrehte er ihr den Arm, aber sie lachte immer noch. »Er wird nicht sterben. Und wenn Ihr dumm genug seid, ihm entgegenzutreten, wird er Euch zerstückeln.«

»Mag sein.« Ein häßliches Lächeln zeigte sich auf dem Gesicht des Dänenführers. »Aber so oder so — Ihr werdet nie mehr in seinen Armen liegen. Einer von Euch beiden wird heute sein Leben aushauchen.« Er zog sie den gewundenen Klippenpfad hinab, und sie versuchte vergeblich, sich von seinem harten Griff zu befreien. Trotzdem behinderte sie ihn, so gut es ging, ließ sich mehrmals fallen, und er mußte sie hochzerren.

»Nehmt Euch in acht!« warnte er sie, als sie erneut am Boden lang und nach Luft rang. Schmerzhaft war ihre Schulter gegen einen Felsblock geprallt. »Ihr sollt nicht die Besinnung verlieren, ehe ich mit Euch fertig bin!«

Erin biß die Zähne zusammen und stand auf. Wenig später erreichten sie den Hof der Festung, wo heillose Verwirrung herrschte. Ein Däne rannte seinem Herrn entgegen. »Sie greifen die Tore an!«

»Jammert nicht wie ein altes Waschweib!« Angewidert spuckte Friggid ihm vor die Füße. »Trommelt die Leute zusammen und besetzt die Tore! Die können nicht einmal von tausend Pferden niedergetrampelt werden.«

»Es ist nicht der Wolf allein. Die Truppen von Ulster und Tara begleiten ihn. Wir kämpfen gegen die Hälfte der Provinzen. Aed Finnlaith . . .«

»Es ist mir gleichgültig, gegen wen wir kämpfen. Schon immer habe ich gegen diese Männer gekämpft. Geht auf Eure Posten! Oder verwandeln sich die Dänen in feige Memmen, sobald der Wolf auftaucht? Er ist kein Gott, sondern ein Sterblicher, und heute wird er vor Euren Augen verbluten.«

Hastig floh der Mann vor dem Zorn seines Anführers und leitete dessen Befehle weiter. Brutal zerrte Friggid seine Gefangene mit sich. »Kommt nur, meine Königin! Ihr sollt nichts von diesem Gemetzel versäumen, und ich habe einen wunderbaren Aussichtsplatz für Euch!«

Schreiende Männer holten ihre Waffen, formierten sich, bereiteten Katapulte vor, um siedend heißes Öl die Außenmauern hinabzugießen. Bogenschützen versammelten sich an den Schießscharten.

Immer noch bebte die Erde unter den trommelnden Hufen. Friggid zerrte Erin zu dem hölzernen Podest, das von einem Zaun aus Baumstämmen umgeben war. Dahinter erhob sich ein Schandpfahl. Zu ihrem Entsetzen erkannte sie, daß der Däne sie daran festbinden wollte. Als er sie über die Rampe hinaufführte, wehrte sie sich mit aller Kraft. Sie stürzten, rollten nach unten, und sie wäre ihm beinahe entkommen. Aber er packte den Saum ihres Kleids, sprang hoch, zog sie auf die Beine und schlug sie gnadenlos ins Gesicht. Ihr Kopf schien sich blitzschnell zu drehen, und sie schmeckte Blut im Mund. »Keine Dummheiten mehr, Mylady, oder Ihr müßt schon jetzt sterben. Dann würdet Ihr das große Spektakel versäumen.«

Tränen brannten in ihren Augen, aber sie schluckte sie hinunter. Friggids Arm umschlang ihre Taille, und er trug sie zu dem Schandpfahl. Gepeinigt schrie sie auf, als er ihre Arme nach oben zog, mit einem dicken Strick zusammenband und am Pfosten befestigte. Die Fessel schnitt so fest in ihr Fleisch, daß ihr Blut kaum durch die Adern fließen konnte.

Friggids kurzgeschnittener Bart näherte sich ihrer Wange, seine Lippen berührten ihr Ohr.

»Wie töricht vom Herrn der Wölfe, mich zu überfallen!« flüsterte er. »Tröstet Euch mit der Hoffnung, daß Ihr wahrscheinlich zu zweit nach Walhall reisen werdet!«

Sie zwang sich zu einem verächtlichen Lächeln. »Tapfere Worte aus dem Mund eines Mannes, der eine wehrlose Frau an einen Schandpfahl bindet — der sich dem Wolf nicht stellt, im Kampf von Mann zu Mann ... Das wagt ihr nicht, feiges Krummbein, denn Ihr wißt, daß er der Stärkere ist ...«

Mit einer weiteren Ohrfeige brachte er sie zum Schweigen. »Haltet den Mund, Königin, sonst durchschneide ich Euch schon jetzt die Kehle!«

Krampfhaft schluckte sie und kämpfte gegen den Schmerz an, der sie zu überwältigen drohte. Die Plattform schien sich unter ihren Füßen zu drehen, ihr wurde schwarz vor Augen. Aber sie riß sich zusammen, und das Bewußtsein kehrte zurück. »Wann ich sterbe, spielt keine Rolle. Den Wolf von Norwegen werdet Ihr auf keinen Fall besiegen. Und er wird seine Stellung in Dubhlain immer noch halten, wenn Ihr schon längst eine kleine Staubwolke im Wind seid ...«

»Da irrt Ihr Euch. Bevor Euch der Tod ereilt, werdet Ihr Euren Gemahl sterben sehen. Hoffentlich wißt Ihr das erstaunliche Schauspiel zu schätzen, das ich Euch biete.«

Erin hob den Kopf. Das Podest stand auf einer kleinen Anhöhe, und jenseits des Holzzauns sah sie die Truppen der Verbündeten heransprengen, entdeckte Olaf auf seinem schwarzen Streitroß, dessen Hufe große Erdklumpen hochwirbelten. Kam er hierher, weil er sie liebte und brauchte? Oder weil die Ehre des Wikingerkönigs verlangte, daß er sein Eigentum zurückholte? Oder weil er Friggid mehr haßte, als er sie jemals lieben konnte, und Grenilde rächen wollte? Doch das alles war jetzt unwichtig. Nur eines zählte — sein Leben. Paß gut auf dich auf, Liebster, dachte sie.

Nun sah sie auch ihren Vater, ihre Brüder, ihren Vetter. Irland zuliebe hatte sie das Opfer gebracht, den Wolf zu heiraten. Und nun ritten sie alle herbei, um sie zu befreien.

»Ich eile jetzt zu den Waffen, Mylady«, verkündete Friggid höhnisch.

Ohne mit der Wimper zu zucken, starrte sie in die dunklen, grausamen Augen. »Bald werdet Ihr in der Hölle schmoren. Walhall bleibt Euch verschlossen.«

»Vielleicht werde ich das Höllenfeuer kennenlernen, Erin. Aber Ihr werdet erfahren, was es heißt, schon auf Erden zu brennen.« Mit einer übertrieben tiefen Verbeugung entfernte er sich.

Was er angedeutet hatte, verstand sie nicht, und es kümmerte sie auch nicht. Die Angreifer näherten sich den Holzwällen. Die ersten Katapulte wurden hochgehoben, und Erin hielt den Atem an, als die Dänen mit ihren Streitäxten Stricke zerhackten und siedendes Öl über die Einfriedung floß. Die gellenden Schmerzensschreie von Kriegern und Pferden drangen zu ihr. Von den Schießscharten sandten die Bogenschützen brennende Pfeile hinab.

»O Gott!« rief sie entsetzt, während die großen Gefäße der Katapulte wieder gefüllt wurden, und zerrte verzweifelt an den Fesseln, die sich nur noch fester in ihre Handgelenke gruben. Dann schloß sie die Augen, um nicht zu sehen, wie sich das heiße Öl nach unten ergoß.

Doch dann hob sie die Lider. Ein ohrenbetäubender Krach begleitete den Einsturz des dänischen Walls. Die Hufe des Rappen hatten das Holz zertrümmert, und er flog mit seinem Reiter hoch durch die Luft. Gefolgt von seinen Wikingern, sprengte der Wolf heran, schwang sein Schwert, das in der Sonne funkelte, und stieß einen durchdringenden Kriegsruf aus. Noch war er weit entfernt, aber Erin vermutete, daß er sie bereits entdeckt hatte. Unzählige Angreifer galoppierten in die dänische Stellung. Stahl klirrte, tödliche Streitäxte sausten hinab, Feuerpfeile schwirrten umher.

Diesem Ansturm kann Friggid unmöglich standhalten, dachte sie voller Stolz und Liebe. Hat er wirklich geglaubt, seine schwache Festung wäre dem Wolf gewachsen?

Plötzlich zuckte sie zusammen, als etwas an ihrer Wange vorbeiflog, und sie sah Friggid jenseits des Zauns aus Baumstämmen stehen, einen Bogen in den Händen, dessen lange Sehne heftig bebte. Sie schaute sich bestürzt um, und da begriff sie die Bedeutung seiner geheimnisvollen Abschiedsworte. »Ihr werdet erfahren, was es heißt, schon auf Erden zu brennen . . .« Er hatte einen brennenden Pfeil auf die Einfriedung des Podests geschossen, die offenbar mit Öl übergossen war und sofort zu schwelen begann.

»Gütiger Himmel!« schrie sie und riß wieder an ihren Fesseln. Beißender Rauch trieb ihr Tränen in die Augen. Über dem Schlachtenlärm hörte sie das Hohngelächter ihres Feindes. Vielleicht rechnete er mit seinem Tod. Aber zuvor würde er seine Rache genießen, denn Olaf konnte unmöglich rechtzeitig an ihm vorbeikommen, um Erin aus der Flammenhölle zu befreien.

»Ich grüße Euch, Prinzessin von Tara, Königin von Dubhlain!« rief Friggid. »Mögen wir uns alle in Walhall wiedersehen!«

Rasch zerfraß das Feuer die trockenen Baumstämme des Zauns. »Nein!« schrie Erin in wilder Todesangst, starrte durch einen Tränenschleier in den schwarzen Rauch, zerrte an den Fesseln, bis ihre Handgelenke bluteten. Kraftlos sank sie an den Pfahl. Ich werde nicht bei lebendigem Leib verbrennen, versuchte sie sich zu trösten. Der Qualm wird mich schon vorher ersticken ... Der Tod würde nicht allzu schrecklich sein. An der Himmelspforte würden Brice und Fennen auf sie warten, Bridget und Brian von Clonntairth. Nein, sie fürchtete den Tod nicht, bereute nur, daß sie Olaf nie gestanden hatte, wie sehr sie ihn liebte ...

Der Wolf hatte nur Augen für einen einzigen Mann. Fast geistesabwesend wehrte er die Schwertstreiche der Dänen ab, die ihn in Nahkämpfe verwickeln wollten. Seinen Hengst lenkte er mit den Knien. In einer Hand hielt er seine Waffe, in der anderen den Schild. Wenn er beides verlor, würde er Friggid mit bloßen Händen bekämpfen. Wo versteckte sich der Däne?

»Herr der Wölfe!« Olaf spähte durch das Getümmel der Schlacht, und da sah er seinen Feind endlich auf sich zureiten.

Ringsum senkten die Krieger ihre Schwerter und Streitäxte. Die Hälfte der Gebäude brannte bereits. Eine seltsame Stille sank herab, während der Wikinger und der Däne aufeinander zusprengten. Im Abstand von fünf Pferdelängen hielten sie an und musterten sich abschätzend. Der große Rappe, von Rauch umgeben, tänzelte nervös.

Der lang ersehnte Kampf, dachte Olaf. Für Grenilde, für den Frieden von Irland, für seinen Sohn ... Nein, für Erin. Sie ist mein Leben.

Friggid trug eine zerfetzte Tunika unter dem Brustpanzer. Und der Wolf begegnete ihm in irischer Kleidung, aber ebenfalls von dem Panzer geschützt, den er von seinen Feinden übernommen hatte. Auch der Däne war mit Schwert und Schild gerüstet. Ein Stahlhelm mit Visier verbarg seinen Kopf.

Der König von Dubhlain hatte seinen Helm noch nicht aufgesetzt. Hell schimmerte sein goldenes Haar in der Sonne. »Machen wir es unter uns aus, Däne. Führt Eure Truppen nicht in den sicheren Tod. Eine Schlacht zwischen zwei Wikingern.«

»Ja, dieser Kampf betrifft nur uns beide. So haben es Odin und Thor bestimmt. Aber hier stehen sich nicht zwei Wikinger gegenüber, denn Ihr seid längst ein Ire geworden.«

Olaf zuckte die Achseln. »Vielleicht. Jedenfalls bin ich der Mann, der Dubhlain hält und mit vielen tausend Iren reitet. Wo ist Erin?«

Spöttisch grinste Friggid. »Der Sieger bekommt die Beute. Dieses Gesetz kennt Ihr doch?«

»Dann wollen wir den Sieger ermitteln.«

Gregory von Clonntairth bahnte sich einen Weg durch die Menge, rannte zu Olaf und brachte ihm den Helm. Der Wolf stülpte ihn über seinen Kopf, und hinter dem silbrig glänzenden Metall zeigten sich nur mehr die eisblauen Augen. Der Rappe bäumte sich auf, mit einem ohrenbetäubenden Kriegsruf griff sein Reiter den Feind an. Der Boden bebte, als die vier Hufe wieder darauf landeten, und dann begannen, die Schwerter zu klirren.

Der Däne focht wie ein Berserker. In diesem Duell konnte er alles gewinnen oder alles verlieren. Und der Wolf kämpfte mit der leidenschaftlichen Wut eines Mannes, der schmerzliche Verluste erlitten hatte. Und vor allem kämpfte er um seine Frau.

Doch beim nächsten Angriff war es Olaf, der aus dem Sattel stürzte und durch den Staub rollte. Sofort sprang er hoch und hob seinen Schild. Friggid galoppierte auf ihn zu, versuchte, ihn niederzureiten, hieb mit dem Schwert nach ihm. Beides mißlang, und der Wolf packte seinen Arm. Gleich darauf wälzten sich die zwei Männer am Boden. Doch sie waren sofort wieder auf den Beinen und begannen, einander vorsichtig zu umkreisen.

Wieder stießen die Schwerter klirrend zusammen. Stahl drang durch Olafs Rüstung, ritzte einen Arm auf, aber er fühlte keinen Schmerz. Immer wieder schwang er seine Waffe, und dann flog der Schild des dänischen Jarls durch die Luft. Die Klinge bohrte sich seitlich in Friggids Hals. Taumelnd ließ er sein Schwert fallen, griff an die Stelle, wo sein Blut herausfloß — und sein Leben. Dann sank er auf die Knie, starrte den Norweger verwundert an, als könnte er nicht glauben, daß er die Schlacht verloren hatte.

Keuchend stand Olaf vor seinem gefallenen Feind und las immer noch Triumph in den glasigen Augen. Da kniete er vor Friggid nieder, packte die blutigen Schultern und schüttelte ihn. »Wo ist meine Frau?« rief er in plötzlicher Angst. Kein Sterbender lächelte so siegessicher, wenn nicht ...

Der Däne schwieg. Ein Todesröcheln drang aus dem Visier.

»Wo ist sie?« schrie Olaf.

Frigidds Augen nahmen den leeren Glanz des Todes an, doch sie blinzelten noch einmal, glitten zu seiner Festung hinüber. Sein letzter Atemzug klang wie das Rascheln welker Blätter im Winter.

Als Olaf sich erhob, trat ein Däne vor und legte ihm sein Schwert zu Füßen. »Wir unterwerfen uns Euch, Herr der Wölfe. Von Anfang an waren wir in der Unterzahl und fanden keinen Gefallen an dieser Schlacht, aber wir standen unserem Jarl zur Seite. Von Euch erwarten wir keine Gnade, aber wir bitten darum.«

»Verlaßt Irland oder schwört Aed Finnlaith die Treue, dann soll Gnade vor Recht ergehen«, erwiderte Olaf geistesabwesend und schaute sich in der Siedlung um. »Ich will kein Blut fließen sehen, ich suche meine Frau.«

War es nur ätzender Rauch, der Tränen in die Augen des Dänen trieb? »Eure Gemahlin — Eure Königin ...«

»Sprecht, Mann!« stieß Olaf mit zitternder Stimme hervor. Da zeigte der Däne zu dem Podest, aus dem die Flammen emporloderten.

»Dort, in dem Feuer ... Falls sie noch lebt, könnt Ihr sie nicht erreichen. Glaubt mir, Olaf von Dubhlain, wir wußten nicht, was Friggid mit ihr vorhatte, und wir lernten sie achten, denn sie war eine sehr tapfere Frau ...«

»O nein!« Der Wolf sprang auf seinen schwarzen Hengst und raste zu dem Inferno, das in der Nähe von Friggids Residenz tobte. Auch Dänen, Krieger aus Ulster, Tara und Dubhlain stiegen auf die Pferde oder rannten zu Fuß hinter ihm her. Er hielt vor einem brennenden Holzzaun. Schwarzer Rauch ballte sich über dem Feuer. Aber es war noch nicht bis zu der gefesselten Frau vorgedrungen, die reglos am Schandpfahl lehnte, das Gesicht von dichtem ebenholzschwarzem Haar verborgen.

Olafs verzweifelter Schrei galt Odin und Thor, aber auch dem christlichen Gott. Er spornte seinen Rappen an, doch das Tier bäumte sich vor dem Feuerwall auf, und er lenkte es nach hinten. Langsam hob Erin den Kopf, erblickte die zahlreichen Reiter und Pferde, doch was diese große Schar zu bedeuten hatte, verstand sie nicht. Sie nahm nur einen einzigen Mann wahr, der majestätisch auf seinem schwarzen Streitroß saß, dessen blaue Augen hinter dem Visier in Gestalt eines Wolfskopf strahlten. Das Eis war aus diesen Augen verschwunden. Jetzt glichen sie einer stürmischen, sommerlichen See. Träumte sie? Sie blinzelte, und als sie Olaf wieder anschaute, war das Eis in seinen Blick zurückgekehrt.

Er liebte sie nicht, war nur hierhergekommen, um Grenilde zu rächen. Doch das erschien Erin unwichtig. Jetzt zählte nur ihre Liebe zu ihm, sein Bild, das sie stets in ihrer unsterblichen Seele bewahren würde. Er sah aus wie ein goldener Gott, und sollte er nach Walhall reisen, würde er auch dort alle Helden beherrschen.

Aber er lebte — weil er unbesiegbar war. Nun ließ er sein Pferd noch weiter zurücktänzeln, dann galoppierte er erneut auf das Feuer zu. Alle Zuschauer hielten den Atem an. Tief beugte sich Olaf über den Hals seines Rappen, spornte ihn an, sprach ihm flüsternd Mut zu. Diesmal schreckte der Rappe nicht vor den Flammen zurück. In hohem Bogen sprang er darüber hinweg und landete auf der Plattform, deren Holz unter den schweren Hufen splitterte. Erin sah das Schwert aufblitzen, das ihre Fesseln durchschnitt, und die Beine gaben unter ihr nach.

Klirrend landete der Stahl am Boden, und ehe sie stürzen konnte, wurde sie von einem starken Arm umfangen. Olaf zog sie zu sich in den Sattel, und der erregte Hengst stellte sich wieder auf die Hinterbeine. Wild schlugen die Hufe durch die Luft, als das Tier vor dem Wall aus Feuer und Qualm zurückschreckte.

Erin war bereit gewesen zu sterben, von Olafs Bild ins Jenseits begleitet. Aber jetzt, wo er sie im Arm hielt, wollte sie leben, ihn spüren, ihm endlich sagen, wie sehr sie ihn liebte. Dieser Liebe war es einerlei, woher er stammte und ob sein Herz einer blonden Schönheit in Walhall gehörte. »Olaf«, wisperte sie, hörte ihre eigene Stimme nicht über dem Knistern der Flammen.

»Sprich nicht!« befahl er. »Hol tief Atem!« Sie gehorchte. Jetzt oder nie. Gebieterisch trieb er sein Pferd dem Feuer entgegen, und Iren, Norweger und Dänen beobachteten ungläubig, daß das große schwarze Streitroß hoch emporschnellte. Wie das mythische achtbeinige Götterpferd trug es den norwegischen König und die irische Prinzessin über die lodernde Hölle hinweg und ins Leben.

26

Ohrenbetäubendes Triumphgeschrei empfing Olaf, aber er hielt nicht inne, um sich bejubeln zu lassen. Er lenkte seinen Hengst durch das Menschenmeer, über die Reste des zerbrochenen Festungswalls hinweg, in ein Kiefernwäldchen. Erin saß vor ihm auf dem Pferderücken und erschauerte, als sie nach der Flammenhitze die winterliche Kälte spürte.

Zwischen den Bäumen zügelte ihr Mann den Rappen, stieg ab und hob sie herunter. Bis sie ihr Gleichgewicht wiedergefunden hatte, hielt er sie fest. Prüfend schaute er in ihr rußverschmiertes Gesicht. »Offenbar bist du nicht ernsthaft verletzt.« Seine Stimme klang seltsam kühl, nachdem er eben noch sein Leben für sie gewagt hatte.

Zu ihrem Entsetzen ließ er sie los und wandte sich zu seinem Pferd. Nein, sie konnte ihn nicht gehen lassen. Selbst wenn sie sich zur Närrin machte – sie mußte ihn zurückrufen. Jetzt, wo sie die Verwundbarkeit des Lebens kannte, wollte sie nichts mehr davon vergeuden.

Zitternd streckte sie die Arme aus, und Olafs Name erklang wie ein gebrochenes Schluchzen. Sofort hielt er inne. In diesem Ruf glaubte er alles zu hören, was er so lange gesucht hatte. Doch er fürchtete, es könnte ein Irrtum sein. Nur zögernd drehte er sich um.

Er sah Erins Tränen, die helle Spuren über die rußgeschwärzten Wangen zogen, die Smaragdaugen, die ihm mitten im Winter den schönsten Frühling versprachen. »Ich – liebe – dich ...«, wisperte sie. »Sicher, du wirst immer Grenilde lieben, und ich begnüge mich mit dem, was du mir geben kannst ...«

»Erin!« Mit zwei Schritten war er bei ihr, nahm sie in die

Arme, so behutsam, als wäre sie eine Blume, die man leicht zerdrücken konnte.

Ein heißes Glücksgefühl durchströmte Erin. Das Echo ihres geflüsterten Namens schien im Wind zu schweben, während sie eng umschlungen dastanden und spürten, wie ihnen die Liebe neue Kraft gab. Der Wolf rückte ein wenig von ihr ab, hauchte einen zarten Kuß auf ihre Lippen.

Mühsam suchte sie nach Worten. »Niemals habe ich dich verraten. Es war Friggid, der mich an jenem Tag in die Irre führte, wo ich dir bewaffnet auf den Felsen gegenüberstand.« Bitter fügte sie hinzu: »Sicher hast du ihn getötet, also kann er meine Erklärung nicht bestätigen. Es gibt noch immer keinen Beweis ... Aber auch jetzt wollte ich keinen Verrat an dir üben und nur unseren Sohn retten. Ich hätte es nicht ertragen, ihn zu verlieren ...«

»Still, meine Liebste«, murmelte Olaf und drückte sie etwas fester an seine Brust. »Ich weiß ...«

»Friggid wollte dich umbringen — und vorher hätte er Leith vor deinen Augen die Kehle durchschnitten ...«

»Still ...«

»Du glaubst mir also?«

»Aye, meine süße Irin.«

»Aber ich kann nichts beweisen ...«

»Ich liebe dich«, unterbrach er sie sanft. »Deshalb fürchtete ich, daß ich kein unvoreingenommenes Urteil über dich sprechen und von einer Frau zum Narren gehalten werden könnte ...«

»Sag das noch mal!«

»Ich wagte nicht, den verführerischen Worten einer Frau zu trauen ...«

»Nein, ich meine — was du davor sagtest ...«

»Ich liebe dich«, wiederholte er lächelnd, »schon lange. Aber es war nicht so einfach, eine irische Hexe zu lieben, die dem verhaßten Wikinger ständig ihre Krallen zeigte.«

»Ach, Olaf ...« Sie legte ihre Wange an seine Brust, fühlte durch die kühle Rüstung den kraftvollen Schlag seines warmen Herzens. »Es stimmt — niemals wollte ich einen Wikinger lieben. Aber ich konnte nichts dagegen tun.«

Als sie wieder zu ihm aufsah, erklärte er: »Meine Liebe zu Grenilde wird niemals erlöschen, aber jetzt ist sie — so wie deine Liebe zu deinem toten Bruder — in der Erinnerung verschlossen. Und sie kann meine Gefühle für dich nicht beeinträchtigen. Denn was mich mit Leib und Seele an dich bindet, ist stärker als alles, was ich je empfand. Von Anfang an hast du mich verzaubert und mein Herz in diesen trügerisch zarten Händen festgehalten. Wie gebannt von deiner süßen Vollkommenheit, war ich unfähig, auch nur an eine andere Frau zu denken. Aber du warst von Haß und Verachtung erfüllt, und das hast du auch deutlich gezeigt.«

Immer noch glänzten Tränen in Erins Augen, aber sie lächelte. »So deutlich wie die süße, beschämende Schwäche, die mich erfaßte, wann immer du mich berührtest ...« Ihre Lippen begannen zu zittern. »Und — warum hast du dich eben noch von mir abgewandt?«

»Bevor du meinen Namen riefst, wagte ich nicht zu glauben, du könntest jemals einen Wikinger lieben — noch dazu den norwegischen Wolf. Nicht nur irische Prinzessinnen, sondern auch Wikinger sind sehr stolz.« Sie lachte leise, und er küßte ihre Stirn. »Komm jetzt, Erin. Dein Vater will dich sehen. Und Gregory und Brice ...«

»Und Leith!« unterbrach sie ihn. »Ich habe unseren Sohn so schmerzlich vermißt, und ich will ihn endlich wieder im Arm halten.«

»Sorge dich nicht um ihn, er ist in den besten Händen. Jetzt müssen wir die Heimreise antreten. Ein langer Weg liegt vor uns.«

Er hob sie wieder auf sein Streitroß und schwang sich hinter ihr in den Sattel. Zufrieden schwiegen sie, während sie zu den Truppen ritten.

Erin lehnte an der breiten Brust ihres Mannes und dachte an ihre Tagträume. Er war nicht auf die Knie gefallen, um ihre Verzeihung zu erbitten. Aber seine überzeugende Liebeserklärung bedeutete ihr viel mehr. Außerdem kniet der Wolf von Norwegen und Dubhlain nicht vor der Vergangenheit nieder, dachte sie voller Stolz, er erhebt sich in die Zukunft.

Vor den Ruinen der dänischen Stellung zügelte er sein Pferd. Erin schaute ihn über die Schulter an und bemerkte, daß er nachdenklich vor sich hinstarrte. »Was hast du?«

Da nahm er sie noch fester in den Arm. »Ich mußte an die Worte eines alten Druiden denken, Liebste, eines sehr weisen Mannes. Er sagte, meine Seele würde mir eines Tages wieder gehören — nicht, weil der Däne tot ist, sondern weil mir das Leben geschenkt wurde.«

Er stand am Kamin und beobachtete lächelnd das Fest, das in seiner großen Halle stattfand. Vollzählig verbrachte die Familie des Ard-Righ die Weihnachtstage in Dubhlain. Aed hatte energisch erklärt, Erin dürfe nicht nach Tara kommen, denn sie sei in den zwei Monden seit ihrer schweren Niederkunft lange genug unterwegs gewesen.

Nie zuvor hatte die königliche Residenz ein so munteres Leben und Treiben gesehen. Die irischen Damen und Herrn bemühten sich, den Norwegern den Sinn des Weihnachtsfestes zu erklären. Und die Wikinger schickten manchmal stumme Gebete zu Odin und flehten ihn an, er möge ihnen solche Gespräche ersparen. Aber sie genossen die Feier in vollen Zügen.

Der Ard-Righ versuchte mit Feuereifer, Sigurd zum christlichen Glauben zu bekehren, und der rothaarige Riese lachte herzhaft. Moira zuliebe war er längst Katholik geworden, obwohl er seine nordischen Götter nicht vergaß.

Maeve nahm den Trubel ringsum kaum war. Sie hatte

nur Augen für den kleinen Leith, den sie im Arm hielt, während Erin die Pflichten der Gastgeberin erfüllte. Und Bede, die sonst so ruhige Nonne, rannte immer wieder hinter Gwynns lebhaftem kleinen Sohn Padraic her, damit sich die Schwester für eine kleine Weile in Gesellschaft ihres Mannes ausruhen konnte. Ein echtes Zuhause, sagte sich der Wolf zufrieden.

»Ihr seid nachdenklich, Lord Olaf.«

»Nein, Mergwin, ich habe mir nur gerade überlegt, was für ein glücklicher Mann ich bin.«

Der alte Druide lächelte geheimnisvoll. »Ich habe wieder einmal die Runen für Euch gelesen.«

»Tatsächlich?« Der Wolf musterte ihn forschend. Längst hatte er gelernt, Mergwins Weissagungen ernst zu nehmen.

»Aye. Für Euch ist die Zeit der Eroberungen vorbei, Herr der Wölfe.«

»Das ist keine große Neuigkeit«, erwiderte Olaf grinsend. »Ich halte fest, was ich besitze — nach mehr strebe ich nicht.«

Mergwin schaute ihm bedeutungsvoll in die Augen. »Ihr werdet den Strom der Fremdlinge eindämmen, der nach Irland fließt, aber nicht endgültig aufhalten.«

Bestürzt runzelte der Wolf die Stirn. »Also werden immer wieder Eindringlinge über uns herfallen, und ich kann nichts dagegen tun?«

»Nichts, Herr der Wölfe. Am Schicksal, das einem anderen Jahrhundert bestimmt ist, vermögt Ihr nichts zu ändern. Doch Ihr werdet stets mächtig bleiben. Ein langes, glückliches Leben erwartet Euch, und Ihr werdet gesunde, starke Kinder heranwachsen sehen. Jetzt beginnt die Zeit des Gedeihens, der Reife, der Ernte. Sicher werdet Ihr hin und wieder kämpfen, aber vor allem Frieden finden — so lange Ihr wißt, was Ihr wirklich sucht.«

Olaf blickte an dem Druiden vorbei und beobachtete, wie seine Frau mit anmutigen Schritten aus der Küche in die Halle zurückkehrte. Ihr grünes Kleid hob ihre Smaragdaugen und das nachtschwarze Haar noch hervor. Aber die Juwelen in ihren dichten Locken konnten den Glanz in ihrem Blick nicht überstrahlen. Mergwin sah das Lächeln, das sie ihrem Mann schenkte, die Zärtlichkeit, die Liebe.

»Entschuldigt mich, Druide«, bat der Wolf und eilte zu Erin.

Mergwin sah die beiden aufeinander zugehen, stolz und schön. Plötzlich mußte er lachen. Wahrer Friede? Der würde auch in kommenden Jahren immer wieder unter heftigen Auseinandersetzungen leiden, denn Erins und Olafs Temperamente waren so stürmisch wie ihre Leidenschaft. Doch ihre Liebe, so stark wie die Erde Irlands, würde nie erkalten.

Der goldblonde Wikinger flüsterte seiner Königin etwas zu, und die grünen Augen leuchteten noch heller. Sie schauten sich in der Halle um, wo sich alle Gäste lebhaft vergnügten, dann flohen sie Hand in Hand zur Treppe. Olaf nahm seine Frau auf die Arme, trug sie rasch nach oben. Und Mergwin beobachtete, wie der König mit einem gestiefelten Fuß die schwere Schlafzimmertür hinter sich zuwarf.

»Ja, norwegischer Wolf, Ihr seid wirklich ein Ire geworden.« Der Druide kicherte vor sich hin. »Und Ihr werdet in diesem Land unauslöschliche Spuren hinterlassen.«

»Was murmelst du da, alter Narr?«

Mergwin wandte sich zu seinem Freund Aed Finnlaith. »Möchtest du mit mir wetten, Ard-Righ? Allem Anschein nach wirst du schon vor dem nächsten Weihnachtsfest einen zweiten norwegischen Enkel im Arm halten.«

Belustigt zwinkerte Aed ihm zu, dann schaute er zur Treppe. »Nein, einen *irischen*.«

»Wie du meinst, Ard-Righ.« Der Druide prostete ihm mit seinem Trinkhorn zu. »Ganz, wie du meinst ...«

ANMERKUNG DER AUTORIN

Man kann die Wikinger für grausame Barbaren, wilde Kämpfer und Plünderer halten, die rücksichtslos in Irland eindrangen. Aber viele waren auch begabte Baumeister, fleißige Siedler mit großen Zukunftsträumen. Letzten Endes gaben sie ihrer neuen Heimat mehr, als sie ihr nahmen, und ihre Dynastien reichen bis in die Gegenwart hinein.

Olaf der Weiße hielt sein Leben lang in Dubhlain die Stellung und sorgte fünf Jahrzehnte lang für relativen Frieden, wenn auch immer wieder vereinzelte Kämpfe stattfanden. Erst anderthalb Jahrhunderte, nachdem der norwegische Wolf die Tochter Aed Finnlaiths geheiratet hatte, wurde Irland großteils von der Wikingerherrschaft befreit. Brian Boru errang im April 1014 bei der Schlacht von Clontarf einen glorreichen Sieg über Sigtrygg den Seidenbart.

Aber nicht einmal nach dem Triumph Brians, der nicht lange genug lebte, um seinen Erfolg zu genießen, nahm der Wikingereinfluß ab. Sigtrygg regierte weiterhin in Dubhlain, und zu viele Eindringlinge waren — so wie Olaf — eins mit Irland geworden. Die Nachkommen des Wolfs leben heute noch. Sein irischer Name, Amhlaobh, verwandelte sich in MacAuliffe, und so ging sein Traum in Erfüllung.

DIE GEFANGENE DES WIKINGERS

PROLOG

Er war während eines Unwetters empfangen worden, in einer Nacht, die von Zorn und Leidenschaft bestimmt wurde.

Und er war geboren worden, als ein Blitz über den Himmel zuckte, und es schien so, daß es die Stürme waren, die auch künftig sein Leben bestimmten sollten.

Ein fürchterlich greller Blitzschlag zerriß den Himmel und Erin, Königin von Dubhlain, keuchte und stieß einen Schrei aus. Heißer, gnadenloser Schmerz durchzuckte sie. Sie biß sich auf die Lippen, denn sie war sich sicher, daß die Geburt gutgehen würde, und sie wollte weder die, die sich um sie versammelt hatten, noch ihren Gebieter und Ehemann, den König, ängstigen. Der Schmerz wurde stärker, erreichte seinen Höhepunkt und verebbte langsam wieder. Sie atmete tief ein. Sie schloß die Augen und brachte es fertig zu lächeln, indem sie sich an die Nacht erinnerte, bei der sie sicher war, das Kind empfangen zu haben. Sie waren zu weit hinausgeritten und waren weit entfernt von der Stadtmauer, draußen bei den Höhlen, vom Sturm überrascht worden. Sie hatte sich über Olaf geärgert – an den Grund erinnerte sie sich nicht mehr. Aber Ärger war für sie beide nie ein Hinderungsgrund gewesen und war es auch nicht in dieser Nacht. Die keuchenden, hitzigen Worte hatten lediglich die Heftigkeit angestachelt, mit der ihre Leidenschaft aufloderte.

Sie konnte sich noch gut an alles erinnern. Er hatte etwas gebrüllt, dann gelacht und sie in die Arme gerissen. Sie hatte zurückgebrüllt, aber dann im süßen und wilden Angriff seines Kusses ihren Wortwechsel vergessen. Mitten im wütenden Sturm hatte er sie zu Boden geworfen, und während der Donner krachte, hatten sie zusammen das Leben erschaffen, das sich jetzt in ihr regte. Ein geliebtes Leben, denn sie liebte ihren Gebieter abgöttisch. Sie konnte sich sehr genau an das Aussehen ihres Wikinger-Gatten an diesem Tag erinnern. An seine kobaltblauen Augen, die sonst zu zärtlich blickten und an diesem Tag vor Begierde glühten. Und sie erinnerte sich voller Zärtlichkeit an die Kraft seiner Arme, die Glut seiner Küsse, die Berührung seiner Hände. Sie hatte das Lodern seines Körpers ganz tief in ihr wie das Zucken des Blitzes empfunden.

»Oh, mein Gott«, schrie sie auf, als eine weitere Schmerzwelle sie überspülte und Furcht sie packte. Die Geburt von Leith war sehr schwer für sie gewesen. Sie hatte darum gebetet, daß das zweite Kind leichter kommen würde. Aber jetzt brannte wieder der Schmerz in ihr und gab ihr das Gefühl, entzweigerissen zu werden.

Sie fühlte die sanfte Hand ihrer Mutter auf der Stirn. »Warum, Mutter?« flüsterte sie. »Warum muß das so schmerzhaft sein?«

Maeve lächelte sie zärtlich an und versuchte, nicht zu besorgt zu wirken. »Es ist nicht einfach, mein Liebling, die Nachkommen des Wolfs zu gebären.« Maeve blickte auf. Da stand er, unter der Tür, der Wolf der Norweger, der König von Dubhlain. Er blickte sie und Erin an, und dann schritt der hochgewachsene, stattliche, blonde König an die Lagerstatt seines Weibes.

»Hier bin ich, Prinzessin. Kämpfe für mich. Schenk mir einen zweiten Sohn.«

Sie lächelte. Er dachte an ihre zerbrechliche Schönheit und an die Stärke, die sich darunter verbarg. Ihre Augen schimmerten in tiefem Smaragdgrün, genauso unergründlich und grenzenlos wie die Stärke in ihr, diese Stärke, die sein Herz gefangengenommen hatte. Diese Stärke, die auch alle ihre Kinder besitzen würden. Es war die Leidenschaft, die allen von der Grünen Insel innewohnte, und es war die Kraft der nordischen Seefahrer.

Sie berührte sanft seine Hand, froh darüber, daß er gekommen war. »Dieses Mal wird es ein Mädchen!« Sie rang sich ein Lächeln ab.

Er schüttelte ernst den Kopf. »Nein, ein Sohn.«

»Ein Sohn?«

»Ja, Mergwin sagte es mir.«

»Oh!« Sie keuchte, aber er war an ihrer Seite, und sie schaffte es, nicht zu schreien. Sie verschränkte ihre Finger mit den seinen und bezog ihre Kraft aus ihm. Abermals durchfuhr sie ein brennender Schmerz, aber jetzt seufzte sie erleichtert auf, denn das Kind hatte sich schon fast den Weg ans Licht der Welt erkämpft. »Es kommt!« rief sie aus.

Olaf hatte ihr bei der Geburt des ersten Kindes beigestanden und wußte, wie er sie halten mußte. Und dann war das Kind geboren, und Maeve versicherte ihr, daß es tatsächlich wieder ein Junge war.

»Und ist er hübsch?« fragte sie.

»Über alle Maßen«, beruhigte Olaf sie. Erins Mägde rieben das Kind schnell ab und reichten es seiner Mutter. Erin riß erstaunt die Augen auf, als sie die Größe des Babys sah. »Wieder blondes Haar!« murmelte sie und Olaf lachte und küßte ihr feuchtes, ebenholzfarbenes Haar. »Ich fürchte, mein Liebling, daß du auf eine Tochter warten mußt, vielleicht hat sie dann mitternachtsschwarzes Haar«, neckte er sie.

Sie jammerte einen scherzhaften Protest. »In einem solchen Augenblick sprichst du mit mir über weitere Kinder?«

»Sobald du körperlich dazu in der Lage bist«, flüsterte er ihr lachend ins Ohr, und beide fühlten ihre tiefe Zuneigung.

»Und seine Augen...«

»Sind blau, wie die seines Vaters«, antwortete Maeve mit einem Seufzer. Sie zwinkerte Olaf zu und beide betrachteten das Kind.

»Die Farbe kann sich ändern«, meinte Erin.

»Leith hat irische Augen«, erinnerte er sie.

»Natürlich können Augen ihre Farbe ändern«, stimmte Maeve ihr zu.

»Nun, aber diese werden es nicht.« Olaf war sich ganz sicher. Die Augen des Kindes blickten hellwach, seine kleinen Fäuste schlugen auf die Bettlaken, sein Mund stand offen, und seine Stimme klang äußerst befehlend. »Nun, der Kleine weiß genau, was er will«, meinte Olaf.

»Wie sein Vater«, stimmte Erin ihm zu. Sie liebte ihren zweiten Sohn bereits aus ganzem Herzen. Sie lehnte sich zurück und führte seinen suchenden Mund an ihre Brust. Das Baby griff sofort zu, klammerte sich fest und fing auf der Stelle mit einer Bestimmtheit und Kraft zu saugen an, daß Erin erschrocken Luft holte und dann lachte.

Olaf bemerkte, daß Erin die Augen zufielen. Ihre dichten, schwarzen Wimpern lagen wie dunkle Halbmonde auf ihren Wangen. Maeve folgte seinem Blick und nickte. Er wollte das Kind sanft hochheben, aber Erin erwachte sofort wieder. Ihre Augen öffneten sich voller Panik. Fest packte sie das Baby. »Nein, laß ihn!« wisperte sie, und er wußte, daß sie Angst hatte. Es war noch nicht lange her, daß Leith, ihr Erstgeborener, von Friggid, dem Dänen, Olafs Feind, entführt worden war. Friggid war jetzt tot – Olaf hatte ihn getötet –, aber Erin hatte die Angst noch nicht überwunden, daß Leith, oder jetzt ihr neuer Sohn, ihr abermals entrissen werden könnte.

»Ich bin's doch nur, mein Liebling«, beruhigte er sie. »Ich möchte ihn dir abnehmen, damit deine Mägde dein Bettzeug wechseln und deine Mutter dich waschen kann.«

Ihre leuchtenden Augen schlossen sich wieder. Ihr Lächeln war bezaubernd und friedlich. »Eric«, murmelte sie. »Er soll Eric heißen. Leith nach meinem Bruder. Eric nach deinem.«

Olaf war erfreut. »Eric«, stimmte er ihr zärtlich zu.

Er trug sein neugeborenes Kind zum Fenster und blickte auf seinen Sohn hinab. Das Haar des Babys war dick und fast weiß, seine Augen, immer noch weit offen, waren tatsächlich nordisch blau. Der Knabe war groß, sehr groß sogar.

»Du wirst ein hübscher Kerl werden«, murmelte Olaf.

»Und ein guter Wikinger«, ertönte eine neue Stimme.

Olaf fuhr herum und starrte einen sehr alten Mann an, der den Raum betreten hatte. Mergwin. Ein Mann, sowohl alt als auch alterslos, ein Wikinger und Druide, das Kind eines nordischen Runen-Meisters und einer sagenhaften irischen

Priesterin eines alten Druiden-Kults. Er hatte Ard-ri gedient, dem Hoch-König von Irland, Erins Vater, und obwohl er immer noch dem Ard-ri diente, war er sehr oft bei seinem Lieblingskind unter Aed Finnlaiths Kindern, bei Erin von Dubhlain. Er stand ihr völlig loyal gegenüber und damit auch Olaf.

Für Mergwin galten die Gesetze von Zeit und Raum offenbar nicht. Er war aus seinem Heim in den Wäldern gekommen, obwohl ihn niemand geholt hatte. Er hatte einfach gewußt, daß das Kind an diesem Tag geboren werden würde.

Wieder wurde der Himmel von Blitzen durchzuckt. Der Schein warf ein seltsames Licht auf Mergwins Gesicht und seinen bodenlangen Bart. Das Licht fiel auch auf das Kind, und es schien in den Armen seines Vaters zu glühen.

»Ein Wikinger?« Olaf grinste, schüttelte den Kopf und deutete auf sein schlafendes Weib. »Sag das nicht zu laut«, warnte er Mergwin. »Seine Mutter wäre darüber gar nicht erfreut.«

Mergwin berührte das Gesicht des Knaben. Das Baby griff nach dem Finger des Druiden und drückte ihn mit aller Kraft.

»Leith ist Ire, wie seine Mutter. Durch und durch. Eines Tages, Lord der Wölfe, wird er seinem Vater folgen und ein guter König von Dubhlain werden. Aber dieser hier, Eric – du hast ihm einen Wikinger-Namen gegeben, Mylord.«

Olaf runzelte die Stirn. Er fühlte, daß von dem Druiden eine Warnung ausging, und drückte seinen Sohn noch fester an seine breite Brust, als könnte er ihn damit vor der Zukunft beschützen.

»Was willst du damit sagen, du alter Schwarzseher?«

»Der Wolf sollte es besser wissen, als mich anzuheulen«, antwortete Mergwin ruhig. Er hielt inne, holte tief und langsam Atem. »Dieses Kind, Lord Wolf, ist dein Kind. Ein Wikinger. Und wie sein Vater wird auch er über die Weltmeere segeln. Er wird in viele Schlachten verstrickt werden, und sein Schwert wird sehr gut darin sein, jeden

Angriff zu parieren. Und mit seiner Klugheit und der Geschicklichkeit seines Schwertarms wird er viele besiegen. Er...«

»Was er?« Olafs Stimme klang angespannt, denn obwohl er das Kind in seinen Armen bereits liebte, war Eric doch sein zweiter Sohn. Und wenn er dazu bestimmt sein sollte, Dubhlain zu regieren, bedeutete das Gefahr für seinen Bruder Leith.

Mergwin, der Olafs Unbehagen fühlte, schüttelte den Kopf. »Sein Schicksal liegt in einem anderen Land. Er wird sehr ernsthaften Gefahren gegenübertreten müssen.«

»Aber er wird diese Gefahren besiegen!« stellte Olaf mit Nachdruck fest.

Mergwin starrte ihn an. Sie belogen sich niemals.

»Er wird von Odin regiert. Er wird in Donner und Sturm über die Meere segeln, und genauso ungestüm wird sein Herz erobert werden. Wenn er erwachsen ist, wird Dunkelheit herrschen... aber...«

»Sag es!«

»Es wird auch Licht geben.« Mergwins Gesicht war ernst, und Olaf, der Lord der Wölfe, wußte nicht, ob er nun zu dem Christen-Gott beten sollte, den er um seiner Frau willen angenommen hatte, oder zu Loki und Odin und Thor, den Göttern seiner Vergangenheit.

Er würde zu allen beten. Er biß die Zähne zusammen, und seine Muskeln spannten sich. Mergwin befürchtete, daß der große Krieger seinen Sohn zerdrücken könnte.

Mergwin befreite den Knaben aus Olafs Armen. Die Wärme des Babys drang in ihn ein, und er schloß die Augen. »Nun, er wird seinem Vater sehr ähnlich werden. Wegen seiner leidenschaftlichen Natur wird er ständig in Gefahr geraten, aber...«

»Aber was?« drängte Olaf.

Obwohl Mergwin lächelte, blieben seine Augen düster. »Bilde ihn gut aus, Lord Wolf. Lehre ihn Schlachten zu schlagen und lehre ihn klug und schlau zu handeln. Sorge dafür, daß sein Schwertarm stark und sein Gehör fein wird.

Er wird ein Wikinger werden, und er wird einem schrecklichen, verschlagenen Feind gegenübertreten müssen.«

Mergwin hielt inne. Das Kind blickte ihn mit den Feuer-und-Eis-Augen seines Vaters an. Der Kleine betrachtete ihn, als würde er verstehen, was der Druide gerade für ihn geweissagt hatte. Mergwins Lächeln vertiefte sich.

»Er ist mit Mut geboren worden, mit Stolz. Mit dem unbezwinglichen Geist seiner Mutter und der Kraft und der Willensstärke seines Vaters. Gib ihm Klugheit und Erfahrung, Olaf. Dann laß ihn gehen, denn wie sein Vater auch, muß er selbst seine Bestimmung finden.«

Olaf runzelte die Stirn. »Keine Rätsel, Druide.«

»Ich spreche nicht in Rätseln, ich sage dir alles, was ich weiß. Laß ihn gehen, und er wird seine Dämonen besiegen. Und dann...«

»Dann?«

»Nun, dann wird er vielleicht, Mylord, den Sieg davontragen. Denn wie sein Vater, wird auch er ein Weib mit Odins Stärke kennenlernen. Der Stärke des Sturms, der Stärke des Blitzes, der Stärke des Donners. Ihr Wille wird den seinen ständig herausfordern. Sie wird ihn in Gefahr bringen, und doch wird sie ihm auch die Erlösung bringen. Sie wird eine ungestüme und streitsüchtige Füchsin sein. Ihre Schönheit wird unvergeßlich sein, aber ihr Haß tiefer als das Meer, das ihrer beider Heimat trennt. Aber, Lord der Wölfe, der Sieg wird ihnen gehören, wenn der Wolf die Füchsin zähmen kann.«

»Oder«, fügte Mergwin nachdenklich und mit einem feinen Lächeln hinzu, das er vor seinem Wikinger-Lord verbarg, »wenn die Füchsin den Wolf zähmen kann!«

1. KAPITEL

Der Bug des ersten Drachenschiffs erschien zur selben Zeit am Horizont wie der erste Blitz über den Himmel zuckte und der erste ohrenbetäubende Donnerschlag dröhnte.

Und dann wimmelte es plötzlich von Drachenschiffen, die in ängstlichen Herzen Panik aufflammen ließen. Gewaltig und wild schaukelten sie wie sagenhafte Bestien auf dem Wasser und brachten mit sich die Angst vor Verwüstung und Gemetzel.

Die Blutrünstigkeit der Normannen war an der sächsischen Küste von England wohlbekannt. Jahrelang hatten die Dänen das Land verwüstet, und die gesamte Christenheit hatte gelernt, beim Anblick der flinken Drachenschiffe, dieser Geißel zu Lande und zu Wasser, innezuhalten und zu zittern.

An diesem Tag kamen die Schiffe aus dem Osten, aber kein Mann und keine Frau, die die Flotte der Wikingerschiffe sah, dachten auch nur einen Augenblick über diese Seltsamkeit nach. Sie sahen die unzähligen Wappenschilde, mit denen die Schiffe vom Bug bis zum Heck bedeckt waren, und sie sahen, daß der Wind, und nicht die Ruderer, die Schiffe wie den Zorn Gottes persönlich heranfegte. Rot und weiß hoben sich die Segel der Wikinger vom bleischweren Himmel ab und trotzten dem tobenden Wind.

Rhiannon war in ihrer Kapelle, als der erste Alarm gegeben wurde. Sie betete für die Männer, die in Rochester gegen die Dänen kämpfen sollten. Sie betete für Alfred, ihren Cousin und König, und sie betete für Rowan, den Mann, den sie liebte.

Sie hatte nicht erwartet, daß an ihrer Küste Gefahr drohen könnte. Die meisten ihrer Männer waren mit dem König gegangen, um gegen die im Süden versammelten Dänen zu kämpfen. Sie war praktisch schutzlos.

»Mylady!« Egmund, ihr betagter aber treuester Krieger, der schon lange im Dienste ihrer Familie stand, fand sie in der Kirche kniend. »Mylady! Drachenschiffe!«

Einen Augenblick lang dache sie, er hätte den Verstand verloren. »Drachenschiffe?« wiederholte sie.

»Am Horizont. Sie segeln direkt auf uns zu!«

»Aus dem Osten?«

»Ja, aus dem Osten.«

Rhiannon sprang auf, lief durch die Kapelle und dann die Stufen zu der hölzernen Brüstung hinauf, die das Herrenhaus umgab. Sie eilte die Brüstung entlang und starrte auf das Meer hinaus.

Sie kamen. Genauso wie Egmund es gesagt hatte.

Übelkeit stieg in ihr auf. Vor Panik und Todesangst fing sie fast zu weinen an. Ihr ganzes Leben lang hatte sie gekämpft. Die Dänen waren wie ein Schwarm Heuschrecken über England hergefallen und hatten Blutvergießen und Terror mit sich gebracht. Sie hatten ihren Vater getötet. Nie würde sie vergessen, wie sie ihn gehalten und versucht hatte, ihn wieder zum Atmen zu bringen.

Jetzt fielen sie sogar über ihr Zuhause her, und sie hatte niemand, um es zu verteidigen, weil ihre Männer mit Alfred gegangen waren. »Mein Gott!« stieß sie hervor.

»Lauft, Mylady!« beschwor Egmund sie. »Nehmt ein Pferd und reitet wie der Wind zum König. Wenn Ihr wie der Teufel reitet, könnt Ihr ihn morgen erreichen. Nehmt Euren Bogen und eine Eskorte mit, ich werde diese Festung ausliefern.«

Sie starrte ihn an und lächelte dann langsam. »Egmund, ich kann nicht weglaufen. Du weißt das.«

»Ihr könnt nicht bleiben!«

»Wir werden nicht kapitulieren. Kapitulieren bedeutet ihnen nichts – ganz egal, ob man kämpft oder nicht, sie verüben die gleichen Greueltaten. Ich werde bleiben und kämpfen.«

»Mylady...«

»Ich kann vielleicht viele von ihnen töten oder verwunden, Egmund. Du weißt das.«

Das wußte er tatsächlich; sie konnte es in seinen Augen lesen. Sie war eine bemerkenswerte Bogenschützin. Aber als er sie ansah, wußte sie auch, daß er immer noch das kleine Mädchen sah, das er jahrelang beschützt hatte.

Doch der alte Egmund sah sie keineswegs als Kind, sondern als Frau, und er hatte Angst um sie. Rhiannon war atemberaubend schön mit ihren betörenden silberblauen Augen und ihrem Haar in der Farbe eines goldenen Sonnenuntergangs. Sie war sowohl Alfreds Cousine als auch sein Patenkind. Auf seine Veranlassung hin hatte sie eine hervorragende Ausbildung genossen. Sie konnte sanft und zärtlich wie ein Kätzchen sein, aber sie konnte auch saftig auf die losen Reden der Männer herausgeben und mit ihnen lachen und war fähig, ohne große Mühen die riesigen Ländereien zu verwalten, die sie geerbt hatte. Sie wäre für jeden Wikinger eine lohnenswerte Beute, und Egmund konnte den Gedanken daran nicht ertragen.

»Rhiannon! Ich flehe Euch an! Ich habe Eurem Vater gedient...«

Mit zwei Schritten stand sie neben ihm, schenkte ihm ein warmes, herzliches Lächeln und nahm seine beiden knorrigen Hände in die ihren. »Liebster Egmund! Um der Liebe Gottes willen, ich kann mir diesen Angriff aus dem Osten zwar nicht erklären, aber ich werde nicht kapitulieren. Und ich werde nicht zulassen, daß du hier für mich stirbst! Ich werde fliehen, wenn ich nichts mehr ausrichten kann. Du weißt genau, daß ich als Tochter meines Vaters jetzt nicht gehen kann, ehe ich nicht ein paar dieser Barbaren zur Hölle geschickt habe! Rufe Thomas und stelle fest, wieviele Männer uns noch zum Schutz zur Verfügung stehen. Warne die Leibeigenen und die Pächter. Schnell!«

»Rhiannon, Ihr müßt Euch in Sicherheit bringen!«

»Sorge dafür, daß mir mein Bogen und der Köcher mit den Pfeilen gebracht werden. Ich werde die Brüstung nicht verlassen, das schwöre ich!« versprach sie ihm.

Da Egmund wußte, daß jedes weitere Wort sinnlos war, eilte er die Holzstufen hinunter und rief seine Befehle. Die gewaltigen Tore wurden umgehend geschlossen, die wenigen Krieger, die geblieben waren, bestiegen ihre Pferde, und die einfachen Bauern suchten sich Heugabeln und andere Geräte zur Verteidigung. Alle sahen entsetzt aus.

Die Brutalität der Wikinger war wohlbekannt.

Ein Junge brachte Rhiannon Pfeil und Bogen. Sie starrte auf das Meer hinaus. Der Himmel war noch grauer geworden, und der Wind tobte so heftig, als würden die Elemente den Schrecken vorhersagen, der bald über die Festung hereinbrechen würde. Sie sah die Schiffe und zitterte. Sie schloß die Augen und versuchte krampfhaft, sich nicht an die früheren Blutbäder der Wikinger zu erinnern. Sie hatte durch die Dänen so viel verloren, und nicht nur sie, ganz England. Auch sie hatte Angst, und doch mußte sie kämpfen. Gefangengenommen oder getötet zu werden, ohne gekämpft zu haben, kam für sie nicht in Frage.

Der Angriff ergab keinerlei Sinn. Alfred hätte eigentlich etwas von den Bewegungen der Dänen wissen müssen. Er hätte sie warnen müssen.

Die Schiffe kamen immer näher. Himmel und Meer schienen nicht die Macht zu haben, sie aufzuhalten.

Rhiannon versagten vor Furcht fast die Beine ihren Dienst. Die Schiffe hatten schon fast das Ufer erreicht. Allein die Buge mit ihren scheußlichen Drachengesichtern genügten, um den meisten Menschen Angst einzuflößen. Die Seeleute hatten immer noch nicht angegriffen. Rhiannon betete darum, daß ihre Krieger zuerst eine Breitseite mit Pfeilen abfeuern konnten. Vielleicht konnten sie einige der Eindringlinge töten, ehe die Wikinger die Festung erreichten. Sie schloß die Augen für ein kurzes Gebet: *Lieber Gott, ich habe Angst, steh mir bei!*

Sie öffnete die Augen wieder. Auf dem Führungsschiff konnte sie einen Mann stehen sehen. Er war groß und blond und glitt über die aufgewühlten Wellen, ohne die Balance zu verlieren, die Arme hatte er über der Brust verschränkt. Offensichtlich war er einer der Anführer, von beeindruckender Größe, mit breiten Schultern, schmalen Hüften, ein muskelbepackter Krieger von Walhalla. Wieder überlief sie ein Angstschauer, dann zog sie einen Pfeil aus dem Köcher. Entschlossen spannte sie ihren Bogen.

Ihre Finger zitterten. Noch nie hatte sie versucht einen Menschen zu töten. Jetzt mußte sie es tun. Sie wußte, was die Wikinger den Männern und Frauen bei ihren Überfällen antaten.

Ihre Finger wurden kraftlos und erneut überlief sie ein Schauer. Ihr Mund wurde trocken; und eine erschreckende Hitze breitete sich in ihr aus. Sie schloß die Augen und holte tief Luft, und als sie sie wieder öffnete, verstand sie nicht mehr, was über sie gekommen war. Doch der Wind schien ihr zuzuflüstern, daß der goldblonde Wikinger ein Teil ihres Schicksals sein würde.

Ungeduldig schüttelte sie dieses Gefühl ab und schwor, daß sie nun nicht mehr zittern würde. Es war schwierig auf einen Menschen zu zielen mit dem Vorsatz, ihn zu töten, doch sie mußte sich nur an den Tod ihres Vaters erinnern.

Wieder prüfte sie ihren Bogen, und jetzt waren ihre Finger bemerkenswert ruhig. Töte den Anführer, hatten ihr Vater und Alfred ihr oft genug gesagt, und die Männer hinter ihm werden sich in alle Winde zerstreuen. Dieser blonde Riese war einer ihrer Anführer. Sie mußte ihn töten. Und das war es, was das Geflüster von Schicksal zu bedeuten hatte.

Eric von Dubhlain hatte keine Ahnung, daß seinem Leben in diesem Augenblick von irgend jemand Gefahr drohen könnte. Er war nicht gekommen, um Krieg zu führen, sondern auf Grund einer Einladung von Alfred von Wessex.

Eric stand groß und mächtig und kraftvoll da, hob sich wie ein goldener Gott gegen den dunklen Himmel ab, einen Stiefel fest gegen den Bug gestemmt. Der Wind zauste sein Haar, und es leuchtete genauso golden wie die Blitze, während seine Augen von glänzendem Kobaltblau waren. Seine Gesichtszüge waren männlich markant und von unversöhnlicher Schönheit. Er hatte hoch angesetzte, breite Backenknochen, seine Augenbrauen überwölbten in perfektem Bogen die Augen, sein Kinn war hart. Sein breiter und empfindsamer Mund war fest geschlossen, als er das Ufer betrachtete. Sein Bart und Schnurrbart waren sorgfältig geschnitten und gepflegt, die Farbe war rötlicher als die seines Haupthaares. Seine Haut hatte einen attraktiven Bronzeton. Er trug einen karmesinroten Umhang, der mit einer Saphir-Brosche zusammengehalten wurde. Er brauchte keine kostbare Kleidung, um seine noble Herkunft zu demonstrieren. Allein seine Statur und sein Selbstvertrauen brachten die Menschen zum Zittern. Für Frauen jeder Rasse und Herkunft war er eine aufregende, anziehende Erscheinung. Er war mit außergewöhnlicher Muskelkraft gesegnet, die in der Breite seiner Schultern, dem gewaltigen Umfang seiner Brust und in der Stärke seiner Oberschenkel lag. Sein Bauch war flach und hart. Seine Beine, mit denen er ohne Schwierigkeiten das harte Schlingern des Schiffes ausglich, waren gestählt von vielen Jahren auf See und vom jahrelangen Reiten, Rennen, Kämpfen und dem gesamten Leben eines Wikingers.

Doch er war keinesfalls der typische Wikinger, denn er war ein Kind zweier Rassen, der irischen und der normannischen. Sein Vater, der große Lord der Wölfe, regierte als König in der irischen Stadt Dubhlain. Olaf, der König von Dubhlain, war früher auch ein richtiger Wikinger gewesen. Aber er hatte sich in das Land und in sein irisches Weib verliebt, und er hatte einen ungewöhnlichen Friedensvertrag mit Erics Großvater geschlossen, dem großen Ard-ri oder Hoch-König von Irland. Erics Großvater mütterlicherseits, Aed Finnlaith, regierte immer noch in Tara über alle irischen Könige, und weit weg, im eisigen Norwegen, regierte der Vater von Erics Vater als Oberhaupt der Normannen. Eric hatte eine umfassende Erziehung genossen. Er hatte in großen Klöstern bei irischen Mönchen studiert, und er hatte alles über den Gott der Christen und Christus gelernt, über das Schreiben und über die Literatur. Von Mergwin, dem Druiden, hatte er gelernt, den Bäumen, dem Wald und dem Wind zuzuhören.

Aber er war der zweite Sohn. Er war mit seinem Vater und

mit seinem älteren Bruder in die Schlacht gezogen, und er liebte seine irischen Verwandten, aber er war auch genauso stolz auf seine nordische Abstammung. Auch seine nordischen Onkel hatten ihn auf viele Reisen mitgenommen, dort hatte er eine ganz andere Art der Erziehung genossen.

Die eines Wikingers.

Er war zivilisiert aufgezogen worden, denn viele Menschen betrachteten diese Zeit als das ›goldene‹ Zeitalter von Irland.

Er war aber auch mit jenen Raubzügen aufgewachsen, durch deren Wildheit die Wikinger in ganz Europa und Asien und sogar in Rußland berühmt geworden waren. Es gab keine besseren Navigatoren als die Normannen. Es gab auch keine wilderen Kämpfer. Und es gab keine brutaleren Männer als sie.

Heute kam Eric nicht, um zu kämpfen. Obwohl er in seiner Jugend mit den besten Kämpfern als Wikinger über die Meere gezogen war, hatte er auch eine andere Vorliebe kennengelernt, die für das Land.

Eric war damals auf See geschickt worden, als er noch ein Knabe gewesen war. Er befand sich in Begleitung seines Onkels, nach dem er benannt worden war. Mit den besten Männern seines Großvaters väterlicherseits, hatte er endlose Meere, Flüsse und Landstriche überquert. Er war auf dem Dnjepr gesegelt, hatte die Tore von Konstantinopel durchschritten und hatte die Lebensgewohnheiten moslemischer Prinzen kennengelernt. Er hatte sich Wissen über verschiedene Kulturen und Völker angeeignet, und hatte zahllose Frauen gehabt, die er entweder erobert oder eingetauscht hatte. Ein Wikinger zu sein war seine Lebensauffassung gewesen. Es war das, was er tat, und das, was er darstellte.

Die Veränderung war weder schnell noch einfach gekommen. Es war eher wie das langsame Schmelzen des Schnees im Frühling gewesen, das nach und nach in sein Herz und in sein ganzes Sein eindrang.

Es hatte an der Küste von Afrika begonnen, wo sie gegen den Kalifen von Alexandria gekämpft hatten und die Menschen gekommen waren, um mit Gold für ihr Leben und ihre Freiheit zu bezahlen.

Sie war ein Geschenk gewesen.

Ihr Name war Emenia, und sie wußte nichts von Boshaftigkeit und Haß. Sie hatte ihm alles über den Frieden beigebracht. Er hatte nur Gewalt gekannt, und sie hatte ihn Zärtlichkeit gelehrt. Ihr waren die meisten der exotischen Arten der Liebeskunst im besten Harem des Landes beigebracht worden, aber es war die süße Schönheit ihres Herzens, ihre absolute Hingabe an ihn, die ihn dazu gebracht hatten, sie zu lieben. Sie hatte riesige, mandelförmige Augen und Haar, das so schwarz war wie die Nacht und ihr weit über den Rücken fiel. Ihre Haut hatte die Farbe von Honig, und sie schmeckte auch danach und nach anderen, süßen Gewürzen, und sie hatte nach Jasmin gerochen.

Sie war für ihn gestorben.

Der Kalif hatte Verrat im Sinn gehabt. Emenia hatte davon gehört und versucht, ihn zu warnen. Später hatte er erfahren, daß die Männer des Kalifen sie bei ihrem wundervollen schwarzen Haar gepackt hätten, als sie durch die Hallen des Palastes zu ihm eilen wollte.

Sie hatten sie umgebracht, um sie am Reden zu hindern, sie hatten ihr die Kehle durchgeschnitten.

Eric war vorher niemals das gewesen, was die Wikinger einen Berserker nannten – einen Kämpfer, der grundlos und ohne zu überlegen mordet, nur auf Grund einer wilden Lust am Tod. Eric glaubte, daß ein kühler Kopf in einer Schlacht mehr nützte, und hatte nie Geschmack daran gefunden, sinnlos zu töten.

Aber in dieser Nacht war er zum Berserker geworden.

Er hatte sich auf die Suche nach ihren Mördern gemacht, allein, voller Wut, und hatte die Hälfte der Leibwache des Kalifen hingemetzelt, bis sich der Herrscher ihm zu Füßen warf und beschwor, daß er niemals Emenias Tod angeordnet hatte, nur den von Eric. Indem er sich an Emenias Liebe zum Leben und Frieden erinnerte, hatte Eric es irgendwie geschafft, dem Kalifen nicht die Kehle mit dem Schwert aufzuschlitzen. Er hatte von neuem den Palast geplündert und hatte dann an ihrem geliebten Körper gewacht; dann hatte er dem heißen, kargen Land den Rücken gekehrt.

Das war schon so lange vorbei. Viele kalte Winter und viele neue Sommer waren seitdem ins Land gegangen, und zu allen Jahreszeiten hatte es wieder Gewalttätigkeiten gegeben. Doch daneben hatte er entdeckt, daß Emenia in ihm etwas ähnliches wie einen ständigen Wunsch nach Frieden geweckt hatte, und sie hatte ihm auch einiges über Frauen beigebracht.

Eric war sowohl Ire als auch Wikinger. Und so wie sein Vater sich seine Heimat vom Land abgerungen hatte, so wollte auch Eric das gleiche tun.

Sie waren alle Kämpfer. Sogar seine sanfte, schöne irische Mutter hatte einen unbezähmbaren Stolz. Sie hatte es sogar einmal gewagt, blanken Stahl gegen den Wolf zu erheben. Heute lachte sie darüber, aber Mergwin wurde es nie müde, die Geschichte zu erzählen.

Olaf von Norwegen war nach Irland gesegelt, um Eroberungen zu machen. Für die Iren und für ihren Ard-ri war er ein ungewöhnlicher Eroberer gewesen, der sich zwar Land aneignete, aber dafür nur wenig Menschenleben aufs Spiel setzte; der alles wieder aufbaute, sobald er das Land, das er sich angeeignet hatte, befriedet hatte. Es kam zum Patt zwischen dem nordischen Eindringling und dem irischen Hoch-König. Erin und Dubhlain waren der Preis, den sein Vater für den Frieden bekam. Erics Mutter, die einmal versucht hatte, Olaf gefangenzunehmen, als er verwundet war, war über diesen Handel entsetzt. Damals war sie zwar dem Wolf entkommen, als er den Spieß umdrehen und sie gefangennehmen wollte, aber es war ihr nicht möglich, dem Willen ihres Vaters zu entkommen.

Eric lächelte, wenn er an seinen Vater dachte.

Olaf hatte Irland viel mehr gegeben, als er genommen hatte. Er hatte Aed Finnlaith gedient und mit ihm gegen Friggid, den grimmigen dänischen Eindringling, gekämpft. Und während dieses Kampfes war er selbst ein Ire geworden.

Als es darauf ankam, Heim und Familie zu beschützen, hatten Olaf und seine irische Braut eine Liebe entdeckt, die genauso tief brannte wie ihre Leidenschaft.

Erics Lächeln wurde grimmig. Er war sich sicher, daß ihm der Haß auf die Dänen angeboren war. Und er war gebeten worden, hier in England gegen sie zu kämpfen.

Alfred, der Sachsen-König der Engländer, hatte ihn darum gebeten.

Rollo, Erics Kampfgenosse und seine rechte Hand, sprach ihn plötzlich von hinten an: »Eric, das ist aber ein seltsames Willkommen.« Rollo, der so massig war wie eine alte Eiche, deutete von hinten über Erics Schulter auf das Ufer. Eric runzelte die Stirn. Wenn das ein Willkommen sein sollte, dann war es wirklich reichlich merkwürdig. Die großen, hölzernen Tore gegenüber des Hafens wurden geschlossen. Auf den Palisaden nahmen bewaffnete Männer ihre Positionen ein.

Kalte Wut stieg in Eric empor, und seine Augen glitzerten in tiefblauem Zorn. »Das ist eine Falle!« murmelte er leise.

Und so schien es tatsächlich zu sein, denn als seine Schiffe in den Hafen einliefen, konnte er das heiße Öl riechen, das erhitzt wurde, um es von den Mauern der Festung auf sie zu gießen.

»Bei Odins Blut!« brüllte er angesichts dieses Verrates, und Wut trübte seinen Blick. Alfred hatte Boten zum Hause seines Vaters gesandt. Der englische König hatte ihn um sein Kommen gebeten, und jetzt das. »Er hat mich hinters Licht geführt. Der König von Wessex hat mich verraten.«

Bogenschützen tauchten auf der Brüstung auf. Sie zielten auf die einlaufenden Seefahrer. Eric fluchte abermals, kniff die Augen zusammen und hielt inne.

Irgend etwas fing das Licht der Blitze ein. Er stellte fest, daß auf der Brüstung eine Frau stand, und daß das goldene Aufblitzen von ihrem Haar verursacht wurde, das weder blond noch rot oder haselnußfarben war, sondern einen feurigen Ton hatte, der irgendwie eine Mischung aus allen drei Farben war.

Sie stand zwischen den Bogenschützen und rief Befehle.

»Bei Odin! Und bei Christus und allen Heiligen!« fluchte Eric abermals.

Ein Pfeilhagel flog ihnen entgegen. Eric konnte dem Pfeil, den die Frau auf ihn abschoß, kaum ausweichen. Doch er duckte sich, und der Pfeil polterte harmlos gegen den Bug. Von verwundeten Männern waren Schreie zu hören. Eric preßte voller Wut die Kiefer aufeinander. Dieser Verrat machte ihn krank.

»Wir werden jetzt gleich anlegen«, warnte Rollo ihn.

»Das ist in Ordnung!«

Eric wendete sich seinen Männern zu, seine Augen und seine Haltung zeigten den eisig-blauen Anflug arktischen Zorns. Er hatte gelernt, mit Selbstkontrolle zu kämpfen und zu gewinnen, und er gab sich nie seinen Gefühlen hin. Sie waren stets nur an der schreckenerregenden Kälte seiner Augen und am Zusammenpressen seiner Zähne zu bemerken.

»Wir sind gebeten worden, hier zu kämpfen! Gebeten worden, einem rechtmäßigen König zu helfen!« rief er seinen Männern zu. Er wußte nicht, ob seine Worte bis zu den anderen Schiffen drangen, aber sein Zorn würde es. »Wir sind verraten worden!« Er stand ganz still und hob dann sein Schwert. »Bei den Zähnen Odins und bei dem Blute Christi! Beim Hause meines Vaters, wir werden uns nicht verraten lassen!«

Er hielt inne.

»Seid Wikinger!«

Der Ruf erhob sich und brüllte gegen den Wind an.

Die Schiffe landeten. Rollo zog seine doppelschneidige Axt, die fürchterlichste Waffe der Wikinger. Eric zog sein Schwert. Er hatte ihm den Namen Vengeance, die Rache, gegeben, und genau das hatte er vor, zu nehmen.

Die Kiele der Wikingerschiffe kratzten über den Sand, und Eric und seine Männer sprangen in ihren pelzbesetzten Stiefeln in das seichte Wasser. Ein Horn ertönte, und der Kriegsschrei begann zunächst als Ruf, um dann in ein Gänsehaut erzeugendes Trillern überzugehen. Die Wikinger waren da.

Plötzlich öffneten sich die Tore der Festung. Reiter erschienen. Sie waren, wie Erics irische und norwegische Männer, mit den tödlichen, zweischneidigen Streitäxten bewaffnet, mit Piken und Schwertern und Kriegskeulen. Aber sie waren keine Gegner für die überwältigende Wut der Wikinger und Erics abgrundtiefen Zorn.

Eric kämpfte niemals wie ein Berserker. Sein Vater hatte ihm vor langer Zeit beigebracht, daß man seinen Ärger unter Kontrolle halten und eiskalt handeln mußte. Und so focht er kalt und gnadenlos, tötete den ersten Angreifer und stieß ihn vom Pferd. Die Angreifer kämpften tapfer, und inmitten des Schlachtgetümmels dachte Eric, was das Ganze für eine erschütternde Verschwendung von Menschenleben sei. Es gab nur ein paar professionelle Kämpfer, offensichtlich Männer aus der Truppe des Königs, sogenannte ›Carls‹.

Die meisten aber waren einfache Bauern, Pächter und Leibeigene, die mit Hacken und Pickeln und was sie sonst noch an Gerätschaften hatten finden können, kämpften.

Sie starben schnell, und ihr Blut tränkte die Erde. Immer mehr Wikinger saßen auf eroberten Pferden, immer mehr Männer von Wessex lagen tot im Dreck.

Und immer mehr Schreie ertönten. Eric saß inzwischen auf einem Fuchs, den er einem der Gefallenen abgenommen hatte, und schwang sein Schwert namens Rache. Er warf den Kopf zurück und ließ den blutgerinnenden Schlachtruf des Königlichen Hauses von Vestfald ertönen.

Blitze zuckten über den Himmel, und Regen setzte ein. Die Männer schlitterten und glitten im Schlamm aus, und doch ging der Kampf immer weiter. Eric lenkte sein Pferd zu den Toren. Er wußte, daß Rollo und seine Gruppe ihm folgen würden. Über ihnen standen immer noch die Bogenschützen. Doch Eric beachtete den Fliegenden Tod nicht und befahl, daß vom Schiff ein Rammbock geholt werde. Trotz der Pfeile und des siedenden Öls, das von oben auf sie gekippt wurde, wurde die Barriere schnell durchbrochen.

Die Wikinger ergoßen sich in die Stadt. Es folgte ein heftiger Kampf Mann gegen Mann, und jeder Augenblick brachte Erics Männer dem Sieg näher. Er rief in englischer Sprache, daß die Männer ihre Waffen niederlegen sollten. Jetzt begann die Plünderung – man führt nicht einen derartigen Haufen von Kriegern über das Meer, läßt sie kämpfen, und erwartet dann, daß sie dafür keine Belohnung haben wollen. Aber Erics Wut begann zu verebben, und seine Blutgier verschwand. Er konnte nicht verstehen, warum Alfred, der weit und breit als großer Kämpfer und weiser König bekannt war, ihn derartig betrogen haben sollte. Es ergab einfach keinen Sinn.

Immer mehr Männer legten ihre Waffen nieder, viele der Gebäude gingen in Flammen auf. Die Brüstung wurde niedergerissen, und der Festungswall war praktisch nur noch eine Ruine. Eric befahl Rollo, sich um die Überlebenden zu kümmern. Sie würden seine Sklaven werden. Als er Hilferufe hörte, lenkte er sein Pferd herum. Er wußte, daß seine Männer jetzt über die Mädchen und Frauen der Stadt herfielen.

Er galoppierte zum niedergerissenen Festungswall. Ein paar seiner Männer umkreisten ein dunkelhaariges Mädchen, das nicht älter als sechzehn Jahre war. Ihr Kleid war zerrissen, und sie schrie und jammerte voll verzweifelter Angst.

»Hört auf!« befahl Eric. Er saß auf seinem großen Gaul und blickte auf die Szene hinunter. Sein Ton war ruhig, aber zwingend, und seinem Befehl folgte sofortiges Schweigen. Als jeder, außer dem schluchzenden Mädchen, still war, ließ er seinen eisigen Blick über alle wandern und sagte dann: »Wir sind hier in eine Falle gelockt worden, aber ich muß immer noch herausfinden, warum. Ich verbiete Euch, diese Leute, ob Mann oder Frau, zu mißbrauchen oder zu mißhandeln, denn ich beanspruche sie und diesen Ort für mich. Wir werden die Reichtümer der Stadt mitnehmen und sie unter den Männern gerecht aufteilen. Aber es wird niemand ermordet, und die Felder werden nicht verwüstet, denn wir werden dieses Stück Land an der Küste von Wessex in Besitz nehmen.«

Das Mädchen hatte die norwegische Sprache, in der er gesprochen hatte, nicht verstanden, aber es schien zu begreifen, daß ihm Gnade gewährt worden war. Und so rannte es schlitternd und taumelnd durch den Dreck zu ihm, immer noch mit Tränen in den Augen, und küßte Erics Stiefel.

»Nicht, Mädchen...«

Er faßte ungeduldig nach ihrer Hand und sprach jetzt in Englisch. Sie blickte mit ihren dunklen Augen zu ihm empor, und er schüttelte abermals den Kopf. Er winkte Hadraic zu sich, einen seiner Hauptmänner, damit er sich um sie kümmere.

In dem Augenblick, in dem der Wikinger-Hauptmann seinem Befehl gehorchte, klang ein Schwirren durch die Luft. Das Pferd wieherte und fiel zu Boden, und Eric machte sich klar, daß der Pfeil eigentlich ihm gegolten hatte. Während das Pferd zu Boden ging, ließ sich Eric schnell aus dem Sattel gleiten und starrte die Gebäude an, die brennenden und die unversehrten. Ein Wutschrei ging durch die Reihen seiner Männer. Und schon flog ein zweiter Pfeil. Ein brennender Schmerz durchzuckte Erics Oberschenkel, in den der Pfeil gefahren war. Er warf den Kopf zurück, biß die Zähne zusammen, und langte nach dem Pfeilschaft. Seine Männer rannten auf ihn zu. Er ging hinter dem sterbenden Pferd in Deckung und stoppte sie mit einer Handbewegung. Schwitzend und zitternd packte er den Schaft und zog daran. Ein durchdringender Schmerzensschrei entrang sich seiner Kehle, dann war der Pfeil draußen. Blut floß über seine Hände, und Schwärze drohte über ihm zusammenzuschlagen. Sekundenlang befürchtete er, daß er bewußtlos im Schlamm zusammenbrechen würde.

Doch die Wut belebte ihn wieder. Er riß ein Stück seines Umhangs ab, verband die Wunde, und kam taumelnd wieder auf die Beine. Seine Zähne waren fest zusammengepreßt, und seine eisigen Augen glitten übe die Umgebung. Hinter seinem Rücken lag ein zweistöckiges Gebäude. Es brannte nicht, und im zweiten Stock gab es ein Fenster, aus dem ein Meuchelmörder gut auf ihn hätte zielen können.

»Nicht so schnell, Eric…«, rief ihm Rollo zu. Aber Eric hob eine Hand und schüttelte den Kopf. »Nein, ich will diesen hinterhältigen Meuchelmörder finden und ihm seinen Lohn geben.« Dann deutete er auf das gestürzte Pferd. »Habt Gnade mit diesem Tier und erlöst es von seinen Schmerzen.«

Er marschierte auf das Gebäude zu, nicht achtend der Gefahr, daß ein weiterer Pfeil abgeschossen werden könnte. Wut trübte jetzt seinen Blick, aber er wußte, daß niemand hinter dem Fenster kauerte. Wer auch immer ihn angegriffen hatte, würde jetzt sein Heil in der Flucht suchen, aber es würde kein Entkommen geben.

Er stürmte in das Gebäude. Es war ein schönes Herrenhaus, mit einer großen Eingangshalle und mehreren Wappenschildern an den Wänden. Mitten im Raum war ein großer Feuerplatz mit einem nach oben offenen Kamin. Durch den Kamin fielen Regentropfen zischend auf die Steine, die den Feuerplatz umgaben.

Eric drehte sich um und betrachtete die Treppe.

Sein Angreifer ging sicher davon aus, daß er die Treppe nehmen würde. Der Mann versteckte sich zweifellos hier irgendwo und wartete darauf, ihm in den Rücken fallen zu können, sobald er sich umdrehte.

Eric ging nicht zur Treppe.

Er besah sich den Raum und entdeckte einen schöngedeckten Tisch mit Platten und Bechern und Kannen mit Ale und Met. Hinkend stolperte er mit seinem verletzten Bein darauf zu und nahm einen tiefen Schluck Met.

Er wartete, und nach einiger Zeit wurde sein Warten belohnt. Während er durch die Halle zu einer Vorratskammer blickte, sah er unter einem Tisch, der mit einem Tuch verhängt war, eine kaum wahrnehmbare Bewegung. Unauffällig bückte er sich, um sein Messer aus der Scheide am Stiefel zu ziehen. Langsam näherte er sich dem Vorratsraum. Er bewegte sich so, als hätte er kein bestimmtes Ziel.

Dann riß er blitzschnell das Tuch vom Tisch und bereitete sich darauf vor, den Mann darunter zu überwältigen.

Er fluchte, als ihm eine Mehlwolke ins Gesicht flog und ihn blendete. Ein hastiges Geräusch machte ihn sicher, daß der Mann zu fliehen versuchte. Er ignorierte den Schmerz in seinem Bein und in seinen Augen, und warf sich auf den fliehenden Mörder. Seine Hände schlossen sich um einen Arm und er drückte den Mann ohne Schwierigkeiten zu Boden. Schwer ließ er sich auf seinen Angreifer fallen und hob schnell das Messer, bereit ihm den Tod zu geben.

Dann hörte er den Schrei einer Frau und sah, daß er die Frau gefangengenommen hatte, die er schon auf der Brüstung gesehen hatte, das Wesen mit dem feurigen Haar und den tödlichen Pfeilen. Eric hielt inne.

Zitternd lag sie unter ihm und verbiß sich einen weiteren Schrei, ärgerlich darüber, daß sie überhaupt geschrien hatte. Ihre Augen waren voller Tränen, die sie aber nicht weinen würde. Die Iris war blaugrau, fast silbern, und obwohl ihre Haarfarbe diese seltsame Mischung aus Sonne und Feuer war, wurden ihre Augen von mitternachtsschwarzen Wimpern umsäumt. Sie war sowohl wunderschön als auch aufregend. Ihre Haut war zart, mit einer Tönung wie cremiges Elfenbein und genauso weich wie ein Rosenblatt. Nach Atem ringend lag sie unter ihm, ihre Brüste hoben und senkten sich. Ihre makellosen Umrisse waren durch die weiche, straffgespannte Wolle ihrer pelzbesetzten Tunika zu erkennen. Er betrachtete gerade die zarten Kurven ihres Mundes, als sie plötzlich die Lippen öffnete und ihn anspuckte.

Er lehnte sich zurück, seine Schenkel umklammerten fest ihre Hüften, und mit einer schnellen Bewegung brachte er sein Messer an ihre Kehle. Er sah, wie sich ihr Puls beschleunigte, dann schluckte sie. Er wischte sich die Spucke aus dem Gesicht und reinigte seine Hand an ihrer Brust. Er fühlte, wie sie zurückzuckte und wurde sich ihrer überwältigenden, geschmeidigen Weiblichkeit unter dem Kleidungsstück bewußt.

»Ihr habt mich schwer verletzt, Madame«, sagte er zu ihr

in ihrer Sprache. Er sprach leise. Sie schien seine Tödlichkeit zu spüren, und doch schien ihr das egal zu sein.

»Ich wollte dich eigentlich *töten*, Wikinger«, antwortete sie leidenschaftlich.

»Dann allerdings habt Ihr voll danebengeschossen«, verspottete er sie. Er strich mit dem Messer über ihre Wange und ließ die eiskalte Klinge wieder auf ihre Kehle fallen. Er fühlte, wie sie zitterte, und drehte die Klinge weg. Er erhob sich und zog sie auf die Beine. Das Ergebnis dieser Bemühung war, daß seine Wunde wieder zu bluten anfing. Es wurde ihm schwarz vor Augen. Er hätte diese Wunde von seinem Leibarzt säubern und verbinden lassen sollen, ehe er sich dem Feind stellte. Ganz egal, ob dieser Feind aus zehn Männern mit Schwertern und Kriegskeulen bestand, oder aus diesem feuerhaarigen jungen Luder. Sie wußte, wie man einen Bogen spannte, und ein Blick in ihre silbrigen Augen versicherte ihm, daß sie nur auf ein Anzeichen von Schwäche wartete. Sie zitterte zwar, aber ihr Augen glühten weiterhin voller Haß.

Ganz plötzlich stieß sie ihm voller Wut und Bösartigkeit das Knie in den Unterleib. Der Atem blieb ihm bei dem schneidenden Schmerz fast stehen, es wurde ihm wieder schwarz vor Augen, aber er ließ sie nicht los. Er krallte weiterhin seine Finger um ihr Handgelenk, und als er auf der Suche nach einem der Stühle an der Festtafel zurückstolperte, zog er sie mit sich. Er ließ sich auf einen Stuhl fallen und zwang sie dabei vor sich auf die Knie. In diesem Augenblick hätte er sie am liebsten umgebracht. Er wünschte sich, sie so hart zu schlagen, daß ihr Genick brach. Er rang keuchend nach Luft und zwang sich, die Augen zu öffnen. Einen Moment lang, der so kurz war, daß er schon fast dachte, er hätte ihn sich eingebildet, sah er reine, nackte Angst in ihren Augen, wie bei einem Fasan, der sich in einer Falle gefangen hatte. Der Ausdruck verschwand schnell, und er beherrschte sich so weit, daß er sie nicht schlug. Doch er war sich sicher, daß sie das Ausmaß seines Zorns erkannt hatte, denn jetzt fing sie verzweifelt an, gegen seinen Griff anzukämpfen, um sich zu befreien. Er ertappte sich dabei, daß er diese Rangelei fast vergaß, weil er so in ihren Anblick versunken war. Sie war von ungewöhnlicher Schönheit, mit zarten, wundervoll modellierten Gesichtszügen, einem langen, geschwungenen Hals, und dem aufregenden Goldgespinst ihres schimmernden Haares. Offensichtlich war sie von vornehmer Herkunft: das feine Leinen, die zarte Wolle und der Pelz, den sie trug, waren Beweise für ihren hohen Stand.

Er betrachtete sie zu lange. Sie wartete nur darauf, daß sich sein Griff etwas lockerte. Sie biß ihn in die Hand, er ließ ihr Handgelenk los, packte dafür aber ihr Haar und lächelte grimmig, als sie vor Schmerz aufschrie. Sie war zwar sehr schön, aber sie war auch flink und hinterlistig – und unübersehbar sein Feind. Er zog sie dicht an sein Gesicht, seine Augen bohrten sich wie gnadenlose Klingen in die ihren. »Was ist hier geschehen?« fragte er sie.

»Was geschehen ist?« erwiderte sie. »Ein Haufen blutgieriger Krähen kam vom Meer her gesegelt.«

Er verstärkte seinen Griff und zog sie noch näher heran. »Ich wiederhole, Lady, was ist hier geschehen?«

Tränen hingen an ihren Augenlidern. Sie krallte sich an seine Finger, und ihre Hand rutschte an seinem Blut ab. Unbeabsichtigt hatte sie seine Schwachstelle entdeckt, und sie schlug ihn sofort auf den verwundeten Oberschenkel.

Sterne explodierten vor seinen Augen. Sein Griff lockerte sich. Er war dabei, ohnmächtig zu werden. Er zwang sich dazu, nach vorne zu fallen, um sie unter sich zu begraben. Er kämpfte darum, bei Bewußtsein zu bleiben, und sie rollten zusammen über den Boden. Ihre Beine verhakten sich ineinander, und eine Bewegung seines Schenkels riß ihre Tunika in voller Länge auf. Voller Wut und Angst stieß sie einen Schrei aus. Überrascht von völlig unerwarteten Gefühlen, ließ Eric seine rauhe Kriegerhand über ihr nacktes Fleisch gleiten. Er stellte fest, daß es sich zart und seidig anfühlte. Sie keuchte und würgte und kämpfte wie eine Wilde, und seltsamerweise fühlte er, wie Begierde in ihm entbrannte, denn ihre Schenkel waren warm und geschmeidig. Die ganze Zeit über hatte er nicht an Fleischeslust gedacht, nicht einmal dann, als er die Schönheit ihrer Augen festgestellt, oder die erotische Berührung ihres Haares gefühlt hatte. Aber jetzt, bei ihren Brüsten, die er unter seinem Kettenhemd fühlte, und seiner Hand, die er gegen das zarte Fleisch der Innenseite ihres Schenkels preßte, stieg plötzlich heiße Begierde in seinen Lenden auf.

Er biß die Zähne zusammen und sah, daß sie ihre Augen alarmiert aufriß. Sie versuchte sich herumzurollen, sie fluchte und kämpfte wie eine Wildkatze. Sie zerkratzte ihn mit ihren Nägeln, bis er ihre Handgelenke packte, sie über ihrem Kopf auf den Boden preßte und sie mit seinen eisigblauen Augen anstarrte.

Er hatte Rollo befohlen, dicht hinter ihm zu bleiben, aber wo, in Walhallas Namen, war der Kerl jetzt? Eric brauchte ihn. Seine Kraft nahm mit jeder Sekunde weiter ab, und er hatte eine gewaltige Menge Blut verloren. Er hatte gegen zahllose Männer gekämpft und nie auch nur einen Kratzer davongetragen, aber dieses Luder mit den silberblauen Augen hatte ihn fast fertiggemacht. Ein kleiner Seufzer entfuhr ihr. Sie bewegte ihre Augen, um ihn nicht anzustarren, und er sah, daß sie sich in die Unterlippe biß.

»Dafür wirst du sterben!« stieß sie plötzlich wütend hervor.

»Dafür? Für was denn genau, Mylady? Dafür, daß ich an Eurer Küste gelandet bin, oder dafür, daß ich mich geweigert habe zu sterben, trotz Eurer Schießkünste? Oder dafür, daß ich Euch so berühre ...?« Er verlagerte sein Gewicht, kämpfte gegen die Dunkelheit, die über ihm zusammenzuschlagen drohte, und ließ seine Finger sanft über das bloße Fleisch der Innenseite ihres Schenkels gleiten.

Zornesröte stieg in ihr Gesicht, vielleicht auch andere Gefühle, und er lachte. Dann durchfuhr ihn wieder der Schmerz. Sie hatte ihn mit ihrem verdammten Pfeil getroffen, hatte ihn getreten, gebissen und mit den Nägeln zerkratzt; und er war ein Narr, wenn ihm nicht klar war, daß auch ein schöner Feind ein tödlicher sein konnte. Er stählte sich gegen ihre Schönheit und gegen die wilde Begierde, die der erbitterte Kampf und die Begegnung mit ihrem zarten, nackten Fleisch in ihm entfacht hatten.

»Habt keine Angst, englische Hexe«, versicherte er ihr spöttisch, und ließ seine Hand ohne Scham über ihre Schenkel gleiten, gefährlich nahe der Stelle, an der ihre Beine sich trafen. »Ihr seid weder freundlich, noch zärtlich, noch aufregend, Mylady. Ich habe lediglich vor, Euch entweder zu töten oder zu versklaven, das ist alles. Wenn ich eine Frau begehre, dann ist sie genau das – eine ganze Frau, verlockend und verführerisch. Fordert mich nicht heraus, Madame, denn wenn ich Euch nehme, würde das tatsächlich gewissenlose Barbarei sein.«

»Was sonst kann man von einem Wikinger erwarten als Barbarei und Tod?« entgegnete sie ihm.

Er knirschte mit den Zähnen, um den neuerlichen Wunsch, sie zu schlagen, niederzukämpfen. Er zwang sich dazu, leise zu lächeln. Lieber Gott, wo war Rollo? Er sah alles durch einen roten Nebel, aber selbst durch diesen Nebel war sie wunderschön... und tödlich. Strähnen des feuriggoldenen Haares hatten sich um sie beide geschlungen, Haar, das so fein wie Frühlingsblumen war, so zart wie Wolken der feinsten Seide. Ihre blaugrauen Augen waren weit offen und bezaubernd, wenn man einmal von dem Ausdruck reinsten Hasses in ihnen absah.

Ihre Brüste hoben und senkten sich so heftig, daß sie fast aus dem Ausschnitt ihrer Tunika heraussprangen. »Vielleicht sollte ich Euch doch nehmen«, flüsterte er. Als er mit seinen Knöcheln ihre Wange berührte, drehte sie heftig den Kopf weg. Seine Finger wanderten über ihre Kehle, wölbten sich über ihrer Brust und liebkosten die sanften Hügel. Sein Daumen bewegte sich in rhythmischen Kreisen über ihre Brustwarze, die sich unter seiner Berührung versteifte. Sie holte tief Luft und warf den Kopf hin und her. Als sie ihn anblickte, waren ihre Augen weit offen und glänzend.

»Nein... Wikinger!« fauchte sie.

Er runzelte die Stirn und fragte sich, warum sie ständig auf seiner Wikinger-Abstammung herumhackte, wo er doch aus Irland gekommen war. Nicht, daß er die Beleidigung oder irgendeine Beleidigung seines Vaters oder der Abstammung seines Vaters dulden würde. Aber er war aus dem Land seiner Mutter gekommen.

Er hörte auf, sie zu necken, sein Zorn nahm wieder überhand. Er wußte, daß ihm nicht mehr viel Zeit blieb. »Ich will wissen, was hier passiert ist!« forderte er grollend.

Einen Augenblick lang starrte sie ihn völlig ruhig an. Er ließ ihre Handgelenke los und langte nach dem Messer, das außer Reichweite gefallen war. Er wollte es gerade in die Scheide stecken, als ihn wieder ein Schwächeanfall packte. Erneut strömte frisches Blut aus seiner Wunde.

Er kämpfte darum, bei Bewußtsein zu bleiben, seinen Kopf wieder klar zu bekommen. »Nein, Mylady«, begann er, »Ihr werdet mir jetzt sagen, wer der Lord dieses Ortes hier ist, und warum...« Er brach ab. Alles drehte sich um ihn. Er lehnte sich nach vorne, versuchte die Dunkelheit wegzudrängen.

Er würde sterben. Der große Krieger, der Abkömmling des Wolfes, würde sterben, weil dieses junge Luder ihn töten würde, sobald er in Ohnmacht fiel.

»Oh!« Er fühlte, wie sie sich unter ihm bewegte. Sie stieß ihn herunter, und eine todesähnliche Lethargie überkam ihn. Sie kniete über ihm, starrte ihn an, sah das blaue Eis seiner Augen. Sie griff nach dem Messer. Seine Finger schlossen sich darum, aber jetzt war die Bewußtlosigkeit nicht mehr weit. Sie zerrte an seiner Hand, die die Klinge hielt. Er hörte ihre keuchenden Atemzüge, die hart und schnell und verzweifelt klangen. Sie hatte vor, ihn zu ermorden. Sie brauchte die Waffe.

»Mylord! Wo seid Ihr?«

Endlich kam Rollo. Pferdehufe klapperten auf dem Boden, hielten dann inne und Eric wußte, daß Hilfe im Anmarsch war. Fest umklammerte er das Messer.

Das Mädchen stand auf, die Ader an ihrer Kehle pulsierte heftig. Dann wendete sie sich zur Flucht.

Eric zwang sich aufzurichten, mit dem Messer in der Hand. Sie lief in die Halle und drehte sich dann um.

Einen Augenblick lang hatte er in dem Nebel, der ihn umgab, ihren Anblick vor Augen, eingebrannt in das sterbende Tageslicht. Großgewachsen und schlank und königlich, ihr glänzendes Haar umwogte sie wie eine atemberaubende, goldene Wolke.

Sie sah das Messer und seinen eisigen Blick und keuchte, den Rücken an die Wand gepreßt. Er hielt ihr Leben in seiner Hand.

Sie wußten beide, daß er sie hier und jetzt töten konnte. Statt dessen zielte er sorgfältig und warf das Messer so, daß es nur durch ihr Gewand ging und den Stoff an die Wand heftete. Er traf das Gewand genau links von ihrem Herzen.

Er lächelte sie mit tödlicher Kälte an. »Ich bin ein Wikinger, genauso wie Ihr behauptet habt, aber Ihr lebt. Betet, Lady. Betet aus ganzem Herzen zu Eurem Gott, daß wir uns nie mehr wiedersehen.«

Ihre dichten Wimpern verbargen die Todesangst und den Haß in ihren Augen. Sie starrte ihn an, stieß einen Schrei aus, wirbelte herum, riß ihr Gewand aus der Klinge in der Wand und rannte davon.

Rollo stürmte durch die Tür herein. »Eric!«

»Hier bin ich!« antwortete Eric. Rollo kam zu ihm, bückte sich und half seinem Anführer auf die Beine.

»Bring mich in ein Bett«, keuchte Eric, »hol meinen Arzt und bring mir einen großen Krug Ale oder Met.«

»Soviel Blut!« jammerte Rollo. »Schnell, wir müssen Eure Wunde verbinden. Ihr dürft nicht sterben, mein Prinz!«

Eric grinste Rollo grimmig an. »Ich werde nicht sterben, das schwör ich dir. Ich werde am Leben bleiben, um Rache zu nehmen für diesen Tag. Ich werde erfahren, was passiert ist, hier oder anderswo. Alfred von Wessex wird bald feststellen, daß er jetzt nicht mehr nur gegen die Dänen, sondern auch gegen die Normannen und Iren kämpfen muß.«

Hoch oben auf einem Hügel mit weißen Klippen, von dem aus man die Zerstörung der Stadt beobachten konnte, erhob sich ein junger Mann aus dem Dreck, brach durch das Laubwerk und rannte los. Mit schmerzenden Füßen jagte er auf einem alten römischen Pfad durch den Wald, bis er auf einer Lichtung auf zwei Männer zu Pferde traf. Die beiden waren Adelige aus Wessex, vornehme Lords des Königreiches. Der Ältere war in blaue Wolle und Hermelin gekleidet, der Jüngere in Waldgrün mit weißem Fuchsbesatz.

»Nun, mein Junge, erzähl mir, was passiert ist«, forderte ihn der ältere Edelmann auf.

Keuchend setzte der Jüngling zu sprechen an. »Es lief alles genau so, wie Ihr es gewünscht habt. Lord Wilton von Sussex führte die Schlacht an und fiel fast sofort den Klingen der Wikinger zum Opfer. Keiner wußte von der Einladung des Königs, oder daß sich auf den Wikingerschiffen auch Iren befanden. Wilton und Egmund sind mit Sicherheit tot und können wunderbar als Verräter herhalten. Für die Stadtbewohner waren Wikinger die Angreifer. Die Stadt steht in Flammen. Die Einwohner, die nicht getötet wurden, sind gefangengenommen worden. Sie werden versklavt, die Frauen werden Huren.«

Der ältere Mann lächelte mit grausam verzogenen Lippen, und der jüngere der beiden Edelmänner fragte besorgt: »Und was ist mit den Ladies Adela und Rhiannon?«

»Adela entkam, wie es geplant war.« Der Junge machte eine Pause, da er den Zorn der beiden Männer fürchtete. »Aber Lady Rhiannon wollte die Männer nicht im Stich lassen, die ihr seit ihrer Geburt treu gedient haben; sie blieb und nahm an der Schlacht teil.«

Der jüngere Mann fing wütend zu fluchen an. Der Leibeigene fuhr schnell fort: »Sie wurde im Herrenhaus von einem der Wikinger gefangengenommen, aber etwas später sah ich, wie sie durch eine Seitentür des Hauses in die Wälder entkam.«

»Sie wurde von einem Wikinger gefangengenommen, sagst du?«

Der Jüngling nickte. »Aber sie entkam.«

»Tja... aber noch rechtzeitig?« beharrte der Ältere. Er blickte seinen Gefährten an, dem übel zu sein schien.

»Warum ärgerst du dich darüber? Ich bete darum, daß der Wikinger sie genommen hat, und zwar ohne Gnade! Ich verwette meinen Umhang, daß sie jetzt mein Angebot nicht mehr so verächtlich abweisen wird. Benutzt und weggeworfen von einem solchen Feind! Jetzt wird sie dankbar sein für die Krumen, die ich ihr anbieten werde.«

Der jüngere Mann blickte den älteren nicht an. »Du könntest dich täuschen«, meinte er, »sie liebt Rowan, und Rowan liebt sie. Sie wird keinen anderen akzeptieren.«

»Sie wird das machen, was ihr gesagt wird.«

»Nur der König kann ihr befehlen.«

Hartes und mißtönendes Gelächter folgte auf diese Worte. »Ich bin sicher, daß ihr der König nach diesem Tag wirklich befehlen wird. Und ich bin auch sicher, daß er ihr nicht erlaubt, diesen jungen Habenichts zu heiraten. Los doch, die Tat ist vollbracht, und der Tag gehört uns. Wir müssen jetzt zum König reiten und ihm die gräßlichen Neuigkeiten von den heutigen Ereignissen bringen.«

»Mylords!« brachte sich der Jüngling, ihr Spion, in Erinnerung.

Der Ältere sah den Jungen mit verschlagenen zwinkernden Augen an: »Was willst du?«

»Meine Belohnung! Ihr verspracht mir eine Belohnung in Silber!«

»Das tat ich«, bestätigte ihm der Ältere.

Er trieb sein Pferd vorwärts, näher an den jungen Mann heran. »Bist du sicher, daß alle, deren Namen du genannt hast, auch wirklich tot sind?«

»Ich bin ganz sicher. Ich habe alle Eure Wünsche erfüllt. Ihr verspracht mir eine Belohnung.«

»So soll es sein.«

Der ältere Edelmann lächelte. Die Augen des Jünglings wurden groß vor Schreck, als er sah, daß der Edelmann nach seinem Schwert griff. Er hatte keine Zeit mehr zu schreien;

sein Lebensfaden wurde zu schnell abgeschnitten. Er sank in einer großen Blutlache zu Boden.

Würgend protestierte der Jüngere: »Lieber Gott, war diese Grausamkeit wirklich nötig?«

»Ja.« Völlig unbeeindruckt wischte der Ältere das Blut von seinem Schwert. »Natürlich war das nötig. Denk an meine Worte: Wenn du Verrat begehst, mein Freund, dann laß keine Zeugen dafür zurück.«

Gefühllos lenkte er sein Pferd über den Körper am Boden. »Komm, wir reiten zum König.«

2. KAPITEL

Rhiannons Herz hämmerte, ihre Beine taten weh, und ihre Lungen schmerzten so sehr, daß sie kaum mehr Luft bekam. Aber sie rannte immer weiter, hastete immer tiefer in den Wald hinein, immer weiter weg von der Stadt, die ihre Heimat und ihr Erbe gewesen war. Ihr ganzes Leben über hatte sie kämpfen müssen, aber noch nie war sie reinem Entsetzen und Verzweiflung so nahe gewesen wie heute.

Tief im Wald machte sie schließlich Rast. Sie kannte die Gegend gut und war froh, daß die Nacht hereinbrach. Sie entdeckte einen moosbewachsenen Felsbrocken und ließ sich darauf nieder, schnappte keuchend nach Luft und lauschte angestrengt, ob die Wikinger-Horde ihr auf den Fersen war. Schließlich beruhigte sich ihr Atem. Offensichtlich waren sie nicht hinter ihr her. Diese Anstrengung war sie ihnen nicht wert. Vielleicht wußten sie nicht, wer sie war; vielleicht war ihnen das egal.

Sie schauderte wieder.

Er hätte sie töten können. Und wenn er nicht so schwer verletzt gewesen wäre, hätte er sie verfolgt.

Sie schloß zitternd die Augen, und in Gedanken sah sie wieder den Wikinger, blond und mächtig, und sie schien noch immer seinen kaum wahrnehmbaren maskulinen Geruch zu riechen, seine Hände auf sich zu fühlen...

Sie holte tief Luft. Er hätte sie töten können. Er hätte mit seinem Messer auf ihr Herz zielen können, aber er hatte es nicht getan. Er mußte gewußt haben, daß sie fliehen würde, daß sie dem König eine Warnung bringen würde. Und doch hatte er sie verschont.

Es war vermutlich nicht unbedingt ein Akt der Gnade gewesen, dachte sie. Vorher war er ziemlich brutal gewesen. Aber was hatte er damit gemeint, als er zu erfahren verlangte, was passiert war? Sie schlang die Arme um sich und wünschte sich, ihre Angst und Wut und Frustration laut herausschreien zu können. Was passiert war? Eine Horde von Wikinger war aufgetaucht und hatte ihr Heim zerstört!

Sie mußte sich wieder auf den Weg machen. Sie mußte den König erreichen.

Rhiannon erhob sich und stolperte weiter, bis sie zu einem plätschernden Bach kam. Sie fragte sich, ob die Wikinger die Stadt schleifen würden. So viele waren tot. Adelige, Carls und Leibeigene, ohne Ausnahme waren sie alle mit Stolz und Mut in den Tod gegangen.

Tränen stiegen ihr in die Augen. Egmund war tot. Der liebe, treue Egmund mit seinem hängenden Schnurrbart und den traurigen, braunen Augen. Sie konnte den Gedanken daran nicht ertragen. Sie kniete nieder und tauchte ihr Gesicht in das kühle, sprudelnde Wasser. Sie ließ es über sich laufen, damit es den Schmutz abwusch – und die Berührung des Wikingers. Wieder begann sie zu zittern, dann zwang sie sich dazu, aufzustehen. Der Regen hatte endlich aufgehört. Sie mußte weiter. Sie mußte so lange weiterlaufen, bis sie Alfred erreichte.

Jetzt konnte sie es kaum mehr erwarten, zum König zu kommen und sich, müde wie sie war, unter seinen Schutz zu stellen und ihm die ganze Geschichte zu erzählen. Sie wollte ihn damit nicht belasten, aber Alfred war der einzige, der an den Wikingern Rache üben konnte.

Alfred war mit Kämpfen gegen die normannischen Eroberer aufgewachsen. Schon vor seiner Geburt waren die Wikinger als tödliche Bedrohung in das Land eingefallen, hatten die Männer von Dorset, Lincolnshire, East Anglia, Kent, London, Rochester und Southampton hingemetzelt. Alfred war der jüngste Sohn gewesen und hatte drei Brüder im Krieg verloren, ehe er dann König wurde. Als sich eine Gelegenheit dazu bot, hatte er die Wikinger für den Frieden bezahlt, aber sie waren hinterhältig und hatten den Waffenstillstand gebrochen. Danach blieb Alfred keine andere Wahl, als zu kämpfen.

Und Rhiannon wußte, daß er ein guter Kämpfer war.

Unter seiner Flagge hatten sich mehr Männer zum Kampfe vereint, als unter jedem anderen König. Er war tapfer und weise und gütig, und sie liebte ihn aus ganzem Herzen. Jetzt belagerte die dänische Armee Rochester. Alfred war dabei, seine Streitkräfte zu versammeln und einen Angriff vorzubereiten, um den Männern innerhalb der Stadtmauer zu Hilfe zu kommen.

Ihr geliebter Rowan war bei dem König. Gott sei Dank, daß er nicht bei ihr geblieben war, denn er hätte sich den Angreifern nie ergeben und wäre getötet worden. Zuviele andere waren ihr schon genommen worden. Ihr Vater war in einer von Alfreds Schlachten gegen den Dänen Gunthrum gestorben; ihre Mutter war ihm bald danach ins Grab gefolgt. So viele andere ihrer Leute waren den Klingen der Wikinger zum Opfer gefallen, und sie würde es nicht ertragen können, wenn auch Rowan starb.

Rhiannon fing an, schneller zu laufen. Ihr wurde bewußt, daß sie zu Fuß bis zum König tagelang unterwegs sein würde. Eigentlich hatte sie ja auf einem Pferd fliehen wollen, aber der Wikinger hatte ihre Pläne durchkreuzt. Sie hatte nur noch blindlings fliehen können. Sie hatte kein Pferd, sie war müde und verzweifelt, aber sie mußte weiter. Sie wagte es nicht, so nahe bei den Wikingern lange zu verweilen.

Sie ging weiter und schlang die Arme um sich, da sie wieder fror. Sie wollte nicht von diesem riesigen, blonden Eindringling gefangen werden. Sein Gesicht war ihr noch sehr gut in Erinnerung. Dieses kantige Gesicht mit den eiskalten, wilden, blauen Augen. Seine warnenden Worte klangen noch in ihr nach und brachten sie dazu, schneller zu gehen. Sie betete aus ganzem Herzen, ihm nie wieder zu begegnen.

Ihr fiel wieder ein, wie sie ihn zum ersten Mal erblickt hatte. Wie er da auf diesem Schiff gestanden hatte, so, als könnten ihn nicht einmal die wildesten Blitze niederstrekken. Unverschämt und arrogant hatte er den Tod über die gebracht, die ihr am Herzen lagen. Sie hatte so verzweifelt seinen Tod gewollt; sie hatte gespürt, daß seine Männer ohne ihn aufgegeben hätten.

Er war sogar ganz ruhig dagestanden, als ihr Pfeil auf sein Herz zugeflogen war, aber in letzter Sekunde war er einen Schritt zur Seite getreten und damit am Leben geblieben. Sie verachtete seinen Stolz und seine Überheblichkeit und das Blutvergießen, das er über ihre Stadt gebracht hatte. Eigentlich hätte sie sofort fliehen sollen, aber sie hatte sich so verzweifelt gewünscht, ihn zu töten. Und dabei war sie selbst fast an den Rand des Todes gekommen!

Eine heiße Woge stieg in ihr auf, und sie rief sich die hochaufragende Gestalt und die Wut des Normannen ins Gedächtnis zurück. Seine Hand auf ihr war wie eine Fessel gewesen, seine Muskelkraft hatte auf und in ihr gebrannt, und sie hatte noch nie derartig überwältigenden Haß oder Angst empfunden. Niemals würde sie diese Augen vergessen. Wegen ihm lag jetzt eine ganze Stadt in Schutt und Asche, und Egmund, Lord Wilton, der tapfere Thomas, alle waren sie tot.

Sie blieb wieder stehen, hielt sich den Magen, versuchte den wühlenden Schmerz zu verdrängen. Sie blickte zu dem trügerischen Himmel auf und betete darum, daß Adela entkommen war. Adela war ihre Tante, die Witwe eines vornehmen Thans aus Wessex, und sie war seit dem Tod ihres Mannes ihre Gefährtin – als Gesellschafterin und Freundin. Rhiannon war sich sicher, daß Adela die Grausamkeit der Normannen nicht überleben würde.

Als sie links von sich in einem Busch ein raschelndes Geräusch hörte, erstarrte sie vor Entsetzen. Ihr Herz raste, und sie fiel hinter einer Eiche auf die Knie. Furcht packte sie, und alles, was ihr vor Augen stand, war sein Gesicht... dreckig und bedeckt mit dem Mehl, das sie ihm entgegengeschleudert hatte, aber trotzdem hart und kalt und furchteinflößend. Sie fühlte die schiere Kraft seiner Berührung und die pulsierende Stärke seiner muskelbepackten Gestalt. »Betet«, hatte er zu ihr gesagt, »betet darum, daß wir uns nie mehr wiedersehen...«

Ein gequältes Stöhnen entrang sich ihrer Kehle. In diesem Busch steckte dieser Teufel. Ihr stockte der Atem.

Dann stapfte ein unglücklich aussehender Rotschimmel aus dem Busch heraus.

Rhiannon brach in Gelächter aus. Ihr Lachen wurde immer hysterischer, bis es in Schluchzen überging.

So viele waren tot! Die Wikinger hatten ihr alles genommen, und sie konnte nicht einmal zurückkehren und ihren guten Freunden und Gefährten ein christliches Begräbnis zukommen lassen. Die Geier und Wölfe würden sich an ihnen die Wänste vollschlagen.

Der Rotschimmel blickte sie an, als ob sie den Verstand verloren hatte, und sie fragte sich tatsächlich, ob nicht die Dänen vielleicht doch ihren Geist verwirrt hatten. Taumelnd kam sie wieder auf die Beine und stellte fest, daß sie das Pferd dringend gebrauchen konnte. Mit diesem Gaul konnte sie Alfred vermutlich bereits am Morgen erreichen.

Sie lockte das Pferd. Es zeigte keinerlei Absicht, Reißaus zu nehmen. Es kam direkt vom Schlachtfeld, und die Zügel schleiften auf der Erde.

Rhiannon fragte sich, wer wohl auf diesem Pferd geritten und gestorben war. Der Sattel war zerfetzt und zerrissen. Rhiannon biß die Zähne zusammen, löste den Gurt und warf den Sattel in die Büsche. Dann hob sie den Saum ihres Gewandes und sprang auf den Rücken des Pferdes. Die Nacht brach herein, doch das machte ihr nichts aus. Sie würde darum beten müssen, daß der Mond schien, denn sie konnte keine Rast einlegen.

Als das Pferd zufrieden lostrabte, dachte Rhiannon an ihr bisheriges Leben. Als ihre Eltern noch am Leben waren, mußten sie nach London fliehen, denn die Dänen rückten immer näher. Zunächst hatten die Eindringlinge nur aus ein paar Übermütigen in drei Schiffen bestanden, und ihr Vater und Egmund und Wilton hatten sie alle getötet und ihre Boote brennend auf das Meer hinausgeschickt. Doch dann wurde es immer gefährlicher, so daß ihr Vater beschlossen hatte, daß es nicht schlecht wäre, wenn sie die Kunst des

Bogenschießens und des Schwertkampfes erlernen würde. Ihre große Stärke lag im Bogenschießen. Ihr Vater hatte immer damit geprahlt, daß sie auf hundert Schritt Entfernung ein Nadelöhr treffen konnte, und obwohl ihn seine Männer deswegen ausgelacht hatten, wußten sie alle, daß diese Behauptung nicht weit von der Wahrheit entfernt war. Sie konnte fast jedes Ziel treffen.

Bis auf heute, wo es so dringend notwendig gewesen wäre. Sie fragte sich verbittert, warum gerade heute ihre Pfeile nicht getroffen hatten.

Oder warum der Wikinger sein Messer so geworfen hatte, daß sie davon nicht getötet worden war. Sie wußte instinktiv, daß er sie sehr wohl hätte töten können, wenn er gewollt hätte.

Sie seufzte tief auf. Die Nacht brach endgültig herein. Sie wollte nicht mehr an den hellhaarigen Riesen denken, sie wollte nicht mehr zittern, und sie wollte sich weder an seine Hitze noch an seine Kraft erinnern, noch an die Gefahr, die in seinen eisblauen Augen lauerte.

Betet, Mylady... daß wir uns nie mehr wiedersehen...

Eine Eule stieß einen Schrei aus, und Rhiannon fiel vor Schreck fast vom Pferd. Der Mond ging auf. Er würde ihren Weg erhellen, und sie würde keine Pause einlegen müssen.

Sie war erschöpft und verzweifelt, und sie kam sich plötzlich ganz schrecklich einsam vor. Ohne es zu wollen, erinnerte sie sich an den Tag, als sie den Körper ihres Vaters zu ihrer Mutter gebracht hatten. Rhiannon hatte sein Gesicht gesehen, sein schönes, stolzes Gesicht, das jetzt die Blässe des Todes trug. Sie hatte das getrocknete Blut auf seiner Stirn gesehen, und die tiefe Wunde, mit der die dänische Kriegsaxt seinen Schädel gespalten hatte. Sie hatte geweint, hatte seinen blutigen Kopf gehalten und ihn liebkost, als könnte sie ihn damit wieder zum Leben erwecken. Dann hatte ihre Mutter sie schließlich weggezogen, und Rhiannon hatte fast den Glauben an einen Gott im Himmel verloren.

Und jetzt war das mit Egmund, Wilton und Thomas passiert. Und mit so vielen anderen.

Rhiannon warf den Kopf in den Nacken und schrie ihren herzzerreißenden Kummer in die Nacht hinaus. Sie schwor sich, daß ihr niemand mehr genommen werden würde. Niemals mehr würde ihr jemand genommen werden. Lieber würde sie sterben.

Alfred, der König von Wessex, hielt auf seinem Weg von der Kapelle zum Haupthaus inne. Er starrte hinauf in den morgendlichen Himmel. Der Regen hatte aufgehört, und es sah so aus, als würden die karmesinroten Streifen, die den Himmel färbten, Blutvergießen vorhersagen. Alfred war ein frommer Mann, er glaubte fest an die eine und einzige katholische Kirche von Jesus Christus, aber an diesem Morgen schien der Himmel eine uralte, heidnische Warnung kundzutun.

Er seufzte. Er war noch nicht imstande, ins Haus zu gehen. Das Gesicht seiner Frau zu sehen, den Kindern zuzuhören. Und zu bemerken, wie die Kinder ihn anblickten und ihr Gelächter verstummte und einem angespannten Schweigen Platz machte.

Er ballte seine Hände. *Gott im Himmel, laß in Deiner unendlichen Gnade diese Schlacht zu der werden, mit der die bösartigen Bestien bezwungen werden.*

Er konnte sich nicht daran erinnern, wann der Kampf gegen die Dänen sein Leben nicht beeinflußt hatte. Seine frühesten Kindheitserinnerungen bestanden in einer Pilgerreise nach Rom, die von dem vierjährigen Knaben unternommen werden mußte, weil sein Vater und seine Brüder auf dem Schlachtfeld unabkömmlich waren. Keiner von ihnen hatte die Gelegenheit gehabt, alt zu werden.

Zwischen der hölzernen Kapelle und dem langen Haupthaus lag ein alter Felsbrocken, der wie ein Sitzplatz geformt war. Alfred ließ sich dort nieder und stellte fest, daß er immer noch die Fäuste geballt hatte.

Zuerst hatte er die Dänen zusammen mit seinem Bruder bekämpft, und als dieser starb, war Alfred gerade einundzwanzig Jahre alt. Ein junger Mann mit einer jungen, schwangeren Frau. Inzwischen war dieses Kind fast fünfzehn Jahre alt, und Alfred war dankbar dafür, daß sein Erstgeborenes ein Mädchen war, und daß sie, wenn sie älter wurde, nicht in diesen endlosen Krieg ziehen und sterben mußte. Aber der Tochter war ein Sohn gefolgt, und der würde schon bald alt genug dafür sein.

Er starrte wieder zum Himmel hinauf und fragte sich, welche Botschaft in diesen blutigen Streifen lag. Was war passiert oder was würde passieren? Obwohl Alfred nicht die Vorahnungen der Kelten hatte, wußte er doch, daß sich England manches Mal immer noch am Rande des Heidentums bewegte, und daß das erste Erscheinen der Wikinger in schicksalsträchtigen Omen vorhergesagt worden war. Immer noch streiften die Druiden durch die Wälder, und trotz ihrer Bekehrung zum Christentum, waren die meisten seiner Leute immer noch so abergläubisch wie die heidnischen Dänen. Irgend etwas stand bevor.

Er fing wieder zu beten an. Er betete darum, daß diese Vorzeichen wenigstens den Sieg bedeuteten. Gott hatte ihm bereits viele Siege gewährt. Alfred wußte, daß die Menschen ihn als den größten König seit den Zeiten des legendären König Arthur betrachteten. Er war König, und seine Männer beugten die Knie vor ihm und fochten für seine Ehre. Er wollte mehr. Er wollte Frieden. Er wollte, daß England zu einem Land wurde, in dem man Bildung erlangen konnte. Er wollte, daß seine Kinder lesen und schreiben lernen und bei Lehrern aus der ganzen Welt studieren konnten. Aber um dieses Ziel zu erreichen, brauchte er Frieden. Er war jetzt sechsunddreißig Jahre alt. Kein junger Mann mehr, aber auch kein alter. Er konnte noch viele Jahre leben. Genügend Zeit, um vieles zu tun.

Vor dem Stein fiel Alfred wieder auf die Knie, obwohl er gerade aus der Messe kam. Er nahm eine Handvoll Staub und starrte ihn an. »Gott meiner Väter, laß mich dieses eine Mal die Dänen vernichten! Laß mich sie aus meinem Land vertreiben und sie zwingen, die wahren Wege Eures Lichtes zu sehen!«

Während er sprach, fühlte er den Boden erbeben. Allen von Kent, einer seiner vertrauenswürdigsten Gefolgsmänner, galoppierte auf ihn zu. Alfred stand schnell auf, und Allen sprang vom Pferd und fiel vor seinem Kriegsherrn nieder. Alfred wußte, daß er schlechte Nachrichten bringen würde.

»Steht auf, Allen, und berichtet. Was ist passiert? Hat der irische Prinz seine Meinung geändert und weigert sich zu kommen?« Der Himmel hatte ihn gewarnt. Er hatte schon darauf gewartet.

»O nein, mein König. Er kam, und das war der Fehler. Eure Botschaft erreichte die Küste nicht. Die Leute dort fühlten sich bedroht und versuchten, als erste anzugreifen. Die Lady Rhiannon befahl den Angriff. Der irische Prinz wurde nicht willkommen geheißen, sondern mit einem Pfeilhagel empfangen.«

Entsetzt packte Alfred Allen bei der Schulter: »Woher wißt Ihr das?«

»Ich war auf dem Weg zu Lady Rhiannon und traf unterwegs einen Überlebenden, der versuchte, sich hierher durchzuschlagen.« Allen konnte dem König nicht in die Augen schauen. Alfred fragte sich, was der Mann ihm wohl verschwieg. Dann sagte er sich, daß Allen seinen Blick vermutlich aus Trauer und aus Mitleid für Rhiannon senkte.

»Und Ihr seid Euch sicher, daß das alles wahr ist?«

»Ja, ich bin mir sicher. Die Stadt ist fast völlig zerstört.«

»Das habe ich nicht anders erwartet«, erwiderte der König. Er hatte eine Bestie am Schwanz gepackt – er hatte gedacht, daß es eine zivilisierte Bestie wäre. Aber er kannte den Ruf des Mannes, und er betete darum, daß die Auswirkungen auf das beschränkt bleiben würden, was bereits geschehen war. Eric von Dubhlain könnte genausogut inzwischen mit einem Kriegsschrei nach Vergeltung auf den Lippen auf Wessex zumarschieren. Der irische Prinz nahm garantiert an, daß der König von Wessex ihn verraten hatte. Hatte Rhiannon Alfred verraten? Unmöglich! Insgeheim wunderte sich Alfred über Rhiannon und fragte sich, was dort wohl tatsächlich passiert war, aber zu Allen sprach er als König. Er hatte keine Wahl. In erster Linie war er König. Es gab nur einen Weg, wie er einen Teil Britanniens für die Sachsen behalten konnte.

»Wo ist Eric jetzt?«

»Er hat die Stadt übernommen.«

»Er ist nicht ins Landesinnere marschiert? Woher wollt Ihr das wissen?«

»Eine unheilverkündende Stille lag über der Stadt. Ich weiß es, Sire, weil ich an die Küste ritt, um selbst zu sehen, was dort passiert ist, ehe ich wie der Teufel zu Euch geritten bin.«

Alfred dankte kurz Gott, daß der irische Wikinger nicht auf sofortige Vergeltung aus war. Dann fragte er nach Rhiannon: »Meine Cousine?«

Allen schüttelte sorgenvoll das Haupt. »Von ihr war nichts zu sehen. Aber der Mann, den ich traf, war sich sicher, daß sie entkommen konnte.«

Alfred schlug seinen Umhang zurück und starrte wieder in den Frühlingshimmel: »Allen, findet Rowan und laßt ihn mit seinen Männern nach Lady Rhiannon suchen. Wenn sie am Leben ist und gefunden werden kann, dann wird seine Liebe den richtigen Weg finden.«

»Und Ihr, Sire?«

Alfred blickte den Mann an und zögerte. Er und Alfred waren im selben Alter. Sie waren durch die ständigen Kämpfe in guter Kondition. Allen war dunkel, mit scharfen, grauen Augen und einem Mund, der sich grausam verziehen konnte. Sie alle waren hart wie Granit geworden, dachte der König.

»Ich werde zu Eric von Dubhlain reiten. Ich werde versuchen, das Unrecht wieder gutzumachen.« Er drehte sich um und ging auf das Haupthaus zu, sein Umhang wehte hinter ihm. Er blieb stehen und blickte zu Allen zurück. »Wie konnte so etwas geschehen? Wurde die Botschaft überbracht?«

»Sire, ich weiß, daß ein Botschafter losgeschickt wurde.

Der Mann, mit dem ich sprach, wußte davon allerdings nichts. Er meinte, daß sich vielleicht Egmund aus seinem übergroßen Haß auf alle Normannen geweigert hat, seiner Lady die Botschaft weiterzugeben. Er starb im Kampf, also werden wir niemals die Wahrheit erfahren.«

Der König lächelte grimmig. »Oh, wir werden sie erfahren, Allen. Wir werden den Grund dafür sobald wie möglich herausfinden.«

»Sire!«

Der Ausruf klang schrill und weiblich. Er ließ Alfred herumfahren und zu dem dichten Wald im Osten blicken. Er kannte den Klang der Stimme, und Erleichterung überkam ihn.

Er erblickte Rhiannon. Sie galoppierte auf einem Rotschimmel auf ihn zu, quer über die Wiese und die Lichtung. Abgerissen und verschmutzt, wild und schön wie immer.

»Mein Gott«, flüsterte Alfred. Dann lief er auf sie zu. Sie brachte ihr Pferd zum Stehen und mit einem neuerlichen Tränenschwall aus Erschöpfung sank sie in seine Arme.

Er hielt sie fest, strich ihr sanft das Haar aus dem Gesicht, hob sie hoch und dabei raste sein Herz voller Erleichterung. Stumm dankte er seinem Gott für ihre Rückkehr.

Er wußte nicht, warum er sie so sehr liebte – wie eines seiner eigenen Kinder. Vielleicht lag es daran, daß er einst ihre Mutter geliebt und bewundert hatte. Vielleicht lag es daran, daß er ihr Pate war, der sie bei der Taufe gehalten hatte. Er wußte nicht warum, aber er liebte sie wie sein eigen Fleisch und Blut, und er hielt sie zärtlich in den Armen. Sie war ziemlich groß für eine Frau, aber so zart und schwerelos wie eine Feder. Sie war einfach zu tragen. Er vergaß Allen, eilte zum Haus und rief nach seiner Frau.

Rhiannon schmiegte sich eng an ihn, vertrauensvoll wie ein Kind. Ihre so unglaublichen blauen Augen blickten ihn an.

»Dänen griffen uns an, Mylord. Drachenschiffe. Sie segelten an unsere Küste und metzelten uns nieder.«

Ihre Augen schlossen sich. Ihr war kalt, sie war erschöpft und völlig durchnäßt.

Plötzlich durchfuhr Alfred unbändige Wut über die unsinnige Verschwendung von Menschenleben. Er blickte auf sie nieder und schüttelte den Kopf. »Das waren keine Dänen.«

Sie starrte ihn an. »Mylord, mein Cousin! Ich war **da**! Sie überfielen uns wie hungrige Wölfe, sie...«

»Dir wurde eine Botschaft übersandt, Rhiannon. Ich bat in Übersee um Hilfe. Bei dem irischen Prinzen von Dubhlain, einem Mann, der die Dänen genauso heftig haßt wie wir.«

Sie schüttelte den Kopf. Er verstand nicht.

»Ich sah keine Iren!« versicherte Rhiannon dem König. Sie biß die Zähne fest zusammen. Sie konnte den Wikinger, der sie fast getötet hatte, nicht vergessen – goldblond und genauso winterkalt wie sein Heimatland. »Drachenschiffe kamen!« flüsterte sie. Sie konnte Alfred von ihrem Zusammentreffen mit diesem Mann nichts erzählen. Er wäre sehr wütend, daß sie nicht sofort geflohen war.

»Die Schiffbauer des Prinzen sind vermutlich Normannen, Rhiannon, genauso wie viele seiner Männer.«

Wieder schüttelte sie den Kopf. Sie war so müde, und sie konnte dem König offensichtlich die Gefahr, in der er schwebte, nicht klar machen. »Mylord, vielleicht bin ich nicht ganz klar im Kopf, vielleicht drücke ich mich unverständlich aus...«

»Nein!« unterbrach er sie streng. Sein Zorn stieg. Er fühlte sich krank bei dem Gedanken an die, die unnötig gelitten hatten, und fürchtete, daß ihn der Verrat vielleicht den Beistand des irischen Prinzen gekostet hatte, jetzt, wo er ihn am nötigsten brauchte. Er drückte Rhiannon sanft an sich. Er machte ihr keinen Vorwurf, aber er zitterte vor Ärger. »Nein, du drückst dich sehr klar aus, aber du verstehst meine Worte nicht! Ich bin verraten worden! Du hast deine Leute den Mann angreifen lassen, den ich um einen Freundschaftsdienst gebeten habe. Du hast deine Hand gegen mich erhoben.«

Rhiannon keuchte entsetzt: »Ich würde dich nie verraten,

Alfred! Wie kannst du mich dessen verdächtigen? Ich habe gegen den Feind gekämpft! Wir haben den Feind immer bekämpft!«

»Ich klage dich nicht an, aber ich sage dir, daß du den Mann hättest willkommen heißen sollen. Statt dessen hast du ihn angegriffen.«

»Ich schwöre dir, daß ich davon nichts wußte!«

Er liebte sie; aber plötzlich konnte er ihr nicht ins Gesicht blicken. Er durfte einfach die Truppen nicht verlieren, die er jetzt so nötig brauchte. Der Sieg war so nahe; er schmeckte ihn schon süß auf der Zunge. Er könnte es nicht ertragen, wenn er ihm entrissen würde. Er brauchte den Prinz von Irland, und wenn der irische Prinz die Bestrafung der Verantwortlichen verlangte, mußte er vermutlich gezwungenermaßen den Preis dafür bezahlen.

Er erhob seine Stimme, als er das Haupthaus betrat. Er trug Rhiannon vor das Feuer und legte sie dort nieder. »Alswitha!« rief er nach seinem Weib, und schon kam sie, auf dem Arm seine jüngste Tochter Althrife. Schnell setzte sie das Kind ab, warf ihm einen vorwurfsvollen Blick zu und umarmte Rhiannon zur Begrüßung. »Was ist mit ihr passiert?« fragte sie, entsetzt über Rhiannons abgerissenes Aussehen.

Alfred konnte den Zorn, der ihn ergriffen hatte, nicht verhehlen. »Irgend jemand aus ihrem Haus beschloß, den Befehl des Königs nicht auszuführen; das ist passiert.«

»Nein, das kann nicht wahr sein!« protestierte Rhiannon.

Alfred zitterte vor Zorn. Sie verstand den Grund für seine Gemütsbewegung nicht und war völlig überrascht.

»Ich klage nicht *dich* an, Rhiannon, aber irgend jemand hat mich verraten – und dich. Und das, was passiert ist, kann schwerwiegende Folgen haben, noch sehr viel tödlichere als die, die es bis jetzt schon gab.«

Rhiannon löste sich aus der Umarmung der Königin und stand bebend da, um sich zu verteidigen. »Noch schrecklicher als das Meer von Blut in meiner Stadt? Hast du vergessen, Alfred? Männer, gute Männer, meine lieben Freunde, liegen tot...«

»Habt Ihr vergessen, Lady, daß ich der König bin?« fuhr er sie an. »Und Rhiannon, es können sehr wohl deine lieben und treuen Freunde gewesen sein, die zu Verrätern wurden, denn es wurde die Botschaft übersandt, daß der Prinz von Irland zu dir unterwegs ist, daß er mit jeder Höflichkeit begrüßt und zu mir eskortiert werden soll.«

»Ich habe keine Botschaft erhalten, Mylord!« rief sie aus. »Und glaub mir, Sire, ich sah keinen irischen Prinzen, nur eine Horde von räuberischen Wikingern!«

Er drehte sich um und beachtete sie nicht mehr.

»Bei allen Heiligen, Alfred!« rief Alswitha ihm nach. »Wie kannst du nur so grausam sein und diesem Mädchen mißtrauen!«

Er wendete sich den beiden wieder zu, und sein Blick schien leer zu sein. »Weil vielleicht das Schicksal von ganz Wessex davon abhängt. Weil vielleicht der Frieden von der Gewogenheit oder dem Zorn eines ausländischen Prinzen abhängt.« Er zog seinen Umhang um sich und schloß ihn. »Ich reite weg, Mylady«, informierte er sein Weib, »zur Küste. Rhiannon hat überlebt, und ich bin davon überzeugt, daß sie unter deiner Obhut sicher ist.«

Als er sie verließ, starrten sie ihm nach. Alswitha schien noch mehr verwirrt zu sein als Rhiannon.

»Er liebt dich. Aus ganzem Herzen«, sagte Alswitha.

Rhiannon drehte sich ihr zu und versuchte zu lächeln. Der Versuch schlug fehl. »Ja, sicher, er liebt mich. Aber nicht so sehr wie Wessex.«

»Er liebt nicht einmal *mich* so sehr wie Wessex«, erwiderte Alswitha trocken. Sie bemerkte, daß Rhiannon zitterte, und sie rief nach ihren Mägden, die hastig herbeieilten. »Schnell, macht warmes Wasser und bereitet für Lady Rhiannon vor dem Feuer ein Bad, sonst wird sie uns noch krank.«

Von draußen klang Hufgeklapper zu ihnen herein und das Klirren und Knarzen von Pferdegeschirr, als die Männer ihre Pferde bestiegen. Alswitha legte einen Arm um Rhiannons

Schulter und führte sie zum Feuer. Sie wusch eigenhändig Rhiannons Haare und versuchte, unbeschwert mit ihr zu plaudern. Doch als Rhiannon gebadet war und eingehüllt in ein Handtuch vor dem Feuer kauerte, fing sie wieder zu zittern an.

Alswitha, die mit ihren honigfarbenen Augen und den zarten Gesichtszügen immer noch sehr schön war, saß neben ihr und versuchte sie zu beruhigen.

»Wir werden für deine Leute Messen lesen lassen. Wir werden noch heute abend für sie beten.«

Rhiannon nickte. Sie schluckte. »Alswitha, du mußt mir glauben. Das waren keine Iren – ich habe sie gesehen. Das waren Wikinger.«

»Rhiannon, ich glaube dir, daß du mir erzählst, was du gesehen hast. Ich glaube nur, du verstehst einfach nicht, daß dieser irische Prinz einen norwegischen Vater hat und vermutlich fast genauso wie ein Wikinger aussieht. Kannst du das begreifen? Die Schiffbaukunst der Wikinger ist die Beste, deshalb sahen die Schiffe wahrscheinlich wie Drachenschiffe aus. Alfred braucht solche Männer, um gegen die blutrünstigen Dänen antreten zu können. Der irische Prinz, den Alfred jetzt besänftigen will, stammt zwar aus Dubhlain, aber von seiner Herkunft väterlicherseits ist er Normanne.«

Rhiannon überlief ein Schauder. »Ich sage dir, Alswitha, Alfred ist da einen Pakt mit Dämonen eingegangen! Ich habe sie gesehen, und sie waren keine irischen Christen, sondern Heiden!«

Heiden mit dem goldenen Haar der nördlichen Sonne und den blauen Augen der eisigen Kälte. Alfred war mit ihnen einen Pakt eingegangen. Es war gut möglich, daß sie diesen Hauptmann der Wikinger des Prinzen sehr bald wiedersehen würde.

»Oh, Gott!« flüsterte sie und fühlte sich krank. Der blonde Wikinger hatte dem irischen Prinzen ganz sicher von dem sächsischen Frauenzimmer erzählt, das versucht hatte, ihn mit Pfeilen zu durchlöchern. Alfred war jetzt schon sehr wütend auf sie. Das würde sich noch steigern, wenn er erst an der Küste angelangt war.

»Wie kann er mir nur so gleichgültig gegenüber stehen und meinen Leuten und dem, was passiert ist?« fragte sie weinend Alswitha. »Ich stamme von seinem Blut ab, und er ist mein Vormund, und jetzt ist er gegen mich, weil ich das, was mir gehört, verteidigt habe!«

Alswitha schwieg für einen langen Augenblick. Dann sagte sie ruhig: »Nein, du vergißt nur den König. Wessex, Rhiannon, – und zwar ganz Wessex – untersteht ihm.«

»Er ist grausam!«

»Er ist hart und kann unversöhnlich sein. Das Schicksal hat ihn so gemacht, denn er muß stark sein. Denke immer daran, daß er nicht nur dein Vormund ist, sondern auch dein König und dein Beschützer. Und daß er dich liebt.« Alswitha zupfte ihre trocknenden Haarsträhnen aus dem Handtuch und lächelte mitfühlend. »Er ist für dein Wohlergehen verantwortlich. Er wollte dich nicht verletzen und würde das auch nie versuchen.«

Rhiannon wollte das so gerne glauben. Sie liebte den König. Alfred und Alswitha und die Kinder waren ihre Familie. Sie waren alles, was sie noch hatte. Sie kreuzte die Beine, zog das Handtuch enger um sich und starrte ins Feuer. Stumm fielen Tränen von ihren Wimpern.

»Es war schrecklich!« flüsterte sie. »Soviel Tod, soviel Blut. Ich liebte meinen lieben Egmund so sehr. Und auch Wilton. Denk nur an die Frauen, die jetzt keinen Liebsten mehr haben, denk nur an die armen Waisen.« Sie hob plötzlich den Kopf. »Und Adela! Ich sah sie nicht, als ich entkam. Sie muß verschwunden sein, Alswitha. Ich weiß nicht, ob sie entkam oder ob sie jetzt verzweifelt durch die Wälder irrt!«

»Alfred wird sie finden«, antwortete Alswitha voller Vertrauen.

»Oh! Ich war so selbstsüchtig! Ich habe Alfred gar nichts von ihr gesagt!«

»Ich bin sicher, es geht ihr gut. Alfreds Männer werden sie finden.«

»Und was, wenn die Wikinger sie finden?«

»Wenn sie in die Wälder entkam, warum sollten sie dort nach einer Frau suchen, von der sie gar nicht wissen, daß es sie gibt?«

Rhiannon schwieg. Sie würden nicht nach Adela suchen, aber der Normanne, den sie so schwer verletzt hatte, würde vielleicht nach ihr suchen lassen und statt dessen Adela finden.

Doch das erzählte sie Alswitha nicht. Sie konnte Alswitha nichts von ihrer Begegnung mit dem Wikinger erzählen. Das wagte sie nicht. Alswitha war Alfreds Frau, und sie konnte es für notwendig erachten, ihm davon zu erzählen.

»Komm, Rhiannon«, sagte Alswitha sanft drängend, »du mußt etwas essen, und dann mußt du versuchen zu schlafen.« Sie zögerte und betrachtete Rhiannon nachdenklich. »Wovor hast du immer noch Angst?«

»Was?« Rhiannon blickte sie mit großen, ängstlichen Augen an.

»Was ist es? Warum hast du immer noch so große Angst?«

Sie schüttelte den Kopf: »Das – das habe ich nicht. Nicht mehr. Jetzt bin ich hier, bei dir. Ich bin in Sicherheit.«

Aber sie wußte nicht, ob sie in Sicherheit war, ob sie jemals in Sicherheit sein würde. Sie konnte den Wikinger nicht vergessen. Sie konnte weder die Hitze seines Körpers, noch die Eiseskälte seiner Augen oder den kehligen Klang seiner Stimme vergessen, als er die Warnung aussprach.

Betet Lady... daß wir uns nie mehr wiedersehen.

Und sie würde ihn niemals wiedersehen. Sie würde bei Alswitha und den Kindern bleiben, und Alfred würde mit seiner Söldnerarmee wegreiten und bei Rochester gegen die Dänen kämpfen. Sie würde ihn niemals mehr wiedersehen.

Ihre Zähne begannen zu klappern. Sie betete darum – genauso wie er es ihr vorgeschlagen hatte. Sie betete auch darum, daß Alfred niemals erfuhr, wie tief sie in diesen Kampf verwickelt gewesen war.

Alswitha tätschelte besorgt Rhiannons Schulter. »Komm,

du mußt jetzt schlafen. Weißt du, es gibt noch jemanden, der dich liebt.«

»Rowan!« rief Rhiannon aus und sprang auf. Sie hatte ihn fast vergessen – ihre einzige Liebe! – in dem ganzen Durcheinander, nach dem, was geschehen war.

»Ja, Rowan. Aber ich bin mir sicher, daß er mit dem König reitet und sehr wahrscheinlich nicht vor morgen zurückkehren wird. Du mußt jetzt etwas essen, und dann mußt du eine durchwachte Nacht nachholen. Du willst sicher nicht, daß er dich in einem derartig zerzausten Zustand sieht, oder?«

»Nein, ganz bestimmt nicht!« pflichtete sie ihr schnell bei. Sie durfte Rowan von dem, was geschehen war, nichts erzählen. Er liebt nicht Wessex, er liebte sie, und sicherlich würde er ihre Ehre an dem Normannen aus der Gefolgschaft des Prinzen, der sie derartig unwürdig behandelt hatte, rächen wollen.

Aber als Rhiannon schließlich in einem langen Leinennachtgewand zu Bett gebracht worden war und zwischen sauberen Laken unter einer warmen Wolldecke lag, träumte sie nicht, wie sie es vermutet hatte, von Rowan. Nein, in ihren Träumen sah sie nicht den Mann, den sie liebte, den jungen Sachsen mit den lachenden grünen Augen und dem braunen Haar.

Statt dessen sah sie den hochgewachsenen Wikinger mit dem goldenen Haar und dem goldenen Bart und den breiten Schultern, die so hart wie Stahl waren, und den Augen, die so unnachgiebig und winterkalt wie ein Gletscher waren und sich tief in ihr Herz bohrten.

Sie hatte sein Gelächter noch im Ohr, erinnerte sich an seine kraftvolle Berührung und fühlte wieder das aufregende Glühen in ihrem Innern, als er seine Hände so ungeniert und intim auf ihrem Fleisch hatte wandern lassen – über ihre Brüste, hinauf an ihren Schenkeln. So verwirrend sanft im Gegensatz zu dem Zorn in seinen Augen und dem gewalttätigen Kampf.

Sie hörte seine geflüsterten Worte, hörte sie immer wieder in ihren Träumen: *Betet, Lady... daß wir uns nie mehr wiedersehen!*

Die Erinnerung daran wollte nicht weichen, und zitternd lag sie stundenlang wach. Sie würden sich wiedersehen, davon war sie trotz allem überzeugt. Er war mit dem Sturm und den wilden Wellen des Meeres gekommen. Er war dazu bestimmt, ihr Leben mit wilden Stürmen zu erschüttern.

3. KAPITEL

Er hatte unruhig geschlafen. Bruchstückhafte Träume und Erinnerungsfetzen gingen ihm im Kopf herum und quälten ihn. Vor seinen Augen tauchten die zierlichen Moscheen der arabischen Händler auf und die weitläufigen Paläste der dunkelhäutigen Mauren. Er sah das Meer, er erinnerte sich, wie er auf der Seine nach Paris reiste, und eine seiner frühesten Erinnerungen zeigte das Schulzimmer in dem beeindruckenden Steinschloß seines Vaters in Dubhlain. Leith war immer der Fleißige und Besänftigende gewesen, er war der Erbe seines Vaters. Leith hatte in irischer Geschichte hervorragend Bescheid gewußt, und Eric, der darauf eifersüchtig war, pflegte dann immer auf dem Schultisch herumzuhüpfen, ein nicht vorhandenes Schwert zu schwenken und zu schwören, daß er es mit der ganzen Welt aufnehmen würde.

Dann erklang stets die tadelnde Stimme seiner Mutter – sanft, streng und melodiös. Und er vergaß seine Träume von der Eroberung der Welt, wenn sie ihre zahlreichen Nachkommen um sich versammelte: Leith, Eric, Bryan, Cryce, Conan und Conar; und die Mädchen Elizabeth, Megan und Daria. Erin erzählte ihnen die alten irischen Sagen und Legenden, und alle Kinder saßen lauschend zu ihren Füßen. Dann kam Olaf zur Tür herein und versuchte stets, sie mit seinen Sagen über Odin, Thor, Loki und die anderen nordischen Götter zu übertrumpfen. Im Schloß von Dubhlain hatte es immer Wärme gegeben. Wärme und Liebe.

Diese Szenen standen Eric vor Augen, als er sich unruhig im Schlaf herumwälzte. Die Tage, an denen sie nach Tara ritten, um mit den Königen des ganzen Landes zusammenzukommen, wenn sein Großvater Aed Finnlaith mit Gerechtigkeit und Weisheit die Iren regierte. Und auch die Tage, an denen er in die Wälder geschickt wurde, um von dem uralten

Druiden Mergwin zu lernen. Tage, an denen der Wind gepeitscht und der Donner gedröhnt hatte und der alte Mann mit ausgebreiteten Armen im Regen gestanden war: »Fühle es, mein Junge! Fühle den Wind! Fühle, wie der Falke fliegt und fühle, wie die Erde unter dir liegt! Und erinnere dich stets daran, daß die Antworten nicht in anderen Menschen liegen, sondern immer nur in deiner eigenen Seele – du und die Erde, ihr seid eins!«

Mergwin hatte ihn zum Lesen gezwungen. Dazu, die Schriften in Latein, Fränkisch, Norwegisch, Irisch und Englisch zu studieren. Mergwin hatte ihn durch das faulige Moor gejagt und ihm beigebracht, welche Kräuter Gift aus dem Körper ziehen, welche Flechten sich für einen Breiumschlag eignen, um eine lebensgefährliche Blutung zu stoppen. Der Druide hatte ihn nicht geschont, hatte ihn viel mehr geschunden als seine Brüder und Schwestern, bis er sich schließlich darüber beschwert und zu Mergwin gesagt hatte: »Nicht so heftig, alter Mann! Ich bin ein Prinz! Ich bin ein Abkömmling des Wolfs und der Enkelsohn des großen Ard-ri!«

Mergwin hatte ihn von Kopf bis Fuß gemustert und dem Jungen dann eine Axt in die Hand gedrückt. »Ja, Eric, du bist alles, was du behauptet hast. Und jetzt laß uns ausprobieren, ob sich die Kraft deines Körpers mit deiner Eitelkeit messen kann. Fälle diese Bäume und höre nicht auf, bis der Holzhaufen gewaltig ist, denn es verspricht ein kalter Winter zu werden.«

Es war ihm nie so ganz klar, warum er dem alten Bussard gehorchte, abgesehen davon, daß seine Mutter Mergwin liebte und sogar sein Vater seinen Rat suchte.

Der Druide hatte niemals Unrecht.

Er hatte gewußt, daß Emenia sterben würde.

Eric stöhnte auf seinem frisch eroberten Bett in dem großen Herrenhaus und wälzte sich hin und her. Der Druide hatte versucht ihn aufzuhalten, als er mit seinem Onkel wegsegeln wollte. Die Tage seiner Jugend waren zu diesem Zeitpunkt bereits vorbei gewesen, aber Mergwin war zu ihm ans Ufer gekommen. Sein Bart, sein Haar und sein Umhang flatterten im Wind, und er ähnelte sehr einer riesigen Krähe. Hochaufgerichtet hatte er da im Wind gestanden und gewartet, bis er mit Eric allein sprechen konnte.

»Geh nicht«, hatte er ihn gebeten.

»Mergwin, ich muß. Ich habe es meinem Onkel versprochen.«

»Du bist in Gefahr. Und ich kann dich nicht vor etwas oder jemand bestimmten warnen. Dein Herz, deine Seele und dein Leben sind in großer Gefahr.«

Er erinnerte sich daran, daß er an diesem Tag eine heftige Zuneigung zu seinem alten Lehrer gespürt hatte, und daß er seine Arme um die knochigen Schultern des Druiden gelegt hatte: »Ich bin ein irischer Prinz, Mergwin. Ich breche mein Wort nicht, und genauso wie mein Vater vor mir, muß auch ich die Gefahr kosten.«

Daraufhin hatte Mergwin nichts mehr gesagt.

Und er war gegangen, und er hatte Emenia getroffen, und sein Herz und seine Seele und sein Leben waren tatsächlich in großer Gefahr gewesen.

In jener Nacht hatte er viele Männer umgebracht. Aber weder die Vielzahl der Toten noch die Mengen Blut, die er vergoßen hatte, konnten den Schmerz, der ihn zerriß und zu einem Teil seiner selbst wurde, stillen. Er hörte nicht auf, in ihm zu wühlen, ihn in seinen Träumen heimzusuchen.

Er stöhnte abermals. Sein Bein schmerzte, und Mergwin, der alte Druide mit seinem hageren, faltigen Gesicht, suchte ihn in seinen Träumen heim. Eric grinste kläglich: »Geh weg, Druide! Laß meine Träume zufrieden!«

»Du träumst nicht«, hörte Eric ihn sagen. Er zwinkerte und schüttelte den Kopf, aber das Gesicht blieb. Eric sprang auf. Schwindel ergriff ihn, und er fiel wieder zurück. Er kämpfte gegen den Schwindel und langsam hörte der Raum auf sich zu drehen.

Der Druide stand tatsächlich vor ihm.

Eric runzelte überrascht die Stirn. »Du alte Fledermaus aus der Hölle! Was in Odins Namen machst du hier?«

Mergwin setzte sich neben ihn auf das Bett. Eric stieß einen

Schmerzenslaut aus und biß die Zähne zusammen, als Mergwin die Pfeilwunde in seinem Oberschenkel untersuchte. »Beim Blute Christi, das tut weh!« knirschte Eric.

Der Druide schüttelte besorgt den Kopf: »Eric, du hast von Christus und Odin und der Hölle gesprochen, und zwar alles in einem Atemzug. Entscheide dich für einen Gott, Junger Wolf, und bete gefälligst anständig zu ihm!«

»Wie kommst du hierher?« wollte Eric wissen.

Mergwin legte ihm einen Breiumschlag auf die Wunde. Eric war überrascht zu fühlen, daß der Schmerz fast sofort nachließ, als würde in der Berührung des alten Mannes tatsächlich etwas Magisches liegen. Der Druide betrachtete ihn nachdenklich, ohne zu antworten.

»Ich habe dich etwas gefragt!« erinnerte ihn Eric.

Er hat genau das Temperament seines Vaters, dachte Mergwin. Nein, mehr noch. Unter den ganzen Nachkommen des Wolfs und seiner Prinzessin ähnelte dieser hier Olaf am meisten.

»Ich habe deine Runen befragt«, antwortete Mergwin endlich.

Eric hob seine blonden Augenbrauen. »Du hast meine Runen befragt?« wiederholte er. Wie er, war auch Mergwin der Sohn einer irischen Mutter – viele behaupteten, sie wäre eine Hexe gewesen – und eines normannischen Runen-Meisters. Die Runen waren symbolische Steine, die die Zukunft vorhersagen konnten – wenn der Betreffende an ihre Kraft glaubte. Viele von Erics Männern würden nicht segeln, wenn die Runen nicht eine gute Reise prophezeiten.

»Ich wollte herausfinden, wohin du gesegelt bist«, sagte Mergwin. Er untersuchte das Bein, das er so sorgfältig verbunden hatte. »Deine Schiffe waren bereits weg, und so bin ich dir so schnell wie möglich nachgesegelt.«

»Warum?«

Der Druide stand auf. Er streckte einen Arm aus und deutete auf das Haus und das Land. »Wegen diesem hier! Es wird Verrat geben!«

Eric runzelte die Stirn und warf die Decken beiseite um aufzustehen.

»Du solltest ruhig liegenbleiben. Deine Wunde wird wieder anfangen zu bluten«, warnte Mergwin ihn.

»Ich kann nicht ruhig liegenbleiben.« Eric marschierte zu der Wasserschüssel, die für ihn auf einem kleinen Tisch bereitstand. Sein Bein schmerzte, aber er ließ den Druiden seinen Schmerz nicht sehen. Er tauchte sein Gesicht in das Wasser, und die Kälte machte ihn wach.

»Die Wunde würde leichter heilen«, belehrte ihn der Druide ironisch, »wenn der Schaft gewissenhaft entfernt worden wäre. Aber nein, unser närrischer Prinz mußte Muskeln und Haut verletzen, um das Geschoß möglichst schnell loszuwerden!«

Eric warf Mergwin einen strafenden Blick zu und trocknete das Gesicht mit einem Leinentuch ab. »Du hast dich um mein Bein gekümmert, und deine Warnung vor Verrat kommt zu spät. Vielleicht wäre es möglich, Druide, daß du wieder dahin zurücksegelst, wo du hergekommen bist und meinem Bruder auf die Nerven gehst, der bei einigen Projekten sicherlich deine Hilfe gebrauchen kann!«

Mergwin beachtete ihn gar nicht und zog einen Holzstuhl vor das flackernde Feuer. Die Flammen spielten auf seinem unglaublich langen Bart, der niemals in Unordnung geriet und eher Teil seines stahlgrauen Haupthaares zu sein schien, das Mergwin bis weit über den Rücken fiel. Jetzt ignorierte Eric Mergwin, ging zur Schlafzimmertür und öffnete sie. Er befand sich im zweiten Stock des hölzernen Herrenhauses. Das Schlafzimmer war sicherlich das Gemach des Lords, denn das schöne Bett, in dem er geschlafen hatte, stand auf einem Podest und die Matratze war mit Daunen gefüllt. Dazu gab es noch bequeme Stühle, einen schön verzierten Feuerplatz, einen Kaminmantel, der sowohl mit Heiligen als auch mit Dämonen geschmückt war. Die Wände waren mit Gobelins behängt, und die Krüge und Schalen auf dem Tisch waren sorgfältig gearbeitet, die Griffe der Krüge waren sogar mit Edelsteinen besetzt.

Jawohl, dies war das Gemach des Lords dieser Stadt gewesen – er hatte es vielleicht mit seiner Lady geteilt. Oder es hatte möglicherweise dem bösartigen kleinen Luder gehört, das für seinen derzeitigen Zustand verantwortlich war.

»Rollo!« rief er. Aber noch während er rief, sah er das junge, dunkelhaarige Mädchen, das er am Nachmittag vor dem Übergriff seiner Männer gerettet hatte. Sie war gewaschen und gekämmt. Ihr dunkles Haar war zu einem Knoten geflochten, ihre Tunika war lang und tugendhaft. Und ihr Gesicht mit den großen, bewundernden Augen sah frisch geschrubbt aus.

Sie verneigte sich schnell vor ihm. »Mylord, ich habe auf Euer Erwachen gewartet.« Sie hielt ihm ein Tablett entgegen. Der Duft war verlockend. Die Platte war mit gebratenem Geflügel, frischem Brot und einem Krug mit Ale beladen. Er starrte sie an und nickte: »Sag mir, wie dein Name ist.«

»Judith, Mylord.«

»Judith, wo ist dein Herr? Wurde er in dem gestrigen Kampf getötet? Warum hat er mich angegriffen? Weißt du etwas darüber?«

Das Mädchen schüttelte verwirrt den Kopf. »Hier gibt es keinen Herrn, nicht seit Prinz Garth vor vielen Jahren gestorben ist.«

»Keinen Herrn?« fragte Eric verwundert.

Mergwin, der mit dem Gesicht zum Feuer und dem Rükken zu Eric dasaß, erhob die Stimme: »Frag sie nach der Herrin.«

»Die Lady Rhiannon«, antwortete das Mädchen.

»Ah, die Lady Rhiannon«, wiederholte Eric, »eine schlanke Nymphe mit rotgoldenem Haar, das fast bis zu den Hüften reicht?« Und mit einer teuflischen Geschicklichkeit im Abschießen von Pfeilen, fügte er stumm hinzu.

»Ja, das ist meine Lady.«

Wie sehr wünschte er sich, sie wieder unter sich zu haben! Er lächelte flüchtig: »Nun, dann, was ist mit dieser Lady Rhiannon? Warum hat sie mich angegriffen? Ich bin auf Einladung des Königs hierher gekommen.«

Das Mädchen schüttelte den Kopf: »Ihr kamt in einem Drachenschiff, Mylord. Ihr hattet doch einen Drachenbug.«

»Ja, wir bauen Drachenschiffe, es sind gute Schiffe«, erwiderte er, »aber man hätte mich trotzdem hier willkommen heißen müssen. Außer ich oder der König sind verraten worden.«

Er betrachtete sie aufmerksam. Sie war ein hübsches Ding, aber sie war lediglich eine Magd. Sie konnte ihm nicht helfen.

»Danke, Judith«, sagte er und wollte sie damit entlassen.

Sie wurde rot, machte einen Knicks und sprach mit gesenkten Augen: »Kann ich Euch noch auf andere Weise dienen?«

»Ja. Finde Rollo für mich – den großen, rothaarigen Mann. Schicke ihn zu mir.«

Sie knickste abermals: »Er hat schon auf Euch gewartet...« Das Mädchen hielt inne.

Eric runzelte die Stirn: »Geh schon, Mädchen, schick ihn zu mir.«

Sie sank vor ihm nieder, küßte schnell seine Hand, dann sprang sie auf und eilte davon. Eric starrte ihr nach, schüttelte den Kopf und ging in das Zimmer zurück. Er setzte sich an den Tisch und entdeckte, daß er Heißhunger hatte. Er biß herzhaft in das Huhn und fand es ausgesprochen delikat. Er blickte zu Mergwin hinüber, der die Flammen betrachtete. »Also, Mergwin, erzähl mir, wer von diesem Verrat gewußt hat und was der Grund war für dieses unnötige Blutvergießen.«

Mergwin zuckte die Achseln und starrte wieder angelegentlich in die Flammen: »Über den Grund kann ich dir nichts sagen. Ich bin kein Hellseher.«

»Oh, natürlich, das bist du nicht«, meinte Eric trocken. Er hob den Krug mit Ale an seine Lippen. Er war sehr durstig und leerte ihn schnell. Jemand klopfte an die Tür. Er rief »Herein«, und Rollo trat ein. Er sah besorgt aus und zog einen Priester hinter sich her, den er auf Eric zuschob.

Eric blickte Rollo mit hochgezogenen Augenbrauen an. »Was soll das?« fragte er in Norwegisch.

»Redet, Vater, und zwar schnell«, ermahnte Rollo den Mönch.

Der kleine Mann befeuchtete die Lippen, und während er den blonden Riesen anstarrte, der vor ihm saß, schienen seine Augen immer größer zu werden. Eric trug nur eine kurze Tunika aus Leder, seine Schultern waren nackt, die Muskeln seiner Arme wölbten sich straff und glänzend. Eric erhob sich und überragte den Mönch um einiges. Der Priester bekreuzigte sich, tat zaghaft einen Schritt nach vorne und stammelte ein paar Worte. Eric verschränkte die Arme vor der Brust. Er war sowohl ärgerlich als auch belustigt: »Los doch, guter Vater, sprecht. Wir sind keine Barbaren.«

Der Mönch schien dieser Aussage zutiefst zu mißtrauen, aber er erlangte wieder Gewalt über seine Zunge. »Ich bin Vater Paul und komme von dem alten Orden des Heiligen Bede. Der König hat mich geschickt, Alfred von Wessex.«

»Tatsächlich?« meinte Eric scharf. Er war gespannt. Das Gefühl von Verrat kroch über sein Rückgrat.

»Bitte, lieber Prinz! Der König ist völlig außer sich und weiß von diesem Verrat nicht mehr als Ihr, aber er schwört, daß er alles aufdecken wird. Er hat Euch Met und Wolle und Pelze und Schmuckstücke geschickt, die von seinen besten Gold- und Silberschmieden angefertigt wurden.«

»Der König schenkt mir das, weil er befürchtet, daß ich es mir selbst nehmen werde«, erwiderte Eric.

Der Mönch richtete sich mit eindrucksvoller Würde auf. »Alfred ist ein großer König. Er ist ein Mann, der zu seinem Wort steht und keine Angst vor einem Kampf hat.«

»Gut gesagt«, murmelte Eric.

»Und wahr«, setzte Mergwin ruhig hinzu. Der Mönch starrte den Rücken des Druiden fasziniert an. Eric ging zu ihm und lehnte sich an den Kaminsims. Mergwins Breiumschlag auf seinem Bein tat seine Wirkung, und Eric hatte das Gefühl, als würden neue Kräfte und Energien durch seine Glieder strömen. Er rieb sich sein bärtiges Kinn und beobachtete den Mönch, der weiterhin wie gebannt Mergwins Rükken anstarrte.

»Was wünscht der König?«

»Er möchte gerne – hm – also, der König würde sich gerne mit Euch treffen. Er erwartet Euch am Waldesrand und möchte gerne zuerst einen Bürgen, denn er geht davon aus, daß Ihr recht ärgerlich seid.«

»Ich überlasse ihm keinen Bürgen«, begann Eric, aber Mergwin, groß und schlank und immer noch wie eine Krähe aussehend, unterbrach ihn: »Doch, mein Prinz. Ich werde gehen und die Bitte des englischen Königs erfüllen.«

Eric runzelte die Stirn. Der Druide war oft der Stachel in seiner Seite, aber er war ihm auch so lieb und teuer wie ein Blutsverwandter, und Eric wollte nicht das Leben dieses Mannes aufs Spiel setzen: »Nein, das solltest du nicht.«

»Und warum nicht?«

»Du bist für dieses Spiel zu alt.«

»Wenn ich zu alt bin, werde ich sterben.« Mergwin verbeugte sich tief und respektvoll vor Eric, drehte sich dann zu dem Mönch um und lächelte den nach Luft schnappenden Mann an: »Gehen wir?«

Der Mönch gaffte Mergwin an. Rollo lachte: »Er ist kein böser Zauberer, Vater. Er ist höchstens der persönliche Eremit meines Lords. Mergwin wird Euch nicht in eine Amsel verwandeln.« Er hielt inne und blickte zu Mergwin: »Oder, Druide?«

Mergwin zuckte die Achseln: »Nein, heute nicht.«

»Ich weiß nicht, ob ein Verrückter genügen wird...«

Eric unterbrach den Mönch: »Sagt Eurem König, daß er jemand sehr Kostbaren bekommt, meinen Lehrer, einen Mann, der oft meine Stärke ist. Sagt ihm, daß er einen Schatz in Händen hält, und wenn es jetzt wieder einen Verrat gibt, wird ganz England dafür bezahlen. Dann könnt Ihr ihm sagen, daß ich ihn erwarte, wann immer es ihm paßt. Wir werden in dieser schönen Halle miteinander reden.«

Die beiden Männer verließen ihn, der Mönch noch nervöser als bei seiner Ankunft, Mergwin unbeeindruckt. Rollo wartete, bis sie gegangen waren, dann verließ er amüsiert den Raum. Nachdem alle weg waren, beendete Eric sein

Mahl und kleidete sich an. Irgendwann während der Nacht hatte Rollo seine Reisetruhe gebracht, und Eric beschloß, da er sich mit einem König treffen würde, sich wie der Sohn eines Königs und der Enkel von zweien zu kleiden. Er wählte irische Kleidung, warme Wollstrümpfe, eine weiche, blaue, pelzbesetzte Tunika und einen Gürtel, der mit einem feinziselisierten keltischen Kreuz besetzt war. Um die Schultern warf er sich seinen üblichen karmesinroten Umhang, der von einer Brosche mit den Insignien des Hauses seines Vaters, dem Wolf und der Krone, gehalten wurde.

Als er fertig war, blickte er in dem Raum umher. Rollo hatte ihn sicher im besten Zimmer des Hauses untergebracht, und wenn das hier nicht das Zimmer des Lords war, dann das der Lady. Neugierig ging er zu der Truhe am Fußende des Bettes und öffnete sie. Die Truhe war mit Frauenkleidern gefüllt, lange Tuniken aus einem Material, besetzt mit Pelzen und Edelsteinen.

Also hatte hier die Lady Rhiannon regiert. Das war ihr Zimmer gewesen. Er hatte sie von diesem Ort vertrieben, zumindest sah es so aus. Zorn erfüllte ihn. Jemand hatte Verrat geübt, und diese Rhiannon war ganz sicher der Grund dafür gewesen. Es war ihr Land, hatte die Magd gesagt. Sie war diejenige, die den Kampf befohlen und dessen blutiges Ende beobachtet hatte.

Sie hatte ihn mit einem Pfeilhagel begrüßt. Sie hatte ihn verletzt. Sie hatte sich aus ganzem Herzen gewünscht, ihn zu töten. »Hexe!« zischte er, und das war sie, mit ihren silberblauen Augen, ihrem Haar aus purem Feuer und ihrem kochenden Haß. Er hob einen juwelenbesetzten Dolch auf und dachte über die ganzen Geschehnisse nach. Vielleicht hätte er sein Messer lieber doch in ihr Herz schleudern sollen. Denn wenn sie abermals die Chance hatte, dachte Eric, dann würde sie ihn freudig ermorden. Dieser Möglichkeit war sie sowieso schon näher gekommen als so mancher Mann. Sie hatte wie eine Füchsin gekämpft und ihn verwundet; sie wußte, wie man auf einen Menschen zielte.

»Gut, meine Stolze«, murmelte er und drehte den Dolch in

seiner Hand hin und her. »Ihr werdet dafür bezahlen, denn Ihr werdet dieses Stück Land und diese Kleider, und alles, was ich übernommen habe, aufgeben müssen. Und Ihr werdet das alles nie mehr zurückbekommen – das schwöre ich. Vielleicht werdet Ihr dadurch Demut lernen. Wenn ich jemals die Chance bekommen sollte, Lady, werde ich dafür sorgen, daß Ihr Demut gründlich lernt.« Er konnte immer noch nicht die Wut vergessen, die sie in ihm entfacht hatte. Und, ehrlich gesagt, konnte er auch die Frau selbst nicht vergessen. Sogar wenn ihre Augen voller Haß blitzten, waren sie wunderschön, mit der blaugrauen Iris, gesäumt von dichten schwarzen Wimpern. Sie rief bei ihm keine Zärtlichkeit hervor, sondern hatte in ihm eine erschreckende Begierde entfacht. Er grinste. »Schade, daß sie eine gebürtige Lady ist. Einem Mann, den sie für einen Wikinger hält, als Konkubine übergeben zu werden, würde für sie ganz sicher eine Demütigung sein, die sie nur schwer ertragen könnte.«

Er warf den Dolch in die Truhe zurück und schloß sie. Keine Frau, ganz egal wie anziehend sie war, bedeutete ihm so viel wie Land. Und obwohl der Geschmack von Rache in seinem Mund süß schmeckte, wollte er dieses Stück Erde und die Täler und Buchten darum herum leidenschaftlich gerne besitzen. Wenn der König nicht hinter dem Ganzen steckte, würde Eric von ihm als Entschädigung *das Land* verlangen. Als christlicher Prinz konnte er nicht gut eine Lady als vorübergehenden Zeitvertreib, als Konkubine, fordern.

Er stieg die Treppe hinab, wo etliche seiner Männer um das große Feuer saßen. Hunde strichen jetzt durch die riesige Halle, und die Bediensteten schienen wieder wie sonst an ihrer Arbeit zu sein. Das Glück, ein Sklave zu sein! dachte Eric trocken. Denn wenn der Herr anständig war, änderte sich für einen Diener oder eine Magd ein Leben lang nicht viel – ganz egal, wer siegte oder wer gerade das Sagen hatte.

Hadraic, Rollo und Michael von Armagh saßen um das Feuer und tranken Ale. Hadraic war der Sohn eines der Männer seines Vaters und eines irischen Mädchens. Rollo war durch und durch Normanne, und Michael war genauso irisch wie Königin Erin. Während er sie so betrachtete, dachte Eric, daß die Vebindung seines Vaters mit seinem Großvater mütterlicherseits sehr geschickt gewesen war. Die drei hier hatten gelernt, Freunde zu sein. Sie kämpften zusammen, kümmerten sich umeinander und waren Eric völlig treu.

Und doch, wie auch er, waren sie auf der Suche nach... etwas. Vielleicht nach einer eigenen Eroberung wie dieser.

Rollo blickte zu Eric auf, als er die Treppe herabkam. »Wir haben für den König von Wessex ein Festmahl in Auftrag gegeben. Er hat uns als Bürgen einen jungen Adeligen aus East Anglia geschickt, deshalb haben wir jetzt eine Eskorte ausgesandt, die sich mit seinen Leuten treffen soll. Ich glaube, wir sollten jetzt losreiten und uns mit dem König von Wessex bei den Toren treffen.«

»Gut, reiten wir.« Eric trat an das Feuer und wärmte sich die Hände. Dann blickte er Hadraic scharf an: »Haben wir während der Nacht irgendwelche Gefangenen gemacht?«

»Nein, Eric. Wir haben am Ende der Schlacht ein paar Männer gefangengenommen und auch ein paar Frauen, aber keiner von ihnen stammt aus dem Herrenhaus. Wir haben Farmer, Diener und Handwerker. Sie alle haben den Eid auf Euch abgelegt.«

Eric nickte: »Gut.« Es würde harte Verhandlungen mit dem englischen König geben, aber er würde auf dieses Stück Land nicht verzichten.

Und doch wünschte er, er hätte dieses Mädchen. Mit Begeisterung würde er ihren Bogen und die Pfeile nehmen und sie auf ihrem Hinterteil kaputtschlagen.

Oder vielleicht täten ihr ein paar Nächte in Einsamkeit gut, mit nichts als Brot und Wasser...

Er verließ das Feuer und blickte seine drei Männer an: »Gehen wir?«

Michael, Hadraic und Rollo nickten. Er ging voraus in den Hof. Es war bereits Tag geworden. Schweine und Hühner liefen herum. Weiter entfernt konnte er einen Jungen sehen, der einen Ochsen vor sich hertrieb. Seine eigenen Leute waren auch schon aufgestanden. Ein paar lehnten an der Scheune und schnitzten, wie es so die Art der Skandinavier ist. Andere hielten Wache und beobachteten mit scharfen Augen die Umgebung.

Denis von Cork kam Eric entgegen. Er führte einen großen weißen Hengst mit sich. Er grinste von einem Ohr zum anderen: »Er ist eine Schönheit, Mylord Eric! Gut gefüttert, gut gebaut, schnell und kräftig. Ich war ganz begeistert, als ich ihn sah, und ich wußte gleich, daß nur Ihr ihn reiten dürft.«

»Ja, er ist schön«, stimmte Eric ihm zu. Sanft strich er mit seiner Hand über das zarte Maul des Tieres. Der Hengst schnaubte und tänzelte, und Eric spürte die große Kraft, die in ihm steckte. Er gab Denis das Grinsen zurück: »Ja, Denis, Ihr sorgt gut für mich!«

Er stieg schnell auf und gab dann seinen Männern ein Handzeichen. Ihr Schrei stieg empor, und er nahm die Zügel des Hengstes. Sie ritten auf die Tore zu.

Hoch oben auf dem Hügel, von dem aus man die Stadt überblicken konnte, beobachtete Alfred, wie der gefährliche Prinz, den er in sein Land eingeladen hatte, herangaloppierte. Eric von Dubhlain war unverkennbar; seine Statur übertraf sogar noch alle Gerüchte. Er ritt das große Pferd mit der Leichtigkeit eines Kriegers, saß hochaufgerichtet im Sattel, ein beeindruckender Anblick mit seiner Größe und dem goldenen Haarschopf.

Der König musterte den irischen Prinzen argwöhnisch und hielt nach irgendeiner Falle Ausschau. Doch es gab keine. Die blauen Augen, die ihn ebenso musterten, zwinkerten nicht, waren hart – vielleicht grausam. Sie blickten mit forderndem Ausdruck in seine, mit einem gewissen Argwohn, aber auch mit unleugbarer Achtung.

»Alfred von Wessex?« fragte der berühmte Krieger.

Der König nickte: »Eric von Dubhlain?«

Auch Eric nickte. Einige Augenblicke knisterte die Luft von widersprüchlichen Gefühlen; es roch nach Mißtrauen.

Alfred wurde von mehreren Reitern begleitet – ihrer Kleidung nach zu schließen waren es Adelige. Doch in diesen ersten Augenblicken achteten weder der König noch der Prinz auf ihre Umgebung. Die Wichtigkeit ihres Treffens bestimmte ihren gegenseitigen Eindruck und die Glaubwürdigkeit, die sie füreinander haben sollten.

Alfred trieb sein Pferd vorwärts und bot Eric seine behandschuhte Hand an. Eric zögerte einen kaum wahrnehmbaren Augenblick, ehe er den angebotenen Händedruck akzeptierte. Der Mann hatte Mut, ihm so gegenüberzutreten. Oder er vertraute fest auf Erics ehrenvollen Ruf. Oder er haßte die Dänen dermaßen, daß er jedes Risiko eingehen würde. Eric betrachtete den König, und ihm gefiel, was er sah. Alfred war ein Mann von mittlerer Größe, mit scharfen, haselnußbraunen Augen und braunem Haar und Bart. Eric vermutete, daß diesen Augen nur wenig entging. Er machte einen weisen und klugen Eindruck.

Und Mergwin hatte an ihn geglaubt, erinnerte sich Eric, als er die Festigkeit von Alfreds Hand in seiner fühlte.

»Wir werden zur Stadt zurückreiten«, sagte Eric, »die Frauen bereiten schon fleißig ein Festmahl zur Begrüßung des großen Alfred von Wessex vor.«

Der König nickte und ließ ihn nicht aus den Augen. Eric wurde klar, daß Alfred genau wußte, daß er die Stadt in Besitz genommen hatte, und daß er beschlossen hatte, nicht mit ihm darüber zu reden. Er bemerkte auch, daß der König ein ausgezeichneter Reiter war und daß sie beide vermutlich von Kindesbeinen an gegen den dänischen Feind gekämpft hatten, obwohl der König vielleicht fünf Jahre älter war als er.

Eric, König Alfred und ihre Gefolgschaft ritten durch die Tore. Es sah aus, als würden beide Gefolgschaften ihre Anführer nur ungern allein lassen – die Männer faßten nur langsam Vertrauen zueinander. Aber nachdem sie die Große Halle betreten hatten, befahl der König seinen Männern draußen zu warten, und Eric nickte Rollo und den anderen zu, das gleiche zu tun. Eric befahl, Met zu bringen, und so saßen sich er und der König gegenüber und musterten sich dieses Mal ganz offen.

Eric wartete ab, daß der König das Gespräch eröffnen würde, denn er war derjenige, der eine Erklärung abgeben mußte. Ernst betrachtete er Alfred.

Der König lehnte sich über den Tisch: »Ich kann Euch nicht beschreiben, wie unser Leben bislang war – aber nein, ich glaube, Ihr könnt es Euch durchaus vorstellen, denn die Dänen haben ja schon immer die irische Küste geplündert und verwüstet.«

»Mein Vater kämpfte gegen die Dänen, und mein Großvater kämpfte gegen die Dänen, und ich kämpfe auch gegen sie.«

»Genauso wie ich.«

Eric nippte am Met und lehnte sich zurück. Über den Rand seines Kelches beobachtete er den König: »Dann sagt mir, Alfred von Wessex, warum meine Schiffe angegriffen wurden, als ich kam, um Eurer Bitte nach Hilfe zu entsprechen.«

Alfred schüttelte den Kopf und lehnte sich in seinem Stuhl zurück. Eric war von seinem Ernst beeindruckt. »Irgendwo gibt es einen Verräter, aber ich weiß nicht wo. Doch ich schwöre, daß ich nicht ruhen werde, bis alles aufgeklärt ist. Viele glauben, daß einer der Männer, die von Euren Truppen getötet wurden, der Verräter war, der lieber gegen Euch kämpfen wollte, als Euch willkommen zu heißen.«

»Was ist mit dem Mädchen?«

»Dem Mädchen?« fragte der König.

»Der Lady Rhiannon. Es war ihr Land. Hat sie Euch verraten?«

»Nein, niemals!« versicherte der König hastig.

»Wie könnt Ihr da so sicher sein?«

»Sie ist mein Patenkind. Und meine Blutsverwandte.«

Eric war nicht der Ansicht, daß man das Mädchen so einfach von jedem Verdacht freisprechen konnte, aber er entschloß sich, im Augenblick nichts mehr darüber zu äußern.

»Ich werde diese Stadt und das Land übernehmen«, teilte er Alfred mit.

»Das habt Ihr bereits getan«, erwiderte Alfred mit einem trockenen – vielleicht auch bitteren – Humor.

»Es ist viel Unwillen hervorgerufen worden«, sagte Eric.

»Ja«, pflichtete Alfred ihm bei. Wieder beugte er sich zu Eric, und das Fieber seiner Aufgabe brannte in seinen Augen. »Aber Ihr kamt, um gegen die Dänen zu kämpfen. Es ist nicht Euer Heimatboden, den Ihr verteidigen sollt, aber ich werde dafür sorgen, daß Ihr entsprechend dafür belohnt werdet.«

Eric erhob sich, nahm einen Schluck, ging langsam zu dem großen Feuer hinüber, lehnte sich an den Kaminsims und blickte den König an: »Welche Belohnung?«

Alfred stand auch auf und ging zum Feuer. Es loderte zwischen ihnen wie der leidenschaftliche Haß auf ihren gemeinsamen Feind. »Was wollt Ihr haben?«

»Mehr Land«, erwiderte Eric ohne Umschweife. »Ich will die umgebenden Täler und einen Küstenstreifen nördlich von hier, der direkt am Meer liegt. Da gibt es eine geschützte Bucht und drum herum hoch aufragende Klippen. Niemand kann ein Land erobern, das so geschützt ist. Das Tal dort ist fruchtbar. Es ist ein natürlicher Hafen; ich sah es vom Meer aus.«

Alfred zögerte.

Eric zog kühl eine Augenbraue nach oben, und der König sah, wie schnell die Augen dieses Mannes eisig werden konnten. »Ist das zuviel verlangt für das Blut, da Ihr mich gekostet habt?«

»Nein, das ist es nicht. Ich würde Euch das Land sofort übergeben, aber es gehört mir nicht.«

»Dann befehlt dem Lord, dem es gehört, sich ein anderes Stück Land zu suchen. Wir werden den Dänen eines abnehmen.«

»Es gehört keinem Lord«, murmelte Alfred. Eric runzelte die Stirn. »Es gehört ebenfalls meinem Patenkind, der Lady Rhiannon.«

Eric nickte langsam, er verstand: »Dann sollte sie doch

mehr als einverstanden sein, Euch damit einen Gefallen erweisen zu können.«

»Das hat sie bereits getan«, sagte der König mit einem Anflug von Humor, »diese Stadt hier gehörte ihr ebenfalls, sie wurde von ihrem Vater erobert.«

Das Bild eines feuerhaarigen Mädchens mit Mordlust in den Augen erschien kurz vor seinem inneren Auge, und Eric grinste mit einer gewissen Schadenfreude: »Also würde ich auch das Land Lady Rhiannon wegnehmen?«

»Ja«, sagte der König leise. Er ging zum Tisch zurück. »Rhiannon ist die Lady dieser gesamten Küste. Garth, ihr Vater, war ein hervorragender Krieger. Er kämpfte immer mit ganzer Loyalität, und die Menschen erinnern sich noch an seinen Namen. Wenn ich seine Tochter mißachte, werde ich mit meinen eigenen Leuten kämpfen müssen.«

»Ich werde dieses Land nicht aufgeben«, sagte Eric ausdruckslos. Und das würde er auch wirklich nicht. Das Blut seiner Männer war hier vergossen worden. Außerdem würde er dieser Lady Rhiannon nicht einmal eine Handvoll Dreck zurückgeben.

Alfred runzelte die Stirn. Er war ärgerlich auf den unnachgiebigen Prinzen und mehr noch auf Rhiannon. Eric von Dubhlain würde seine Forderung nicht aufgeben; das sah der König in seinen Gletscher-Augen und in der unversöhnlichen Linie seines Kiefers. Und Alfred sah auch, wie sich seine Träume von einem Frieden in Wessex in Rauch auflösten. Er konnte kämpfen und, bei allen Heiligen, er könnte auch gewinnen. Er war ein großer König.

Aber ohne weitere Männer zur Verfügung zu haben, konnte er nicht in die Schlacht ziehen. Er hatte Unterstützung aus England bekommen; unausgebildete Kämpfer waren für ihn gestorben. Doch jetzt lag eine große Verantwortung auf ihm. Er wollte, daß diese kampferprobten irischen Wikinger für ihn kämpften. Er wollte diese Krieger mit ihrer Furchtlosigkeit und ihrem Mut und ihrem Stolz und ihrer wilden Kraft und ihrer Ausbildung. Er wollte die Möglichkeit zum Sieg haben.

»Wir könnten hier abermals in einen heftigen Kampf verstrickt werden – Eure Leute gegen meine –, wenn ich Rhiannon ihr gesamtes Hab und Gut wegnehmen muß«, gab Alfred zu bedenken.

»Nun denn, dann gebe ich zu bedenken, ob wir zu einem Ergebnis kommen werden. Denn ich habe so das Gefühl, daß es von meiner Seite aus auch noch einige Dinge gibt, die ich mit der Lady Rhiannon zu klären habe«, erwiderte Eric sanft.

»Mit Rhiannon?«

»Sie befahl schließlich den Angriff auf meine Schiffe«, meinte Eric. Er fragte sich, warum er sich dazu entschieden hatte, dem König nichts von dem mehr intimen Teil ihrer Begegnung zu erzählen.

Alfred befeuchtete seine Lippen: »In Ordnung. Ich werde Euch Lady Rhiannon zur Frau geben, und damit wird auch das gesamte Land – mehr als Ihr verlangt habt – Euer sein.«

»Was?« fragte der irische Prinz überrascht.

»Ich werde Euch Lady Rhiannon zur Frau geben, und so werdet Ihr der Lord über ihr gesamtes Land. Die Leute werden die Heirat mit einem Christen akzeptieren, und sie werden verstehen, daß wir durch diese Beziehung fest miteinander verbunden sind. Und wenn ich Euch mein eigenes Patenkind anvertraue, dann werden Eure Männer wissen, daß der Verrat nicht von mir ausgegangen ist.«

Alfred war überrascht, daß sich auf dem kantigen, gutaussehenden Gesicht des Prinzen ein Ausdruck reinster Ungläubigkeit breitmachte. »Aber Sire«, protestierte Eric von Dubhlain, »ich will keine Frau.«

Verletzt wandte sich der König ab. Jeder Adelige an seinem Hofe und im ganzen Land hatte um Rhiannon gebuhlt. Gott hatte keinen schöneren Engel geschaffen, noch hatte er eine andere Frau mit so viel Liebreiz ausgestattet.

Oder mit so viel gutem Land als Dreingabe.

»Eric von Dubhlain«, sagte er scharf, und seine Finger trommelten auf den Tisch, »wir sprechen von einem Weib von meinem eigenen Blut, einem Kind des Königlichen Hauses von Wessex und einem Abkömmling von zweien der

Königlichen Häuser von Wales. Und ich übergebe Euch dazu Land, das jeden Eroberungstraum weit übertrifft, denn es ist ein außergewöhnlich gutes Land, das Ihr selbst erbeten habt.«

Eric biß die Zähne zusammen. Er wollte Rache; er wollte kein Weib. Einst hatte er gelernt, was es heißt, zu lieben, und er hatte diese Liebe verloren. Es war ihm nie möglich gewesen, Emenia seine Frau zu nennen, und jetzt wollte er keine andere. Sein Herz hatte sich verhärtet. Es war eine Sache, sich in der Gesellschaft einer begabten Hure zu vergnügen, und eine ganz andere, sich ein Weib zu nehmen.

Und Alfred sprach noch dazu nicht von irgendeiner Frau. Er wollte Eric mit dem Mädchen mit dem feurigen Haar und der Wut im Herzen vermählen.

Fast hätte Eric laut aufgelacht. Das wäre tatsächlich ein Bund, der in der Hölle geschlossen wurde!

»Alfred, ich will Euch in keinster Weise beleidigen. Zuerst möchte ich Euch daran erinnern, daß ich der Sohn eines Königs bin und der Enkel des Ard-ri von ganz Irland und auch der Enkel eines sehr mächtigen norwegischen Adeligen. Ich biete mich nicht einfach auf irgendeinem Verhandlungstisch an.«

»Ich würde Euch nicht einfach so nehmen, Sir. Ich biete Euch mein eigen Fleisch und Blut an.«

»Ich bezweifle, daß die Lady für eine derartige Verlobung zu haben ist.«

»Sie wird das tun, was ich ihr sage. Ich bin ihr Vormund und ihr König.«

Eric zuckte die Schultern. Er grinste in sich hinein. In dem Ganzen lag eine gewisse Ironie. Er hatte sie aufgefordert, dafür zu beten, daß sie beide sich nie mehr wiedersehen würden. Offensichtlich waren ihre Gebete nicht erhört worden. Verantwortlich dafür war der König mit seinem Verlangen.

Plötzlich bemerkte Eric einen kühlen Hauch. Er blickte zur Tür und sah, daß sie geöffnet war. Die Männer des Königs und seine eigenen starrten erwartungsvoll herein. Sie alle hofften auf ein Bündnis, damit der Verrat und die Schlacht und das Blut, die zwischen ihnen standen, beseitigt werden konnten.

Er hatte einfach keine Lust, sie zu heiraten! Er verachtete sie und ihre Ignoranz, aus der heraus sie alle normannischen Dinge ablehnte, ohne sich überhaupt die Mühe zu machen, sie zu verstehen. Sie war verzogen und halsstarrig und eingebildet, und er wollte sich an ihr rächen. Er wollte ihr nicht die Ehre zuteil werden lassen, sein Weib zu werden.

»Verdammt noch einmal, Mann!« fluchte der König. »Es gibt auf der ganzen Welt kein schöneres Weib! Sie Euch anzubieten, zerreißt mir fast das Herz!«

Eric hob leicht eine Braue und blickte den König an: »Alfred, die Lady wird dieser Heirat nie zustimmen.«

»Sie wird«, sagte Alfred. Er war der König; sein Wort war Gesetz.

Er biß die Zähne zusammen. Es hatte seine ganze Willenskraft erfordert, sie Eric anzubieten, obwohl er wußte, daß sie Rowan liebte, obwohl er ihr die Gewißheit gegeben hatte, daß eine Heirat mit Rowan seinen Segen bekommen würde. Aber jetzt konnte er es sich nicht leisten, sich daran zu erinnern, daß sie Rowan liebte und Rowan sie. Die Schlacht mit den Dänen war wichtiger als Rhiannon oder Rowan – oder Liebe.

»Es ist die einzige Möglichkeit«, sagte Alfred kurz angebunden.

Die einzige Möglichkeit, dachte Eric. Alfred wollte unbedingt seine Hilfe und war bereit, fast alles dafür zu tun. Aber ohne Kampf konnte er ihm dieses Land nicht überlassen – ausgenommen, Eric nahm dieses Mädchen zum Weib.

Was spielte das schon für eine Rolle? fragte sich Eric, und wurde kühl und ruhig. Eine Heirat war ein Vertrag, und er würde einen Vertrag abschließen – mehr nicht. Sie würde auf Befehl die Seine sein, bis der Tod sie schied, und vielleicht war das der höchste Preis, den sie bezahlen konnte.

Schließlich wurde ihm ein Heim geboten. Sein eigenes

Land – gutes Land, fruchtbar und grün, mit einem schönen Hafen. Er bekam es weder durch Erbe, noch durch Schenkung, sondern er hatte es sich verdient.

Er mußte dieses Land haben. Er konnte es schmecken, konnte es fühlen. Erregung durchfuhr ihn. Er wollte es unbedingt; er wollte der Lord dieser Küste sein. Er würde sie zähmen. Auf die eine oder andere Weise würde er sie zähmen. Wenn sie es nicht über sich brachte, mit ihm an ihrem eigenen Herd zu leben, um so besser. Er würde sie nach Irland schicken und sie damit los werden.

Eine Heirat war eine Sache der Schicklichkeit. Sie war die Voraussetzung für Verträge und Länder und Zusammenschlüsse.

Einen flüchtigen Augenblick lang erinnerte er sich an das Gefühl, als sie unter ihm gelegen hatte; erinnerte er sich daran, wie sich ihr Fleisch angefühlt hatte, wie die Wut und Angst in ihren Augen ausgesehen hatte und an deren aufregend silberblaue Farbe. Er erinnerte sich an die heftige Begierde, die ihn überfallen hatte, und wie er sie in diesen Sekunden hätte nehmen können – wie ein Wikinger, wie der Barbar, den sie ihn genannt hatte.

Das war ihr Land gewesen! Sie hatte ihm Pfeile entgegengeschickt. Es hatte einen Verräter gegeben...

Wenn sie mit ihm und mit dem König von Wessex ein verräterisches Spiel getrieben hatte, wenn das ganze Blut der Iren, Normannen und Engländer, das diese Küste so unnötig getränkt hatte, auf ihr Konto ging, würde sie dafür bezahlen – und zwar teuer, an jedem einzelnen Tag ihres Lebens. Wenn sich der König darum nicht kümmern würde, würde Eric es selbst in die Hand nehmen.

Und er würde es dann auch jederzeit tun können. Wenn er sie heiratete, so wie der König es verlangte.

Keines dieser Gefühle und keiner dieser Gedanken waren auf Erics Gesichtszügen abzulesen. Alfred wußte, daß der Ire darüber nachdachte, aber seine Gedanken waren ein Geheimnis, verborgen hinter den wirbelnden, arktischen Nebeln seiner Augen.

Eric ging zum Tisch zurück. Er goß wieder Met in ihre beiden schön verzierten Kelche.

»Auf eine lange und andauernde Freundschaft«, sagte er und bot einen der Kelche dem König an.

»Auf den Tod der Dänen«, war der Trinkspruch des Königs.

»Auf ihre Vernichtung.«

Der König trank den Met und blickte Eric an. Einen Augenblick lang musterte er das Äußere des fremden Prinzen.

Jede Frau würde diesen Mann haben wollen! dachte er und versuchte sich selbst zu beruhigen. Wenn ihn das Mädchen erst einmal gesehen hatte, wäre sie nicht mehr ungehalten. In ihm floß das Blut der Könige, die Kraft von zwei kriegerischen Nationen. Er war vornehm in seinem Auftreten und Benehmen. Er war genauso gut gewachsen und muskulös und prächtig wie ein erstklassiges Kriegspferd, und seine Gesichtszüge waren einnehmend, männlich und attraktiv, seine Augen geradezu magnetisierend...

Und manchmal genauso kalt wie Eis.

Nein, jedes Mädchen würde ihn haben wollen. Er war gebildet und gutaussehend. Er sprach viele Sprachen und hatte Weisheit genauso gelernt wie die Kriegskunst.

Jede Frau...

Außer Rhiannon.

Er schob solche Gedanken von sich. Er war der König und hatte selbst sowohl Weisheit als auch die Kriegskunst gelernt. Wie der harte, blonde Krieger vor ihm, hatte auch er ein gewisses Maß an notwendiger Grausamkeit lernen müssen.

Alfred erhob abermals seinen Kelch. »Auf Eure Heirat, Eric von Dubhlain. Kommt, wir holen unsere Schreiber und setzen unsere Siegel unter diesen Vertrag, und es wird alles genauso ausgeführt, wie wir es beschlossen haben.«

4. KAPITEL

Obwohl der König Wareham verlassen hatte, wimmelte es überall von seinen Männern, die sich auf den Krieg vorbereiteten.

Den ganzen Tag über waren die entsprechenden Geräusche zu hören. Die Rufe, die Kommandos, und dazu das ständige Klirren von Metall.

Rhiannon war davon überzeugt, daß sie diese Geräusche nie mehr würde hören können, ohne daß ihr wieder das Grauen der Geschehnisse an der Küste vor Augen stand, das Blutvergießen und der Tod. Den ganzen Tag über ging es so, und bei jedem Klirren und Knirschen zuckte sie zusammen.

Ihre Zeit verbrachte sie mit den Kindern des Königs. Alfred hielt viel vom Lernen. Er hatte Lehrer engagiert, die seinen Kindern Latein und Mathematik und andere Wissenschaften beibrachten. Rhiannon sprach Walisisch, das von Alfred für eine sehr wichtige Sprache gehalten wurde, da er und die walisischen Könige sich nun entweder gegen den gemeinsamen Feind, die Dänen, verbünden oder gegeneinander kämpfen würden.

Drei Tage nach der Schlacht saß Rhiannon im Haus des Königs bei seinen jüngeren Kindern und unterrichtete sie in Walisisch. Doch bei dem endlosen Lärm der Waffenübungen konnte sie sich nicht auf die Unterrichtsstunde konzentrieren. Sie beschloß, mit den Kindern auf die Wiese hinter dem Haus zu gehen, die sich noch innerhalb der Stadtmauer befand. Die Aufgabe der Kinder war es, die Gänse zu füttern, denn jeder im Haushalt des Königs hatte eine Aufgabe.

Edmund, das älteste der Kinder, rannte mit einer Handvoll Gerste voraus, die anderen Kinder folgten ihm lachend. Rhiannon ließ sie vorauslaufen, ließ sich dann in den Frühlings-Narzissen nieder und begann nachdenklich auf einem Grashalm zu kauen.

Sie konnte es einfach nicht glauben, daß der König nach den Ausländern geschickt hatte, um ihn bei seinem Kampf gegen die Dänen zu unterstützen. Wikinger gegen Wikinger – das schien undenkbar zu sein! Und genauso unglaublich war es, daß diese Eroberer jetzt ihr Heim besetzt hielten, den Ort, wo sie geboren war, wo ihre Eltern gelebt und geliebt hatten.

Alfred würde nachdrücklich dafür sorgen, daß sie verschwanden, redete sie sich ein.

Aber eine schlechte Vorahnung erfüllte ihr Herz, und sie zweifelte an ihren eigenen Worten. Sie hatte den König noch nie so wütend gesehen wie wegen des Kampfes. Ganz sicher hatte er ihr geglaubt, daß sie nicht von seiner Einladung gewußt hatte!

Er hatte ihr zwar gesagt, daß er einen irischen Prinzen zu Hilfe gerufen hatte, aber sie hatte lediglich eine Bande blutrünstiger, barbarischer Normannen gesehen. Er brauchte diese Männer doch gar nicht! Ganz England liebte und respektierte Alfred. Er hatte den Feind immer wieder zurückgeschlagen, und alle Männer rauften sich darum, für ihn kämpfen zu dürfen. Er würde nach Rochester reiten und die belagerte Stadt befreien, da war sie sich ganz sicher.

Die Kinder lachten. Der Frühling war da, und es war richtig, daß sie die Wiederkehr von Leben und Lachen feierten. Während sie die Kinder beobachtete, verschwanden langsam Angst und Zweifel aus ihrem Herzen, und sie gestattete sich ein Lächeln. Sie liebte den kleinen Edmund. Er hatte die ernsten Augen seines Vaters und dessen dunklen Haarschopf, aber seine Gesichtszüge ähnelten seiner Mutter. Er war ein schönes Kind.

Sie fragte sich, wie wohl ihre Kinder aussehen würden, ob sie Rowan oder ihr selbst ähnlich sein würden. Rowan hatte fast die Farben des Königs: glänzendes rotbraunes Haar, einen schönen Schnurrbart, einen dunklen Bart und ausdrucksvolle haselnußbraune Augen. Er war größer als der König, schlank aber kräftig, und er war – davon war Rhiannon überzeugt – der wunderbarste Mann der Welt.

Sie legte sich in das hohe Gras und schloß für einen Moment die Augen. Rowan war jetzt bei Alfred, und sie betete darum, daß er bald zurückkehrte. Wenn er sie in seine Arme nahm, war alles wieder in Ordnung. Sie würde den ganzen Alptraum vergessen, und ihre Furcht vor dem Fremden mit den eisigen Augen würde verschwinden.

Und wenn der König mit den Dänen vor Rochester fertig war, dann würde sie Rowan heiraten. Alfred war bisher mit seinen Kriegsvorbereitungen zu beschäftigt gewesen, um ihrem Bund den Segen zu geben, aber wenn er zurückkehrte, würde sie ihn bitten, das Aufgebot zu bestellen. Sie wußte, daß Alfred stolz war auf Rowan. Er würde nichts dagegen haben. Er hatte ihre Liebe immer mit Wohlwollen betrachtet.

Es war ein wunderbarer Tagtraum. Der König würde sie dem Bräutigam übergeben, und Alswitha würde mit ihr lachen und sie vor der Brautnacht warnen. Aber sie war verliebt und hatte keine Angst vor dem Brautbett. Dafür hatten ihr die langen, schwülen Küsse, die sie mit Rowan getauscht hatte, viel zu viel Spaß gemacht, und sie brannte darauf, mehr zu erfahren.

Ihr Traum wurde jäh unterbrochen, als sie die Erde unter sich beben fühlte. Rhiannon sprang auf die Beine und sah, daß die Tore offenstanden. Der König kehrte zurück.

Als sie zum Haupthaus blickte, sah sie Alswitha herauskommen. Sie lief ihrem Ehemann nicht entgegen, sondern wartete auf ihn. Alfred lenkte sein Pferd zum Haus. Er stieg ab, übergab den Gaul einem Pferdeburschen und begrüßte dann seine Frau. Rhiannon beobachtete die beiden einen Augenblick und freute sich über ihre Liebe. Dann ließ sie ihre Augen über die zurückgekehrten Reiter schweifen, bis sie Rowan sah. Er machte einen müden und unglücklichen Eindruck, und sie fragte sich, was wohl an der Küste passiert war, daß er derartig elend aussah. Wie Alfred und seine Gefolgsleute – Allen, Edward von Sussex, William von Nordumbrien und Jon von Winchester – ging auch Rowan in Richtung auf das Haupthaus. Rhiannon vermutete, daß dort ein wichtiges Treffen stattfand. Aber vielleicht würde Alfred ihr erlauben, Rowan schnell zu begrüßen, ehe er in die Halle ging.

»Kommt, Kinder!« rief sie den Kleinen zu, »euer Vater ist zurückgekehrt!«

Mehr brauchte sie nicht zu sagen, und schon rannten die Kinder zum Haus. Sie folgte ihnen, rannte zuerst ebenfalls, mäßigte dann aber ihren Schritt, wie es ihrer Stellung entsprach. Aber als sie am Haus angekommen war, fegte sie genauso ungestüm durch die Tür wie die Kinder.

Diener eilten bereits herbei, um den König und seine Männer mit Ale zu versorgen. Alswitha begrüßte alle herzlich. Die Kinder rannten zu ihrem Vater und bettelten um seine Aufmerksamkeit. Alfred warf Rhiannon einen kurzen Blick zu und wendete seine Augen dann ab. Rhiannon war darüber verwundert, denn der König blickte stets jedermann, egal ob Mann oder Frau, direkt in die Augen. Edmund war jetzt bei ihm. Er umarmte seinen Sohn und drehte Rhiannon den Rücken zu. Sie erstarrte. Also war er immer noch wütend auf sie. Dabei traf sie doch gar keine Schuld.

Sie redete sich ein, daß ihr das egal wäre, aber das war es nicht. Sie liebte ihn nicht aus ganzem Herzen, weil er König, sondern weil er ein wertvoller Mensch war. Sie liebte seinen flinken Witz und seine Schlagfertigkeit und hörte gerne zu, wenn er ihr von seinen Träumen erzählte. Alfred hatte ein England vor Augen, in dem Wissenschaft und Kultur wieder blühen und gedeihen sollten.

Rhiannon neigte den Kopf und begrüßte damit Allen, Edward, William und Jon. Sie mochte Jon und Edward sehr; sie waren beide Männer in ihrem Alter, die gerne lachten und eine blumige Sprache bevorzugten und sie immer in Schutz genommen hatten. Allen war ihr zu grimmig, und William erschreckte sie manchmal. Er beobachtete sie intensiv, zwirbelte dabei seinen langen, dunklen Schnurrbart und ließ in ihr die Frage auftauchen, welche Hinterhältigkeiten ihm wohl durch den Kopf gingen. Er verunsicherte sie, aber trotzdem nickte sie ihm zu. Dann wurde ihr bewußt, daß alle sie anstarrten und jeder von ihnen sehr ernst, nachdenklich und unbehaglich zu sein schien. Sie hatte keine Ahnung, was der Grund dafür war, denn sie waren vollzählig zurückgekehrt. Der irische Prinz mußte also verhandelt haben. Es hatte offensichtlich keinen weiteren Kampf gegeben.

Der König hatte immer noch den kleinen Edmund auf dem Arm, und so glaubte Rhiannon, daß es ihr erlaubt sei, zu Rowan zu eilen. Als sie ihm näherkam, beschleunigte sie ihren Schritt und warf sich in seine Arme.

»Rhiannon!« flüsterte er schmerzerfüllt ihren Namen.

Etwas stimmte nicht. Sie wußte es sofort. Sie starrte Rowan in die Augen und war sich sicher, dort Tränen zu sehen. Außerdem umarmte er sie nicht. Er packte ihre Arme und schob sie von sich weg. Sie war völlig verwirrt.

»Rowan, was ist los?«

»Ich – ich habe nicht mehr das Recht, dich zu umarmen«, sagte er sanft zu ihr, und erst dann bemerkte sie, daß jeder in der Halle sie anstarrte – der König ungehalten und kalt; Alswitha verwirrt; und die Männer besorgt und unbehaglich.

Sie alle wußten etwas, was sie nicht wußte.

»Was ist passiert?« fragte sie.

Was immer es auch war, es war grauenhaft, das war ihr klar. Wieder blickte sie Rowan an. Seine Gesichtszüge waren schmerzhaft gespannt, und er hielt sie zwar sanft, aber von sich weg. Langsam stieg kaltes Entsetzen in ihr empor.

»Rowan…«

»Das muß dir der König sagen«, sagte er. Er ließ sie los und sprach schnell mit gepreßter Stimme zu Alfred: »Ich würde jetzt gerne gehen, Sire.«

Der König nickte. Rhiannon starrte Alfred fragend an.

»Was ist passiert?« fragte sie abermals. Sie versuchte, mit beherrschter Stimme zu sprechen. Dann wurde es ihr klar. Es war ihnen nicht gelungen, die Wikinger von ihrem Land zu vertreiben. Wikinger? dachte sie bitter. Nein – die Iren. Der König beharrte ja darauf, daß die Eindringlinge Iren waren.

»Mein Heim«, sagte sie, »es ist verloren.«

»Geht jetzt alle, laßt uns allein«, sagte der König.

»Alfred...«, setzte Alswitha an.

»Laß uns allein!« wiederholte der König.

Sie hörte, wie sich die Männer erhoben und gingen, aber sie sah sie nicht. Ihr Blick hing an dem König. Undeutlich nahm sie wahr, daß Alswitha nach den Kindern rief, und dann war Rhiannon mit dem König allein. Panik erfüllte sie.

»Alfred, sprich!« rief sie heiser.

Einen Augenblick lang dachte sie, daß er einlenken wollte, daß er so behutsam wie möglich mit ihr sprechen wollte, um die Grausamkeit seiner kommenden Worte zu mildern.

Aber dann sprach er ausdruckslos zu ihr, in einem Ton, den er bei ihr noch nie angeschlagen hatte.

»Du wirst verheiratet.«

Verheiratet. Gerade hatte sie davon geträumt. Aber wenn sie Rowan heiraten sollte, dann gäbe es in diesem Raum nicht diese unheilschwangere Atmosphäre.

»Verheiratet?« wiederholte sie, und ihre Stimme klang genauso beherrscht wie seine.

»Auf der Stelle.«

»Mit wem, wenn es mir gestattet ist, zu fragen, mein edler König?« Der Ton ihrer Stimme war unüberhörbar sarkastisch. Er verfehlte nicht seine Wirkung auf Alfred.

»Es tut mir leid, Rhiannon, daß ich dich verletzen muß, aber ich kann nicht anders. Ich habe dich mit Eric von Dubhlain verlobt. Die Hochzeit wird in zwei Wochen stattfinden.«

Sie konnte es nicht glauben. Sie hörte die Worte an sich vorbeirauschen, und dann schienen sie wie kalte Regentropfen vor ihr zu Boden zu fallen.

Sie schüttelte den Kopf. »Nein, das ist nur ein dummer Scherz.«

»Nein, Rhiannon, kein Scherz.«

Ein schneidend kalter Schmerz durchfuhr sie. Er wollte sie tatsächlich dem fremden Prinzen geben. Einem Iren, einem Ausländer mit normannischem Blut. Er hatte sie wie eine

Figur in einem Spiel benutzt, als Wiedergutmachung für das, was geschehen war.

»Alfred, das kann nicht dein Ernst sein. Das kannst du mir nicht antun. Ich liebe Rowan, und er liebt mich.«

»Rhiannon, Liebe ist ein Luxus, den ich dir gerade jetzt nicht zugestehen kann. Rowan hat eingesehen, daß ich keine andere Wahl habe. Du mußt es auch.«

Sekunden verstrichen. Sie starrte ihn verzweifelt an. Zum ersten Mal in ihrem Leben wußte sie nicht, wie sie den König von etwas abbringen konnte.

Flehen, schoß es ihr durch den Kopf. Sie war immer einer seiner Lieblinge gewesen. Sie mußte ihn anflehen.

»Nein. Bitte!« flüsterte sie und warf sich ihm zu Füßen. »Alfred, auf welche Weise ich dich auch beleidigt habe, ich bitte dafür um Verzeihung! Und ich flehe um deine Gnade! Bitte...«

»Hör auf damit! Hör auf!« brüllte er sie an. »Steh auf! Du hast mich nicht beleidigt. Das hier ist keine Bestrafung. Du wirst genau das tun, was man dir sagt, denn ich habe es angeordnet. Ich habe dir keine Schmach angetan! Ich habe dich dem Sohn eines Königs gegeben und dem Enkel des Hoch-Königs von ganz Irland. Du wirst mich nicht in Verlegenheit bringen, indem du gegen dieses Arrangement protestierst.« Er hob seine Hand und drehte sich von ihr weg. »Steh auf.«

Wie betäubt starrte Rhiannon ihn an. Sie konnte nicht glauben, daß er sich derartig gleichgültig von ihr abwendete.

Langsam erhob sie sich und starrte seinen Rücken an. Als sie sprach, zitterte ihre Stimme: »Ich kann nicht. Ich will nicht. Vielleicht ist dein Prinz gar nicht irisch, denn sein normannischer Knecht hat meine Stadt und meine Leute vernichtet. Diesen Mann werde ich nicht heiraten.«

Wütend fuhr er herum: »Du wirst!«

»Nein«, widersprach sie sanft aber nachdrücklich. Ihr war so kalt, daß sie sich ganz taub fühlte. Der König war nicht ärgerlich. Er wollte keine Rache, und es hatte keinen Sinn, ihn anzuflehen. Er war wie besessen; er hatte sich entschieden und hatte seinen Befehl gegeben. Und er *war* der König.

»Du hast keine Wahl«, sagte er ausdruckslos zu ihr. »Wenn du dich weiterhin uneinsichtig verhältst, werde ich dich bis zum Tag deiner Hochzeit einsperren lassen müssen.«

»Mach, was du willst, ich werde diesen Mann jedenfalls nicht heiraten!« fuhr sie ihn an.

»Du zwingst mich dazu, Rhiannon!«

Sie schwieg. »Allen!« rief er scharf.

»Was hast du vor?« fragte sie verzweifelt. Sie hatte ihre Beherrschung, ihre Würde nicht verlieren wollen. Aber jetzt rief er nach demjenigen seiner Männer, den sie am wenigsten leiden konnte... um irgend etwas mit ihr zu machen.

Ihre Beherrschung schwand. Er war doch ihr Cousin, ihr Vormund. Tränen traten ihr in die Augen und benetzten ihre Wimpern. Es kam wieder Leben in sie, ihre Würde löste sich in Luft auf, und sie rannte auf ihn zu. Voller Wut und Leidenschaft ging sie auf ihn los, schlug sie gegen seine Brust. Er packte sie bei den Armen, und ihre Hände fielen kraftlos herunter. Sie blickte in seine Augen und dachte, daß er wohl froh war über ihren Wutanfall, denn auf diese Weise kam er sich nicht gar so schäbig vor.

»Alfred, den die Engländer als den Großen ehren!« zischte sie höhnisch. »Das werde ich dir nie vergessen. Außerdem werde ich diesen Mann nicht heiraten!« versprach sie ihm.

Einen Augenblick lang hatte es den Anschein, als würde er nachgeben. Seine Lippen öffneten sich, als ob er etwas sagen wollte, seine Hände hoben sich, als ob er ihr über das Haar streichen wollte. Doch er tat es nicht. Er stieß sie weg. »Allen«, rief er abermals.

Beim zweiten Ruf kam Allen. Rhiannon starrte weiterhin den König an. Allen berührte ihren Arm, sie schüttelte ihn ab und näherte sich abermals wütend dem König: »Ich werde es nicht tun! Du kannst mich nicht dazu zwingen! Ich werde zu den Nonnen gehen, ich werde nach Paris fliehen – ich werde zu den Dänen flüchten!«

Der letzte Satz erregte die Aufmerksamkeit des Königs. Er fuhr herum und trat auf sie zu.

»Nein, Lady, das wirst du nicht. Ich werde dich hinter Schloß und Riegel halten, bis du verheiratet bist. Und wenn du weiterhin auf dieser Infamie bestehst, werde ich darum beten, daß er mehr Wikinger als Ire ist, und daß er alle notwendigen Dinge unternimmt, um dich zu zähmen! Allen!« brüllte er, »schafft sie mir aus den Augen!«

Allen packte sie hart am Arm. Sie blickte ihm ins Gesicht und sah ein gehässiges Schimmern in seinen Augen, als ob er ihr Unglück genießen würde.

»Laß mich los, Allen!« befahl sie ihm. »Ich werde Euch folgen. Aber nehmt Eure Hände von mir!«

Sein Lächeln wurde breiter, sein Blick verdunkelte sich. »Lady, an Eurer Stelle würde ich meine Zunge hüten!« warnte er sie.

»Ich werde nichts hüten!« entgegnete sie. Sie riß sich los und eilte vor ihm aus der Tür. Sekunden später hatte er sie eingeholt. Gerade als Edward sich näherte, packte er ihren Arm. »Bitte, laßt mich sie wegbringen«, bat Edward ihn flehentlich.

Sie blickte Allen nicht an; sie war zu nahe dran zu weinen. Offensichtlich hatte er zugestimmt, denn jetzt wurde sie von Edward begleitet. Sie stolperte dahin, erstaunt darüber, daß die Sonne immer noch schien, daß immer noch das Klirren der Waffen zu hören war.

Aber jetzt hielt sich niemand in der Nähe des königlichen Hauses auf.

»Es tut mir leid, Rhiannon«, sagte Edward zu ihr. »So schrecklich leid.«

»Wo bringst du mich hin?«

»Zum Brunnenhaus.«

Das war ein kleines, unmöbliertes Gebäude im Tal, das gewöhnlich zur Aufbewahrung benutzt wurde. Im Augenblick stand es leer. Ein einziges Fenster ließ Licht herein.

»Sperr mich nicht ein. Laß mich entkommen«, flehte sie Edward an.

»Du weißt, ich kann das nicht«, antwortete er ihr traurig.

Sie schaffte es, die Schultern zu straffen und das Häuschen zu betreten. Sie warf die Tür ihres Gefängnisses zu und sank auf den schmutzigen Boden.

Dann brach sie in Tränen aus, versuchte ihr Schluchzen so weit zu dämpfen, daß niemand, der vielleicht zu ihrer Bewachung abkommandiert war, sie hören konnte. Schweigend weinte sie, bis die Nacht hereinbrach. Kein Mensch kam. Kein Mensch brachte ihr auch nur einen Tropfen Wasser. Die ganze, dunkle stille Nacht über saß sie in äußerstem Elend da und versteifte sich auf ihre Entscheidung.

Sie schlief, aber ihre Träume waren mit Angst erfüllt. Der irische Prinz hatte sie an seinen blonden, normannischen Knecht weitergegeben, und der Mann schlich sich heimlich an sie heran. Ihr Pfeil drang in seinen Oberschenkel und Blut strömte an seinem Bein hinab, während er sie anschrie: »Betet, Lady, daß wir uns nie mehr wiedersehen!«

Am nächsten Morgen kam die Königin zu ihr. Rhiannon war bleich, erschöpft und verbittert.

Sie sagte Alswitha, daß sie den König zu sehen wünsche.

Alfred hatte sie hintergangen. Der König hatte sie dem Feind ausgeliefert, aber sie würde seine Entscheidung nicht befolgen. Irgendwie würde sie alle hinters Licht führen. Und sie würden keinen Verdacht schöpfen.

Alswitha brachte sie zu Alfred. Rhiannon kniete vor ihm nieder und flüsterte, daß sie sich seinem Willen unterwerfe.

Bei dieser Lüge konnte sie ihm nicht ins Gesicht blicken; aber eine Lüge war ihr einziger Weg in die Freiheit.

Er nahm sie wie früher in die Arme und umschlang sie zärtlich. Er flüsterte ihr ins Ohr, wie froh und dankbar er darüber wäre, daß er sie liebe und immer für sie da sei.

Ich hasse dich! schrie sie stumm.

Aber sie haßte ihn nicht wirklich. Sie erinnerte sich an ihren Vater und wußte, daß auch Alfred jederzeit in einer Schlacht sterben konnte. Auch sie umarmte ihn zärtlich; sie konnte ihm zwar nicht gehorchen, aber sie liebte ihn.

Wenn sie nicht vorgeben würde, seinen Willen zu akzeptieren, hätte sie nur eine geringe Chance, ihrem Schicksal zu entgehen. Aber jetzt hatte sie sich zumindest die Befreiung aus dem Brunnenhaus erkauft.

Am nächsten Morgen ging sie zu den Ställen. Am liebsten hätte sie das Pferd genommen, das sie hergebracht hatte, um mit ihm zu fliehen. Doch sie wußte, daß sie geduldig sein mußte, stark und listig. Jetzt wünschte sie sich, den König nicht so wütend angegriffen zu haben, denn jetzt mußte sie Schritt für Schritt sein Vertrauen zurückgewinnen. Heute würde sie einfach nur den Morgen hier verbringen und die weichen Mäuler der Tiere streicheln. Sie würde mit ihnen sprechen und ihre Wahl treffen. Sie brauchte das schnellste und kräftigste Tier, um mit ihm, wenn die Zeit gekommen war, zu fliehen.

Sie lächelte und blieb vor der Box des Rotschimmels stehen. Sie streichelte das Tier und hörte plötzlich ganz leise, herzzerreißend und unglücklich ihren Namen flüstern.

»Rhiannon!«

Sie drehte sich um; sie kannte die Stimme. Rowan stand vor ihr, groß und gutaussehend in seinem Leinenhemd, der kurzen Ledertunika und den derben Strümpfen. An seiner Seite hing sein Schwert, seine Augen waren trüb vor Unglück und sein Gesicht grau. Sie wußte, daß es ihn eine ganze Menge Mut gekostet haben mußte, sich dem Befehl des Königs zu widersetzen.

Sie rief seinen Namen und eilte zu ihm. Seine Arme schlossen sich zärtlich um sie. Er hob sie hoch und trug sie zu einem Heuhaufen. Sie hob die Hand und berührte seine Locken, die ihm bis in den Nacken fielen, und streichelte dann liebevoll sein bärtiges Kinn. »Rowan!« hauchte sie und schluchzte innerlich.

Er sah die Tränen in ihren Augen. Mit seinen Fingern berührte er ihre Lippen. Sie liebte ihn so sehr, denn er war bei den Männern gewesen, die den Körper ihres Vaters heimgebracht hatten. Er hatte sie getröstet und ihr Mut zugesprochen. Er hatte ihr viel von Garth erzählt, und allein dafür betete sie ihn an.

Er streichelte ihre Wangen und starrte in ihr Gesicht, als wollte er sich die Erinnerung daran in sein Herz eingraben. Eine neue Woge von Furcht überkam sie, als sie bemerkte, wie vollkommen er den Willen des Königs akzeptiert hatte und wie wenig Hilfe sie bei ihm finden würde.

»Wir hätten früher heiraten sollen«, meinte er traurig. »Wir hätten einfach sofort heiraten sollen, dann hätte der König diese ganze Sache nicht einfädeln können.«

»Noch ist es nicht geschehen«, murmelte sie.

»Rhiannon...« Er preßte ihren Körper ins Heu und legte sich auf sie. Sie war plötzlich aufs äußerste angespannt. Der Duft des Heus stieg ihr in die Nase, und sie hörte das Scharren der Pferdehufe und fühlte seine Hände. Der Tag draußen war wunderschön. Und sie liebte den Mann neben sich.

Wenn sie zusammen erwischt würden, würden sie beide für schuldig befunden werden, den Willen des Königs mißachtet zu haben. Nein, es war schlimmer, denn sie wußte, daß nicht nur Alfreds Wille sondern auch seine Ehre auf dem Spiel stand.

Alfreds Ehre – und vielleicht Rowans Leben.

Sie richtete sich auf. »Rowan! Wenn dich jemand herkommen sah... ich habe Angst.«

»Still. Kein Mensch hat mich gesehen. Ich würde doch deine Zukunft nicht in Gefahr bringen.«

»Meine Zukunft!« Sie streckte die Hand aus, sie mußte ihn berühren. Er hatte sie schon vorher geküßt und umarmt. Sie kannte seine Berührung und genoß sie. Es war für sie nicht unbedingt ein atemberaubendes Gefühl, aber sie empfand Liebe und Sicherheit in seiner Umarmung.

Plötzlich wünschte sie sich aus ganzem Herzen, sich ihm

bereits vorher geschenkt zu haben. Sie war an einen Heiden verkauft worden, und deshalb spielte ihre Ehre jetzt keine große Rolle mehr. Aber sie wäre von hier mit der süßen Erinnerung daran, geliebt worden zu sein, fortgegangen. Sie lächelte ihn zärtlich an: »Denk nicht an meine Ehre, mein Lieber, denn auf die kommt es jetzt auch nicht mehr an. Ich habe Angst um dich, Rowan. Der König hat seinen Willen kundgetan!«

»Ja, der König hat gesprochen«, stimmte er ihr tonlos zu. »Und mich beraubt und als Narr zurückgelassen.«

»Ich werde ihn nicht heiraten«, gelobte Rhiannon. Dann erhob sie sich auf die Knie, und er preßte sein Gesicht an ihre Brust.

»Mein Gott, ich hätte dein Ehemann sein können!« schluchzte er.

»Ich werde ihn nicht heiraten. Ich werde fliehen. Mein lieber Rowan...«, flüsterte sie. Sie fühlte nicht seine Leidenschaft, aber sie fühlte seinen Schmerz und sein Leid, und sie wäre freudig mit ihm hier und jetzt ins Heu gesunken, um damit der ganzen Welt zu trotzen. Aber sie hörte plötzlich Gelächter und bemerkte, daß Männer dabei waren, den Stall zu betreten, um ihre Pferde zu holen.

»Rowan!« stieß sie hervor.

»Ich werde mich nicht wegschleichen, als würden wir uns unserer Liebe schämen...«

»Du mußt!« Sie schob ihn von sich weg. »Bei der Liebe Gottes, Rowan! Laß nicht dein Leben der Preis für unsere Liebe sein!« Er bewegte sich immer noch nicht. Sie sprang auf die Füße, um aus dem Stall zu flüchten. Aber als sie den verzweifelten Ausdruck in seinen Augen sah, eilte sie wieder zu ihm zurück. »Wir werden zusammen sein«, flüsterte sie, »und ich werde nicht den Eindringling heiraten, der mein Heim zerstört hat!« Dann rannte sie schnell aus dem Stall auf die Wiese hinaus.

Die Sonne stand hoch. Neugeborene Lämmer sprangen auf den Feldern herum. Ganz Wessex duftete nach Frühling. Und sie würde entkommen, schwor sie. Wenn die Iren kamen und wenn der König und sein Haushalt am meisten abgelenkt sein würden, dann würde sie fliehen.

Die folgende Zeit trugen Alfred und Rhiannon einen kalten und stummen Krieg aus. Rhiannon hielt still, als ihr das herrliche Hochzeitskleid angemessen wurde: eine lange Tunika aus Leinen, weiß zum Zeichen ihrer Jungfräulichkeit, besetzt mit weiß-schwarzem Hermelin; das Unterhemd war aus außergewöhnlich zarter Seite, die direkt aus Persien geholt worden war. Das Mieder würde mit Edelsteinen besetzt werden, und der König hatte ihr eine Krone aus Amethyst überlassen, mit der sie ihr Haar schmücken konnte. Sie hatte ihm für dieses Geschenk nicht gedankt. Und sie hatte ihren Traum von Flucht nicht fallen gelassen.

Als es nur noch drei Tage bis zum Hochzeitstermin waren, erschien Alfred in der Tür zur Kammer der Frauen, wo die Mägde eifrig Edelsteine auf das Kleid nähten und die weichen Strümpfe strickten, die Rhiannon unter ihrem Kleid tragen sollte. Der König musterte sie, und sie erwiderte kühl seinen Blick. Ihr Herz klopfte. Sie haßte diese ganze Angelegenheit, die zwischen ihnen stand.

Nachdem Alfred die Kammer betreten hatte, gab er den Frauen mit einem Handzeichen zu verstehen, daß er mit Rhiannon allein zu sein wünschte. Sie verbeugten sich und gingen. Rhiannon blieb stehen wo sie war, hochgewachsen und stolz und doch irgendwie zerbrechlich wirkend in ihrem weißen Kleid.

»Hast du wirklich alles eingesehen?« fragte er sie.

Wieder konnte sie ihm nicht ins Gesicht blicken. Sie spürte, wie ihr Blick unstet wurde und senkte die Lider. Sie machte eine unbestimmte Geste: »Du hast es befohlen.«

»Und wirst du mir gehorchen?«

»Ich habe dir immer gehorcht.«

»Das stimmt nicht. Und du verzeihst mir nicht.«

Sie hob die Augen. Sie waren voller Leidenschaft: »Nein, ich kann dir nicht verzeihen.«

Er ballte seine Fäuste und stieß einen ärgerlichen und

ungeduldigen Ton aus: »Rhiannon, das war nicht einfach für mich.«

»Nun, Sire, du liebst Dreck mehr, als du Menschen liebst.«

»Ja!« erwiderte er ärgerlich. »Ja, ich liebe diesen Dreck, dieses England!« Er nahm ihre Hände und zog sie zu dem Fenster, das nach Osten ging, wo sich die Hügel lieblich und fruchtbar dahinzogen, bedeckt mit gelben Narzissen und zierlichen violetten Veilchen. »Ja, Lady, ich liebe dieses Land, und du liebst es auch! Dein Vater hat dafür gekämpft und ist dafür gestorben. Du kannst es zwar leugnen, aber du liebst es auch. Du hast diesen Traum mit mir geteilt – von einer Zeit voller Frieden. Aber zuerst muß ich die Dänen vertreiben, ich muß sie aus meinem Land verjagen. Bei Gott, Rhiannon!« rief er ungeduldig, »du bist in einem edlen Haus aufgewachsen und weißt sehr wohl, daß Heiraten oft eine Vertragsangelegenheit und nur selten eine Sache von Liebe sind! Du bist so erzogen worden, daß du deine Pflichten erfüllen und deinen König ehren sollst. Du mußt verstehen, daß diese Verbindung ein Bündnis nach sich ziehen wird, daß hier Englands Zukunft auf dem Spiel steht.«

Sie stand ruhig da und wartete einige Sekunden, in denen sie ihn ernst betrachtete. »Und du mußt verstehen«, antwortete sie schließlich, »daß das Land aus Menschen besteht. Ich habe deine Träume geteilt und ich habe meine eigenen gehabt. Und jetzt hast du, mein König, meine Träume und Hoffnungen und mein Glück ganz einfach achtlos und grausam beiseite gewischt.«

»Ich habe dir keinen alten Mann angeboten, sondern einen jungen Prinz aus noblem Haus.«

»Einen Wikinger.«

Einen Augenblick lang war der König sehr still. Sie beobachtete, wie sich seine Fäuste zunächst ballten, dann wieder entspannten.

»Einen Iren – aber wenn es notwendig wäre, Rhiannon, würde ich dich mit Satan selbst vermählen. Es tut mir leid für dich und für Rowan. Aber unglücklicherweise ist ein Weib Teil ihres Landes, und du, Lady, bist ganz sicher Teil deines

Landes. Ich war bereits als verräterischer Narr abgestempelt, weil deine Leute Gäste, die ich eingeladen habe, angegriffen haben...«

»Alfred! Ich habe dir gesagt...«

Er hob die Hand und unterbrach sie: »Und ich habe dir geglaubt. Und trotzdem wäre ich an deiner Stelle sehr vorsichtig, denn der Mann, den du heiraten wirst, weiß, daß du die Verantwortung für den Kampf trägst.«

»Ich war davon überzeugt, angegriffen zu werden! Drachenschiffe...«

»Wir wollen nicht mehr davon sprechen. Aber du wirst die Sache nicht noch schlimmer machen oder uns noch mehr in Verlegenheit bringen. Ich habe dich diesem Mann versprochen, und du wirst mein Versprechen einlösen. Ich traue dir nicht, Rhiannon. Ich fürchte, daß du ihn verleugnen wirst, wenn du vor Gott stehst. Ich habe dich wie meine eigenen Kinder geliebt. Aber wenn du mich jetzt beschämst, wenn du mich entehrst und das Blut der Landbevölkerung in Strömen fließen läßt, dann werde ich dich verstoßen und aus den Tiefen meines Herzens verfluchen.« Er hielt einen Augenblick inne und beobachtete die Wirkung, die seine Worte auf sie hatten. »Guten Tag, Rhiannon.« Er verbeugte sich steif und verließ sie. Tränen stiegen in ihre Augen, und sie wäre ihm fast nachgelaufen. Sie hatte alles verloren, und jetzt hatte sie auch noch Alfred verloren.

In dieser Nacht fand sie keinen Schlaf. Sie lag wach und rief sich die Worte des Königs ins Gedächtnis zurück. Sie hatte Alpträume von Drachenschiffen, die das Meer bedeckten, von feuerspeienden Drachen, die sie angriffen und sie wie Schlangen umringelten und erschreckten. Zitternd erwachte sie und schwor sich, niemals einen Wikinger zu heiraten.

Aber sie konnte auch nicht der Anlaß für noch mehr Blutvergießen sein.

Sie konnte keinen klaren Gedanken fassen. Am Morgen ging sie mit Alswitha zur Beichte und versuchte zu sagen, daß sie ihrem König nicht gehorchen konnte. Aber sie konnte es nicht; sie rannte ohne Absolution aus der Kirche.

Sie mußte Rowan sehen. Allein. Nur noch einmal. Sie mußte die Liebe spüren, die sie beinahe ein ganzes Leben lang gehabt hätte. Sie wußte nicht, ob sie überhaupt weglaufen durfte. Wenn sie es tat, dann müßten die Männer des Iren kämpfen, um seine Ehre zu retten, und der König, weil er keine andere Wahl hätte.

Sie dachte oft an ihren Vater, der ihre Mutter so sehr geliebt hatte, daß er sie einfach entführt hatte. Aber ihr war klar, daß Rowan sich nicht gegen den König auflehnen konnte. Doch je näher der Termin kam, desto größer wurde ihrer beider Qual. Jeden Abend sahen sie sich beim Abendessen von weitem, ihre Blicke trafen sich in der großen Halle, und sie wußte, daß der König sie beide beobachtete.

Entführe mich einfach! wollte sie Rowan am liebsten zurufen. *Bring mich auf dem schnellsten Pferd des Königs weg von hier, und dann können wir für immer in den Bergen von Wales zusammenleben.* Sie hörte und sah nichts von den Musikern und Geschichtenerzählern, die die Festtafel unterhielten. Sie sah nur Rowan und träumte von einem Pferd, das fliegen konnte.

Rowan kam nicht, um sie zu entführen. Normalerweise vermied er es sogar, ihr während des Abendessens zu nahe zu kommen. Aber eines Abends, zwei Tage vor der Hochzeit, lehnte er sich zu ihr, indem er vorgab, ein Fleischmesser, das er hatte fallen lassen, aufzuheben. Er flüsterte ihr zu: »Ich muß dich sehen!«

Ihr Herz machte einen Satz.

»Treff mich in der Morgendämmerung. Bei der alten Eiche am Bach.«

Sie nickte. Mit klopfendem Herzen ging sie auf ihr Zimmer. Sie konnte nicht einschlafen, sondern wälzte sich unruhig und voller Zweifel umher. Sie konnte ihre Liebe retten und den König entehren. Oder sie konnte sich der Ehre und ihrer Pflicht beugen und dabei ihre Seele zerstören.

Wieder träumte sie davon, daß die Drachen der Boote

lebendig wurden. Sie stürzte in einen Abgrund voller Drachenschlangen und schrie voller Verzweiflung. Oben standen der König und seine Männer, Allen, William, Jon – und sogar Rowan. Ungerührt beobachteten sie ihr Schreien. Sie streckte eine Hand aus, und eine starke Hand ergriff sie. Lange, kräftige und schwielige Finger packten sie, sie sah zwei glitzernde blaue Augen, und unter lautem Gelächter wurde sie emporgezogen, direkt in die Arme des Wikingers mit dem goldenen Haar, der bronzefarbenen, muskelbepackten Brust und der aufragenden Gestalt.

»Betet, Lady...«, flüsterte er ihr zu, und sie fing wieder zu schreien an. Dann erwachte sie.

Zitternd erwartete sie das Ende der Nacht und stand dann, immer noch erregt, auf.

Wer immer dieser irische Prinz auch war, zur Hälfte war er jedenfalls Heide. Alfred verlangte zuviel von ihr. Für sie gab es keinen Unterschied zwischen Norwegern und Dänen. In ihren Augen waren sie alle Wikinger. Sie sollte der Gnade eines barbarischen Prinzen ausgeliefert werden! Niemals, dafür hatte sie zuviel Stolz! Das konnte sie nicht ertragen!

Als sie sich in dem Raum umblickte, in dem sie so viele schöne Stunden mit Alswitha und den Kindern verbracht hatte, hatte das Zimmer für sie seine Wärme verloren.

5. KAPITEL

Er saß auf dem herrlichen weißen Hengst und blickte gen Süden zur Küste. Abschätzend und zufrieden glitt sein blauer Blick darüber. Sein Umhang wurde vom Wind majestätisch aufgebauscht und betonte noch die Breite seiner Schultern und die Eleganz, mit der er auf dem Pferd saß.

Hinter ihm wurden die Wälle der Stadt bereits wieder aufgebaut. Eine frische Brise vom Meer strich über sein Gesicht und befeuchtete seine Wangen.

Ein leichtes Lächeln erschien auf seinen Lippen.

Einmal hatte er als Junge auf den Klippen von Irland gestanden. Er hatte mit seinem hölzernen Schwert in der Luft herumgefuchtelt; Leith war auf ihn zugelaufen, und sie hatten eine spielerische Schlacht ausgefochten. Leith hatte sein Holzschwert fallen gelassen, und Eric war vorgetreten und hatte sich als Sieger bezeichnet.

»Nein, du Dummkopf!« hatte Leith mit einem schadenfrohen Grinsen auf den Lippen widersprochen.

»Was? Was soll ›nein‹ heißen? Ich bin kein Dummkopf. Ich bin der bessere Mann, denn ich habe dich besiegt!«

»Dummkopf, das hast du nicht! Denn ich werde König sein und du, mein Bruder, wirst mein Lehensmann sein. Du wirst für mich kämpfen und mir gehorchen.«

»Ich werde keinem Menschen gehorchen! Ich werde mein Schicksal selbst in die Hand nehmen!«

Erin, die während des Spiels der beiden Jungen auf einer Decke gesessen und mit deren kleiner Schwester gespielt hatte, stand auf und trennte die beiden. Eric wand sich und setzte eine störrische Miene auf.

»Wird er der König sein, Mutter?«

»Ja, das wird er. Aber ihr werdet beide in erster Linie eurem Vater gehorchen – und zwar noch viele Jahre lang, wenn Gott uns gnädig ist!« belehrte ihn seine Mutter.

»Ich werde Vater immer gehorchen und ehren«, gab Eric mürrisch zur Antwort.

»Und deinen Bruder«, sagte Erin sanft.

Er schwieg einen Augenblick, ließ sich dann vor seinem Bruder auf die Knie nieder und sagte: »Leith, ich werde dich so ehren, wie ich meinen Vater ehre. Ja, ich werde stets mein Schwert zu deiner Verteidigung erheben. Bis ich mein eigenes Königreich haben werde.« Er warf seiner Mutter einen Blick zu: »Werde ich einmal eigenes Land besitzen?«

Sie lächelte: »Dein Vater ist ein König. Dein Großvater ist ein Hoch-König. Sicher wirst du einmal ein Stück Land haben, das du dein Eigen nennen kannst.«

Er ging zu ihr und stemmte seine Hände in die Hüften. »Kein Mensch braucht Mitleid mit mir zu haben, Mutter. Ich werde mir mein eigenes Land erobern. Wie mein Sire werde ich zuerst als Wikinger durch die Welt ziehen, und ich werde ein Stück Land finden, das mir gehören wird.«

Erin hatte das starrköpfige Kind in die Arme genommen und es fest an ihre Brust gedrückt: »Du bist ein Ire, mein Liebling. Wir werden dafür sorgen, daß du hier einen Ort finden wirst...«

»Nein, Mutter. Ich muß selbst einen finden.«

»Das wird noch jahrelang dauern...«

»Vater wird mich verstehen.«

Und sein Vater *hatte* ihn verstanden.

Und jetzt erstreckte sich das Land seiner Träume direkt vor ihm. Er mußte in den Krieg ziehen, um dieses Land zu verteidigen... und eine feuerhaarige, wandelnde Bedrohung als Weib akzeptieren, die sehr wohl die Verräterin des Königs sein konnte. Das war Teil des Vertrags, und es schien nur ein sehr kleines Zugeständnis zu sein, verglichen mit der Freude in seinem Herzen und dem Triumph in seiner Seele.

Als er so den Hafen und die Wiesen und die Klippen betrachtete, hatte er das Gefühl, großzügig sein zu können. Er würde ihr Frieden anbieten. Doch er zweifelte daran, daß es jemals zwischen ihnen beiden Frieden geben könnte und erinnerte sich, wie sie ihn angeblickt hatte, mit Silberdolchen in ihren Augen. Und dann rief er sich die Art und Weise ins Gedächtnis zurück, wie sie zu ihm gesprochen hatte. Nein, es würde sicherlich keinen Frieden zwischen ihnen geben.

Er schüttelte diese Gedanken ab. Er würde sie nicht oft sehen müssen. Wenn er im Guten mit ihr auskommen konnte, würde er es tun. Er würde sie sich selbst und ihrem Haß überlassen. Aber vor Gott würden sie vereinigt werden, überlegte er, und wieder überfiel ihn Begeisterung für dieses Stück Land. Männer verschafften sich Land, um große Dynastien zu gründen, und er machte da keine Ausnahme. Er war lange genug in der Welt herumgezogen. Er wollte Erben haben. Sicherlich war ihr klar, wo in dieser Beziehung ihre Pflicht lag.

Eigenartigerweise begann sich bei diesem Gedanken sein Pulsschlag zu beschleunigen und sein Blut zu erhitzen. Sie rief keine zärtlichen Gefühle in ihm hervor, aber sie hatte die wilden Tiefen seines Herzens angesprochen. Während all des Ärgers und der Schmerzen hatte er seine Lenden pulsieren gefühlt. Er hatte sie begehrt. Doch ihm gefiel das Ausmaß dieser Begierde tief in seinem Inneren nicht. Er war kein Barbar. Sein Kiefer spannte sich. Sie waren keine wilden Bestien.

»Eric?«

Rollo tauchte hinter ihm auf. Eric wendete das herrliche weiße Roß. Hinter ihm erstreckte sich die lange Reihe seiner Männer, die auf seinen Befehl warteten.

»Reiten wir nach Wareham!« rief er. Die Erde bebte, als sich die Horde auf den Weg machte.

Bein Einbruch der Dunkelheit näherten sie sich Wareham. Eric ordnete an, daß seine Leute halten und ein Nachtlager aufschlagen sollten. Er konnte zwar bereits die Mauern der Königsstadt sehen, aber er war noch nicht bereit, die Stadt zu betreten. Eine seltsame Nachdenklichkeit hatte ihn befallen, und er wollte allein sein.

Während des ganzen Abendessens hielt er sich abseits und betrachtete die Lichter, die aus Wareham herüberschimmerten. Er nahm einen tiefen Schluck Met und fragte sich, was wohl aus dieser Hochzeit entstehen würde. Er befürchtete, daß es zum Kampf kommen würde, falls das Mädchen den Befehl des Königs mißachtete. Das Aufgebot war bereits bestellt worden, und nicht nur seine Ehre, auch die seiner Männer stand auf dem Spiel. Er zuckte mit den Achseln und vertraute auf den König. Alfred würde nicht wagen, ihn abermals zu hintergehen.

»Sei auf der Hut, junger Lord!«

Er drehte sich um und sah, daß Mergwin ihm gefolgt war. »Ich bin immer auf der Hut, Mergwin. Falls du mir über das Meer gefolgt bist, um mir den guten Rat zu geben, auf mich aufzupassen, dann habe ich diese Lektion bereits gelernt.«

Eric hob seinen Becher: »Und?«

»Hegalez. Und dann die leere Rune.«

»Hegalez warnt vor Stürmen, vor Unwettern, vor unbekannten Mächten und vor Donner. Wir wissen, daß uns das bevorsteht, denn wir sind auf dem Weg, um die Dänen in Rochester zu bekämpfen.«

»Einst habe ich die gleichen Runen für deine Mutter gelesen«, sagte Mergwin leise.

Eric hatte das Gefühl, daß der alte Mann abschweifte, daß sein hohes Alter ihm allmählich zu schaffen machte. Es sah so aus, als hätte er schon immer gelebt, denn Mergwin hatte schon Erics Großvater Aed Finnlaith gedient, als dieser noch ein kleiner Junge gewesen war.

Eric antwortete sanft, denn er liebte seinen alten Lehrer aus ganzem Herzen: »Mergwin, hab keine Angst um mich. Ich kenne die Wahrheit der Schlacht und habe keine Angst vor dem Tod. Nein, eher fürchte ich ein Leben, in dem ein Mann vergessen könne, daß eines Tages der Tod über ihn kommen wird, ganz egal, ob er ein Held oder ein elender Feigling ist. Ich werde auf mich aufpassen, wenn wir gegen die Dänen kämpfen. Ich werde mich dicht an Rollo halten, und wir werden wie ein undurchdringlicher Wall sein.«

Mergwin ging zu ihm. Er lehnte seinen Rücken gegen

den Baum, an dem auch Eric stand, und seufzte: »Es gibt da eine Dunkelheit, die noch näher liegt. Wolken schweben über dir, und ich kann sie nicht lesen.«

»Wolken sind ein Teil meines Lebens.«

Der Druide stieß sich vom Baum ab. Er starrte Eric eindringlich an und drohte ihm dann mit dem Finger: »Sei auf der Hut, denn Verrat ist nahe. Es ist kein Feind, den du sehen kannst, sondern ein Feind, den du *nicht* sehen kannst.«

»Mergwin«, erwiderte Eric müde, »ich werde deine ganzen Warnungen beachten und sehr gut auf mich aufpassen. Aber heute nacht bin ich sehr müde.« Er klopfte dem alten Mann auf den Rücken und ging weg.

Diese Nacht wollte er nicht bei seinen Männern verbringen. Er brauchte den Erdboden unter sich und den Mond über seinem Kopf, und er brauchte die Dunkelheit und Einsamkeit der Nacht.

Er nahm Vengeance mit, sein Schwert, denn die Worte des Druiden hatten ihren Eindruck hinterlassen, und Eric war immer mißtrauisch. Er ging, bis er zu einem plätschernden Bach kam. Dort setzte er sich nieder und hörte dem Geräusch des Wassers zu. Es war eine einschläfernde, friedliche Melodie, und seine unruhige Seele wurde ruhig. Er breitete seinen Umhang aus und legte sich schlafen.

Die Morgendämmerung kam.

Rhiannon verließ geräuschlos das Haus. Sie trug ihren warmen Umhang, aber sie wußte, daß sie heute keine Verwendung haben würde für die Edelsteine, die sie so sorgfältig in den Saum des Kleidungsstücks eingenäht hatte.

Sie würde Rowan treffen. Sie würde ihn treffen, weil sie ihn geliebt hatte, weil sie zusammen geträumt hatten und weil sie ihm Adieu sagen mußte. Denn sie träumte nicht länger von einer Flucht.

Sie würde nicht mit ihm weglaufen.

Nicht Furcht vor Alfred hatte sie zu dieser Entscheidung gebracht, sich seinem Willen zu unterwerfen: Es war Angst vor dem Blutvergießen, das die Folge davon wäre, wenn sie sich weigern würde, der Unterpfand für den irischen Prinzen zu sein. Alfred wäre gezwungen, genau gegen die Männer zu kämpfen, die er als seine Verstärkung beim Kampf gegen die Dänen geholt hatte. Auch der König würde kämpfen und zahllose Männer würden sterben. An der Küste hatte sie genug Blutvergießen mitansehen müssen.

Und wenn die irischen Normannen und die Männer aus Wessex sich gegenseitig dezimierten, würden am Ende die Dänen den Sieg davontragen. Sie war zu der Überzeugung gelangt, die Verantwortung für einen derartigen Horror nicht übernehmen zu können.

Bei den Ställen suchte sie sich hastig eine gefleckte, graue Stute aus, sattelte sie und ritt davon. Falls die Diener wach waren, bemerkten sie Rhiannon auf jeden Fall nicht. Als die Schildwache am Tor sie sah, winkte sie ihr nur zu und ließ sie ungehindert passieren.

Bei der Eiche wartete sie.

Im Osten kroch die Dämmerung herauf, und Rowan kam nicht. Traurigkeit überfiel sie wegen der vergeudeten Zeit, die ihnen hätte gehören können. Rowan war ein weiterer Grund, warum sie nicht flüchten konnte. Wenn Rowan zusammen mit ihr erwischt würde, könnte er getötet werden.

Sie hörte ein Geräusch im Busch und drehte sich um, halb erwartend, daß sie von den Männern des Königs entdeckt und nach Wareham zurückgebracht würde, halb darum betend, daß ihr Liebster nun endlich gekommen wäre.

»Mein Herz!«

Das drängende Flüstern erfüllte sie mit Glück. Sie rannte durch das Gebüsch und warf sich in seine Arme, völlig vergessend, daß sie die Braut eines anderen Mannes war. Er stieß sich nicht weg, und für einen Augenblick vergaß sie auch, daß sie gekommen war, um ihm Adieu zu sagen. Er hielt sie zärtlich fest, sein Mund an den ihren und verschmolz mit ihm. Er ließ seine Finger durch ihr Haar gleiten und blickte ihr tief in die Augen, dann küßte er sie wieder, drang zart mit seiner Zunge in ihren Mund ein.

Es war nur ein Kuß, dachte sie. Eine süße Erinnerung, an

die sie sich während der kommenden, leeren Jahre klammern konnte. Gott würde es verstehen und ihr verzeihen.

Sie würde bald heiraten. Ganz legal in einer unauflöslichen, christlichen Zeremonie verheiratet werden.

Aber das Herz zersprang ihr fast im Leib, und sie konnte sich nicht aus der Wärme von Rowans zärtlichem Kuß lösen.

Er war es, der sich schließlich löste. Er zog sie an seine Brust.

»Ich liebe dich!« seufzte sie. »Ich liebe dich so sehr!«

»Und ich liebe dich! Wir werden zusammen sein!«

»Ach, Rowan! Wir können nicht zusammen sein – niemals mehr!«

Er schien sie nicht zu hören. Er zog sie noch dichter an sich. Zusammen fielen sie sanft in das hohe Gras. Es war noch kaum hell, und sie waren allein. Rhiannon vergaß ihre Bedenken, daß ihr jemand gefolgt sein könnte. Sie vergaß, daß sie die Braut des Wikingers war. Sie überließ sich ganz der Schönheit des Morgens. Wem taten sie weh, wenn sie diese wenigen letzten Minuten miteinander verbrachten? Sich Liebesworte zuflüsterten? Und sich schließlich einen oder zwei Abschiedsküsse gaben?

Ihr über alles geliebter Rowan blickte auf sie herab, liebkoste ihre Wange. Er seufzte. »Ich zögere, dabei sollten wir uns beeilen!« sagte er.

Er hatte immer noch nicht verstanden. Er dachte immer noch, daß sie gekommen war, um mit ihm zu fliehen. Traurig schüttelte sie den Kopf, und Rowan runzelte die Stirn: »Wir müssen uns beeilen, meine Liebste, sonst entdecken sie unser Verschwinden. Ich würde zwar mein Leben für dich geben, aber dann könnte ich nicht mehr bei dir sein!«

»Verdammt sei der König!« fluchte sie leise.

»Liebling, unterdrücke solche Worte. Sie sind Hochverrat!«

Er küßte ihre Finger, und sie blickte voller Liebe in seine Augen, seine männlichen Gesichtszüge.

»Verdammt sei er, Rowan«, wiederholte sie, »daß wir hierher gekommen sind, ist bereits ein Verrat – auch wenn wir nur einander Adieu sagen wollen. Welch größeren Kummer kann ich mit Worten anrichten?«

»Aber wir werden fliehen...«

»Nein, Rowan, hör mir zu. Wir können es nicht.«

Er brauchte einige Zeit, um ihre Worte zu verstehen.

»Er würde uns fangen«, flüsterte sie verzweifelt, »er könnte dich töten!«

»Ach, mein Liebling! Ich kann es nicht ertragen, daß du zu dem anderen gehst!«

»Du mußt. Ach Gott, Rowan! Ich habe immer wieder darüber nachgedacht! Ich habe keine Wahl, außer ich will der Grund für zahllose Tote sein! Ich wollte, es wäre anders! Ach, Rowan, es bricht mir das Herz, dir Kummer zu bringen!«

Und es brachte ihm Kummer, denn er blickte mit derartiger Qual auf sie hinunter, daß sie es kaum ertragen konnte.

»Ach, Rowan!« rief sie aus. »Mein Herz wird immer dir gehören, das schwöre ich! Ich liebe dich so sehr!«

»Mein Gott, und ich liebe dich!« stieß er hervor, und es lagen soviel Leidenschaft und Pein in seinen Worten, daß sie sich plötzlich in seinen Armen wiederfand, zärtlich und leidenschaftlich umschlungen. Seine Lippen brannten heiß und inbrünstig auf ihren, sein Kuß war süß und berauschend.

Und dann... war es mehr.

Sie wußte nicht, wer wen verführte oder wie alles so schnell so weit kommen konnte. Es war der Augenblick, es war der bittere Schmerz der Liebe. Sie berührte seine Schultern, und sie waren nackt. Und seine Hände lagen auf ihrem nackten Fleisch, denn ihr Umhang und ihre Tunika waren verschwunden. Und dann flüsterte sie ihm erneut ins Ohr.

»Ich liebe dich, ich liebe dich. Ich bin einer giftigen Ratte versprochen, einem ruchlosen Wikinger, aber ich liebe dich!«

Dann wurde sie von seinem Liebesgeflüster liebkost, erhitzt, verführt. Sie wußte genau, was sie im Begriff waren, zu tun. Es mußte einfach richtig sein. Sie liebte ihn. Und Worte voller Liebe kamen leidenschaftlich von seinen Lippen.

Doch es war nicht richtig, und sie wußte es genau. Sie war

einem anderen Mann versprochen. Sie würde ihn vor Gottes Angesicht heiraten.

»Rowan!« Ihr flehentlicher Aufschrei stoppte ihn. Seine Augen trafen die ihren, und er sah die Traurigkeit und die Verzweiflung in ihnen.

Und die Leidenschaft zwischen ihnen ebbte ab. Er hielt sie nur noch ruhig und zärtlich umarmt.

Diese wenigen Augenblicke fühlte sie keine Schuld. Sie drückte sich zärtlich an ihn und hörte das Lied eines Vogels, während sie daran dachte, daß sie diese wenigen Augenblicke mit ihm allein für immer wie einen Schatz hüten würde.

Sie wußte nicht, daß sie keineswegs allein waren.

Eric, der Prinz von Dubhlain, stand versteinert und kalt keine vier Meter entfernt da.

Während der Nacht hatte er von Schlangen geträumt.

Böse, hinterhältige Tiere, die ihre Köpfe gegen ihn erhoben hatten, und er hatte Vengeance erhoben, um sie zu bekämpfen. Er focht mit all seiner Kraft und Stärke, aber sie waren nicht umzubringen. Emenia war an seiner Seite, und er wußte, daß sie hier gelegen hatte; er fühlte ihre sanfte Berührung, wußte, daß sich ihr Haar um ihn geschlungen hatte, daß ihre Glieder seine umwunden hatten. Er kämpfte gegen die Schlangen und tötete sie immer wieder. Aber als er nach Emenia griff, stieg ein Verzweiflungsschrei in ihm empor, ein Schrei endloser Pein erhob sich gen Himmel. Blut war auf ihr und floß aus ihr. Er nahm sie in die Arme und versuchte ihr Leben einzuhauchen, aber das Blut stieg um sie beide an wie eine Flut. Und dann wurde ihm klar, daß das keineswegs Emenia war, sondern eine andere Frau, die da in seinen Armen lag, deren Haar sich um ihn schlang. Er versuchte, die blutgetränkten Strähnen aus ihrem Gesicht zu wischen, aber sie begann in dem ständig steigenden Meer aus Blut zu versinken. Die Schlangen zogen sie hinab. Er griff nach ihr und schrie abermals...

Zitternd erwachte er. Mit Vengeance in der Hand sprang er auf die Füße.

Langsam beruhigte sich sein Atem. Er schalt sich selbst, daß er sich vor einem Traum fürchtete, während er nicht zögerte, sich der gesamten dänischen Armee entgegenzustellen. Er legte sich wieder hin. Er betrachtete den Mond, und während ihn die Erinnerungen heimsuchten, fielen ihm langsam wieder die Augen zu. Schließlich war er tief eingeschlafen.

Er fühlte das Anbrechen des Morgens, den Kuß der Dämmerung, die schwache Berührung der Sonne. Er hörte das sanfte Plätschern des Baches, er befand sich in einem angenehmen Zustand zwischen Wachen und Träumen. Weit entfernt hörte er im Wald ein Rascheln. Das Geräusch klang harmlos, und er wußte, daß es keine Gefahr für ihn bedeutete. Also erhob er sich nicht. Irgendein Mädchen kam, stellte er schläfrig fest. Sie schien sich um Geräuschlosigkeit zu bemühen und war offensichtlich nicht in der Stimmung für Gesellschaft. Laß das Mädchen. Er hatte nicht die Absicht, ihr Alleinsein zu stören, indem er sie auf seine Anwesenheit aufmerksam machte.

Dann gesellte sich ein Mann zu ihr.

Er hörte Fragmente ihrer geflüsterten Unterhaltung. Er wollte die Liebenden gerne ihrem Glück überlassen, aber er konnte nicht gehen, ohne von ihnen gesehen zu werden.

Er sah, wie sie ihre Kleidungsstücke abwarfen. Er sah die exquisite Schönheit ihres Rückens, den nicht einmal ihr Haar verdeckte, denn sie hatte es hochgebunden und zu einem Knoten geflochten. Sie war atemberaubend schön, die sanften Wölbungen ihrer Brüste, ihr wohlgeformtes Hinterteil, das sich aus einer schmalen Taille rundete und auf beiden Seiten von zwei entzückenden Grübchen gekrönt wurde. Ihr Hals war lang und anmutig, ihre Schultern waren wundervoll geschwungen und geschmeidig. Es verschlug ihm fast den Atem, sie zu beobachten, und gleichzeitig wünschte er sich weit weg zu sein, denn er wollte nicht zwei frisch Verliebte stören.

Dann verstand er plötzlich einige Worte ganz klar, und ihm wurde bewußt, wer diese Frau war.

Rhiannon. Seine Verlobte.

Wut explodierte in ihm.

Das konnte er nicht erlauben. Er hatte nicht in ihr Leben eindringen wollen, aber sie war ihm versprochen worden und was sein war, das behütete er sorgfältig.

Sie sollte seine Frau werden!

Zorn schlug über ihm zusammen, und er kämpfte um seine Beherrschung.

Vielleicht hatten die Liebenden sich hier, im hohen Gras, schon viele Male getroffen und geliebt.

Er hatte nicht die Absicht, sich jetzt und hier von ihnen betrügen zu lassen oder jemals wieder. Er stand schnell auf und langte nach seinem Schwert, um zumindest dem närrischen jungen Bock eine Lektion zu erteilen.

Er hatte keine Gelegenheit, das Liebespaar zu erreichen, denn die Stille der Lichtung neben dem Bach wurde plötzlich durch den Klang von Hufen gestört. »Findet sie!« rief jemand. »Bei der Ehre des Königs, findet sie!«

Rhiannon stieß einen Schrei aus und sprang auf. Sie hatte keine Zeit sich anzukleiden, aber ihr Liebster erhob sich mit ihr und warf ihr einen Umhang über.

»Lauf!« drängte er sie. »Versuch die Lichtung zu erreichen!«

»Nein, mich wird der König nicht töten. Aber er könnte sehr wohl dich umbringen! Ach Rowan, wenn dir etwas zustößt...«

»Geht!« befahl ihr der junge Bursche. Er stieß sie auf die Stelle zu, an der Eric sich befand.

»Nein, nicht bis du weg bist! Du mußt laufen! Wenn sie uns nicht zusammen finden, können sie dich auch nicht für mein Verschwinden verantwortlich machen, oder für...« Sie unterbrach sich, die Stimme versagte ihr vor Entsetzen.

»Ich werde weglaufen!« versprach er ihr und schob sie wieder in die andere Richtung.

Stolpernd lief sie durch das Unterholz. Eric stand ganz still und kämpfte mit seiner Wut. Reiter galoppierten durchs Gebüsch, und er wußte, daß sie voller Verzweiflung versuchte, ihnen zu entkommen. Platschend stürmte sie durch den Bach und stolperte genau vor seine Füße. Sie sah den Saum seines Umhangs und ergriff ihn.

»Sir, lieber Sir, ich bitte Euch, helft mir! Mein Vormund will mich mit einem Wikinger-Bastard verheiraten, und ich versuche jetzt gerade verzweifelt, seiner Verfolgung zu entgehen. Bitte! Ich soll mein Leben mit einer giftigen Ratte verbringen, aber ich...«

Während sie sprach, hob sie den Blick ihrer silberblauen Augen, und sie weiteten sich überrascht. Sie erkannte ihn, aber Eric bemerkte, daß sie nicht wußte, wer er war. Betäubendes Entsetzen folgte der Überraschung, und ihre elfenbeinfarbene Haut wurde bleich und weiß wie Schnee.

Rhiannon stellte mit überwältigender Panik fest, daß sie dem Wikinger in die Arme gelaufen war. Hier gab es keine Hilfe. Nein, sie blickte dem Unheil ins Gesicht.

»Oh, nein!« keuchte sie, »Ihr!«

Sie mußte diesem Mann entkommen. Sie erhob sich blitzschnell und wirbelte herum. Aber noch ehe sie losrennen konnte, hatte er sie schon ergriffen. Sein Stiefel trat auf ihren Umhang und riß ihn von ihren Schultern. Er drehte sie herum, und sie fiel nackt in den brutalen Griff seiner Arme.

Vielleicht hatte er sie vergessen.

Nein, das hatte er nicht.

Er erinnerte sich an sie – das war allzu offensichtlich. Er erinnerte sich an ihre Pfeile – und zweifellos auch an ihr Knie. Sie hatte noch niemals vorher eine derartig dunkle Wut im Gesicht eines Mannes gesehen. Schwäche überfiel sie. Ganz sicher war er der blutige Knecht des irischen Prinzen. Er würde sie Alfred übergeben oder gleich seinem Lord. Oder vielleicht würde er sie ermorden, und sogar der König würde dagegen keinen Einspruch erheben.

»Habt Gnade!« flüsterte sie und warf den Kopf zurück. Ihr Knoten löste sich. Ihre schweren Locken fielen wie ein

Wasserfall über ihren Rücken. Sie sehnte sich danach, sie um sich zu schlingen, um ihre Nacktheit zu verbergen.

Aber er beachtete ihre Blöße nicht; er starrte ihr in die Augen, und ein dunkler, glühender Haß stand in seinen.

»Gnade?« fragte er. Er sprach das Wort sanft aus und doch mit einer tödlichen Drohung. »Gnade?«

Sie schrie auf, als er sie näher heranzog und ihren Körper gegen die hitzige Kraft seiner Brust preßte. Er ergriff ihre Hände so fest, daß sie Angst hatte, er würde ihre Handgelenke brechen, und sie war gezwungen, seinen harten, hochgewachsenen Körper zu fühlen und seinen unnachsichtigen Zorn, der eisig aus seinen Augen in die ihren tropfte und von dort aus weiter in ihr Herz.

»Ich habe gegen Euch gekämpft, weil ich dachte, Ihr würdet uns angreifen!« erzählte sie ihm schnell. »Ich hätte Euch keinerlei Unannehmlichkeiten bereitet, wenn ich gewußt hätte, daß Ihr auf Einladung des Königs kamt. Bitte, laßt mich jetzt gehen! Ihr müßt Gnade mit mir haben, weil...«

»Nein, Lady, nein. Ich denke nicht.«

»Aber...«

»Es hat nichts mit dem tödlichen Pfeil zu tun, den ihr auf mein Herz abgeschossen habt, demjenigen, der mich am Oberschenkel getroffen hat und mich bis heute hinken läßt. Es hat auch nichts zu tun mit Eurem zarten Knie, das Ihr mir in den Unterleib gerammt habt, oder mit Euren eleganten Fäusten, mit denen ihr gegen meine Brust geschlagen habt. Nein, Lady, all das könnte ich vielleicht vergessen.«

»Aber dann...«

»Ihr werdet keine Gnade von mir erfahren, weil ich nämlich diese giftige Ratte bin, der Bastard, der barbarische Wikinger, mit dem Ihr verlobt seid.«

Ihr Mund öffnete sich entsetzt. Und dann warf sie den Kopf zurück und schrie in reiner, tödlicher Angst auf, zerrte an ihren Gelenken und kämpfte verzweifelt darum, sich zu befreien. Immer wieder schrie sie, gepackt von kalter, eisiger, nackter Angst. Sie war in seiner Gewalt. Nackt und verletzlich lag sie an seiner Brust. Ganz direkt spürte sie die schreckliche Stärke seines Körpers, seiner Schenkel, seiner Arme.

»Ihr!« keuchte sie.

»Ja, Lady, ich!«

Das konnte nicht der irische Prinz sein!

»O Gott, nein!« flüsterte sie und warf sich wie eine wilde Tigerin gegen ihn. Hier gab es keine Rettung; sie mußte ihm entkommen und fliehen.

Sie konnte seinen Griff nicht brechen, und so versuchte sie ihn zu beißen. Als das auch fehl schlug, hob sie mit bösartiger Plötzlichkeit ihr Knie gegen ihn.

»Halt!« herrschte er sie an und stieß sie zu Boden. Atemlos starrte sie zu ihm auf, ihr Haar lag wie himmlisches Feuer um sie und auf ihr. Ihre bloßen Brüste waren von ihrem Haar bedeckt. Sie war sich ihrer Verletzlichkeit bewußt, und ein verzweifelter Laut entfuhr ihr, als sie versuchte, aufzustehen.

Er stieg über ihren liegenden Körper und plazierte seine Füße links und rechts von ihren Hüften. Damit hielt er ihr Haar fest, und sie konnte sich nicht bewegen.

Dann beugte er sich langsam über sie und hockte sich mit gegrätschten Beinen auf sie. Sie hob die Fäuste und schlug wieder gegen seine Brust, aber seine Hände packten ihre Gelenke und preßten sie fest links und rechts ihres Kopfes gegen den Boden. Sein Körper berührte den ihren, hart und gnadenlos. Stark und mächtig, wie gehärteter Stahl.

Sie konnte sich nicht befreien.

Doch als er sie anstarrte, sein Mund eine wütende Linie, sein Griff aus Eisen, wurde ihr mit brennendem Grauen bewußt, daß ihr Traum hellseherisch gewesen war – ihr normannischer Widersacher war der Prinz von Dubhlain.

»Wir treffen uns also wieder, Lady«, sagte er sanft. Das eisblaue Feuer seiner Augen drang in ihre Seele und verbrannte sie. Sie fragte sich, was er alles gesehen und gehört hatte.

Alles...

»Und unter solchen... interessanten Umständen. Ich hatte schon fast angenommen, daß es eine hauchdünne Möglichkeit für einen Frieden zwischen uns geben könnte. Dann komme ich nach Wareham um meine Hochzeit zu feiern, und was entdecke ich? Meine Braut erwartet mich splitterfasernackt.«

Er richtete sich auf, hockte über ihr, die Beine immer noch neben ihren Hüften. Die kalte Morgenluft streifte ihre Haut und verursachte, daß ihre Brüste unter seinem Blick anschwollen und die Brustwarzen sich versteiften. Vorher schien er ihre Nacktheit nicht wahrgenommen zu haben; aber jetzt inspizierte er sie mit offensichtlicher Verachtung, und der Ausdruck seiner Augen setzte ihren Körper in Flammen.

Es kam wieder Leben in sie. Sie wand sich unter ihm und versuchte dem Druck seiner Schenkel zu entkommen. »Laßt mich aufstehen, gebt mich frei!« befahl sie ihm.

»Nein, Lady, nein!« widersprach er ihr sanft. Seine nordischen Augen durchbohrten sie, drangen wie ein Schaft aus kaltem Stahl in ihr Herz. Wieder lehnte er sich ganz dicht über sie, sein Atem berührte ihre Lippen: »Erst an dem Tag, an dem du stirbst, meine Süße.«

Eine schwarze Woge von Panik schien sie zu verschlingen. Sie kämpfte dagegen an und beschloß, daß sie ihm niemals ihre Angst zeigen würde.

»Sagt dem König, daß Ihr mich nicht haben wollt!« flüsterte sie fiebrig. »Sagt ihm...«

»Würdet Ihr gerne einen Krieg verursachen, der so heftig ist, daß Euer Land in einem Meer von Blut versinkt?« fragte er sie barsch.

»Aber Ihr könnt mich nicht haben wollen.« Rhiannon unterbrach sich, als sie abermals das Donnern von Hufen hörte. Die Männer des Königs kamen immer näher.

Der Wikinger stand auf, bückte sich, griff nach ihren Handgelenken und zog sie mit einem Ruck auf die Beine, wobei er sie für einen Augenblick hart an sich preßte. »Nein, Lady, ich will Euch nicht heiraten!« versicherte er ihr nachdrücklich. Er ließ von ihr ab. Sie starrte sekundenlang in seine Augen und drehte sich dann um, um instinktiv loszurennen. Seine Finger packten schonungslos ihr Haar, und sie stieß einen lauten Schrei aus, als sie wieder zu ihm gezogen wurde. Sein Flüstern drang in ihr Ohr.

»Habt Euch nicht so, Ihr dürft jetzt kein Feigling sein«, sagte er unfreundlich zu ihr. »Zumindest Euren Mut habe ich immer bewundert.«

Sie blickte ihn an und haßerfüllt tropften die Worte aus ihrem Mund: »Nein, ich habe keine Angst vor Euch, und ich werde niemals Angst vor Euch haben. Ihr habt nicht die Macht, mich zu verletzen, niemals!«

Er lächelte sie an, aber es war ein grimmiges Lächeln. Seine Augen waren wie zugefrorene Fjorde mitten im kalten Winter. »Ich schlage vor, daß Ihr lernt, mich zu fürchten, Lady – und zwar schnell. Es gibt viel, was Ihr fürchten müßt.«

Sie wäre gern mit hocherhobenem Kinn dagestanden, aber sie war nackt, und sein eisblauer Blick strich gefühllos und geringschätzig über ihren ganzen Körper.

Die Hufschläge kamen immer näher. Sein Blick wendete sich ab, er kniete nieder, hob ihren Umhang auf und legte ihn ihr um die Schultern. Sie war überrascht, daß er ihre Blöße bedeckte. Tränen stiegen in ihre Augen, aber sie entdeckte schnell, daß es kein Akt der Freundlichkeit gewesen war.

»Ich denke, daß ihr jetzt genügend von dem hergezeigt habt, was eigentlich ab heute nur mir gehören sollte, nicht wahr, Mylady?« Er hob eine Augenbraue, wartete aber keine Antwort ab. Er erwartete auch keine.

Gerade als er sich umdrehte und nach seinem Pferd pfiff, fand sie ihre Stimme wieder.

»Ich werde niemals Euch gehören!«

Sein Pferd kam herangaloppiert, und sie holte überrascht tief Luft. Taubheit überfiel sie. Das Pferd gehörte ihr. Es war Alexander, ihr Lieblingshengst.

»Das ist mein Pferd!« rief sie.

»*Mein* Pferd«, korrigierte er sie.

Sie hatte vergessen, daß ihm jetzt ihr gesamter Besitz gehörte.

Er legte sein kühles Lächeln nicht ab, als er sie wieder anblickte. »Mein Pferd«, wiederholte er. »Und so wie dieses Tier mir gehört, Lady, so werdet auch Ihr mir gehören. Und auch Ihr werdet lernen zu kommen, wenn ich rufe. Falls ich rufen werde. Ein gebrauchtes Pferd ist eine Sache, eine gebrauchte Frau eine andere.«

Sie keuchte. »Nichtswürdiger Bastard –«, begann sie, aber ihre Worte gingen in wütenden Protest über, als sich seine kräftigen Finger wieder schmerzhaft um ihren Arm schlossen.

»Nein!« stieß sie voller Panik hervor, aber er beachtete sie nicht und hob sie hoch. Voller Angst versuchte sie ihn zu schlagen und zu kratzen, um sich zu befreien. Aber mit einem Blick ließ er ihre Fäuste erschlaffen: »Lady, treibt es nicht zu weit!«

Er warf sie praktisch auf das Pferd und bestieg es hinter ihr. »Greift mich nicht an«, warnte er sie, »denkt nicht einmal daran, denn bei jedem Versuch, mich zu schlagen, verspreche ich Euch, daß ich zurückschlagen werde – schneller und wesentlich wirkungsvoller!«

Bei diesen gefühllosen Worten schluckte sie ihre Wut hinunter.

»Barbar!« herrschte sie ihn an, aber sie bewegte sich nicht. Seine Augen verengten sich.

»Soll ich Euch zeigen, was das ist?« fragte er.

Rhiannon verfiel in Schweigen. Er trieb sein Pferd an, und ihre Gedanken begannen zu rasen, obwohl sie unter seiner kraftvollen Umarmung zitterte.

Die Männer des Königs waren direkt hinter ihnen, und plötzlich war das alles zu viel für sie.

Sie hatte Alfred entehrt. Jetzt, wo sie sich schließlich seinem Willen unterworfen hatte, hatte sie ihn entehrt. Sie hatte wirklich vorgehabt, diese Hochzeit über sich ergehen zu lassen, das Bündnis zu vollenden, das der König erhoffte.

Aber alles war falsch gelaufen. Und obwohl sie in Wahrheit nichts Schlechtes getan hatte, war sie genau von dem Mann erwischt worden, dem sie versprochen war. Einem Mann, der ihr bereits Rache geschworen hatte.

Sie konnte vom König keine Hilfe erwarten.

Rowan! dachte sie verzweifelt. Dieser verhaßte Wikinger hatte sie zusammen gesehen. Er würde Rowan finden. Er würde Genugtuung verlangen.

Blut würde fließen, und die Schuld daran trug sie.

Schwärze tanzte vor ihren Augen, und sie wurde ohnmächtig. Doch sogar als die Bewußtlosigkeit über ihr zusammenschlug, war sie sich des starken Arms des Mannes bewußt, dem sie so verzweifelt zu entkommen trachtete.

Ihr Wikinger-Gebieter...

6. KAPITEL

Doch das gnädige Vergessen wurde ihr nicht lange gewährt. Ein fester Schlag auf ihre Wange weckte sie auf. Sie lag im Arm des Wikingers. Er hob sie hoch und stellte sie achtlos auf die Erde. Sie konnte das Gleichgewicht nicht halten und fiel zu Boden. Sie ließ ihren Blick an seiner ungeheuren Größe emporgleiten, bis sie wieder in seine eisigen Augen starrte.

»Eure Kleider, Lady«, teilte er ihr trocken mit. Er hatte sie dahin gebracht, wo ihre Sachen im Gras lagen. Sie hätte ihn gerne ihre Verachtung, ihren Stolz und ihren Haß fühlen lassen. Aber dann fiel ihr Blick auf den ungeordneten Haufen ihrer Kleidungsstücke: ihr zartes, weiches Hemd, ihre lange Tunika, ihre Strümpfe und die Lederschuhe.

Ihre Wangen röteten sich. Sie konnte nicht viel Höflichkeit von ihm erwarten in Anbetracht der Situation, in der er sie entdeckt hatte. Aber sie konnte auch nicht in seiner Gegenwart ihren Umhang ablegen und sich ankleiden. Außerdem hatte sie ja nichts Schlimmes gemacht – auch wenn der Wikinger ihr das vermutlich nicht glaubte.

Sie hob das Kinn, konnte ihm aber nicht in die Augen sehen. »Wenn Ihr bitte...«

»Ich werde nicht bitte!« fuhr er ihr ins Wort.

»Gewährt mir diese Höflichkeit!«

»Zuerst wollt Ihr Gnade und jetzt wollt Ihr Höflichkeit. Ich muß mich stark beherrschen, um Euch überhaupt am Leben zu lassen! Zieht Euch jetzt an und zwar schnell!«

Zur Hölle mit diesem Bastard, entschied sie und kochte innerlich vor Wut. Sie bekam Mut – vielleicht den Mut der Narren. Sie erhob sich langsam und würdevoll und starrte ihn mit unverhohlenem Trotz an. Sie zog den Umhang eng um sich und hob eine Augenbraue, während sich ihre Lippen zu einem verächtlichen Lächeln verzogen: »Bringt mich um, wenn Ihr wollt, Lord Wiking. Es wäre vielleicht ein besseres Schicksal, als Eure Braut zu sein.«

Das Anspannen seines Kiefers war kaum zu bemerken, aber trotzdem fühlte Rhiannon beim Anblick seiner kühlen Selbstkontrolle einen kalten Schauer über ihren Rücken laufen.

»Tatsächlich!« erwiderte er leise und höflich. »Es bedrückt mich, daß Ihr diesen Eindruck habt, Mylady.« Dann änderte sich abrupt sein Tonfall. »Zieht Euch an. Und zwar jetzt«, sagte er. Seine Stimme klang leise und tief wie entfernter Donner. Sie straffte sich, um sich zu behaupten.

Sie schüttelte unnachgiebig den Kopf. »Tut es.«

»Was?« fragte er scharf.

Sie zwang sich dazu, nicht zu schwanken, als sie ihn anstarrte, wie er da hoch über ihr auf dem Pferd thronte, würdevoll und vornehm anzusehen in seinem Kleid, denn heute trug er die kostbaren Abzeichen eines Prinzen. Nordische Juwelen glitzerten am Zaumzeug des Pferdes und an der verzierten Brosche, die er auf der Schulter trug, um seinen Umhang festzuhalten. Sie war aufgestanden, aber sie schien immer noch tief unter ihm zu stehen, eingewickelt in die Falten ihres Umhangs, zerzaust, und ihr Haar umhüllte sie wie eine Kaskade aus Flammen. Ihre Silberaugen schimmerten und blitzten stolz und trotzig.

»Tut es!« schrie sie ihn an. »Nehmt Euer Heiden-Schwert und zweiteilt mich!«

Dann stieß sie einen erschreckten Schrei aus, denn er zog tatsächlich sein Schwert. Der Hengst schnaubte und scharrte, und der kalte, ruchlose Wikinger, der auf ihm saß, lehnte sich nach vorne und hielt die Spitze der Klinge an ihre Kehle. Sie konnte sich nicht bewegen, denn sie zielte auf ihre Vene, in der ihr Herzblut floß.

»Anziehen! Ich habe nicht die Absicht Euch zu töten, Mylady. Nicht, wenn eine so freudvolle Zukunft vor uns liegt. Aber vielleicht sollte ich absteigen und Euch zeigen, wie man sich anzieht.«

»Wie könnt Ihr es wagen!« zischte sie ihn bebend an.

»Wie ich es wagen kann?« Seine Stimme klang leise, aber sie war voller Wut und mühsamer Kontrolle. Blitzschnell stieg er ab. Dann stand er über ihr, seine Klinge immer noch an ihrer Kehle. Dann schob er das Schwert wieder in die Scheide. Sie war nicht klein, aber er überragte sie um einiges. »Wie ich es wagen kann, Mylady?« Er sprach betont sanft. Dann waren seine Hände an ihrem Körper, packten ihren Umhang an der Stelle, wo er sich über ihren Brüsten schloß und zog sie daran an sich. Sie spürte seinen Atem auf ihrer Wange, als er zu ihr sagte: »Ihr wagt es, so zu mir zu sprechen, nachdem ich Euch heute und hier in diesem Zustand entdeckt habe? Ihr solltet Euch hüten, meine kleine Sächsin, und zwar sehr hüten. Vergeßt nicht, daß ich, in Euren Worten, eine Barbar bin. Und wir wagen alles.«

Mit diesen Worten zog er ihr den Umhang mit einer geradezu eleganten Bewegung herunter. Sie war so überrascht, daß sie noch sekundenlang bewegungslos dastand und ihn anstarrte. Und als ihr zu Bewußtsein kam, daß sie völlig nackt war, hätte sie sich beinahe voller Panik umgedreht. Aber sie blieb stehen, hob ihr Kinn und blickte ihn an. »Eindeutig ein Barbar«, bemerkte sie verächtlich, drehte sich dann erst um und versuchte die Angst niederzukämpfen, die unaufhaltsam in ihr emporstieg. Was würde er als nächstes tun?

Sie griff nach ihrem Hemd, das am Fuße der Eiche lag, und die ganze Zeit spürte sie auf sich die ätzende Kälte seines Blicks. Ihre Finger waren vor lauter Angst ganz taub, und sie konnte das weiche Hemd nicht ohne Anstrengung über den Kopf ziehen. Sie blickte ihn nicht an, sondern streifte ihre Tunika über und schloß den Gürtel. Er bewegte sich nicht. Die ganze Zeit über fühlte sie seinen unheilverkündenden Blick. Als das Schweigen zwischen ihnen immer dichter wurde, wuchs ihre Besorgnis. Sie schaffte es kaum, ihre Strümpfe anzuziehen und fuhr, immer noch mit dem Rücken zu ihm, in ihre Schuhe. Als sie schließlich fertig war, tastete sie nach ihrem Umhang und legte ihn sich mit aller Würde, derer sie noch fähig war, um die Schultern. Erst jetzt bemerkte sie, daß die Rufe um sie herum immer noch erklangen, und daß die Männer des Königs immer noch nach ihr suchten. Und sie fragte sich verzweifelt, ob Rowan die Flucht gelungen war.

Sie hörte eine Bewegung und sah, daß der Wikinger wieder Alexander bestiegen hatte. Sie beobachtete ihn mißtrauisch. Er starrte zu ihr hinab, und sie wußte, daß er, der so ruhig und erhaben auf dem Hengst saß, ihre Gedanken lesen konnte. Er streckte ihr die Hand entgegen. Seinem Gesicht war dabei keinerlei Gefühlsbewegung anzusehen. Aber sie fühlte die Wut, die in großen Wellen von ihm ausging.

»Was habt Ihr vor?« sagte sie. Es hätte eine Frage werden sollen, doch die Worte kamen als Flüstern heraus.

Mit einem Druck seiner Knie ließ er Alexander vorwärts gehen. Sie wollte ihm ausweichen, aber er war zu schnell bei ihr. Ohne Anstrengung hob er sie empor und ließ einen Arm um ihre Taille gleiten. Wieder saß sie vor ihm auf dem Hengst. Sie fühlte die wulstige Härte seiner Oberschenkel und das stählerne Band seines Arms. Er trieb das Pferd an, und sie galoppierten los. Er blickte sie nicht an, er blickte nach hinten; als sie sich umdrehte, um zu sehen, nach was er sah, fühlte sie das sanfte Streifen seines Bartes auf ihrer Stirn.

William und Allen ritten hinter ihnen, aber sie waren noch ziemlich weit entfernt.

»Wenn das das Land meiner Mutter wäre«, murmelte er, »würde ich Euch einfach fallen lassen und ohne Ehrverlust Eurem Vater zurückgeben.«

Sie hatte keinen Vater mehr; er würde sie an den König zurückgeben. Und Alfred würde sie in irgendeinen weit entfernten Hafen verbannen. Sie würde bis an ihr Lebensende verachtet werden, aber sie würde frei sein. Frei von diesem Mann. Und doch raste ihr Herz, und sie hatte Angst, daß er genau das machen würde. So sehr sie ihn haßte, so sehr liebte sie Alfred und Wessex, ganz egal, was der König ihr angetan hatte.

»Das käme mir sehr gelegen«, teilte sie dem Wikinger mit.

Er beachtete sie nicht und fuhr fort, als hätte sie nichts gesagt.

»Wenn das das Land meines Vaters wäre«, setzte er mit einem warnenden Anschwellen seiner Stimme hinzu, »dann würde dort eine Hure in die Sklaverei verkauft werden. Auf schnellstem Wege verkauft an eine Horde der dreckigsten Dänen, die ich finden kann. In Eurem Fall bin ich mir sicher, einen Berserker finden zu können, der Euch mir aus den Händen reißt.«

Sie versteifte sich, und es entfuhr ihr ein wütendes Keuchen, aber sie konnte ihn lediglich verfluchen, denn seine Arme schlossen sich plötzlich derartig fest um sie, daß sie sich nicht bewegen konnte. Tränen brannten in ihren Augen, aber sie weigerte sich, sie wegzuwischen. »Ich bin bereits einem Wikinger ausgeliefert worden. Was spielt es da noch für eine Rolle, ob er aus Norwegen oder Dänemark kommt?«

»Oder Irland.«

»Oder Irland!«

»Da könnte es einen gewaltigen Unterschied geben, Mylady. Vielleicht werdet Ihr bald entdecken, wie groß er ist.«

»Ich verachte Euch!« zischte sie wütend.

»Hört auf damit!« befahl er ihr scharf, da sich ihnen die Reiter näherten. Der Druck seiner Arme verstärkte sich. »Seid Ihr wirklich so selbstsüchtig, daß Ihr darauf brennt, normannisches, irisches und englisches Blut auf diesem Land vergossen zu sehen?«

Sie wurde still und fragte sich, ob es noch eine Möglichkeit gab, das Blutvergießen zu verhindern. Ganz sicher würde sie der Wikinger jetzt nicht mehr als Braut akzeptieren. Aber wenn er sie zurückgab, dann konnte es Krieg geben zwischen den Engländern und den irischen Gefolgsleuten des Prinzen.

»Doch nur wir werden miteinander kämpfen«, setzte er sanft hinzu und streichelte mit seinem Flüstern ihre Wange und entfachte damit tief in ihrem Innern eine auflodernde Hitze. »Mit viel Glück, Lady, werden keine weiteren Narren für Euren Verrat sterben.«

»Ich bin keines Verrats schuldig!« protestierte sie heftig und wandte sich um, um ihm in die Augen zu blicken. Sie waren kalt. Er würde ihr niemals glauben.

Dann wendete er den Blick ab. »Zumindest«, sagte er leise, »haben wir uns dadurch kennengelernt.«

»Eric von Dubhlain!« rief ihnen William grüßend zu und sein dunkler, vorwurfsvoller Blick ruhte kurz auf Rhiannon. »Der König bittet Euch abermals um Vergebung für die Art und Weise, wie Ihr behandelt wurdet.«

»Ich werde selbst zum König reiten«, antwortete Eric.

»Das Mädchen wird ...«

»Ich werde ihm das Mädchen bringen«, unterbrach er ihn kühl. Er drängte den Hengst zwischen den beiden Männern durch und trieb das Pferd dann zum Galopp an. Bei den schnellen Bewegungen des Hengstes wurde Rhiannon hart in die Arme des Winkingers gepreßt, und abermals ließ die Kraft, die darin steckte, sie erbeben.

Vermutlich war er der fähigste Kämpfer, den sie kannte. Er hatte Rowan gesehen, und es würde ihm nicht schwerfallen, Rowan zu töten.

Schnell erreichten sie die Tore der Stadt. Von allen Seiten kamen Männer aus den Wäldern – Männer des Königs und irisch-norwegische Truppen. Sie konnte Rowan unter ihnen nicht entdecken, und sie betete darum, daß es ihm gelungen sein möge, in den Tiefen des Waldes zu verschwinden.

Die Tore öffneten sich. Das große Pferd trabte hindurch und brachte sie zum Haupthaus.

Der König selbst erwartete sie im Hof. Er beobachtete, wie der Wikinger nur wenige Meter vor ihm anhielt. Eric hob Rhiannon vom Pferd und stellte sie auf die Füße.

Sie stand vor dem König.

Sie konnte sich kaum auf den Füßen halten, als sie Alfred ansah. Ihre Knie zitterten, und sie hatte Angst. Die Verachtung und den Haß des Wikingers zu spüren, war eine Sache, den Zorn und Haß im kalten Blick des Königs zu fühlen, war etwas ganz anderes. Er ging auf sie zu, und sie sah, daß er genau wußte, daß sie sich mit ihrem Liebsten getroffen hatte. Was er nicht wissen konnte, war, daß sie vorgehabt hatte, sich seinem Willen zu beugen.

Alfred war bestimmt davon überzeugt, daß sie ihn willentlich und verräterisch hintergangen hatte.

Er ging direkt auf sie zu. Er starrte sie an und dann schlug er sie so fest, daß sie einen Schrei ausstieß und auf die Knie fiel. Sie hörte, wie hinter ihr der Wikinger abstieg. Die Erde dröhnte, denn die Reiter kamen jetzt alle zurück, und die gewaltige Mannschaft von Engländern, Norwegern und Iren trabte lautstark in die befestigte Stadt.

»Eric von Dubhlain«, sagte der König, »ich entbinde Euch von Eurem Waffenbündnis und von Eurem Heiratsversprechen.«

Sie hörte, wie der Wikinger von hinten an sie herantrat, sie beim Ellbogen packte und wieder auf die Füße stellte. Ein Sturm von Gefühlen tobte und brannte in ihr. Sie hätte sich gerne seinem Griff entwunden, aber sie wagte es nicht. Sie biß sich auf die Lippen, um nicht laut aufzuschreien.

»Alfred, König von Wessex, sagte Eric, »ich erbitte Eintritt in Euer Haus und würde gerne mit Euch allein sprechen, um den Schaden, der angerichtet worden ist, wieder zu beheben.«

Der König blickte langsam. »Dann heiße ich Euch willkommen, Eric von Dubhlain, herzlich willkommen in meinem Haus.«

Rhiannon konnte sich nicht bewegen. Der Druck von Erics Fingern um ihren Arm verstärkte sich derart, daß sie vor Schmerz fast laut aufgeschrien hätte. Sie blickte in seine nordischen Augen und fühlte ihre Kraft. Sie hob das Kinn und gab seinen Blick zurück.

»Mylady?« sagte er höflich, aber sein Ton war alles andere als das. Und doch schaffte sie es, hocherhobenen Kopfes Alfred zu folgen.

Der Wikinger ließ sie nicht los.

Als sie das Haus betraten, verbeugten sich die Diener des Königs und erwarteten seine Befehle. Nervös lächelnd eilte Alswitha an Alfreds Seite. Sie knickste zierlich vor dem Gast, dabei schossen ihre Augen zwischen Rhiannons aschfarbener Blässe und der kalten Wut, die die Stirn des Königs furchte, hin und her. Stotternd bot sie Eric Ale und Brot und Hering an. Diener kamen mit dem Angebotenem herbei, und Eric nahm einen Lederbecher mit Ale, lehnte aber das Essen ab. Der König hob die Hand und sagte zu Alswitha: »Bring Rhiannon weg!«

Furcht überfiel sie. Die Hand des Wikingers lag schwer auf ihrer Schulter und zwang sie, zu einem der Stühle vor dem Feuer zu gehen. »Das Mädchen bleibt«, sagte er und drückte sie in den Stuhl. Zu ihrem großen Unbehagen blieb er hinter ihr stehen.

Sie schluckte und wendete sich dann verzweifelt zu Alswitha, aber auch von dort kam keine Hilfe. Die Königin trat zurück und stellte sich ernst hinter Alfred.

»Ich lasse meine Männer wegen dieses Mädchens nicht noch einmal kämpfen«, sagte Eric.

Rhiannon wollte aufspringen, um ihre Unschuld an dem anfänglichen Blutvergießen zu beteuern. Doch seine Finger drückten fest auf ihre Schultern, und sie verstand diesen Befehl, den Mund zu halten.

»Ihr habt jedes Recht, Euren Schwur zu brechen«, sagte Alfred.

»Das Recht, König von Wessex, aber nicht den Wunsch. Ich werde diese Lady und das Land nehmen, aber zu diesen Bedingungen: Ehe die Trauung stattfindet, werden wir gegen die Dänen bei Rochester kämpfen. Rhiannon wird in ein Kloster gebracht und zwar für so lange, bis es feststeht, daß sie nicht die Frucht eines anderen Mannes trägt. Wenn ich in der Schlacht getötet werde, dann geht das Land, auf das ich Anspruch habe, an meinen Vater über, den König von Mylady, damit er es nach seinem Gutdünken unter meinen Brüdern verteilen kann. Und falls ich getötet werde, wird auch das Mädchen meiner Familie übergeben, und sie soll entscheiden, was aus ihr wird.«

»Das Bündnis zwischen uns steht noch, und wir reiten zusammen gegen die Dänen?«

Der Wikinger hob seinen Becher: »Ja, es steht noch.«

»Es wird alles so geschehen, wie Ihr es wollt«, versprach Alfred. Die beiden Männer drückten sich fest die Hand. Rhiannons Finger krallten sich um die handgeschnitzten Lehnen des Stuhls, und das Blut schien ihr in den Adern zu gefrieren.

»Was geschehen ist, wird nicht unbestraft bleiben«, fuhr der König fort. Er warf ihr einen kurzen Blick zu. Noch niemals hatte sie ihn derartig abweisend oder erschreckend ruhig erlebt. Sie hatte gehört, daß er unbarmherzig sein konnte und gegenüber Verrätern grausam.

Aber er war noch nie ihr gegenüber grausam gewesen. Er hatte sie geliebt. Er war zwar streng gewesen, aber er hatte sie geliebt.

Jetzt nicht mehr.

Er sprach mit großer Verärgerung weiter: »Ich verspreche Euch, daß Eurer Braut Sitte und Anstand beigebracht werden, und daß der Mann, der meinen Befehl und mein Versprechen kannte, es aber ignorierte, entsprechend dafür bezahlen wird.«

»Nein, Alfred«, entgegnete der Wikinger, »ich werde selbst Vergeltung üben.«

Seine Hände fühlten sich auf ihren Schultern wie Feuer und Stahl an, und sie spürte den Sinn seiner Worte mit jeder Faser ihres Körpers. Es war keine hitzige Drohung, sondern eine ruhige Absichtserklärung. Er würde sie mit absoluter Sicherheit jede Sekunde ihres Lebens dafür büßen lassen, dachte sie wie betäubt, aber die nagende Furcht, von der sie erfüllt wurde, galt nicht ihrem eigenen Schicksal, sondern dem von Rowan.

Plötzlich sprangen ohne Anordnung des Königs die Türen weit auf. Alfred drehte sich ärgerlich um und sah, daß seine Gefolgsleute William und Allen zurückgekehrt waren. Zwischen sich hielten sie den blutenden und geschlagenen Rowan.

Sie hätte sich still verhalten sollen. Um den letzten Rest von Ehre zu retten, hätte sie ruhig auf ihrem Stuhl sitzen bleiben sollen. Aber sie konnte es nicht ertragen, Rowan blutend und verletzt zu sehen.

Sie vergaß alles außer der sanften Zuneigung, die sie beide geteilt hatten. Sie entwand sich dem widerwärtigen Griff des Wikingers und sprang mit einem Entsetzensschrei auf. Sie wollte zu ihm laufen, aber nach kaum einem Schritt schlangen sich starke Arme um ihre Taille, und sie fiel hart gegen den Wikinger, der sie fest an sich drückte.

Der halb bewußtlose Rowan blickte sie an und lächelte verkrampft, dann sackte er zwischen den beiden Männern zusammen. Sie stießen ihn vorwärts, so daß er vor dem König zu Boden fiel.

»Sire«, sagte William, und sein dunkler Blick glitt durch den Raum, »wir wissen nicht, ob die beiden zusammengewesen sind, aber ihn fanden wir vor den Toren, nicht weit von der Stelle, wo Lady Rhiannons Pferd gefunden wurde.«

»Geht«, sagte der König.

»Aber, Sire –«, protestierte William.

»Sie ist unberührt, mein Lehensherr«, murmelte Rowan. Blut floß von seinen Lippen, und Rhiannon stieß abermals einen Schrei aus. Rowan spuckte einen Zahn aus. Betäubt blickte er von Alfred zu dem Wikinger.

Der König ging zu ihm hin. Er beugte sich über ihn und packte Rowan am Saum seiner Tunika. Rowans Kopf fiel nach vorne. Rhiannon schrie wieder auf und kratzte wie besessen die Hände, die sie festhielten, da sie fürchtete, daß Rowan tot war.

»Um der Liebe Gottes willen, laßt mich zu ihm!« flehte sie.

»Hör auf!« brüllte der König sie an. »Hast du uns nicht allen schon genug Schande gebracht?« Er fühlte nach dem Pulsschlag an Rowans Kehle. »Er lebt... zumindest jetzt noch.«

Tränen strömten über ihre Wangen. Plötzlich ließ der

Wikinger sie los, und sie stolperte nach vorne. Sie kniete neben Rowan nieder und stellte fest, daß er tatsächlich am Leben war. Sie nahm ihn in die Arme, und lautlos rannen Tränen über ihr Gesicht.

Der König rief nach Dienern, die Rowan wegbringen sollten. Sie fühlte eine Berührung auf ihrer Schulter, die alles andere als grob war. Sie wurde hochgehoben und sanft festgehalten. Von dem Wikinger.

Rowan wurde weggebracht. Der König und der Wikinger setzten ihr Gespräch fort, aber sie verstand keines der Worte, denn sie war taub für alles und betete fieberhaft und voller Ernst darum, daß sie nicht der Grund für Rowans Tod sein möge. Welche Art der Vergeltung der Wikinger im Sinn hatte, konnte sie nicht ahnen. Sie fragte sich, ob sie um Rowans Leben flehen sollte; ob sie sich demütigen sollte und damit Gnade finden würde.

Gnade hatte er ihr bereits einmal verweigert.

»So soll es geschehen«, sagte der König. »Jetzt, noch in dieser Stunde.« Er rief einen Diener und beauftragte ihn, seinen Leibarzt und eine Hebamme herbeizuschaffen. Dann sagte er zu Alswitha: »Bring Rhiannon in ihr Zimmer.«

Der Wikinger gab ihre Schulter frei. Alswitha griff nach ihrer Hand.

Instinktiv wich Rhiannon zurück, starrte alle an und fragte sich, welch neues Entsetzen sie sich ausgedacht hatten, um sie zu demütigen.

»Komm, Rhiannon!« drängte Alswitha sie.

Sie sah den König an, der grimmig und abweisend wirkte. Und sie blickte den hochaufragenden Wikinger an, der sie jetzt mit träger, unbeteiligter Neugier betrachtete. Er zuckte die Achseln, als wäre sie von keiner großen Bedeutung. »Ich denke immer noch, daß die Hochzeit warten sollte«, sagte er zum König.

»Ich versprach Euch diese Lady, und sie stand unter meiner Obhut. Sie ist für mich wie ein eigenes Kind. Ich wäre erfreut, die Wahrheit in dieser Angelegenheit zu erfahren.«

»Sicher kann ich die Wahrheit selbst herausfinden, König

von Wessex, und kann dann entsprechend die Bedingungen meines Hauses festlegen.«

»Aber sie ist immer noch ein Teil des Hauses von Wessex, und ich halte mein Versprechen.«

Wieder öffnete sich die Türe. Es war der Leibarzt des Königs mit seiner kräftigen Helferin. Die Frau blickte Rhiannon mit schmalen, hinterhältigen Augen an. Sie grinste verstohlen, als würde sie sich jetzt schon auf irgendwelche Bösartigkeiten freuen.

Dann wurde Rhiannon klar, was sie vorhatten, und ihre Augen weiteten sich vor Scham und Entsetzen. »Nein!« schrie sie angstvoll. Sie wollte so gerne weglaufen, in die Freiheit, aber es gab keine Möglichkeit dazu. Sie kämpfte ihre Panik und ihren Zorn hinunter und zwang sich dazu, ruhig vorwärts zu treten, nicht zum König, sondern zu dem normannisch-irischen Lord. Alfred hatte sie verstoßen, so, wie er es versprochen hatte. Vielleicht schmerzte ihn das innerlich, aber nach außen zeigte er es nicht. Der Wikinger hatte sie bereits als Hure bezeichnet. Er hatte seine eigene Vergeltung angekündigt; aber das hier gehörte offensichtlich nicht dazu.

»Die Dinge sind nicht immer so, wie sie scheinen, Mylord. Ich war schon beim ersten Mal keines Verrates Euch gegenüber schuldig, und obwohl es den Anschein hat, daß ich...« Sie hielt inne und rang um Würde und Entschlossenheit und genügend Eindringlichkeit, um ihn zu überzeugen. »Ich habe nicht die Bürgschaft des Königs entehrt, obwohl er, der schwört, mich zu lieben, mir nicht sein Vertrauen schenkt. Laßt nicht zu, daß er mir das antut!« forderte sie ihn voller Leidenschaft auf.

Sie schauderte, weil ihr klar war, daß seine Methoden, die Wahrheit herauszufinden, sehr viel brutaler sein konnten. Dann wieder war sie davon überzeugt, daß nichts so demütigend sein konnte, wie das, was sie mit ihr vorhatten.

Aber was auch immer sie ihr jetzt antaten, es würde sie nicht davor retten, dem Wikinger ausgehändigt zu werden.

Und doch sah es so aus, als wäre ein bewunderndes

Funkeln in seinen Augen, sogar als er ihre Bitte abschlug. »Mylady, nicht ich tue Euch das an«, sagte er zu ihr.

»Er wird dafür sorgen, daß ich Euch bis zur Stunde meines Todes hassen werde«, erwiderte sie und ballte die Fäuste. Sie konnte es einfach nicht hinnehmen, daß sie dem Vorhaben des Königs nicht entrinnen konnte. Aber sie würde unter keinen Umständen den Wikinger noch einmal anflehen.

Er seufzte leise: »Mylady, ich gebe zu, daß ich nur wenig Grund dafür habe, besonders freundlich zu Euch zu sein, aber diese Idee stammt nicht von mir. Alfred ist hier der König. Und er ist Euer Vormund. Nicht ich habe mir das ausgedacht. Ich habe meine eigenen Mittel und Wege, die Wahrheit, nach der ich suche, herauszufinden. Euer König hat gesprochen. In seinem Haus verkörpert er das Gesetz. In meinem Haus, Mylady, das verspreche ich Euch, werde ich Euer Gesetz sein.«

Seine Worte klangen nicht sonderlich aufmunternd.

Er drohte ihr unüberhörbar, und doch war es der König, der sich diese Schmach für sie ausgedacht hatte. Sie wirbelte herum und blickte Alfred an.

»Ich gebe Euch mein Wort, daß das die Wahrheit ist!« rief sie.

»Ich kann deinem Wort nicht mehr trauen, Rhiannon. Du hast uns alle an den Rand des Unheils gebracht.«

Alswitha nahm Rhiannons Arm. Rhiannon sah, daß die Augen der Königin tränenfeucht waren und den ihren auswichen. »Um Rowans willen, gib nach!« flehte sie Rhiannon leise an.

»Ergreift sie!« donnerte der König.

Alswitha durfte die Aufgabe nicht mehr ausführen. Aus der Küche kamen zwei kernige Frauen und packten Rhiannons Arme. Sie schrie und wehrte sich. Aber ohne Erfolg. Sie wurde aus der Halle gezerrt und in den Anbau des Haupthauses geschleift, wo ihr kleines Schlafzimmer lag. Ganz egal, wie heftig sie strampelte und kämpfte, sie wurde ohne Umschweife auf ihr Bett gepreßt. Achtlos wurden ihr die Kleider vom Leibe gerissen. Schließlich hörte sie, zutiefst erniedrigt und gedemütigt, auf, sich zu wehren. Alswitha war wieder an ihrer Seite und strich ihr das Haar aus der Stirn. Erschüttert lag Rhiannon jetzt ganz still da und zog sich in sich selbst zurück. Sie versuchte die kalten Hände auf ihrem Körper zu ignorieren. Tränen stiegen in ihre Augen, als ihre Beine gespreizt und sie überprüft wurde. Nur undeutlich hörte sie, wie der Doktor Alswitha schließlich mitteilte, daß sie immer noch Jungfrau sei und ihre Jungfernhaut völlig intakt wäre.

Noch nie in ihrem Leben war sie sich derartig gedemütigt vorgekommen. Sie lag in so tiefer Verzweiflung und Scham da, daß sie sich nicht einmal dazu aufraffen konnte, darum zu beten, daß diese Erniedrigung Rowan zugute kommen möge.

Sie schwor, daß sie diesem Wikinger nie vergeben würde, der da uneingeladen mit dem Sturm gekommen war und ihr Leben von Grund auf zerstört hatte. Es war ihr egal, ob Gott ihr vergeben würde oder nicht. Aber sie würde jeden Tag darum beten, daß Eric von Dubhlain vom Angesicht der Erde getilgt würde. Und sie würde darum beten, daß sein Tod voller Angst und Qual sein möge, daß er den Tag verfluchen sollte, an dem er geboren wurde.

Eric ritt an den Reihen der kämpfenden Männer entlang. Er warf den Männern ab und zu eine Bemerkung zu, lobte eine Aktion hier und warnte dort einen jungen Engländer, daß seine linke Flanke ungeschützt wäre, wenn er seinen Schild so nachlässig hielte. Er ritt an das Ende der Reihe und betrachtete von dort aus die militärischen Übungen. Auch der König beobachtete sie vom Rücken seines Pferdes aus. Morgen würden sie nach Rochester reiten. Die schwer belagerte Stadt konnte nicht sehr viel länger dem Ansturm der Dänen standhalten.

In der vergangenen Nacht hatte Eric mit Alfred noch lange vor dem Feuer gesessen. Obwohl er wußte, daß der Sachse gewöhnlich nicht viel trank, hatten sie beide viele Hörner des französischen Weines, den Eric mitgebracht hatte, hinuntergestürzt. Dabei hatte Alfred Eric erzählt, daß er Gunthrum, den Dänen, bereits von früher kannte. Er hatte im Jahr 878 A. D. eine große Schlacht mit ihm ausgefochten, bei der Alfred als Sieger hervorgegangen war. Gunthrum hatte sich so weit unterworfen, daß er sogar zum Christentum übergewechselt war. Dabei war Alfred sein Taufpate gewesen. Gunthrum hatte den christlichen Frieden gehalten – zumindest eine Weile. Jetzt belagerte er Rochester, und Alfred wollte ihn besiegen.

Von den Ereignissen an der Küste war Alfred zutiefst verärgert worden.

»Habt Ihr eine Ahnung, was dort falsch gelaufen ist?« hatte Eric ihn in dieser Nacht gefragt.

Der König hatte ernst den Kopf geschüttelt: »Ich sandte einen Boten, einen vertrauenswürdigen jungen Burschen, mit der Botschaft, Euch als meinen verehrten Gast zu begrüßen. Ich habe den Jungen nie wiedergesehen. Es herrscht die Meinung, daß meine Botschaft nicht an Lady Rhiannon übergeben wurde. Ich glaube, daß einer der Toten die Botschaft unterschlagen hat.« Er hatte Eric schnell angeblickt: »Sie würde sich meinem Wort nicht widersetzen, nicht unter solchen Umständen! Zumindest hätte sie das zu diesem Zeitpunkt nicht getan. Sie leugnet, jemals etwas erfahren zu haben, und ich glaube ihr.«

Eric hatte geschwiegen.

»Ihr könnt immer noch Euer Versprechen widerrufen«, hatte der König ihm ernst versichert. »Wenn Ihr sie für schuldig haltet...«

»Ich habe nicht die Absicht, mein Versprechen zu widerrufen«, hatte Eric ihn unterbrochen. Wegen einer Streunerin würde er weder dieses Bündnis noch seinen Traum von einem eigenen Land aufs Spiel setzen. Er hatte sie mit Rowan an diesem Bach gesehen. Vielleicht waren sie unterbrochen worden, ehe ihr Beisammensein völlige Erfüllung gefunden hatte. Eric glaubte nicht, daß er sie jemals für ganz unschuldig halten konnte. Sie war eine Verführerin; sie war sich ihrer

Schönheit und ihrer Macht voll bewußt, und er bedauerte den armen Mann, der sich so in sie verliebt hatte.

Seine Wut hatte sich etwas gelegt. Er war besitzergreifend, und er wußte das. Wenn sie verheiratet waren, dann würde sie lernen, daß er das Gesetz ihres Lebens war und daß sie es nie wagen durfte, sich dem zu widersetzen. Er dachte nicht gern an den Tag, an dem er sie erwischt hatte, denn die Erinnerung daran machte ihn aufs Neue wütend. Und mehr noch. Er liebte sie nicht, das war sicher, und er war ihr gegenüber sehr vorsichtig. Und doch war es ihr gelungen, ihn zu verzaubern. Sie war ungemein schön und leidenschaftlich und voller Leben. Und sie konnte so verführerisch sein wie ein Traum von Ruhm und Ehre. Er hatte festgestellt, daß er sie heftig begehrte. Sie hatte in seinen Lenden ein Feuer entfacht, das er nicht löschen konnte, und doch mußte er sich von ihr fernhalten. Er vertraute Alfred; der König würde ihn nicht belügen, genausowenig wie der Leibarzt. Nicht bei einer so delikaten Angelegenheit wie der Jungfräulichkeit seiner Braut. Es war sein Stolz gewesen, dachte er, der ihn so zufrieden gemacht hatte, als Alfred auf einer Überprüfung von Rhiannons Jungfräulichkeit bestanden hatte. Und sie mußte lernen, daß Eric, wenn es sein mußte, unbeeinflußbar sein konnte, unnachgiebig und unbeirrbar. Er hatte nicht die Absicht, ihr zu gestatten, den Rest ihres Lebens als Ehefrau ihrer verlorenen Liebe zu Rowan nachzutrauern.

Es gab Augenblicke, in denen sie ihm leid getan hatte. Er konnte die mutlose, tränenverhangene Würde ihres Blickes nicht vergessen, als sie sich im Haus des Königs hilfesuchend an ihn gewandt hatte. Dabei war sie selbst an allem schuld. Doch er erinnerte sich daran, wie es war, wenn man liebte. In dieser Beziehung hatte sie sein Verständnis. Für Emenia hätte er vermutlich alles riskiert. Aber er konnte nicht an Rhiannon denken, ohne daß heißer Zorn in ihm aufstieg, denn das, was sie getan hatte, konnte er nicht tolerieren. Die Situation war zu bedenklich gewesen. Und sie war *ihm* versprochen gewesen.

Er fragte sich aber, ob es nicht ihr Feuer und ihre Schönheit gewesen war, die ihn an dem Bündnis mit dem König hatten festhalten lassen. Vielleicht konnte er kein zweites Mal lieben, aber er wollte Lady Rhiannon unbedingt haben.

»Ich bin immer noch zufrieden mit unserem Bündnis«, versicherte er dem König nach der Begrüßung, »und ich bin erfreut, daß der Morgen ohne Blutvergießen vergangen ist.«

»Ja«, murmelte der König und blickte geradeaus. Er schien Eric kaum wahrzunehmen.

Eric folgte dem Blick des Königs und er sah, daß Rollo auf sie zuritt. Er spürte, daß die ernste Miene des Hauptmanns mit dem Mädchen zu tun hatte.

»Was gibt es?« fragte er Rollo, sobald dieser sein Pferd neben ihn gelenkt hatte.

Das Pferd schnaubte. »Ärger unter den Männern«, antwortete Rollo.

Eric hob fragend eine Augenbraue.

»Sie verlangen, Blut zu sehen, sie verlangen Vergeltung.«

»Von wem?« fragte Eric kühl.

»Von dem Waliser namens Rowan.«

»Warum?« Keiner hatte das gesehen, was er gesehen hatte, also wußte auch keiner, welch schwerwiegende Dinge passiert waren.

»Gerüchte gehen um. Ihr kennt die Männer. Sie verlangen, daß Ihr für Eure Ehre kämpft.«

Eric seufzte ungeduldig: »Sie wollen, daß ich den Jungen umbringe?«

»Ja«, erwiderte Rollo unglücklich. Er wußte, daß sie keinen Unfrieden unter ihren eigenen Truppen gebrauchen konnte. »Der Junge wird sich Euch stellen müssen. Er wird Euch herausfordern müssen. Und wenn Ihr Euch nicht entschieden habt, das Mädchen ihm zu überlassen, müßt Ihr ihn töten.«

Sobald Rollo aufgehört hatte zu sprechen, erstarrte das

gesamte Feld in plötzlichem Schweigen. Alle Männer beobachteten schweigend etwas.

Ein weiterer Reiter näherte sich Eric. Es war Rowan. Die Männer traten zur Seite, um ihn durchzulassen.

Eric sah, daß der Mann immer noch aschgrau war, aber er saß mit großer Würde auf seinem Pferd. Er hielt vor Eric an, doch ehe er sprechen konnte, drängte sich Alfred von Wessex zwischen sie.

»Rowan, wie könnt Ihr es wagen, hierherzukommen? Ich habe Euch die Gnade gewährt am Leben zu bleiben – und Ihr widersetzt Euch bereits wieder meinem Befehl!«

Rowan senkte den Kopf. »Vor Gott bitte ich Euch um Vergebung, Sire.« Er hob die Augen und blickte Eric an. »Aber ich liebe sie, wie Ihr wißt. Eric von Dubhlain, ich möchte Euch gegenüber nicht respektlos sein, denn Ihr seid ein Gast meines Lehensherrn. Aber trotzdem, Sir, fordere ich Euch zu einem Kampf heraus, wie es mein Recht ist nach altem Gesetz.«

»Ihr wollt mit mir – und Vengeance kämpfen?« fragte Eric ihn leise und hob sein Schwert.

Das Gesicht des jungen Mannes wurde noch bleicher, aber er nickte ernst.

Eric wartete einen Augenblick: »Das ist das Mädchen nicht wert, mein Junge. Kein Mädchen ist es wert.«

»Doch, dieses ist es«, widersprach Rowan sanft.

Eric hielt ihn für einen törichten Narren, aber er war ein Mann und hatte das Recht auf einen Waffengang.

»Also dann in der Morgendämmerung«, sagte er. »Hier, auf diesem Feld.«

Rowan hob bestätigend die Hand: »Hier, Prinz Eric, auf diesem Feld.«

»Und möge Gott deiner Seele gnädig sein!« murmelte der König dumpf.

Rowan nickte wieder trübselig mit dem Kopf. Eric stellte fest, daß er den jüngeren Mann mochte; er hatte den Mut, sich dem sicheren Tod zu stellen. Rowan wendete sein Pferd und galoppierte wieder zurück. Ein Schrei stieg von Erics

Männern gen Himmel, ein Kampfschrei. Er stieg mit dem Wind empor und klang wie das Echo des Todes.

Eric hob die Hand und winkte ärgerlich ab. Der Schrei verstummte. Der weiße Hengst scharrte mit den Hufen, er spürte die Verärgerung. Er wendete das Pferd und blickte seine Männer an: »Seid ihr so scharf auf den Tod eines Verbündeten? Nein – wir kämpfen gegen die Dänen, und wenn uns das töten freuen soll, dann nur ihr Tod.«

Er galoppierte auf den Wall zu und machte sich nicht die Mühe, zum Tor zu reiten. Der weiße Hengst sprang über das Hindernis, und Eric ritt in die Wiesen und Felder, um sich abzukühlen.

Eric war erstaunt, daß Rhiannon an diesem Abend zum Essen erschien.

Rowan war nicht anwesend. Eric fragte sich, ob Rhiannon von der Herausforderung gehört hatte. Aber dann entschied er, daß niemand ihr etwas gesagt hatte. Denn als ihre silbern glänzenden Augen auf ihn fielen, waren sie so voller Ekel, daß er sicher war, daß sie keine Angst hatte, daß sie nichts von dem Zweikampf wußte, der wegen ihr ausgetragen wurde.

Sie setzte sich nicht in seine Nähe und kam auch nicht in die Nähe des Königs. Sie beachtete beide Männer nicht.

Wunderschön und von einem seltsamen Glanz umgeben trat sie ein und ging mit soviel Stolz und Verächtlichkeit, daß niemand auf die Idee kommen konnte, sie hätte Schuld auf sich geladen. Eric hatte vermutet, daß sie ihn und den König meiden würde. Sie hatte sich entschlossen, das nicht zu tun. Sie war die aufregendste Frau in der ganzen Halle – vermutlich in ganz England, dachte Eric. Sie war in ein sanftes Puderblau gekleidet, eine Farbe, die genau zu ihren Augen paßte, wenn man einmal von dem harten haßerfüllten und ärgerlichen Ausdruck absah, der in ihre Augen trat, sobald ihr Blick auf ihn fiel. Ihr Haar war zu einem Knoten aufgebunden, und den klaren Linien ihrer Kehle und ihres Gesichts wurde dadurch ein kunstvoller Höhepunkt aufgesetzt. Sie schritt wie eine Fee dahin, schlank und zierlich. Als es Zeit wurde, sich zum Mahl niederzulassen, suchte sie sich einen Platz am Ende der Tafel.

Eric verbeugte sich kühl in ihre Richtung und beobachtete sie mit einer gewissen Neugier und Belustigung. Morgen sollte sie den Frauen einer religiösen Sekte übergeben werden, um ihre Jungfräulichkeit bis zur Hochzeit zu garantieren. Die meisten Frauen in ihrer Lage hätten die heutige Versammlung gescheut, aber nicht sie. Sie war hier, von vielen gemieden und verdammt, und doch wirkte sie majestätisch.

Er vergaß ihre Anwesenheit, als er mit dem König die ernste Angelegenheit ihres Angriffsplans besprach. Zahllose Platten mit Speisen wurden serviert – gefüllte Wachteln in vollem Federkleid, Hering, Eber, am Spieß geröstetes Wild. Ale und Met flossen in Strömen. Als niemand mehr den Speisen zusprach, gab Alswitha den Dienern die Anweisung, die Platten abzuservieren.

»Zur Ehre unserer Gäste«, rief sie. »Hier ist Padraic, der Seneschal des großen Lords des Donners, Eric von Dubhlain.«

Eric war überrascht, als sein irischer Geschichtenerzähler aufstand und in die Mitte der Halle trat, wo ihn jeder sehen konnte. Das Feuer hinter ihm gab seinen Erzählungen Atmosphäre. Mit großer Dramatik und Eindringlichkeit beschrieb er die Familie von Erics Großvater. Er sprach von den irischen Königen und den Schlachten, die zwischen ihnen getobt hatten. Er drückte sich in eleganten, bestrickenden Versen aus und erwies der Familie Finnlaith die Ehre, bis er schließlich zu Aed kam, der die Könige Irlands vereinigt hatte; der seine Tochter Erin dem Normannen Olaf, dem Wolf, zur Frau gegeben hatte, damit Irland Frieden finden und erstarken konnte. Dann sprach er von Eric, von seinen Reisen durch die Welt, davon, wie er das Reich seines Vaters verteidigt hatte, von den vielen Schlachten, die er gewagt und gewonnen hatte.

Als er schließlich schwieg, erhoben die Männer ihre Stimmen zu einem lauten, rauhen Beifallsgeschrei. Alswitha errötete vor Freude, denn Alfred war angetan davon und Eric überrascht, und die ganze Gesellschaft war von dem talentierten Geschichtenerzähler hervorragend unterhalten worden.

Dann legte sich der Lärm, und es wurde totenstill. Eric blickte neugierig auf und sah, daß Rhiannon Padraics Platz vor dem Feuer eingenommen hatte. Sie löste ihr Haar, und die Flammen spiegelten sich darin und in ihrem Kleid, und sie schien eine Vision aus fließender Seide und sinnlicher Schönheit zu sein.

»Wir haben die Geschichten unserer großen normannischen Gäste gehört und wurden davon hervorragend unterhalten. Wir danken unseren berühmten Verbündeten und bitten darum, daß wir sie, als Gegenleistung, mit unseren sächsischen Geschichten von Schmerz und Kampf und... Triumph unterhalten dürfen.«

Der klagende Ton einer Laute erfüllte die Luft. Rhiannon begann sich zu wiegen. Es schien, daß die Musik in ihre Glieder fuhr und sie hinreißend graziös bewegte. Sie wirbelte und drehte sich. Sie warf den Kopf zurück und hob die Arme, und alle Männer waren still und beobachteten sie. In der ganzen Halle war kein Geräusch zu hören außer dem Klang der Laute, dem leisen Knistern des Feuers und dem Geräusch, das ihre zarten Füße auf dem Boden verursachten. Sie wob einen Zauber; sie schlug sie alle in Bann. Dann sah es aus, als würden das Feuer und der Raum dunkler, und als würde alles farbloser, außer der verführerischen und wunderschönen Maid.

Und dann begann sie während ihres Tanzes zu sprechen. Sie sang mehr als sie sprach, und die Melodie war sehr traurig. Auch sie erzählte eine Geschichte, eine englische Geschichte.

Mit stolzer, höhnischer Herausforderung blickte sie Eric an.

»Die Geschichte, die ich erzählen werde, ist die von Lindesfarne«, sagte sie sanft. Ihre Augen lagen in stummer

Herausforderung auf Eric. Jetzt wußte er, warum sie heute abend gekommen war. Sie war gekommen, um Rache zu nehmen. Sie war gekommen, um zu kämpfen – mit ihm.

»Ich erzähle die Geschichte eines wunderschönen Ortes, der von Gottes Gnade, von Schönheit und Frieden entblößt wurde. Lindesfarne... Und ich erzähle die Geschichte von Wilden, die diesen Ort überfielen, von grausamen Barbaren.«

Sie lächelte und fing wieder an sich zu bewegen – graziös, verführerisch, betörend.

Und niemand in der Halle schien eines Wortes oder einer Bewegung fähig zu sein, als sie mit ihrer verdammenden Geschichte begann.

Auch Eric war sich nicht sicher, ob er sich bewegen konnte.

Er würde ihrer Erzählung zuhören.

Und wenn sie Kampf wollte, dann würde er bereitwillig mit ihr kämpfen.

Lindesfarne...

Wenn er sich nicht täuschte, dann war diese Geschichte gefährlich. Alfred beobachtete Rhiannon voller Mißtrauen, seine Finger umklammerten die Lehne seines Stuhls.

Aber er bewegte sich nicht. Keiner bewegte sich.

Die Erzählung war tatsächlich gefährlich. Das Mädchen war gefährlich. Sie hatte die Macht, Menschen zu verzaubern.

7. KAPITEL

Ganz sicher lag ein tiefer Zauber über der Halle. Rhiannon warf etwas Pulver in das Feuer, und danach schien es in besonderen Farben zu glühen. Die Musik spielte weiter, durchsichtig und hypnotisierend. Der seltsame Schein des Feuers umspielte sie, und ihr Haar wogte wie eine silberne Flamme um ihr Haupt. Ihr Körper wirkte geschmeidig und biegsam und verzaubernd, sie schwebte und tanzte wie Salome, die mit ihrem Tanz das Haupt des Täufers erlangen wollte.

»Lindesfarne!« Sie rief den Namen laut aus und beschrieb dann die Mönche, die in diesem alten und berühmten Kloster gelebt hatten. Sie sprach von deren Leben, und ihr Tanz wurde fließend, um den Frieden dieses Ortes darzustellen. Dann hob sich ihre Stimme, der Klang der Musik wurde mißtönend, und es ertönte ein donnerndes Geräusch, wie der Klang eines Unwetters.

»Blitze zuckten, um sie zu warnen. Regen und heftige Winde. Die Leute hatten Angst und fragten sich, was sie Gott denn angetan hatten, denn diese Kirche und dieses Kloster, die schutzlos auf einer Insel vor der Küste Nordumbriens lagen, waren der heiligste Ort für alle Pilger von ganz England. St. Cuthbart hatte hier ein Jahrhundert vorher als Abt gelebt und gelehrt... Man schrieb das Jahr des Herrn 793, und das Unwetter wiederholte sich.«

Rhiannon drehte sich immer wieder, eine exotische Schönheit mit Haar wie wirbelndes Feuer, mit Augen gleich silbernen Edelsteinen, mit der sinnlichen, schwerelosen Eleganz ihres jungen Körpers. Sie hielt inne und fiel zu Boden, und der Donner wurde immer lauter, um dann zu ersterben...

Dann erklang wieder ihre Stimme. Sie erzählte, wie ein wilder Haufen Lindesfarne überfallen hatte. Wie mit der blanken Klinge der Axt Morde begangen wurden, wie die

Felder mit Blut überschwemmt und die gelehrten Schriften in das ewige Höllenfeuer der Heiden geworfen wurden, die über diesen Ort gekommen waren. Um einen größeren Effekt zu bewirken, machte sie eine Kunstpause. »Wikinger, Mylords. Keine Dänen. *Norweger!*«

Sie streckte ihre weißen und anmutigen Arme aus. Langsam richtete sie sich auf und erhob sich, und es war immer noch kein Laut zu hören. Auch Eric bewegte sich nicht, denn ihm war klar, daß sie mit diesem letzten Trick versuchte, ihn bei seinen englischen Gastgebern in Mißkredit zu bringen. Ihre Augen suchten in dem dunklen Raum nach den seinen, und er wußte, daß sie ihm nie vergeben würde, daß er in ihr Leben eingebrochen war und es völlig verändert hatte.

Er hätte sich am liebsten erhoben und sie voller Wut geschlagen. Er glaubte nicht, daß sie es auf ein Blutvergießen anlegte; sie wollte ihn für das leiden sehen, was er war: ein Wikinger. Sie schien ihm nicht einen einzigen Tropfen irischen Blutes zuzugestehen, aber das spielte keine Rolle. Er *war* ein Wikinger, und sie hatte ihn tief getroffen. Es mußte ihr klar sein, daß es nichts gab, was er unternehmen konnte. Wenn er sich ärgerlich erhob, würde es ein Blutbad geben, denn auch seine Männer würden aufstehen. Sie hatte eine so herzzerreißende Geschichte erzählt, daß sich einfach jeder Engländer an den lang vergangenen Überfall erinnern und aus diesem Grund eigentlich Haß und Rachegedanken nähren mußte.

Sie hatte einen hohen Einsatz gewagt, denn Eric konnte sehen, wie wütend der König auf sie war.

Im Augenblick hatte sie nicht viel zu befürchten. In der Halle blieb alles still; alle Augen ruhten auf ihr. Ihr Haar wogte um sie wie eine rotgoldene Flamme, und als sie aus dramatischen Gründen eine Pause einlegte, war sie von geradezu schmerzhafter Schönheit, eine Frau, für die ein Mann vermutlich jederzeit in den Tod gehen würde.

Nun, dachte Eric trocken, sie hatte vor, ihn in den Tod zu schicken. Aber er hatte nicht vor, ihren Wünschen zu entsprechen.

Dann fing sie wieder an sich zu bewegen und sanft zu sprechen, und Eric, der sie mit zusammengekniffenen Augen und nachdenklich von seinem Platz neben dem König aus beobachtete, fragte sich, wie sie es wagen konnte, Alfred abermals zu erniedrigen, wo sie doch für ihren Ungehorsam ihm gegenüber bereits so viel hatte erleiden müssen. Aber trotz seines großen Zorns würde Alfred warten. Er würde die Männer in der Halle nicht durch irgendeine Reaktion aufbringen. Rhiannon war klug. Gefährlich klug, denn während die Männer dasaßen und von der aufregenden Schönheit des Mädchens und ihrer eigenartig unschuldig wirkenden Art der Erzählung wie verzaubert waren, fuhr sie mit der Geschichte fort. Sie sprach von Alfreds Großvater und seinem Vater und seinen Brüdern. Mit wundersamen, fließenden Worten beschrieb sie die größte Herausforderung seines Lebens, als er im Jahr 878 A. D. auf den Dänen Gunthrum traf. Die Schlacht von Ethandune wurde geschlagen, und es waren nicht die Sachsen, die zur Flucht gezwungen wurden, sondern die dänischen Eindringlinge. Gunthrum legte einen Eid ab, Wessex zu verlassen und nach Danelaw im Norden zu gehen. Er wurde im christlichen Glauben getauft, aber bekanntlich brachen die Wikinger schnell ihr Wort, und jetzt bedrohte Gunthrum abermals die Sachsen.

Rhiannon schwieg still. Sie hob langsam die Arme und streckte sie gen Himmel, dann erhob sie sich auf die Zehenspitzen, bis sie anmutig gereckt dastand.

Anschließend ließ sie sich abermals graziös zu Boden sinken. Sie neigte den Kopf und machte eine Pause. Dann hob sie das Kinn, ihre Augen musterten die Anwesenden, und sie stieß einen Schrei aus: »Heil dir, Alfred, König von Wessex!«

Das Feuer loderte hell auf, und man konnte in der Halle wieder etwas sehen. Zunächst herrschte Schweigen, aber dann setzte donnernder Beifall ein, und etliche Männer hoben ihre Lederbecher auf das Wohl des Königs.

Danach herrschte wieder Schweigen.

Rhiannons Vorstellung war derartig provokativ und verführerisch gewesen, daß sie alle nicht nur vergessen hatten, was die Ursache dafür gewesen war, sondern auch, daß sie die Normannen schwer gedemütigt hatte. Erics sämtliche Männer, die Iren ebenso wie die Norweger und die Männer, die, wie er, eine Mischung aus verschiedenen Nationalitäten waren, sie alle applaudierten ihr hingerissen wie Schafe.

Aber dann kamen die Männer langsam wieder zu sich, ihr Beifall verebbte, und Eric, der sich in seinem Stuhl neben dem König zurücklehnte, wußte, daß sie jetzt ihn anblickten.

Um der Ehre willen mußte er ihrer Herausforderung begegnen, mußte sie irgendwie bestrafen, ihrem Zorn etwas entgegensetzen. Aber wenn er das Mädchen, das gerade so beredsam den großen König von Wessex gepriesen hatte, schlagen würde, würden genau die Männer, die sie noch am Morgen für ihre Weigerung, ihrem König zu gehorchen, verdammt hatten, wie die Wilden zu ihrer Verteidigung aufspringen. Sie hatte ihn in eine sehr gefährliche und riskante Lage gebracht, und er schwor sich im stillen, daß sie eines Tages für diese Hinterhältigkeit bezahlen würde.

Sie verharrte in einer anmutigen Pose auf dem Boden, das Gewand elegant um sich drapiert. Aber ihre Augen ruhten auf ihm, und er sah das silberne Glimmen in ihnen, ein Raubkatzenglitzern. Sie war sich genau bewußt, was sie getan hatte, und sie genoß ihren Triumph über ihn in vollen Zügen.

Zunächst saß er ruhig in dem herrschenden Schweigen da, dann erhob er sich langsam. Majestätisch überragte er die Versammlung in seinem karmesinroten Umhang mit dem aufgestickten Banner des Wolfs.

Er stieß sich vom Tisch ab und ging auf sie zu. Kein Ton war zu vernehmen. Als sie ihn kommen sah, trat Vorsicht anstelle des Triumphs in ihre Augen. Sie erhob sich schnell und graziös, aber Eric bemerkte jetzt, daß sie nicht so ruhig war, wie sie vorgab, zu sein. An ihrer weißen Kehle pulsierte das Blut mit der Geschwindigkeit von Kolibriflügeln, und ihre Brüste hoben und senkten sich heftig bei jedem Atemzug.

Er blieb vor ihr stehen, lächelte langsam und verbeugte sich dann sehr tief vor ihr.

Das hatte sie nicht erwartet. Sie war sich sicher gewesen, daß er die Beherrschung verlieren und Wiedergutmachung verlangen würde, die ihm der König in diesem Fall nicht würde geben können, weil sie nichts gesagt hatte, was nicht der Wahrheit entsprach. Die Norweger hatten Lindesfarne überfallen und das Heiligtum von St. Cuthbart geschändet. Das konnte niemand leugnen. Bei dieser Erinnerung mußten doch alle einsehen, daß dieses neue Bündnis eine unheilige Verbindung war.

Sein Lächeln vertiefte sich, aber sie sah die angespannten Muskeln seines Kiefers und seine zusammengepreßten Lippen. Seine Augen hielten die ihren fest, und sie mußte seinen Blick zurückgeben. Dieses Mal wurde kein besonderes Pulver in das Feuer geworfen, und doch schien sich der Raum zu verdunkeln, und es war so, als würden sie – und nur sie beide – in einen seltsam glühenden Schein gehüllt. Die Luft schien zu knistern, als würden Blitze um sie zucken. Sekunden verstrichen – es hätten auch Äonen sein können, denn sie konnte die Augen nicht von der tödlichen blauen Kraft der seinen abwenden. Ihr Kopf fiel zurück, sie schwor sich, nicht vor ihm klein beizugeben. Zwischen ihnen herrschte eine prickelnde Stille; das Feuer knisterte und flackerte über die Wände und auch in ihrem Innern. Dann stellte sie fest, daß es nicht das Feuer war, sondern die Kraft, die ihm entströmte. Unter seinem Umhang waren seine Arme nackt, sie glänzten bronzefarben, bei jeder Bewegung, ja bei jedem Atemzug spielten seine Muskeln. Sie spürte seine kriegerische Majestät, sein überwältigendes Selbstvertrauen. Und sie spürte auch eine andere Kraft, die seines Geistes. In diesen wenigen Sekunden wurde ihr bewußt, daß sie sich nicht mit einem Dummkopf angelegt hatte, sondern mit einem Mann, der jede seiner Entscheidungen stets sorgfältig überdenken, beurteilen und abwägen würde. Wenn er sich zur Vergeltung entschloß, würde er sie üben. Wenn er sich erst einmal entschieden hatte, dann würde er seine Meinung nicht mehr ändern, und er würde immer bereit sein, jeden ihrer Angriffe zu parieren.

Er ließ ihren Blick nicht los, bis er sich schließlich an den König wendete: »Wahrhaftig, Alfred, Ihr habt mir den schönsten Edelstein Sachsens angeboten. Sie beschämt die Seneschalen meines Mutterlandes, und gleichzeitig macht sie aus den norwegischen Barden unbeholfene Tölpel, denn kein Mann kann eine Geschichte mit einer derartig musikalischen Stimme oder so graziösen und anmutigen Bewegungen erzählen.«

Er griff nach ihrer Hand. Zu spät wurde ihr klar, daß sie sich besser gewehrt hätte, doch da waren ihre schlanken Finger bereits in seinem massiven und starken Griff. Während er sie festhielt, drehte er ihre Hand um und strich mit seinem Daumen langsam über ihre Handfläche. Sie konnte die Augen nicht von ihm abwenden.

Undeutlich bemerkte Rhiannon, daß der König sich erhoben hatte. Fast greifbare Spannung knisterte in der Luft, wie brodelnder Nebel, wie die feurige Hitze, die zwischen ihnen hin und her gezuckt war.

»Sie ist wirklich erstaunlich«, fuhr Eric fort, »am liebsten wäre ich aufgesprungen und hätte gegen meine eigenen Vorfahren gekämpft, wenn sie nicht bereits als Geister im Wind reiten würden. Ich sage Euch, Alfred von Wessex, ich war wie verzaubert. Die reizende Lady hier, deren Schönheit mich an Eurer Küste willkommen geheißen hat, ist in der Tat derartig exquisit, daß ich ganz verhext bin.«

Plötzlich schlossen sich seine Finger so fest um ihre, daß sie fast aufgeschrien hätte. Seine Augen blitzten in eisigem Feuer, mit der ganzen sturmumtosten Kälte und Wildheit des Nordens, dann drehte er sich leichtfüßig zum König um, wobei er ihre Hand nicht freigab.

»Guter Alfred, ich bin derartig verliebt, daß ich keinen Augenblick mehr warten möchte, um sie zu meiner Braut zu machen. Laßt uns die Meinungsverschiedenheiten der Vergangenheit vergessen. Laßt uns alles, was war, vergessen und laßt uns unser Bündnis hier und jetzt besiegeln. Ich will

Euer Haus nicht entehren, aber ich möchte keine Nacht mehr ohne diese entzückende Verfechterin von Frieden und Sanftmut an meiner Seite verbringen.«

Ihr Blut schien sich in Eis zu verwandeln, und sie konnte kaum atmen, geschweige denn protestieren. Da hatte sie ihren Triumph! Sie hatte ihren Augenblick des Sieges genossen, aber er hatte ihn ihr weggenommen und ihn ganz gräßlich ins Gegenteil verkehrt.

Alfred runzelte die Stirn. Ein Schrei stieg von den Tischen auf. Von den Wikingern war Gelächter zu hören und dazu der donnernde Beifall der Engländer.

»Nein!« flüsterte sie.

Das konnten sie nicht machen; es wäre weder schicklich noch richtig. Es war schon spät, und der Mond stand hoch; es lag sogar die Ankündigung eines Unwetters in der Luft. Am Morgen würden die Männer wegreiten, das würde ihr Aufschub gewähren.

Alfred runzelte immer noch die Stirn. Alswitha flüsterte ihm ins Ohr, und Rhiannon war sich sicher, daß die Königin ihn davor warnte, heidnische Bräuche zu unterstützen, statt christlicher Trauungsfeierlichkeiten.

»Nein!« flüsterte sie abermals und versuchte vorsichtig, ihre Hand aus seinem Griff zu befreien. Es war unmöglich. Er hielt sie mit eisernem Griff fest, unerbittlich und unnachgiebig. Sie zitterte vor Angst. Sie hatte ihn immer und immer wieder verletzt, und sie wußte sehr gut, daß jeder Mann sie wegen der Situation, in der er sie entdeckt hatte, verachten würde. Doch er schien ein echter Wikinger zu sein, ein Mann, der sich weder um Schicklichkeit noch um Anstand kümmerte, der sich seinen Weg zu der Sache, die er haben wollte, mit Gewalt ebnete und sie sich brutal nahm – um sie dann wegzuwerfen.

Der König zögerte.

»Das ist unmöglich!« Vater Paul hatte sich erhoben. »Es kann weder hier noch jetzt stattfinden!«

»Aber wir können doch in die Kirche gehen, wo Gott immer anwesend ist, oder, Vater?« fragte Eric. »Das Aufgebot ist bestellt, die Verlobung ist rechtskräftig. Ich habe um Aufschub gebeten, aber jetzt bestehe ich auf meinem Recht.« Er schlug sich mit der Faust hart gegen die Brust und fiel dramatisch auf die Knie, wobei er Rhiannon immer noch festhielt. Er senkte den Kopf, aber sie sah seine Augen und wußte, daß in dieser Geste keine Demut lag sondern reine, kalte Wut.

»Vor Gott reite ich für den großen und edlen König der Sachsen, für Alfred von Wessex. Zu seiner Ehre blicke ich tapfer dem Tod ins Antlitz, aber seit ich die große Schönheit meiner Verlobten gesehen habe, möchte ich sie zu meinem Weib machen, ehe ich fortreite!«

Die Norweger fingen an mit ihren Bechern auf den Tisch zu trommeln. Viele von ihnen waren betrunken, genauso wie ihre irischen Kameraden.

Auch viele Sachsen waren betrunken, dachte Rhiannon unbehaglich.

Und damit war ihr Schicksal besiegelt. Das Geschrei wurde lauter, und sie sah in das Gesicht des Königs und wußte, daß er abwog, was er tun sollte. Morgen ritten sie alle, um Gunthrum zu vertreiben. Er konnte es sich nicht leisten, die Kameradschaft und das Wohlwollen unter seinen Streitkräften aufs Spiel zu setzen. Die Hochzeit war zwar auf Wunsch des irischen Prinzen verschoben worden, aber der König erkannte, daß Eric den einzig gangbaren Weg gewählt hatte, auf dem man den Frieden unter den Kriegern bewahren konnte.

Der Lärm in der Halle wurde immer lauter, bis keiner mehr ein Wort verstand. Schließlich sprach der König: »So sei es! Die Hochzeit soll sofort stattfinden!«

Gebrüll setzte ein, und Rollo stand auf und hob seinen Becher mit Ale: »Auf die Hochzeit! Wir werden essen und trinken und feiern, bis die Braut hergerichtet ist!«

Licht flackerte über das Gesicht des Königs. Er war nicht glücklich über die hastige Zeremonie, aber er mußte es tun.

Rhiannon hatte plötzlich das Gefühl, als würden ihre Finger gleich zerquetscht oder zerbrochen. Sie sah, daß der

Wikinger sie wieder anstarrte und ihr einen warnenden Blick zuwarf. Während das Gebrüll weiterging, flüsterte er ihr zu, und sie hörte jedes seiner Worte ganz genau: »Keinen Ärger mehr, Lady. Keinen Widerspruch mehr. Sind Menschenleben für Euch wirklich so wenig wert, daß Ihr es auf ein Gemetzel anlegt?«

»Nein!«

Er hob einen Arm und deutete in die Halle: »Sie sind zum Krieg bereit. Die Iren, die Engländer, die Normannen. Aber Herzen und Meinungen können sich sehr leicht ändern, und in dieser Gesellschaft muß jede Beleidigung sofort gerächt werden. Ich habe getan, was nötig war. Ihr werdet jetzt den letzten Akt des Dramas spielen, das Ihr angezettelt habt.«

Sie zerrte wieder an ihren Fingern, aber sie konnte sich nicht befreien. Sie sah, daß etliche Frauen auf sie zukamen und daß es offensichtlich ihr Schicksal war, für die Hochzeit hergerichtet zu werden, trotz der Ereignisse, mit denen Eric von Dubhlain in Warehame willkommengeheißen worden war.

Sie dachte an den warnenden Druck seiner Hand, und Schwäche überfiel sie. Er schien aus Bronze und Stahl gemeißelt zu sein; sie glaubte nicht, daß es irgendeinen Mann gab, der ihn bei einem Kräftemessen besiegen konnte und ganz sicher keine Frau. Sein Haß auf sie war groß und sein Zorn überwältigend.

»Ihr wollt das doch gar nicht!« drängte sie ihn hastig. »Ich weiß, daß Ihr nicht den Wunsch hegen könnt, mich zu heiraten! Gebietet dem ganzen Einhalt – Ihr könnt es!« Sein Kiefer blieb gespannt, seine Augen ruhten weiterhin kalt und hart auf ihr, und sie flehte ihn verzweifelt an: »Was ist – was ist mit Euren Bedenken, daß ich die Frucht eines anderen Mannes trage? Ärzte *können* sich täuschen. Vielleicht habe ich Euch hintergangen. Macht jetzt sofort dieser Sache ein Ende, und ich werde zu den Heiligen Schwestern gehen und...«

»Und zweifellos um meinen Tod in der Schlacht beten. Lady, es spielt keine Rolle. Ich habe nichts vergessen. In bezug auf Euch hege ich keine Befürchtungen.«

»Aber Ihr habt mich in den Wäldern gesehen!«

»Und Ihr seid eine Närrin, mich daran zu erinnern«, teilte er ihr derartig beherrscht und unterkühlt mit, daß sie das Gefühl hatte, als würde ihr einkalter Finger über das Rückgrat streichen. »Ich habe Euch immer gesagt, Mylady, daß ich die Dinge in meinem Haus erledigen werde. Es ist für mich einfach, das herauszufinden, wonach ein Arzt mühsam suchen muß. Und falls Ihr das Haus von Wessex getäuscht habt und ein Kind tragt, dann müßt Ihr das Kind eben austragen.« Seine Augen begannen zu tanzen, und dramatisch senkte er seine Stimme: »Ihr habt mir heute abend Eure tiefe und umfassende Kenntnis des norwegischen Volkes gezeigt. Oder ist es der Wikinger, den Ihr wirklich versteht? Es ist egal, jedenfalls will ich Euch etwas über die Menschen sagen, die dahinter stehen. Ihr kümmert Euch nicht um mein irisches Blut. Nein, Lady, Ihr haltet mich auch nicht für einen Christen. Also muß ich wie ein Heide denken, wie ein Wikinger. Und wenn im Norden ein ungewolltes Kind geboren wird, wird die Sache schnell erledigt. Das Kind wird einfach in Schnee und Eis ausgesetzt, und die Götter von Hel kommen und nehmen es zu sich.«

»Ihr wollt ein unschuldiges Kind töten?«

»Ich habe Euch nur gesagt, was wir im Norden in einem solchen Fall zu tun pflegen. Vielleicht könnt Ihr diese Information in Eurer nächsten Märchenstunde verwenden.«

»Aber...« Sie bewegte sich unruhig und starrte ihn an. Das Feuer flackerte immer noch hinter ihnen, ihre Knie gaben nach, und sie hatte abermals das schreckliche Gefühl der Hitze, die von ihm ausging. Sie wollte ihn schlagen, ihn verletzten. Doch sie hatte Angst, daß das Feuer sie packen würde, wenn sie ihn berührte, und sie verstand dieses Gefühl nicht. Es gab keinen Mann, den sie mehr haßte, und doch war sie noch niemals von einem Mann derartig beeinflußt worden. Ihr Herz klopfte wie verrückt, und ihr stockte schier der Atem. Sie fürchtete seinen Zorn und haßte ihn aus tiefstem Herzen. Aber nichts fürchtete sie so wie die bevorstehende Nacht.

»Ich werde Euch bis in alle Ewigkeit hassen«, schwor sie.

Er lächelte und verbeugte sich steif. »Das dürft Ihr gerne, Lady, bis in die Hallen von Walhalla. Aber damit verhindert Ihr nicht die Hochzeit... oder vermeidet das Hochzeitsbett heute nacht.«

Er wendete sich zum Gehen. »Wartet!« rief sie ihm nach, und er drehte sich schnell um. Sie rang nach Worten. »Ww – würdet Ihr Euren eigenen Sohn einem Tod im Schnee ausliefern? Ihr werdet es niemals wissen!« schrie sie. »Wenn Ihr – wenn Ihr...«

»Wenn ich heute nacht mit Euch schlafe?« erkundigte er sich. »Lady, Ihr scheint mit intimen Worten sehr viel mehr Schwierigkeiten zu haben als mit intimen Taten. Ist es das, was Ihr sagen wolltet?«

»Ja!« zischte sie. »Wenn Ihr mit mir schlaft, werdet Ihr nie wissen, wessen Kind ich trage.«

»Aber ich bin teilweise Wikinger«, erwiderte er freundlich. »Vergewaltigung, Schändung und Mord liegen mir doch im Blut. Ich werde schon alles richtig machen, Lady, keine Angst. Ich bin fest entschlossen, ich habe mich entschieden.«

»Aber wenn...«

»Es gibt keine Wenns, Mylady. Was auch immer die Wahrheit sein wird, ich werde es wissen.«

»Nein. Wartet, hört zu, ich bin keine Braut, die Euch genehm ist. Ich hatte nicht nur Rowan, sondern eine endlose Anzahl von Liebhabern!« Ihre Panik war so groß, daß sie kaum mehr wußte, welchen Unsinn sie plapperte.

Als er sie plötzlich an sich zog, stieß sie einen leisen, angstvollen Schrei aus. Er zwang ihren Kopf nach hinten, und an seiner Brust fühlte sie das laute Klopfen seines Herzens.

»Immer mit der Ruhe, Lady, ganz ruhig. Unsere Hochzeit wird heute nacht vollzogen werden. Laßt es Euch nicht einfallen, alle in der Kirche vor den Kopf zu stoßen, denn meine Geduld ist jetzt erschöpft, und wenn Ihr wirklich etwas über die Rache der Wikinger erfahren wollt, dann treibt es nur noch ein kleines Stückchen weiter!«

Sie konnte nicht atmen. Tief innen begann sie zu zittern. Denn plötzlich wurde ihr bewußt, daß ihr Schicksal, ihr Leben, ihr Dasein in seine Hände gelegt worden war, daß sie für den Rest ihres Lebens diesem ruchlosen, goldenen Riesen gehörte.

»Bitte!« murmelte sie verzweifelt. »Denkt doch noch einmal darüber nach! Das muß doch nicht sein! Die Jahre, die noch vor uns liegen...«

»Lady, es liegen tatsächlich noch viele Jahre vor uns. Und sie fangen heute nacht an!«

Er ließ sie abrupt los. Er drehte sich um und ging weg, und die sächsischen Mägde, die diskret in einiger Entfernung gewartet hatten, traten vor, um Rhiannon in das Frauengemach zu führen.

Während sie sorgfältig gebadet und angekleidet wurde, gab es Augenblicke, in denen sie am liebsten auf die Knie gefallen wäre, sich auf die Brust geschlagen und wie eine Verrückte ihre Haare gerauft hätte. Sie stellte sich eine derartige Szene vor und wußte genau, daß der Wikinger trotzdem mit der Zeremonie fortfahren würde.

Alswitha bürstete Rhiannon das Haar, während sich die anderen Frauen um den Rest kümmerten. Die Königin hatte ihr zur Beruhigung Wein gebracht, und Rhiannon stellte schnell fest, daß der Becher mehr als nur Wein enthielt. Sie war froh darüber, denn dadurch hörte sie zu zittern auf und obwohl sie immer noch von Befreiung träumte, stand sie das Ganze nach außen hin völlig gelassen durch. Zwar nur dank des Beruhigungsmittels, aber immerhin gelassen.

Sie konnte den Mittelgang der Kirche hinabschreiten und sich weigern, die Worte zu sagen. Sie konnte warten, bis sie vor dem Altar stand – und ihn dann verleugnen.

Aber trotzdem, dachte sie trocken, würde er die Zeremonie durchführen, und die Anwesenden würden einfach ihre Worte ignorieren, wenn es die falschen waren. Heiraten wurden arrangiert, und ihre machte da keine Ausnahme. Sie wußte, daß sie nirgendwo echtes Mitleid finden konnte, nicht einmal bei Alswitha, denn die Königin stammte aus dem Königlichen Haus der Mercia, und ihre Ehe mit Alfred war auch aus zweckdienlichen Gründen geschlossen worden. Daß bei ihnen im Laufe der Jahre echte Liebe entstanden war, war nur eine glückliche Entwicklung. Rhiannon wußte, daß auch die beiden durch harte Zeiten gegangen waren, daß die Königin ihren Gatten eine zeitlang eher für selbstgerecht gehalten hatte, als für gut oder fromm, und einmal hatte sie ihn sogar aus tiefstem Herzen für seine Hartherzigkeit verdammt.

Je länger Rhiannon dastand, desto weniger schien irgend etwas wichtig zu sein. Nach einer Stunde war sie ganz ruhig und gelassen und von berauschender Eleganz in ihrer Tunika, die so sorgfältig für diese Gelegenheit angefertigt worden war. Ihr Haar glänzte wie poliertes Kupfer, und ihre Haut war mit Rosenwasser parfümiert worden. Widerstandslos ließ sie sich quer über den Hof zur Kirche bringen. Sie wirkte feierlich, so, als würde sie den Ernst der Situation begreifen.

Welches Pulver die Königin ihr auch gegeben haben mochte, es war ein Gottesgeschenk, denn sie konnte mit hoch erhobenem Kopf und vollkommener Würde dahinschreiten. Sie wußte, daß sie den König haßte, aber sie wehrte sich nicht, als er ihren Arm nahm. Und sie wußte, daß sie den Wikinger verabscheute – nein, es stand ihm nicht zu, sich das Mäntelchen eines Iren umzuhängen –, der sie vor dem Altar erwartete und genauso feierlich aussah wie sie, obwohl sich seine Lippen bei ihrem Anblick leicht kräuselten und seine Augen neugierig aufblitzten.

Er sah sehr vornehm aus, das konnte sie zugeben, denn sie betrachtete alles wie aus großer Entfernung. Er war größer, als jeder andere Mann hier, und sein Haupt schimmerte golden über der Menge. Er war ein hinreißender Bräutigam.

Er war so golden, weil er ein Wikinger war, rief sie sich ins Gedächtnis zurück. Und er war so stark und kräftig, weil er so kampferprobt war, geübt im Verteilen von Todesstößen.

Vater Paul sprach. Rhiannon fühlte die Hand des Königs. Er übergab sie an den Wikinger, und sie erschrak, denn sein

Fleisch glühte. Sie blickte um sich und sah die brennenden Fackeln und die Gesichter ihrer Leute, und alles drehte sich vor ihren Augen... Alswithas Gesicht, das Gesicht des Königs, das von Allen, William... und des Wikingers und der Iren in seltsamen Wämsen. Ein Gesicht erregte ihre Aufmerksamkeit, und sie lächelte fast, denn es gehörte einem Mann, der so alt war, daß seine Haut verrunzelt und gegerbt war wie Leder, und sein Bart fiel fast bis auf den Boden. Er beobachtete sie mit freundlicher Neugier, und ihr Herz machte einen Satz, als sie seinen Blick zurückgab. Sie stellte fest, daß sie ihn anlächelte. Er nickte ihr seltsam bestätigend zu.

Vater Paul räusperte sich endlos. Er sprach ernst vom christlichen Glauben und von der Wichtigkeit des Sakramentes der Ehe. Er mußte zu lange gesprochen haben, denn plötzlich unterbrach ihn der Wikinger: »Macht weiter, Mann!«

Dann wurde ihr aufgetragen, ihn als ihren Gatten zu ehren und ihm zu gehorchen.

»Ehren? Gehorchen? Einem Wikinger? Ganz sicherlich nicht!« sagte sie ausnehmend freundlich.

Es entstand ein langes und tödliches Schweigen. Dann wurde sie herumgewirbelt und hart an den karmesinfarbenen Umhang mit dem Emblem eines knurrenden Wolfes gepreßt. Er berührte ihr Kinn, und es war weder eine sanfte, noch eine freundliche Berührung, aber sie schmerzte auch nicht. Wieder fühlte sie die Macht seiner kobaltfarbenen Augen.

»Lady, Ihr werdet mich ehren, und ich verspreche Euch, daß Ihr mir auch gehorchen werdet.« Er starrte Vater Paul an. »Macht weiter!«

Es wurden noch andere Dinge gesagt. Und niemand wartete mehr auf ihre Antworten. Sie wurde einfach zum Eheweib von Eric von Dubhlain erklärt.

Obwohl es eine christliche Zeremonie gewesen war, endete sie in einem Chor von heidnischen Schreien und Rufen, und sie wurde in die Arme ihres Gatten gelegt. Einen

Augenblick fühlte sie wieder seinen Blick – und dann seine Lippen, die hart die ihren berührten.

Sie wollte sich wehren. Sie preßte ihre Hände gegen seine Brust, aber sie waren wie Federn im Wind. Sie wollte ihren Kopf wegdrehen, aber sie konnte nicht, weil er seine Finger in ihr Haar gegraben hatte. Gnadenlos hielt er sie fest, während er sich an ihr vergnügte. Sein Mund verschmolz geradezu mit dem ihren, und er überwältigte sie mit seinem fordernden Kuß. Seine Zunge berührte ihre Lippen und zwang sie dann zum Öffnen. Seine Zunge schob sich mit voller Absicht in die dunklen Höhlen ihres Mundes und schändete sie mit wilder Hingabe. Er zwang ihre Lippen immer weiter auseinander und erfüllte sie immer mehr mit der heißen Forderung seines Mundes und seiner Zunge. Als sie wieder atmen konnte, schmeckte sie seinen Geruch – sauber, aber männlich, bedrohlich männlich. Wieder versuchte sie sich zu befreien. Aber seine Arme waren zu stark, sein Kuß zu mächtig. Er berührte und tastete und forderte so erschreckend und gleichzeitig einschmeichelnd, daß brennende Hitze in ihr aufstieg, die sich anfühlte wie ein Pfeil mitten in ihrem Schoß. Sie kämpfte um Luft, verlor fast die Besinnung und war immer noch in der schockierenden Gewalt und Intimität des Ganzen gefangen, als er sie plötzlich freigab.

Sie stürzte fast, aber er hielt sie am Arm fest. Sie blickte in das seltsame blaue Feuer seiner Augen und hob ihre zitternden Finger an ihre geschwollenen Lippen. Die Menschen brüllten immer noch, heidnische Schreie, die sich in einem endlosen Crescendo fortsetzten. Männer fingen an, Eric herzlich auf den Rücken zu klopfen, dann kamen Alswitha und viele Frauen der englischen Adeligen, um Rhiannon auf die Wange zu küssen. Sie wurde weiterhin von dem süßen, benommenen Gefühl beherrscht, aber auch von einer schrecklich rastlosen Hitze.

Als er sie berührte, verabscheute sie ihn. Sie erinnerte sich an all die Schande, die er über sie gebracht hatte, und sie erinnerte sich daran, was er von Geburt an war – und aus eigener Wahl, wie es schien. Aber mitten in dieser Nacht hatte sie ebenfalls festgestellt, daß sie, wenn er sie berührte, in Flammen stand. Sie fühlte sich wie ein eingekerkertes Tier, das verzweifelt nach einem Ausweg aus den vielen unsichtbaren Stangen und Barrieren suchte.

Sie verlor ihn aus den Augen und wurde mit vielen Frauen zusammen langsam hinausgedrängt. Krieger sahen sie, hielten sie fest, küßten sie auf die Wange und ließen sie wieder gehen. Alle waren sie derb und laut und betrunken, hervorgerufen durch reichlich fließenden Wein und Ale und die ganzen Ereignisse der Nacht.

Dann verließ sie die Kirche und trat in die kühle Frühlingsluft. Gelächter war zu hören, der Klang einer Laute und der langsame, betörende Ton einer Trommel. Und plötzlich gab es da im Mondlicht Tanz, und sie wurde mitten hineingezogen. Wieder floß der Wein, diesmal aus den Trinkhörnern der Wikinger, und wenn ihr eines gereicht wurde, trank sie aus vollen Zügen daraus.

Schließlich wurde sie in eine der kleinen Anbauten gebracht, die in einiger Entfernung vom Haupthaus lagen. Als sie eintrat, stellte sie fest, daß es nur einen einzigen Raum gab, in dem ein großes Bett mit frischen Leinentüchern, riesigen Kissen und durchsichtigen Gazevorhängen stand. Bei diesem Anblick erbleichte und erstarrte sie, aber die Frauen waren an ihrer Seite. Sie lachten und erzählten von ihren eigenen Hochzeitsnächten, und etliche stellten Vermutungen darüber an, ob der glanzvolle Wikinger-Krieger unterhalb der Taille wohl genausogut ausgestattet wäre wie oberhalb, während die anderen sich dabei vor Lachen bogen.

Man zog ihr das Hochzeitskleid aus. Sekundenlang stand sie völlig nackt da, dann zogen sie ihr ein durchsichtiges Nachtgewand über den Kopf. Sie schloß die Augen und kam sich noch nackter und verletzlicher vor als je zuvor. Das Gewand verbarg nichts, sondern betonte noch die Linien und Vertiefungen ihres Körpers. Die gnädige Taubheit, die ihr über die Hochzeit hinweggeholfen hatte, verschwand allmählich. Die Königin war nicht mehr zu sehen. Rhiannon hätte sie doch so gerne um eine weitere Dosis der Droge gebeten, damit sie den Horror der kommenden Nacht überstehen konnte.

Dann herrschte plötzlich Schweigen. Die Frauen erstarrten, und Rhiannon drehte sich in ihrem durchsichtigen Gewand hastig um, und da stand er unter der Tür.

Beim Eintreten mußte er sich bücken. Männer standen hinter ihm und riefen dem frischgebackenen Ehemann derbe Worte der Ermutigung zu. Und Rhiannon hatte, wie schon früher am Abend vor dem Feuer in der Halle, das Gefühl, als wäre die Welt aus den Fugen geraten, als wäre sie in eine fremde, unbekannte Welt eingetreten, die von Magiern oder Druiden oder Göttern beherrscht wurde. Alles klang verwaschen und wurde immer undeutlicher. Alles, was sie noch sehen konnte, war der Mann, und sie fürchtete sich vor ihm. Doch ihr Herz klopfte laut, und sie kam sich sehr lebendig vor, verbrannt von dem blauen Feuer. Sie hatte zwar Angst vor ihm, aber er stand vor ihr wie ein Gott, königlich, unbezwinglich. Seit sie ihn das erste Mal gesehen hatte, hatte sie ihn nicht mehr aus ihren Gedanken verbannen können. Und jetzt war sie sein Weib. Ganz sicher nicht, um geliebt zu werden. Sondern um besessen zu werden.

Er starrte sie an, und sie fühlte, wie seine Augen wie flackernde Flammen über sie glitten, und daß sie in ihr tiefstes Inneres eindrangen. Er betrachtete sie von Kopf bis Fuß, und die Männer hinter ihm verfielen in Schweigen.

»Geht!« befahl er und trat in das Gemach ein. Jemand stieß einen quiekenden Schrei aus, dann eilten die Frauen hinaus und hinter Erics Männern her.

Die Tür schloß sich hinter ihnen. Rhiannon konnte das Schnattern und Gelächter der Hochzeitsgäste noch einige Sekunden lang hören, dann trat langsam Schweigen ein. Die Welt verblaßte.

Es gab nur noch den Wikinger.

Die Hände auf den Hüften, begann er zu lächeln. Es war kein warmes Lächeln. Es war genauso gletscherkalt wie die Farbe seiner Augen.

Sie schwor sich insgeheim, keine Furcht zu zeigen. Und sie gab sich das Versprechen, daß sie ihn immer verabscheuen würde, ganz egal, was kommen mochte.

Aber sein Lächeln brachte sie völlig aus der Fassung.

Er ließ sie keine Sekunde aus den Augen, während er seinen königlichen Umhang geschmeidig beiseite warf. Trotz ihres Vorsatzes fing sie zu beben an. Verzweifelt wünschte sie sich, mehr von Alswithas besonderem Wein getrunken zu haben.

»Lady... Weib!« murmelte er. Er löste seinen Gürtel mit der Schwertschneide und ließ ihn achtlos zu Boden fallen.

Ihr Mut verließ sie, schmolz dahin wie Eis in der Frühlingssonne. Sie fühlte seinen Blick und den tiefen Spott, der darin lag. Sie blickte auf die nackte, goldene Kraft seiner muskulösen Arme.

Und dann machte er den ersten Schritt auf sie zu, und sie sah, daß sein Lächeln sehr grimmig war und daß sein Kiefer mit den fest zusammengebissenen Zähnen eine kalte, starre Linie bildete.

Ein Seufzer entfuhr ihr. In ihrem Blut war jetzt nichts mehr von der süßen Benommenheit übrig, und Angst überfiel sie. Zu spät erkannte sie, daß sie zu weit gegangen war. Sie hatte gegen ihn gekämpft, hatte ihn verletzt, hatte ihn hintergangen und ihr Bestes getan, um ihn in Mißkredit zu bringen. Ja, sie hatte es vermutlich zu weit getrieben.

Verdammter Mut, dachte sie. Und verdammt sei mein Stolz und meine Ehre und sogar Wessex.

Er machte noch einen Schritt auf sie zu, und sie schrie auf und machte einen Satz nach vorne in dem Bemühen, an ihm vorbeizulaufen und in der Dunkelheit der Nacht Schutz zu suchen. Aber die Flucht gelang ihr nicht. Seine Finger gruben sich in ihr wehendes Haar, und er riß sie zu sich zurück, wie eine Puppe an einem Faden. Der Aufprall auf seinen Körper fühlte sich wie die Berührung mit einem Schaft aus lebendigem Stahl an, und auf ihrem zarten Nacken spürte sie seinen heißen Atem.

»Oh, Lady! Habt Ihr vor, mir heute abend auszuweichen?

Aber nicht doch! Nach langem Warten komme ich heute endlich zu meiner süßen Abrechnung!« Seine Hand faßte um ihre Taille und hob sie mühelos hoch. Seine Augen bohrten sich wie eisige Klingen in die ihren.

Dann warf er sie hart auf das weiße Linnen ihres Hochzeitslagers.

8. KAPITEL

Erschrocken rang Rhiannon nach Atem und lag sekundenlang bewegungslos da, kaum fähig zu denken. Er lächelte sie an, seine Augen verengten sich, und sie erkannte, daß er sich in diesem Moment genau an jede Schandtat erinnerte, die sie ihm angetan hatte. Zitternd vor Abscheu beobachtete sie, wie er fortfuhr, sich zu entkleiden, wobei seine kalten blauen Augen ihr Gesicht nicht für einen Moment verließen. Strümpfe, Tunika und sein feines Leinenhemd – er warf alles achtlos auf das Bett, auf dem sie lag, und sie konnte sich immer noch nicht bewegen; ganz im Gegenteil, sie konnte kaum atmen.

Die Flammen warfen ihren Schein auf die schwellenden Muskeln seiner Schultern und seines Leibes. Seine Brust war mit drahtigem,goldenem Haar bedeckt. Sie versuchte, ihre Augen starr auf die seinen zu richten, aber sie schweiften ab, und sie begann zu beben. Die aufregende goldene Matte auf seiner Brust verjüngte sich in Richtung auf seine Taille, um darunter wieder voll zu wuchern. Sie bildete ein männliches Nest für den mächtigen Schaft seines Geschlechtes. Sie starrte seine aufragende Männlichkeit an, und ihre Kehle wurde trocken. Ihr Blut brauste plötzlich in ängstlicher Verwirrung. Sie wollte schreien, wollte sich verweigern, wollte sich in Luft auflösen. In stetig steigender Panik zwang sie ihren Blick zurück zu seinen Augen – und war entsetzt über den harten Spott und den unbeugsamen Stolz, der in ihnen lag. Über diesem Mann lag eine seltsame, wilde Schönheit; sie lag in der Haltung seines Kopfes und sogar in seinen spöttisch blitzenden Augen. Sie lag in der geschmeidigen, animalischen Eleganz seiner plötzlichen Bewegung, als er auf sie zutrat.

»Eine Nacht, an die Ihr Euch erinnern werdet, mein liebes... Weib!«

»Nein!« flüsterte sie. Erschreckt und entsetzt wälzte sie sich schnell auf die Knie, denn sie war sich sicher, daß er sich ihr auf ganz besonders schreckliche Art nähern würde. Sie konnte nicht ruhig liegen bleiben und darauf warten, welche Pein und Brutalität er ihr antun würde.

Sie versuchte aus dem Bett zu springen. Noch ehe sie es versuchen konnte, hatte er sie schon bei den Schultern gepackt. Er drückte sie grimmig zurück und schob sich dann, gnadenlos und ohne Anstrengung, auf sie, kniete sich rittlings über sie, packte ihre Handgelenke und hielt sie mit den Knien fest. Sie wehrte sich in wütendem Schweigen, aber sie konnte damit nichts erreichen, denn er war zu stark. Dann fühlte sie seine dreiste, grobe Berührung... genauso wie sie seine Augen fühlte, Dolche, die sich in sie bohrten und ihre Seele festhielten, so wie sein Körper den ihren festhielt.

»Was soll ich zuerst machen?« fragte er sie, »Euch verprügeln oder vergewaltigen?«

»Laßt mich gehen.«

Sie bekam ihre Hände frei, aber er fing sie wieder ein, preßte sie zu beiden Seiten ihres Gesichtes nieder und lehnte sich dicht über sie. Sein Atem wärmte ihre Lippen und drang dazwischen ein. Sie war mit seinem Geruch erfüllt, der seltsam rein und atemberaubend männlich war und genauso erschreckend wie seine Berührung. So dicht an ihr, daß sein Bart ihr Fleisch berührte, als würde ihr Nachtgewand nicht existieren, flüsterte er: »Ach, Lady! Es gab eine Zeit, in der ich daran dachte, Zurückhaltung zu üben! Um Euch, Madame, so über alle Maßen hinaus zu beweisen, daß ich das Produkt eines Gesetzes bin, das viel älter ist als die englischen Regeln. Ich wollte der absolute Gentleman sein, Madame, und Euch all die besseren Seiten meines Geschlechtes zeigen.«

Sie wußte nicht, wohin seine Sticheleien führen würden, aber der tiefe Klang seiner Stimme war alles andere als zärtlich. Sein Körper verbrannte sie. Sogar als er zu ihr sprach, war sie sich niederschmetternd seiner prächtigen, männlichen Gestalt bewußt, der ungeheuren Kraft seines an sie gepreßten, gestählten Körpers, seines brennenden, schwellenden Gliedes, das sich in ihr Gewand bohrte und sie mehr verspottete, als jedes Wort es konnte. In diesem Moment wäre sie gerne gestorben, wenn sie ihm damit entkommen wäre, diesem intimen Anschwellen seines Körpers und der schrecklichen Verachtung seiner Stimme, die seine Worte zu einer Verhöhung machten. Sie wollte das sanfte Streicheln seines Bartes auf ihrem Gesicht nicht spüren, und sie konnte das Vibrieren seiner Brust auf sich nicht ertragen, wenn sich seine Muskeln zusammenzogen und wieder entspannten.

»Bitte –«, keuchte sie. Grauer Nebel umwallte sie. Sie betete darum, bewußtlos zu werden, in irgendeine fremde Welt eintreten zu können, in der sie nicht seinem Wohlwollen ausgeliefert war, wo sie nicht ständig darauf gefaßt sein mußte, daß er jeden Augenblick monströs und grausam in sie eindringen konnte.

Sie würde sterben, dachte sie. Er würde sie umbringen.

»Aber ach, dann kam eine Zeit, in der ich mich danach sehnte, gesittet zu sein! Ihr hattet mir Eure Pfeile entgegengeschickt, Ihr hattet wie eine Wildkatze mit mir gekämpft. Aber ich wollte an Eure Unschuld glauben. Sogar als ich Euch, meine Verlobte, im Wald mit Eurem Liebhaber erwischte, versuchte ich verständnisvoll zu sein. Doch dann habt Ihr getanzt, Madame. Und dann habt Ihr mit solcher... Überzeugungskraft gesungen. Ihr habt mein Herz und meine Seele gemartert. Und ich dachte an meine alten Vorfahren, die nach Lindesfarne gesegelt waren und es so brutal überfallen haben. Ich dachte an das Kampfgeschrei und das Blutvergießen und an das dunkle, gierige Verlangen nach Schändung, das sicherlich in uns allen steckt. Rhiannon...«

Ihr Name war ein kaum wahrnehmbares Flüstern. Dann erhob er sich, ohne sie loszulassen. Seine Finger lagen fest um ihre Handgelenke, er zog sie mit sich und stand mit ihr vor dem Feuer. »Ihr habt mich einen Barbaren genannt, und so soll es sein! Die rohe und primitive Seite meines Charakters ist ans Tageslicht gekommen. Ich habe Euch in all Eurer prachtvollen Nacktheit gesehen. Ich sah, wie Ihr für Euren Liebhaber wie die geübteste Hure Eure Kleidung abwarft.

Und dann sah ich Eure Bewegungen, als Ihr tanztet. Ich sah das Kreisen Eurer Hüften und das verführerische Wippen Eurer Brüste, und die Blutgier stieg in mir immer stärker auf, bis ich spürte, daß ich es nicht länger ertragen kann. Ich weiß, daß ich mich wie meine Vorfahren benehmen muß – brutal, gnadenlos und... hungrig.« Das letzte Wort war ein kehliges, erschreckendes, leidenschaftliches Flüstern. Das machte sie wieder quicklebendig.

»Nein!« Verzweifelt entwand sie sich ihm. Aber schnell stellte sie fest, daß sie damit nichts erreicht hatte. Er hatte sie nämlich mit voller Absicht losgelassen, damit er seine eigenen Hände freibekam und sie wieder packen konnte. Am Oberteil ihres Nachthemds zog er sie zu sich heran. Als er heftig an dem Stoff zog, berührten seine Finger ihre schwellenden Brüste. Das dünne Material löste sich durch die grobe Berührung in Nichts auf. Rhiannon griff verzweifelt nach den Überresten, aber er ließ es nicht zu, daß sie sich wieder bedeckte. Ebenso gleichgültig wie gnadenlos riß er ihr die letzten Stoffetzen von den Schultern. Sie beschimpfte ihn und versuchte, ihn zu schlagen, aber er packte sie schnell und warf sie auf das Bett zurück, dieses Mal nackt. Sie versuchte vergeblich, sich zu erheben. Außer sich vor Angst versuchte sie ihn zu besänftigen.

»Ihr seid doch kein Barbar! Ihr seid Ire, ein Christ. Ich hatte vom ersten Augenblick an Unrecht mit Eurer Beurteilung! Ich halte Euch für ausgesprochen nett...«

»Ihr haltet mich für nett? Oh, Lady, das ist eine Lüge!« schrie er sie an und ließ sich abermals auf sie fallen. Sie war sich jeder Bewegung seines durchtrainierten Körpers bewußt, da sorgte er dafür. Er berührte ihre Lippen mit seinen, und sie wand sich und wurde immer wütender. Sie versuchte nicht länger, ihn zu besänftigen.

»Bestie! Nichtswürdiger Wolf, gemeiner Hund...«

»Ach, Eure Worte sind Öl auf mein Feuer, meine überwältigende Schöne! Wir werden ausschließlich von Leidenschaft und Lust regiert und von nichts sonst!«

Mit allen Kräften versuchte sie ihm einen Schlag zu versetzen, aber ihre Hände wurden wieder gepackt und festgehalten. Sie beschimpfte ihn weiter, denn das war alles, was sie noch tun konnte, um gegen ihre Angst anzukämpfen.

»Ein Wolf, ein Hund, eine wilde Bestie und ein Barbar!« wiederholte er. »Was wolltet Ihr mit Eurem Tanz heute nacht bei den Männern bewirken, Mylady?«

Sie schwieg, hatte Angst davor, ihm zu antworten. Seine Augen hielten die ihren mit dieser seltsamen Kraft fest, die genauso stark war wie die seiner Muskeln. Seine Lippen verzogen sich wieder zu einem trockenen Grinsen. Er berührte ihre Brüste, ließ seine Hände über ihre Rundungen gleiten. Sie warf den Kopf hin und her, preßte den Mund zusammen und versuchte nicht aufzuschreien, als er seine Daumen über die empfindlichen Warzenhöfe gleiten ließ und ihre Brustwarzen streichelte und knetete, bis sie hart wurden und sich zu strammen Gipfeln erhoben. Dann lag sie plötzlich voller Entsetzen unbeweglich da und wagte kaum zu atmen. Sie fühlte Angst und kam sich gedemütigt vor, daß ihr Körper auf seine Berührung derartig reagierte. Aber das Feuer brannte immer weiter in ihrem Inneren, und obwohl sie gerne geschrien hätte, wagte sie es nicht. Sie konnte nur daliegen und darum beten, daß ihr Gesicht sie nicht verriet, daß es Verachtung und Verwirrung zeigte. Er beobachtete sie wie ein Adler, starrte in ihre Augen und wartete angespannt auf ihre Reaktion.

Sie fluchte wütend. Sie warf sich rasend vor Wut und Ekel hin und her und erreichte damit lediglich, daß sie ihn noch eindringlicher, noch intimer auf sich fühlte. Sie fühlte sein Geschlecht zwischen ihren Schenkeln, fühlte die teuflische Hitze und das wilde Pulsieren, und wieder hatte sie das Gefühl, als würde sie in einen kreisenden Strudel fallen...

»Rhiannon...« Wieder ihr Name, mehr geflüstert als gesprochen. Er ließ wieder seine Daumen über ihre Brustwarzen gleiten und liebkoste abermals die schwellende Fülle ihrer Brüste. Er strich mit einem Finger durch das Tal dazwischen, und bei dieser Berührung hatte sie den Eindruck, als würde ein Messer ihr Fleisch berühren.

»Ich bin also ein Wikinger, eine Bestie. Das, was Ihr Euch erhofft habt, was Ihr Euch eingeredet habt. Aber es ist mehr. Es hängt mit Eurer Schönheit zusammen, Lady, mit Eurer unglaublichen Schönheit. Ich wollte freundlich und zärtlich sein – wirklich, das hatte ich vor. Ich wollte Eure Pfeile schweigend ertragen. Ich wollte vergessen, daß Ihr voller Absicht die Arme – und noch mehr – eines anderen Mannes gesucht habt, während Ihr mit mir verlobt wart. Ich wollte Euch in Ruhe lassen, bis die Schlacht entschieden ist. Aber Eure verführerische Schönheit hat mich überwältigt. Ich kämpfe jetzt noch mit mir. Diese Augen! Sie sind wie die silbernen Sterne der Nacht und dann wieder sind sie wie Kornblumen, die im Frühjahr auf einem Feld blühen. Sie können alles ausdrücken, sie blitzen vor Zorn, sind warm beim Lachen, sind beschwörend und listig, und dann versuchen sie wieder die reine Unschuld auszudrücken. Und Euer Haar. Rot wie Feuer, golden wie die Sonne. Und diese Brüste, die ich berühre, rosig und voll und fest und wunderbar. Ihr behauptet, daß ich ein Wikinger bin. Ich bin wild, und ich bin brutal. Und ich glühe vor Verlangen, Lady! Ich würde dafür sterben, in Euch einzudringen, Euch vollständig und ganz zu besitzen...«

Trotz dieser Worte klang seine Stimme hypnotisierend; sein Körper war wie Stahl, seine Augen wie blaues Feuer. Seine Stimme drang ganz tief in sie ein, und sie stöhnte und zitterte auf eine Art und Weise, die ihm nicht verborgen bleiben konnte. Sein Gesicht war ganz nahe. Seine wohlgeformten Züge waren dunkel und ernst, und seine Lippen waren geringschätzig verzogen.

Sie sollte kein solcher Feigling sein. Sie war furchtlos in diese Schlacht gegangen, aber sie hatte nicht gewußt, auf was sie sich da eingelassen hatte. Sie war entsetzt über das Gefühl, das seine Hände in ihr hervorriefen, geschockt von der Wärme und der verlangenden Hitze, die seine Berührung in ihr entfachte. Sie konnte das heiße, heftige Pochen seines gewaltigen Gliedes nicht mehr ertragen, nicht das

Brennen seines nackten Fleisches oder die Kraft, mit der er sich gegen ihren Körper preßte. Keine Sekunde länger.

»Dann macht es schon!« schrie sie. »Schlagt mich, vergewaltigt mich, macht was Ihr wollt! Aber macht es endlich!«

Er war totenstill. Dann streichelte er wieder sanft ihre Brüste, liebkoste sie mit seinen Handflächen auf eine Art und Weise, daß sie fast wieder aufgeschrien hätte – aber dieses Mal vor ungewohnter Lust, die sie mehr demütigte, als es der schlimmste Schmerz gekonnt hätte.

»Nein«, sagte er einfach und setzte sich auf seine Fersen zurück. Er blickte sie immer noch an, aber sie konnte aus seinen Augen nichts lesen.

»Was?« flüsterte sie.

»Ach, Rhiannon! Ich habe nicht die Absicht, Euch zu schlagen oder zu vergewaltigen oder etwas in der Art mit Euch zu machen. Ihr Madame seid eine wandelnde Verführung, und ich garantiere Euch, daß Ihr heute nacht in vielen Männern schlimme Gedanken hervorgerufen habt – sowohl bei den Sachsen als auch bei den Wikingern und Dubhlainern –, aber um die Wahrheit zu sagen, Mylady, nicht nur weil ich ein Barbar bin, muß ich mich sehr beherrschen, um Euch nicht Gewalt anzutun.«

Nun, er versuchte es zumindest. Fluchend stieg er von ihr herunter und tigerte in dem kleinen Gemach auf und ab. Als Rache für die vielen Dinge, die sie ihm angetan hatte, hatte er vorgehabt, sie zu verhöhnen, zu demütigen, um sich dann kühl von ihr abzuwenden und sie einfach liegen zu lassen.

Doch das war nicht so einfach. Sie war sein Weib, und sie hatte in ihm sämtliche Höllenfeuer entfacht. Er hatte jedes Recht auf sie, und vermutlich verdiente sie es, vom brutalsten Berserker, der jemals in dieses Land gekommen war, vergewaltigt zu werden.

Er wollte nicht, daß sie jemals Gnade von ihm erwartete; als Kämpferin war sie zu rücksichtslos, als Frau zu gefährlich, sie durfte niemals an seinem Zorn oder an der stählernen Entschiedenheit seines Willens zweifeln.

Aber er konnte den Anblick nicht vergessen, als sie für

ihren Liebhaber die Kleider abgeworfen hatte. Vielleicht waren sie unterbrochen worden, ehe ihr Beisammensein den Höhepunkt erreicht hatte, aber er hatte sie gesehen, hatte ihre Augen gesehen, die wie Sternenlicht geschimmert hatten, hatte die Zärtlichkeit in ihrem Gesicht gesehen.

Er liebte sie nicht! rief er sich ins Gedächtnis zurück. Er brauchte ihre Zärtlichkeit nicht. Aber er wollte auch keine Frau, die sich bei seiner Annäherung vor Abscheu krümmte.

Sie krümmte sich nicht, aber sie hörte nie auf zu kämpfen, sagte er sich teils bewundernd, teils genervt. Sogar jetzt nicht. Aus dem Augenwinkel sah er, daß sie sich wieder zur Flucht bereit machte.

Gerade als sie vom Bett aufspringen wollte, stand er neben ihr. Seine Finger krallten sich grob in ihr Haar, und er fuhr sie scharf an: »Tut das nicht! Denkt nicht einmal daran, mir wieder entkommen zu wollen. Auch wenn Ihr bis ans Ende der Welt fliehen würdet, Madame, ich würde Euch finden und wieder zurückbringen. Ihr gehört jetzt mir, genauso wie das Schwert an meiner Seite und der weiße Hengst.«

»Also bin ich das gleiche wie ein Pferd«, zischte sie.

»Nein, Lady, denn der weiße Hengst ist ein gutes Reitpferd, und Ihr müßt erst noch beweisen, daß Ihr das seid.«

Beleidigt hüllte Rhiannon sich in Schweigen. Dann schlug sie ihm mit der Hand schnell und hart quer über das Gesicht. In der plötzlichen Stille klang das Geräusch des Schlages unerwartet laut. Sie konnte die roten Abdrücke ihrer Finger auf seinem Gesicht sehen.

Seine Reaktion erschreckte sie mehr, als wenn er ihr den Schlag zurückgegeben hätte. Er bewegte sich nicht, sein Gesichtsausdruck veränderte sich nicht; wenn sie ihm nicht so nahe gewesen wäre, um das wütende Pochen seines Pulses an seiner Kehle zu sehen, hätte sie geglaubt, daß er ihren Schlag überhaupt nicht gespürt hätte. Aber sie war ihm zu nahe. Und dadurch lernte sie, wie es war, wenn sich ein eisiger Schleier über seine Augen legte, wenn sich seine Gesichtszüge schnell und kaum merkbar anspannten, und daß das die einzigen Anzeichen für seinen Ärger waren. Sie war überzeugt gewesen, daß er ihr den Schlag zurückgeben würde und hatte deswegen versucht, sich von ihm abzuwenden. Aber seine Finger waren in ihr Haar gekrallt, und er hielt sie weiter fest. Schluchzend und keuchend versuchte sie nun, ihr Haar aus seinem Griff zu lösen.

Ihre bloßen Brüste streiften über Erics Brust. Er fühlte ihre Brustwarzen, die hart und aufreizend sein Fleisch berührten, und trotz seines Ärgers – oder vielleicht deswegen – spürte er, wie wieder Verlangen in ihm aufstieg. Unstillbar, schnell und fordernd überwältigte dieses Verlangen seine Selbstbeherrschung, um deren Aufrechterhaltung er ständig gekämpft hatte. Ihre Lippen waren nur einen Atemzug von seinen entfernt. »Lady«, sagte er sanft, »Ihr seid mein Weib. Und auch wenn ich wirklich nicht den Wunsch hege, Euch Böses anzutun, werdet Ihr, bei Gott, noch heute nacht mein Weib *sein*, entweder mit Gewalt oder mit Zärtlichkeit.«

Seine Augen blickten in ihre. Ihre Lippen waren geöffnet und trocken. »Nein!« flüsterte sie.

»Doch.«

Er ließ ihr Haar los. Seine Hand legte sich um ihren Hinterkopf, und er zog sie in seine Arme, wobei er sie mit dem Rücken wieder auf das Bett drückte. Sie bebte unter ihm, aber ihre dunklen Wimpern zuckten kaum, und ihre Augen blieben weiterhin auf ihn gerichtet.

Ehe sie sich bewegen konnte, legte er sich neben sie, ein Bein quer über ihren Beinen, seine Augen ließen sie nicht eine Sekunde los. Auch ihr silberner Blick löste sich nicht von ihm. »Ihr habt gesagt, daß Ihr mich nicht schlagen oder vergewaltigen werdet. Ihr verspracht...«

»Ich habe es nicht direkt versprochen, aber ich habe Euch weder geschlagen noch vergewaltigt.«

»Aber Ihr habt vor –«

»Euch nicht zu vergewaltigen. Hört auf, gegen mich anzukämpfen. Die Schlacht ist verloren. Sie war schon verloren, noch ehe wir heute nacht diesen Raum betraten.«

»Nein...«, flüsterte sie und schüttelte den Kopf. In ihren weitaufgerissenen Augen lag ein Hauch von Verzweiflung.

Sie wußte, daß ihr Protest vergebens war. Er lächelte, als er seine Hand unter ihre Brust legte, über ihr Herz, wo er das rasende Pochen spürte. Er ließ seine Finger über ihre Brust gleiten, und obwohl sie bei dieser sinnlichen Empfindung ein starker Schauer überlief, hielt sie den Atem an und blieb stumm.

Sie konnte nicht protestieren, sie hatte Angst zu protestieren; tatsächlich hatte sie sogar Angst sich zu bewegen. Immer wieder erinnerte sie sich daran, daß sie ihn verabscheute, wirklich und wahrhaftig; sie war sich sicher, daß er bis ans Ende aller Tage ihr Feind war, und doch lag etwas Hypnotisches in seiner unglaublichen Arroganz und seinem Selbstvertrauen. Und in seiner Stimme war etwas, dem sie nicht widerstehen konnte... Und in seiner Berührung.

Sie zitterte, weil sie ihm nicht entkommen konnte, weder seinem sehnigen Schenkel, noch der Kraft seines Arms oder der hypnotisierenden Macht seiner Augen. Sie senkte ihren Blick und sah seine große, bronzefarbene Hand, die sich auf ihrer elfenbeinfarbenen Haut bewegte. Sie haßte ihn, und sie sollte eigentlich auch seine Hände auf ihr hassen, aber was sie fühlte, war eine ständig wachsende Faszination. Und sie wurde von einer ungewollten Erregung überschwemmt. Es schien, als wäre tief in ihrem Inneren ein langsam brennendes Feuer entzündet worden, so tief drinnen, daß sie es nicht löschen konnte. Dann stellte sie fest, daß es an der Stelle entzündet worden war, wo seine schwieligen Handflächen über ihre Brustwarzen rieben, und daß es tief in sie hineinfloß, bis in den Mittelpunkt ihres Seins, in den Scheitelpunkt ihrer Schenkel und in ihre verborgensten weiblichen Höhlen.

»Bitte...«, flüsterte sie.

»Kein Bitte.«

»Was ist, wenn...«

»Ihr seid eine Lügnerin, Rhiannon«, sagte er zu ihr, hörte aber nicht auf, sie zu streicheln. Sie brachte einen zum Wahnsinn, sie war die wandelnde Inkarnation eines himmlischen Traums und eines höllischen Vergnügens.

»Aber...«

Er lächelte träge und spöttisch: »Hört endlich mit Eurem Widerspruch auf. Ich bin kein Mönch und werde nicht als solcher leben. Und Ihr seid nicht die süße und zärtliche Braut. Aber bald werden wir die absolute Wahrheit wissen über Eure Begegnung mit Rowan in den Wäldern. Es gibt nichts, was Ihr fürchten müßt. Obwohl Ihr mich einen Barbaren genannt habt, kann ich keinem unschuldigen Kind Böses antun. Solltet Ihr die Frucht eines anderen Mannes tragen, wird dieses Kind einfach der Kirche übergeben werden. Ich würde nie das Kind irgendeiner Frau töten, nicht einmal das Eure, Lady.«

»Ich – ich glaube Euch nicht.« Sie leckte sich über die Lippen. Ihr Widerspruch war vergeblich. Er würde bald selbst entdecken, daß ihre Vereinigung mit Rowan nicht vollzogen worden war.

Und noch niemals hatte ihr Beisammensein mit Rowan in ihr Gefühle erweckt, wie sie sie in diesem Augenblick hatte. Sie liebte Rowan, doch sein Kuß und seine Berührung hatten niemals dieses seltsame, aufregende Feuer in ihr entzündet wie dieser Mann, den sie haßte.

Er lächelte sie an, und jetzt war es ein merkwürdig verschobenes Lächeln, jungenhaft, sehnsüchtig und nachdenklich. »Ich habe neun Geschwister, die noch am Leben sind, Lady. Sechs Brüder und drei Schwestern. Meine Mutter hat nur ein Kind verloren, und doch hat sie um dieses Kind lange und innig getrauert. Vielleicht bin ich ein Barbar, aber mir wurde beigebracht, daß alles Leben heilig ist und ganz besonders das eines Kindes.

Die Wahrheit ist, Lady, daß ich Euch eigentlich heute nacht in Ruhe lassen wollte. Nun, ich wollte Euch bestrafen, aber dann unberührt lassen, bis die Schlacht vorbei ist, bis ich weiß, ob ich das Land, das Alfred mir gegeben hat, gewonnen habe. Aber ich glaube nicht, daß Ihr mit Eurem Liebhaber jemals richtig zusammengewesen seid, und da Ihr das als Ausrede gebraucht habt, muß ich Euch, in aller Freundlichkeit dazu bringen, zu akzeptieren, was Ihr getan habt.«

»Was ich getan habe?« keuchte sie. Kerzenlicht tanzte auf

seinen Gesichtszügen; und in dem unwirklichen Schimmer sah er sowohl erschreckend als auch bestrickend aus. Akzeptieren... dies? Sie konnte niemals diesen Fremden akzeptieren, der da so eng auf ihr lag, diesen Wikinger mit seinem blonden Haar und Bart, seinen zwingenden nordischen Augen und seinem stählernen, sehnigen Körper. Er sprach ruhig, er schien es nicht sonderlich eilig zu haben, aber sie konnte immer noch das Feuer in ihm spüren, den harten Schaft seines Gliedes, die Flammen und Spannungen, die zwischen ihnen tanzten. Wieder wurde sie von Angst überfallen, als sie bemerkte, daß sie ganz still hielt, als er sie ungeniert berührte. Sie versuchte ihre Hand unter seinem Arm herauszuziehen, aber sie stellte schnell fest, daß das keinen Sinn hatte. Die schwellenden Muskeln seines Arms waren wie Stahl.

Er packte ihre Handgelenke und hielt sie spöttisch über ihrem Kopf fest, während sein Blick über sie wanderte. »Wegen Eurer gewissenlosen Sticheleien hätten heute abend Männer ihr Leben lassen können, Lady. Bündnisse sind etwas Zerbrechliches. Ich bin hierhergekommen, um für Alfred zu kämpfen, weil ich an seine Gründe glaube, und ich halte ihn auch für einen großen König, einen Mann, der meinem Großvater Aed Finnlaith gleichkommt. Er ist weise und fromm und ein kriegerischer König mit grenzenlosem Mut. Ich bin hierhergekommen, um mein eigenes Stück Land zu finden, um meine Burg und mein Land zu suchen, und ich werde nicht zulassen, daß ihr – oder irgend jemand sonst – das zerstört, was ich gefunden habe.«

Er hörte auf zu sprechen und senkte den Kopf, und obwohl sie sich zur Seite warf, bedeckte sein Mund den ihren und verschloß ihn. Seine Zunge teilte ihre Lippen und stieß heiß und tief in ihren Mund. Er vergewaltigte sie mit seiner Zunge, liebkoste sie... und vergewaltigte sie abermals. Es schien, als würde er mit dem Schmelzen ihrer Lippen immer tiefer in sie eindringen. Sie kämpfte gegen das Feuer in ihrem Inneren, aber es blieb. Sie wollte sich wegdrehen, konnte es aber nicht, und der Kuß war so kraftvoll und fordernd, daß sie keine andere Wahl hatte, als ihn zu erwidern. Seine Lippen hoben sich von ihren, um sie dann immer und immer wieder heftig zu berühren, bis ihre Lippen anschwollen und sie keuchend nach Atem rang.

Als sich seine Lippen endgültig von ihren lösten, wanderten sie langsam und fordernd über ihre Wange zu ihrem Ohrläppchen, wo sie seinen heißen, feuchten Atem spürte, und dann an ihrer Kehle hinab. Seine Augen fanden ihre. Sie befeuchtete ihre Lippen und versuchte zu protestieren, aber sie hatte keinen Atem für Worte übrig. Er gab ihre Handgelenke frei, nahm aber ihre Hände und verschränkte seine Finger mit den ihren. Er legte sich der Länge nach auf sie. Sie fühlte, wie das rauhe Haar seiner Schenkel auf ihr rieb, und die Kraft seines Körpers, als er ihre Knie auseinanderdrängte und sich zwischen ihre Beine legte. Seine pulsierende Männlichkeit lag ganz dicht an ihr, und ihr entfuhr ein verzweifelter Laut. Sein Mund bedeckte wieder den ihren und löschte Worte und Protest. Dann bewegte er wieder seine Lippen. Er ließ sie langsam über ihre Kehle gleiten, hielt bei der im Rhythmus ihres Herzschlags pulsierenden Vene inne. Seine Zunge zuckte über ihre Haut, wanderte tiefer. Langsam schloß er seine Lippen über ihrer Brustwarze, und das berauschende Gefühl entlockte ihr ein Keuchen. Immer noch beherrschte er sich, seine Zunge umkreiste den rosigen Warzenhof, seine Zähne bissen vorsichtig zu, dann bewegten sich seine Lippen weiter. Sie gab inbrünstige, heftige Laute von sich, warf den Kopf auf dem Kissen hin und her. Sie wölbte sich ihm entgegen, ihre Finger waren noch immer mit seinen verschlungen; sein Körper thronte wie ein Wall aus Hitze und Muskeln und Sehnen über ihr.

Sein Mund wanderte weiter durch das Tal zwischen ihren Brüsten und widmete sich der zweiten zarten Brustwarze. Tief saugte er die Spitze in seinen Mund und verursachte bei ihr einen erneuten Flammenausbruch. Er strich mit der Zunge über den Hof, ließ sie um die schwellende Warze kreisen. Dann wanderte sie immer weiter hinab.

Sie fühlte, wie sein Haar und sein Bart rauh und aufregend

über ihren Bauch glitten. Er strich mit seinen Lippen von der einen Seite auf die andere. Er biß sanft in ihr Fleisch, badete es mit der brennenden Hitze seiner Zunge. Seine Hand strich über sie, stachelte ihre Erregung an, liebkoste ihre Schenkel und legte sich über die zarte, feuchte Öffnung zwischen ihren Schenkeln. Sie entdeckte plötzlich, daß ihre Hände frei waren, daß ihre Finger sich jetzt in sein Haar gruben. Sie zerrte daran, kämpfte gegen die Vertraulichkeit an, flüsterte einen heiseren Protest. Er packte wieder ihre Hände, verschränkte die Finger. Seine Augen blickten sie voller kühner, blauen Entschlossenheit an, und er lächelte. Dann senkte er wieder seinen Kopf.

Ihre Schenkel waren weit gespreizt, denn er lag zwischen ihnen. Sie keuchte und stöhnte und schrie laut auf über die Vertraulichkeit, die er sich jetzt erlaubte. Sie wölbte sich empor und zerrte wie wild an seinen Händen, aber er löste seinen Griff nicht. Sie fiel auf das Bett zurück und hatte keine andere Wahl, als sich dem aufregenden, überwältigenden Gefühl hinzugeben, das sich ebenso in ihr breit machte wie das hinreißende Streicheln seiner Zunge. Es war weniger wie eine Liebkosung, seine Lippen berührten sie nur innig, zart, leicht. Er hielt inne, und dann stieß er heftiger vor und drang in sie ein. Sie wehrte sich immer noch, kämpfte immer noch dagegen an, aber noch während sie es tat, sickerte die Wärme in sie ein... tiefer und immer tiefer. Die kleinen Feuer, die in ihrem Körper gebrannt hatten, fingen nun mit erschreckender Heftigkeit zu lodern an. Undeutlich nahm sie wahr, daß sie sich rhythmisch unter ihm bewegte. Mitten in diesem Überfall hatte sie irgendwann aufgehört, sich zu wehren. Jetzt wollte sie ihm nicht mehr entkommen, sondern herausfinden, wohin sie diese Feuer bringen würden. Ein langsames, vibrierendes Beben baute sich in ihr auf, bis sie es nicht mehr ertragen konnte. Eine süße Flüssigkeit floß durch ihre Adern und wallte und pulsierte in ihrem Herzen und in ihren Lenden. Dann schien die Welt zu explodieren, schien ein Sternenfeuerwerk das Kerzenlicht auszulöschen, schien ihr gesamtes Inneres in einer Ekstase zu schmelzen, die so aufregend war, daß sie nie geglaubt hätte, daß es eine derartige Empfindung überhaupt geben könnte. Bewegungslos und außer Atem, umgeben von Dunkelheit nach diesem Feuerwerk, lag sie da und fühlte schließlich, wie sie wieder zu sich kam.

Er lag auf ihr. Sein Flüstern klang in ihrem Ohr. »Hat Euer Liebhaber Euch je so gekannt?« fragte er. »Schmeckte er je mit seinem Kuß Euren süßen Nektar?«

Ihre Augen öffneten sich. Der aufregende, erregende Zauber verschwand allmählich, und Wut und Empörung durchfuhren sie. Sie stieß einen Schrei aus, versuchte ihn zu schlagen, aber ihre Fäuste fielen kraftlos gegen seine Schultern, und seine Lippen eroberten leidenschaftlich und feurig die ihren. Sie fühlte das Streicheln seiner Hand auf ihrem Schenkel, und dann fühlte sie die sengende Hitze und Mächtigkeit seines Gliedes, als er es schließlich in sie stieß.

Bei dem plötzlichen stechenden Schmerz schrie sie auf, aber ihr Schrei wurde von seinem Kuß erstickt. Er hielt sich ganz ruhig, damit sich ihr Körper an den Eindringling gewöhnen konnte. Schluchzer stiegen in ihrer Kehle auf, und sie wand sich unter ihm, zerkratzte mit ihren Fingernägeln seine Schultern.

Er flüsterte in ihr Ohr, aber sie verstand seine Worte nicht. Dann begann er sich zu bewegen. Sie war davon überzeugt, seine Stöße nicht überleben zu können, von ihnen auseinandergerissen zu werden. Aber zu ihrer Überraschung verging der Schmerz nach und nach. Und als er verebbte, entzündeten sich durch die tiefen, hitzigen aber einfühlsamen Stöße, durch den langsamen aber unwiderstehlichen Rhythmus dieser Stöße, abermals kleine Feuer in ihrem Körper. Flammen, die an und in ihr züngelten, die in ihr tanzten und ihr Blut zum Kochen brachten. Sie bemerkte, daß diese aufregende Ekstase wiederkam, die sowohl erschreckend als auch überwältigend war. Mit jedem Stoß seines Körpers wurde sie größer. Ein Dröhnen klang in ihrem Kopf, und ihre Finger kratzten wie rasend über seine Schultern. Muskeln zogen sich unter ihrer Berührung zusammen und entspannten sich wieder, ihre Körper glänzten von feuchtem Schweiß. Die Erde schwankte unter ihr, aber immer noch fühlte sie das sanfte und kraftvolle Gleiten seines Gliedes, mit dem er sie wieder und immer wieder eroberte.

Er warf den Kopf zurück und stieß einen lauten, rauhen Schrei aus. In seinem Nacken traten dicke Sehnen hervor, seine Schultermuskeln schwollen an und spannten sich. Und dann spürte Rhiannon, wie er sich ergoß und wieder entstand in ihrem Inneren das verzauberte Gefühl. Sonnenlicht explodierte vor ihren Augen, um dann in Dunkelheit überzugehen, und sie war davon überzeugt, daß sie jetzt ohnmächtig werden würde, oder daß sie eigentlich bereits gestorben war...

Er rollte sich von ihrem Körper herunter und zog sie eng an sich. Erst da fühlte sie wieder den Schmerz, ein wundes Gefühl zwischen ihren Schenkeln. Sie warf sich in seinen Armen herum und drosch wütend auf ihn ein. Ihre Wut steigerte sich noch, als er lachte, ihre Handgelenke packte und sie wieder nah an sich zog.

»Bastard!« zischte sie ihn an.

»Ein recht erfreuter«, teilte er mit, und seine blauen Augen blickten sie spöttisch an. »Wie es scheint, wurde der Vorstoß Eures Liebhabers unterbrochen.«

»Dann laßt mich jetzt gehen. Eure Ehre ist wieder hergestellt worden. Ihr habt Euer Vergnügen gehabt – was wollt Ihr denn noch mehr?« schrie sie ihn an.

»Noch mehr? Oh, ich will noch viel, viel mehr. Ich will alles, jede Kleinigkeit, die Ihr bereit wart, ihm zu geben.«

»Ich werde Euch überhaupt nichts geben.«

Er grinste: »Nun, ich denke, das werdet Ihr doch tun. Tatsächlich, meine Liebe, ich denke, das werdet Ihr tun.«

9. KAPITEL

»Niemals, das schwöre ich!« versicherte Rhiannon ihm nachdrücklich. »Alles, was ihr jemals von mir bekommen werdet, sind meine inständigen Gebete um Euer baldiges Ableben.«

Er grinste: »Weil Ihr mich so sehr haßt, Madame? Oder weil ich Euch so viel Spaß bereite?«

Sie schimpfte leise vor sich hin und hätte sich gerne abgewendet, aber er hatte ihre Schultern gepackt und nagelte sie mit seinen eisigen Augen fest: »Dann betet für mein Ableben. Das wäre für Euch nämlich das beste. Denn wenn ich die bevorstehende Schlacht überlebe, solltet Ihr besser für Eure eigene Seele beten. Ich werde sie als meinen Lohn verlangen. Ich werde alles verlangen, und ich werde es bekommen – auf die barbarische Art, wenn es sein muß. Ich bekomme immer das, was mir zusteht.«

Es gelang ihr schließlich, sich von ihm zu lösen. Sie hüllte sich in die Bettücher und drehte ihm den Rücken zu.

»Ich sehe schon, Ihr habt bereits angefangen zu beten, daß ich in der Schlacht fallen möge.«

Sie gab ihm keine Antwort. Seine Hand fiel auf ihre Schultern, und sie drehte sich erschauernd zu ihm herum. Er konnte doch nicht im Ernst wollen – das alles noch einmal zu machen! Aber er konnte. Es war seine Hochzeitsnacht.

Bei dem Gedanken daran stand ihr Körper schon wieder in Flammen. Verabscheute sie ihn wirklich für das, was er war... oder haßte sie ihn vielleicht noch mehr für das, was er sich von ihr geholt hatte? Und dafür, daß er sich dieser Tatsache auch noch voll bewußt war?

Niemals würde sie ihm mehr geben. Und so riß sie beunruhigt die Augen auf, als er sie betrachtete, denn an diesem Abend hatte sie eine Lektion schnell gelernt – er war stärker als sie, und er hatte die Macht, mit seiner Berührung ihren Willen zu besiegen.

Aber er berührte sie nicht wieder. »Geht schlafen«, sagte er ruhig zu ihr. Der Lichtschein fiel auf sein Antlitz, auf die geheimnisvolle blaue Macht seiner Augen, auf die stolzen wohlgeformten Züge seines Gesichts, auf seinen sorgfältig gestutzten Schnurrbart und Bart, auf seine Schultern, und das rief ihr seine Kraft ins Bewußtsein zurück. Sie erschauerte. Er starrte sie noch einen Augenblick an, dann warf er die Bettdecke ab und stieg aus dem Bett. Nackt und ohne Hast zog er sein Schwert heraus. Mit steigender Panik beobachtete Rhiannon ihn. Sie sah, wie er die Klinge hochhob und sie fast liebevoll anblickte. Er ließ seine Finger über die Schneide gleiten. Dann drehte er sich um und ging auf das Bett zu.

Todesangst stieg in ihr empor. Er hatte gelogen; er hatte doch vor, sie zu töten.

Sie erbleichte. Und als er näher kam, entrang sich ihr ein Schrei: »Nein, das könnt Ihr nicht tun!«

Er blieb stehen und hob fragend eine Braue. Dann fing er belustigt zu lachen an.

»Lady, bei Eurem Benehmen besteht durchaus die Möglichkeit, daß ich Euch ab und zu einmal verhauen werde. Aber Euch die Kehle durchzuschneiden... nein. Ganz bestimmt nicht.«

Er stieg ins Bett zurück und legte das Schwert neben sich auf den Boden. »In einem fremden Land kann man nie so genau wissen«, murmelte er. Dann drehte er ihr den Rücken zu und zog sich die Decke über die Schultern.

Bewegungslos lag sie neben ihm, sie war derartig erleichtert, daß sie keinen klaren Gedanken fassen konnte. Sie wollte aus dem Bett hüpfen und die Öllampen ausblasen, denn um ihren Körper und ihre Gedanken wieder in die Gewalt zu bekommen, brauchte sie Dunkelheit. Aber sie konnte sich nicht dazu bringen, das Bett zu verlassen, und so lag sie still da und hörte auf sein leises Atmen.

Sie wollte ihn nicht; sie wünschte sich aus ganzem Herzen, daß er fallen möge. Sie liebte Rowan.

Nein, sie konnte Rowan niemals mehr lieben. Nicht nachdem dieser Mann sie berührt hatte. Sie verabscheute ihn zwar, aber er brachte sie zum Beben, zum Beben und Brennen...

Sie schluckte, denn sie konnte den Anblick seiner breiten, bronzefarbenen Schultern nicht ertragen. So erhob sie sich schließlich doch und lief zu der Truhe am Fußende des Bettes, wo die beiden Lampen brannten. Sie bückte sich und blies die Flammen aus und blieb dann stehen, weil ihr Blick auf das Schwert gefallen war.

Sie konnte die Klinge ergreifen und sie ihm ins Herz stoßen. Dann würde er sie nie mehr verletzen und erniedrigen und sie nie mehr als sein Weib beanspruchen können.

Nein... Sie lächelte bedauernd, war wütend auf sich selbst, weil sie so etwas nicht tun konnte. Sie konnte nicht die Klinge gegen einen schlafenden Menschen erheben, ganz egal, wie sehr sie ihn verabscheute.

»*Hündin!*« zischte er sie in einem erschreckenden Wutausbruch an. Sie hatte nicht gehört, daß er sich bewegte, sie hatte ihn nicht atmen gehört! Aber plötzlich war er aus dem Bett gesprungen, stand vor ihr und preßte sie an sich. Er war außer sich vor Zorn, und sie keuchte erneut vor Angst, als er sie an sich preßte, ihren Kopf zurückgebogen und ihren Körper fest an seinen harten gedrückt.

»Ihr dachtet tatsächlich daran, mich umzubringen! Eure Pfeile fanden nicht ihr Ziel, und deshalb wollt Ihr einen schlafenden Mann, den Ihr geheiratet habt, aufschlitzen!«

»Gegen meinen Willen!« schrie sie, um sich zu verteidigen. Es würde nicht für sie sprechen, wenn sie gestehen würde, daß es ihr unmöglich gewesen war, diese verräterische Tat zu begehen. Sie zitterte am ganzen Leib, und doch zwang sie sich dazu, mit hocherhobenen Kinn dazustehen.

Er riß sie von den Füßen in seine Arme. Sie spürte seine Blöße. Er warf sie auf das Bett zurück, doch dieses Mal drehte er ihr nicht den Rücken zu. Er hielt sie mit seinem Arm um die Taille fest und zog sie ganz eng an sich. So eng, daß seine Brust, seine Hüften und seine Lenden flach an ihrem Rücken und an ihren Hinterbacken anlagen und er jede geringste ihrer Bewegungen fühlen konnte.

Und sie konnte auf ihrer zarten Haut seinen Körper spüren. Pulsierend, vibrierend, lebendig...

»Schlaft jetzt!« fuhr er sie an. »Wenn Ihr Euch noch einmal bewegt, verspreche ich Euch, daß ich Euch noch heute nacht mit zwanzig Hieben Gehorsam einbläuen werde. Und für später kann ich Euch versprechen, daß ich mich durchaus dazu zwingen kann, sehr barbarisch zu sein – und außerordentlich grausam.«

Tränen standen ihr in den Augen, aber sie bewegte sich nicht. Sie wagte kaum zu atmen und haßte das vertrauliche Gefühl seines Körpers an ihrem.

Sie machte kein Auge zu. Hellwach verbrachte sie die folgenden Stunden. Sie drehte sich nicht um, bewegte sich nicht, krümmte kein Glied – sie getraute sich kaum, zu blinzeln. Als sich schließlich doch noch ihre Lider schlossen und sie einschlief, war sie sich in keiner Weise bewußt, daß sie sich eng an seinen warmen Körper kuschelte.

Oder daß auch er wach dalag, und zwar noch viel länger als sie.

Er hatte nicht nur sie, sondern auch sich zum Narren gehalten.

Denn sie war wunderschön. Ihre Haut war über alle Maßen zart. Ihre Brüste erhoben sich in verschwenderischer, fester Fülle und wurden von erregend rosigen Gipfeln gekrönt, die sich unter seiner Berührung sofort verhärteten. Ihr Rücken war der Inbegriff von Geschmeidigkeit, ihre Hüften rundeten sich zart und verführerisch, und ihre Taille konnte er mit einer Hand umfassen. Er war wütend auf sie. Obwohl er so zornig war, hatte er Rücksicht auf sie genommen. Er hatte das Feuer in ihren Augen und in ihrem Geist entfacht, und er wußte genau, daß ihr der Beischlaf großes Vergnügen bereitet hatte, aber trotzdem benahm sie sich, als ob er sie verprügelt hätte. Sie kämpfte immer noch gegen ihn.

Sie träumte immer noch von einem anderen Mann.

Das Leben bestand aus harten Tatsachen, dachte er. Sie mußte das akzeptieren. Sie war sein Weib.

Und noch eine andere Wut brannte tief in ihm. Um sie zu

beschämen, hatte er einen spöttischen Tonfall angeschlagen. Aber er hatte die Wahrheit gesagt. Sie waren Feinde, unerbittliche Feinde, und sie würde ihn bei jeder Gelegenheit bekämpfen und ihn ihren Abscheu spüren lassen. Das war eine unleugbare Tatsache, und es lag auch Ironie darin, denn als er sie besessen hatte, hatte er sich an seine Liebe von früher erinnert, an die Zärtlichkeit und an das süße Lachen.

In dieser Leidenschaft lagen keine derartigen Gefühle, sondern ein so starkes Begehren, daß er mit einer wilden Bestie in seinem Inneren kämpfen mußte, mit einem Wolf, der heulen und dieses Weib besitzen wollte. Er wollte keine Zärtlichkeit, er wollte dieses Weib nehmen und sie dann verstoßen und die Erinnerung an wahre Liebe in sich rein erhalten.

Er biß die Zähne zusammen. Sie wollte sein irisches Blut nicht anerkennen. Sie sah nur den Wilden. Dann zum Teufel damit, beschloß er. Er würde das Fieber in seinem Inneren unterdrücken und all das sein, was sie in ihm sah.

Er schloß die Augen. Er spürte die weiche Fülle ihrer Brüste, und abermals begann das Fieber in ihm zu pulsieren. Er preßte den Kiefer zusammen. Er hatte ihr befohlen zu schlafen, aber er konnte es nicht.

Seine Lippen berührten sie. Seine Hände strichen über ihre Brüste, und er wußte, daß er den Anblick ihrer Schönheit in die Schlacht mitnehmen und sich damit die einsamen Nächte, die ihm bevorstanden, versüßen würde. Er preßte seine Lippen auf ihre Haut und schmeckte das süße Salz ihrer ersten Vereinigung. Sie bewegte sich im Schlaf. Instinktiv wölbte sich ihr Körper unter seiner Liebkosung.

Dann bedeckte er wieder ihre Lippen und drückte seinen Körper zwischen ihre Schenkel. Als er mit der vollen Härte seines Glieds in sie eindrang, schlug sie alarmiert die Augen auf. Aber es war zu spät für einen Protest. Ein erstickter Schrei entrang sich ihr, und sie stieß ihre Hände gegen seine Burst, aber dann schlossen sich ihre Finger um seine Schultern, und ihre Nägel bohrten sich in seine Muskeln.

Er löste sich von ihren Lippen und starrte auf sie hinab.

Ihre Augen waren geschlossen, und ihr Atem kam stoßweise zwischen den halb geöffneten Lippen. Vielleicht wollte sie ihn täuschen? Vielleicht wollte sie sich sogar selbst etwas vormachen? Doch sie war mit Schönheit und Sinnlichkeit gesegnet, und wenn man es ihr nicht erlaubte, sich gegen ihn aufzulehnen, würde sie die Wahrheit lernen.

»Du gehörst mir«, flüsterte er ihr sanft ins Ohr. »Mein Weib. Erinnere dich immer daran. Vergiß es niemals.«

Dann bewegte er sich in ihr.

Er ließ seiner Leidenschaft freien Lauf und zog sie mit sich in die große Flut. Hitzig und wild ritt er auf ihr, und als er seinen Höhepunkt erreichte, schien er mit dem Samen seines Körpers auch seinen Ärger und seine Anspannung herauszuspritzen. Sie gehörte ihm, und jetzt würde sie es wissen.

Er fühlte, wie sie schauerte, fühlte, wie sie sich entspannte. Er lag in dieser Nacht so lange auf ihr, bis sie wütend aufschrie und versuchte, sein Gewicht abzuschütteln.

Er gab sie frei, und sie wendete sich ab und kringelte sich zusammen. Nach langer Zeit sah er, daß sich die Anspannung in ihren Schultern löste. Sie war wieder eingeschlafen.

Im Schlaf war sie von überwältigender Schönheit. Als er sie so sah, mußte er sich gewaltsam beherrschen. Er versuchte sich daran zu erinnern, wie sie sich für ihren Liebhaber die Kleider vom Leibe gerissen hatte, um ihn zum Hahnrei zu machen. Aber er erinnerte sich nur noch an die Linie ihres Rückens und an das wunderbare Schimmern ihrer Hüften.

Er legte sich auf den Rücken, schloß die Augen und rief sich ins Gedächtnis, daß er bei Sonnenaufgang ihrem Liebhaber gegenübertreten würde, und daß er fest entschlossen war, den jungen Mann nicht zu töten. Dafür würde er seine ganze Konzentration benötigen. Danach würde die Truppe aufbrechen, und sie alle würden nach Rochester reiten, um dort Gunthrum gegenüberzutreten. Für all das mußte er hellwach und vorsichtig sein, und sein Schwertarm brauchte Ruhe.

Aber er konnte nicht einschlafen.

Schließlich ertönte der erste Hahnenschrei, und am Himmel zeigte sich das erste Morgenrot.

Es war Zeit für ihn, Rowan zu treffen.

Eric erhob sich und zog sich schnell an, legte seine Schwertscheide an und schob Vengeance hinein.

Dann blieb er stehen und starrte Rhiannon an. Im Morgenlicht sah sie noch unschuldiger aus, noch schöner. Tödlich schön, dachte er und fühlte, wie sich sein Ärger über sie erneut entzündete. Es konnte gut möglich sein, daß sie den armen Jungen das Leben kosten würde, denn sie mußten miteinander kämpfen, und der Kampf mit dem Schwert konnte immer einen tödlichen Ausgang nehmen.

Rollo wartete vor der Tür des Hochzeitsgemach auf ihn. Er führte den riesigen weißen Hengst am Zügel und trug Erics Visier und Rüstung. Sie sprachen nicht miteinander; sie rissen auch keine Zoten. Eric legte sein Panzerhemd an und setzte Helm und Visier auf. Dann bestieg er Alexander.

»Ist der König bereit?«

»Der König und der junge Mann, Rowan, erwarten uns zusammen mit einigen Engländern auf dem Feld.«

Eric nickte.

»Was werdet Ihr tun?«

»Wenn ich muß, werde ich ihn töten.«

Rollo grinste: »Ihr denkt nie daran, daß Ihr auch einmal selbst fallen könntet?«

»Nein, niemals, denn an den Tod zu denken, heißt, ihn einzuladen. Und in diesem Fall bin ich fest davon überzeugt, daß der Vorteil auf meiner Seite liegt, denn der Junge hat keine jahrelange Kampferfahrung wie ich.«

»Genau das ist der gravierende Unterschied zwischen den Sachsen und uns«, murmelte Rollo.

»Ja, das ist es«, stimmte Eric ihm zu. »Aber da kann man nichts dagegen machen.«

Sie erreichten das Feld, wo sie am Tag vorher ihre Waffenkunst geübt hatten, den Ort, wo die Herausforderung ausgesprochen und angenommen worden war. Mit Rowan an der Seite ritt der König ihm entgegen. Alfred blickte grimmig und war augenscheinlich schlechter Laune. Und, dachte Eric, er sah auch bleich und traurig aus.

Der Kampf mußte stattfinden, es gab keine andere Lösung. Aber der König bedauerte jetzt schon den Tod des jungen Mannes. Er hegte keine Zweifel, daß Eric den Sieg davontragen würde.

Sie blieben stehen. Der König hob die Hand: »Nur Schwerter. Der Kampf findet auf dem Pferderücken statt und nur wenn ein Mann abgeworfen wird, soll der Kampf auf dem Boden weitergehen.«

Eric nickte. Rowan, bleich aber entschlossen, nickte ebenfalls. Eric klappte sein Visier herunter. Jetzt waren hinter der silbernen Maske nur noch seine Augen zu sehen wie Feuer und Eis. Der weiße Hengst scharrte mit den Hufen und stieg empor, die anderen entfernten sich, und dann galoppierte Eric zum Startpunkt. Ein Horn erklang; die Männer standen zum Kampf bereit.

Dann ertönte das Horn abermals, und Eric drückte Alexander die Fersen in die Flanken. Donnernd erbebte die Erde. Dreck wurde aufgeschleudert. Wie der Blitz schoß er auf den Gegner zu. Auch Rowan ritt ein großes Schlachtroß. Die Pferde rasten aufeinander zu, in der kalten Morgenluft sah ihr Atem wie große Rauchwolken aus. Sie wirkten wie majestätische Drachen aus fernen Tagen. Donnernd berührten ihre Hufe die Erde.

Und dann trafen sie aufeinander.

Stahl schlug auf Stahl. Eric schwang Vengeance mit einem Schlachtschrei auf den Lippen, und der Laut erzeugte Gänsehaut. Die Schwerter trafen klirrend aufeinander. Der Aufprall war gewaltig.

Eric preßte grimmig die Lippen zusammen. Er stellte fest, daß der Engländer gut ausgebildet war, aber er mußte das Gefühl haben, daß sogar sein Gott gegen ihn war, denn er kämpfte nur schwächlich. Eric hob wieder sein Schwert, schlug es hart auf das von Rowan, und schon war der junge Mann abgeworfen.

Eric sprang sofort von seinem Gaul und nutzte seinen

augenblicklichen Vorteil. Rowan hob seinen Schild, fiel aber nach hinten und kam schlitternd in einer Pfütze auf die Knie. Eric schlug wieder auf ihn ein, und Rowans Schwert flog weg und dann sein Schild. Dann lag er keuchend da, die Augen auf die von Eric gerichtet, die unbarmherzig durch die Sehschlitze seines Visiers glühten.

Eric ließ Vengeance an seiner Seite hängen. Dann drückte er die Klinge direkt gegen die Kehle des anderen Mannes. Er ließ sie einen Augenblick dort, dann hob er sie. Er schnitt in Rowans Wange. Der junge Mann langte instinktiv nach der Wunde und blickte den Wikinger verwundert an.

Eric drehte sich zum König um: »Meine Ehre ist wiederhergestellt. Dieser Mann ist mutig, und wenn es ihm bestimmt ist, durch das Schwert zu sterben, dann wäre es mir lieber, wenn er im Kampf gegen die Dänen fallen würde.«

Er erwartete keine Antwort. Er drehte sich um und ging zu seinem weißen Hengst.

Er hörte hinter sich eine Bewegung und wirbelte herum, verdutzt zwar, aber auch auf der Hut, ob sein Gegner Böses im Schilde führte. Diese Engländer! dachte er geringschätzig. Immer schnell zur Hand mit dem Schwert, wenn der andere den Rücken zukehrt!

Aber Rowan hatte kein Schwert in der Hand, und als Eric sich umdrehte, fiel der junge Mann auf ein Knie und legte seine Faust auf sein Herz: »Ich danke Euch für mein Leben, Prinz von Dubhlain. Ich bin für immer Euer Gefolgsmann.« Er sah einen Augenblick zu Eric empor und senkte dann den Kopf. »Und wie Ihr jetzt wißt«, flüsterte er, »bin ich in Wahrheit nie bei Eurem... Weib gelegen.«

Eric dachte über diese Worte nach: »Steht auf. Wir alle werden dem Tod bald genug ins Antlitz blicken.«

Er drehte sich um und bestieg Alexander. Er grüßte den König und ritt wieder zu seinem Brautgemach zurück. Es war Zeit, sich für den Ritt nach Rochester bereit zu machen.

Langsam wurde Rhiannon wach. Sie hatte noch nie so tief geschlafen, ging es ihr durch den Kopf. Unter ihren Fingern fühlte sie die kühle Zartheit der Laken, und ihr Kopf ruhte auf einem weichen Kissen. Es wäre gar nicht schwer, einfach in dieser schwebenden Traumwelt zu bleiben.

Aber dann war sie hellwach. Sie riß die Augen auf und warf sich voller Panik herum.

Er war weg. Sie war allein.

Trotzdem bebte sie wieder bei der Erinnerung. Bei der Erinnerung, wie sie zusammengelegen hatten, bei der Erinnerung an seinen Spott und seine Berührung und seine Versprechungen... nein, seine Drohungen!

Aber allein bei dem Gedanken an ihn begann sie zu keuchen. Und sie fühlte tief in sich wieder dieses seltsame Brennen. Ihre Brüste schwollen an, ihre Brustwarzen wurden hart, und Hitze stieg in ihr Gesicht. »Nein, nein!« murmelte sie unbestimmt und preßte ihr Gesicht in das Kissen.

Dann dachte sie an ihre Nacktheit und beschloß, aufzustehen und sich anzuziehen, ehe er zurückkam. Es schien sehr früh am Morgen zu sein, viel zu früh, als daß die Armee schon abgezogen sein konnte.

»Lady!«

Ein Klopfen ertönte, und Magdalene, eine der Frauen der Königin, trat ein. Sie brachte Wasser zum Waschen und blickte Rhiannon mit einem scheuen Lächeln an: »Euer Lord ist gegangen, deshalb bin ich gekommen, um Euch beim Ankleiden zu helfen.«

Rhiannon nickte und versuchte zu lächeln. Magdalene war eine Kammerfrau. Sie war groß, schlank, grauhaarig, freundlich und nie verheiratet. Alswitha hatte sie sicher deshalb geschickt, weil sie wußte, daß Magdalene Rhiannon nicht mit Gelächter oder dummen Bemerkungen über den Vollzug der Ehe in Verlegenheit bringen würde.

»Danke«, murmelte sie und biß sich auf die Unterlippe. »Ich möchte mich sehr gerne ankleiden.«

Magdalene trat ein und setzte den Wassertopf auf die Truhe: »Vermutlich möchtet Ihr so schnell wie möglich auf das Feld eilen, wo sich die Männer bald mit ihren Schwertern treffen werden.«

»Was?« fragte Rhiannon. Sie setzte sich auf und zog ein Laken um ihre Schultern. Sie runzelte die Stirn und fragte weiter: »Was für ein Schwertkampf ist das denn?«

»Nun, Rowan hat Euren neuen Ehemann herausgefordert. Meine Lady, so wunderschön zu sein, daß Männer für Euch sterben wollen! Ach ja!« Magdalene kreuzte die Arme über der Brust und seufzte sehnsüchtig.

»Sterben für mich...«, wiederholte Rhiannon. Dann wurde sie von Panik ergriffen und erschrak zu Tode. Rowan hatte beschlossen, um sie zu kämpfen. Sie mochte ihn immer noch sehr gerne, auch wenn die vergangene Nacht sie für immer verändert hatte.

Und er war kein Gegner für Eric von Dubhlain. Er war weder so trainiert, noch so erfahren. Und er war nicht aus Stahl gemacht und hatte weder dessen übermächtigen Willen, noch dessen kaltes Selbstvertrauen.

»Nein – oh, nein!« jammerte sie. Sie sprang aus dem Bett. Sie vergaß vollkommen, daß sie nur in ein Leinentuch gehüllt war, so erpicht war sie darauf, den Kampf zu unterbinden, ehe er noch begonnen hatte.

»Lady!« rief Magdalene ihr nach.

Sie beachtete den Ruf nicht. Sie rannte aus der Tür, und die kühle Morgenluft erfüllte ihr Herz mit Furcht. Sie eilte auf den schmutzigen Pfad, der auf das Haupthaus zuführte und hielt dann inne, wobei ihr das Herz fast stehenblieb.

Eric war schon aufgestiegen. Sein Schwert war in der Scheide. Sie hatten sich noch nicht getroffen. Kein Blut tropfte von der Klinge.

»Mylord!« schrie sie.

Sein Gesicht war hinter dem Stahl seines Visiers verborgen; sie sah nur seine Augen – blaues Eis, blaues Feuer. Er stieg ab und ging schnell auf sie zu. Sie schluckte und senkte den Kopf. Noch ehe er sie erreichte, fiel sie mit gesenktem Kopf vor ihm in den Dreck auf die Knie.

»Bitte!« Ihre Stimme klang vor lauter Gefühlsaufwallung kehlig und tief. »Bitte, nehmt nicht an diesem Kampf teil. Tötet – tötet Rowan nicht. Ich schwöre, daß er keinerlei

Schuld trägt. Ihr...« Sie hielt inne, und ihre Wangen färbten sich. Wie schwer es war, von diesem Mann irgendetwas zu erbitten! »Ihr wißt, daß wir in Wahrheit niemals Liebende waren!«

Er bückte sich. Er nahm ihre Ellbogen und zwang sie zum Aufstehen. Sie blickte in sein Gesicht, und immer noch konnte sie nur das unerbittliche blaue Feuer seiner Augen sehen.

»Lady, was ist das für eine Angewohnheit, unbekleidet herumzulaufen?« fragte er sie heiser.

Verzweifelt zog sie das Laken noch enger um sich. »Ich spreche vom Leben eines Mannes!« rief sie aus.

»Dem Leben Eures Liebhabers?«

»Er war niemals...«

»Nein, Madame, er hat niemals den Akt der Liebe vollzogen. Was er von Euch erhielt – ich denke nur an die zärtliche Szene im Wald! –, war sicherlich mehr, als die meisten Ehemänner jemals erwarten würden.«

»Bitte...« Sie öffnete den Mund, um zu widersprechen, aber er hatte sie herumgedreht. Schwer lag seine Hand mit dem Panzerhandschuh, mit der er sie zum Brautgemach zurückdrängte, auf ihrer Taille. Sie blickte hinter sich und stolperte dann vorwärts. Er folgte ihr. Magdalene stand unter der Tür. Eric warf ihr nur einen kurzen Blick zu, als er sein Visier öffnete, und schon zuckte sie zurück und eilte davon.

Eric schloß die Tür und blieb einen langen Moment mit dem Rücken zu Rhiannon stehen. Dann drehte er sich um.

»Das Leben dieses Mannes ist für Euch sehr wertvoll!«

Rhiannon schluckte: »Jedes Leben ist wertvoll für mich.«

Er warf seine Handschuhe auf das Bett: »Ausgenommen meines?«

»Bitte, ich flehe Euch an. Tötet ihn nicht.«

»Es ist so aufregend, Euch betteln zu sehen.«

»Ihr genießt das!« klagte sie ihn an.

»Tatsächlich, Madame, das tue ich. Bettelt weiter.«

Dann schwieg er und stand drohend da, mit den Händen

in die Hüften gestemmt. Sie schluckte wieder und hielt unter Aufbietung aller ihrer Kräfte den Mund. Dann ging sie zögernd auf ihn zu. Und wieder kniete sie vor ihn hin. Das Laken und der feurige Vorhang ihres Haares umgaben sie wie ein königlicher Mantel, und schließlich blickte sie mit schimmernden, tränenerfüllten Augen zu ihm auf.

»Wenn Ihr jetzt nicht fortgeht und ihn tötet, dann schwöre ich Euch, daß ich Euch bei Eurer Rückkehr – daß ich Euch alles geben werde, was Ihr von mir verlangt.«

Eric lehnte sich an die Tür und verschränkte mit amüsiertem Interesse seine Arme über der Brust.

»Ihr seid mein Weib«, sagte er zu ihr, »ich kann mir nehmen, was ich will.«

Sie errötete: »Ja, aber Ihr habt gesagt, daß Ihr mehr wollt als meinen Körper. Was ich damit sagen will, ist, daß ich mich nicht mehr sträuben werde.«

»Sträuben oder nicht, Lady, wenn ich zurückkehre, wird diese Sache zwischen uns weitergehen.«

Noch während sie flehte, stieg Zorn in ihr auf, aber sie biß sich auf die Lippen, senkte die Augen und begann noch einmal: »Nein, Sir, es gibt Dinge, die man nicht mit Gewalt verlangen kann, und Dinge, die man sich auch als Ehemann nicht einfach nehmen kann.« Trotzig und stolz und voller unbeugsamen Mut hob sie den Blick: »Verschont ihn, ich bitte Euch... für mich. Ich werde Euch dafür entschädigen.«

Er beugte sich zu ihr hinab. Sie fühlte die Kraft, die von ihm ausging und atmete seinen kaum wahrnehmbaren männlichen Geruch ein. Sie bebte wieder, dachte an diese Sache, die ihre Brüste schwellen ließ und das Feuer in ihren Lenden zum Brennen brachte.

Er griff nach ihr, hob ihr Kinn, und seine Augen brannten in den ihren: »Was, Rhiannon? Was wollt Ihr tun, wie wollt Ihr mich bezahlen?«

»Wenn er am Leben bleibt, schwöre ich Euch, daß ich zu Euch kommen werde wie die beste Hure. Ich werde Euch jeden Wunsch erfüllen. Ich werde Euch wie den hingebungsvollsten Liebhaber anbeten.«

»Wenn er am Leben bleibt? Wenn ich ihn nicht töte?« fragte Eric.

»Ja!«

»Ihr werdet mich auf diese Weise dafür entschädigen, das schwört Ihr?« – »Ich schwöre es.«

Er ließ ihr Kinn los. Sie hielt den Kopf gesenkt, dann blickte sie zu ihm auf. Seine Augen waren wieder unergründlich, und ihr Magen zog sich voller Furcht zusammen. Er würde ihren Vorschlag ablehnen!

»Angenommen«, sagte er ruhig. Erleichterung überkam Rhiannon, doch sie runzelte die Stirn, denn sie war sich sicher, die Spur eines hinterhältigen Grinsens auf seinen Lippen gesehen zu haben. »Angenommen, Lady. Ich werde voller Vorfreude auf diese Entschädigung zu Euch zurückkehren. Und so wahr mir Gott helfe, Madame und Weib, Ihr werdet mir eine außerordentliche Entschädigung bezahlen!«

»Ja!« versprach sie ihm nochmals.

Er trat auf sie zu, und sie erhob sich langsam. Ein Klopfen ertönte. Rhiannon zog das Laken um sich. Eric rief herein.

Rollo trat ein und sagte ihm, daß der König ihn sehen wolle. Es war Zeit zum Abmarsch.

Eric nahm seine Handschuhe, öffnete die Truhe, um seine Sattelrolle und seine Satteltaschen herauszuholen, und warf sie sich über die Schulter. Er ging an Rhiannon vorbei, ohne sie zu beachten. Sie beobachtete ihn, überrascht, daß er einen derartigen Handel abgeschlossen hatte – einen, der sie immerhin ihren ganzen Stolz und ihre Würde und ihre Seele gekostet hatte – und sie dann wie etwas ganz und gar Unwichtiges nicht beachtete und einfach stehen ließ.

»Lady?«

Magdalene trat wieder in das Zimmer. Sie ging fröhlich zu Rhiannons Truhe und holte Kleider heraus. Sie plapperte unentwegt, aber zuerst hörte Rhiannon gar nicht hin.

»Sie sind alle voller Ehrfurcht, weil es so ein edler Kampf gewesen ist! Lady, Ihr könnt Euch glücklich schätzen.«

Rhiannon starrte Magdalene an und trat schnell zu ihr hin: »Welcher Kampf?«

»Nun, der, in dem Euer irischer Prinz mit Rowan kämpfte. Der junge Mann hat fast sofort sein Schwert verloren, aber sie haben mir erzählt, daß Eric von Dubhlain nur seine Wange geritzt hat, dann hat er ihn aufstehen geheißen und ihm das Leben geschenkt, um gegen die Dänen zu kämpfen.«

Rhiannons Magen begann sich umzustülpen. »Wann – wann ist denn das alles passiert?«

»Nun, bei der Morgendämmerung. Man spricht über nichts anderes, Lady!«

Und wieder wirbelte Rhiannon herum und rannte zur Tür. Sie stieß sie auf und lief, immer noch nur in das Laken gehüllt, zurück auf den schmutzigen Pfad.

Die Männer stiegen gerade auf. Sie waren zum Wegreiten bereit. Sie sah Eric und lief zu ihm. Wieder hatte er sein Visier heruntergeklappt, aber seine Augen waren voller Wut.

»Verdammt noch mal, Weib! Geht und zieht Euch richtig an!«

»Bastard!« zischte sie ihn an.

Ungeduldig stieg er ab. Er nahm sie auf die Arme und trug sie zum Gebäude zurück. Wütend schlug sie auf ihn ein und schürfte sich dabei ihre Hände an der Rüstung auf: »Bastard! Ihr habt mich zum Narren gehalten! Ihr habt mich ausgenutzt! Ihr seid der hassenswerte Sohn einer Ratte und einer Hure!«

Er stieß die Tür auf und ignorierte Magdalene, die mit offenem Mund dastand.

Er trug Rhiannon zum Bett und ließ sie darauf fallen. »Mich könnt Ihr beschimpfen, solange Ihr wollt, Lady. Aber ich warne Euch, sagt nie mehr ein abfälliges Wort über meine Mutter oder meinen Vater. Und zieht Euch endlich an, Lady, sonst werde ich richtig in Zorn geraten.«

Trotzig warf sie ihr Haar zurück, doch innerlich war sie erschreckt über das Ausmaß seines Zornes, erschreckt über die brennende Drohung in seinen Augen, die hinter der Maske aus Stahl glühten.

Sie würde ihn nie ihre Furcht wissen lassen! schwor sie sich im stillen.

»Ist das alles?« Sie schaffte es, das mit einer Mischung aus Mut und Ärger zu sagen.

Er hielt inne. Sie war sich sicher, daß er grinste, träge und mit großem Spott.

»Nein, Lady, das ist es nicht. Euer junger Rowan lebt – ich habe meine Seite des Handels eingehalten, obwohl ich das schon vorher getan habe. Ich werde zurückkehren, Lady, – und ich werde bei meiner Rückkehr das verlangen, was mir zusteht. Die Entschädigung!«

Er verbeugte sich vor ihr. Dann drehte er sich um, ging mit langen Schritten aus dem Raum, und die Tür schlug hinter ihm zu.

Dann hörte Rhiannon den Klang der Hörner und das Klappern von vielen Hufen. Sie sprang auf, ohne die Anordnung ihres Ehemannes zu beachten. Sie öffnete die Tür und stand dort, eingehüllt in das Leinentuch.

Und sie sah Eric von Dubhlain hoch aufgerichtet auf Alexander. Er trug seine komplette Rüstung, sein Visier verbarg seine Gesichtszüge außer dem Blitzen seiner Augen, sein Umhang mit dem Emblem des Wolfes wehte hinter ihm.

Er blickte nicht in ihre Richtung. Die Truppen marschierten vorbei. Er rief Kommandos für seine irischen und norwegischen Männer. Dann bebte die Erde, und er ritt an der Seite des Königs in vollem Galopp davon.

Eric von Dubhlain, der Wikinger-Lord.

Ihr Ehemann.

10. KAPITEL

»Die Männer von Rochester haben sich den ganzen Winter gegen die Dänen behaupten müssen«, erzählte Alfred Eric, als sie an den Truppen des Königs entlangritten. Eric saß auf seinem weißen Hengst, hörte dem König zu und blickte dabei nach hinten auf die Reihen der Krieger.

Seine Männer waren größtenteils beritten, während bei den Sachsen nur wenige ein Pferd hatten. Die Reihen der sächsischen Krieger waren in Lederrüstungen gekleidet. Die Haus-Carls, die professionellen Soldaten, waren gut bewaffnet, während die einfachen Männer, die kleinen Häusler und Landbesitzer, alles als Waffen benutzten, was ihnen gerade unter die Hände gekommen war. Einige hatten Heugabeln, andere Sicheln, und mehrere waren sogar mit Keulen bewaffnet, die sie aus schweren Eichenästen geschnitten hatten.

Im Vergleich dazu waren Erics Männer bemerkenswert gut auf den Krieg vorbereitet. Die Männer aus Dubhlain, sowohl Iren als auch Norweger, hatten ihr Handwerk gelernt. Der Waffenstillstand, der von Erics irischem Großvater und seinem norwegischen Vater geschlossen worden war, war ganz Irland zugute gekommen. Die Iren hatten den Schiffbau und eine Menge über die Kampftechniken der Dänen gelernt, denn die Norweger und die Dänen waren sich in vielen Dingen sehr ähnlich.

Für den größten Teil der christlichen Welt waren sie ein und dasselbe, sann Eric – Angreifer, Plünderer, Vergewaltiger, Räuber und Mörder.

Und für sein Weib waren sie auch alle dasselbe: Wikinger.

Da ihn das warme Gefühl ärgerte, das ihn bei dem Gedanken an Rhiannon überkam, beschloß Eric, sich auf den König zu konzentrieren und ihm ein paar Ratschläge zu geben. »Wenn die Dänen die Stadt schon so lange belagern, werden sie ihre eigenen Verteidigungsanlagen gebaut haben.« Er hielt inne, drehte sich abermals in seinem Sattel um und blickte auf die langen Reihen der Soldaten hinter sich. Dann lächelte er Alfred an. »Ich möchte eine Wette wagen. Wenn den dänischen Kriegern zu Ohren kommt, wie groß Eure Streitmacht ist, werden sie vielleicht die Belagerung von Rochester aufgeben.«

»Haltet Ihr sie für Feiglinge?«

Eric schüttelte ernst den Kopf. »Kein Wikinger ist ein Feigling, Alfred. Ihr wißt das. Ein Wikinger ist auf Sieg aus, auf Ehre und Eroberung. Ein Wikinger hat keine Angst vor dem Tod selbst, sondern vor einem unehrenhaften Tod, der Schande über ihn bringen könnte. Ein Leben in den Hallen von Walhalla ist eine Belohnung, die nur den Tapferen vorbehalten ist. Und niemand kann ewig leben. Es ist besser als Held auf dem Schlachtfeld zu sterben, als alt und verbraucht und verrunzelt in einem Kampf gegen die Zeit dahinzusiechen.«

»Ich habe mein Leben lang gegen die Dänen gekämpft«, antwortete Alfred. »Ich weiß über die Wikinger genausoviel wie Ihr selbst, Eric Olafson.«

Eric grinste. »Nicht ganz, denn ich bin der Sohn eines norwegischen Wikingers. Und ich verleugne mein Erbe nicht. Ich bin hier, um mit Euch einen Eindringling zu bekämpen. Ich bin der Sohn eines Eindringlings – und der Sohn einer richtigen christlichen Prinzessin von Irland –, und das ist für mich ein interessanter Zwiespalt. Sehr interessant sogar. Es gibt Leute, die behaupten, daß mein Vater einen großen Teil von Irland erobert hat. Und dann gibt es diejenigen, die meinen, daß Irland meinen Vater erobert hat, und daß er mehr Ire ist als viele Eingeborene.« Er blickte Alfred an und grinste wieder. »Ganz egal wie oft Ihr die Dänen schlagt, Sire, sie werden ihre Siege erringen. Sächsische Mädchen werden dänische Kinder zur Welt bringen, und die Namen, die die Dänen den Strömen und Flüssen und Hügeln und Bergketten gegeben haben, werden ebenfalls überdauern.

Der Wikinger, ganz egal welcher, hat so seine Art, seine Kennzeichen zu hinterlassen.«

Alfred betrachtete ihn lang und aufmerksam. »Nun, ich habe ja schon einen akzeptiert, oder? Und zwar direkt in meiner Verwandtschaft.«

»Sire?«

»Einen Wikinger. Einen Mann, der in einem Drachenschiff über das Meer segelte. Ich bin neugierig, Eric Olafson. Werdet Ihr Eurem kleinen Teil von England Euren Stempel aufdrücken? Oder wird England Euch den Stempel aufdrükken?«

Eric lachte, ohne beleidigt zu sein. »Das ist einfach. England hat mich schon erobert. Ich habe das Stück Land gesehen, das ich mir immer erträumt habe, und Ihr habt es mir überlassen. Deshalb kämpfe ich nicht als Söldner für Euch, nicht als irgendein Prinz, den Ihr um Hilfe gebeten habt, sondern als Westsachse, so wie Ihr selbst. Das macht mich für meine dänischen Cousins sehr viel gefährlicher.«

»Aber Ihr sagtet, daß sie fliehen werden.«

»Ich kann es mir vorstellen. Sie sind keine Feiglinge, aber sie sind auch keine Männer, die sich dem Kampf stellen, wenn der Gegner ihnen zahlenmäßig hoffnungslos überlegen ist. Nicht, ehe sie in die Ecke gedrängt werden.«

»Wir werden sehen, Eric, wir werden sehen«, gab Alfred zur Antwort. Einen Augenblick lang betrachtete er nachdenklich den jüngeren Mann. »Ihr habt das Stück Land erwähnt. Aber Ihr habt kein Wort über Eure andere sächsische Erwerbung verloren.«

»Und das ist?«

»Euer Weib«, sagte Alfred etwas verwirrt.

»Aha«, murmelte Eric.

»Die Lady ist eine Verwandte von mir und mein Mündel«, erinnerte ihn der König.

»Eure Verwandte, Sire, aber nicht mehr euer Mündel«, gab Eric ihm freundlich zur Antwort.

»Mein Sorgenkind«, verbesserte sich der König.

Eric schwieg einige Augenblicke. »Ich vertraue darauf, daß

Ihr sie in gutem Zustand zurückgelassen habt«, fügte Alfred hinzu.

»Was glaubt Ihr denn, wie ich sie verlassen habe?« wollte Eric wissen.

Röte stieg in die Wangen des Königs, und er blickte starr geradeaus. »Ihr hattet einigen Anlaß, Euch zu ärgern...«

»Und ich bin, egal ob irischer Prinz oder nicht, ein Wikinger«, beendete Eric für ihn den Satz. »Ich versichere Euch, daß ich sie nicht in kleine Stücke geschnitten und zum Frühstück verspeist habe. Und ich habe sie auch weder geschlagen noch mißbraucht, Alfred.«

Der König schien immer noch nicht zufriedengestellt. Er holte tief Atem und blickte starr geradeaus. »Habt Ihr herausgefunden, ob Eure Ehe den... Voraussetzungen entsprach, die wir Euch versprachen?«

»Ob ich meine Braut so unschuldig vorgefunden habe, wie es Euer Arzt mir versichert hat?« fragte Eric belustigt.

»Ja, das war sie.«

»Also seid Ihr zufrieden mit der Heirat, und Rhiannon ist glücklich?«

»Oh, ich kann mir nicht vorstellen, daß sie über die Maßen glücklich ist«, meinte Eric. »Aber ich würde sagen, daß sie sich mit mir ausgesöhnt hat. Und wenn sie das nicht hat – nun, dann wird das zumindest bald passieren.«

Alfred war mit der Antwort nicht sonderlich zufrieden, aber mehr konnte er nicht sagen, und er hatte nicht das Recht, einen Bräutigam über eine Heirat, die er selbst arrangiert hatte, noch weiter auszufragen.

Doch dann lächelte er und war sich plötzlich sehr sicher, daß Rhiannon während dieser Nacht wirklich kein ernsthafter Schaden zugefügt worden war.

»Was ist?« fragte ihn Eric.

»Das mit Rowan habt Ihr sehr geschickt gemacht«, sagte Alfred zu ihm.

Eric zog fragend eine Braue empor.

»Nun, er lebt und ist nicht mehr Euer Feind. Ich habe sogar gehört, daß er jetzt Euer ewig dankbarer Diener ist.«

»Sagt mir, Alfred, seid Ihr denn zufrieden mit dem Abkommen, das Ihr mit dem Teufel geschlossen habt?«

»Mein Abkommen mit dem Teufel?«

»Ja, das, welches Ihr mit mir getroffen habt.«

Der König lächelte. »Ich glaube, das werden wir wissen, sobald wir den Dänen gegenüber stehen.«

»*Falls* wir ihnen gegenüberstehen werden«, setzte Eric hinzu.

»Oh, wir werden ihnen gegenüberstehen«, versicherte Alfred ihm. »Wenn nicht jetzt, dann ganz sicher sehr bald.«

»Ihr werdet von Eurem Blut-Pakt profitieren«, sagte Eric.

»Und Ihr habt bereits einen Großteil von West-Sachsen erhalten«, erinnerte ihn Alfred. »Ja, auch ich werde meinen Anteil am Blut-Pakt bekommen.«

»Wie seltsam«, fügte Eric leise hinzu, als sie weiterritten. »Ich habe den Eindruck, daß Ihr mehr über eine Frau sprecht, als über das Land.«

»Vielleicht tue ich das.«

»Dann laßt mich Euch versichern«, sagte Eric langsam und versuchte sorgfältig die Verunsicherung in seiner Stimmung zu verbergen, »Rhiannon geht es gut und wird es auch weiterhin gutgehen. Sie ist mein Weib – und das war Euer Wille, nicht meiner. Aber ich passe auf das, was mir gehört, auf. Ganz ehrlich, König Alfred, ich traue ihr nicht. Nicht einen Augenblick lang. Ich bin mir sicher, daß sie Euch heiß und innig lieben würde, wenn Ihr ihr bei Eurer Rückkehr meinen Kopf auf einer Platte präsentiert. Und bis zu einem gewissen Punkt finde ich das Ganze amüsant. Ich werde leben, Alfred, trotz und gegen alle Vorhersagen – und wenn es keinen anderen Grund dafür gäbe, dann nur, weil sie sich etwas anderes wünscht. Solange sie mich nicht betrügt oder hintergeht, hat sie von mir nichts zu fürchten.«

»Vielleicht hat sie Angst vor Euch«, meinte Alfred leise.

Eric schüttelte den Kopf. »Nein. Sie verabscheut mich vielleicht, aber sie hat keine Angst vor mir. Vielleicht«, fügte er hinzu, »wäre es besser, wenn sie das hätte. Wir wissen immer noch nicht, was bei meiner Ankunft an der Küste passiert ist. Wenn nicht sie es war, die sich Euren Wünschen widersetzt hat, wer war es dann? Aber trotzdem seid Ihr ihr Verwandter, ein Mann, den sie aus ganzem Herzen liebt.«

»Geliebt hat«, sagte Alfred mit einem traurigen Seufzer. Er machte sich immer noch seine Gedanken über die vergangene Nacht. Rhiannon hatte sich zweifellos gewehrt. Und Eric hatte genauso zweifellos auf seinen Rechten als Ehemann bestanden. Rhiannon würde ihrem König gegenüber sicherlich mehr als nur bittere Gedanken hegen.

Die meisten Frauen stiegen in ihr Brautbett, ohne eine Wahl zu haben, rief sich Alfred ins Gedächtnis zurück. Aber er wurde einfach den Gedanken nicht los, wie sehr er sein Patenkind hintergangen hatte. Eric hatte Rowan das Leben geschenkt. Er war ein zivilisierter Mann und zeigte christlichen Geist, aber trotzdem...

Die Dinge, die sich zwischen einem Mann und einer Frau abspielten, waren mit nichts sonst zu vergleichen.

»Rhiannon hat mich nicht verraten«, meinte Alfred ausdruckslos. Dann war er der Unterhaltung, die Eric irgendwie lästig war, müde. »Es wird dunkel. Wir werden dort vorne unser Lager aufschlagen und am Morgen Rochester erreichen.« Er gab diesen Befehl an seine Männer weiter. Der lange Zug kam zum Stehen.

Der König kannte sein Land. Sie waren nicht weit entfernt von einem Fluß, wo ihnen ein verborgenes Tal Schutz für die Nacht bot.

Die Reihen lösten sich auf. Eric und seine Männer schlugen ihr eigenes Lager auf, und das taten auch die Sachsen. Es wurden keine Feuer entzündet, denn sie wollten die Dänen nicht vor ihrem Anmarsch warnen.

Eric entfernte sich vom Lager, wie es oft seine Angewohnheit war in der Nacht vor einer Schlacht. Bei einer dicken Eiche blieb er stehen und blickte zu den Sternen auf. Die Nacht war klar und kühl und wunderbar. In der Ferne konnte er das Plätschern des Flusses und die vorsichtigen Geräusche seiner Männer hören. Wenn er nach Norden und Osten blickte, konnte er die Feuer von Rochester sehen. Die

Dänen würden aus Holz und Erde Befestigungen gebaut haben. Wahrscheinlich hatten sie sich tief eingegraben. Sie waren von Natur aus angriffslustig. Eric war sich dessen bewußt, denn zwischen ihnen bestand eine gewisse Verwandtschaft.

Aber immer noch widersprach er der Annahme seines Weibes, daß er nichts anderes sei als ein Eindringling. Sein Weib...

Er ließ sich am Fuße des Baumes nieder, er knetete seine Finger. Sie war ein launisches Geschöpf, mit dem man fertig werden mußte. Nein... sie war viel mehr.

Er würde nie das Feuer vergessen, das in ihren Augen gebrannt hatte, als sie ihn anblickte. Niemals ihren Haß vergessen, ihre Pfeile, ihre Stärke...

Aber es gab jetzt noch mehr, was er niemals vergessen würde. Er würde nie vergessen wie es war, von ihrem seidigen Vorhang aus Haar umgeben zu sein. Er würde niemals die Kurven ihre Hüften vergessen, oder die Fülle ihrer Brüste oder die Bewegungen ihres Körpers unter seinem. In der kühlen Nachtluft glaubte er die berauschende Süße ihres Körpers zu riechen, den Nektar ihres Fleisches zu schmecken, das rasende Pochen ihres Herzens zu hören.

Wenn er die Augen schloß, konnte er ihre Augen vor sich sehen. Die kräftige Farbe, das leidenschaftliche Blitzen, die Wut, die Ergebung...

Tatsächlich, die vergangene Nacht hatte ihm gehört.

Oder nicht?

Er hatte einen Kampf erwartet. Er hatte ihren Haß und ihre Wut erwartet und ihre Tränen. Er hatte gewußt, daß sie miteinander kämpfen würden, und er hatte gewußt, daß es für ihrer beider Zukunft unumgänglich war, daß er siegte.

Und er war sich der Wahrheit in Alfreds Behauptung bewußt gewesen, daß Rhiannon vielleicht die schönste Frau in seinem ganzen Königreich war.

Seine Hände ballten sich, und er streckte die Finger aus,

um die Spannung in seinem Inneren zu lindern. Sie hatte an diesem Morgen überwältigend ausgesehen, wie sie da in ihrem Leinentuch vor ihm stand und auf die Knie fiel.

Um für das Leben ihres Liebsten zu bitten.

Überwältigend, genauso perfekt in ihrer Rolle als Bittstellerin, wie sie in ihren ganzen anderen Rollen gewesen war. Wenn er sie ansah, wollte er sie haben, begehrte er sie mit einem derartigen Verlangen, daß es seine Sinne verwirrte, seine Lenden in Brand setzte und jeden Nerv in seinem Inneren entflammte. Es war keine üble Sache, wenn man das eigene Weib derartig begehrte.

Aber sie war kein einfaches Weib. Es war gefährlich, sie mit derart verzweifeltem Verlangen zu begehren. Sie war eine gefährliche Frau und darauf aus, ihm mit einer Schwertklinge die Kehle aufzuschlitzen, wenn keine dänische Axt seinen Schädel spalten sollte.

Und doch hatte sie ihm versprochen...

Sie hatte ihm versprochen, was sie bereits einem anderen gegeben hatte, erinnerte er sich selbst. Er hatte ihre Leidenschaft geweckt und hatte tief in ihr eine Sinnlichkeit entfacht, die sie nicht leugnen konnte, auch wenn sie ihn deswegen noch lange nicht liebte. Es war wohl eher so, überlegte er, daß sie ihn deswegen noch mehr verabscheute. Und doch konnte er ihren Anblick im Wald mit Rowan nicht vergessen. Diese Verzauberung, wenn sie sich und alles, was sie geben konnte, dem Mann, den sie liebte, anbot...

Er rieb sich über das Gesicht. Er liebte sie nicht. Liebe war ein Gefühl, das er in seiner unbekümmerten Vergangenheit erfahren hatte, und er war nicht ein derartiger Narr, Rhiannon zu lieben.

Eric war davon überzeugt, daß sie aus ganzem Herzen hoffte, daß ihr Ehemann den Tod fand.

Aber er würde nicht getötet werden. Was auch immer kommen mochte, er würde am Leben bleiben. Er hatte den König nicht angelogen. Er würde zu seinem Weib zurückkehren, ganz egal, was passieren würde.

Davon überzeugt stand er auf und kehrte in das Lager

zurück. Rollo wartete schon mit einem Horn voll Ale auf ihn. Eric nahm es und trank einen tiefen Schluck.

»Wir werden morgen siegen«, sagte Rollo, »ich fühle es. Ich kann es im Wind spüren.«

»Paß auf«, warnte Eric ihn, »du fängst schon an wie Mergwin zu klingen.«

Rollo lachte. »Es war Mergwin, der mir das versichert hat. Wißt Ihr, Eric, ich vermisse ihn, wenn er nicht da ist und uns allen auf die Nerven geht.«

»Ich muß zugeben, ich vermisse ihn auch.«

»Warum kam er nicht mit? Er haßt es doch, wenn Ihr alleine in den Krieg zieht.«

»Er wird gebraucht.«

»Gebraucht?«

»Um auf mein Weib aufzupassen«, sagte Eric. Er trank das Ale aus und gab das Horn Rollo zurück. »Schlaf gut, mein Freund. Es zahlt sich nicht aus, wenn man sich des Sieges zu gewiß ist. Zu den Unvorsichtigen kommt der Tod schnell.«

»Irgendwann kommt der Tod zu uns allen«, erinnerte ihn Rollo.

Eric grinste und zog sein Schwert aus der Scheide. Sternenlicht spiegelte sich auf der Klinge von Vengeance. »Irgendwann«, stimmte Eric Rollo zu. »Aber irgendwann wird nicht morgen sein. Nicht wenn es bedeutet, daß ich meine Ewigkeit mit den Helden in Walhalla verbringen soll.«

Er legte sich zum Schlafen nieder. »Eric«, rief ihm Rollo zu.

Eric hielt inne.

»Man hält Euch eigentlich für einen christlichen Prinzen.«

Eric grinste. »Auch für alle himmlischen Versprechungen werde ich morgen nicht sterben, Rollo«, sagte er. »Nein, ich schwöre es. Ich werde nicht sterben.«

Ihr erster Tag als frischgebackene Ehefrau war für Rhiannon eine ziemlich ärgerliche Erfahrung.

Es hatte den Anschein, als würde sie stundenlang wütend bleiben. Ihre Wangen glühten, ihr Herz raste, und jedesmal, wenn sie sich beruhigen wollte, erinnerte sie sich unwillkürlich an das belustigte eisige Blau der harten, arktischen Augen ihres Bräutigams, und jedesmal geriet sie wieder in Wut. Und sie schien ihn auch nicht vergessen zu können. Sein Geruch blieb um sie – er lag auf dem Kissen, auf dem er geschlafen hatte, er lag in dem Laken, er suchte sie heim und marterte sie, bis sie am liebsten laut geschrien hätte. Zu ihrem Entsetzen stand ihr die Nacht ganz lebendig vor Augen. Sie konnte sich an seine Worte, seine Berührung und mehr erinnern. Sie konnte sich mit beschämter Klarheit daran erinnern, wie er Dinge von ihr verlangt hatte, wie er sie unterworfen hatte und wie er sie verführt hatte.

Und dann stellte sie fest, daß es gar nicht so schrecklich gewesen war, daß er sie dazu gezwungen hatte, sein Weib zu sein, aber es war qualvoll, sich an die Gefühle zu erinnern, die er in ihr hervorgerufen hatte und die Leidenschaft, die sie viel zu leicht gezeigt hatte.

Sie jammerte leise vor sich hin und verbarg ihr Gesicht im Kissen, doch auch da gab es kein Vergessen. Was sie ihm vergangene Nacht gegeben hatte, genügte ihm nicht. Er wollte mehr... Das hatte er ihr heute morgen gesagt, als sie um Rowans Leben gefleht hatte. Und sie hatte ihm genau das versprochen. Nämlich alles, was er wollte. Sie hatte den Schwur abgelegt, daß sie zu ihm genauso kommen würde, wie sie zu Rowan gekommen war.

Rowan! Panik ergriff sie. Sie konnte sich nicht an sein Gesicht erinnern. Sie konnte sich nur an die strengen, harten Gesichtszüge des Wikingers erinnern, an dessen erschrekkend blaue Augen, Augen, die ihr bis ins Herz blickten und alles sahen. Niemand hatte sie jemals derartig gründlich gekannt, niemand hatte sie jemals so aufgewühlt.

Wütend setzte sie sich auf. Er würde nichts mehr von ihr bekommen! Für ihn war das Ganze nur ein immenses Vergnügen. Er wollte kein Weib, aber er würde eines nehmen, um dafür die Dinge zu bekommen, die er haben wollte. Er war an Kampf und Eroberung interessiert. Wie ein Spielzeug lag ihr Leben in seiner Hand, und er war davon überzeugt, daß er ihr seinen Willen aufzwingen konnte.

Wie sehr mußte er innerlich gelacht haben, während er ihr zusah, wie sie um das Leben eines Mannes bettelte, dem das Leben bereits geschenkt worden war.

Nun, sie war von ihm hinters Licht geführt worden, und sie würde nie das Abkommen erfüllen, das sie mit ihm geschlossen hatte. Das konnte er nicht von ihr erwarten. Gott konnte das nicht von ihr erwarten! Er würde sie niemals unterkriegen. Gott helfe ihr, aber sie würde nicht aufgeben und sich von ihm in eine Hölle einkerkern lassen.

Wieder stieg ihr sein männlicher Geruch in die Nase. Sie sprang auf und warf das Kissen von sich. Er war in eine Schlacht gezogen. Mit Gottes Hilfe würde er vielleicht den Anstand besitzen, dabei zu sterben.

Aber das würde er nicht. Schauer liefen ihr über das Rückgrat. Sie fürchtete um die anderen. Sie fürchtete um den König. Aber sie wußte, sie wußte es einfach, tief im Herzen, daß Eric zurückkehren würde.

Laut schimpfend eilte sie zur Tür und stieß sie auf. Magdalene lehnte in der Nähe der Tür an einem Baum. Rhiannon rief nach ihr, und Magdalene kam sofort.

»Was kann ich für Euch tun, Mylady?«

»Mein Haar, Magdalene, bürstet es mir aus, bitte. Und helft mir, mich anzukleiden. Schnell.«

»Ja, Mylady.«

Magdalene ging sehr geschickt mit Rhiannons Haar um. Gleichzeitig fing die Frau zu plappern an, erzählte von dem herrlichen Anblick am Morgen, als die Männer zur Schlacht aufgebrochen waren. »Der König sieht immer so wunderbar aus, und keiner weiß eigentlich genau, warum. Er ist weder größer, noch gewaltiger, noch eindrucksvoller als andere Männer. Aber er ist Alfred. Der Große. Das sagen die Männer. In anderen Königreichen nennen sie ihn Alfred, der Große. Also ist er einfach überwältigend. Aber, Mylady, Euer Lord ist auch absolut eindrucksvoll! Er sitzt so elegant und selbstsicher und schön auf diesem großen Tier. Und wenn sein Auge auf einen fällt, wird ein Mädchen fast ohnmächtig. Oh, ich sage Euch...«

»Bitte, Magdalene, hört auf damit!« befahl ihr Rhiannon. Sie lächelte, um die Schärfe ihrer Worte zu mildern. »Sie sind alle in den Krieg gezogen«, sagte sie hastig. »Wir müssen für sie beten.«

»Oh, Euer Ehemann wird überleben, Mylady! Er ist wie ein Gott weggeritten! Er ist einfach herrlich, so groß, so golden, und seine bronzenen Muskeln! Ach! Ich sage Euch...«

»Magdalene!«

»Ich träume!« fuhr Magdalene trotz Rhiannons Warnung fort. Sie ließ die Haarbürste sinken und fiel auf das Bett zurück und strich mit ihren Händen in einer Weise über das Bettuch, die Rhiannon aufs äußerste verärgerte. »Ich sage Euch, ich würde so gerne einen von ihnen heiraten! Ich würde gerne ebenso einen wunderschönen Wikinger als Ehemann haben wie Ihr.«

»Er ist Ire.« Rhiannon ertappte sich dabei, wie sie störrisch diese Behauptung von sich gab.

»Er ist von Kopf bis Fuß ein Wikinger«, erwiderte Magdalene.

»Magdalene! Der König und unsere tapferen Männer sind aufgebrochen, um ihr Leben gegen die Wikinger zu riskieren. So darfst du nicht sprechen.«

»Oh, natürlich!« Magdalene stand schnell auf und rang nervös ihre Hände. »Ich habe damit nichts Böses sagen wollen, Lady.«

»Ich weiß, daß du das nicht wolltest«, antwortete Rhiannon überdrüssig. »Hilf mir mit meinem Hemd und der Tunika, und ich glaube, du solltest mein Haar flechten. Dann kannst du gehen.«

»Die Königin wünschte Euch zu sehen!« erinnerte sich Magdalene plötzlich.

Rhiannon seufzte. Sie wollte Alswithas Mitgefühl nicht. Dafür war es zu spät. Aber irgendwann mußte sie ihr und den anderen Frauen unter die Augen treten, und das konnte sie auch gleich erledigen.

Mit Magdalenes Hilfe zog sie sich schnell an, dann schritt

sie langsam zum Haupthaus. Die Kinder begrüßten sie im Gang, und sie ertappte sich dabei, wie sie die Kleinen hochhob und sie liebkoste, um Alswitha nicht in die Augen sehen zu müssen. Aber nach einer Weile forderte die Königin sie auf, sich zu setzen und etwas zu essen, und dann kam es noch schlimmer als sie erwartet hatte. Alswitha versuchte ihr klar zu machen, daß die Hochzeitsnacht jeder Frau eine Katastrophe sei, sogar wenn sie einen zärtlichen Mann geheiratet hatte, sogar wenn sie einen Mann geheiratet hatte, den sie liebte. Als die Königin ihr versicherte, daß es besser werden würde, daß der Schmerz vergehen würde, stellte Rhiannon fest, daß sie auf den Tisch starrte. Sie konnte nicht sprechen, sie konnte kaum atmen.

»Hat er dir denn so sehr wehgetan?« fragte die Königin mitfühlend.

»Nein!« stieß Rhiannon hervor.

»Oh, meine Liebe...«

Rhiannon erhob sich und ballte verstohlen die Fäuste, um ihre Beherrschung nicht zu verlieren. »Er – er hat mir nicht wehgetan!« sagte sie heftig. »Ach, bitte, um der Liebe Gottes willen, Alswitha, müssen wir denn darüber reden?«

»Nein, natürlich nicht.« Die Königin schwieg plötzlich und blickte hinter sie. Rhiannon bemerkte, daß jemand die Halle betreten hatte, daß jemand schweigend hinter ihr stand. Sie drehte sich um.

Es war der alte Mann mit dem endlos langen Bart und dem wettergegerbten und zerfurchten Gesicht. Er trug einen langen Mantel und einen seltsamen Hut und betrachtete sie mit ernsten, unergründlichen Augen.

»Rhiannon«, sagte Alswitha, »das ist Mergwin, Erics...« Rhiannon war sich sicher, daß die Königin ›Diener‹ hatte sagen wollen. Aber wenn man diesen Mann ansah, wußte man, daß kein Mann und keine Frau es jemals wagen würde, ihn Diener zu nennen.

»Ich bin Mergwin«, sagte er zu Rhiannon. »Manche nennen mich den Druiden, andere nennen mich den Verrückten, aber ich bin dem Ard-Ri von Irland und diesem Hause gegenüber loyal. Ich bin gekommen, um dich heimzubringen.«

»Heim?« Einen Augenblick lang stockte Rhiannon der Atem, und ihr Herz begann zu rasen. Heim. *Sein* Heim? Bedeutete das, daß er sie über das Meer mitnehmen würde? Sie würde nicht gehen, dazu konnten sie sie nicht zwingen.

»Zurück an die Küste. Wir werden dort auf Eric warten.«

»Oh.« Erleichtert atmete sie auf. Sie wollte ihm widersprechen, weil sie gegen alles sein wollte, was von Eric bestimmt wurde.

Aber hier konnte sie nicht mehr bleiben. Sie liebte Alswitha und die Kinder, aber seit kurzem fühlte sie zwischen ihnen und sich eine gewisse Entfremdung. Alfred war in den Krieg gezogen, Rowan auch. Und ebenso Eric.

»Vielleicht solltest du bleiben –«, begann Alswitha.

»Nein! Nein, vielen Dank, aber ich glaube, daß ich lieber heimgehen möchte.« Sie lächelte den alten Mann mit dem langen, wehenden Bart an. »Mergwin.« Sie beobachtete seine Augen. Dunkle Augen, wissenden Augen. Sie erinnerte sich daran, wie er ihr bei der Hochzeit zugelächelt hatte. Es war das einzige gewesen, an dem sie sich hatte festhalten können. An dem Lächeln eines Mannes, den sie nicht kannte.

Er sieht aus, als könnte er durchaus ein mürrischer alter Knabe sein, dachte sie flüchtig.

Aber sie mochte ihn. Sie spürte irgend etwa Besonderes an ihm, etwas Warmes und Vertrauenswürdiges. »Ja, ich würde gerne nach Hause gehen.«

Alswitha erklärte ihr, daß Anordnungen getroffen würden für Pferde und eine Eskorte, aber Rhiannon hörte ihr kaum zu. Sie beobachtete weiterhin den alten Mann.

Dann gab sie Alswitha und den Kindern einen Abschiedskuß und brach mit Mergwin auf. Im Hof vor dem Haupthaus waren Vorkehrungen getroffen worden. Der Großteil der Männer war mit dem König unterwegs, aber Rhiannon mußte eine Eskorte haben. Zwei junge Männer, jünger als sie selbst, standen zum Abmarsch bereit, und die alte Kate aus der Küche war damit beschäftigt, die Satteltaschen zu füllen, damit sie bei ihrer abendlichen Rast ein gutes Essen zu sich nehmen konnten.

Wieder drückte Alswitha ihr Bedauern aus, aber Rhiannon küßte sie schnell auf die Wange und bestieg dann die Fuchsstute, die Alswitha ihr überlassen hatte.

Wenn man sein Alter in Betracht zog, schaffte es Mergwin, sein Pferd mit überraschender Behendigkeit und Leichtigkeit zu besteigen. Er bemerkte Rhiannons Blick und sah sie finster an. »Wenn ich zu alt bin, um noch nützlich zu sein, junge Frau, dann werde ich mich zu meiner wohlverdienten Belohnung zurückziehen!« Er schniefte, und Rhiannon fragte sich, was er wohl mit seiner wohlverdienten Belohnung meinte. Sie senkte den Kopf, um ein Lächeln zu verbergen. Unter dem Abschiedswinken der Kinder und des königlichen Haushalts machten sie sich auf den Weg.

Sie hatten Wareham noch nicht weit hinter sich gelassen, als Rhiannon ihr Pferd an die Seite des Druiden lenkte.

»Er wird zurückkehren, oder?« fragte sie. »Ihr wißt, daß er das macht. Eric von Dubhlain wird aus dieser Schlacht zurückkehren.«

Er warf ihr einen neugierigen Blick zu. »Ja. Er wird heimkommen.«

»Und der König?«

»Der König ist für sehr große Dinge bestimmt.«

»Dann wird er auch heimkehren?«

»Dieses Mal schon.«

»Dieses Mal?«

Der Druide blickte sie aufmerksam an. »Das ist nur der Anfang, Mylady. Das Hornissen-Nest ist aufgestört worden, und es wird die Hölle losbrechen. Aber das wird alles erst kommen und das, was sich im Laufe des Schicksals ergeben wird, offenbart sich meinem Geist nicht.«

»Woher wißt Ihr das?« fragte Rhiannon.

Er zog eine schneeweiße Augenbraune hoch. »Woher ich

das weiß? Hör zu«, sagte er zu ihr. »Hör auf die Bäume, auf das Dröhnen der Erde, auf das Wogen des Meeres. Hör zu und du wirst wissen.«

Rhiannon warf ihr Haar zurück. »Ihr wußtet, daß Eric mich heiraten würde. Noch ehe er und Alfred das beschlossen haben.«

Der Druide nickte.

»Und Ihr wollt mir erzählen, daß das Schicksal war?«

»Geschrieben in den Wind.«

»Ich sage Euch«, rief sie plötzlich leidenschaftlich aus, »nichts – *nichts* – steht im Wind geschrieben! Oder im Wogen des Meeres, oder in der Brise im Wald! Wir bestimmen selbst unser Schicksal, und ich werde das bei meinem auch tun, trotz Eures irischen Prinzen.«

Er schwieg einen Augenblick, ignorierte ihren Ausbruch, und lächelte sie dann belustigt an. »Er ist jetzt *dein* Prinz, oder nicht, Mylady?« Dann trieb er sein Pferd an und ritt voraus, und Rhiannon blieb zurück, starrte hinter ihm her, und fragte sich, ob sie in ihm einen neuen Feind oder einen neuen, Ränke schmiedenden Freund gefunden hatte.

Sie trieb ihr Pferd ebenfalls zu einer schnelleren Gangart an. Sie war auf dem Heimweg. Wenigstens darin lag ein gewisser Trost.

Während die berittenen Soldaten quer über das Feld in Richtung der Befestigungsanlagen von Rochester donnerten, folgten die Soldaten zu Fuß dahinter. Die Dänen hatten ihre eigenen Befestigungsanlagen für die Belagerung gebaut, aber als die ersten englischen Truppen die ersten Schutzwälle erreichten, wurde offensichtlich, daß sich die Dänen zum Rückzug entschlossen hatten.

Eric ritt an den hölzernen Festungsanlagen der Stadt entlang und überprüfte die Peripherie, um sicher zu sein, daß seine Leute den Wald absuchten, in den die Belagerer geflohen waren. Sie durften keinen dieser Dänen entkommen lassen, denn sie würden sich sammeln und einen neuerlichen Angriff starten.

Auf dem großen, weißen Hengst ging Eric auf seine Feinde los. Erics erster Gegner war ein wilder Graubart, der eine doppelseitige Axt schwang. Hoch oben auf seinem Pferd mußte sich Eric tief bücken, um dem tödlichen Flug der Waffe zu entgehen. Doch dann senkte er sein Schwert und traf den Nacken des Mannes. Er wurde still und träumte von Walhalla.

Es würde ein schneller und gnädiger Kampf werden, dachte Eric.

Rollo und er kämpften Seite an Seite, und nach einiger Zeit stellten sie fest, daß sie alleine in einem Meer gefallener Feinde standen. Links von ihnen bewegte sich etwas, unten in einem der tiefen Bachbette am Waldrand. Sie tauschten einen Blick aus, schwangen ihre Pferde herum und galoppierten direkt zu dieser Stelle.

Sachsen waren mit einer Horde von Dänen beschäftigt – nach ihrem Aussehen zu urteilen waren die meisten von ihnen Berserker. Das Verhältnis Dänen zu Sachsen stand zwei zu eins. Eric grinste Rollo an. »Sollen wir?«

»Wer möchte schon ewig leben?« gab Rollo ihm zur Antwort.

»Ja, wer möchte schon ewig leben!« wiederholte Eric.

Gemeinsam warfen sie sich in das Getümmel. Der Boden war zu uneben, um auf dem Pferd kämpfen zu können, und so stieg Eric ab. Sofort wurde er von einem jungen Rotkopf angegriffen, der ihm versicherte, er solle am besten gleich Abschied vom Leben nehmen. »Du Sohn einer Ziege!« knurrte der Däne.

Eric parierte mit dem Schwert, sprang zurück und stach dem Mann die Spitze der Klinge in die Kehle. Er schritt über den gefallenen Feind: »Junge, ich versichere dir, daß du noch nie eine Frau gesehen hast, die so herrlich ist wie meine Mutter.«

Er blickte über das Bachbett. Und dann sah er mit Erschrecken, daß etliche schwer bewaffnete Dänen, die Kettenhemden und Gesichtspanzer trugen, einen einzigen sächsischen Soldaten umringten.

Der Mann war Rowan.

Er hatte den sicheren Tod vor Augen, aber der junge Mann schlug sich wacker und tapfer und verspottete seine Angreifer. »Kommt doch, ihr armseligen Teufel, kommt doch, kommt alle. Natürlich werde ich sterben, aber vorher werde ich mindestens einen von euch mitnehmen. Wer von euch hat Lust? Los, kommt schon! Gafft mich nicht wie ein Haufen Weiber an, ihr verfaulte, stinkende Höllenbrut! Traut euch!«

Eric spürte, daß Rowan Angst hatte, aber der Mut, den der Mann zeigte, war mehr als nur bewundernswert.

In einer Minute würden die Dänen über ihn herfallen.

Eric verlor keine Zeit mehr, sprang aufs Pferd und raste schnell zu der Stelle. Kraftvoll schwang er sein Schwert, und die Männer, überrascht von dem unerwarteten Angriff, schrien und fielen zu Boden. Dann sprang er von seinem Hengst herunter und focht wie ein Wilder weiter.

Rowan stieß einen Schrei aus und warf sich ebenfalls in den Kampf. Er stürmte aggressiv nach vorne und fiel über die Männer her, die ihn überfallen hatten. Ein paar Minuten später stellte Eric fest, daß auch Rollo zu ihnen gestoßen war und daß sie jetzt drei waren.

Aber die Schlacht war schon vorbei. Männer lagen in grotesken Stellungen tot auf dem Boden. Die Dänen, die überlebt hatten, waren geflohen.

Alfred kam in das Bachbett geritten. Er betrachtete seine eigenen Gefallenen und die Anzahl der gefallenen Feinde. Lange Zeit verharrte der König schweigend. »Wir haben nicht viele aufgehalten«, sagte er.

»Für uns sahen sie viel genug aus«, erwiderte Rollo trokken.

»Ja, und der tapfere Rowan hier hat eine ganze Menge geschafft«, sagte Eric.

Rowan blickte ihn errötend an. Dann sah er zum König hin. »Ich wäre jetzt tot, Sire, wenn der Prinz von Irland nicht gewesen wäre.«

Eric zuckte die Achseln, besah sich die Gefallenen und blickte dann den König an. »Wir müssen alle unsere Toten finden und begraben. Wenn die Dänen beschließen, zurückzukehren, um die Körper...«

»Wir werden uns um unsere Toten kümmern«, versicherte ihm schnell der König. Ihre Augen trafen sich. Sie hatten beide viele Schlachten überlebt. Sie hatten gesehen, was die Wikinger als Sieger anstellten. Gefangenen wurde häufig der Bauch aufgeschlitzt, sie wurden lebendig verbrannt, oder sie erlebten, daß ihre Innerein als Kochbeutel verwendet wurden. Der Tod war das Beste, was den Verwundeten passieren konnte, und das Beste für die Toten war die Hölle.

Eric bestieg wieder den weißen Hengst und folgte dem König aus dem Bachbett zu den Stadtmauern von Rochester. Die Tore öffneten sich, und hungernde Bürger stürmten heraus, um ihre Befreier zu begrüßen.

In dieser Nacht in Rochester stellten sie fest, daß die Dänen wirklich sehr hastig geflohen waren. Sie hatten ihre Gefangenen und viele Pferde zurückgelassen. Alfred war sehr befriedigt, beides in Besitz nehmen zu können.

In dieser Nacht feierten sie in der großen Halle des Haupthauses von Rochester ein Freudenfest. Die Stimmung war wild und triumphierend. Englische Geschichtenerzähler standen auf, um von den Heldentaten ihres Königs zu berichten, und einer von Erics irischen Barden sang das Hohe Lied auf die Tapferkeit, die sein Prinz bei dieser Schlacht an den Tag gelegt hatte. Eric hörte mit gewisser Belustigung zu, aber er war erstaunt, als der junge Rowan aufstand und seinen Becher zu ihm erhob. »Auf den Prinzen, der zweimal mein Leben gerettet hat! Ihm schwöre ich meine unsterbliche Loyalität!«

Begeisterte Rufe ertönten. Eric erhob sich, erstaunt darüber, daß ihm etwas so peinlich sein konnte. Rowan ging auf ihn zu. Er kniete vor ihm nieder. »Immer Euer Diener, Mylord«, schwor Rowan demütig.

Eric langte hinunter und zwang den Mann, aufzustehen. Er packte ihn an der Schulter. »Nein, Rowan«, sagte er sanft, »seid nicht mein Diener, seid mein Freund.«

Die Beifallsrufe wurden immer lauter. Rowans jungenhaftes, gewinnendes Lächeln berührte etwas in Erics tiefstem Inneren. Der junge Mann war kein Feigling und kein Narr. Er strahlte Stärke aus, Bescheidenheit und Ehrlichkeit.

Rowan hatte Rhiannon geliebt, und Rhiannon hatte Rowan geliebt. Es war einfach gewesen, ihnen ihre jugendliche Verliebtheit zu verzeihen. Nun, vielleicht nicht ganz so einfach, denn zugegebenermaßen war er schon von einer gewissen Wut und Eifersucht geplagt worden. Aber jetzt mochte er den jungen Mann, und die beiden taten ihm leid. Sie hatten sich so geliebt.

So wie er Emenia geliebt hatte.

Als die beiden sich anblickten, begann eine eigenartige Musik zu spielen.

Sie kam aus einer langen Flöte, und sobald die Musik angefangen hatte, versank der Raum in Schweigen. Die Musik war nicht die einzige Unterhaltung, die jetzt begann.

Ein dunkelhäutiges Mädchen mit dunklen, mandelförmigen Augen war vor dem Feuer aufgetaucht. Ihr Haar war ebenholzfarben und fiel ihr weit über die Taille. Sie stand ganz still da, und dann fing ihr Körper an, sich sanft zur Musik zu bewegen, dann bewegte sie auch ihre Glieder.

Sie war unglaublich graziös und schön. Sie war überaus exotisch mit ihren schrägen Augen und ihrer honigfarbenen Haut, und wenn sie sich bewegte, schwebten die hauchdünnen Tücher, die sie trug, um sie und zeichneten ihre perfekte, volle Figur nach.

Eric beobachtete lächelnd einen Augenblick ihre Bewegungen. Dann erinnerte ihn etwas an ihrem Tanz an eine andere derartige Vorstellung, deren Zeuge er kürzlich geworden war. Rhiannon. Als sie sich ebenso graziös bewegt hatte, als sie mit ihrer sanften, verführerischen Sirenen-Stimme ihre Geschichten erzählt hatte...

Sogar jetzt, wenn er diese mandeläugige Verführerin beobachtete, wurde er an sein Weib erinnert. Er biß die Zähne zusammen und fluchte schweigend. Er wollte nicht unentwegt an sie erinnert werden, wenn er wach war. Und er wollte auch nicht von ihr träumen.

Rollo setzte sich neben ihn. Rauch stieg vom Feuer auf. Das Mädchen schien immer mehr ein Wesen aus Magie und Mystik zu sein, zauberhaft und flüchtig wie der Rauch.

»Sie ist eine der Gefangenen, die die Dänen bei ihrer überstürzten Flucht zurückgelassen haben, hat mir der Haushofmeister erzählt. Sie haben sie bei einem Überfall am Mittelmeer erbeutet, und es heißt, daß sie einen neuen Herrn sucht. Ich habe den Eindruck, daß ihre Augen sehr häufig auf Euch gerichtet sind.«

Waren sie das? Eric wußte es nicht. Er hatte das Mädchen zwar angestarrt, aber an etwas ganz anderes gedacht.

Sie drehte sich vor ihm in einem schnellen, exotischen Rhythmus. Nach und nach warf sie einen der hauchdünnen Schleier nach dem anderen ab. Honigfarbene Arme und Schultern und die Hügel ihrer Brüste wurden enthüllt. Ein winziges Höschen schmiegte sich an ihre Hüften, und ein schmales Band aus Gaze verbarg ihre Brustwarzen. Sie drehte sich immer schneller, tanzte barfüßig vor ihm. Die Musik wurde lauter, um dann plötzlich zu verstummen. Sie warf ihren Kopf vor und zurück und ging vor Eric auf die Knie.

Wieder herrschte in dem Raum atemlose Stille. Eric konnte ganz deutlich das heftige Atmen des Mädchens hören. Sie hob langsam den Kopf und blickte ihn mit ihren Mandelaugen an.

Er spürte, daß jeder im Raum ihn anstarrte. Er lächelte langsam und klatschte dann Beifall.

Der König sprach: »Das Mädchen ist eine Sklavin. Sie hat sich Euch geschenkt.«

Nichts in Alfreds Stimme verriet seine Gedanken. Eric war sich jedoch sicher, daß der König eine sehr klare Vorstellung davon hatte, wie er diese Situation zu meistern hatte.

Er drehte sich zu Alfred um.

»Ich habe heute für Euer Banner gefochten, Alfred. Jede Beute, die heute gemacht wurde, gehört Euch, damit Ihr sie unter Euren Männern aufteilen könnt.«

Überrascht winkte der König mit der Hand und entließ die Frau. Unglücklich erhob sie sich. Langsam verließ sie die Halle und warf dabei immer wieder Blicke zurück.

Eric starrte den König an. »Keiner von uns hat heute nacht dieses Mädchen gesehen, Alfred. Wir beide dachten an eine ganz andere Vorstellung dieser Art.«

»Eine, die Euch ein Weib brachte.«

»Und Euch ein Bündnis. Die Heirat war ein Vertrag zwischen uns.«

Die Augen des Königs verengten sich. »Also habt Ihr die Absicht, die heidnische Hure anzunehmen?«

Eric grinste und schüttelte langsam den Kopf. »Nein, Sire. Ich habe vor, sie einem anderen zu geben.«

Der König hob erstaunt eine Braue.

»Rowan«, sagte Eric. »Der Junge hat viel verloren. Ich denke, daß er vielleicht einen Ersatz verdient hat.«

Plötzlich sehr müde erhob sich Eric. Er war dabei, seinen Verstand zu verlieren. Er hätte das Mädchen nicht weggeben sollen. Er hätte sie behalten sollen, um damit allen zu zeigen, daß er sein eigener Herr war, daß er nicht von einem Weib am Zügel geführt wurde, auch wenn dieses Weib seine Frau und eine Verwandte des Königs war.

Er starrte auf Alfred hinab. Der König sah zu ihm auf und sagte: »Ich bin mit unserem Bündnis sehr zufrieden. Ich würde Euch gerne alles geben, was wir heute erbeutet haben.«

»Auch das Mädchen?«

Alfred zuckte zusammen. »Auch das Mädchen.«

Eric zögerte. »Ich will sie nicht«, sagte er. »Gute Nacht, Alfred, König von England. Sie hat mich daran erinnert, daß ich es kaum erwarten kann zu dem zurückzukehren, was in Zukunft mein Heim ist. Es ist viel zerstört worden, und ich muß es wieder in Ordnung bringen.«

Er drehte sich um und ging aus der Halle. Diese Haupthalle war von etlichen Räumen umgeben, und einen davon hatte er sich ausgesucht.

Er streckte sich auf einem großen Bett aus. Er schloß die

Augen; neben ihm lag Vengeance, sein Schwert, eine Hand hatte er darauf gelegt. Er schlief niemals, ohne Vengeance in Reichweite zu haben.

Die Ereignisse des Tages gingen ihm nochmals durch seinen müden Kopf, dann schlief er langsam ein. Er sah, wie das Mädchen mit den Mandelaugen halb nackt vor ihm tanzte, aber sie war Rhiannon, sein Weib.

Ihr Haar wogte um sie wie ein zarter Vorhang aus Flammen. Es ergoß sich über ihre nackten Glieder. Dann lag sie auf dem Rücken, und das Geräusch, das sie beide umgab, war das Geräusch eines plätschernden Baches. Sie winkte ihm zu, sie lächelte, sie drängte ihn, zu ihr zu kommen. Er ließ sich zwischen ihren zarten Schenkeln nieder und drückte ihren Rücken in das saftige grüne Blattwerk einer süß duftenden und fruchtbaren Erde.

Er streichelte ihr Haar und ließ seine Finger über sie gleiten, und dann fühlte er etwas Klebriges; es war Blut.

Er fuhr aus dem Schlaf auf.

Um ihn war noch alles ruhig und dunkel. Die Tür zur Halle stand offen, und er sah, daß um das Feuer schlafende Männer lagen.

Sie befand sich nicht in Gefahr, dachte er. Warum verfolgten ihn ständig Gedanken an ihren Tod?

Es war doch eher sie, die ihm an die Kehle wollte, erinnerte er sich selbst.

Er brauchte Schlaf. Die einzige körperliche Wunde, die ihm jemals zugefügt worden war, stammte von ihr. Aber trotzdem war es ein langer und harter Tag gewesen, auch wenn er mit einem Sieg geendet hatte. Und morgen wollte er wie der Wind reiten.

Er hatte seinen Teil des Abkommens erfüllt und würde es auch weiterhin erfüllen. Denn die Dänen würden sich sicherlich erneut erheben, um Vergeltung für die heutige Schlacht zu üben.

Er legte sich wieder hin und schloß die Augen um endlich zu schlafen.

Er träumte abermals und schlief sehr unruhig. Immer

wieder träumte er davon, daß sie in Gefahr war, und immer wieder schreckte er hoch.

Sie befand sich in keiner Gefahr. Sie stand unter der Obhut von Mergwin, und er würde sie vor allen Gefahren beschützen.

In der Morgendämmerung gab er es auf und erhob sich. Gereizt verließ er das Zimmer und entdeckte Rollo am Feuer, den großen Kopf in den Armen vergraben. Eric stieß ihn mit dem Stiefel an.

»Weck die anderen«, befahl er ihm. »Es ist Zeit, loszureiten.«

Rollo zwinkerte und erhob sich schnell. Geräuschvoll wachten die Männer auf.

Eric trat in den kühlen Frühjahrsmorgen hinaus. Tau lag auf dem Gras, und alles war in Nebel gehüllt. Rochester war eine eindrucksvolle Stadt. Die Dänen waren ganz scharf darauf gewesen.

Sie würden zurückkommen.

Er rief einen Jungen zu sich und bat ihn, sein Pferd aus dem Stall zu holen und bekanntzugeben, daß er mit seinen Männern losreiten wolle.

Minuten später waren seine Männer bereit, beladen mit den Schätzen der Dänen, die sie aus deren Verteidigungsanlage geplündert hatten. Eric war überrascht, auch Rowan abmarschbereit auf einem Pferd zu sehen, hinter sich das Tanzmädchen.

»Der König kommt noch nicht mit«, rief Eric ihm zu und ritt zu ihm hin.

»Ich weiß. Er ist einverstanden, daß ich unter Euch diene«, antwortete Rowan.

Er starrte den Jungen kühl und nachdenklich an. Rowan hatte sich als sehr vielseitig erwiesen – konnte er sich auch als Verräter erweisen? Nun, Rowan konnte gerne mit ihm reiten, aber er würde ein scharfes Auge auf den jungen Mann haben – und auf Rhiannon.

»Dann reiten wir!« sagte Eric zu ihm.

Er rief seinen Männern den Befehl zu und ritt los.

Nach Hause, dachte er.

Und zu seinem... Weib.

Und, dachte er, während langsam ein Lächeln auf seinem Gesicht auftauchte, zu den ganzen Versprechungen, die sie ihm gegeben hatte. Er würde dafür sorgen, daß sie sie hielt. Jedes einzelne davon.

11. KAPITEL

Es war gut gewesen, wieder nach Hause zu kommen.

Nichts in ihrem Hause war angetastet worden, und in der Zeit, die sie abwesend gewesen war, war vieles von dem, was in der Stadt zerstört worden war, wieder aufgebaut worden.

Und beim Heimkommen hatte sie Adela wiedergefunden.

Adela, die Cousine ihrer Mutter, war fast sechzig Jahre alt. Sie war eine quicklebendige Lady mit scharfen Augen und einem schnellen Witz. Sie hatte viele Jahre mit Rhiannon verbracht. Bis zu Rhiannons Rückkehr hatte sie sich im Hause eines Bauern versteckt. Aber nachdem sie von Rhiannons Rückkehr erfahren hatte und gesehen hatte, wie freundlich und respektvoll sie von den zurückgelassenen Wikingern behandelt wurde, hatte sie es gewagt, in das Haupthaus zu kommen. Als Rhiannon sie sah, hatte sie gelacht und geweint und sie umarmt, und jetzt hatte Adela wieder ihr altes Zimmer.

»Peter und seine Familie waren sehr nett zu mir und haben damit, daß sie mich versteckt haben, ein großes Risiko auf sich genommen!« erzählte Adela, die froh war, nach einem Bad und einer Ruhepause auf ihrem großen Bett wieder ihre eigenen Kleider anziehen zu können. »Aber das Haus war schon sehr unbequem, ich mußte auf einem Strohballen auf dem Boden schlafen. Ich kann dir sagen, mein Hintern tut mir ganz schön weh! Aber was erzähle ich da! Wie geht es denn dir, meine Liebe?«

Die Frage wurde so mitfühlend gestellt, daß Rhiannon sich die Antwort gut überlegte.

»Mir geht es gut. Ich – ich bin von hier aus zu Alfred geflohen, und dann, und dann kam Alfred hierher.«

»Ich dachte doch, daß das der König war!« unterbrach sie Adela. »Aber ich wagte es nicht herauszukommen, weil ich mir nicht sicher war. Dieser blonde Riese hatte zwar sofort seinen Leuten verboten, die Leute zu drangsalieren, aber ich wußte ja nicht, was man mit einer Verwandten der Lady des Hauses machen würde! Aber jetzt erzähl weiter. Wie hast du es geschafft, wieder heimzukommen?«

»Ich habe den blonden Riesen geheiratet«, teilte Rhiannon ihr ausdruckslos mit.

»Oh!« meinte Adela überrascht. »Tja, natürlich. Aber was ist mit Rowan?«

»Nun«, meinte Rhiannon und versuchte zu lächeln, versuchte verzweifelt, bei ihrer Antwort etwas Humor zu zeigen, »ich glaube, daß damit meine Heirat mit Rowan erledigt ist.«

»Ach, mein liebes Kind!« rief Adela mitleidig aus und blickte mit ihren sanften blauen Augen das Mädchen zärtlich an. Dann schaffte sie es, strahlend zu lächeln. »Aber der Wikinger ist ein wirklich herrlicher Mann! Du hättest seine volltönende Stimme hören sollen, wenn er Befehle gab.«

»Ich habe seine volltönende Stimme Befehle geben hören, danke.«

»Ein feuriger Kämpfer, ja, aber ein Mann voller Gnade!«

»Gnade!« rief Rhiannon aus.

Adela nickte ernst. »Nachdem die Schlacht vorüber war, hat er es nicht erlaubt, daß irgend jemand Leid geschah. Ach meine liebe Rhiannon! Leidest du denn gar so sehr?«

»Natürlich nicht«, log Rhiannon. »Der König hat verlangt, daß ich heirate, und ich habe es getan. Das hier ist mein Land, und das sind meine Leute, ganz egal, was der Wikinger denkt. Ich werde auf das, was mir gehört, nicht verzichten. Die meisten Ehen werden aus Berechnung geschlossen. Ich sollte also zufrieden sein. Aber jetzt erzähl mir mehr. Peter und seiner Familie geht es also gut. Das freut mich sehr.« Sie umarmte abermals ihre Tante. »Und ich bin so dankbar, dich umarmen zu dürfen, nachdem er arme Egmund und so viele andere tot sind.«

Egmund hatte ein angemessenes, christliches Begräbnis bekommen, genauso wie die anderen, das konnte Adela ihr versichern. »Unter der großen Eiche am Osttor. Wir können dort hingehen und für ihre Seelen beten, wenn du das gerne möchtest, meine Liebe.«

Rhiannon hatte bereits für Egmund und die anderen gebetet. Sie hatte die Pächter und die Diener besucht und ihr Bedauern über ihre Verluste ausgedrückt, und sie hatte versprochen, ihnen beim Wiederaufbau zu helfen. Dann hatte sie einen Feiertag ausgerufen, einen Tag, an dem die Leute nicht arbeiten mußten. In dieser Nacht hatte sie Fleisch braten lassen, und für alle Ale aus dem Haupthaus spendiert. Keiner der anwesenden Wikinger hatte sich angeschickt, ihre Mildtätigkeit zu bremsen. Nicht einmal der große Rotschopf mit den breiten Schultern, der die Aufsicht zu haben schien und den sie Sigurd nannten. Wenn es ihm nicht recht gewesen sein sollte, daß sie die Speisekammer seines Herrn ausräumte, hatte er jedenfalls kein Wort darüber verloren. Er sprach überhaupt nur selten, wenn er mit ihr und Mergwin und Adela morgens oder abends beim Essen am Tisch saß.

Aber trotzdem war ihr immer bewußt, daß er anwesend war. Daß er sie beobachtete.

In der Morgendämmerung stand sie auf der Brüstung ihres Hauses und blickte über ihre kleine, von Mauern umgebene Stadt. Rhiannon konnte sehen, daß das Leben für die Diener und Pächter und Bauern praktisch genauso weiterlief wie vorher. Die Männer arbeiteten auf den Feldern. Es war Frühling, und im Moment war für jeden Mann das Säen das wichtigste. Um leben zu können, brauchten sie alle etwas zu Essen.

Sie seufzte leise und sah zu, wie die Ochsen und die Männer auf die Felder zogen. Jetzt waren die Wikinger da. Eric hatte im Haus Männer zurückgelassen, die zwar stets ausgesprochen höflich zu ihr waren, sie aber auch ständig beobachteten. Nach ihrer Rückkehr hatten sie zwar keine Anstalten gemacht, sich in irgend etwas einzumischen, aber wenn sie zum Essen herunterkam, waren sie da. Da, wo der arme Egmund hätte sitzen sollen, saß ein Wikinger. Sie behaupteten zwar, Iren zu sein, aber sie waren Wikinger.

Sie schauderte. Würden die Leute in zwanzig oder dreißig Jahren solche Sachen auch über ihre Kinder sagen? Nein, das sind keine Engländer, das sind Wikinger?

Bei dem Gedanken wurde sie blaß. Sie durfte mit dem blonden Riesen, der so unbeirrbar und gnadenlos seinen Kopf durchsetzte, ganz einfach keine Kinder haben. Er war ein Fremder.

Er war kein Fremder, dachte sie. Nicht nach ihrer Hochzeitsnacht. Röte stieg in ihre Wangen, und sie erinnerte sich an den langen Ritt nach Hause mit Mergwin und ihrer Eskorte. Sie war von dem alten Druiden fasziniert gewesen. Er hatte ihr die Zeit mit allerlei Geschichten vertrieben, wie z. B. über St. Patrick, der alle Schlangen vertrieben hatte, und über Aed Finnlaith, den großen Ard-ri, der die meisten Könige um sich versammelt hatte, um der Wikinger-Gefahr entgegenzutreten..

»Und doch«, hatte sie dazu bemerkt, »eroberten die Wikinger Dubhlain!«

Mergwin lächelte und zuckte die Achseln. »Und schlossen ein Bündnis mit dem Ard-ri. Und seit damals herrscht Friede, einige unbedeutende dänische Überfälle ausgenommen. Der Ard-ri verbringt viel Zeit in Dubhlain, und seine zahlreichen Enkelkinder zähmten das Land und unterwarfen aufrührerische Adelige. Olaf der Weiße, der Wolf von Norwegen, spricht sehr viel häufiger die irische Sprache als seine eigene. Er kleidet sich mit der königlichen irischen Tracht und errichtet starke irische Verteidigungsanlagen. Er ist sehr viel mehr ein Verteidiger des Landes als ein Eindringling.«

»Jetzt«, beharrte Rhiannon, »aber gekommen war er als Eindringling.«

»Seine Kinder sind ein Teil von Irland. Genauso wie das Kind, das du jetzt trägst, ein Teil von Alfreds vereinigtem England sein wird.«

Sie holte tief Luft und starrte ihn scharf an. »Ich trage kein Kind...«

»Doch, das tust du.«

»Woher wollt Ihr das wissen? Ihr könnt es einfach nicht wissen.«

Er zuckte die Achseln. »Wie du willst. Aber es ist ein Junge, und Ihr werdet ihn Garth nennen.«

Wieder holte sie Luft. Denn wenn sie jemals einen Sohn und die Namenswahl haben würde, dann würde sie ihn tatsächlich nach ihrem Vater benennen, den sie so sehr geliebt, aber nur so kurz bei sich gehabt hatte. Falls ein Wikinger so etwas erlauben würde. Wie konnte dieser Mann solche Dinge wissen?

»Ihr habt mit Alfred gesprochen«, murmelte sie.

Er antwortete nicht, und sie wußte, daß das nicht der Fall war. Und jetzt, als sie wie blind über die Felder starrte, erinnerte sich Rhiannon sehr klar an seine Worte. Er konnte es einfach nicht wissen! Niemand konnte es so bald wissen.

Sie saugte an ihren Wangen. Sie konnte nicht das Kind eines Wikingers zur Welt bringen. Vermutlich wünschte er sich einen legalen Erben, und sie konnte den Gedanken nicht ertragen, ihm auch nur etwas von dem zu geben, was er sich wünschte.

Sie schloß die Augen und rief sich ihre Hochzeitsnacht in Erinnerung und fragte sich, ob es wohl die Wahrheit wäre. »Lieber Gott, bei allen Heiligen, bewahre mich davor!« flüsterte sie und schauderte. »Ich werde nie mehr auf das heidnische Geschwätz eines Druiden hören!« schwor sie sich.

Dann fuhr sie auf und starrte angestrengt über die Brüstung.

Reiter kamen. Zuerst konnte sie nur die graue Masse einer großen Gruppe gegen den Horizont sehen. Dann, als sie immer näher kamen, konnte sie einzelne Reiter unterscheiden. Sie konnte das flatternde Banner sehen.

Und ganz vorne erblickte sie den großen, weißen Hengst und die glitzernde Kettenrüstung, die Eric von Dubhlain zum Kampf angelegt hatte. Er ritt mit offenem Visier, sein silberner Helm thronte auf seinem Haupt. Er ritt mit dem

Selbstvertrauen eines Gottes. Hinter ihm ritt ein Mann, der sein Banner hoch hielt, die Zeichen des Wolfs.

Sie kamen zurück! Und noch dazu so bald. Sie hatte um einen Sieg des Königs gebetet, aber sie hatte nicht erwartet, daß das so bald geschehen würde. Sie hatte nicht erwartet, Eric von Dubhlain so bald wiederzusehen.

Hörner ertönten, die die Rückkehr der Krieger ankündigten. Mit klopfendem Herzen starrte Rhiannon eine lange Zeit, die ihr wie eine Ewigkeit vorkam, die Brüstung hinab. Dann beschloß sie hinunterzugehen und ihn mit überschwenglicher Demut zu begrüßen.

Sie schuldete ihm nichts – er hatte sie an der Nase herumgeführt –, aber sie würde ihn begrüßen.

Sie eilte die Treppen hinab und in das Haupthaus und weiter in ihr Zimmer. Sie blickte um sich, fühlte, daß sie abermals von einem seltsamen Beben übermannt wurde. Das war ihr Gemach, aber er hatte es bei seiner Ankunft für sich mit Beschlag belegt. Seine Truhen standen hier – Truhen voll mit Kleidung und Waffen und Karten und Büchern, die voller Sorgfalt von irischen Mönchen in ihren Klöstern angefertigt worden waren. Sie hatte seine Sachen durchsucht, zunächst nur zögernd, dann dreister. Sie hatte ganz ernsthaft darüber nachgedacht, ob sie sich ein anderes Schlafgemach suchen sollte. Aber obwohl sie es nicht zugeben wollte, hatte sie Angst vor ihm. Oder vielleicht hatte das, was sie fühlte, nicht so sehr mit Furcht zu tun. Vielleicht hatte es damit zu tun, daß sie ihn immer besser kennenlernte. Wenn er damit einverstanden war, durfte seine Frau vielleicht woanders schlafen. Wenn er nicht damit einverstanden war, dann würde er sie packen und zurücktragen und das als sein gutes Recht betrachten.

Und sämtliche Gesetze England würden ihn darin bestärken.

Sie nahm eine Bürste und fuhr sich damit durch die Haare. Dann ließ sie sie über ihre Tunika gleiten und entschied sich, daß sie diese anbehalten würde. Sie trug eine Tunika aus weißem Leinen mit zierlicher Stickerei am Oberteil und an den Ärmeln. Es war kein Gewand für eine feierliche Gelegenheit, aber es war sehr attraktiv und unterstrich die Farbe ihres Haares.

Warum dachte sie darüber nach, was sie anhatte? fragte sie sich. Vielleicht mußte sie dafür sorgen, daß ihr Kampf gegen ihn zivilisierte Formen annahm. Aber sie waren immer noch Feinde. Bis in den Tod.

Sie schritt die Treppe in die Haupthalle hinunter und ging langsam durch den Raum. Adela war am Fenster mit einer Handarbeit beschäftigt gewesen, aber als Rhiannon eintrat, lächelte sie unsicher und stand schnell auf. »So kehrt der Riese also zurück.«

Rhiannon warf Adela einen schnellen Blick zu und schluckte eine dumme Bemerkung hinunter. »Ja, Adela, komm. Du mußt ihn kennenlernen. Du brauchst keine Angst vor ihm zu haben.«

»Oh, ich habe überhaupt keine Angst vor ihm!« versicherte ihre Tante.

Adela folgte ihr durch die schweren Doppeltüren nach draußen in den Hof. Die Tore wurden gerade geöffnet. Sigurd und Mergwin waren bereits anwesend und warteten auf ihren Lord.

Ihr Herz klopfte wie verrückt. Rhiannon ballte an beiden Seiten die Fäuste, als sie da im frühen Morgenlicht stand. Er mußte die ganze Nacht durchgeritten sein, dachte sie, um so früh einzutreffen.

Die Pferde galoppierten donnernd durch die Tore. Eric ritt immer noch an der Spitze. Seinen silbernen Helm hatte er jetzt unter dem Arm, sein Wolfs-Banner wehte hinter ihm. Kaum war er im Hof angekommen, stieg er ab. Stallburschen liefen zu ihm, um ihm den Hengst abzunehmen. Gewaltig stand Eric in seiner Kettenrüstung da und lächelte Mergwin und Sigurd an. Dann wanderte sein Blick zu den Stufen, wo Rhiannon immer noch mit geballten Fäusten stand. Als seine Augen über sie glitten, bildete sie sich ein, darin große Belustigung zu sehen. Vielleicht war es auch eine Herausforderung.

Hochgewachsen stand er im Sonnenlicht und betrachtete sie mit diesen unglaublich blauen Augen. Sie fragte sich, ob er vielleicht darauf wartete, daß sie zu ihm kam, aber das würde sie nicht machen. Dann spielte es keine Rolle mehr, denn Sigurd war auf ihn zugetreten und fragte nach dem Ausgang der Schlacht. Eric schlug ihm auf die Schulter und versicherte ihm, daß sie ein voller Erfolg gewesen war. Er begrüßte Mergwin und fragte nach seiner Gesundheit, und dann schritt er auf Rhiannon zu. Sie bekam Schwierigkeiten beim Atmen.

Plötzlich erinnerte sie sich wieder daran, wie er zum ersten Mal in diese Halle getreten war; erinnerte sich an die grobe körperliche Gewalt ihres ersten Treffens und ihres ersten Kampfes.

Er stand vor ihr, den Helm immer noch unter dem Arm, durch die Rüstung noch gewaltiger und größer aussehend. Sie war sich sicher, daß in seinen Augen neben der Belustigung auch eine Herausforderung lag. »Mylady, mein Weib, wie freue ich mich, daß Ihr so erpicht darauf seid, mich gleich zu begrüßen.«

Sie war ganz gewiß nicht darauf erpicht, ihn zu begrüßen, und das wußte er auch ganz genau. Trotzdem lächelte sie und hatte dabei das Gefühl, als würde ihr Gesicht zerspringen. »Ich wollte Euch nach dem König fragen, Eric von Dubhlain.«

»Dem König geht es gut. Wollt Ihr Euch nicht auch nach *meiner* Gesundheit erkundigen?«

»Ich bin nicht blind, Mylord. Ich kann sehr gut sehen, daß Eure Gesundheit exzellent ist, oder etwa nicht?«

»Überwiegend exzellent. Ich habe noch mit einer Narbe an meinem Oberschenkel zu tun, die von einer früheren Pfeilwunde herrührt, aber aus diesem Kampf komme ich unverletzt. Ich bin davon überzeugt, daß Ihr ganz begeistert seid, das zu hören.«

Ihr Lächeln war wie eingefroren: »Sehr begeistert.«

Er lehnte sich nach vorne, nahm ihre Hand und flüsterte ihr ins Ohr: »Was seid Ihr nur für eine Lügnerin, Mylady. Ihr habt Euch aus ganzem Herzen gewünscht, daß ich hier mit heraushängenden Eingeweiden und zerfetztem Körper auftauchen möge.«

»Nein, Mylord, ich habe aus ganzem Herzen gehofft, daß Ihr überhaupt nicht mehr zurückkehren würdet«, antwortete sie ihm süß. Sie hob die Stimme. »Ihr müßt sehr müde sein von Eurem langen Ritt.«

»Ich bin überhaupt nicht müde«, erwiderte er. »Ich bin wie der Teufel geritten, denn auf mich wartet ja das Versprechen... eines Heimes.«

Sie drehte sich um, um ins Haus zu gehen und um die Komödie, die sie vor den anderen spielen mußten, zu beenden. Aber natürlich wäre das nicht das Ende. Rollo würde mit ihnen kommen und vielleicht auch ein paar seiner anderen Hauptmänner, und man mußte ihnen Ale servieren und irgendein Gericht, das auf die Schnelle zubereitet werden konnte. Sie würde sich darum kümmern. Und dann würde sie sich darum kümmern, daß sie ihm für den Rest des Tages nicht mehr unter die Augen kam.

Sie fiel fast über Adela. Eric sah die Frau offensichtlich zum ersten Mal, denn er runzelte die Stirn und hielt Rhiannon zurück. »Und wer ist das?«

»Adela, Mylord! Eine Dienerin Eurer Frau.«

»Meine Tante«, korrigierte Rhiannon sie und warf Adela einen finsteren Blick zu.

Adela knickste nett und graziös, und in ihren Augen tanzte der Schalk. »Ich bin sehr erfreut darüber, daß Ihr sicher und gesund heimgekehrt seid.«

Eric lächelte und fing dann zu lachen an. »Adela, was? Kommt und trinkt mit uns. Ich bin sicher, daß mein Weib ganz erpicht darauf ist, auf Alfreds jüngsten Sieg zu trinken.«

Rhiannon gab keine Antwort. Jedes Wort schien zweierlei Bedeutung zu haben. Es machte ihm ungeheuren Spaß, sie zu verspotten. Aber niemals würde sie sein unglückliches Opfer sein, schwor sie sich, niemals würde sie sich ergeben. Sollte er jetzt ruhig seinen Spaß haben; wer zuletzt lachte, lachte am besten.

Rollo trat hinter ihrem Ehemann vor und begrüßte sie mit einem Kuß auf die Hand. Immer mehr Menschen füllten die Halle.

Als sie in der Menge der Krieger ein sehr vertrautes Gesicht erblickte, schien Rhiannons Herz wild zu flattern und anschließend stehenzubleiben.

Rowans Gesicht. Ihr ehemaliger Verlobter war ihrem Ehemann in die Halle gefolgt, die einstmals ihm gehören sollte.

Sie fühlte, wie ihr das Blut aus dem Gesicht wich und noch mehr. Sie fühlte, daß die Augen ihres Gatten fest auf ihr ruhten, sogar als er auf etwas antwortete, das Adela zu ihm gesagt hatte.

Rowan.

Er lachte gerade über den Scherz eines Kumpans, als sein Blick auf sie fiel. Das Lachen verschwand sofort aus seinen Augen. Ernst nickte er zur Begrüßung mit dem Kopf, dann drehte er sich weg.

Eine schwere, behandschuhte Hand fiel auf ihren Arm und drehte sie um. Sie hob ihr blasses, durchscheinendes Gesicht und starrte in die brennenden blauen Augen ihres Ehemannes.

»Ja, Weib«, sagte er ruhig zu ihr, »der junge Rowan ist bei mir. Lebendig und gesund, wenn Ihr so gütig wärt, das zu bemerken.«

Nachdrücklich befreite sie ihren Arm aus seinem Griff. Er ließ sie los. »Warum ist er hier?« fragte sie. »Welche neue Grausamkeit soll das sein?«

»Keine Grausamkeit, Madame. Er hat sich dazu entschieden, mir zu dienen.«

»Ich glaube Euch kein Wort!«

»Liegt der Mann in Ketten? Nein, mein liebes Weib, er marschiert ganz frei herum. Ich hatte zufällig die Gelegenheit, sein Leben etlichen Dänen zu entreißen, und jetzt ist er, glaube ich, dankbar dafür.«

»Ihr habt sein Leben gerettet?« Seine Selbstzufriedenheit und Arroganz verärgerten sie in höchstem Maße. »Ihr seid ein Narr, großer irischer Wolf«, sagte sie sehr freundlich, wobei sie die letzten Worte geradezu ausspuckte. »Vielleicht bin ich immer noch bis über beide Ohren in ihn verliebt. Und vielleicht ist er immer noch bis über beide Ohren in mich verliebt. Und vielleicht werden wir Euch genau in diesem Hause betrügen.«

Er schwieg eine ganze Weile, in seinem wütenden, eindrucksvollen Gesicht bewegte sich kein Muskel. Trotzdem hatte sie ein ungutes Gefühl im Magen und wünschte sich, daß sie das nicht gesagt hätte.

Doch dann hob er eine seiner goldenen Augenbrauen und starrte sie an. Sie fragte sich verzweifelt, was er jetzt dachte. Er zuckte mit den Achseln, und sie stieß fast einen Schrei aus, als er ihre Hand zwischen seine nahm und sich über sie beugte, um ihre Haut mit seinen Lippen zu berühren. »Ich denke nicht, Lady. Wirklich, ich denke nicht. Rowan wird mich um seiner Ehre willen nicht betrügen. Und Ihr werdet mich auch nicht betrügen, denn wenn Ihr es tut, dann werde ich Euch den nackten Hintern so lange versohlen, bis Ihr Eure Lektion gelernt habt.«

Als sie jetzt versuchte, sich aus seinem Griff zu befreien, ließ er sie nicht los.

»Laßt mich gehen!« flüsterte sie verzweifelt. »Die Halle ist voll mit Euren Gefährten! Wollt Ihr sie nicht als Gastgeber begrüßen?«

»Nein, ich will der Lord sein, Madame. Ich habe vor, ein Bad zu nehmen und meine Kleidung zu wechseln, ehe ich esse.«

»Erwartet bloß nicht von mir, daß ich Eure Männer unterhalte!« protestierte sie.

»Das tue ich nicht«, versicherte er ihr, »ich erwarte, daß Ihr mich unterhaltet.«

Ihre Augen weiteten sich, und sie zog verzweifelt an ihrer Hand. »Eric, Ihr könnt nicht wollen...«

»Aber ich tue es, meine Liebe. Eure zärtlichen Worte betreffs Rowan haben mir auf der Stelle einen Augenblick und eine Erinnerung ins Gedächtnis zurückgerufen. Ich sehe wieder mein Weib, gehüllt in wenig mehr als die überwältigende Schönheit ihrer Haut und ihres Haares, die mir alles verspricht, falls der junge Rowan am Leben bleibt. Die mir verspricht, mir in jeder Beziehung zu Willen zu sein. In jeder Beziehung.«

»Aber da war er ja schon am Leben geblieben!«

»Ich hätte Euch nicht versprechen können, ihn nicht zu töten, wenn er schon tot gewesen wäre, meine Liebe.«

»Oh! Ihr wißt genau, was ich meine. Ihr habt mich hinters Licht geführt. Ihr hattet schon einen Entschluß gefaßt. Ihr habt da oben auf Eurem Hengst – auf meinem – gesessen und habt nichts dagegen unternommen, daß ich mich selbst zum Narren machte.«

»Ihr habt versprochen, mir alles zu geben, was mir zusteht.«

»Ich schulde Euch nichts.«

»Im Gegenteil«, sagte er, während sich seine Augen wie blaues Feuer in die ihren bohrten und sich sein Griff gnadenlos verstärkte. »Ihr schuldet mir eine Menge, und ich bin gekommen, um es einzusammeln.«

»Nicht hier, nicht jetzt.«

»Adela!« rief er scharf und unterbrach Rhiannon. Adela drehte sich schnell um. Eric lächelte sie mit einem derart freundlichen Lächeln an, daß sie sofort bezaubert war.

Es ließ Rhiannon bis auf die Knochen frösteln.

»Lady, würdet Ihr so freundlich sein und den Dienern auftragen, daß eine Badewanne in das Schlafgemach von meiner Lady und mir gebracht wird? Und sorgt dafür, daß auch viel heißes Wasser und vielleicht etwas Wein gebracht wird. Und dann, Tante Adela, kann ich vielleicht auf Euch zählen, daß Ihr für das Wohlergehen meiner Männer in der Halle sorgt. Ich kann mir vorstellen, daß Ihr hier gewöhnlich diese Rolle übernommen hattet, ehe unser Auftauchen alles in Unordnung gestürzt hat. Da niemand mit unserem heutigen Kommen gerechnet hat, wird es vermutlich einige Zeit dauern, bis Fleisch gebraten und ein Mittagessen zubereitet werden kann. Wenn Ihr Euch bis dahin um alles kümmern würdet...?«

»Aber gewiß, Mylord«, sagte Adela und setzte sich sofort in Richtung auf die Küche in Bewegung, um seine Anordnungen auszuführen.

Als Rhiannon sie gehen sah, redete sie schnell auf Eric ein: »Eric, so ein Benehmen von unserer Seite wäre sehr unhöflich.«

»Entweder geht Ihr an meiner Seite, Lady, oder über meiner Schulter. Mir ist es egal, auf welche Art und Weise Ihr mich begleitet, aber begleiten werdet Ihr mich.«

»Ihr macht das nur mit mir, weil Rowan in der Halle ist!« warf sie ihm störrisch vor.

»Nein, Mylady und mein Weib. Ich tue das, weil es mir Freude machen wird – und vielleicht nicht nur mir allein.«

Als er auf sie herabblickte, schien sich ein eisiger Schleier über seine Augen zu legen. Tief innen fühlte sie die Kälte, und dann war die Kälte vorbei, und statt dessen spürte sie eine brennende Hitze. Ihr Mund war trocken und sie zitterte. Sie wollte ihn hassen – sie haßte ihn wirklich – und verabscheute das, was er ihr antat. Doch trotzdem fiel ihr wieder ihre Hochzeitsnacht ein.

Und das Gefühl seiner Hände auf ihr, die über sie glitten. Das Gefühl seiner Lippen auf ihrem Mund, die ihr Fleisch verbrannten.

Verzweifelt schüttelte sie den Kopf. Rowan war in der Halle. Sie hatte Rowan geliebt.

Und er hatte niemals, niemals ein derartiges Gefühl in ihr hervorgerufen.

»Eric, ich werde jetzt nicht mit Euch gehen!«

»Fangt nur an mit mir zu kämpfen, Lady, und ich werde Euch wie jedes Mal besiegen!« warnte er sie.

»Ihr werdet *nicht* jedes Mal gewinnen.«

»Doch, denn man hat mir beigebracht zu gewinnen, denn ansonsten gibt es nichts als den Tod, und deshalb nehme ich meine ganzen Kämpfe sehr ernst.«

Sie öffnete den Mund, um ihm zu widersprechen, aber er wußte, was er wollte, und machte keine leeren Drohungen. Er bückte sich und warf sie sich über die Schulter. Das

Gelächter und die Unterhaltungen in der Halle verstummten plötzlich, und sogar als Rhiannon auf ihn einschlug, sagte er ohne Anstrengung zu den Anwesenden: »Männer, trinkt feste und genießt die Ruhe, die uns die Schlacht geschenkt hat! Meine Lady und ich, wir werden bald wieder zu Euch stoßen!«

Von den Anwesenden war verständnisvolles Gelächter zu hören. Eric drehte sich um. Rhiannon wurde gegen seine Rüstung gedrückt, als er schnell auf die Treppen zuschritt. Innerhalb von Sekunden hatte er die Treppe erklommen, trotz ihrer geflüsterten Drohungen und ihrer Fäuste. Dann waren sie im Schlafgemach, und er warf sie mit solcher Nachlässigkeit und Macht aufs Bett, daß sie davon überzeugt war, der Bettrahmen würde zersplittern. Sie stützte sich schnell auf die Ellbogen auf und wollte schreien und auf ihn losgehen. Aber sie kochte nur innerlich, als sie bemerkte, daß die hölzerne Badewanne, die er angefordert hatte, gekommen war und daß die Küchenjungen einen Eimer heißes Wasser nach dem anderen in den Raum brachten. Der alte Joseph aus der Küche stellte eine Lederflasche mit Wein und zwei silberne Becher auf einem Tisch. Er sah sie nicht an. Keiner von ihnen sah sie an. Eric war freundlich mit den Bediensteten, dankte ihnen, als sie gingen und schloß hinter ihnen nachdrücklich die Türe. Dann lehnte er sich dagegen und betrachtete Rhiannon. »Nun?« fragte er schließlich.

»Nun?«

»Kommt und bedient mich, meine Liebe.«

»Ihr habt wohl den Verstand verloren. Da ist Euch wohl eine Streitaxt zuviel auf den Kopf gefallen, *mein Lieber*.«

»Wie wunderbar diese Worte von Euren Lippen klingen! Ich habe nicht den Verstand verloren. Im Gegenteil, mein Erinnerungsvermögen ist ausgezeichnet. Ich erinnere mich daran, meine Liebe, daß Ihr...«

»Ihr habt mich zum Narren gehalten!« erinnerte sie ihn.

Er fing an, mit großen Schritten den Raum zu durchqueren. Er sah wirklich hinreißend aus in seiner Rüstung und den dick gepolsterten Gewändern darunter.

Ehe er sie erreichen konnte, sprang sie vom Bett auf.

»Eric!«

»Rhiannon! Kommt und helft mir jetzt mit dieser Rüstung, oder ich schwöre Euch, Ihr werdet es bereuen!«

»Droht mir nicht!«

»Das ist ein ernstes und sicheres Versprechen!«

»Ich kann nicht.«

»Ihr könnt. Ich bin ganz sicher, daß Ihr schon öfter jemand mit der Rüstung geholfen habt. Also kommt und helft auch mir. Bedient mich. Vielleicht ist das alles, was ich von Euch verlange.«

Sie stand still da, ihr Herz klopfte wie wild und dann warf sie ihr Haar zurück und ging zögernd zu ihm hin. Seinen Helm hatte er bereits zur Seite gelegt. Er langte hinunter nach dem Saum des langen, tunikaartigen Hemdes, das den Hauptteil der Rüstung ausmachte. Er ließ sich langsam auf ein Knie nieder, und sie half ihm, das Kettenhemd über den Kopf zu ziehen. Es war schwer, es fiel ihr aus der Hand und das Metall klirrte auf den Boden. »Das macht nichts«, sagte er zu ihr. »Mein Diener wird es aufheben. Kümmert Euch um die Riemen.«

Er stand wieder auf, und Rhiannon ging schweigend zu seinem Rücken und löste die Lederriemen, die seine Tunika festhielten, damit er das Gewicht des Kettenhemdes tragen konnte. Ungeduldig warf er das Kleidungsstück beiseite. Darunter trug er nur ein Leinenhemd und Strümpfe und Stiefel. Damit kommt er auch selbst zurecht, dachte Rhiannon und entfernte sich von ihm.

Aber er setzte sich in einen Stuhl, hob einen Fuß und starrte sie an. »Was soll das? Ihr könnt Euch die Stiefel doch selbst ausziehen.«

»Ja, das könnte ich. Aber ich habe es lieber, wenn Ihr mir dabei helft.« Er lächelte sie freundlich an. »Ich verspreche Euch, daß ich *Euch* jederzeit beim Entkleiden helfen werde, wenn Ihr es verlangt.«

»Danke, aber diesen Wunsch hege ich nicht«, gab sie ihm schnippisch zur Antwort. Er blickte sie immer noch an und wartete immer noch lächelnd. Und sogar als er sie so anblickte, schien es, als würde die Hitze in ihr langsam steigen, in ihrem Bauch tanzen und langsam Farbe in ihre Wangen bringen. »Ach, bei der Liebe Gottes!« jammerte sie. Sie ging zu ihm und zog ihm den Stiefel aus. Als sie sich daran machte, seinen zweiten Stiefel auszuziehen, stemmte er seinen bestrumpften Fuß gegen ihren Hintern. Sie riß ihm so schnell sie konnte den Stiefel herunter und wirbelte herum. Diese nordischen blauen Augen blickten sie immer noch fest an, aber er lächelte auch immer noch. Träge ließ er die Lider halb über seine Augen sinken. »Danke«, sagte er sanft und erhob sich. Mit dem Rücken zu ihr zog er das Hemd und die Strümpfe aus.

Rhiannon schluckte trocken, als sie seinen nackten Rücken und seine Hinterbacken sah, die straffen Muskeln, die sich bei jeder seiner Bewegungen bewegten. Sie drehte sich um und starrte die Wand an, dann hörte sie, daß er ins Bad stieg.

Endlose Minuten schienen zu verstreichen. »Kann ich jetzt gehen?« fragte sie und kämpfte darum, daß ihre Stimme nicht schwankte.

»Ob Ihr *was* könnt?«

»Gehen! Dieses Zimmer verlassen! Mich um unsere Gäste kümmern!«

»Um unsere Gäste kümmern? Wollt Ihr damit sagen, daß Ihr ganz wild darauf seid, diese Horde Wikinger da unten zu bedienen?«

Sie konnte sich nicht länger beherrschen. Sie würde nicht vor ihm kriechen oder betteln. Sie würde auch nicht länger um seine Erlaubnis zum Gehen bitten. Mit einem ungeduldigen Fluch drehte sie sich um und ging zur Tür.

Seine Stimme klang wie ein Peitschenschlag. »Tut das nicht!« warnte er sie.

Zu ihrer großen Verwunderung stellte sie fest, daß ihr der Atem in der Kehle stockte und ihr Herz zu rasen anfing. Sie öffnete die Tür nicht, sie blieb davor stehen.

Sie war kein Feigling, versicherte sie sich. Aber wenn sie versuchte zu gehen, würde er nackt aus dem Bad springen und sie aufhalten. Und danach... sie wußte nicht, was er dann machen würde.

Sie drehte sich langsam um, kreuzte die Arme über der Brust und starrte ihn an. »Ihr sagtet, wenn ich Euch helfen würde...«

»Aber ich brauche noch mehr Hilfe«, erwiderte er freundlich.

»Was wollt Ihr?«

»Kommt und schrubbt mir den Rücken. Die Anstrengungen einer Schlacht sind sehr ermüdend. Ich sehne mich nach Bequemlichkeit und Frieden.«

Bequemlichkeit und Frieden, verfluchter Wikinger! dachte Rhiannon, aber sie sprach die Worte nicht laut aus. Statt dessen kämpfte sie mit dem brennenden Beben in ihrem Innern und ging zu der Badewanne, wobei sie krampfhaft vermied, seine Blöße anzublicken. Sie riß ihm Waschlappen und Seife aus der Hand und schrubbte seinen Rücken mit dem verzweifelten Wunsch, die Haut abzuziehen. Sie schluckte hart, als sie die bronzene Breite seiner Schultern abrieb, und sie fühlte die Lebendigkeit und die nervige Hitze unter ihren Händen. Sein goldenes Haar lag feucht auf seiner Haut und lockte sich über ihre Finger.

»Da! Ich bin fertig!« sagte sie ungeduldig zu ihm und ließ den Leinenlappen und das Seifenstück in die Wanne fallen.

Aber er packte sie an den Handgelenken und zog sie an seine Seite. Der Druck, den er auf sie ausübte, zwang sie auf die Knie, wo sie in seine verschleierten Augen blickte.

»Ihr seid nicht fertig. Ihr habt gerade erst angefangen.«

»Ich –«

»Eure Berührung auf meinem Rücken war so ungemein sanft und zärtlich. Ich weiß, daß ich gut gebadet worden bin. Meine Brust wünscht sich jetzt eine ebensolche Liebkosung.«

Rhiannon senkte den Blick, denn sie konnte seinen Blick nicht mehr ertragen. Sie biß die Zähne zusammen, packte wieder den Lappen und fing an, seine Brust zu schrubben, wobei sie es vermied, die Körperteile anzublicken, die im Wasser schwammen. Ihre Finger glitten über seine schwellenden Muskeln, und ihre Hände zitterten so sehr, daß sie kaum mit ihrer Aufgabe fortfahren konnte. »Ich betete darum, daß Ihr sterbt!« flüsterte sie ihm hitzig zu. Sie konnte ihm immer noch nicht in die Augen sehen, aber sie wußte, daß er sie unverwandt anblickte.

»Nun, dann habt Ihr vermutlich zu dem christlichen Gott gebetet. Ihr hättet zu den Göttern meines Vaters und der Dänen beten sollen. Vielleicht hätte Thor mich aus der Schlacht gerufen und mich in die Hallen von Walhalla gebracht – anstatt mich in Eurem Schlafgemach abzuliefern.«

»Vielleicht«, gab Rhiannon zur Antwort. »Das nächste Mal werde ich mich daran erinnern.« Sie wollte aufstehen, aber er packte abermals ihre Gelenke. »Meine Liebe, Ihr seid noch nicht fertig.«

»Doch, das bin ich.«

Er schnalzte bedauernd mit der Zunge. Sie wußte, daß sie errötete, als er sie ansah, aber es gab kein Entkommen; seine Finger um ihre Handgelenke waren wie eiserne Handfesseln. »Wenn ich so an die langen, einsamen Nächte denke, in denen ich wach lag und an Euch und Eure süßen Versprechungen dachte.«

»Ihr lügt, Mylord. Ich bin mir sicher, daß Ihr in die Schlacht geritten seid und keinen Gedanken an mich verloren habt. Vielleicht habt Ihr an Euer frisch gewonnenes Stück Land gedacht, aber –«

»Ja«, unterbrach er sie ernst, »ich dachte an mein Land.« Ihre Augen trafen sich, und er lächelte langsam. »Ich liebe das Land. Ich liebe seine Kargheit und seine Schönheit und seine Freigebigkeit. Ich liebe das Lachen der Kinder beim Spielen in den Wiesen. Ich sehne mich danach, in Frieden für die Menschen zu sorgen, damit der Reichtum der Erde sich steigern möge. Ihr liebt es auch«, sagte er zu ihr.

Er liebte das Land, das hatte sie von Anfang an gespürt. Und sie gab zu, daß er auch Ehrfurcht vor dem menschlichen Leben zu haben schien – erstaunlich für einen Mann, der den größten Teil seines Lebens in der Schlacht verbrachte.

Aber Alfred war auch ein großer Krieger. Alfred, der das

Lernen, seine Familie, seinen Heimat, seinen Herd, seinen Gott so sehr schätzte. Trotzdem er Kriege führte, war Alfred ein Mann voller Mitleid und Gnade.

Es fiel ihr nicht leicht, sich vorzustellen, daß dieser Mann, ihr Feind und doch ihr Lord und Ehemann, ebenfalls ein Mann voller Mitleid und Gnade sein sollte. Einer, der sie vielleicht besser kannte, als es ihr recht war.

Sie senkte die Augen. »Ich liebe meine Leute, Mylord.«

»Ja, aber diese Leute sind untrennbar mit dem Land verbunden, oder nicht? Und offensichtlich kommt Ihr mit Eurer Erbschaft gut zurecht. Diese Stadt ist während meiner Abwesenheit aufgeblüht.«

Trotzig starrte sie ihn an. »Aber es ist ja gar nicht meine Erbschaft, oder?«

Er lächelte, lehnte sich gemütlich zurück und schloß die Augen. »Ihr gehört mir, und das Land gehört mir. Ich schätze Euch beide.«

»Genauso wie ihr Alexander schätzt.«

»Er ist ein bemerkenswert guter Hengst.«

Als Antwort darauf hob sie, ohne darübernachzudenken, den Waschlappen, um ihm das seifige Wasser ins Gesicht zu schleudern. Aber seine entspannte Haltung täuschte. Noch ehe sie sich bewegen konnte, hatte er seine Augen geöffnet und mit den Fingern ihr Handgelenk gepackt. Er hielt sie fest und sagte mit einer tiefen, heiseren Stimme, die sie noch mehr erstarren ließ, als seine kraftvolle Hand: »Mein Weib, ich habe an Euch gedacht. Jede Nacht. Ich dachte an Eure süße, verheißungsvolle Versprechung. Ihr habt mich gebeten, Euren Liebsten nicht zu töten, und er lebt. Sehen wir, ob ich mich an Eure genauen Worte erinnere. Tja, genau fallen sie mir nicht mehr ein, aber ich erinnere mich daran, daß Ihr mir verspracht, mir alles, und zwar wirklich alles, zu gewähren.«

»Ihr habt mich hinters Licht geführt.«

Er zuckte die Achseln. »Ich werde bekommen, was ich will«, teilte er ihr mit. »Und ich glaube nicht, daß Ihr eure ehelichen Pflichten als so ekelhaft anseht, wie Ihr mit Eurem

Protest glauben machen wollt. Ich erinnere mich mit größtem Vergnügen an unsere Hochzeitsnacht. Diese zärtlichen, süßen – und die nicht so zärtlichen und süßen – Töne, die Ihr von Euch gegeben habt, verfolgten mich in meinen Träumen, als ich so allein in der Dunkelheit lag.«

Wieder stieg ihr Röte ins Gesicht. »Die Drohung eines Wikingers –«, begann sie mit der ganzen Würde, die sie aufbringen konnte. Doch dann entfuhr ihr ein entsetztes Keuchen, als sich plötzlich sein Arm um sie schlang und sie mit allen Kleidern zu sich in die Wanne zog. Wasser platschte auf den Holzboden, und sie stützte sich mit aller Kraft an seiner Brust ab, doch er lachte nur und ignorierte ihre Bemühungen. Seine Finger packten ihr Haar und hielten sie still, während sein Mund sich hungrig auf den ihren drückte und seine Zunge einen Raubzug über ihre Lippen und in ihren Mund unternahm, der sowohl wild als auch aufwühlend war. Ihr Herz hämmerte, und die Wärme des Wassers und die brennende Hitze seines Körpers umgaben sie. Seine Lippen lösten sich von ihr, als seine Finger die Bänder ihrer Tunika fanden. »Ihr habt mir versprochen, zu mir zu kommen und mich ebenso zu verführen und erfreuen, wie Ihr es mit Eurem Liebsten an jenem Tag in den Wäldern getan habt.«

Sie packte seine kräftigen Finger, die auf ihrer Brust lagen. »Ihr wollt etwas, was Ihr nicht bekommen könnt, was Ihr niemals verdienen werdet, was ich Euch niemals geben werde! Ich habe Rowan geliebt.«

»Geliebt!« schnaubte er höhnisch. »Ihr habt mit einem Knaben gespielt. Ihr braucht einen Mann.«

»Ach, und Ihr, Sir, seid so schrecklich alt! Nun, denn! Gebt mir die Jugend! Welches Mädchen würde einen derartig altersschwachen Liebhaber haben wollen?«

»Ich glaube, so altersschwach ist er noch nicht!« Er lachte, dann nahm er ihre Hand und ließ sie langsam an seinem Körper hinabgleiten. Sie stöhnte auf, als er ihre Finger langsam in das Wasser zog, über seinen flachen, harten Bauch, und sie dann um seinen männlichen Schaft legte. Unter ihren

Fingern erwachte er mit pulsierender Hitze zum Leben, schien voller schrecklicher Kraft und Begierde immer mehr anzuschwellen. Sie wollte ihre Hand zurückziehen, aber er hielt sie fest. Sie wollte sich wehren, protestieren. Aber seine Augen hielten die ihren fest, und sie wagte nicht, sich zu rühren.

Er lächelte träge. Ungeduldig zerrte er an den Bändern ihrer Tunika und entblößte ihre Brüste. Er zog sie nah an sich, und seine Lippen schlossen sich über der üppigen Fülle des sanften, weiblichen Hügels. Seine Zunge umspielte ihre sich verhärtende Brustwarze und saugte heftig daran. Sie wurde von einer Woge intensiver Erregung überspült. Sie schrie auf und ihre Finger gruben sich, ohne es zu wollen, in sein Haar. Seine Hand war unter ihrem Kleid, glitt an ihrem nackten Fleisch entlang, berührte ihren Oberschenkel. Seine Berührung traf genau ins Zentrum ihrer brennenden Hitze, sie glitt in sie hinein, tief hinein, streichelnd, sich drehend, und er brachte sie an den Rand des Abgrunds, wo sie leidenschaftlich zitterte, in Flammen stand, kämpfen wollte, und doch wußte, daß sie verloren war. Streichelnd, drehend, eine Berührung so zärtlich, so tief... Worte stiegen in ihrer Kehle auf, und sie keuchte und seufzte, und dann waren seine Lippen auf den ihren und sengten ihren Protest und ihre Schreie weg.

Mit ihr auf den Armen erhob er sich aus der Wanne. Wasser strömte von seinem nackten Körper und von ihren klitschnassen Kleidern. Seine Augen hielten lange Zeit die ihren fest, während das Wasser an den beiden Körpern herablief. Dann setzte er sie vor der Wanne ab, packte das Kleidungsstück am Saum und riß so fest an dem nassen Gewebe, daß die traurigen Überreste ihres Unterhemds und der einstmals so schönen weißen Tunika in Fetzen zu Boden fielen. Schweigend versuchte sie gegen die Röte, die ihre Wangen und ihren Körper überflutete, anzukämpfen, aber sie wendete sich nicht ab. Sie blickte ihm so stolz und herausfordernd wie möglich ins Gesicht. Und insgeheim freute sie sich über das langsame, bewundernde Lächeln und den Glanz, der ihm bei ihren Anblick in die Augen trat. Natürlich, sie waren Feinde, aber trotzdem machte es ihr Spaß, daß er sie bewunderte, und sie war erregt von seinem Anblick, von der schieren, maskulinen Schönheit seiner Größe und Kraft, von der rauhen und atemberaubenden Macht, die darin lag. Ja, sie war sogar froh über seine Arroganz, denn vielleicht war es diese unglaubliche Selbstsicherheit, die darin lag, die in ihr dieses Feuer entzündeten.

»Ihr habt mein Kleid völlig kaputt gemacht«, teilte sie ihm trocken mit.

»Ihr habt andere.«

»Ja, Sir, aber ich bin Euer Weib, Euer Eigentum, Euer Hab und Gut! Was mir gehört, gehört Euch, und deshalb ist es auch ein Verlust für Euch, wenn Ihr etwas von mir zerstört. Ihr werdet den Feind nicht immer besiegen. Es wird nicht immer neue Reichtümer zu erobern geben!«

»Sicher nicht, denn mein liebes Weib wird in Zukunft zu den richtigen Göttern um meine Zerstörung beten.«

»Ihr werdet nicht immer gewinnen!« beharrte sie.

Er griff nach ihr, hob sie aus den Überresten ihrer Kleidung und riß sie abermals in seine Arme. Mit einem Lächeln auf seinen schön gezeichneten Lippen meinte er: »Da bin ich anderer Meinung, meine Liebe. Ich gewinne immer, und ich verspreche Euch, daß ich das auch in Zukunft tun werde.«

Sie hätte ihm gerne widersprochen, aber er zog sie bereits zum Bett. Als er sie dieses Mal darauf niederwarf, legte er sich zu ihr. Und sie konnte nichts sagen, weil seine Lippen die ihren eroberten. Als sich sein Mund schließlich von ihrem löste, wanderte er mit Leidenschaft und Hitze zu ihrem Ohrläppchen, wo er ihr ins Ohr flüsterte, daß sie feucht und wunderbar sei. Er blickte ihr in die Augen, seine Hand liebkoste sie, und heiser erklärte er ihr, wo und wie er die noch verbliebenen Wassertropfen von ihrem Körper küssen würde. Seine Handfläche berührte sanft ihre Brust, und dann waren da seine Lippen, und er benetzte die sich verhärtende süße Knospe mit seiner Zunge, sog sie in den Mund, umspielte sie mit einer Zunge, saugte wieder an ihr und erreichte damit, daß Rhiannon sich keuchend an ihn preßte und ihm ihre Finger in die Haare und Schultern grub. Alle Gedanken an Widerspruch oder an etwas anderes als das, was er mit ihr machte und zu machen versprach, wurden wie die letzten verbliebenen Strahlen der untergehenden Sonne weggespült.

Er leckte einen letzten Wassertropfen aus ihrem Nabel, glitt dann an ihrem Bauch hinunter und legte sich zwischen ihre Schenkel. Und dann gab er ihr eine Chance zu protestieren, als sich seine kräftigen Hände zwischen ihre Schenkel schoben, ihre sehnigen, langen Beine weiter spreizte und dann anfing, sanft und voller Zärtlichkeit die rosigen Blätter ihres Schoßes zu liebkosen. Seine Berührung war so leicht, forschend, aufregend und verführerisch, daß sie nicht nur nicht protestierte, sondern bemerkte, daß sie sich ihm entgegendrängte. Und er erfüllte die süße Forderung ihres Körpers, stieß und streichelte und verführte sie mit der Berührung seiner Finger und seiner Zunge.

Tiefe, dunkle Fantasien, die sie sich noch nie vorgestellt hatte, stiegen in ihr auf. Abermals entflohen ihrer Kehle leise Schreie, und sie wand sich ohne Hemmungen unter ihm, als er sie immer heißer machte. Gewaltige, erschreckende Wogen von Ekstase finden an, sie zu schütteln. Sie zuckte heftig, als sich der Höhepunkt in ihr aufbaute wie Myriaden von Sternschnuppen an einem purpurnen Himmel. Und gerade, als sie dachte, daß das Lustgefühl anfing, nachzulassen, erhob er sich über sie, füllte sie mit der reibenden Macht seiner Männlichkeit aus, und als er heftig in sie stieß, wurde sie wieder von den Wellen der Lust überrollt.

Sie biß in seine Schulter, ihre Finger kratzten über seinen Rücken. Schamlos umklammerte sie ihn, legte ihm die Beine um die Taille, bewegte sich so, wie er es wollte, und paßte sich seinem Rhythmus an.

Ganz kurz kam ihr der Gedanke, daß sie das ja eigentlich gar nicht wollte. Sie wollte sich ihm nicht geben; sie hatte zwar versprochen, daß sie das tun würde, aber er hatte sie hinters Licht geführt und sie betrogen...

Doch er war das, was sie mehr als alles andere auf der Welt wollte. Sie küßte seine Brust; mit allumfassender Leidenschaft schmeckte sie den Geruch seines Atems. Sie bestaunte die Kraft seiner Muskeln unter ihren Fingerspitzen, und sie schwelgte in seiner Mächtigkeit, die mit so großem Durst und Kraft zischen ihren Schenkeln auf und nieder ging. Die gewaltigen, mitreißenden Wogen des Lustgefühls fingen wieder zu wachsen an und stiegen in ihr zu nie gekannter Höhe empor. Dann hatte sie das Gefühl, als würde eine Süßigkeit, die kaum zu ertragen war, ihr Inneres erfüllen. Licht explodierte vor ihren Augen und dann spürte sie, daß er tiefer... und immer tiefer in sie eindrang.

Sie erreichte den Gipfel der Lust, der Orgasmus durchströmte sie. Es wurde dunkel um sie, gerade als sie den rauhen, gutturalen Schrei ihres Wikinger-Ehemannes hörte und er in ihrem Schoß eine ungestüme Erlösung fand.

Langsam kehrte das Licht zurück. Sie rang immer noch nach Atem, und ihr Körper wurde von kleinen Nachbeben erschüttert.

Er lag auf einen Ellbogen gestützt neben ihr und beobachtete sie. Sanft berührte er ihre Wange. Sie wußte, daß er sie beobachtete, aber sie schloß die Augen und bewegte sich nicht. Innerlich zitterte sie immer noch und wollte nichts mehr, als ihren Kopf erschöpft an seine Brust legen und Frieden finden.

»Ich habe von dir geträumt, meine Liebe.«

Sie war sich zunächst nicht sicher, ob dieses Flüstern Wirklichkeit gewesen war, aber dann wußte sie, daß es das war, denn er zog sie sanft an sich, bis ihr Kopf an seiner breiten Brust lag. Zärtlich strich er ihr das Haar zurück.

»Ich habe von diesem Ort hier geträumt, von der Färbung der Felsen und der Klippen. Mauve und Purpur und das Grün des Frühlings.«

»Ich habe gehört, daß Irland grün ist«, murmelte sie an seiner Brust. Sie konnte sein Gesicht nicht sehen, aber sie konnte sein Lächeln fühlen.

»Ja, es ist grün. Wunderbar, grenzenlos grün. Doch auch

Irland hat seine Farben. Felsen und Klippen. Schönheit und Frieden.«

»Hier ist es nicht so friedlich«, sagte Rhiannon schläfrig. »Oft toben hier Stürme. Und das Meer ist hinterhältig.«

»Ja, das ist richtig«, stimmte er ihr zu.

»Das ist etwas, was genau Eurem Stil entspricht.«

Er lachte leise. »Und Eurem auch, glaube ich, Mylady. Nun, vielleicht sind wir hier genau richtig.«

Noch immer lag Zärtlichkeit in seiner Stimme, aber plötzlich hatte sie davor Angst, genauso wie vor der Behaglichkeit, die sie an seiner Seite erfüllte. Das konnte nicht andauern. Er liebte sie nicht, er spielte mit ihr. Er mochte sie genauso gerne wie das Land – und Alexander! Sie durfte sich einfach niemals erlauben, ihn zu nahe kommen zu lassen. Sie durfte sich niemals auf ihn verlassen.

Seine Hand strich jetzt über ihren Rücken. Gemächlich. Seine sanften, ruhigen Finger erregten sie immer noch. Er liebkoste ihre Schulter und ihren Arm. Seine Berührung glitt über die Haut an der Unterseite ihrer Brust. Und es schien ganz natürlich zu sein, daß sie so nebeneinander lagen.

Sie biß sich auf die Lippe und hob den Kopf, um ihr Haar, das unter ihm eingeklemmt war, zu befreien. Sein leises, heiseres Lachen verspottete sie. Er setzte sich wieder über sie und balancierte sein Gewicht auf seinen muskelbepackten Armen.

»Nun, mein süßes Weib, vielleicht entdeckt Ihr ja, daß Ihr mich liebt – mich, den hinfälligen, alten Mann!«

Die Süße der Leidenschaft und zärtlichen Worte zwischen ihnen verwischte sich langsam. Alles, was blieb, war das plötzliche Bild eines starken, gutaussehenden und glühenden Wikinger-Gesichts und die Erinnerung an die zügellose Begierde, die er in ihr so einfach entfachen konnte.

»Ich werde Euch niemals lieben!« versprach sie ihm heiser. »Das ist nur meine eheliche Pflicht. Ihr laßt mir in dieser Beziehung ja keine Wahl!«

Seine Augen verdüsterten sich; es sah aus, als würde ein Eisschild über sie fallen, aber sie blickten sie immer noch an.

Sein Lächeln verschwand nicht. »Ja, Lady, Ihr habt keine Wahl. Denkt immer daran. Ihr müßt mich nicht lieben – Ihr müßt mir nur dienen. Vielleicht fahren wir damit recht gut. Liebe ist ein sehr schmerzliches Gefühl.«

»Ihr liebt mich nicht!« erinnerte sie ihn.

»Lieber Gott, nein«, erwiderte er kurz. Sie bewegte sich nicht. Seine Knöchel strichen über ihre Wange, und er fügte fast zärtlich hinzu: »Der Himmel möge dem Manne helfen, der Euch liebt! Der Himmel, Walhalla und alle Götter, die christlichen und die heidnischen.«

Dann stand er abrupt auf und entfernte sich trotz seiner Größe mit der Eleganz eines Akrobaten vom Bett. Sie wollte sich umdrehen und griff nach einem Laken, um sich zu bedecken. Gerade wollte sie sich der Schläfrigkeit, die sie überfiel, hingeben, als seine stählerne Stimme sie wie kaltes Wasser übergoß: »Steht auf, meine Liebe, in der Halle sind Gäste, um die Ihr Euch kümmern müßt.«

»Ich muß mich um Gäste kümmern?« fragte sie kühl.

Er griff nach ihr und zog sie hoch. Und – Gott helfe ihr – allein die Berührung seines Körpers entfachte erneut das Feuer in ihr, obwohl sie ihn voller Haß anblickte.

»Wie ich bereits gesagt habe«, flüsterte er ihr sanft zu, »Ihr müßt mich nicht lieben. Aber Ihr seid mein Weib, und Ihr werdet mir dienen.«

»Ich bin nicht Eure Sklavin!«

»Nein, Rhiannon, Ihr seid hier die Herrin, die Lady. Und deshalb werdet Ihr auch in der Halle, in der Ihr geboren seid, das Zepter führen. Und Ihr werdet mit mir in diesem Zimmer hier liegen, wenn ich als Euer Herr es verlange.«

»Wir werden sehen.«

»Tatsächlich«, gab er lachend zurück, »das werden wir.«

Wieder zog er sie in seine Arme und küßte sie. Sein Kuß war leidenschaftlich und tief, und sie konnte sich nicht dagegen wehren. Und dann, vermischt mit der Leidenschaft, schien darin ein Hauch von Zärtlichkeit zu liegen. Als er schließlich seine Lippen von den ihren löste, waren seine Augen fast kobaltblau und so hypnotisierend, daß sie ihren

Blick nicht abwenden konnte. »Tatsächlich«, murmelte er, »Gott helfe dem Narren, der es wagt, sich in Euch zu verlieben, Rhiannon!«

Dann drehte er sich um, langte in eine seiner Truhen und beachtete sie nicht weiter. »Zieht Euch schnell an, wir haben lange genug herumgetrödelt.«

»*Wir* haben herumgetrödelt? Ich habe nicht...«

Seine Augen trafen ihre und brachten sie zum Schweigen. »Natürlich habt Ihr«, unterbrach er sie spöttisch, spielerisch. »Und Ihr werdet wieder. Und immer wieder. Und jetzt kommt.«

Bei seiner Anspielung und dem scharfen Befehl kochte Rhiannon, aber sie drehte sich schnell um und suchte nach neuen Kleidern. Während sie ein Unterhemd anzog, drehte sie ihm den Rücken zu, dann blickte sie vorsichtig hinter sich.

Er trug bereits seine Strümpfe und schlüpfte gerade in ein Hemd, und sie biß sich hart auf die Lippen, als sie spürte, wie sie tief innen wieder zu zittern anfing. Seine Taille war so schmal, seine Schultern so breit. Seine Arme waren wie Stahl, und seine Schenkel hart wie Baumstämme. Sogar jetzt sehnte sie sich danach, seine straffe, bronzefarbene Haut zu berühren und sich über das Gefühl unter ihren Fingerspitzen zu freuen.

Er liebte sie nicht, aber er war ihr Ehemann, und das Schicksal hatte sie zueinandergeführt.

Sie würde ihm nicht dienen! Sie würde es einfach nicht tun!

Und doch – er liebte diesen Ort. Dieses Land. Die Leute. Die Kinder.

Er machte Anstalten, sich umzudrehen. Irgendein sechster Sinn hatte ihm gesagt, daß sie ihn betrachtete. Eilig wendete sie sich ab, zog ein neues Untergewand und eine Tunika heraus und schlüpfte in ein eleganteres puderblaues Ensemble. Sie wußte, daß jetzt er sie beobachtete. Als sie sich ihm wieder zuwendete, war er als irischer Prinz gekleidet, mit einem Hemd und einer hermelinbesetzten kurzen Tunika, königsblauen Strümpfen und einem purpurfarbenen Mantel mit Spange. Er rückte den Dolch, ohne den er nie war, in der Scheide am Gürtel zurecht und streckte ihr eine Hand entgegen.

»Können wir gehen, Mylady?«

»Ihr habt mich hierhergezerrt. Jetzt hetzt mich nicht.«

»Nun, wenn Ihr lieber bleiben wollt, dann wäre ich glücklich, sämtliche Regeln der Gastfreundschaft über Bord zu werfen und noch eine Weile mit Euch hier herumzutrödeln! Ihr lernt sehr schnell, Lady und Weib, und doch gibt es noch so viel, das ich Euch zeigen möchte. Natürlich war meine Hast unziemlich, aber die ganze lange Zeit nach den wirklich erstaunlichen Ekstasen unserer Hochzeitsnacht, hatte ich nur meine Träume...« Seine Stimme verstummte allmählich und der tiefe, kehlige Klang seines Lachens erfüllte den Raum

Rhiannon hatte nun von sich aus beschlossen, sich zu beeilen. Noch während er sprach, hatte sie ihr Haar gekämmt, die Schuhe angezogen und schnell einen großen Schluck von dem Wein auf dem Tisch genommen. Sie stand an der Tür und reckte ihr Kinn hochmütig in die Luft.

»Ich sehe, daß Ihr schließlich doch schon fertig seid«, lachte er. Er nahm ihre Hand und führte sie aus dem Gemach.

Draußen blieb er stehen, küßte ihre Hand und blickte sie mit dunkelblauen Augen prüfend an.

»Meine Liebe, Ihr seid unglaublich schön!« Ein hinterlistiges Lächeln erschien auf seinen sensiblen Lippen. »Der Nachmittag ist voller Herrlichkeit vergangen, und doch kann ich kaum die Nacht erwarten.«

Sie gab ohne Wimpernzucken seinen Blick zurück und betete darum, daß er das heftige Flattern ihres Herzens nicht hören möge oder gar bemerken würde, daß allein seine Worte kleine, flackernde Flammen der Lust in ihr entfachten.

»Unsere Gäste warten«, sagte sie.

»Tatsächlich.«

Er nahm ihre Hand, führte sie zu der Treppe und in die Halle hinunter. Beim Gehen überfuhr sie plötzlich ein heftiger Schauer. Gott und der Himmel mögen der Frau helfen, die närrisch genug war, ihn zu lieben! dachte sie.

Ja, möge Gott ihr helfen.

12. KAPITEL

Am fünften Morgen nach Erics Rückkehr stellte Rhiannon fest, daß der Wikinger nicht mehr neben ihr im Bett lag.

Sie erwachte und fand die Laken neben sich zerknüllt, wo er gelegen hatte, aber der blonde Riese, der viel zu schnell zurückgekehrt war, um ihr Leben durcheinanderzubringen, war gegangen.

Sie schauderte, stellte fest, daß sie noch nackt war, und holte sich aus einer Truhe Strümpfe, Hemd und Tunika. Halb angekleidet drehte sie sich zu der Wasserkanne und der Schüssel um, die auf einem Gestell neben dem Kamin standen, und wusch sich Gesicht, Hals und Hände. Dann zog sie sich fertig an, bürstete und flocht sich das Haar, warf sich einen pelzbesetzten Umhang über die Schultern und verließ eilig das Gemach.

Oben auf der Treppe hielt sie inne. Aus der Halle tönte nicht die Stimme ihres Ehemannes herauf, dafür aber die von anderen. Rollo erzählte Geschichten aus der Schlacht, und die anderen hörten ihm zu und unterbrachen ihn hier und da mit einer Frage. Rhiannon lief leise und unbemerkt die Treppen hinunter. Sie sog scharf den Atem ein, als sie Rowan und die anderen jungen Männer sah, die zuerst unter König Alfred gedient hatten und jetzt in ihrer Halle saßen.

Die Halle ihres Ehemannes, dachte sie verbittert.

Nun, sie waren seit seiner Rückkehr anwesend. Sie hatten sich in der ersten Nacht höflich und mit angemessenem Respekt und sogar einer gewissen Zärtlichkeit begrüßt, als sie an Erics Arm die Stufen herabgeschritten war. Sogar Rowan. Er hatte ihre Hand berührt, sich tief darüber gebeugt und hatte sie wie eine Schwester mit einem brüderlichen Kuß auf die Wange begrüßt, und Eric hatte direkt daneben gestanden. Dieses Benehmen hatte ihr alle Hoffnung genommen. Denn die Tatsache, daß er es wagte, sie in Gegenwart von

Eric so zu berühren, war irgendwie eine tiefe und störende Verleugnung all dessen, was zwischen ihnen gewesen war.

Die Liebe war vorbei, dachte sie. Erst hatte sie zärtlich und sanft und wunderschön gesprudelt wie der Frühling, aber jetzt schien das Ganze nur ein heuchlerisches, kindisches Spiel gewesen zu sein. Oder vielleicht lag es nur daran, daß Eric so permanent wirklich da war, daß die Träume alle zu Fantasie geworden waren. Vielleicht war es die Art und Weise, wie er sie berührt hatte, mit der er ihr eine Art Brandzeichen aufgedrückt hatte, seinen Stempel, den sie nicht, nicht einmal in den tiefsten Winkeln ihres Herzens, leugnen konnte. Sie kannte Rowan seit vielen Jahren, aber Eric kannte sie besser. Sie hatte jahrelang geglaubt, daß sie Rowan bis an ihr Lebensende lieben würde. Sie erinnerte sich nur noch verschwommen an Rowans sanfte, harmlose Küsse, während die Erinnerung an die Leidenschaft, die Erics Lippen immer wieder hervorriefen, regelmäßig ihr Blut zum Kochen brachte und Farbe in ihre Wangen steigen ließ...

Und eine sehnsüchtige Begierde tief in ihr.

Sie wäre eine Närrin, ihn zu lieben; sie liebte ihn nicht und würde es niemals tun. Auch wenn sie die Liebe zum Land und zu feurigen Tieren und verletzlichen Kindern teilten. Auch wenn ihnen gewisse Werte gemeinsam waren – ein dauernder Respekt vor ihren Vorfahren und den Traditionen ihrer jeweiligen Heimatländer; einen Sinn für das Exotische und Verehrung für Wissen. Nun, egal welche Gemeinsamkeiten zwischen ihnen existieren mochten, sie würde ihn niemals lieben. Noch würde sie ihn jemals ehren oder sich ihm unterwerfen.

Schnell und unbemerkt schlüpfte sie durch die Halle. Einer von Erics Männern, ein Ire, stand an der Tür Wache. Er verbeugte sich, als sie vorbeiging. Sie wußte nicht, wo sie hin wollte, sie wollte einfach weg, weit weg von der Halle, in die Eric vermutlich bald zurückkehren würde.

Sie ging schnell, vorbei an Schmieden und Handwerkern, dann verließ sie – an einem weiteren von Erics Wächtern vorbei – die Stadtmauern. Sie lief einen Pfad entlang, der zu den grasbewachsenen Klippen im Norden führte. Nach fünfzehn Minuten hatte sie eine gewaltige Eiche mit schweren Ästen erreicht, die sich über einen kühlen, schnellfließenden Bach neigte.

Hier lag Egmund begraben. Egmund und Thomas.

Sie sank im Gras auf die Knie und neigte den Kopf, betete für die Freunde, die sie verloren hatte. Doch ihre Gedanken waren nicht bei dem Gebet. Sie setzte sich ins Gras, kaute verträumt auf einem Grashalm und starrte in das sprudelnde Wasser. Sie dachte an ihren Wikinger-Ehemann.

Es schien Leute zu geben, die ihn tatsächlich für zivilisiert hielten. Und nicht nur manchmal, wie sie es tat. Adela fand ihn bestrickend – und charmant. Charmant! Die Diener hatten keine Schwierigkeiten, seine Befehle auszuführen. Alfreds Männer scherzten problemlos mit ihm. Sogar Rowan – dieser verdammte Rowan! – schien ihn tief zu verehren und ihn zu mögen!

Männer, dachte sie voller Abscheu. Bloß, weil er in die Schlacht zog und andere mit Leichtigkeit tötete, war er also ein Held. Er war dazu erzogen worden, den Tod zu bringen, und das war alles.

Den Tod bringen – und die Macht seines Willens.

In der ersten Nacht war sie ihm nach dem Abendessen entschlüpft, weil sie die Schlafensunterkünfte für die Männer, die mit ihm gekommen waren, einteilen mußte. Sie hatte sich lange Zeit damit beschäftigt, und als er sie schließlich gefunden hatte, war sie gerade in der Küche und stellte die Mahlzeiten für den kommenden Tag zusammen. Sie hatte immer noch sein Bild vor Augen, wie er mit den Händen auf den Hüften unter der Tür gestanden war und sie mit seinen kristallblauen Augen fest angeblickt hatte. Er hatte nur eine Hand ausgestreckt und zu ihr einfach ›Kommt‹ gesagt.

Sie hatte sich mit sämtlichem ihr zur Verfügung stehenden Trotz umgedreht. »Mylord, ich bin beschäftigt«, hatte sie in einem Ton gesagt, der selbst den dickschädeligsten Krieger abgeschreckt hätte.

Aber nicht den Lord der Wölfe. Sie hatte ihm noch nicht

ganz den Rücken wieder zugewendet, als er ihr auch schon die Hand auf die Schulter gelegt hatte. Er diskutierte nicht lange mit ihr, antwortete ihr nicht einmal, sondern packte sie, riß sie in seine Arme und hielt sie dort mit einem schraubstockartigen Griff fest. Ihre Augen trafen sich, und keiner von ihnen mußte ein Wort sagen. Er zerrte sie an den betrunkenen, dösenden Männern in der Halle vorbei, die Treppe hinauf und in ihr Schlafgemach, und dabei wendete er nicht einen Blick von ihr. Als er sie auf das Bett legte, erklärte sie ihm, daß sie ihn haßte. Aber während er im Kerzenlicht seine Kleidung ablegte, fragte sie sich, ob sie damit die Wahrheit gesprochen hatte. Als er sich auf sie legte, wiederholte sie ihre Worte. Und als sie seine prachtvolle, mit dichtem platinfarbenem Haar bewachsene Brust sah, wußte sie, daß sie gelogen hatte. »Ihr seid mein Weib«, erinnerte er sie. »Und ich werde mein Recht bekommen.« Sein kehliges Lachen erfüllte die Luft, verspottete sie, aber dann wurde seine Berührung zu seiner zarten Liebkosung, und ihr wütender Protest erstarb unter dem süßen, verlangenden Hunger seiner Lippen. Ihre Worte wurden genauso vollständig hinweggefegt wie ihr Wille. Die Kerzen flackerten, und nach kurzer Zeit entlockte er ihr mit seinen glutvollen Küssen zärtliche Schreie voller Begierde und Erfüllung.

Am Ufer sitzend atmete Rhiannon tief ein und sprang plötzlich auf die Füße. Am nächsten Tag war er bis in den späten Abend geritten, und sie hatte bei seiner Rückkehr vorgegeben, zu schlafen. Er hatte sie nicht berührt, und so hatte sie dieses Spielchen auch in der dritten Nacht gespielt. Aber dieses Mal war er Sieger geblieben. Er hatte sie lachend zu sich herumgerollt und ihr erklärt, daß sie eine armselige kleine Lügnerin wäre und daß sie ihren Lord willkommen heißen sollte.

Sie hatte es getan, aber jetzt bedauerte sie es.

Aber letzte Nacht... vergangene Nacht hatte sie einen Sieg errungen. Ganz egal, wie erregend seine Berührungen gewesen waren, sie hatte widerstanden. Sie hatte nicht gegen ihn angekämpft; sie hatte einfach kalt wie ein Stein dagelegen, und Tränen waren ihr in die Augen gestiegen, als sie in der Dunkelheit nicht gegen ihn, sondern gegen sich selbst angekämpft hatte.

Und dann hatte sie in der Dunkelheit genausolange wach gelegen wie er.

Und jetzt dieser Morgen...

Sie konnte ihn immer noch auf sich fühlen, seinen Geruch einatmen, sein volltönendes Lachen hören, die hitzige Inbrunst dieses Mannes spüren, als er mit seinem Körper den ihren pfählte. Sie konnte die felsige Härte seiner Muskeln fühlen, das Zittern in ihm, in ihr, das erregende Gefühl, wenn er sie mit seinem Samen füllte. Sie würde sich nie von ihm befreien können. Niemals diese Erinnerungen vergessen können. Und sie haßte sich dafür viel mehr, als sie ihn haßte, denn sie konnte nicht leugnen, daß er ihr wie ein Gott vorkam, daß seine nackte Brust – und seine Hüften und Schenkel... und seine Männlichkeit – tatsächlich ehrfurchtgebietend waren. Daß seine Augen gebieterisch waren – und nicht allein seine Augen, sondern seine gesamte Persönlichkeit. Daß er tatsächlich der neue Lord hier war.

Nein, niemals.

Über ihr raschelten und wisperten die Blätter des Baumes. Sie war allein hier und in Sicherheit. Sie warf ihren Umhang ab, zog die Schuhe aus, streifte schnell die Strümpfe ab und lief zum Wasser. Es war eiskalt aber herrlich und reinigend. Sie blickte sich um, dann zog sie ihre Tunika und das Unterhemd aus und watete in das hüfthohe Wasser. Sie zitterte, als die Kälte sie wie ein Schlag traf. Dann ließ sie sich hinuntersinken, bis das Wasser ihre Schultern bedeckte und ihr Haarnetz. Sie tauchte schnell ganz unter und spürte die volle Wucht der Kälte. Sie erhob sich wieder und schüttelte sich erfrischt. Sie fühlte sich frei. Frei von seiner Berührung, von seinen Befehlen.

»Rhiannon!«

Sie stöhnte, drehte sich schnell um und ließ sich wieder unter Wasser sinken, als sie ihren Namen in scharfem, besorgtem Ton rufen hörte. Sie biß die Zähne zusammen und betete, daß nicht Eric sie gerade hier entdeckt hatte. Doch sie entspannte sich sofort, als sie Rowans Stimme erkannte.

»Rhiannon!«

»Ich bin – ich bin hier!« rief sie ihm zu.

Dann sah sie ihn, wie er um die Eiche geritten kam. Wie jung er aussah! Sie hatte das Gefühl, als wäre sie viele Jahre älter als er. Rowan war immer noch ein Jüngling, überlegte sie, aber sie war kein Mädchen mehr, sondern eine Frau. Er stieg schnell ab und eilte zu ihr ans Wasser. Er hielt inne, als er ihre Kleidung am Ufer verstreut liegen sah. Mit einem verlegenen Ausruf nahm er ihren Umhang und ging an den Rand des Wassers, wobei er das Kleidungsstück für sie hochhielt.

Sie erhob sich und ging auf ihn zu. Dabei erinnerte sie sich an den unglückseligen Morgen, als sie ebenfalls so zu ihm gekommen war. Damals waren ihre Träume noch lebendig gewesen. Aber jetzt... jetzt wickelte sie sich schnell in den Umgang und vermied es, ihm in die Augen zu blicken.

»Was ist?« fragte sie leise und zog den Umhang enger um sich.

»Du bist weggegangen«, sagte er kurzangebunden. »Du bist weggegangen, und die Wächter haben es gesehen, aber keiner wußte, wo du hingegangen bist und ich – ich hatte Angst um dich.«

»Angst um mich?« Sie starrte ihn erstaunt an. Dann lächelte sie langsam und verständnisvoll und straffte ihre Schultern. »Ich verstehe. Du dachtest, daß ich vielleicht vorhabe, mich über die Klippen ins Meer zu stürzen?«

Rowan lief rot an. »Ich – ich weiß nicht.« Sie erschrak, als er plötzlich vor ihr auf die Knie fiel. »Ich bitte dich um Verzeihung, Rhiannon, denn vergangene Nacht habe ich erst gemerkt, daß meine Anwesenheit dein Elend noch vergrößert. Bitte verstehe mich. Ich...«

Sie entzog ihm ihre Hand. »Du hast dich entschieden, einem Wikinger zu dienen, Rowan. Ich habe mich anders entschieden. Das ist alles.«

»Du solltest ihn im Kampf sehen.«

»Ich habe ihn im Kampf gesehen, ich sah, wie er mein Heim angriff, und ich bewundere nicht einen Mann wegen seiner Fähigkeit, andere Menschen zu töten.«

»Du kennst ihn nicht.«

»Bitte verzeih mir, Rowan, aber ich bin gerade dabei, ihn sehr gut kennenzulernen.«

Er stand ganz nah neben ihr. »Rhiannon, um der Liebe Gottes willen, bitte versuche mich zu verstehen. Er hat mein Leben gerettet, nicht einmal, sondern zweimal. Bei allem, was heilig ist, ich bin um der Ehre willen gezwungen, ihm zu dienen.«

Er schien so verzweifelt zu sein, so unglücklich über sich selbst, daß es ihr schier das Herz zerriß. Sie schlang ihre Arme um ihn, sie wußte, daß sie ihn immer lieben würde, wenn auch nicht in der Art wie früher. Sie liebte ihn, wie sie vielleicht einen Bruder lieben würde. In ihrer Geste lag nichts anderes als diese geschwisterliche Liebe.

Gerade als sie ihm die Arme um den Hals schlang und mit Zärtlichkeit und Sorge seinen Namen flüsterte, fühlte sie, wie ein kalter Hauch sie streifte. Sie blickte an seinem Kopf vorbei, und die Kälteschauer jagten ihr mit eisigen Nadeln über den Rücken.

Eric beobachtete sie.

Er saß auf seinem weißem Hengst und starrte sie aus dem Schatten unter den Bäumen an. Sie konnte seine Augen nicht sehen und auch nicht seine Gesichtszüge erkennen, aber sie konnte das goldene Schimmern seines Haares sehen, und die leichte, kraftvolle Art erkennen, mit der er auf dem Pferd saß.

Dann trieb er den großen weißen Hengst an und ritt auf sie zu. Er war heute wie ein irischer Prinz gekleidet, sein scharlachroter Umhang wurde über der Schulter mit einer großen Smaragd-Nadel festgehalten, in die das Zeichen des Wolfs eingraviert war.

»O Gott!« keuchte sie.

Rowan trat schnell einen Schritt zurück und drehte sich um, um der Gefahr ins Gesicht zu blicken. Er ließ sie los und machte einen Schritt vorwärts, bereit dem Wolf trotz seiner

Angst gegenüberzutreten, bereit, sich zwischen sie und die Gefahr zu stellen.

»Mylord«, begann Rowan, »ich schwöre Euch...«

»Nein!« schrie Rhiannon und lief um ihn herum. Rowan griff nach ihrem Arm, um sie aufzuhalten.

»Rhiannon!«

Sie riß sich los. Ihr Umfang flatterte im Wind. Doch noch ehe sie ihn um sich ziehen konnte, wurde klar, daß sie nichts darunter anhatte. Schweigend fluchte sie. Aber sie war fest entschlossen, Rowan nicht mit seinem Leben dafür büßen zu lassen. »Es ist hier nichts Schlimmes passiert!« erklärte sie hastig. »Versteht Ihr mich? Es ist hier überhaupt nichts Schlimmes passiert!«

Kalte blaue Augen, genauso Frost erzeugend wie ein eisiger Winterwind, wanderten über sie. In den harten Linien seines Gesichts bewegte sich nicht ein Muskel.

»Mylord –«, begann Rowan abermals.

»Rowan, verschwindet. Wir sprechen uns später«, unterbrach Eric ihn scharf.

»Aber, Mylord...«

»Verdammt, Mann, geht!«

Rhiannon fröstelte. Sie blickte Eric fest in die Augen, und gemeinsam hörten sie, wie Rowan zu seinem Pferd eilte.

Und dann ritt er weg.

Eric ließ ihren Blick nicht los. Trotz des kalten Wassers, das immer noch von ihr tropfte, und seines Gletscherblicks, fühlte sie, wie ihr der Schweiß auf der Stirn ausbrach. Sie würde nicht zulassen, daß er ihr das antat. Das würde sie nicht! schwor sie sich.

Sie stampfte wütend mit einem Fuß auf den Boden. »Das war alles ganz unschuldig, sage ich Euch. Ihr habt kein Recht, überhaupt kein Recht, mich so anzublicken.«

»Wie blicke ich Euch denn an?« fragte er.

Von ganz oben herab, wollte sie schon fast sagen, und genauso war es. Auf seinem Hengst wirkte Eric unbarmherzig gewaltig, und doch war es ihr lieber, daß er dort oben war, als wenn er abstieg und ihr in die Nähe kam.

Sie gab ihm keine Antwort. Statt dessen sagte sie: »Ich sage Euch, daß wir beide völlig unschuldig sind. Und wenn Ihr ein zivilisierter Mann wäret...«

»Ach, aber, wir haben doch übereingestimmt! Ich bin nicht das kleinste bißchen zivilisiert. Ich bin ein Wilder. Ein Wikinger. Ich bringe meine Feinde um. Tod ist das Glaubensbekenntnis, nach dem ich lebe!«

Er begann, abzusteigen. Ihr stockte fast der Atem, als ihr Herz wie wild zu hämmern begann. Sie machte einen Schritt zurück, aber er war stehengeblieben, um sich ihre am Boden verstreuten Kleidungsstücke zu betrachten.

Er machte einen Schritt auf sie zu. Sie schluckte ihre Furcht hinunter – und ihren Stolz. Sie mußte Rowans Ehre wieder herstellen, wie sie versprochen hatte. Graziös fiel sie vor ihm auf ein Knie und beugte den Kopf. »Ich bitte Euch, hört mir zu...«

»Steht auf. Falsche Demut steht Euch nicht.«

Ihre Augen blitzten wütend, als sie sich erhob. Sie zog den Umhang noch enger um sich und sah sein grimmiges Lächeln, mit der er die Wut in ihrem Blick erwiderte. »Das steht Euch schon besser, meine Liebe.«

»Ich bin nicht Eure Liebe. Und ich werde es auch niemals sein, auch wenn Ihr es behauptet.«

»Dann seid Ihr es eben nicht«, erwiderte er nachgiebig. Er fing an, um sie herumzugehen und sich dabei das Kinn zu streichen. »Nicht meine Liebe – aber ganz sicher mein Weib. Mein Weib! Gemäß den heiligen Sakramenten der Ehe dazu verpflichtet, mich zu ehren und mir zu gehorchen. Und doch will ich verdammt sein, Madame, wenn ich Euch nicht ständig in verschiedenen Stadien des Unbekleidetseins vorfinde.«

»Man könnte es auch für Eure beliebteste Art halten, eine Frau zu entdecken, Mylord«, fauchte sie zurück. »Denn wenn ich vollständig angekleidet bin, macht Ihr immer die größten Anstrengungen, mich auszuziehen.«

»Es ist nicht Eure Nacktheit, die mich stört«, sagte er, und wieder fühlte sie das schreckliche Frösteln, denn er stand hinter ihr. Sie konnte sein Gesicht nicht sehen; sie konnte nur das Beben in seiner Stimme hören, das trotz seines unbeteiligten Tones seinen Ärger verriet. »Es ist Eure wiederholte Nacktheit vor anderen Männern. Vor Rowan.«

Sie wirbelte herum, da es ihr unerträglich war, ihn weiterhin hinter sich zu spüren. Sie zitterte und mußte sich die Lippen befeuchten, um sprechen zu können. Plötzlich bedauerte sie ihren Sieg in der vergangenen Nacht. Vielleicht wäre er jetzt nicht so wütend, wenn sie nicht so kalt gewesen wäre. Er konnte ja nicht wissen, wieviel Kraft sie das gekostet hatte. »Mylord, ich schwöre Euch, daß Rowan unschuldig ist.«

»Es gibt so viele Arten zu sterben, oder nicht? Man kann einen Mann mit einem Seil um den Hals so lange aufhängen, bis er tot ist. Das ist keine schöne Art zu sterben. Wenn das Seil zu kurz ist, wird er langsam erwürgt. Wenn es zu lang ist, dann kann der Kopf völlig vom Leib abgedreht werden. Aber man kann einen Mann auch einfach mit einem Schlag einer Streitaxt köpfen oder ihn mit einem Schwert abhacken.«

»Eric!«

»Aber natürlich läßt sich der Hals einer Frau viel einfacher durchschneiden, als der eines Mannes. Euer Hals, mein liebes Weib, ist so ungemein schlank...«

Sie wich zurück und ließ ihn dabei nicht aus den Augen. »Dann macht es endlich!« wollte sie ihn anschreien, aber die Worte blieben ihr im Hals stecken, weil er sie jetzt endlich berührte. Seine Hände packten sie im Nacken, und er zog sie an seine Brust. Seine Finger zerrten fest an ihrem feuchten Haar und zwangen sie, ihm in die Augen zu blicken. »Aber auf die Art würde ich Euch niemals umbringen, meine Liebe. Ich würde mir niemals das Vergnügen versagen, meine Finger um Eure Kehle zu legen und Euch das Leben herauszupressen!« Während er sprach, fand seine freie Hand die Öffnung ihres Umhangs, und seine Finger legten sich auf ihr pochendes Herz unter ihrer Brust. »Gebietet diesem verräterischen Schlagen Einhalt!« zischte er sie an.

Und dann ließ er sie plötzlich los, stieß sie von sich weg. Er ging zu seinem Pferd, den Rücken ihr zugewendet. »Zieht Euch an und kommt. Jetzt!«

Rhiannon holte verzweifelt Luft und starrte ihn an. Noch hatte er sie nicht gezüchtigt, aber wie wußte nicht, was er mit ihr vorhatte. Schleppte er sie zurück, um mit ihnen beiden, mit Rowan und ihr, in ihrem eigenen Haus Schluß zu machen?

»Wartet!« rief sie.

Er blieb regungslos stehen und drehte sich langsam um. Wieder stockte ihr der Atem. Sie kämpfte sekundenlang darum, wieder atmen zu können. »Wartet, Ihr habt mir nicht zugehört. Wenn Ihr es wagen solltet, Rowan zu verletzten...«

Das waren die falschen Worte. Im Bruchteil von Sekunden stand er neben ihr und hatte sie wieder gepackt. Seine Augen starrten gebieterisch in die ihren. »Ich wage alles, Madame – das solltet Ihr inzwischen wissen! Aber soweit es den jungen Rowan betrifft, habe ich nicht vor, ihm etwas anzutun. *Ihm* vertraue ich vollkommen.«

»Wa-was?« stotterte Rhiannon.

»Ich werde den Jüngling nicht dafür bestrafen, weil *Ihr* Euch wie eine schamlose Hure aufführt.«

»Was!« Dieses Mal stotterte sie nicht. Sie stieß das Wort voller Wut hervor. Das reichte ihm. Sie wand sich – in seinem Griff und schaffte es, ihm mit ihren Nägeln das Gesicht zu zerkratzen und ihn gegen das Schienbein zu stoßen. Er fluchte laut, packte ihren Arm und drehte sie herum. Sie stolperte über ihren Umhang, und er ließ sich schnell mit gespreizten Beinen auf ihr nieder.

Ihre Wut stieg derartig an, daß ihr jegliche Demut abhanden kam. »Wahrhaftig, wenn es einen Gott im Himmel gibt, werdet Ihr unter dem Schlag irgendeiner Streitaxt verrecken. Ihr werdet bei lebendigem Leib verfaulen und verwesen. Ihr werdet...«

»Nur weiter so«, ermutigte er sie.

»Geht von mir runter!«

»Was? Jetzt? Warum denn, ich bin sehr angetan davon,

wie Ihr Euch unter mir anfühlt. Es ist interessant zu entdekken, wie es wäre, wenn man der Mann wäre, für den Ihr so freudig Eure Kleidung abwerft.«

»Ich habe meine Kleidung nicht für Rowan abgeworfen!«

»Wollt Ihr mir weismachen, daß Rowan das getan hat?«

»Nein! Natürlich nicht. Ich...«

»Ah! Jetzt verstehe ich Euch endlich. Ihr kamt hierher, warft Eure Kleider ab und stiegt ins Wasser, um die Verführerin zu spielen, nur für den Fall, daß ich, Euer rechtmäßiger Herr, vorbeikommen würde. Welch hinterlistiger Gedanke. Besonders nach der letzten Nacht.«

»Ich habe nicht...«

»Seid vorsichtig, Lady, sehr vorsichtig!« Er lehnte sich dichter über sie, und sie war nicht sicher, ob das Glitzern in seinen Augen von Belustigung oder Wut herrührte, oder von irgendeiner anderen Gemütsbewegung. »Ich mag diese Überlegung. Und ich mag meine anderen Überlegungen nicht halb so gern.«

Sie öffnete den Mund und schloß ihn wieder. Die Blätter der großen Eiche warfen Schatten über sie. Er nahm eine Locke ihres feuchten Haares und wickelte sie sich um den Finger. »Ein frühmorgendliches Stelldichein mit meinem Weib im Schatten einer alten Eiche, am kühlen Wasser eines plätscherndes Baches... das hat etwas für sich, oder seid Ihr anderer Meinung? Regt das nicht die Fantasie an?«

»Nein!«

»Nein! Mir bricht das Herz. Nun denn! In meinem Bett liegt ein lebloses Stück Holz, obwohl ich doch weiß, daß ich eine Frau voller Leben und Leidenschaft geheiratet habe. Existiert sie inzwischen nur für andere? Vielleicht mache ich etwas nicht richtig. Vielleicht sollte ich mit dem jungen Rowan sprechen, um zu erfahren...«

»Halt!« flüsterte sie.

Er hob eine goldene Augenbraue. Sie hob ihr Kinn. »Ein Stelldichein mit meinem lieben Lord und innig geliebten Ehemann klingt tatsächlich wie eine – eine Fantasie!« stieß sie hervor.

In seine Augen trat ein teuflisches Funkeln, und sie wollte gerade um sich schlagen, als sich die Ecken seines Mundes belustigt kräuselten. Aber noch ehe sie eine Hand gegen ihn erheben konnte, war er auf den Füßen, warf seinen Umhang beiseite, legte seine Schwertscheide ab. Er riß sich die Stiefel herunter und warf Strümpfe, Tunika und Hemd ab. Sie drehte sich zur Seite und blickte verlangend auf sein Schwert.

Mit seinem nackten Fuß trat er auf ihr Haar, und ihr Blick schoß zu ihm herum. »Ich verspreche Euch, wenn Ihr jemals wieder daran denken solltet, eine Waffe gegen mich zu erheben, werde ich meine Initialen und das Emblem des Königlichen Hauses von Westfald in Eure Hinterbacken einschnitzen!«

Sie schrie empört auf, sprang auf die Füße und warf sich auf ihn. Er packte sie und fiel mit ihr zu Boden, sein Lachen erfüllte die Luft, als sie zusammen ins Wasser rollten. Ihr Umhang war heruntergefallen, und sie lag eingeklemmt zwischen dem kühlen Wasser und der brennenden Hitze seines Körpers.

Sie wand sich unter ihm, um sich von seinem Gewicht zu befreien, aber sie brachte sich damit nur immer noch enger mit ihm in Kontakt. Sie schimpfte laut, was ihn dazu brachte, lachend den Kopf in den Nacken zu werfen.

»Was erwartet Ihr denn von einem Wikinger? Ihr habt mich abgestempelt, und ich gebe Euch nur das, was Ihr wollt! Nichts stellt sich mir in den Weg. Ich werde bekommen, was ich will, und ich werde es durch die Gnade meines Schwertes bekommen, Lady. Und ich werde nie mehr eine kalte Kreatur unter mir haben, sondern sämtliche Begierde und Feuer und süße Leidenschaft, die mir als Entschädigung zusteht.«

»Ich schulde Euch nichts! Bastard!«

Blaue Flammen versprühend blickte er sie leidenschaftlich an. Sein Flüstern strich über ihre Wange. »Seid vorsichtig, Lady! Seid vorsichtig! Überzeugt mich davon, daß Ihr Euch nach mir sehnt und nach niemand sonst.«

Sie sog scharf die Luft ein und hätte ihm am liebsten

gesagt, er solle sich zur Hölle scheren. Ihre Wut war genauso heftig wie seine.

Trotzdem verlangte es sie nach ihm. Ihr verräterischer Körper wollte ihn haben, hier im Fluß, in der Kühle des Wassers, in der Hitze des Tages, im Schatten der alten Eiche. Sie zitterte, fühlte abermals die Stärke, die in seinen Armen lag, in seiner Berührung, die Mächtigkeit seiner Brust. Ja, sie wollte ihn. Sie wollte die Leidenschaft und mehr. Sie wollte die Geborgenheit seiner Arme. Sie wollte sein zärtliches Flüstern. Sie wollte den Mann, den sie gerade anfing, kennenzulernen.

Sie starrte ihn an. Dann umfaßte sie langsam seine Wangen mit ihren Händen, setzte dem Feuer seiner Augen das silberne Funkeln der ihren entgegen. Dann zog sie seinen Kopf zu sich hinunter und berührte seine Lippen mit einem wilden, fordernden Kuß, um damit seine Fragen zu beantworten. Sie leckte verlangend, lustvoll mit ihrer Zunge über seine Lippen, dann stieß sie durch die Barriere seiner Zähne und trug ein wildes, sinnliches Duell mit seiner Zunge aus. Ihre Finger gruben sich in sein Haar, und sie preßte ihre Brüste fest und erregend gegen seine harte Brust.

Ein gutturales Stöhnen entrang sich seiner Brust und zersplitterte die Stille. Jetzt fühlte sie nicht mehr den Frieden, nicht mehr die Kühle des Wassers, den Schatten der Eiche. Seine Lippen liebkosten ihre Kehle und ihre Brüste, und sie preßten sich an ihn, kam mit ihm zusammen auf die Knie. Sie stand auf und fühlte die Kanten seines Gesichts auf ihrem Bauch, auf ihren Schenkeln. Sie stieß einen leisen Schrei aus und ließ sich leidenschaftlich auf ihm nieder, benutzte ihren ganzen Körper um ihn zu streicheln, küßte und biß sanft in seine Schulter, ließ ihr Haar und ihren Kopf langsam über die straffgespannten, schwellenden Muskeln seines Bauches streichen. Dann zögerte sie ganz kurz, aber dann gab ihr ihre Einbildungskraft eine Idee, und sie ergriff mit beiden Händen die Mächtigkeit seines hochaufgerichteten Schafts und erschauerte bei der Hitze und Größe, die er unter ihrer Berührung entwickelte. Sein Flüstern ermutigte sie zu weiteren leichtfertigen, kühnen – vielleicht sogar unanständigen – Dingen, aber das spielte keine Rolle. Sie erinnerte sich weder an ihren Haß, noch an das Blutvergießen oder an irgend etwas, das zwischen ihnen stand. Sie war nur noch auf diesen Mann konzentriert, auf diesen Liebhaber, und die süßen, wilden Gefühle, die er in ihrem Inneren erweckt hatte, und der erregenden, überwältigenden Schönheit, die daraus entstehen konnte, die sämtliche Gedanken hinwegspülte, die ihr das Bewußtsein stahlen, sogar Momente ihres Lebens. Sie überschüttete seinen Körper mit ihren Küssen, mit dem Lecken und Streicheln ihrer Zunge, den Liebkosungen ihres Mundes.

Leidenschaftliche, heisere Töne entfuhren ihm. Heftig zitternd packte er ihre Schultern, zog sie über und auf sich, und sein Mund legte sich gierig über ihren, während er sie auf den Rücken wälzte. Grob spreizte er ihre Beine und öffnete sie noch weiter mit dem suchenden Tasten seiner Finger. Dann genoß und erfüllte er sie gleichzeitig mit dem heißen, feuchten Stoßen und Lecken seiner Zunge, bis sie fast den Verstand verlor und schluchzend nach ihm verlangte, wobei ihr kaum bewußt war, was sie da verlangte. Er erfüllte ihren Wunsch und zog sie unter sich. Sie schrie voller Lust auf, als er mit der unwiderstehlichen Kraft einer gewaltigen, majestätigen Maschine in sie eindrang, sich lodernd den Weg bahnte, sie ausfüllte, zu einem Teil von ihr wurde. Seine Lippen erstickten ihren Schrei, seine Glut drängte sie in den Abgrund seiner Begierde. Blitze schienen sie zu durchzukken, Donner die Erde zu erschüttern und ein starkes Pulsieren umgab sie innerlich und äußerlich. Sie wurde nach Walhalla und weiter getragen. Ekstase stieg in ihr empor, bis aus Lust fast Schmerz wurde, und er brachte sie immer noch höher. Dann schien in ihr die Sonne in Flammen aufzugehen, und als die kaum mehr wahrnehmbare Welt um sie herum explodierte und gnädige Dunkelheit sie umfing, ergoß sich der Mann in sie.

Sekunden später kehrte das Tageslicht zurück. Ihre Augen öffneten sich flatternd, und sie sah Eric neben sich, der auf einem Ellbogen lehnte und aufmerksam die Blässe ihres Gesichtes betrachtete.

Plötzlich ließen die Frische der Luft und des Wassers sie frösteln. Sie schauerte und versuchte sich zu bewegen, aber ihr feuchtes Haar war unter ihm eingeklemmt.

Er berührte ihr Gesicht, fuhr mit dem Finger die Linie über ihre Wange nach, und sie versuchte sich von ihm abzuwenden. Doch er gestattete es nicht. »Warum seid Ihr hergekommen?« fragte er.

»Offensichtlich um Euch zu erfreuen!« gab sie spitz zurück, was ihr sofort leid tat, denn die nordischen Winde schienen wieder seine Augen zu berühren. An seiner Kehle begann eine Ader schnell zu pochen, und so fügte sie geschwind hinzu: »Ich – Ihr werdet nicht – Ihr werdet nicht ...«

»Was werde ich nicht?«

Sie senkte die Augen. Still lagen sie nebeneinander im Bach und genossen den Nachklang ihres Liebesaktes, und doch lag zwischen ihnen ganz plötzlich und unverständlich eine große Distanz. »Ihr werdet Rowan nicht verletzen?«

Er stieß sich von ihr ab, erhob sich und ging in den Bach. Das Wasser ging ihm nur bis zu den Knien, aber er ließ sich mit dem Rücken zu ihr in die Kühle hineinsinken. Dann stand er wieder auf, beachtete sie nicht und ging, nackt, selbstsicher und unbeteiligt, ans Ufer. Er nahm sein Hemd und schlüpfte hinein.

»Eric?« flüsterte sie und erhob sich vorsichtig auf einen Ellbogen, denn wieder wurde sie von einer plötzlichen Angst gepackt.

Er zog seine Tunika über und band die ledernen Riemen fest, dann sah er sie an. Seine Augen glitten über ihren nackten Körper, der halb im und halb außerhalb des Wassers lag. »Rowan hatte niemals etwas von meinem Zorn zu fürchten«, erklärte er ihr ausdruckslos. »Wie ich Euch bereits früher sagte, vertraue ich auf sein Ehrgefühl, auch wenn das Eure nicht existiert.«

Sie sprang auf, als ob er sie geschlagen hätte. Tränen stiegen ihr in die Augen, aber sie drehte sich von ihm weg, rannte blindlings ins Wasser. Doch seine harten Worte folgten ihr. »Ich habe Euch schon einmal gesagt, daß eine Frau niemals meine Handlungen beeinflussen wird, nicht einmal durch eine so verführerische Vorstellung, wie Ihr sie gerade abgeliefert habt.«

Sie wollte ihn nicht ansehen. In ihrer Verzweiflung ließ sie sich tief ins Wasser sinken.

Und so blieb sie liegen. Lag mit dem Rücken zu ihm da, ließ das Wasser durch ihr Haar fluten und ihren Körper kühlen und reinigen. Sie schloß die Augen und wartete und betete, daß er inzwischen gegangen sein mochte.

Aber das war er nicht. Als sie sich schließlich zitternd und tropfend erhob, stand er am Ufer, völlig angezogen, lehnte an einem Baum und beobachtete sie neugierig. Mit hocherhobenem Kinn marschierte sie zu ihm hin. In all ihrer majestätischen Nacktheit blieb sie vor ihm stehen und sagte leise. »Ihr wolltet wissen, warum ich hierher gekommen bin. Ich kam hierher, um die Erinnerung an die Nächte abzuwaschen.«

Sie wartete auf seine Wut, die aber nicht kam. Eine leichte Brise kam auf. »Und alles, was Ihr bekommen habt, ist eine neue Erinnerung an den Tag«, meinte er schließlich.

Sie drehte sich um. Er packte ihren Arm. Immer noch brannten Tränen in ihren Augen, Tränen, die sie nicht verstehen konnte. Er zog sie zu sich. »Darum seid Ihr gekommen?«

Sie wunderte sich über die Spannung, die in seinen Worten lag. Sie feuchtete ihre Lippen an und deutete auf den Baum. »Egmund liegt hier begraben. Und Thomas.«

Er runzelte die Stirn, und sie erklärte ihm: »Meine Hauptmänner. Die Männer meines Vaters. Männer, die ihr ganzes Leben auf mich aufgepaßt haben, die in unserer Schlacht getötet wurden.«

Er erstarrte. »Verräter, Madame«, sagte er.

Heftig schüttelte sie den Kopf. »Nein, das waren niemals Verräter!«

»Dann, Lady, habt Ihr Euren König verraten, denn Ihr habt mich angegriffen.«

Wieder schüttelte sie den Kopf. »Ich habe König Alfred nicht verraten! Ich habe durchaus Ehrgefühl, Mylord, auch wenn Ihr es nicht sehen könnt!«

»Ich habe gesehen, wie Ihr versucht habt, ein eheliches Verlöbnis zu hintergehen.«

»Ein Verlöbnis, das ich nicht freiwillig eingegangen bin! Versteht Ihr denn das nicht?« schrie sie ihn plötzlich voller Leidenschaft an. »Ihr habt unzweifelhaft zahllose Frauen gehabt, willige und unwillige! Ich bin in eine Ehe verkauft worden, eingetauscht worden – verraten worden! Ich wollte – ach, lassen wir das!« Sie versuchte sich seinem Griff zu entwinden, aber er hielt sie fest.

»Willig«, sagte er.

»Was?«

Er lächelte. »Sie waren alle willig, meine ganzen Frauen.«

»Oh!« schimpfte sie, »nun ich war es nicht!«

Aber seine Stimme war nicht länger belustigt. Er war ernst geworden, und seine Worte klangen angespannt. »Irgend jemand hat Alfred verraten«, sagte er sehr sanft, »und mich.«

»Ich bin es leid, meine Unschuld zu beteuern!«

Er hielt sie ruhig und ganz fest. Dann gab er sie frei, blickte sie aber immer noch fest an. Er trat zu ihr, sammelte ihre Kleider auf, die verstreut auf dem Boden lagen, brachte die Kleidungsstücke zu ihr und legte sie ihr in die Hände. »Ich bin es müde, Mylady, Euch ständig an anderen Orten als Eurem Heim splitternackt zu finden.«

Zumindest schien sein tödlicher Ernst etwas verflogen zu sein. Sie packte die Kleider. »Ihr werdet mich nicht mehr nackt vorfinden, keine Angst.«

»Ah, aber ich liebe Euch nackt. Tatsächlich mag ich Euch nackt am allerliebsten. Eure Stimmung scheint immer so viel freundlicher zu sein, wenn Ihr Euch in diesem Zustand befindet.«

»Ihr werdet mich nie mehr nackt vorfinden«, wiederholte sie, »niemals.«

»Nun, ich denke doch, daß ich das werde«, erwiderte er

spöttisch, »denn ich werde dafür sorgen. Weil ich es will und natürlich, weil es mir Spaß macht.«

Sie schluckte ein Schimpfwort hinunter und wirbelte herum. Lachend folgte er ihr. Mit dem Rücken zu ihm zog sie sich so schnell an wie sie konnte. Als sie ihren Umhang mit der Spange schloß, wendete sie sich ihm wieder zu, weil sie es nicht haben konnte, ihn im Rücken zu wissen.

Er betrachtete sie wieder sehr neugierig. Zu ihrer großen Überraschung nahm er ihre Hand und küßte sie. Dann drückte er sie gegen den Baum, seine gewaltige Hand umfaßte ihr Kinn, seine überraschend feinfühligen Finger streichelten ihre Wange, und seine Lippen legten sich sanft, geradezu zärtlich, auf die ihren. Und als sie sich lösten, murmelte er: »Danke.«

»Für – für was?« fragte sie vorsichtig.

»Für diesen Morgen. Meine Vorstellungen sind mehr als erfüllt worden. Sagt mir, habt Ihr Euch wirklich so heißblütig und überwältigend nur deshalb hingegeben, um das Leben eines anderen Mannes damit zu retten? Oder gab es da vielleicht nicht auch den Hauch eines Wunsches, mich, Euren Ehemann, zu erfreuen? Vielleicht habt Ihr Euch trotz dieser unfreiwilligen Heirat und dem Entsetzen, einen Wikinger in Eurem Bett zu haben, zumindest ein ganz kleines bißchen in mich verliebt?«

»Nein!« protestierte sie wütend.

»Und doch seid Ihr wunderbar!« flüsterte er.

»Ich werde mich niemals, niemals in Euch verlieben!« versprach sie. »Bloß weil Ihr nicht fürchterlich stinkt, und ich – und ich...«

Er lachte abermals – und ihr blieb es erspart, weiterzureden. Wieder berührten seine Lippen die ihren, sanft, kurz. »Und Ihr braucht keine Angst zu haben, Füchsin, daß ich mich jemals in Euch verlieben werde.« Er blickte sie nicht an und schien plötzlich in Gedanken weit weg zu sein. »Im Gegensatz zu Eurer Überzeugung, Mylady, erinnere ich mich an die Liebe«, sagte er leise.

Der Wind wurde stärker und wisperte um sie herum.

Dann blickte er ihr fest in die Augen. »Ich vermute, daß Eure Liebe zu Rowan erkaltet ist?«

»Ich – ich –«, stotterte sie, »natürlich nicht!« Aber es stimmte, und wütend errötete sie und wußte nicht, ob sie wieder eine dumme und dreiste Antwort gegeben hatte oder ob sie es nur wieder geschafft hatte, ihn zu belustigen. »Ich meine...«

Er schüttelte den Kopf. »Der Junge ist sicher, Lady. Kommt jetzt. Unter den Leuten sind Bittsteller, und ich möchte gerne Alfreds Gesetze von Euch lernen.«

Mit schnellen Schritten ging er zu dem weißen Hengst, blieb dann stehen und wartete auf sie. Sie folgte ihm langsam. Er hob sie hoch, setzte sich auf das Pferd und stieg dann hinter ihr auf.

Er hielt vor dem Baum inne. »Etwas weiß ich schon über die Gesetze des Königs«, sagte er. »Verrat gegen den König ist das größte Verbrechen im Land.«

»Sie haben ihn nicht verraten!« beharrte sie leise.

Sie fühlte sein Flüstern an ihrem Ohr. »Verrat gegen den eigenen Lord ist das zweitgrößte Verbrechen im Land.«

Schweigend wartete er. Sie gab keine Antwort, und so sagte er schließlich: »Rhiannon, Ihr tätet gut daran, Euch immer daran zu erinnern, daß ich Euer Lord bin, egal was Euer Herz oder Euer Kopf dazu meint.«

Sie antwortete nicht, und er berührte ihr Kinn und drehte ihren Kopf etwas herum, damit er ihr in die Augen blicken konnte. Sie befreite sich schnell aus seinem Griff und blickte starr auf den Sattelknopf, wo seine linke Hand lag und die Zügel hielt. Es waren so große, kräftige Hände, seine Finger waren außergewöhnlich lang und schmal zulaufend, sie waren genauso elegant wie stark.

»Rhiannon?«

»Ich werde nicht vergessen, daß Ihr mein Lord seid«, sagte sie und wandte den Kopf, um ihm mit steigendem Trotz in die Augen zu sehen. »Es scheint, daß ich dazu gar nicht imstande bin.«

Er lächelte, und dann erfüllte sein belustigtes Gelächter die

Luft. Die harten Linien seines Gesichtes wurden weicher, und in der Sonne war er mit jedem Zoll der Prinz, übermächtig, überwältigend, golden schimmernd im Licht. Er war tatsächlich der Wikinger Lord der Wölfe.

»Mylady, Ihr seid ziemlich bemerkenswert.«

»Bin ich das?«

»Ihr habt Euch in meiner Abwesenheit wacker geschlagen. Sehr wacker sogar. Und als ich wieder zurückkehrte, habt Ihr die Zähne zusammengebissen, obwohl ich gar nicht gekommen bin, um zu kämpfen. Wir haben beide dasselbe Ziel.«

»Nein, Mylord, das haben wir nicht!« widersprach sie sanft. Aber er lächelte weiter. »Doch, Lady, das haben wir.« Er streckte einen Arm aus und machte eine umfassende Geste auf das sie umgebende Land. »Wir wollen beide das Beste für diesen Ort. Wohlstand, Lachen, Frieden. Durchdachte Entscheidungen, viel Möglichkeiten zum Lernen – vielleicht unser eigenes goldenes Zeitalter.«

Ihre Augen öffneten sich in gespielter Unschuld. »Mylord! Welche Macht habe ich? Ich habe gerade die größten Anstrengungen unternommen, um mich daran zu erinnern, daß ich wenig mehr bin als ein Diener unter Eurer Überlordschaft!«

Amüsiert schüttelte er den Kopf, sehr genau wissend, daß jegliche Unterwürfigkeit, die sie ihm anbot, gespielt war. »Rhiannon, Ihr probiert mit jedem Schritt, den Ihr unternehmt, Eure Macht aus, zumindest hat es den Anschein! Lady, Ihr seid mein Weib, und jeder Mann fordert sein Recht als Ehemann. Die Zügel, die Ihr tragt, sind sehr leicht, meine Liebe, jedenfalls solange Ihr Euch daran erinnert, daß sie da sind.«

»Wie ich Euch sagte«, erwiderte sie leise, »Ihr braucht keine Angst zu haben. Ihr erlaubt es mir gar nicht, mich nicht die ganze Zeit daran zu erinnern, daß Ihr hier der Lord seid!«

»Mir ist es egal, wie es passiert. Hauptsache Ihr erinnert Euch daran!« sagte er zu ihr und trieb dann den Hengst hart mit seinen Knien an, und das große Tier setzte sich in Bewegung. Sie fühlte die weitausholenden, kraftvollen Bewegungen des galoppierenden Tieres an ihren Schenkeln, und die Wärme und Kraft und seltsame Sicherheit der breiten Brust ihres Ehemannes an ihrem Rücken.

Vielleicht konnte es doch zwischen ihnen so etwas wie Frieden geben.

Doch als die Sonne hoch am Himmel stand und sie die Mauern ihrer Stadt erreichten, verschwanden alle Gedanken an Frieden. Von den Klippen aus konnten sie sehen, daß die Tore offenstanden und daß Männer und Pferde mit den Farben Alfreds schon auf sie warteten.

»Was soll das bedeuten?« murmelte Rhiannon.

Eric brachte Alexander zum Stehen und starrte hinunter auf die Menge der Männer und Pferde.

»Mehr Dänen«, sagte er müde. Dann setzte er trocken hinzu: »Nun, meine Liebe, damit habt Ihr vielleicht Begnadigung gefunden. Ich denke, daß ich wieder in den Krieg ziehen muß und daß vielleicht dieses Mal eine dänische Streitaxt auf mich wartet!«

Er trieb das Pferd zu vollem Galopp an.

Sie hatte keine Chance ihm zu sagen, daß sie eigentlich gar nicht hoffte, daß eine Streitaxt ihn erwischen würde.

In Wahrheit würde sie für seine gesunde Rückkehr beten.

13. Kapitel

Als Rhiannon Eric schnell durch die Tür folgte, sah sie, daß sich in der Halle eine große Menschenmenge versammelt hatte. Darunter befanden sich etliche von Alfreds herausragendsten Männern: der ernste, grimmige Allen von Kent, Edward von Sussex, Jon von Winchester, und William von Nordumbrien. William war mit Rollo am Nordende der Halle in eine ernste Unterhaltung vertieft. Er lehnte dort an der Wand und zwirbelte seinen dunklen Schnurrbart. Sobald Rhiannon den Raum betreten hatte, fühlte sie seine Augen auf sich, brütende, dunkle Augen, die hinter seinen halbgesenkten Lidern und den dichten Wimpern verborgen waren. Das ist ein gefährlicher Mann, dachte sie unwillkürlich. Dann versuchte sie, den Gedanken zu verdrängen, denn der König vertraute ihm. Trotzdem verunsicherte er sie, stellte sie fest. Er hatte ihre Machtfülle nie geschätzt. Aber er war wichtig für Alfred, und Rhiannon wußte, daß sie die Zähne zusammenbeißen und ihn in ihrem Haus akzeptieren mußte.

Es war jedoch offensichtlich, daß Alfreds Männer nicht auf einen Besuch gekommen waren – sie waren gekommen, um Krieger für eine neue Schlacht zu sammeln.

»Eric!« Es war der ungestüme, hitzige Jon, der bei allem immer der Erste war. Kaum hatte Eric die Halle betreten, stürmte er auch schon auf ihn zu. »Gunthrum hat von seiner Niederlage bei Rochester erfahren und plant Vergeltung! Er schmiedet gerade jetzt Pläne für einen Angriff vom Meer aus! Wir brauchen Schiffe für das Kommando des Königs. Und wir sind von einem Gefangenen gewarnt worden, daß eine Gruppe der blutrünstigen Angreifer nördlich von hier an Land gehen wird. Der König bittet Euch, daß Ihr Eure Männer nehmt und verhindert, daß sich diese Gruppe mit der von Gunthrum trifft!«

»Meine Flotte steht dem König zur Verfügung«, versicherte Eric Jon.

»Und wir werden jeden Dänen, der es wagt einen Fuß an diese Küste zu setzen, blutig zurückschlagen!« prahlte Rollo.

»Wir brauchen die Schiffe umgehend«, warnte Allen und trat einen Schritt vor.

Eric nickte und blickte Rollo kaum an, als er seinem Stellvertreter die Befehle erteilte. »Rollo, sorge dafür, daß die Kapitäne zum Auslaufen bereit sind.«

Der gewaltige Wikinger nickte und verließ eilig den Raum. William von Nordumbrien löste sich jetzt von seinem Platz an der Wand. Er ging auf Eric zu und drückte ihm fest die Hand. »Wikinger-Schiffe gegen Wikinger-Eindringlinge! Das wird uns sicher den Sieg bringen!« Er lachte und klopfte Eric fest auf die Schulter. Eric gab keine Antwort, und einen Augenblick lang fragte sich Rhiannon, ob ihr Ehemann ihre Abneigung gegen diesen Mann teilte. Aber dann trat Rowan vor.

»Es gibt keine Flotte, die so hervorragend gebaut ist wie die der Wikinger. Wir müssen Gott dafür danken, daß der große Ard-ri von Irland den Prinz von Norwegen als Schwiegersohn akzeptiert hat, und daß der Enkel des Ard-ri uns seine hervorragend gebaute Flotte zur Verfügung stellt.«

»Und seinen hervorragenden Schwertarm!« fügte William hinzu. »Nun, ich danke Euch für diese Anerkennung«, erwiderte Eric trocken. »Laßt uns feststellen, ob unsere Wikinger-Schiffe bei dieser neuerlichen Auseinandersetzung eine Hilfe sind.«

»Wie lange wird es dauern, bis sie zum Auslaufen bereit sind?« fragte Jon besorgt.

Erics Lippen kräuselten sich zu einem feinen, sardonischen Lächeln. »Das Schiff eines Wikingers, meine Freunde, kann jederzeit auslaufen.« Er wendete sich an William. »Und ein Heer von Wikingern ist jederzeit abmarschbereit. Wir werden innerhalb einer Stunde aufbrechen.« Er drehte sich um und sah Rhiannon hinter sich. »Wollt Ihr Euch bitte um das Wohlergehen Eurer Engländer kümmern, meine Liebe?« sagte er zu ihr. Seine Stimme klang leicht angespannt, und sie fragte sich, ob er ärgerlich auf sie war oder auf irgend etwas, was in diesem Raum gesagt worden war. Er bat Rowan, ihn zu begleiten, und einen Augenblick blieb ihr fast das Herz stehen, als ihr die Ereignisse des Morgens wieder einfielen. Aber nein, ihr Ehemann würde seinen Ärger über sie nie an Rowan auslassen. Man konnte ihm zwar viel vorwerfen, aber hinterhältig war er nicht.

Sie grüßte Jon und Edward und eilte zur Küche, um die Wünsche ihres Ehemannes auszuführen.

Als sie sich der Küche näherte, trat ihr William in den Weg. »Meine liebe Rhiannon! Ihr habt uns allen so leid getan! Wie geht es Euch denn?«

Es paßte ihr überhaupt nicht, diese Frage von ihm gestellt zu bekommen. Seine Augen hatten einen schmierigen Glanz. Er war der Einzige, der ganz versessen darauf gewesen war, sie dem Wolf zum Fraß vorzuwerfen.

»Mir geht es sehr gut, wirklich sehr gut, William. Danke und entschuldigt mich. Ich muß mich darum kümmern, daß die Leute etwas zu essen bekommen.«

Er streckte eine Hand aus, um sie aufzuhalten, aber sie wich ihm aus und eilte in die Küche. Adela war bereits anwesend und hatte sich schon um alles gekümmert. Sie bedankte sich bei ihr. Adela lächelte selbstzufrieden und streichelte Rhiannons Haar: »Bist du schön geschwommen, heute morgen?«

»Was? O ja, es war sehr schön, danke«, murmelte Rhiannon. Sie sah, daß Mergwin am Kochfeuer stand und in einem Topf rührte, der über den Flammen köchelte. Er blickte sie an, und seine alten Augen studierten sie, dann sah er wieder in den Topf. Rhiannon lächelte Adela kurz zu und lief schnell zu dem Magier.

»Was ist los?« fragte sie ihn flüsternd.

Er sah sie überrascht an. Mit seiner freien Hand strich er sich über den Bart und nahm sich für die Antwort Zeit. Dann blickte er wieder in den Topf. »Habt Ihr es ihm erzählt?«

»Ihm was erzählt?« fragte sie gespannt.

Wieder studierte er ihr Gesicht. »Von dem Kind.«

Unwillkürlich berührte sie ihren Magen. Das konnte er nicht wissen! Dieser faszinierende, angsteinjagende Mann konnte nicht die Wahrheit bereits gewußt haben, die sie gerade selbst zu vermuten begann. Die Tage waren verstrichen, ohne daß ihre Monatsblutung eingesetzt hatte. Und es gab noch weitere leise Anzeichen für eine Veränderung. Mergwin hatte recht, und sie wußte es. Aber sie konnte es Eric nicht sagen. Sie machte sich vor, daß sie nicht sicher wäre – trotz Mergwins Worten. Die Wahrheit war, daß ihr Stolz es ihr nicht erlauben würde, nicht wenn ihr Ehemann sie wie sein persönliches Eigentum behandelte – das gemäß seinem Willen genommen und wieder beiseitegelegt wurde, wie er es ausgedrückt hatte!

»Es gibt nichts, was ich ihm erzählen muß!« beharrte sie. Dann wurde es ihr unter seinem Blick kalt, sie wußte sofort, daß er ihre Lüge durchschaut hatte, daß er bis in die tiefsten Tiefen ihrer Seele blicken konnte. Um sich aus der Affäre zu ziehen stellte sie ihm leise die Gegenfrage: »Habt Ihr es ihm gesagt?«

»Das ist nicht meine Aufgabe, sondern Eure, Lady«, teilte er ihr mit und verbeugte sich mit offensichtlich spöttischer Demut. Sie wollte sich umdrehen, aber er packte ihren Arm: »Mir gefällt das nicht.«

Sie machte sich frei, hatte keine Ahnung was er meinte. »Was meint Ihr? Ich habe nicht danach gefragt, nach gar nichts.«

»Ich spreche von dieser neuerlichen Aufforderung zum Kampf. Ich mag sie nicht. Irgend etwas stimmt damit nicht.«

Sie strich sich das trocknende Haar zurück. »Bei einer Schlacht stimmt immer irgend etwas nicht«, sagte sie sanft, »Menschen sterben.«

Sie mochte die Art und Weise, wie er sie jetzt anblickte, gedankenverloren und mit einem gewissen neuen Respekt. Er machte eine Bewegung, als ob er sie berühren wollte, aber genau in diesem Augenblick kam Eric mit langen Schritten in den Raum und donnerte: »Mein Gott, ich habe bereits eine Armee aufgestellt – und Ihr seid nicht einmal fähig, in dieser Zeit das Essen für ein paar Männer auf die Beine zu stellen?«

»Das Essen ist auf dem Weg, genau jetzt, Mylord!« versicherte ihm hastig der Koch. In der Küche wurde es lebendig, Küchenjungen und Mägde eilten mit Schüsseln und Messern und langen Löffeln für das Stew und großen Holzbrettern für das Fleisch in die Halle. Rhiannon sah, daß Mergwin leise durch den Hintereingang hinausschlüpfte. Sie wollte ihm gerade folgen, als sie von Erics Hand auf ihrem Arm aufgehalten wurde.

»Kommt, Lady, nehmt Euren Platz an meiner Seite ein.«

Sie hatte keine andere Wahl, denn seine Finger waren wie Stahl, und sein Wille schien gottgleich. Sie nickte. Sie wollte unbedingt in der wenigen verbleibenden Zeit mit ihm sprechen, versuchte sich aber zurückzuhalten und auf ihre Worte zu achten. Rowan würde mit ihm reiten. Sie mußte einfach wissen, ob die beiden Männer Frieden geschlossen hatten.

»Mylord, habt Ihr gesprochen mit Ro...«

»Ja, Lady, das habe ich.« Sein Griff verstärkte sich, so daß sie fast aufgeschrien hätte, aber sie schluckte den Schrei hinunter. Von der Halle drang das Gelächter und Gebrüll der Männer herein. Und doch flüsterte Eric fast, als er fortfuhr:

»Bei Gott, Madam wie oft muß ich Euch noch versichern, daß ich nicht den Jungen dafür verantwortlich mache.«

»Ihr macht mich verantwortlich!« stieß sie hervor.

»Ja, das tue ich. Jetzt, Mylady...«

»Es ist nur, weil Ihr wieder in eine Schlacht zieht.«

»Und obwohl es Euch gefallen würde, wenn eine dänische Axt meinen Schädel spalten würde, habt Ihr gleichzeitig Angst, daß ich aus Rachsucht das Leben des Jungen aufs Spiel setzen könnte?«

Sie erbleichte und spürte, wie sein Zorn wuchs. »Es ist nur, weil...«

»Ich versichere Euch«, zischte er sie aus nächster Nähe an, »daß Eure Ehre, oder der Mangel daran, nicht das Leben eines Kriegers wert ist, egal ob er Ire, Norweger oder Engländer ist. Jetzt, Lady, schlage ich vor, daß Ihr mir schnell folgt, ehe ich vergesse, daß ich mich in zivilisierter englischer Gesellschaft befinde und Euch den Hintern versohle, den Ihr immer so begierig vor aller Welt entblößt.«

Schimpfend riß sie sich los und marschierte mit hoch erhobenem Kopf in die Halle. Augenblicklich wurde sie zurückgerissen, als seine Finger ihr Haar packten. Dann ließ er sie schnell wieder los, nahm ihren Arm und schritt mit ihr in die Halle.

Eric führte sie zur Stirnseite des Tisches, während sich die anderen entsprechend ihrem Rang um sie verteilten. Dadurch saß William neben Rhiannon, Jon neben ihm, Allen und Edward links neben Eric. Rollo, der höflicherweise seinen Platz zur Verfügung gestellt hatte, saß mit Rowan und Erics anderen Gästen am Ende der Bank. Gemäß der Sitzordnung hätte Rhiannon sich mit William einen Kelch teilen müssen. Doch obwohl ihr Ehemann immer noch ärgerlich auf sie war, kam er ihr zu Hilfe, als William ihr den Kelch anbot.

Eric nahm ihre Hand, mit der sie laut Protokoll den angebotenen Kelch hätte nehmen müssen, und entschuldigte sich mit freundlicher Unbekümmertheit bei William: »William, ich bitte Euch uns zu entschuldigen und zu verzeihen. Mein Weib und ich, wir haben so wenig Zeit, um die Wunder der Ehe zu entdecken – es scheint, als würde sich der Krieg ständig dazwischen drängen. Mein Weib wird den Kelch mit mir teilen, denn es ist für mich immer noch faszinierend, meine Lippen auf eine Stelle zu legen, die vorher von ihren berührt worden ist.«

Er sprach laut genug, daß es alle hören konnten. Edward lachte und klatschte Beifall, und Jon stand auf und erhob seinen Kelch. »Mylords – englische und andere! – wir haben nicht nur einen fähigen Krieger gewonnen, sondern auch einen Mann voller Weisheit und Witz, einen Prinzen und einen Dichter. Meine liebe Lady Rhiannon, ich gebe zu – wenn Ihr mich entschuldigt, Prinz von Irland«, er verbeugte sich kurz vor Eric und blickte dann wieder Rhiannon an,

»wir, die wir Euch mit Mut und Schönheit aufwuchsen sahen, haben uns der Ehre wegen um diese Verbindung gekümmert, auch wenn dabei unsere Herzen bluteten. Und jetzt entdecken wir, daß Ihr mit einem Mann verheiratet seid, der mehr als nur unseren tiefsten Respekt und Bewunderung errungen hat, und der Euch, mit seinen eigenen Worten, zutiefst verehrt und schätzt. Lady, auf Euch und Euren Lord der Wölfe!«

Donnernder Applaus erklang. Rhiannon stellte fest, daß die Augen ihres Ehemannes spöttisch glitzernd auf ihr lagen. Er hob seinen Kelch auf ihr Wohl und nahm einen tiefen Schluck daraus. Sie stand schnell auf. »Ja, Mylords, ich danke Euch allen für Eure Besorgnis. Was kann ich dazu sagen? Diese Ehe ist wirklich etwas Fantastisches! Ich frage mich jeden Tag, welche Überraschungen er wohl bringen wird. Und ich bin erstaunt. Schätzen und verehren! Glaubt mir, meine Freunde, jedes seiner Worte und jede seiner Bewegungen sind voller Zärtlichkeit und Wertschätzung. Er ist ganz gewiß ein Prinz unter Prinzen.« Sie hielt kurz inne und blickte ihm tief in die Augen, während sie voller Sarkasmus fortfuhr, »und einzigartig unter allen Männern.«

Unter neuerlichem Beifall setzte sie sich hin. Eric erhob abermals den Kelch auf ihr Wohl, und sie riß ihn ihm fast aus der Hand, um einen großen Schluck Met zu trinken. Doch dann verebbten langsam Gelächter und Beifallsrufe, und das Gespräch wendete sich schnell dem Krieg zu. Rhiannon sah neben sich und stellte fest, daß William gegangen war.

Sie drehte sich um und sah, daß Eric sie abermals beobachtete. »Warum habt Ihr damit angefangen?« zischte sie ihn an. »Was für Lügen, was für Spott, was für...«

»Dieser Mann begehrt Euch«, unterbrach er sie kurzangebunden. Sie schwieg, und er neigte den Kopf und deutete auf Williams leeren Platz. »Und ich glaube, daß sogar ich Euch lieber bin, als dieser Mann. Deshalb schlage ich vor, daß Ihr Euch vor ihm gut in acht nehmt.«

Die Farbe wich aus ihrem Gesicht. Es gab so viel, was er ihr mit entmutigender Einfachheit vom Gesicht ablesen konnte.

Sie verabscheute William. Ganz egal, was sie jemals von Eric gehalten hatte, seine Berührung hatte sie nie geekelt, das stimmte. Während allein das Gefühl von Williams Augen auf ihr...

Lange, kräftige Finger legten sich über ihre. Erics Blick hielt den ihren machtvoll fest. »Er wird Euch nie berühren, das schwöre ich.«

Trotzdem schauderte sie. Dann wärmten und fröstelten Erics Worte sie gleichzeitig, denn er fuhr fort: »Bleibt ruhig, denn ich schwöre, daß ich ihn töten werde, wenn er Euch jemals zu nahe treten sollte.«

Er gab ihre Hand frei, erhob sich schnell und fragte Allen so nebenbei, wo William hingegangen war.

»Ich schickte einen Boten voraus, um den König zu finden und ihm mitzuteilen, daß Ihr die Schiffe ausgeschickt habt und daß ihr Eure Männer gegen die Bedrohung aus dem Norden führt. William ist gerade gegangen, um sicherzugehen, daß der Bote bereits abgeritten ist.«

»Es ist Zeit, daß wir alle abreiten«, sagte Eric, und das war das Signal zum Aufbruch. Die Männer am Tisch erhoben sich. Sie strömten hinaus, bis Rhiannon feststellte, daß sie allein am Tisch saß.

Sie sprang auf und eilte hinaus. Die Stallknechte und Kammerdiener hatten die Pferde gebracht, und halfen den Kriegern beim Anlegen der Rüstungen und Helme.

Eric hatte seine Rüstung und den schimmernden Helm bereits angelegt und saß auf seinem weißen Hengst. Er drehte sich um, da er gefühlt hatte, daß sie aus dem Haus trat. Quer über das Meer von Männern, trafen seine Augen, die so blau waren wie die norwegischen Fjorde, auf sie. Wieder überlief sie ein Zittern, und sie beobachtete ihn von den Stufen aus. Er trieb seinen Hengst an, das Pferd bahnte sich den Weg durch das Gewimmel, und dann thronte Eric hoch über ihr.

»Lady, vielleicht geht Euer Wunsch ja in Erfüllung. Wenn ich getötet werde, müßt Ihr Euch sofort auf den Weg zum König machen, versteht Ihr mich?«

Sie versuchte zu schlucken. »Keine dänische Axt wird es wagen, Euch zu töten, Ihr würdet ihr einfach befehlen, das zu unterlassen.«

»Hört zu, was ich Euch sage. Ihr werdet zum König gehen.« Er war ärgerlich. Sie antwortete wieder, obwohl ihr fast die Stimme versagte: »Ich werde zum König gehen.«

»Wir können Euch keine Armee zur Verteidigung zurücklassen. Falls es einen Angriff geben sollte, müßt Ihr in die Wälder gehen. Keine Heldentaten, Lady. Keine von Euren fliegenden Pfeilen. Das Haus und die Mauern kann ich wieder aufbauen. Das Land wird immer mir gehören, egal, wer es mir wegnehmen will. Aber Ihr, Lady, Ihr müßt Schutz in den Wäldern suchen, versteht Ihr mich? Überlaßt es den Männern, die Mauern und die Diener und Pächter zu beschützen, die hier bleiben. Habt Ihr mich verstanden?«

»Ich...«

»Habt Ihr, Lady?«

Sie nickte wieder.

Plötzlich war er vom Pferd gestiegen. Er klappte das Visier zurück und riß sie in die Arme. Sein Kuß war so wild und brutal, daß ihre Lippen unter dem Druck schmerzten, und doch stellte sie undeutlich fest, daß sie sich mit allen Kräften an ihn drängte.

Und daß sie Angst hatte.

Er ließ sie los und bestieg wieder den weißen Hengst. Er rief den Männern Befehle zu. Sie stand auf den Stufen, bis der Staub, den die Pferde und die Fußsoldaten aufgewirbelt hatten, sich gelegt hatte. Dann ging sie gedrückt ins Haus.

Sie hockte sich vor das Feuer und blickte in die Flammen. Warum fühlte sie sich nach seinem Weggang derartig leer? Sie konnte immer noch seinen schmerzenden Kuß fühlen.

Und sie konnte sich tief in ihrer Seele immer noch an die Leidenschaft erinnern.

»Komm nach oben, Liebes«, sagte Adela und klopfte ihr auf die Schultern. »Vielleicht solltest du etwas schlafen. Es war ein sehr ereignisreicher Tag.«

Erst vor kurzem noch hatte sie seine Anwesenheit verflucht. Jetzt war Eric gegangen, und das Haus war leer. Was hatte sich in diesen Stunden verändert? Er war doch ganz sicher nicht zärtlicher geworden!

Aber das war auch gar nicht seine Art, trotz der blumigen Worte am Tisch. Trotzdem hatte er gefühlt, daß sie William verabscheute – ja, sogar fürchtete –, und er hatte ihr seinen Schutz angeboten – nein, er hatte ihn geschworen.

Ja, weil sie ihm gehörte, wie der weiße Hengst. Er ließ niemand sonst den Hengst reiten, und sicherlich, ironisch ausgedrückt, würde er auch niemand sein Weib reiten lassen.

Nur eine Närrin würde ihn lieben. Sie liebte ihn nicht, würde ihn niemals lieben…

Sie verlor den Verstand! Und dabei war sie doch so müde! Sie stand schnell auf. »Adela«, sagte sie und umarmte die Frau heftig. »Ich liebe dich. Und ich *werde* mich hinlegen.«

»Ja, Liebes, ich weiß«, antwortete Adela liebevoll.

Sich hinzulegen war herrlich. Aber sie schlief nicht. Sie erinnerte sich an Mergwins Worte in der Küche, und sie spürte die feinen Veränderungen in ihrem Körper. Mergwin hatte die ganze Zeit recht gehabt; sie konnte es nicht länger leugnen. Und vielleicht hätte sie es Eric sagen sollen. Vielleicht würde er fallen und es nie erfahren.

Und vielleicht würde er, trotz ihrer Hochzeitsnacht, das Kind ablehnen. Vielleicht würde er grübeln, ob das Kind seines war. Andere Leute würden sich vielleicht auch fragen…

Unruhig stand sie wieder auf und setzte sich vor das Feuer. Als sie so vor sich hinbrütete, klopfte es an die Tür. Gedankenverloren sagte sie: »Herein«. Sie erwartete Adela und erschrak, als Mergwin ihr Gemach betrat.

»Zwei Boten wurden ausgeschickt!« sagte er und schritt im Raum auf und ab.

»Mergwin, entschuldigt, aber ich…«

»Zwei Boten ritten weg. Einer wurde zu Alfred geschickt. Ich weiß nicht, wer den anderen aussandte, aber ich habe von den Kammerdienern gehört, daß zwei Boten ausgeschickt wurden.«

»Vielleicht wollten sie sicher gehen, daß im Falle eines Unfalls einer ganz bestimmt den König erreichen wird.«

»Oder vielleicht wurde einer zu den Dänen geschickt.«

Sie sprang auf die Füße und starrte ihn an. Eine Falle? Um die Dänen vor Erics Anmarsch zu warnen, um dafür zu sorgen, daß er in einen Hinterhalt lief? Und er hatte sie wegen des letzten Verrats immer noch in Verdacht. Er würde natürlich sofort annehmen, daß abermals sie der Verräter war.

»Nein, das kann nicht sein!«

»Ihr müßt jemanden schicken. Ich bin zu alt. Ich kann nicht schnell genug reiten, um ihn noch einzuholen.« Sie hatte den Druiden noch niemals schimpfen oder sich über sein Alter beschweren hören. Jetzt tat er es, und seine ledrigen Hände zitterten. »Mein Gott, zu sehen und doch nicht klar sehen zu können, ist ein Fluch! Ihr müßt sofort einen Reiter aussenden!«

»Keiner kann sie einholen! Sie reiten wie der Teufel in das Tal. Und Alfreds Männer werden schon abmarschiert sein, um sie in Wareham zu treffen. Ich weiß nicht...«. Sie unterbrach sich, rannte zum Fenster und studierte aufmerksam die Landschaft. »Ich kann gehen!«

»Was?« fragte Mergwin verwundert.

Sie wirbelte herum. »Schaut, Mergwin. Seht Ihr die Klippen dort im Norden, direkt über dem Tal? Ich werde meinen Bogen nehmen und eine Warnung in das Tal hinunterschießen. Ich kann sie aufhalten!«

»Ihr könntet sie anschießen«, murmelte Mergwin.

»Fragt Euren Lord Eric!« teilte sie ihm mit. »Ich schieße niemals daneben. Nun, ich bin sicher, daß ich niemand töten werde, und ich kann viele Botschaften abschießen, und sicher wird jemand die Pfeile bemerken, sie nehmen und die Botschaft lesen.«

»Nein. Ihr könnt nicht gehen. Wenn Ihr verletzt werdet...«

»Ich werde nicht allein gehen. Ich werde diesen Iren namens Patrick von Armagh mitnehmen.«

Mergwin zögerte, dann schüttelte er den Kopf. »Schickt Patrick. Ihr dürft nicht gehen. Ihr dürft einfach nicht gehen. Versteht Ihr mich?«

Was sollte das heißen? Sie hatte das Land ganz allein regiert, und jetzt wollten diese Eindringlinge ihr vorschreiben, was sie zu tun und zu lassen hatte? Sie wollte mit ihm darüber diskutieren, doch dann lächelte sie nur.

»Wie Ihr wollt, Mergwin, wie Ihr wollt.«

»Ich gehe und suche Patrick.«

»Ich werde dafür sorgen, daß die Warnungen aufgeschrieben werden«, erwiderte Rhiannon gelassen.

Sobald er gegangen war, suchte sie schnell dicke Strümpfe, eine kurze Leder-Tunika und einen dunkelbraunen Umhang mit Kapuze heraus. Sie bürstete und flocht ihr Haar und setzte sich mit Feder und Tinte nieder und schrieb zehn Mal die Warnung vor Verrat auf Zettel, und entschloß sich dann, noch fünf hinzuzufügen. Sie rannte die Treppe hinab und stellte fest, daß Patrick bereits auf einem Pferd saß, mit einem Köcher Pfeile auf dem Rücken und einem englischen Langbogen vor sich auf dem Sattel. Mergwin stand neben ihm und gab ihm Instruktionen. Der alte Druide war geistesabwesend, und so entging ihm Rhiannons geänderte Kleidung. Sie war dankbar dafür.

Sie lächelte und gab Patrick die Warnungen und dünne Lederriemen, um sie an den Pfeilen festzubinden, dann bat sie ihn, wie der Teufel zu reiten. Als Patrick wegritt, seufzte Mergwin und ging wieder in das Haus. Sobald er außer Sichtweite war, rannte Rhiannon zu den Ställen.

Niemand außer Mergwin konnte ihr jetzt noch in die Quere kommen. Rollo war bei Eric, genauso wie alle anderen. Sie befahl dem Stahlknecht, ein Pferd zu bringen. Nachdem er das früher auch immer getan hatte, dachte er nicht daran, sich ihrem Befehl zu widersetzen. Als sie durch die Tore ritt, hinterließ sie die Nachricht, daß sie zu Patrick reiten und mit ihm zurückkehren würde.

Niemand dachte daran, sie aufzuhalten. Keiner außer dem Druiden hätte sie stoppen können. Doch ihn hatte sie an der Nase herumgeführt, und so konnte sie frei reiten. Wenn sie ihn dadurch verletzte, tat ihr das leid, denn er war ihr lieb und teuer geworden. Aber sie mußte das tun. Sie konnte nicht zulassen, daß Eric abermals dachte, sie würde ihn verraten.

Patrick war nicht lange vor ihr weggeritten, und doch schien es Stunden zu dauern, bis sie ihn eingeholt hatte. Als sie ihn erreichte, war es schon lange dunkel, und sie wußte, daß es keinen Weg geben würde, Eric und seine Leute noch in dieser Nacht zu warnen.

Als sie in einer Lichtung auf Patrick stieß, hatte er sein Schwert gezogen und stand angespannt da, bereit einem Angreifer entgegenzutreten. »Patrick, ich bin es, Rhiannon!« rief sie schnell. Beim Licht des Feuers, das er angezündet hatte, konnte sie die Überraschung auf seinem Gesicht sehen, aber auch seine Bestürzung.

»Mylady! Was macht Ihr hier? Hier ist es nicht sicher! Wenn uns die Dänen entdecken sollten...«

Sie unterbrach ihn mit einem hysterischen Gelächter, das sie plötzlich überfiel. Sie sah die Bestürzung in seinem Gesicht und eine gewisse Verwirrung und versuchte, das Kichern zu unterdrücken und ihn zu beruhigen. »Es tut mir leid, Patrick, wirklich. Es ist nur, daß ich kürzlich auf genau diesem Pfad geflohen bin und Ihr und Eure...« Sie hielt inne, denn Patrick war mit jedem Zoll ein Ire, der Abkömmling eines alten Königs, und sie hegte nicht den Wunsch, ihn zu verletzen. Es gab dafür keinen Grund. Sanft ergänzte er das Ende ihrer Rede: »Wikinger?«

Sie zuckte die Achseln, stieg von ihrem Pferd und trat zu ihm ans Feuer. Sie blickten sich gegenseitig einen Moment lang an, dann stimmte sie ihm zu. »Ja, Wikinger, Patrick. Es tut mir leid, aber es sind Wikinger-Schiffe.«

»Und Eric ist der Sohn eines Wikinger-Königs«, fügte Patrick hinzu. Er lächelte. Auf seinem sommersprossigen Gesicht zeigten sich dabei tiefe Grübchen, dann warf er den

Umhang ab, den er über einem einfachen Kettenhemd trug, und legte ihn auf den Boden. »Mylady, wollt Ihr Euch nicht setzen? Was hier auf dem Feuer brät, ist ein einfacher Hase, aber ich glaube, daß er sehr gut schmecken wird.«

Sie lächelte ebenfalls, setzte sich, und er ließ sich neben ihr nieder. Seine warmen braunen Augen lagen auf ihr. »Ihr dürft nicht alle Wikinger nach denen beurteilen, die Ihr kennengelernt habt.«

Sie senkte etwas den Kopf, um den eigenartigen Gefühlszwiespalt, der in ihr tobte, zu verbergen. »Ich kenne keinen Wikinger so gut wie Eric, Patrick.«

»Ich meine damit die, die dieses Land verwüstet haben. Ihr würdet Erics Vater sehr gerne haben. Er hatte niemals erlaubt, daß ein Abschlachten...«

»Aber er hat sich Land angeeignet, das nicht ihm gehörte!« widersprach sie.

»Er hat Irland alles, was er jemals genommen hat, zehnfach zurückgegeben«, erwiderte Patrick und verteidigte stolz Olaf. »Er und seine Söhne haben immer wieder für den alten Ard-ri gekämpft, seinen Schwiegervater. Dubhlain hat sich zu einer großen Stadt entwickelt – vielleicht zur größten in ganz Irland. Er unterhält Schulen für die Kinder und große Klöster. Musiker und Wissenschaftler kommen und...« Er hielt grinsend inne. »Das ist die irische Art. Wißt Ihr, was eines der schlimmsten Verbrechen in ganz Irland ist?«

»Was?«

»Jemandem die Gastfreundschaft zu verweigern.« Und Patrick sang weiter das hohe Lied auf Irland, bis Rhiannon ihn unterbrach: »Patrick! Ihr solltet nach Hause fahren und alle diese wundervollen Gedanken zu Papier bringen und nicht in einem fremden Land Krieg führen!«

Im Schein des Feuers errötete Patrick tief: »Lady, ich habe Euch diese Dinge erzählt, weil Ihr verstehen müßt. Eric von Dubhlain ist kein Heide oder Barbar. Er ist eine Mischung zwischen den Wikingern mit ihren hervorragenden Seefahrer-Talenten und dem alten und hervorragenden königlichen Geschlecht eines Landes, wo die Zivilisation schon lange gedeiht. Er spricht viele Sprachen, hat griechische und romanische Geschichte studiert, weiß eine Menge über Astronomie und Astrologie und spielt viele Instrumente. Niemand hatte je den Vorsatz, daß irgend jemandem durch unser Auftauchen Böses geschehen sollte. Nur unseren Feind, die Dänen, wollen wir gemeinsam bekämpfen. Ich – ich wünschte, daß Ihr den Unterschied zwischen Eric und Gunthrum sehen könntet.«

»Patrick«, erwiderte sie angesichts seiner Ernsthaftigkeit sanft. »Ich bin heute nacht gekommen, weil ich helfen will.«

»Ihr solltet nicht hier sein!« rief er aus, als er sich plötzlich wieder daran erinnerte, warum er ausgeschickt worden war. »Es ist nicht sicher.«

»Ich bin der beste Schütze den ich kenne«, sagte sie ausdruckslos. »Ich muß hier bleiben.«

Nach einem Augenblick lächelte er sie zögernd an. »Was ist, wenn ich darauf bestehe, daß Ihr sofort heimreitet?«

»Nun, es wäre bestimmt nicht sicher, mich in stockdunkler Nacht heimzuschicken. Außerdem könntet Ihr mich zwar bitten zu gehen, aber es mir nicht befehlen. Aber ich befehle Euch, mir zu gehorchen. Da ich die Lady Eures Lords bin, seid Ihr mir zum Gehorsam verpflichtet.«

Er schwieg eine Weile. »Morgen, in der Dämmerung, werden wir diesen Hügel überqueren. Sobald sich die Morgennebel lichten, sollte es uns möglich sein, sie an der Küste entlangmarschieren zu sehen.«

Sie nickte. Patrick entschied, daß der Hase lange genug gebraten hatte, holte das Fleisch vom Feuer, und sie aßen zusammen. Sie trank warmes Ale aus seinem Horn und wickelte sich in seinen Umhang ein.

Sie wußte, daß er in dieser Nacht kaum schlafen würde. Bis zum Morgengrauen wachte er sorgfältig über sie.

Nach weniger als einer Stunde hatten sie dann am Morgen den Hügel überquert. Wie sie beide gehofft hatten, konnten sie kilometerweit über die Klippen und das Tal der Küste blicken. Patrick sah Erics Gruppe als erster. Sie marschierten auf einem Pfad tief unter ihnen und viele Kilometer in

Richtung Südwesten entfernt dahin. Die Entfernung war größer, als Rhiannon es erwartet hatte, und ihr Herz pochte heftig gegen die Brust, als sie ihre Chancen abwog, die Bäume vor den reitenden Männern zu erreichen. Dann nickte sie Patrick zu, und er trat neben sie. Sie setzte ihre ganze Kraft ein, um ihren Bogen sorgfältig zu spannen. Eine Sekunde später ließ sie den Pfeil fliegen. Sie beobachteten den Flug des Pfeils. Augenblicke später schrie sie vor Freude auf, als sie sah, daß er zwischen die Bäume direkt auf den Pfad fiel. Die nächsten zehn Minuten ließ sie einen Pfeil nach dem anderen fliegen.

Dann hatte sie keine Kraft mehr. Der Bogen war schwer; es erforderte alle Kraft, ihn zu spannen. Ihr Arm tobte vor Schmerz, und sie bezweifelte, ob sie selbst zur Verteidigung ihres eigenen Lebens noch einen Pfeil abschießen könnte.

Sie sank zu Boden und ließ den schweren Bogen fallen. »Es ist alles in Ordnung. Lady! Zumindest einen werden sie finden«, versicherte ihr Patrick und hockte sich neben sie. »Seht, sie halten an! Seht doch! Jetzt sind sie gewarnt und können nicht mehr in einen Hinterhalt gelockt werden.«

Sie sprang wieder auf die Füße, neue Kraft durchströmte sie. Weit unten konnte sie tatsächlich sehen, daß die Reiter angehalten und sich versammelt hatten. Sie atmete erleichtert auf, dann nahm sie stirnrunzelnd eine andere Bewegung war. »O mein Gott!« flüsterte sie. »Seht, Patrick, seht! Hinter ihnen! Die Dänen sind schon hinter ihnen!«

Der Feind hatte Eric und seine Männer vorbeimarschieren lassen und folgte ihnen jetzt heimlich. Von ihrem Aussichtspunkt aus konnte Rhiannon sehen, daß der Pfad Eric zu einigen hohen Klippen führte, die vorsichtig umritten werden mußten. Bei dieser Felswand wäre Eric in der Falle. »Wir müssen sie nochmals warnen! Patrick, habt Ihr noch etwas von dem Papier und von den Riemen zum Befestigen über? Schnell, helft mir.« Patrick suchte rasch nach den übrigen Warnungen und den ledernen Riemen.

»Ach, was soll ich nur als Tinte benutzen?« jammerte sie. »Nicht verzweifeln, Lady, einen Moment.«

Sie dachte, daß er verrückt geworden sei, denn er kniete sich nieder und sammelte Äste, trockenes Gras und Zweige. Dann holte er Feuersteine und Anzünder aus seiner Satteltasche und begann, Feuer zu machen.

»Patrick!«

»Nur noch einen Augenblick!« Er lächelte und nahm dann einen Ast aus dem Feuer. »Wir brauchen ja nur ein paar Worte. Schreibt sie mit dem verbrannten Ende, Mylady.«

Sekundenschnell hatte sie mit groben Buchstaben die Warnung ›Hinter Euch‹ aufgeschrieben. Sie schrie fast auf vor Schmerzen, als sie einen weiteren Pfeil auf die Reise schickte, aber dann war es getan, und sie schloß die Augen und betete. Danach knieten sich Patrick und sie zusammen auf die Klippe und beobachteten ängstlich die Szene unter sich.

»Sie haben ihn gefunden«, sagte Patrick.

»Wie könnt Ihr das wissen?« fragte sie.

»Beobachtet sie; schaut Euch die Kampfformation an, die sie einnehmen. Sie sind bereit und warten. Wenn die Dänen sie angreifen, werden sie sie wie Hunde abschlachten.«

Die Sonne stand hoch. Schweißtropfen liefen an Rhiannons Wange hinunter. Von hoch oben beobachteten sie und Patrick den Verlauf der Schlacht. Sahen, wie die Dänen kamen... und beobachteten, wie Erics Männer den Angriff abwehrten, ehe er noch beginnen konnte.

Dann stieß Rhiannon ein zitterndes Schluchzen aus, denn es war ihr unmöglich, in dem Schlachtgetümmel zu beurteilen, wer dabei war, zu gewinnen.

»Der Helmbusch des Wolfs flattert immer noch, Mylady. Seht Ihr? Ich kann zwar das Banner nicht so genau sehen, aber ich kenne die Farben meines Lords. Sie sind eindeutig!«

Die Bäume und das Laubwerk versperrten Rhiannon die klare Sicht. Da unten lagen tote Pferde und tote Menschen, und sie mußte einfach glauben, daß Patrick wußte, was er sagte. Dann bemerkte sie, daß sie beide den ganzen Tag auf den Klippen verbracht hatten – wegen der einbrechenden Nacht konnten sie nun fast nichts mehr erkennen.

Alles, was sie noch tun konnten, war beten.

Plötzlich stellte sie fest, daß sie allein war. Als sie sich umdrehte und die Augen rieb, sah sie, daß Patrick das Feuer wieder entzündet hatte. Mit einem breiten, väterlichen Grinsen stand er hinter ihr. »Mylady, ich versuche Euch bei jeder Mahlzeit ein anderes Gericht vorzusetzen.«

Sie lächelte erschöpft. »Patrick, ich kann beim besten Willen nichts essen.«

»Ihr müßt«, sagte er. »Ihr könnt nicht den Ausgang der Schlacht ändern, wenn Ihr Euch weigert, zu essen.«

Er hatte recht. Und plötzlich erinnerte sie sich daran, daß es noch einen Grund für sie gab, bei Kräften zu bleiben.

»Laßt mich Euch helfen.«

»Nein, ich kann den Vogel allein rupfen«, versicherte er. Er kochte den Vogel und entdeckte einen Bach, und sie stellte fest, daß sie fast verhungert war und sehr wohl eine gehörige Portion Essen und frisches Wasser verdrücken konnte. In dieser Nacht waren sie beide angespannter und ängstlicher, als sie es in der Nacht vorher und sogar den ganzen langen Tag über gewesen waren. Sie verhielten sich still, sprachen auch nicht miteinander – beide warteten sie ungeduldig auf die Morgendämmerung.

Es war schon sehr spät, als Rhiannon endlich einschlief, eingewickelt in Patricks weiten Umhang. Erstaunlicherweise schlief sie tief und traumlos.

Das harte Klirren von Schwertern ließ sie aus dem Schlaf schrecken.

Beim ersten Klirren des Stahls riß sie die Augen auf. Sie kam benommen auf die Füße, froh darüber, daß sie in einer Scheide an ihrem Knöchel wenigstens einen kleinen Dolch bei sich hatte. Aber sie hatte kein Schwert, und der schwere Bogen war keine Waffe für den Nahkampf. Sie hörte einen Fluch und abermals das Klirren von Stahl. Sie wirbelte herum. Patrick war nirgends zu sehen, doch sie wußte, daß er in der Nähe war, weil sie ja die Kampfgeräusche hören konnte. Sie rannte zum Rande der Klippe und sah ihn auf einem darunter liegenden Vorsprung. Das zertrampelte Gras und der aufgewühlte Erdboden sagten ihr schnell, daß der Kampf wesentlich näher bei ihr begonnen hatte, und daß Patrick es geschafft hatte, diese Auseinandersetzung so weit wie möglich von ihr zu entfernen, um ihr die Gelegenheit zur Flucht zu geben.

»Gott schütze Euch, Ire!« flüsterte sie laut, dann rannte sie zu dem erlöschenden Feuer zurück. Vielleicht konnte sie doch noch ihren Bogen benutzen.

Sie packte den Bogen, warf sich einen Köcher mit Pfeilen auf den Rücken und rannte zur Klippe zurück. Patrick hatte zwei Feinde gegen sich – beide gekleidet in grobe Fellstiefel, ohne Strümpfe und mit einer ledernen Tunika, die ihnen bis zu den Knien reichte. Beide trugen kegelförmige Stahlhelme und schwangen schwere Schilder. Beide waren geschickte Kämpfer.

Aber das war Patrick auch. Er schlug sich wacker gegen die beiden vierschrötigen Riesen, aber er würde sich nicht ewig halten können, dachte Rhiannon.

Wieder jammerte sie vor Schmerz, als sie den Bogen spannte und den Pfeil in die richtige Schußbahn justierte. Sie ließ ihn fliegen und sah, daß er einen der Männer in die Schulter traf. Sie wußte nicht, ob es eine tödliche Wunde war oder nicht, aber sie brachte ihn dazu, vor Schmerz laut aufzuheulen und sein Schwert fallen zu lassen. Patrick, der völlig außer Atem war, beseitigte mit einem sauberen Hieb diesen Feind und blickte dann auf, um ihr zuzuwinken.

Er lächelte, aber sein Lächeln gefror. Ein Ausdruck des Entsetzens überzog seine Gesichtszüge, und er stieß eine heisere Warnung aus.

Zu spät wirbelte Rhiannon herum.

Drei von ihnen standen vor ihr. Zerlumpt, müde, verdreckt und mit Blut beschmiert – Dänen.

Sie schrie und griff nach ihrem Dolch, schwor sich verzweifelt, daß sie sie nicht bekommen würden. Doch es war hoffnungslos, und sie wußte es. Sie ging mit derartiger Wut und Wucht auf einen von ihnen los, daß sie es schaffte, durch seine Ledertunika zu schneiden und sein Fleisch anzukratzen. Aber das war schon alles. Sie wurde von hinten gepackt.

Die Kraft, mit der ihr Handgelenk gepackt wurde, brachte sie dazu, den Dolch fallen zu lassen. Sie wurde hart gegen den Mann, der sie ergriffen hatte, gepreßt. Sie versuchte in seine Hand zu beißen, doch er lachte nur und hob sie in die Luft.

Sie fluchte und nannte sie in ihrer eigenen Sprache Schweine und Rattendreck. Sie sprach jedes Wort deutlich aus, damit sie auch genau verstanden, was sie sagte.

»Ah, eine Katze mit langen Krallen!« Ihr Ergreifer lachte. Sie wandte sich um, um ihn zu sehen. Er hatte dunkelblondes Haar, rötliche Wangen, finstere dunkle Augen und Augenbrauen, die über der Nase zusammengewachsen waren. Sie trat mit aller Kraft rücklings nach ihm. Sie mußte einen wichtigen Teil seiner Anatomie getroffen haben, denn sein Lächeln verschwand, und er stieß einen Fluch aus. »Eine Katze, die ich jetzt und hier auf der Stelle zähmen werde, bei Odin!« knurrte er.

Der dritte Mann, ein jüngerer, schmächtiger Blondschopf mit langen, verfilzten und blutbeschmierten Haaren, trat vor und zog sie an sich. Seine Augen waren hellgrau, und die Art und Weise, wie sie über sie glitten, machte sie krank. »Eine Katze mit jungen, festen Brüsten und herrlich langen Beinen und einem gutgebauten Körper, meine Freunde.«

»Eine Hexe!« grollte der Mann, den sie verwundet hatte. Er zerrte sie dem jüngeren Kameraden aus den Händen. Rhiannon keuchte und stolperte blind vor Schmerz zurück, als er ausholte und ihr einen brutalen Faustschlag gegen das Kinn versetzte.

Sie fiel zu Boden. Tränen stiegen ihr in die Augen, und ganz plötzlich wurde ihr sehr klar, daß es tatsächlich gravierende Unterschiede zwischen Wikingern gab. Diese würden keine Gnade mit ihr haben. Sie würden sie genau hier auf diesen Klippen in Fetzen reißen.

Voller Panik sprang sie auf und rannte zum Klippenrand. Sie würde versuchen, sich hinunterzurollen. Wenn sie sich dabei den Hals brach, dann war das auch in Ordnung. Sie würde diesen schnellen und gnädigen Tod vorziehen.

Aber es sollte nicht sein. Sie hatte kaum zur Flucht angesetzt, als sie schon beim Haar gepackt und zurückgezerrt wurde in die Arme des dunkelhaarigen Mannes. Sein Mund verzog sich zu einem breiten Grinsen, als er sie festhielt. Seine Zähne, jedenfalls die kläglichen Überreste davon, sahen schwarz und gräßlich aus. Er betrachtete sie einen Augenblick mit diesem abscheulichen Grinsen, dann stieß er sie auf den Boden.

»Ich nehm sie – mir gehört sie zuerst!« rief er aus. Er stürzte sich auf sie, und sie brauchte keine Hellseherin zu sein, zu wissen, was er vorhatte. Sie sprang wieder auf, aber er schrie seinen Kameraden zu: »Packt ihre Arme, ihr Dummköpfe!«

Innerhalb von Sekunden hatten sie Rhiannon überwältigt. Sie wand sich krampfhaft und biß blindlings um sich, dann schlug ihr wieder jemand ins Gesicht, und in ihrem Kopf fing es zu klingeln an. Sie hörte ein donnerndes Geräusch und stellte fest, daß es nicht nur in ihrem Kopf dröhnte. Ehe der dunkelhaarige Widerling eine weitere Bewegung machen konnte, ertönte eine Stimme.

»Ihr Idioten! Kommt, die Iren kehren zurück!«

»Wir haben eine Füchsin gefangen, Yorg, eine...« setzte der Dunkelhaarige an.

»Und sie gehört zuerst mir, so wie die ganze Beute aus diesem Krieg!« rief ihm der Reiter scharf zu. »Gib sie mir! Wir reiten los!«

Der blonde Mann zerrte sie auf. Benommen sagte sich Rhiannon, daß sie kämpfen und diesen Männern entkommen mußte, ehe sie über sie herfallen konnten. Sie biß den Blonden, und er brüllte vor Wut und Schmerz.

»Wo liegt das Problem?« fragte Yorg, der Reiter.

»Sie beißt!« jammerte der Blonde.

»Dann fesselt sie!«

Ihre letzte Hoffnung schwand, als York Lederriemen herunterwarf. Sie konnte ihn immer noch nicht richtig sehen. Die Arme wurden ihr hinter dem Rücken gefesselt, und sie wurde vor ihm bäuchlings auf das Pferd geworfen. Das Pferd stieg empor, als Yorg es gnadenlos antrieb.

Und dann ritten sie.

Sie schätzte, daß sie ungefähr eine Stunde unterwegs waren, aber sie wußte nicht, in welche Richtung, denn sie war unglücklich, und ihr war schwindlig, und das Durcheinanderschütteln in ihrer Lage auf dem Pferd verursachte ihr Übelkeit. Sie war sehr froh, als sie anhielten. Als sie auf den Boden gesetzt wurde, stellte sie fest, daß York ungefähr im selben Alter war wie Eric, mit sehr muskulösen Schultern und Armen, ein Krieger mit Narben und, wie es schien, sehr kampfgestählt. Dunkles, zottiges Haar fiel ihm bis auf die Schultern, aber sein Gesicht war sauber rasiert und trug eine lange Narbe über der Wange, die sein Aussehen beeinträchtigte. Wie die anderen auch, war er mit Blut beschmiert und sah schmutzig und abgerissen aus.

Er stellte sie auf die Füße und betrachtete sie ebenfalls genau. Er hob ihren Umhang und befühlte die Qualität des Materials. Dann ließ er sich auf ein Knie nieder und betastete ihre Strümpfe. Sie versuchte ihn zu treten, aber er packte ihren Knöchel und brachte sie zu Fall. Gelächter brach los.

»Ich denke, meine Freunde, daß wir eine Lady von hohem Rang gefangen haben«, überlegte er in seiner Sprache. »Vielleicht können wir sie dazu bringen, daß sie uns sagt, wer sie ist. Was meinst du, Ragwald?« sagte er zu dem blonden Mann.

»Sie spricht unsere Sprache sehr gut«, informierte ihn Ragwald. Ein spitzer Ton in seiner Stimme sagte ihr, daß zwischen den beiden Männern ein Machtkampf tobte.

»Tut sie das? Hmm, eine gebildete Lady. Vielleicht stammt sie aus Alfreds eigenem Haus!« überlegte er. »Nun«, sagte er dann scharf zu ihr, »tust du das?«

Sie spuckte ihn an. Er brüllte wütend auf und packte sie hart am Arm. »Sie beißt also, spuckt und flucht und kämpft, was?« donnerte er, drehte sich um und zerrte Rhiannon mit sich. Stolpernd folgte sie ihm, und auch die anderen kamen mit und klatschten ihrem Anführer Beifall. Stolpernd, immer noch krank und in bejammernswertem Zustand, versuchte Rhiannon, auf den Beinen zu bleiben und sich die Gegend anzusehen. Sie waren bei einem Farmerhaus – sie konnte die Leiche des Farmers im Feld liegen sehen. Drüben floß ein breiter Bach entlang, der ganz sicher über die Klippen ins Meer führte. Und genau zu diesem Bach zerrte Yorg sie. Am Wasser drückte er sie auf die Knie, preßte sie dann mit dem Gesicht unter Wasser und hielt sie an ihrem Haar fest. Sie bekam keine Luft. Sie würde ertrinken. Ihre Brust drohte zu zerspringen. Sie würde sterben, dachte sie, und vielleicht war es das Beste, damit waren die Schmerzen vorbei.

Yorg zog sie jedoch aus dem Wasser. Sie öffnete den Mund und sog in gierigen Zügen die Luft ein. Er ging um sie herum, und sie kam taumelnd auf die Füße. »Du wirst gezähmt werden, Hexe«, versprach er ihr. Er wendete sich an seine Männer, die Hände auf die Hüften gestützt. »Sie ist eine Schönheit, eine wertvolle Beute. Ich danke Euch, daß Ihr sie mir gebracht habt. Haar wie Sonne und Feuer, Augen wie wertvolle Juwelen, sinnlich, reif... wirklich eine wertvolle Beute. Eine königliche Beute. Wenn ich mit ihr fertig bin, wird sie ein gutes Lösegeld einbringen!« Er stieß ein böses Lachen aus.

Die Fesseln schnürten sie ein, aber Wut und entsetzliche, fürchterliche Angst ließen sie nach vorne springen. Sie traf Yorgs Körper derartig heftig, daß er kopfüber selbst ins Wasser fiel. Seine Männer brüllten. Sie wich schnell und verzweifelt zurück, als er aufstand.

Da waren noch viel mehr von ihnen, stellte sie mit übelkeitserregendem Entsetzen fest. Plötzlich war sie umgeben von ihnen – von Männern, die sie gefangengenommen hatten, und noch mehr von ihnen. Alle waren sie blutverschmiert, einige von ihnen hinkten. Sie waren in dieses Tal geflüchtet, hatten den Farmer ermordet und sich diesen Platz erwählt, um sich zu verbergen und ihre Wunden zu pflegen. Sie konnte niemals entkommen.

Und jetzt stand Yorg wieder auf den Beinen, brüllte wie ein verwundeter Bär und platschte mit großen Schritten durchs Wasser, um sie zu erreichen. Sie versuchte wegzulaufen. Er fing sie und riß sie herum. Sie duckte sich instinktiv, als er seine Faust hob, um sie zu schlagen, aber der Schlag fiel niemals.

»Bo Walhalla, sie gehört mir, und du wirst sie mir geben oder dich mit deinem Leben dafür verantworten!« ertönte eine Stimme.

Yorgs Arm sank herab. Jedermann drehte sich erstaunt um, um zu sehen, welcher unverschämte Mann es wagte, mit Yorg über die Rechte an einer Frau zu streiten.

Doch niemands Erstaunen war größer, als das von Rhiannon, denn ein einzelner Mann kam da herangeritten. Er saß auf einem kleinen braunen Pony und wirkte darauf riesig. Er war so blond und golden wie die Sonne, ausgenommen sein Haar, das mit Blut verschmiert war. Er trug Kleider, die sie niemals zuvor gesehen hatte. Er war wie die Anwesenden in Fellstiefel und Häute gekleidet, die durch die Schlacht zerfetzt und beschmutzt waren. Sein Gesicht war schmutzig und grimmig und kaum erkennbar, aber seine Augen waren unverkennbar.

Es war Eric. Eric, der allein und ruhig in ein Meer von Feinden ritt und forderte, daß sie ihm ausgehändigt wurde.

Sie war zu überrascht, um aufschreien zu können, und nach einer Minute war sie dankbar dafür, daß die Überraschung ihre Zunge gelähmt hatte, denn ihr wurde klar, daß er vorgab, einer der ihrigen zu sein.

Yorg ließ sie los und marschierte durch das Wasser auf den Reiter zu. »Wer bist du? Und was, im Namen aller Götter, bildest du dir eigentlich ein, daß du glaubst, etwas von mir fordern zu können? Weißt du eigentlich wer ich bin, du Narr?«

»Ich verlange sie, denn sie ist meine Gefangene, gefangen genommen von meinen Männern.«

»Wer...«

»Ich bin von Gunthrum geschickt worden – den du verpaßt hast, Yorg!« Eric stieg ab und platschte durch das Wasser direkt auf Yorg zu, um Rhiannon dem Dänen zu entwinden und sie mit sich zu zerren auf eine Art, die nicht weniger grob war wie die von Yorg. Sie schrie auf und fiel zu Boden. Er zerrte sie wieder auf die Beine, zog einen Dolch aus einer Scheide am Knöchel und schnitt ihre Fesseln durch.

»Was in aller Welt machst du da?« schnaubte Yorg.

»Ich hole mir das wieder, was mir gehört.«

»Aber jetzt gehört sie mir. Und ich habe sie gefesselt.«

»Du hast sie gefesselt, weil du nicht einmal Krieger genug bist, einer Frau Herr zu werden,« antwortete Eric höhnisch. »Und sie gehört mir, weil ich sie zuerst gefangen habe und ich den Befehl habe, sie zu Gunthrum zu bringen.«

»Was kümmert mich Gunthrum?« fragte Yorg.

Ragwald trat einen Schritt vor. »Wir haben sie auf den Klippen gefunden. Du warst sehr unachtsam mit deiner Gefangenen. Die Hure hat Botschaften geschickt«, zischte er. »Sie war diejenige, die die Pfeile abgeschossen hat, die den irisch-normannischen Bastard vor unserem Angriff gewarnt haben. Du bist nicht Krieger genug, um einer Frau Herr zu werden!«

Eric trat zurück und zog sein Schwert. Er lächelte, und es war ein unheimliches Lächeln. »Komm. Probier aus, was für ein Krieger ich bin.«

Rufe ertönten. Es schien, als würde Ragwald seine Herausforderung bedauern, aber er zog auch das Schwert und trat vor. »Ein Mann, der am Alter stirbt, wird vergessen!« brüllte er. »Ein Krieger wird in Walhalle sitzen, und du wirst noch heute nacht in Walhalla sitzen!«

Das waren tapfere Worte, aber Rhiannon hatte sich bis zu diesem Augenblick noch niemals richtig klar gemacht, wie stark ihr Mann wirklich war. Ragwald hatte seinen Kampfruf noch nicht richtig ausgestoßen, da war Eric schon bei ihm und schwang sein schweres Schwert wie ein Zweiglein. Sogar als Ragwald zum Schlag gegen ihn ausholte, hob Eric lediglich sein Schwert und verlagerte dabei nur sein Gewicht.

Das Aufeinanderklirren von Stahl wurde niemals gehört. Ragwald fiel vor Rhiannon zu Boden, und das Wasser vor ihren Füßen färbte sich rot.

Sie schrie auf, dann wurde ihr Arm kraftvoll gepackt und

sie wurde wieder einmal an die Seite ihres Ehemannes gezerrt. »Sie gehört mir!« brüllte er. »Mir, das hat Gunthrum befohlen. Will mir noch irgend jemand widersprechen?«

Kein Laut war zu hören. Dann sagte Yorg sehr viel vorsichtiger als vorher: »Sie stammt aus dem königlichen Haus, vielleicht sogar aus Alfreds Haus. Sie ist viel wert und war in meiner Gewalt. Was willst du für sie bezahlen?«

»Das braune Pony«, antwortete Eric und deutete auf das Pferd.

Yorg spuckte ins Wasser. »Das braune Pony? Du bietest mir ein Pony für einen Schatz an?«

»Einen Schatz!« schnaubte Eric. »Soviel ist sie nicht wert.«

»Ihr Haar ist golden und feurig!« meinte Yorg.

»Das ist nur angelaufenes Blech, und sonst nichts«, erklärte Eric ausdruckslos. Rhiannon wirbelte verletzt zu ihm herum. Er hielt sie fest und beachtete sie nicht. »Nimm zum Ausgleich das Pony.«

»Das ist wertlos im Vergleich zu dieser Frau!« beharrte Yorg. »Sie ist jung, mit Brüsten so reif und süß wie Früchte und Beinen so lang und biegsam wie Weiden.«

Eric lachte gutmütig. »Brüste wie hängende Melonen, mein Freund, und Beine so knotig und hölzern wie Weiden, wenn du bei diesem Vergleich bleiben willst.«

»Paß auf! Sie versteht jedes Wort!« warnte Yorg Eric.

Das tat sie tatsächlich. Rhiannon konnte nicht widerstehen. Er stand genau neben ihr, und sie drehte sich um, um ihn fest zu treten. Schließlich war sie eine Gefangene – entweder seine oder die der Dänen. Sie hatte jedes Recht, zu kämpfen.

Yorg lachte, und irgend jemand warnte Eric, daß sie bissiger als ein tollwütiger Hund wäre, und ehe sie es sich versah, hatte er sie beim Haar gepackt, sie wieder ins Wasser gedrückt und hielt sie dort ärgerlich fest. Tropfnaß und sowohl wütend als auch ängstlich verfolgte sie die weiteren Verhandlungen.

»Ihr Temperament ist noch schlimmer als das eines tollwütigen Hundes«, meinte Eric zu Yorg.

»Warum willst du sie denn dann haben?« fragte Yorg schlau.

»Weil ich sie zuerst gefangen habe, und weil sie deshalb mir gehört, auch wenn sie eine Hexe ist.«

»Gib sie mir für heute Nacht – morgen gehört sie dann dir.«

»Sie gehört ab sofort mir.«

Rhiannon stellte fest, daß die beiden sich festgefahren hatten. Es war verrückt. Eric konnte nicht gegen alle kämpfen, nicht wenn sie gemeinsam über ihn herfielen. Sie fragte sich, warum er allein gekommen war.

Sie schrie überrascht auf, als er ihr den Umhang mit der Saphir-Nadel von den Schultern riß. Er warf das nasse Kleidungsstück Yorg zu. »Das ist alles, was ich dir anbiete, und es ist viel zu viel.« Er schob Rhiannon mit solcher Wucht nach vorne, daß sie fast zu Boden gestürzt wäre. Stolpernd wollte sie protestieren. Er stieß sie mit wütendem Gesichtsausdruck noch heftiger voran. »Geh!« brüllte er sie an.

Sie bewegte sich. Sie ging an Yorg vorbei, und dann fühlte sie, daß sie mitten unter ihnen war. Eric schubste sie an dem braunen Pony und den anderen vorbei, quer über das offene Feld, wo die Leiche des Farmers lag. Ruhig und ohne Hast ging er mit langen Schritten dahin, voller Arroganz und Selbstsicherheit.

Sie erreichten schließlich den Wald, und dort war zwischen den dunklen Bäumen ein Pfad. Er stieß sie abermals vorwärts, und sie drehte sich zischend zu ihm um. »Du Bastard! Warum...«

Er gab ihr keine Antwort, hatte nur eine weitere Anweisung für sie: »Lauft!« befahl er und nahm sie bei der Hand. Als sie durch die Bäume und das Gebüsch brachen, merkte sie, daß Yorg und seine übertölpelten Kumpanen sie doch noch verfolgten.

14. Kapitel

Eric lief an ihre Seite, packte sie bei der Hand und zog sie mit einer Geschwindigkeit hinter sich her, daß ihr bald die Luft ausging. Ihre Lungen brannten wie Feuer, ihre Beine schmerzten teuflisch. Baumäste und Zweige zerrissen ihr die Kleider und verfingen sich schmerzhaft in ihrem Haar, doch trotz ihrer Jammerlaute behielt Eric sein Tempo bei. Wenn man seine Muskelpakete bedachte, bewegte er sich erstaunlich leichtfüßig.

Schließlich stolperte sie über eine Wurzel. Ihre Hand glitt aus dem Griff ihres Ehemannes, und sie taumelte der Länge nach in ein Schlammloch. Eric blieb stehen, drehte sich um, fluchte lautstark, versuchte ihr eine Hand entgegenzustrekken und hielt dann inne.

Im Wald war kein Laut zu hören. Sie waren Yorg und seinen Männern entkommen. Erics anhaltendes Schweigen bestärkten Rhiannon in dieser Annahme.

»Nun, Mylady«, keuchte er außer Atem, »würdet Ihr vielleicht freundlicherweise aufstehen, damit wir weitergehen können? Oder wollt Ihr hier eine kleine Pause einlegen?«

Ihre Angst vor Yorg verging in dem Augenblick, in dem ihre Wut erneut aufflammte. Sie packte eine Handvoll Schlamm und warf sie Eric ins Gesicht, ehe sie behende aufstand und ihn vorsichtig umkreiste.

Der Schlamm traf ihn genau auf der Nase. Sie hätte am liebsten laut aufgelacht, denn der dunkle Schlamm war genauso wie sein silberner Kampfhelm, ein hübscher Rahmen für seine Augen.

»Ich möchte eine Pause einlegen!« rief sie aus und rang nach Atem. »Natürlich will ich nicht in diesem Schlamm rasten! Ich kann nicht mehr, Mylord. Und sagt mir, was um alles in der Welt Ihr hier macht?«

»Was?« Er stand stocksteif da, mit den Händen auf den

Hüften. »Madame, wäret Ihr gerne bei den Dänen geblieben? Das müßt Ihr mir nur sagen!«

»Ach, und Ihr hättet mich dort gelassen? Ich erinnere mich deutlich, daß es einst einen Ort gegeben hat, an dem ich gerne geblieben wäre, aber mein Wunsch war Euch egal!«

Er trat schnell auf sie zu, und ehe sie auf dem schlüpfrigen Boden ausweichen konnte, hatte er sie gepackt. Er warf sie sich einfach über die Schulter und ging weiter.

»Was macht Ihr da?« schrie sie.

»Euch zu den Dänen zurückbringen!« donnerte er. »Ihr seid eine alte Hexe und ein böses Weib, und ihr beißt, und, um ganz ehrlich zu sein, Euer Haar hat inzwischen die Farbe eines Dunghaufens.«

»Oh!« Sie trommelte mit ihren Fäusten auf seinen Rücken. »Laßt mich runter!«

Er ließ sie los, und sie fiel wieder in den Schlamm. Sie wollte eine Handvoll davon nehmen, aber plötzlich saß er auf ihr, genauso mit brauner Schmiere bekleckert wie sie. Alles, was sie in seinem Gesicht noch erkennen konnte, waren seine blauen Augen. Seine Finger packten fest ihre Handgelenke, und dann sah sie das weiße Blitzen seiner Zähne, als er grinste. »Ich wollte Euch retten, der Himmel weiß, warum!«

»Narr, Ihr hättet getötet werden können!« gab sie ihm zurück. »Ihr habt das Kommando über Hunderte von Männer, und doch marschiert Ihr mutterseelenallein mitten in eine Horde von Dänen!«

»Mein Gott, Weib!« brüllte er sie wütend an. »Wißt Ihr nicht, was sie mit Euch gemacht hätten, wenn sie entdeckt hätten, daß eine irisch-norwegische Armee Euch befreien will? Sie hätten Euch umgebracht, ehe wir noch den Kampf hätten beginnen können!«

Seine Worte ließen sie frösteln. Sie hatte von den Greueltaten gehört, die von den Eindringlingen begangen worden waren. Erzählungen über Männer, die an Bäume genagelt worden waren und gezwungen wurden, zuzusehen, wie ihnen ihre Innereien aus dem Körper geschnitten wurden. Unter dem Schmutz auf ihrem Gesicht wurde sie blaß, dann begann sie zu zittern. Sie fühlte sein Gewicht auf sich und wußte, daß ihm die Bedeutung ihres Schweigens nicht klar war, denn er sprach ungehalten weiter: »Ich sollte Euch eigenhändig die Haut abziehen, Madame, weil Ihr hergekommen seid und uns beide in eine derartige Lage gebracht habt!«

»Ich bin gekommen, um Euch zu warnen!« rief sie aus.

»Ich habe Euch gesagt, daß Ihr auf Euch aufpassen sollt! Daß Ihr Euch nicht in Gefahr bringen sollt!«

»Mein Gott, wie könnt Ihr es wagen! Ich habe Euch und Eure Männer vor Verrat bewahrt!«

Er stand auf und fragte wütend: »Verrat durch wen? Ich habe den Schaft Eures gut gezielten Pfeils gefühlt – erinnert Ihr Euch, meine Liebe?«

»Aber...«

»Ach, Ihr seid eine bemerkenswerte Schauspielerin, Rhiannon. Ich erinnere mich nur an eine Nacht, in der Eure Darstellkunst Hunderte von Männern beinahe in Blutrausch versetzt hätte. Es war unsere Hochzeitsnacht, erinnert Ihr Euch? Vielleicht habt Ihr die Botschaft weitergegeben und seid dann gekommen, um uns durch Eure Warnung Eure Unschuld zu beweisen.«

Sie wurde so wütend, daß ihr der Atem stockte. Das Gefühl war so stark, daß sie es schaffte, ihn wegzustoßen. Er schlitterte durch den Schlamm, als sie aufsprang und wie betäubt weglief.

»Rhiannon!«

Eine Sekunde später hatte er sie erreicht. Sie wollte sich losreißen, blieb aber an einem dicken Ast hängen und schrie laut auf, als sie sich den Knöchel verrenkte. Er hob sie wieder hoch und ging mit starrem Blick weiter. Das einzige, was in seinem Gesicht nicht schmutzverkrustet war, waren seine Augen.

»Meine Männer haben vermutlich inzwischen die Dänen, die sich in diesem Lager verstecken, erreicht«, sagte er nach einer Weile zu ihr. »Wir werden sie morgen bei der Flußgabelung treffen.«

Sie gab keine Antwort. Sie war schmutzig, und ihre Kehle war wie ausgedörrt, und jeder Muskel tat ihr weh und brannte. Erschöpft ließ sie den Kopf fallen und schloß die Augen.

Obwohl sie durch seine Bewegungen beim Gehen hin und her schaukelte, mußte sie eingedöst sein. Als sie die Augen wieder aufschlug, war es still und dunkel. Der Wald um sie wurde nur durch einen strahlenden Vollmond und die Sterne erhellt. Dann sah sie, daß ganz in der Nähe ein Feuer brannte, daß darauf Fleisch gebraten wurde und sie auf dem Boden auf einem Kissen lag, das aus Erics zusammengerollten Unterhemd bestand. Ganz in der Nähe hörte sie das Plätschern von Wasser und wußte, daß er weitergegangen war, bis er die Stelle erreicht hatte, an der er sich mit seinen Männern treffen wollte.

Sie fühlte sich immer noch benommen und schloß die Augen. Als etwas ihre Stirn berührte, riß sie ihre Augen wieder auf. Eric hockte neben ihr, nackt bis auf die Strümpfe, und wischte ihr den Schmutz mit einem Fetzen seiner Tunika aus dem Gesicht. Sie setzte sich schnell auf und wich vor ihm zurück.

»Rhiannon, ich habe nur versucht...«

»Ich kann selbst auf mich aufpassen, danke!«

»Könnt Ihr das?« fragte er.

»Ihr schmiert mir mehr Dreck ins Gesicht, als Ihr abwischt!«

»Nun, Madame, das kann man leicht ändern.«

Sie kreischte protestierend und trommelte auf seine Brust, als er sie hochhob und mit ihr direkt in das kalte Wasser des kleinen Flußes marschierte. Es war tief an dieser Stelle, und als ihm das Wasser bis zu den Hüften ging, ließ er sie einfach ins Wasser plumpsen. Spuckend und hustend kam sie wieder hoch und fluchte. Ihre Wut steigerte sich noch durch sein Gelächter.

Sie schlug um sich, und er packte sie an ihrer Tunika. »Ihr habt meine Kleider vollkommen durchnäßt, und ich werde jetzt entweder durch ihr Gewicht ertrinken oder erfrieren, wenn ich nicht einfach deshalb sterbe, weil ich mich so nach Eurem Tod sehne!« teilte sie ihm mit.

Er zog sie in die Arme. »Nun, meine Liebe, Ihr müßt nicht ertrinken«, meinte er. »Wenn Euch Euer Auge ärgert, reißt es heraus – so lautet doch ein christliches Sprichwort, oder? Eure Kleidung ist zwar nicht gerade ein Auge, aber wenn sie Euch ärgert...« Mit diesen Worten packte er den Ausschnitt ihrer Tunika und riß sie ihr herunter, trotz ihrer Flüche, ihrer schlagenden Fäuste und ihrer gesamten Gegenwehr. Nachdem er damit fertig war, warf er sie wieder achtlos ins Wasser, um ihr die Strümpfe auszuziehen. Dann warf er beides ans Ufer. Sie tauchte, um ihm zu entkommen. Auf der anderen Seite des Flüßchens kreuzte sie die Arme über der Brust und starrte ihn bebend vor Zorn an.

»Kommt wieder zurück«, befahl er ihr.

»Ihr seid verrückt!«

»Rhiannon, wir können nicht so schmutzig bleiben. Kommt herüber. Ich möchte nur Euer Haar auswaschen, ehe es mit dem Zeug derartig verfilzt ist, daß wir es abschneiden müssen.«

»Nun, was bedeutet schon der Verlust einer derart verfilzten Menge von glanzlosem Messing?« gab sie zurück.

Er schwieg und brach dann plötzlich in Gelächter aus.

»Na, na, wer wird denn so eitel sein?« stichelte er. Platschend ging er durch das Wasser auf sie zu. Sie tauchte im Mondlicht, schwamm tief unter Wasser und tauchte nur auf, wenn ihre Lungen zu platzen drohten.

Und immer noch war er dicht hinter ihr. »Rhiannon...«

Sie tauchte wieder. Dieses Mal änderte sie nicht schnell genug die Richtung, und er packte flink ihren Fuß. Er zog sie an sich. Seine Hände glitten über ihre nackten Schenkel. Gegen die Kälte des Wassers fühlten sie sich heiß an. Sie hustete und wand sich, aber ihre Brüste wurden eng gegen seine Brust gepreßt, und plötzlich blickte sie in seine dunkelblauen Augen. In ihnen begann ein leidenschaftliches Licht zu glitzern.

Atemlos fragte sie ihn: »Was kümmert Euch Haar, das so glanzlos ist?«

Seine Finger glitten über ihre Hinterbacken und langsam und verführerisch ihr Rückgrat hinauf. Dann fuhren sie wieder hinunter und preßten sie so eng an ihn, daß sie fühlen konnte, wie sich sein Geschlecht erhob und sich hart gegen ihren Schoß drückte.

»Was hätte ich dem Schurken denn sagen sollen?« fragte er sie leise. »Natürlich ist es wundervolles Haar. Es glänzt wie das Morgen- und das Abendlicht. Es bedeckt mich voller Weichheit und Schönheit; es liebkost mein nacktes Fleisch voller Lebendigkeit und Wunder.« Seine Finger kämmten ihr nasses Haar, strichen es sanft zurück, wanderten ihre Wangen hinunter und legten sich langsam über ihre Kehle und ihren Ausschnitt. Sein Daumen reizte ihre fröstelnden, harten Brustwarzen, dann legten sich seine Finger warm um ihre Brust. Sie holte tief Luft, denn seine Berührung entfachte in ihr ein loderndes Feuer, das auch zwischen ihren Beinen brannte, und sie lehnte sich zurück, um ihm zu widerstehen. »Mylord, ich möchte Euch nicht damit beleidigen, daß ihr Euch mit einer Brust, die wie eine verfaulte, hängende Melone aussieht, abgeben müßt!«

Ein Lächeln glitt über seine Gesichtszüge. In dem geheimnisvollen Mondlicht sah sie ungemein anziehend aus. »Tja, aber wenn ich ihm gesagt hätte, daß sie tatsächlich wie die saftigsten, süßesten Früchte sind, hart und fest wie Äpfel, Alabaster, gekrönt mit rosenfarbenen Spitzen, daß sie einmalig in ihrer Schönheit sind! Er hätte Euch garantiert niemals gehen lassen.«

Sein Streicheln war sanft und verzaubernd. Seine Handflächen bewegten sich in einem zärtlichen, elektrisierenden Rhythmus über diese rosigen Hügel, und sie fürchtete, daß ihre Knie nachgeben würden, obwohl er sie festhielt. Dann verlegte sich seine Berührung plötzlich ohne Warnung mit kecker Vertrautheit nach unten und entfachte glühende Hitze zwischen ihren Schenkeln. Sie schauderte und preßte sich an ihn, ihren Protest ganz vergessend. Doch er hatte seine

Worte nicht vergessen, denn die Verleugnung dessen, was er dem Dänen gesagt hatte, drang als süßes Flüstern an ihr Ohr: »X-beinig, Madame? Ich wagte nicht, ihm zu sagen, daß sich Eure Haut zarter als jedes Gewebe anfühlt, das von den Meistern im Osten hergestellt wird, daß Eure Beine tatsächlich lang und wundervoll geformt sind und daß sie sich um einen Mann schlingen und ihm zu einer derartigen Ekstase verhelfen können, daß er sich tatsächlich bereits auf Erden wie im Paradies vorkommt. Ich konnte ihm nicht sagen, daß Ihr süßer wie der süßeste Wein schmeckt, daß man durchaus in der Schönheit Eurer Augen ertrinken kann, daß die Begierde nach Euch bei einem Mann das Innerste nach Außen kehren kann, und daß ich sofort mein Leben geben würde, um Euch wiederzubesitzen. Denn ich habe Eure Süße geschmeckt und würde gegen jeden Mann, jeden Gott kämpfen, um Euch noch einmal zu besitzen.«

Er machte sich lächerlich über sie; sicherlich machte er sich lächerlich über sie. Doch als sie die Augen zu den seinen hob, schien in seinem Blick kein Spott zu liegen. Er hob sie aus dem Wasser, um sie ans Ufer zu tragen und legte sie dort nieder. Wieder sprach er von der alabasterfarbenen Schönheit ihres Körpers im Mondlicht. Und als er so von ihren körperlichen Vorzügen sprach, plazierte er auf jede dieser Stellen einen zärtlichen, aber verführerischen Kuß, bis es den Anschein hatte, daß er mit seinen heißen Lippen und seiner Zunge die Kälte aus ihrem Körper geküßt hatte, und dann war es sein Körper, der den ihren wärmte, und aus der aufregenden, verführerischen Zärtlichkeit wurde schließlich brennende Leidenschaft.

Sehr viel später, als der Mond bereits am dunklen Firmament fast versunken war, als sie die Leidenschaft ausgiebig genossen hatten und sie fast vor Erschöpfung übermannt wurden, fühlte Rhiannon abermals seine Arme, die sie hochhoben, unter die Bäume trugen und sie in die Wärme seines Umhangs legten. Sie war schon fast eingeschlafen, als er sie anstupste und ihr etwas von dem Fleisch anbot, das er aufs Feuer gelegt hatte und das inzwischen gut durchgebraten war. Sie dachte nicht, daß sie etwas würde essen können, aber das Fleisch war köstlich, und sie stellte fest, daß sie hungrig wie ein Wolf war.

Als sie ihr Mahl beendet hatte, legte er sich neben sie und drückte sie eng an seinen nackten, heißen Körper. Geborgen in seiner Wärme und seiner Nähe, dachte Rhiannon, daß das fast so sei, als ob sie gemocht würde, ja fast, als ob sie geliebt würde.

Doch als sie vom ersten Strahl des dämmernden Morgens geweckt wurde, hielt sie das Ganze für einen nächtlichen Traum. Denn als sie die Augen aufschlug, war er weg. Sein Umhang lag achtlos auf ihr, und als sie ihn um sich zog und sich zitternd aufrichtete, sah sie, daß Eric angekleidet war und in einiger Entfernung stand. Mit einem seiner groben Fellstiefel stand er auf einem Stein und blickte nachdenklich über das Wasser.

Er schien zu spüren, daß sie aufgewacht war, denn sein scharfer Blick fiel sofort auf sie. »Steht auf und zieht Euch an«, sagte er kurz angebunden zu ihr. »Die Männer werden bald hier sein.«

Verletzt durch seinen Ton, biß sie die Zähne zusammen und erhob sich stolz, den Umhang um sich geschlungen. Sie schritt zum Wasser, kniete sich nieder und trank mit tiefen Zügen. Als sie aufstand und sich zu ihm umdrehte, beobachtete er sie immer noch mit diesem kühlen Ausdruck im Blick. Ärger und Verwirrung kochten tief in ihr. Zärtlichkeit war eine seiner Taktiken – er focht seine Schlachten mit ihr gemäß derselben Strategie aus, die er auch seinen Feinden gegenüber anwandte. Wenn seine Begierde vorbei war, setzte er die Zärtlichkeit ab wie einen leeren Teller.

»Was wollt Ihr eigentlich von mir?« fragte sie barsch.

»Wenn ich von Euch die Wahrheit bekommen könnte, meine Liebe, könnt Ihr sicher sein, daß ich sie mir nehmen würde.«

»Welche Wahrheit? Von was sprecht Ihr eigentlich?«

Er ließ sich mit der Antwort Zeit und zuckte dann die

Achseln. »Wenn nicht Ihr, Rhiannon, wer sonst? Wer ist der Verräter in Eurem eigenen Haus?«

Sie erstarrte und holte tief Luft. Sie hatte ihr Leben riskiert, um ihn zu warnen, und immer noch hegte er den Verdacht, daß der Verrat von ihr ausgegangen war! »Bastard!« zischte sie ihn an und schwieg dann. Sie drehte sich um und suchte die einzelnen Teile ihrer immer noch feuchten Kleidung zusammen. Sie wollte gerade hinter den Baum gehen, als er ihren Arm packte. Sie starrte ihn zornig an.

»Ich habe Euch nicht beschuldigt«, fing er an.

Sie riß sich los. Tränen standen ihr in den Augen, und so holte sie blindlings gegen ihn aus. Doch er fing ihren Arm ab und zog sie eng an sich. »Ich fragte Euch wer, Rhiannon, das ist alles. Ihr müßt doch eine Vorstellung davon haben, wer oder was dahinter steckt!«

»Habe ich nicht!« fuhr sie ihn an. »Ich weiß es nicht! Laßt mich los!«

»Rhiannon!« Seine Stimme wurde sanft, und er strich ihr das Haar aus der Stirn. Sie warf den Kopf zurück, um seiner Berührung zu entgehen. »Nein! Tut nicht so freundlich, denn im Morgenlicht sind Eure Lügen nutzlos, oder nicht? Zwischen uns gibt es keine zärtlichen Gefühle, Mylord!« Sie entwand sich seinem Griff und wich zurück, voller Angst, daß die Tränen aus ihren Augen rollen und verraten würden, daß sie von heftigen Gefühlen geschüttelt wurde. »Beschuldigt mich, wenn Ihr wollt, aber seid ehrlich dabei. Ich verabscheue diese – diese heuchlerische Zärtlichkeit, derer Ihr Euch bedient!«

Sie sah, wie er die Kiefer zusammenpreßte, sah wie seine Augen blitzten, und doch war sie nicht darauf vorbereitet, daß er auf sie zutrat und sie mit einem derartig harten Griff an sich zog, daß ihre zarten Handgelenke zu zerbrechen drohten. »Verabscheut mich, verflucht mich, verbringt jede Stunde damit, den Tag zu verfluchen, an dem ich geboren wurde! Aber gehorcht mir, Rhiannon, in allen Dingen. Und antwortet mir in höflicher Form, wenn ich Euch eine Frage stelle!«

»Dann stellt mir eine höfliche Frage!« fuhr sie ihn an und

betete darum, daß er sie loslassen möge. Wenn er das nicht sofort tat, würde sie schreien und zusammenbrechen. Nur eine Närrin würde ihn lieben. Nur eine Närrin würde seinen Worten glauben, die er in der samtigen Nacht geflüstert hatte. Nur eine Närrin.

Lieber Gott, langsam aber sicher wurde sie zu einer Närrin. Sie brauchte ihn, sie verlangte nach seiner Anerkennung, sie sehnte sich nach diesen geflüsterten Worten...

»Wer ist dafür verantwortlich?« wiederholte er.

»Ich weiß es nicht!« antwortete sie abermals. Und dann lächelte sie mit zusammengebissenen Zähnen und erinnerte ihn: »Sicherlich nicht Egmund oder Thomas – meine Männer, Mylord! Außer Ihr glaubt, daß sich ihre Geister unter der Eiche erhoben haben, um Euch und Alfred immer weiter zu verraten!«

Er konnte keine Antwort geben, denn in diesem Augenblick ertönte unter den Bäumen ein Rascheln, und ein erwartungsvoller, aber auch ängstlich klingender Ruf durchschnitt die Morgenluft.

»Eric! Seid Ihr hier?«

Erics Augen blieben scharf auf sie gerichtet, als er antwortete: »Ja, Rollo, wir sind hier!«

Rhiannon zog wieder heftig an ihren Handgelenken, der Schmerz und der Zorn waren momentan vergessen. »Mylord, ich bin nicht angezogen!« erinnerte sie ihn. Aber es war zu spät, denn die Pferde trabten auf die Lichtung – zuerst Patrick und Rollo, dann Rowan dicht dahinter. Sie hatte den Umhang um sich geschlungen, aber ihre Kleidungsstücke lagen verstreut zu ihren Füßen.

Patrick sprang schnell vom Pferd und eilte zu ihr, packte ihre freie Hand und fiel auf die Knie. »Gelobt sei unser Heiliger Vater und alle Heiligen, Mylady! Ich hatte so viel Angst um Euch.«

»Patrick, bitte«, sagte sie sanft und fragte sich, was Eric sich wohl bei dieser Szene denken mochte. »Bitte, steht auf!«

Aber das tat er nicht. »Ihr habt mein Leben gerettet, Lady, mit diesem Pfeil, und dabei Euer eigenes riskiert. Und obwohl ich Eric sehr schnell fand, konnten wir sie doch nicht angreifen, denn in Gefahr machen die Dänen manchmal Dinge mit ihren Gefangenen, über die man am besten nicht spricht. Aber, Lady, Ihr seid hier und sicher, und wir sind so dankbar.«

»Was ist mit den Dänen?« unterbrach ihn Eric trocken.

»Sie hatten keine Chance«, versicherte Rollo Eric.

»Nicht diese Gruppe«, fügte Rowan schnell hinzu. Rhiannons Augen trafen die seinen. Sie fühlte Röte in ihre Wangen steigen, als sie sich daran erinnerte, daß wieder einmal ihre Kleider zu ihren Füßen lagen.

Patrick, dem plötzlich klar wurde, daß er auf ihrer Tunika kniete, erhob sich linkisch. »Wir werden über die Lichtung reiten und Euch drüben erwarten«, sagte er zu Eric.

Rollo war nicht so zartfühlend. Er brach in Gelächter aus. »Nun, wir haben die Nacht voller Sorgen um sie verbracht, und Mylord und Mylady verbrachten die Nacht, als ob sie im Paradies wären. Nun, entschuldigt uns, Eric – wir werden unter den Bäumen warten.«

Patrick stieg wieder auf, und die Reiter waren schnell fort. Rhiannon wendete Eric den Rücken zu und versuchte in ihre Kleider zu steigen, ohne den Umhang abzulegen. Einen Augenblick lang schwieg er, dann dröhnte seine verwunderte Stimme: »Was soll denn das, Madame. Ist das ein neues Spiel?« Er zog ihr den Umhang herunter, und sie stand zitternd in der kalten Morgenluft und starrte ihn zornig an. Seine Augen glitten über sie und trafen dann auf die ihren. »Ich kenne jeden bezaubernden Zentimeter Eures Körpers, Rhiannon, und ich möchte Euch gerne daran erinnern, daß Ihr mir gehört, daß ich kein geduldiger Mann bin und daß ich diese Narretei nicht dulden werde.«

Sie starrte ihn an und wünschte sich die Kraft, ihn schlagen zu können. Sie warf den Kopf zurück und ohne sich um ihre Nacktheit zu kümmern, stemmte sie die Hände in die Hüften. »Gut!« gab sie zurück, und langte nach ihren Strümpfen. Er beobachtete sie mit kaltem Schweigen, und als sie fertig war und auf die Lichtung zuging, packte er sie beim

Arm und hielt sie zurück. »Ich habe Euch gewarnt, Mylady – Ihr könnt mich hassen, aber Ihr müßt mir gehorchen.«

»Ich werde versuchen, nicht wieder Botschaften zu senden«, erwiderte sie süßlich.

»In allen Dingen«, ergänzte er scharf.

»Ich werde dafür sorgen, daß immer zu den richtigen Zeiten herrliche Mahlzeiten aufgetragen werden.«

Er lächelte, seine blauen Augen blitzten spöttisch: »In allen Dingen«, wiederholte er sanft. »Ich werde bekommen, was ich haben möchte.«

Mit pochendem Herzen holte sie tief Luft. »Und wie steht es mit meinen Wünschen, Mylord?«

»Ich wäre erfreut, all Eure Wünsche zu erfüllen.«

»Und was, wenn mein Wunsch nicht erfüllt werden kann?«

Er lachte und zog sie eng an sich, und sie wußte nicht, ob er belustigt oder ärgerlich war. »Ich glaube, daß Ihr vielleicht lernen müßt, Eure Wünsche den meinen anzupassen, Rhiannon, und dann werden wir beide bedient.« Dann war das Lachen verschwunden, und seine Stimme war sehr leise und hatte einen stählernen Klang. »Ich habe Euch gewarnt, daß Ihr mir gehorchen müßt. Ich werde meinen Willen bekommen, also denkt nicht einmal daran, daß das nicht der Fall sein könnte.«

»Ihr werdet Euren Willen bekommen?« zweifelte sie, um ihn zu ärgern. »Nun, es scheint, daß ich Euch jetzt nicht gehorcht habe, großer Erich von Dubhlain. Entweder habe ich Euch verraten, oder ich war unartig, weil ich Euch nachgeritten bin. Ich bin nicht besser als Alexander und sicherlich nicht wertvoller! Was würdet Ihr mit einem störrischen Hengst oder mit einem ungehorsamen Diener machen? Warum hängt Ihr mich nicht auf, Mylord, oder schlagt mir den Kopf von den Schultern und macht endlich Schluß?«

»Nun, das wäre viel zu endgültig!« meinte er. »Vertraut mir, Madame. Ich erwäge ernsthaft, ob ich Euch nicht eine schmerzhafte Bestrafung verabreichen soll, aber eine, die ich alleine überwachen werde und zwar in unseren Privatgemächern. Aber nun, Mylady und mein Weib, können wir endlich gehen?«

Sie warf ihm einen hasserfüllten Blick zu und drehte sich hastig um. »Irgendeine dänische Streitaxt wird Euch schon noch erwischen, Mylord!« gab sie ihm zuckersüß zurück.

»Nicht rechtzeitig für Euch, geliebtes Weib«, erwiderte er in genauso zuckersüßem Ton.

Die Schlacht schien verloren zu sein. Mit hocherhobenem Haupt begann sich Rhiannon auf den Rückzug. Sie sagte kein Wort, sondern eilte über die Lichtung, wo Rowan, Patrick und Rollo sie beide an der Spitze einer Gruppe Männer erwarteten. Patrick brachte ihr ein Pferd und half ihr beim Aufsteigen. Sie sah zu, wie Rollo Eric den weißen Hengst brachte. Eric lächelte, begrüßte das Tier wie einen Freund, streichelte ihm die Nase und flüsterte ihm eine Begrüßung ins Ohr, ehe er behutsam aufstieg.

Er ist sehr viel erfreuter über das Pferd, das er bekommen hat, als über sein Weib, dachte sie verbittert, und wunderte sich abermals über den scharfen Schmerz, der ihr Inneres durchzuckte. Warum sollte ihr das etwas ausmachen? Er hatte ihr Land überfallen und ihr fast alles weggenommen. Sogar ihren Stolz. Ihre Sticheleien und angeblichen Rebellionen waren lediglich ein Rückzugsgefecht, dachte sie bei sich, es waren ihre letzten Anstrengungen, ihm zu widerstehen. Sie durfte niemals aufgeben, oder sie würde verloren sein.

Sie machten sich in Richtung Heimat auf den Weg. Eric ritt voran. Rhiannon ritt zwischen Patrick und Rowan. *Ich werde dich nicht lieben*! schwor sie lautlos in Richtung von Erics Rücken. *Und ich werde keine Angst vor dir haben*!

Hier, unter den vielen Männern, konnte niemand sie wegen ungebührlichen Benehmens mit Rowan beschuldigen. So konnte sie sich ungestört mit ihm und Patrick unterhalten, den sie inzwischen recht schätzte. Sie lächelte und redete und hörte aufmerksam zu, als Patrick wunderschöne Geschichten über sein Heimatland zum besten gab. Er versicherte ihnen, daß sein Namenspatron St. Patrick vor vielen Jahren alle Schlangen aus Irland vertrieben hatte.

»Wie schade, daß er nicht zurückkommen und sich um die Dänen kümmern kann!« meinte Rollo mit jämmerlichem Grinsen und drehte sich zu ihnen um. Rhiannon brach in helles Lachen aus, und ihre Augen sprühten. Aber dann verschwand ihr Lächeln, denn sie sah, daß sich auch ihr Ehemann umgedreht hatte und sie neugierig betrachtete. Sie beugte den Kopf, warf ihn dann wieder zurück und beachtete ihn nicht. Sie bat Patrick, eine andere Geschichte zu erzählen. Dieses Mal behauptete er allen Ernstes, daß in den Felsen und Spalten und Höhlen tief unter der Erde kleine Menschen leben würden.

Als sie sich ihrem Zuhause näherten, hatten sich über ihnen schwarze Wolken zusammengeballt, und vom Meer her wehte ein kalter Wind.

Als die Mauern der Stadt in Sicht kamen, hob Eric eine Hand, und die gesamte Gruppe hielt an. Zwischen den Männern hindurch konnte Rhiannon sehen, daß Mergwin auf der Straße stand und auf sie wartete. Er stand alleine da, und doch schien er Gewalt zu haben über die Straße, den gesamten Himmel und sogar das Meer dahinter. Der Wind zerzauste sein weißes Haar und seinen langen Bart. Seine Augen schienen genauso grau und schwer wie die Wolken und voller Kummer zu sein.

»Was ist los?« fragte Eric scharf und stieg ab. Er trat zu dem alten Mann, und Mergwin packte seine Hände. Rhiannon wurde plötzlich der Gebrechlichkeit des alten Druiden und Runen-Meisters gewahr. Als sie ihn anstarrte, fiel ihr Blick auch hinter ihn auf das Meer.

Die Küste war wieder voller Wikinger-Schiffe, große Schiffe mit kunstvoll geschnitzten Bugen, die wilde Tiere wie Drachen und Schlangen darstellten.

Ihr Herz begann zu hämmern, aber Eric schienen die Schiffe nicht zu stören. Seine Aufmerksamkeit galt ganz dem alten Mann, der ihnen die Straße versperrt hatte.

»Es ist der Ard-ri«, sagte Mergwin.

»Großvater«, stieß Eric hervor. Sein Blick ließ Mergwin nicht los. »Er liegt im Sterben.«

»Euer Vater hat nach Euch geschickt. Eure Mutter braucht Euch. Wenn Ihr mit der Morgenflut segelt, werdet Ihr Aed Finnlaith noch einmal sehen können.«

Eric gab den Befehl, Mergwin ein Pferd zu bringen, dann stieg er wieder auf. Schweigend ritt die Gruppe durch die Tore.

Vor dem Haupthaus stieg Eric schnell ab und trat in die Halle. Rhiannon wollte auch absteigen und stellte fest, daß Patrick dastand, um ihr zu helfen. Seine Augen blickten sorgenvoll. Es schimmerten sogar Tränen darin.

»Wird er wirklich nach Irland segeln?« fragte sie. *Bitte, lieber Gott,* dachte sie, *mach, daß er geht. Halte ihn fern von mir, daß er mich nicht mehr berühren kann und ich wieder lernen kann, ihn zu hassen! Mach, daß es mir nichts ausmacht.*

»Aber natürlich wird er gehen! Alle Menschen lieben den Ard-ri, besonders seine Kinder und Enkelkinder. Er ist ein großer Mann; er hat für Frieden gesorgt und ihn gehalten, und er hat allen Menschen Gerechtigkeit und Gnade widerfahren lassen. Ihr würdet ihn auch lieben.«

Sie nickte, weil Patrick die Ankündigung vom bevorstehenden Tod des Ard-ri so sehr zu bedrücken schien. Sie versuchte ihre Erleichterung darüber zu verbergen, daß ihr Ehemann abreisen würde.

Sie eilte zur Halle und hoffte, daß sie ohne Aufsehen in Adelas Zimmer entkommen und dort bleiben könnte, fernab von den Reisevorbereitungen. Wenn er sie nicht sah, würde er vielleicht auch nicht an sie denken. Doch bereits als sie durch den Gang gehen wollte, wurde sie aufgehalten. Mergwin erwartete sie am Eingang. Seine grauen Augen blickten brütend und anklagend. Woher hatte er gewußt, daß sie gerade jetzt hier durchgehen wollte? Was wollte er von ihr, bei all den anderen Dingen, die er jetzt im Kopf hatte?

»Ich bat Euch, nicht zu gehen!« erinnerte er sie, und seine Stimme klang schmerzerfüllt und besorgt. Es tat ihr plötzlich sehr leid, daß sie ihn so verletzt hatte. Sie mochte ihn – sie konnte gar nicht anders, als ihn zu mögen.

Sie schüttelte den Kopf. »Es tut mir leid. Wirklich, Mergwin, ich wollte Euch niemals weh tun. Und mir tut auch Euer Ard-ri leid. Er scheint sehr bewundert und geliebt zu werden, er muß ein sehr großer Mann sein. Ich werde aus ganzem Herzen für ihn beten. Alle hier werden für ihn beten.«

Sie hatte nicht bemerkt, daß Eric lautlos hinter Mergwin den Gang betreten hatte, bis sie seine Stimme hörte. Kalt und scharf stieß er einen Befehl hervor: »Madame, Ihr braucht nicht hier für ihn zu beten. Ihr werdet uns morgen begleiten.«

Ihr Blick sprang von Mergwins Augen zu denen ihres Ehemannes. In dem düsteren Gang sahen sie kobaltfarben aus. Sie war davon überzeugt, daß er sie gar nicht mitnehmen wollte – er wollte sie nur einfach nicht hierlassen, weil er wußte, wie sehr sie auf seine Abreise hoffte.

Sie schluckte und kämpfte darum, sanft und vernünftig zu klingen. »Eric, ich fürchte, daß ich Euch im Wege sein werde. Es wird eine sehr schwierige Zeit für Euch werden.«

»Und ich möchte diese Schwierigkeiten nicht dadurch vergrößern, daß ich ständig darüber nachdenken muß, was hier bei Euch gerade passiert – ob Euch die Dänen gefangengenommen haben oder ob Ihr Euch dazu entschieden habt, einen Ausflug in ein dänisches Lager zu machen«, unterbrach er sie grob. »Ihr kümmert Euch am besten darum, Eure Sachen zu packen, obwohl Mergwin bereits Adela den Auftrag dazu gegeben hat.«

»Aber, Mylord und Ehemann –«, begann sie vorsichtig.

»Rhiannon, hört auf damit und beeilt Euch. Die Morgendämmerung wird bald kommen.«

Sie blickte Mergwin hilfesuchend an, wußte aber, daß er ihr nicht helfen würde – sie hatte ihn bereits einmal hinters Licht geführt. Und Eric...

»Ich werde nicht gehen!« schimpfte sie und wollte wütend an ihm vorbeimarschieren.

Er hielt sie auf, indem er sie beim Haar packte. Als sie aufschrie, betrachtete er unbeteiligt eine Locke und lächelte sie dann eisig an. »Rhiannon, Ihr werdet mitkommen. Ob freiwillig oder unfreiwillig, Ihr werdet mitkommen.« Seine blauen Augen schienen sich in ihre zu bohren. »Ich schlage vor, daß Ihr freiwillig kommt.« Er ließ ihr Haar los und ging an ihr vorbei in die Halle. Rhiannon blickte Mergwin unglücklich an und lief dann schluchzend die Treppe hinauf.

Adela war im Zimmer. Ein warmes Bad, saubere Handtücher und eine Seife mit Rosenduft warteten auf sie. Adela versicherte ihr mit einer gewissen Scheu, daß alle ängstlich auf ihre Rückkehr gewartet hätten – obwohl Mergwin ihnen immer wieder versichert hatte, daß ihr nichts passieren würde, daß sie ganz sicher heimkommen würde. »Und als wir wieder Wikinger-Schiffe sahen und feststellten, daß es nicht unsere waren, die zurückkehrten, sind wir alle in Panik geraten! Aber Mergwin hat uns schnell klar gemacht, daß sie von Olaf dem Weißen, dem König von Dubhlain, kamen. Es war fantastisch, sie zu beobachten! Und dann bist du heimgekehrt, genau wie Mergwin gesagt hatte! Und jetzt wirst du nach Irland fahren! Ach, Rhiannon, ich werde dich aus ganzem Herzen vermissen. Du mußt sehr gut auf dich aufpassen!«

»Ich werde nicht nach Irland fahren!« sagte Rhiannon verzweifelt.

»Aber, meine Liebe...«

»Ich werde nicht gehen!«

Während sie sprach, klopfte es an die Tür. Noch ehe einer von ihnen ›Herein‹ sagen konnte, öffnete sie sich. Rhiannon schauderte, weil sie dachte, daß es Eric sein könnte. Eric, der ihre trotzigen Worte gehört hatte.

Aber es war nicht Eric. Es war das Mädchen Judith – diejenige, die Eric so sehr anzubeten schien. Sie trat mit einem Tablett mit Essen ein und setzte es auf eine Truhe. Dann knickste sie vor Rhiannon. »Mylady, Lord Eric hat angeordnet, daß Euch dieses gebracht wird, und daß Ihr essen und dann ruhen sollt, weil es immer noch dunkel sein wird, wenn Ihr wieder aufstehen müßt.«

Während sie das hübsche Mädchen betrachtete, wußte

Rhiannon, daß Judith voller Freude Eric jeden Dienst erweisen würde. Hatte sie es vielleicht schon?

»Danke, Judith«, sagte Rhiannon. Das Mädchen stand da und blickte sich im Gemach um.

Sie konnte den Gedanken nicht ertragen, sich Judith in seinen Armen, in seinem Bett, oder einfach nur in seinem Zimmer vorzustellen. Sie kämpfte hart um ihre Selbstbeherrschung. Sie würde sich nicht zum Narren machen. »Danke Judith, das ist alles.«

Mit einem Seufzer verließ das Mädchen das Gemach. »Auf die würde ich aufpassen!« warnte Adela sie.

»Mmmm«, murmelte Rhiannon vage. Sie wollte allein sein. Sie drehte sich um und ergriff die Hand ihrer Tante. »Du hast schon so viel für mich getan – meine Truhen gepackt und mein Bad hergerichtet. Mir geht es jetzt gut. Ich werde mein Haar kämmen, schnell essen und ins Bett gehen. Mach du das gleiche. Du mußt ja ganz erschöpft sein.«

Adela blickte sie zweifelnd an. »Wenn du meinst.«

»Das tue ich. Bitte.«

Adela küßte sie und ging.

Sobald sie weg war, ging Rhiannon im Zimmer auf und ab. Dann setzte sie sich auf das Fußende des Bettes und begann sich nachdenklich das Haar zu kämmen. Von dem Abenteuer in der Wildnis war es völlig verfilzt, aber schließlich fiel es wieder weich über ihre Schultern. Einen Augenblick überlegte sie, dann holte sie aus einer Truhe ein Nachtgewand. Sie wählte ein Leinenhemd mit zierlicher Stickerei an Ausschnitt und den Handgelenken. Das Material war so dünn, daß es eigentlich nichts verbarg. Sie zog es schnell über und fragte sich, wie spät es war, und ob Eric in dieser Nacht überhaupt zu ihr kommen würde. Sie blickte das Essen an, das sie nicht berührt hatte, entdeckte einen Krug mit Met daneben, und trank ihn mit großen Schlucken. Dann fuhr sie sich abermals mit dem Kamm durchs Haar.

Vor ihrer Tür waren Schritte zu hören. Sie legte den Kamm weg, sprang ins Bett, drapierte ihr Haar um sich und schloß die Augen.

Die Tür öffnete sich. Sie erkannte Erics Schritte, als er den Raum betrat. Sie lauschte, als er die Tür schloß und schien zu erstarren, als er stehen blieb, dann aber zum Bett kam und sie anblickte.

Er starrte sie minutenlang an. Dann hörte sie, wie er sich abwendete, wie seine Stiefel auf den Boden polterten und seine Kleider raschelten, als er sich im Kerzenlicht auszog.

Sie hörte ihn leise fluchen, als er in das inzwischen kalt gewordene Badewasser stieg, einen Augenblick darin herumplätscherte, dann aufstand und aus dem Badezuber stieg.

Er würde ins Bett kommen und sie beschuldigen, sich schlafend zu stellen. Und sie würde sich aufsetzen und ihn daran erinnern, daß sich ihr ganzes Leben nach seinem Willen richtete und daß sie mit allen Kräften versuchen würde, ihn zu erfreuen. Und dann würde sie ihn davon überzeugen, daß sie sehnsüchtig auf seine Rückkehr warten würde – vorausgesetzt, er würde allein fahren.

Aber als er sich neben sie legte, berührte er sie nicht. Er drehte ihr den Rücken zu.

Sie schlug die Augen auf. Er hatte die Kerzen ausgepustet, aber der Mond schien herein und warf sein Licht auf die straffen Muskeln seines Rückens. Sie biß sich auf die Lippe, zögerte. Sie drehte sich um, drückte ihr Hinterteil gegen seinen nackten Rücken und warf eine lange Locke ihres duftenden Haares über ihn. Er bewegte sich immer noch nicht.

Sie legte sich auf den Rücken und starrte die Decke an.

»Eric«, flüsterte sie schließlich sanft.

Er stützte sich auf einen Ellbogen. Sie konnte fühlen, wie er sie im Mondlicht betrachtete.

»Das mit Eurem Großvater tut mir so leid. Wirklich.«

Er sagte nichts. Nach einem Augenblick wollte er sich wieder hinlegen, stieß dann aber einen leisen Fluch aus, legte seine Arme um ihre steifen Schultern und zog sie an sich. Sie erlaubte sich ein paar Tränen in den Augen glänzen zu lassen, und als er sie umarmte, flüsterte sie: »*Bitte*, zwingt mich nicht zu fahren! Ich habe so viel Angst.«

»Was?« fragte er, beugte sich über sie und blickte ihr ins Gesicht.

Sie sah im Mondlicht wunderschön aus. Ihre Augen schimmerten sanft und feucht, ihre Lippen bebten, sie waren so rot wie die Rosen, die ihren Nektar für den Duft lassen mußte, der sie von Kopf bis Fuß umgab. Unter ihrem durchsichtigen Nachtgewand hoben und senkten sich ihre Brüste bei jedem Atemzug. Die Hügel schienen größer, voller und verführerischer zu sein als je zuvor; ihre Brustwarzen waren größer, dunkler, härter und noch faszinierender und aufregender. Ihr Haar lag weich wie Daunen um sie, kräuselte sich über seinen nackten Körper, wickelte sich um ihn. Doch sie hatte das bereits vorher schon getan, ihn mit diesen goldenen und feurigen Strähnen, mit diesen schimmernden Silberaugen, mit der Schönheit ihrer lyrischen Stimme und ihren schwellenden Formen eingewickelt und umgarnt. Es war nicht Liebe, dachte er hart, niemals Liebe. Aber sie gehörte ihm, und er begehrte sie mehr, als er jemals zuvor etwas begehrt hatte. Am liebsten würde er sie sanft in die Arme nehmen, sie beruhigen, sie halten.

Aber er kannte sie. Er kannte sie gut.

Welches neue Spiel war das? Es spielte keine Rolle, dachte er müde. Sollte sie es ruhig spielen.

»Eric.« Sie sprach seinen Namen zärtlich und verführerisch aus, mit einem Wispern, das voller zitternder Unschuld war. »Mylord, bitte, ich wäre ein gutes Weib, ich würde Euch gehorchen, ich würde... Euch in allen Dingen zu Diensten sein. Aber bitte, nicht das! Ich bitte Euch, zwingt mich nicht, nach Irland zu gehen. Wenn Ihr zurückkehrt, werde ich da sein. Und ich werde mich bemühen, Euch alles das zu sein, was Ihr von einem Weibe wollt.«

Er strich über ihr Haar, genoß in seinen Händen das Gefühl dieser glänzenden Fülle. »Werdet Ihr das?« fragte er sie.

»Ich werde es.«

Ihre Lider waren halb gesenkt, ihre Augen zärtlich und verführerisch. Er ließ sich auf ihren Körper hinab, liebkoste ihre Brüste, schloß dann sanft seinen Mund über einen der Hügel und umspielte mit seiner Zunge durch das zarte Gewebe hindurch die harte Brustwarze. Pfeifend sog sie den Atem ein, und ihr Körper drängte sich gegen seinen, ihre zarten weiblichen Formen berührten die Wurzel seiner Männlichkeit und beschleunigte die wilde, gierige Hitze, die in ihm aufstieg.

»Ich werde alles sein, was Ihr wollt!« versprach sie und vergrub ihr Gesicht in seinen Locken. Sie richtete sich mit ihm zusammen auf, schlang ihr Haar um ihn, schlang ihre Arme um ihn. Sie bedeckte seine Schultern und Brust mit schnellen Küssen. Sie nahm ihr langes Haar und wickelte die weichen, seidigen Strähnen um seinen Körper. Ihre Lippen berührten seine und wichen nicht, dann glitten sie wieder über seinen Körper. Sanft, geschickt und aufreizend verführte sie ihn. Begierde stieg wie ein Orkan in ihm auf, erschütterte ihn wie ein heftiger Wirbelwind. Sie wußte genau, wo sie ihn berühren mußte. Sie konnte einen Mann blenden, ihn so verführen, daß nichts mehr zählte, außer der Befriedigung seiner Begierde...

Er packte sie wild, zog sie auf sich und rollte sie dann auf den Rücken. Einen Augenblick lang sah er ihre Augen, dann fielen wieder die dichten, langen Wimpern über sie. Aber er hatte eine Art von Triumph darin gesehen. Wut ergriff ihn plötzlich, und er atmete tief ein, um die Grausamkeit, die aus dieser Wut resultierte, in den Griff zu bekommen.

Halt! befahl er sich, er würde sich an ihrem Spiel beteiligen. Er lächelte und küßte zärtlich ihre Lippen, schmeckte die Süße ihres Mundes. Und dann nahm er sich Zeit, liebkoste sie durch das durchscheinende Nachtgewand, leckte mit seiner feuchten, heißen Zunge über das dünne Material, setzte ihren Bauch und was darunter lag, in Flammen, berührte sie immer intimer, bis ins rosige Herz ihrer eigenen Begierde. Seine Bemühungen wurden von geflüsterten Worten und kleinen Schreien begleitet, und bald bebte sie unkontrolliert unter ihm, wand sich, schlängelte sich, wölbte sich.

Er riß ihr Gewand in Fetzen und fiel gierig über ihren

nackten Körper her. Und als sie fast bewegungsunfähig dalag, von all den zitternden Höhepunkten, die er ihr gnadenlos entlockt hatte, zog er sie unter sich, schob sich leidenschaftlich in sie und fing noch einmal von vorne an.

Und alles gehörte ihm. Er hatte noch niemals eine derartig süße und wilde Explosion der Erleichterung kennengelernt, als die, die er in dieser Nacht erlebte, so wild wie das Meer im Griff eines Orkans. Heftige, zuckende Schauer überkamen ihn, und er erfüllte sie wieder und immer wieder mit seinem Samen, dann fiel er auf sie, war einen Moment lang so friedlich, so befriedigt, wie er niemals gedacht hatte, daß er es sein könnte. Er schloß die Augen und fühlte ihr hämmerndes Herz unter der Fülle ihrer Brust, und er wußte, daß er zu ihr durchdringen konnte, daß er von ihr vieles haben konnte, viele Dinge, die sie ihm eigentlich nicht geben wollte.

Aber er wußte auch, daß sie ihn betrogen hatte, daß sie den Gedanken, sein Weib zu sein, verfluchte.

Ein bitteres Lächeln verzerrte seine Lippen, und eine schmerzende Last legte sich auf seine Brust. Gott! Wenn er nur aufhören könnte, sie zu begehren! Wenn er nur ihre Existenz vergessen könnte...

Aber das konnte er nicht. Wenn er nicht bei ihr war, suchte sie ihn in seinen Träumen heim. Wenn er glaubte, daß sie in Gefahr war, durchfuhren ihn bohrende Ängste. Sie war sein Weib.

Und, bei Gott, sie würde lernen, daß sie das war, und daß ihre Tricks und ihre Falschheit die Sachlage nicht ändern konnten, daß sie ihm gehorchen mußte...

Er wunderte sich immer noch über den Schmerz in seinem Inneren, und er versuchte ihn mit zusammengebissenen Zähnen zu verdrängen. Dann zog er sie an sich und flüsterte zärtlich: »Also würdet Ihr mich lieben, wenn ich zurückkehre?«

Sie keuchte immer noch. Er wölbte seine Hand um ihre Brust, während er sie im Arm hielt und konnte das immer noch heftige Pochen ihres Herzens hören. »Ja, Mylord«, flüsterte sie heiser.

»Wenn ich zurückkehre... würdet Ihr mich ehren und mir gehorchen?«

»Ja!«

Er küßte sie auf die Stirn und hielt sie an sich gedrückt. Er starrte die Decke an und schloß die Augen. Verdammt soll sie sein! Aed Finnlaith lag im Sterben! Der Gedanke zerrte an ihm. Er konnte ihm nicht ins Gesicht blicken. Sein Großvater war in Irland, er war der Frieden seines Landes, seine Gnade. Er hatte Irland das goldene Zeitalter gebracht, und er war weise und wunderbar. Eric würde ihn niemals vergessen – seine Weisheit, seine Bildung.

Eine Minute lang schlossen sich seine Arme fest um sie. Sie gab einen schwachen Ton des Protestes von sich, und er verringerte den Druck. Er mußte schlafen, und wenn es nur ein paar Stunden waren.

Aber er konnte nicht. Er lag wach. Und als sich die ersten Anzeichen der Morgendämmerung zeigten, warf er das Leinentuch zurück und stand auf.

Sie mußte selbst im Schlaf gespürt haben, daß er das Bett verlassen hatte. Ein sanftes Lächeln kräuselte ihre Lippen, und sie streckte sich bequem aus, ihr Haar lag wie ein goldener Mantel um sie. Er malmte mit den Kiefern, drehte sich um und zog sich schnell an. Er warf sich seinen schönsten Umhang um die Schultern, legte Schwert und Scheide an. Es war ein ernster Anlaß, und er mußte sich entsprechend kleiden.

Er trat wieder ans Bett und starrte auf sein Weib hinab. Einen Augenblick lang zitterten seine Finger, und er verschränkte sie fest, denn sie war wirklich wunderschön. Vielleicht hatte sie eine Botschaft an die Dänen geschickt. Er glaubte zwar nicht, daß sie es getan hatte. Aber sie mußte irgend etwas wissen, und so schön sie war, so verräterisch war sie.

Als Beweis trug er für den Rest seines Lebens eine Narbe von ihrem Pfeil!

Eric lächelte kalt. »Steht auf«, sagte er kurz. »Es ist Zeit, aufzubrechen.«

»Aber ich gehe nicht!« protestierte sie.

»Ihr werdet, Madame. Das habe ich Euch bereits letzte Nacht gesagt.«

»Aber –«, sie hielt inne, und Röte stieg in ihr Gesicht. »Aber Ihr sagtet...«

»Oh!« Sie bemerkte ihre Torheit, und die Röte vertiefte sich noch. »Wie konntet Ihr mich – oh, was seid Ihr für ein Bastard!« Und voller Wut stürzte sie sich auf ihn.

Er packte sie schnell, obwohl sie ihn nicht traf. Sein Herz hämmerte, und sein Blut begann zu rauschen. Er begehrte sie selbst jetzt, auch wenn er ihre Süße gerade immer und immer wieder geschmeckt hatte.

Er hielt ihre Handgelenke fest und starrte in das feurige Blitzen ihrer Augen. »Ich werde Euch auf mein Schiff schaffen – egal ob nackt oder bekleidet, Mylady. Ich möchte Euch meiner Mutter möglichst bekleidet vorstellen, aber ich werde Euch auf die eine oder andere Art dorthin bringen. Ich habe Euch gestern gesagt, daß Ihr mich begleiten werdet. Und ich habe Euch mehrmals gewarnt, daß meine Entscheidung niemals durch die Spielchen einer Frau geändert werden – ganz egal, wie reizend diese Spielchen sind.« Er schob sie von sich weg, hielt aber vorsichtigerweise immer noch ihre Handgelenke gepackt.

Er wußte, daß sie sich wieder auf ihn stürzen würde. Ihre Finger waren wie Katzenkrallen gekrümmt, und in ihren Augen lag immer noch dieser wilde, hitzige Blick. Sie spuckte ihm Worte entgegen. *Bastard* war darunter. *Ratte.* Dann schien sie in die walisische Sprache ihres Vaters zu verfallen. Er sprach sie nicht gut. Das spielte aber keine große Rolle, denn die Grundaussagen ihres Wutanfalls verstand er durchaus.

»Zehn Minuten, mein liebes Weib!« donnerte er sie an. Er stieß sie auf das Bett zurück, und sie keuchte und starrte ihn schließlich schweigend an, mit tränenfeuchten Augen, umgeben von ihrem Haar, mit einem Körper, der nicht nur nackt und wunderschön war, sondern auch sehr verwundbar aussah.

»Zehn Minuten«, wiederholte er. Und ehe sie sich erheben oder wieder genügend Atem holen konnte, um etwas zu sagen, stieß er die Tür auf, verließ den Raum und warf sie hinter sich zu.

Dort blieb er aufmerksam lauschend stehen und hörte sie leise weinen. Dann erinnerte er sich daran, daß diese ganze Szene sich nur deshalb abgespielt hatte, weil sie so begierig war, ihn loszuwerden. Schließlich konnte er ja vielleicht auf den Grund der irischen See sinken oder auf sonst eine Art und Weise ableben, und vielleicht war sie ihn dann für immer los.

Es konnte Krieg geben. Wenn der Ard-ri tot war, konnte es gegen Niall, seinen ältesten Sohn, zum Krieg kommen, da sich auch die irischen Könige um die Macht bemühten. Den Dänen konnte die momentane Schwäche Irlands klar werden. Aber ganz egal, was passieren würde, sein Vater würde Dubhlain halten. Eric wußte es.

Doch sein Vater würde Niall unterstützen, der auch sein Schwiegersohn war. Tatsächlich konnte es sehr leicht zum Krieg kommen, und damit würde sich vielleicht Rhiannons Herzenswunsch erfüllen.

Zielstrebig schritt er davon.

Sie würde gut daran tun, in zehn Minuten abreisebereit zu sein, dachte er düster. Wenn nicht, schwor er sich, würde sie Irland eingewickelt in eine Decke über seiner Schulter erreichen.

15. Kapitel

Obwohl ihre Überfahrt von einem Unwetter begleitet wurde, erfolgte sie doch mit bemerkenswerter Schnelligkeit und Geschicklichkeit.

Rhiannon hatte sich entschlossen, ihren Ehemann wunschgemäß zu begleiten. Sie hatte nämlich keinen Augenblick daran gezweifelt, daß er jede seiner Drohungen wahrmachen würde. Und so war sie selbst zu den Schiffen gegangen, ehe er sie holen kam. Sie stand allein am Ufer, eingewickelt in einen karmesinroten Umhang, und starrte die Schiffe mit ihren Schlangenköpfen an. Sie ballte die Fäuste, um den Wunsch zu unterdrücken, einfach davonzulaufen. Sie konnte es einfach nicht glauben, daß sie im Begriff stand, ein Wikinger-Schiff zu betreten.

Sie hatte versucht, das Schiff ihres Ehemannes zu meiden, aber niemand war an Bord gegangen, ehe Eric nicht am Ufer eintraf. Er hatte sie sofort entdeckt, und sie war wütend über den kühlen Triumph in seinen Augen – er hatte sehr wohl gewußt, daß sie kommen würde.

Und dann war er sofort an ihrer Seite gewesen, und als sie an Bord des Schiffes gehen wollte, das auch Patrick und Rowan nahmen, lag seine Hand auf ihrem Arm. »Mein Weib wird mich begleiten«, informierte er sie. Sie warf ihm einen königlich unterkühlten Blick zu und ging an Bord seines Schiffes. Dort war sie einigermaßen ungestört, weil Eric am Bug stand und sie am anderen Ende bei den Ruderern einen Sitzplatz fand. Sie liefen bei Einsetzen der Flut aus, aber der Wind stand nicht günstig. Das konnte jedoch am Entschluß ihres Ehemannes nichts ändern. Lautstark wurden die rotgestreiften Segel gesetzt, um den besten Wind einzufangen. Aber aus der roten Morgendämmerung wurde kein klarer Tag. Graue Wolken bedeckten den Himmel, Blitze zuckten und Donner dröhnte.

Rhiannon hatte gehört, daß die Wikinger recht abergläubisch wären und sich weigern würden zu segeln, wenn die Runen nicht richtig fielen, und daß sie diese Art von Wetter als schlechtes Zeichen werten würden. Doch selbst als die Schiffe mit den Drachenbugen heftig gegen die schäumenden Wellen ankämpften, lächelte ein rotbärtiger Bursche neben Rhiannon ihr beruhigend zu: »Das ist nur Thor, der da über den Himmel reitet und mit seinen Donnerschlägen wirft.«

»Ja«, stimmte ihm ein anderer zu, »denn sogar der große normannische Thor weint und jammert zusammen mit den guten Christen darüber, daß der Ard-ri von dieser Welt in die nächste eingehen soll.«

Rhiannon versuchte zu lächeln, aber ihre Lippen waren weiß, und ihr Magen grummelte heftig.

»Keine Angst, Lady!« beruhigte sie der rotbärtige Ruderer. »Wir sind die besten Seeleute, die es gibt!«

Sie befürchtete nicht, unterzugehen oder über Bord geschwemmt zu werden. Wenn das passiert wäre, wäre ihr das nur recht gewesen. Vielleicht hätte dieses Ereignis ihren Ehemann dazu gebracht, sich zu bewegen, denn Eric stand wie festgewachsen am Bug, die Arme über der Brust verschränkt. Ganz egal wie hoch die Wogen peitschten, er stand bewegungslos am Bug, die blauen Augen in Richtung des Landes gerichtet, auf das sie zusegelten. Jenes Land, das so schrecklich weit von ihrem entfernt schien.

Sie kam wankend auf die Füße, hielt sich mühsam an der Reling fest und fühlte sich schrecklich krank. Sie fragte sich, wer das Schiff noch führte, denn jeder schien gekommen zu sein, um Zeuge ihrer Demütigung zu werden. »Lady, geht es Euch wieder gut?« – »Paßt auf die Wellen auf!« – »Bei Odin und Gott, es steht schlecht mit ihr, oder?«

Dann war Mergwin an ihrer Seite. In seinen Augen lag keine Anklage mehr wegen des Streiches, den sie ihm gespielt hatte. Während die Männer einander zuflüsterten, daß ein heftiger Wellengang solche Sachen hervorrufen konnte, sogar bei einem erprobten Seemann, starrte Mergwin sie mit wissendem Blick an. Es war das Kind, das in ihrem Leibe wuchs, das diese Übelkeit hervorrief, und sie wußten es beide.

Mit einem feuchten Lappen säuberte er ihr Gesicht und bot ihr dann etwas zu trinken an. Sie schloß die Augen und lehnte sich an ihn, akzeptierte seine Bemühungen und fühlte sich in seinen Armen seltsam geborgen. Sie wünschte sich, seine wettergegerbte Wange zu berühren und ihm zu danken und seine Vergebung zu erflehen und zu gestehen, daß sie tatsächlich gerade anfing, Eric zu lieben.

Aber als sie die Augen öffnete, sah sie Eric, der hochaufragend vor ihr stand, mit Augen so scharf wie ein Peitschenschlag, mit den Händen auf den Hüften, während seine muskulösen Beine das Auf und Ab des tobenden Meeres ebenso einfach ausglichen, als würde er ein Kriegspferd reiten. Tiefe Röte färbte ihre Wangen, und sie preßte die Lippen aufeinander.

»Sie ist in Ordnung!« rief er seinen Männern zu. Er mußte nicht mehr sagen. Sie kehrten sofort alle auf ihre Posten zurück, und sie blieb allein dort am Heck, im Schutz von Mergwins Armen und unter seinem anklagenden Blick.

»Sie dachten, daß Ihr vielleicht über Bord springen wolltet. Ich habe es auch einen Augenblick lang geglaubt«, sagte er.

Sie versuchte sich von Mergwins Schulter zu lösen, konnte es aber nicht. Sie schluckte krampfhaft. »Nun, Sir, ihr bereitet mir viel Kummer, aber nicht genug, daß ich gegen Gottes Regeln verstoßen würde!«

Er preßte sein Kiefer zusammen, und sie sah an seiner Kehle eine Ader heftig pochen. »Es ist gut zu wissen, daß ich Euch nicht ins Meer getrieben habe, Mylady.« Er verbeugte sich spöttisch. »Mein tiefstes Mitgefühl, Lady. Ich wußte nicht, daß Ihr so ein schlechter Seemann sein würdet.«

Er kehrte zu seinem Aussichtspunkt am Bug zurück. Sie hätte ihm beinahe gesagt, daß sie selbst ein hervorragender Seemann sei, daß es aber sein Fehler wäre, denn das Kind in ihr würde sie so schrecklich krank machen. Aber sie preßte die Lippen fest zusammen und sagte kein Wort. Dann blickte sie in Mergwins geheimnisvolle graue Augen, die auf ihr ruhten, aber er stellte ihr keine Fragen und verurteilte sie auch nicht. »Es ist eine schwere Zeit für ihn«, sagte er zu ihr. »Für uns alle. Ihr kennt den Ard-ri nicht.«

Mergwin liebt ebenfalls den sterbenden König, dachte sie. Aber sie erwiderte müde: »Heutzutage scheinen die Zeiten ständig schwer zu sein, oder nicht?«

Er lächelte und schüttelte den Kopf. »Es wird Sorgen geben, aber Ihr werdet dort auch fröhlich sein. Ihr werdet schon sehen.«

»So lange werde ich nicht dort sein«, meinte Rhiannon. Mergwin schien etwas sagen zu wollen, hielt dann inne und schüttelte den Kopf. Sie berührte sein Knie. »Mergwin, ich werde nicht lange dort sein. Es ist nicht – es ist nicht meine Heimat, versteht Ihr? Es ist seine, niemals meine. Ich möchte niemand verletzen, aber dort wird jeder anders sein.«

Er lehnte sich zurück, seine Augen schlossen sich, und eine Minute lang hatte sie Angst, denn er schien so ungemein alt und gebrechlich zu sein. Dann seufzte er müde. »Es wird Krieg geben«, sagte er leise. Dann schwieg er, und sie war sich nicht sicher, was er damit gemeint hatte.

Es war noch dunkel, als Rhiannon zum ersten Mal die zerklüftete irische Küste sah. Dann fuhren sie in den Fluß ein, der sie nach Dubhlain bringen würde, und Rhiannon sah die Schönheit der irischen Landschaft: grün und teilweise sehr flach, aber seltsamerweise auch vertraut, es sah fast wie bei ihr zu Hause aus. Endlose Wiesen, smaragdgrüne Hügel, weiße Schafe.

Schließlich tauchten die Mauern von Dubhlain vor ihnen auf. Rhiannon war erstaunt über die starken und herrlichen Steinmauern, die sich weiß gegen die Dunkelheit abhoben. Als die Schiffe an ihren Ankerplätzen lagen, sah sie auch die Menschenmenge, die sie erwartete. Mergwin half ihr beim Aufstehen. Es schien, als hätte Eric sie momentan vergessen. Er war bereits an Land gegangen.

Rhiannon blieb mit hämmernden Herzen stehen, als sie sah, wie sich eine Frau aus der Menge löste. Ihr Haar war schwarz wie die Nacht, es fiel ihr bis zur Hüfte, und sie war schlank und graziös wie ein junges Reh. Sie eilte vorwärts und rief Erics Namen.

Rhiannon fröstelte, schluckte krampfhaft und dachte, daß sie ihn noch nie so sehr gehaßt hatte wie in diesem Augenblick. Warum hatte er sie hergebracht? Um sie Zeuge werden zu lassen für seine zärtliche Wiedervereinigung mit seiner irischen Frau? Es wurde ihr schon wieder fürchterlich übel. Die Frau begrüßte ihn sehr liebevoll und zärtlich, und selbst im Dunkeln war zu erkennen, daß sie wunderschön war. Wenn sie ihn nicht gerade umarmte, sprach sie ernsthaft auf ihn ein.

»Kommt, Rhiannon«, drängte Mergwin sie.

»Ich... kann nicht!« flüsterte sie. Dann erstarrte sie, denn Eric hatte sich schließlich doch zu ihr umgedreht und kam zurück an Bord an ihre Seite. Noch ehe sie widersprechen konnte, hatte er sie am Arm ergriffen, drängte sie vorwärts und nahm sie dann auf den Arm, um sie hart am irischen Ufer abzusetzen – vor die dunkelhaarige Frau. »Rhiannon, das ist Erin von Dubhlain; Mutter, das ist Rhiannon, mein Weib.«

Die Frau mit dem ebenholzfarbenen Haar lächelte, und als sie sie so aus der Nähe sah, stellte Rhiannon fest, daß sie keineswegs eine junge Frau war, obwohl sie alterslos zu sein schien. Ihre Augen glänzten smaragdgrün, ihr Lächeln war ansteckend. »Rhiannon, willkommen. Das ist eine traurige Zeit für uns, aber alles, was wir für dich tun können, werden wir tun. Wir Iren sind berühmt für unsere Gastfreundschaft, wie du vielleicht weißt. Das ist das Heim meines Sohnes, und deshalb auch das deine, und alles, was darin ist, steht dir selbstverständlich frei zur Verfügung.« Sie drückte Rhiannon die Hand, dann strahlte sie ihren Sohn mit ihrem wunderbaren Lächeln an. »Eric! Sie ist über alle Maßen schön, und ich wage zu sagen, daß du sie nicht das kleinste bißchen verdient hast. Aber jetzt kommt, bitte. Ich habe Angst, daß wir schon zu lange weg waren.«

Aber so schnell konnten sie die Schiffe doch nicht verlassen. Erin von Dubhlain entdeckte Mergwin, der schweigend hinter ihr wartete. Sie sprachen kein Wort miteinander, aber Erin warf sich in die Arme des alten Mannes, und sie umarmten sich schweigend eine ganze Weile. Dann ließen sie einander los, Erins Augen waren tränenfeucht, aber sie nahm Rhiannons Hand und lächelte wieder. Jetzt sprach Rhiannon leise und schnell zu ihr und versuchte, nicht über die irische Sprache zu stolpern, die sie nur selten benutzte. »Mylady, es tut mir so leid, daß ich in einer so schwierigen Zeit gekommen bin. Euer Vater ist unübersehbar ein vielgeliebter Mann und König, und meine Gebete sind mit ihm und mit Euch.«

»Danke«, sagte Erin. Sie hielt immer noch Rhiannons Hand und führte sie durch die Mauern zu einem steinernen Herrenhaus, das gewaltig und eindrucksvoll aussah. Es gab Stege neben den Hausmauern, auf die die Menschen treten konnten, um den Dreck und Dung auf dem Erdboden zu vermeiden. Diese hölzernen Stege waren erstaunlich. Rhiannon hatte weder in England noch in Wales etwas Vergleichbares gesehen.

»Hier ist er zusammengebrochen«, erklärte Erin leise ihrem Sohn. »Ich weiß, daß viele der Meinung sind, ich hätte ihn zum Sterben nach Tara zurückbringen müssen, aber ich wollte unbedingt meine Schwestern, meinen Bruder und Vaters Enkel versammeln. Er schläft, und er wacht auf; er hat gute Augenblicke und schlechte. Er weiß, daß er gehen muß, und er teilt uns oft seinen Willen mit. Ich konnte es nicht riskieren, daß er auf der Straße nach Tara stirbt.«

Eric versicherte seiner Mutter, daß sie damit recht getan hatte. Rhiannon kam sich wie ein Eindringling vor, aber Erins Hand verharrte fest in der ihren, und Rhiannon folgte ihr. Als sie das Herrenhaus betraten, kamen sie in eine gewaltige, riesige Halle, und es hatte den Anschein, als wären mindestens hundert Leute darin versammelt. Als Erin eintrat, machten sie Platz. In der Mitte der Halle kamen sie zu einem Bett, das mit besticktem Leinen umhüllt war. Darauf lag ein sehr alter Mann mit schneeweißem Haar und einem tief zerfurchten Gesicht. Seine Augen waren geschlossen.

Erin blieb stehen, und Eric trat schnell nach vorne, fiel auf die Knie und nahm die langen, ausgemergelten Hände des alten Mannes in seine. Rhiannon bemerkte nebenbei, daß auf der anderen Seite des Bettes mit gesenktem Kopf eine Nonne stand, die völlig ins Gebet versunken war. Und dann erschrak Rhiannon, denn am Kopfende des Bettes stand ein Mann, der Eric dermaßen ähnlich sah, daß es nur Olaf, der Weiße des Hauses von Westfald von Norwegen sein konnte, der König von Dubhlain, Erics Vater.

Genauso wie sein Weib, hatte die Zeit auch ihn freundlich behandelt. Sein goldenes Haar hatte ein paar weiße Strähnen, aber er war genauso groß wie sein Sohn, mit endlos breiten Schultern und schönen, einnehmenden Gesichtszügen. Seine Augen hatten das schockierende, durchdringende Blau, das Eric geerbt hatte. Sein Blick fiel auf Rhiannon, und einen Augenblick lang konnte sie nicht atmen. Wie die Augen seines Sohnes waren sie gnadenlos, blickten sie aber neugierig an. Dann verzog sich sein Mund zu einem kleinen Lächeln, und er nickte, und sie wußte, daß er wußte, wer sie war und sie willkommen hieß. Ihr Herz flatterte einen Augenblick lang, denn es war dieses Lächeln auf Erics Gesicht, das ihre Sinne und schließlich auch ihr Herz gefangengenommen hatte.

Es waren noch viele andere Menschen in diesem Raum. Zu Füßen des Ard-ri war ein großgewachsener Mann mit dunklem Haar und überschatteten grünen Augen, der Erin ähnlich sah, außer daß er sehr viel kleiner zu sein schien. Neben ihm stand ein anderer dunkelhaariger Mann, aber seine Augen waren blau und seine Gesichtszüge ähnelten denen ihres Ehemannes. Im ganzen Raum verstreut standen Männer und Frauen, auffallende Brünette, keltische Blonde und alle Schattierungen dazwischen, und plötzlich hatte Rhiannon den Eindruck, daß jeder in diesem Raum auf die eine oder andere Art mit dem Ard-ri verwandt war.

Sie hörte lateinische Gesänge und bemerkte, daß alle zu beten begonnen hatten. Weit hinter dem Bett des Ard-ri stand ein Priester, dessen laute Gebete endlos schienen.

Dann herrschte Schweigen, und dann ertönte ein Scharren, als die meisten der Menschen den Raum verließen.

Da öffnete der Ard-ri die Augen, und ein Lächeln erschien auf seinen Zügen. Er versuchte nicht, sich aufzusetzen. Er blickte zum Fußende des Bettes und blickte zum Wikinger-König von Dubhlain auf. Seine Stimme war leise, aber klar und deutlich: »Olaf, du bist hier.«

»Ja, Aed Finnlaith. Immer.«

»Er war ein genausoguter Sohn wie die anderen, oder Niall?« fragte er den Mann am Fußende des Bettes.

»Ja, Vater. Er war mir wie ein Bruder.«

Dann blickte der alte Mann Eric an. »Ein Wolf wie dein Sire, Enkel. Eric, du bist gekommen! Du darfst mich jetzt nicht verlassen. Du darfst Irland gerade jetzt nicht verlassen.« Er ließ plötzlich ein schmerzerfülltes Stöhnen hören. Erin biß sich in die Hand, als ihr ein leises Jammern entfuhr. Der Ard-ri schloß die Augen und sprach wieder: »Gott helfe uns, denn die Könige werden einen Krieg anfangen! Der Frieden, den ich all die Jahre über bewahrt habe, ist eine so zerbrechliche Angelegenheit! Es ist nicht Gesetz, daß die Hochkönigswürde an Niall gehen muß, weil er mein Sohn ist, sondern weil es keinen Mann gibt, der besser dafür geeignet ist. Die ganzen Jahre über, Olaf, war ich stark, weil du an meiner Seite warst. Bei Gott, ich bete darum, daß du auch meinem Sohn beistehen wirst!«

»Aed, das tue ich, bei dem Eid, den wir vor Jahren ablegten«, versicherte Olaf dem Ard-ri. »Ruh dich jetzt aus. Die Mauern von Dubhlain werden stets für Niall eine Festung sein. Meine Söhne, deine Enkelsöhne, werden stets das große Schwert sein, das wir immer waren. Tatsächlich, Aed, mein Vater, ich bin dein Sohn.«

Die Augen des Ard-ri öffneten sich abermals. Sie schienen tränenfeucht zu schimmern. Dann schlossen sie sich. Augenblicke später öffneten sie sich wieder, schmerzerfüllt.

Und sie blickten Rhiannon an. Der Ard-ri entzog Eric seine Hand und streckte sie ihr entgegen. Erschreckt leckte sich Rhiannon über die Lippen und blickte unsicher Erin an.

»Bitte!« flüsterte Erin.

Rhiannon trat nach vorne. Die Finger des Ard-ri schlossen sich mit überraschender Kraft um ihre. »Vergib mir!« flüsterte er heftig. »Vergib mir, vergib mir. Ich habe dich damals genauso geliebt wie immer, aus ganzem Herzen!« Offensichtlich hielt er sie für jemand anderen, dachte Rhiannon, aber für wen?

Schweigen senkte sich. Ängstlich hielt Rhiannon still und starrte auf den Mann mit den glasigen Augen hinab. »Bei Gott, ich habe niemand mehr geliebt! Aber da war immer das Land, weißt du. Und der Kampf. Ich mußte das tun, was ich getan habe.« Er machte eine Pause, vereinigte ihre Hand mit der von Eric. Rhiannon wollte sich wehren und ihre Hand zurückziehen, aber sie fing den scharfen, blauen Blick ihres Ehemannes auf, der befehlend auf ihr ruhte. Sie bewegte sich nicht, konnte kaum atmen, und dann fuhr der Ard-ri fort, stach ihr mitten ins Herz, sah Dinge, die noch niemand hatte sehen dürfen. »Ich kannte den Mann, weißt du, ich wußte von ihm Dinge, die ein Mädchen nicht wissen konnte. Ich kannte seine Stärke, und ich betete aus ganzem Herzen darum, daß du mir vergeben würdest. Ich betete darum, daß du ihn lieben würdest, daß die Zeit es richten würde, daß gemeinsame Tage euch Frieden bringen würden. Es war für Irland, verstehst du. Sag mir, Kind, daß du mir vergibst!«

Erstarrt und sprachlos stand Rhiannon da und fühlte, wie Tränen heiß in ihren Augen aufstiegen. Sie starrte in die drängenden und ängstlichen Augen des sterbenden Mannes. Erics Griff verstärkte sich, bis sie meinte, schreien zu müssen. Dann flüsterte Eric ihr grob zu: »Sagt es ihm! Verdammt, Weib, sagt ihm, was er hören möchte!«

»Ich vergebe dir!« rief sie aus. Sie befreite ihre Hand und berührte die Wange des alten Mannes, und plötzlich rannen Tränen über ihre Wangen, und sie sagte Dinge, von denen sie sicher war, daß er sie hören wollte. »Natürlich vergeb ich dir. Ich liebe dich. Und alles, was du gedacht hast, ist wahr, und alles ist jetzt in Ordnung – du kannst dir nicht vorstellen, wie sehr ich dich liebe und daß ich dir alles vergeben habe, und daß es niemals einen König wie dich gegeben hat…«

Seine Augen hatten sich wieder geschlossen. Erin stand bleich an ihrer Seite. »Eric, bring deine Frau in ihr Zimmer, dann komm zurück. Sie glauben, daß er die Nacht nicht überstehen wird.«

»Wie du willst, Mutter«, antwortete Eric. Er küßte ihr die Hand, dann nahm er Rhiannons Ellbogen und führte sie mit derartig langen Schritten aus der Halle, daß sie ihm kaum folgen konnte. Er führte sie über Treppen und durch Korridore, bis er schließlich eine Tür öffnete und sie hineinstieß. Rhiannon stürzte fast zu Boden und blieb in der Mitte des Raumes stehen. Es war mit jedem Zentimeter das Zimmer eines Mannes – Erics Zimmer. Ein riesiges, geschnitztes Bett, schwere Holztruhen, Tapeten an den Wänden, auf denen Schlachtszenen zu sehen waren, ein Holztisch mit Trinkhörnern, eine große Wasserschüssel mit Krug. Am anderen Ende des Raums war ein großer Kamin mit einem gewaltigen Eisbärfell davor, Felle lagen auch auf dem Bett, und an den Wänden hingen verschiedene Waffen wie ein Schwert, ein Bogen, mehrere Piken und ein Schild mit den Insignien des Wolfs.

Sie hörte auf, das Zimmer zu betrachten und blickte wieder auf Eric. Erschrocken stellte sie fest, daß er sie aufmerksam ansah.

»Was – was hat Euer Großvater zu mir gesagt?« flüsterte sie. »Für wen hat er mich gehalten?«

»Tut mir leid, ich habe jetzt wirklich keine Zeit, mich zu unterhalten«, erwiderte Eric kurz angebunden. »Das Haus hat alle Annehmlichkeiten. Es wird bald jemand zu Euch kommen mit Speisen und Getränken und allem, was Ihr befehlt.« Er starrte sie immer noch an, und sie schauderte. Jetzt schien er nicht mehr so kalt zu sein, aber abweisend. Und plötzlich bemerkte sie, daß er litt, aber daß er das nie zugeben würde. Sie wollte ihn gerne umarmen.

Er hatte sie hierher gezerrt. Sie selbst oder ihre Gefühle

waren ihm egal. Das einzige, was ihn interessierte, war, daß sie gehorchte, daß sie auf seine Befehle hin sprang.

Sie drehte sich weg, und abermals rollten Tränen aus ihren Augen. Sie konnte ihn nicht lieben! Sie konnte keine so große Närrin sein, und sie konnte auch ihren Stolz nicht einfach beiseite schieben. Er benutzte sie ständig. Er bedrohte sie mit seiner Stärke. Sie würde ihm nichts geben, nicht einmal Mitgefühl. »Es wird mir gut gehen«, sagte sie steif zu ihm.

Doch er ging noch nicht. Erst Augenblicke später hörte sie, wie sich die Tür öffnete und schloß.

Sie setzte sich auf das Bett, schluchzte und wußte nicht, ob sie wegen sich selbst weinte, oder wegen Eric, wegen Erin, wegen des Ard-ri, oder vielleicht wegen ganz Irland.

Schließlich versiegten ihre Tränen. Ein Mädchen namens Grendal kam mit Stew und warmem Met. Dann brachten etliche Burschen einen schön geschnitzten Badezuber und viele Eimer Wasser, und genauso unauffällig schafften sie den Zuber wieder hinaus, als sie fertig war und ein neues Nachtgewand aus zartem, besticktem, irischen Leinen trug. Rhiannon krabbelte in das riesige Bett mit den vielen Fellen und schlief auf der Stelle ein.

Einige Zeit später erwachte Rhiannon, ohne zu wissen, warum. Dann stellte sie fest, daß sie nicht allein im Zimmer war. Eric saß mit ausgestreckten Beinen vor dem Feuer, sein goldenes Haupt schwer zwischen seinen Händen vergraben. Das Feuer krachte und knisterte, aber von dem Mann kam kein Geräusch. Rhiannon setzte sich auf und hielt inne, erinnerte sich daran, daß er sie äußerst brutal und gefühllos gezwungen hatte, hierher zu kommen, aber dann stand sie trotzdem auf, erinnerte sich an die liebevollen Worte, die er ihr in dem Flüßchen zugeflüstert hatte. Sie konnte ihn verabscheuen, aber es gab etwas zwischen ihnen, das sie verband. Sie kniete sich neben ihn und bot ihm etwas zu trinken an. Aufgeschreckt drehte er sich zu ihr um. Er nahm den Met und betrachtete sie mißtrauisch. »Was wollt Ihr, Rhiannon?«

Sie sprang auf und wich vor ihm zurück. »Was ich will?« wiederholte sie.

»Ja«, sagte er trocken. »Jedesmal, wenn Ihr zu mir kommt, führt Ihr etwas im Schilde.«

Sie wollte sich umdrehen und gehen, aber er packte ihre Hand und hielt sie fest. »Ihr werdet nicht heimfahren«, sagte er zu ihr.

»Ich bat nicht darum, heimfahren zu dürfen«, erwiderte sie kühl.

Er starrte sie an, nickte dann und blickte wieder abwesend ins Feuer. »Er ist gegangen«, flüsterte er leise. »Aed Finnlaith ist gegangen, und mit ihm der Frieden vieler Jahrzehnte.«

»Es tut mir...so leid«, sagte sie sanft. Sie konnte seinen Schmerz fühlen und wollte ihn erleichtern.

Er gab ihre Hand frei. Unbeholfen stand sie da. »Wirklich, Eric, es tut mir leid.«

»Geht zu Bett, Rhiannon.«

Sie blieb immer noch unschlüssig stehen. »Gibt es irgend...«

»Geht zu Bett, Rhiannon. Ich möchte allein sein.«

Derartig abgewiesen wirbelte sie herum. Sie wollte am liebsten aus dem Zimmer rennen, fort von ihm, aber sie wagte es nicht, nicht, wenn er in einer solchen Stimmung war. Vielleicht ließ er sie gehen... aber vielleicht auch nicht.

Tief verletzt rollte sie sich auf der äußersten Seite des Bettes zusammen und ließ viel Platz für ihn. Es war ihr kalt, und sie zitterte und zog die Felle über sich. Schließlich schlief sie wieder ein.

Kurz vor der Morgendämmerung erwachte sie abermals. Er lag neben ihr. Er lag auf dem Rücken und sie hatte sich auf seiner Brust in seine Arme gekuschelt. Jetzt war ihr nicht mehr kalt.

Sie konnte sich nicht von ihm wegrollen. Er schlief erschöpft. Ihr Haar war unter seinem nackten Rücken eingeklemmt. Sie zog sanft daran, stellte aber fest, daß ihre leichte Bewegung ihn aufgeweckt hatte und daß er sie eisig anstarrte.

»Vergebt mir, Madame, habe ich Euch belästigt?«

Mit einer leisen Entschuldigung rückte er zur Seite und

gab ihr Haar frei. Nackt, wie er war, erhob er sich. Sie betrachtete ihn, biß sich auf die Lippen, wollte so gerne etwas sagen und war aber nicht imstande dazu. Er zog sich schnell an und stürmte dann aus der Tür.

Sie legte sich wieder zurück, konnte aber nicht mehr einschlafen. Sehr viel später kam Grendal mit frischem Wasser und einem Frühstück, aber sie war nicht hungrig und konnte nichts essen. Sie wußte nicht, was sie tun sollte, und so blieb sie den ganzen langen Morgen über in Erics Zimmer.

Später am Nachmittag ging sie zu der Treppe, die in die Halle hinabführte. Von unten konnte sie Weinen und Jammern hören. Tief betroffen von der Trauer wendete sie sich um, weil sie sich nicht aufdrängen wollte, hielt aber inne, denn ein großer, breiter Mann stand im Weg. Sie starrte ihn entsetzt an und hielt ihn in der Düsternis zuerst für Eric, doch dann bemerkte sie, daß es sein Vater war. Ein wahrhaftiger Wikinger, dachte sie flüchtig, und Röte stieg ihr in die Wange, als sie daran dachte, wie oft sie Eric mit seiner heidnischen Abstammung geärgert hatte. Doch sicherlich hatte Eric diesem Mann gegenüber niemals etwas von ihrem Haß erwähnt.

»Warum drehst du dich weg?« fragte er sie.

»Ich...« Sie starrte ihn bestürzt an, doch dann wurde ihr klar, daß er meinte, warum sie sich von der Treppe weggedreht hatte. »Ich – ich wollte mich nicht aufdrängen, Mylord.«

»Ach, Rhiannon! Du bist das Weib meines Sohnes und deshalb wie meine eigene Tochter, und in einem solchen Augenblick drängst du dich nicht auf – du bist wärmstens willkommen. Mein Schwiegervater wußte das, denn als sein Leben dabei war zu erlöschen, streckte er dir die Hand entgegen, und du hast ihm das geantwortet, was er hören mußte. Komm, nimm meinen Arm. Eric ist unten.«

Er streckte ihr freundlich die Hand entgegen, aber sie widersetzte sich weiterhin und schüttelte mit plötzlicher Angst den Kopf. »Ihr versteht nicht, Mylord.«

»Ach! Bist du nicht imstande, den Arm eines Wikingers zu

nehmen, selbst wenn der Mann bereits so viele Jahre an dieser Küste gelebt hat?«

»Nein!« schrie sie auf, erschrocken, bis sie sah, daß auf seinen alterslosen Gesichtszügen ein feines Lächeln spielte. Die Jahre würden auch mit Eric so freundlich umgehen, dachte sie. Bis zum Ende würde er so kraftvoll, so herrlich – und so dominierend! – sein und doch die Fähigkeit haben, mit einem Lächeln alle zu bezaubern.

Sie senkte die Lider und errötete, denn dieser Mann konnte offensichtlich ohne Mühe ihre Gedanken lesen. Sie schüttelte den Kopf. »Das ist es nicht.« Sie hielt inne. Wie konnte sie dem König sagen, daß sein Sohn sie nicht bei sich haben wollte? »Ich – ich glaube nicht, daß Eric...«

»Mylady Rhiannon... Tochter!« korrigierte er sich. »Komm, nimm meinen Arm. Kein Mensch zwingt ein Mädchen übers Meer in ein fremdes Land zu fahren, wenn er sie nicht an seiner Seite haben möchte.«

»Aber...«

»Komm«, sagte er und drängte sie freundlich. Und doch war dieses freundliche Drängen nichts anderes als ein Befehl, und sie nahm seinen Arm.

Als sie unten angekommen waren, führte er sie zu dem Bett des Ard-ri, und dort lag der Hochkönig in all seiner Pracht, in königsblauem und karmesinrotem Umhang, den Abzeichen von Irland und Tara darauf gestickt, und mit einem goldenen Kreuz auf seiner Brust. Zusammen mit dem Wikinger-König von Dubhlain kniete sie nieder und sprach ein Gebet, und als sie sich erhob, nahm ihr Schwiegervater sie wieder am Arm. Er stellte sie allen vor, und dann kam Erin und führte sie zu einer Tafel. Doch ehe Rhiannon Platz nehmen konnte, fühlte sie, wie sie am Arm gepackt wurde. Sie drehte sich schnell um, und da stand Eric. »Mutter, ich danke dir. Wenn du erlaubst, werde ich jetzt mein Weib übernehmen.«

Er sprach so freundlich, so zärtlich mit seiner Mutter. Gott sei Dank, dachte Rhiannon, daß er zu ihr nicht so freundlich war, denn die Zärtlichkeit würde sie zu sehr schmerzen.

Darüber brauchte sie sich keine Gedanken zu machen, dachte sie trocken, als er ihr recht unfreundlich befahl, mitzukommen. Er setzte sie zwischen sich und seinen Vater, und obwohl sie einen Kelch mit ihrem Ehemann teilte, war es ihr Schwiegervater, der mit ihr sprach, der sie in die Unterhaltung einbezog und sie über Sitten und Gebräuche aufklärte. Als die Mahlzeit vorbei war, brachte Eric sie die Treppen hinauf, öffnete die Tür und schubste sie in das Zimmer. Sie drehte sich um und sah nur noch, wie er bereits wieder die Tür schloß, um sie schon wieder zu verlassen.

»Eric!« rief sie.

»Was ist?«

Sie schüttelte den Kopf. »Ich...« Sie schwieg und holte tief Luft. Sie erinnerte sich an die Versicherung ihres Schwiegervaters: Kein Mann bringt eine Frau übers Meer mit in ein fremdes Land, wenn er ihre Gegenwart nicht schätzt.

Oder wenn er nur darauf aus ist, ihre eigenen Wünsche zu durchkreuzen, dachte Rhiannon verbittert. Aber sie senkte züchtig ihre Lider und sagte: »Mir gefällt es nicht, Euch so leiden zu sehen.«

Einen Augenblick lang war er ganz still, und sie hatte das Gefühl einen eisigen Luftzug zu spüren. Doch Eric trat wieder ins Zimmer, schloß die Tür und baute sich vor ihr auf. Seine Berührung war nicht sehr sanft, als er ihr Kinn hob und sie zwang, ihm in die Augen zu blicken. »Ihr wollt mich nicht leiden sehen! Warum denn, Lady? Ich dachte immer, daß es Euer innigster Wunsch ist, mich in Öl sieden zu sehen.«

Sie entwandt sich ihm, aufgeschreckt durch die Tränen, die in ihren Wimpern hingen. »Tatsächlich, das habe ich vergessen. So ist es!«

Er ging ihr nicht nach, doch sie glaubte auf seinem Gesicht den Anflug eines Lächelns gesehen zu haben, und als sie ihn betrachtete, schien sich ihr Herz zu überschlagen. Sie grub sich die Nägel in die Handflächen, denn sie wäre am liebsten quer durch den Raum zu ihm gelaufen. Wie er dort stand, wirkte er so einnehmend, so königlich in seiner Haltung, so groß, daß er den Raum beherrschte, so golden, daß er geradezu Licht auszuströmen schien. »Ich leide unter dem Verlust meines Großvaters«, sagte er sehr sanft zu ihr. Das Lächeln verlöschte, aber er blickte sie immer noch freundlich an. »Aber Ihr könnt die große Bedeutung dessen nicht ermessen. Großvater war das Rückgrat der Insel. Er *war* Irland. Er war... so etwas ähnliches wie Alfred, wißt Ihr. Er war ein sehr alter Mann, über neunzig Jahre alt, und er lebte ein großes und majestätisches Leben. Er wird in den Himmel aufgenommen werden, und die Normannen, die er gekannt hat, werden ihm einen Platz am Tisch in Walhalla frei halten.« Er hielt inne, kam dann zu ihr, und die Freundlichkeit war verschwunden. Seine Augen glitzerten eisig, als seine Finger durch ihr Haar glitten und kraftvoll ihren Kopf zu sich zogen. »Mein Vater ist stark, meine Brüder und ich sind stark, und jetzt müssen wir diese Stärke bereithalten, um meinem Onkel, Niall von Ulster, zu helfen und ihn zu unterstützen. Versteht Ihr das?«

»Ihr tut mir weh!« sagte sie.

Er verringerte den Druck nicht. Seine Lippen wanderten über ihre, und sein Flüstern erwärmte und berührte sie. »Es wird Krieg geben. Und Ihr werdet hier bleiben, innerhalb der Sicherheit dieser Mauern, solange er dauert.« Er ließ sie nicht los, sondern wartete auf ihren Protest. Ausdruckslos gab sie seinen Blick zurück, ohne Antwort, ohne Widerspruch, ohne Tränen und ohne Gegenwehr. »Mylord, Ihr zieht mich am Haar!«

Er ließ sie los, drehte sich um und war weg. Sie ging durch das Zimmer auf und ab, ewig, wie es ihr schien. Ihre Truhen waren gebracht worden; aber sie zog trotzdem das wunderschöne Nachtgewand aus irischem Leinen an, das sie bereits letzte Nacht getragen hatte.

Das Feuer brannte herunter, und Rhiannon fror, als sie schließlich zwischen die Laken und Felle des Bettes ihres Ehemannes schlüpfte.

Sehr viel später betrat Eric den Raum, entfachte das Kaminfeuer erneut und setzte sich mit einem Stuhl davor.

Für lange Zeit beobachtete sie ihn im tanzenden Schein der

Flammen. Da lag soviel Traurigkeit in seinen Zügen, soviel Schmerz in seinen Augen. Ihr Schwiegervater hatte unrecht. Er liebte sie sicherlich nicht, und jetzt, hier, wollte er sie nicht einmal mehr haben.

Aber sie begann ihn zu lieben, trotz ihrer Gegenwehr, trotz allem, was zwischen ihnen passiert war, trotz des Mannes selbst. Nein, sie liebte ihn bereits...

Sie erhob sich und ging zum Feuer. Er blickte sie an und hob überrascht und spöttisch eine Augenbraue.

Er würde sie zurückweisen. Sie sollte weglaufen und sich in den Laken verbergen.

Aber sie tat es nicht. Sie zog an einem Träger des bestickten Gewands und ließ das Leinenhemd zu ihren Füßen gleiten. Noch langsamer trat sie zu ihm, blickte ihn an. Vor ihm sank sie auf die Knie, nahm seine Hände und küßte sanft seine Handflächen.

Ein scharfer Ton entfuhr ihm, und er stand auf und riß sie in die Arme. Er legte sie auf die weichen Felle und begann sie zu lieben. Seine Küsse verbrannten ihr Fleisch. Seine Hände erregten sie zu einer erschreckenden Ekstase. Sie hatte seine Seele erleichtern wollen, hatte ihn mit Liebe bedecken wollen. Aber sie hatte keine Chance dazu, denn es schien, als hätte sie die Tore zu seiner Leidenschaft geöffnet, mächtiger und heftiger als der Sturm, der den Himmel und das Meer am Tage seiner Ankunft gepeitscht hatte. Jetzt, da sie seiner Begierde Tür und Tor geöffnet hatte, konnte sie sie weder lenken, noch kontrollieren. Sie konnte nichts anderes machen, als auf diesem Sturm mitzureiten.

Und es war so süß. Er legte sie sich auf dem Fell zurecht, ließ seine Lippen, Zähne und Zunge stürmisch an ihr spielen, überdeckte ihren Rücken und ihr Hinterteil mit seiner steigenden Begierde. Dann drehte er sie wieder um und beschäftigte sich ausgiebig und genüßlich mit ihrer Vorderseite. Sie spürte seinen Sturm in sich, das Gold seiner Sonne, und sie schrie auf, unterwarf sich jedem seiner Wünsche, fügte sich willig der dunklen und stürmischen Leidenschaft, die sich zwischen ihnen zu einen pulsierenden Crescendo aufbaute. Als er in ihr war, schien die Welt zu beben, mit der unberechenbaren, furchteinflößenden Gewalt des Meeres dem Höhepunkt zuzutreiben, sich wie ein Wirbelsturm zu drehen, um dann in sinnenbetäubendem Glanz und Licht und süßem Nektar zu explodieren.

Danach hielt er sie eng an sich gepreßt. Er sprach nicht, streichelte nur ihren schweißbedeckten Körper. Worte stiegen in ihr auf. *Wir werden ein Kind haben.* Sie versuchte, die Lippen zu öffnen, sie dazu zu zwingen. Sie konnte es nicht. Schließlich schlief sie ein.

Am Morgen war er aufgestanden und angezogen, ehe sie noch ihre Augen aufgeschlagen hatte. Erschöpft stellte sie das fest, als er sich über sie beugte. »Ihr werdet nicht heimfahren«, teilte er ihr grob mit.

»Was?« flüsterte sie, überrascht von seinem veränderten Benehmen. Er liebte sie vielleicht nicht, aber sie hatte geglaubt, daß in der letzten Nacht zumindest eine gewisse Art von Zuneigung zwischen ihnen geherrscht hatte.

»Ihr werdet nicht heimfahren.«

»Ich habe nicht darum gebeten.«

»Jedes Mal, Madame, wenn Ihr mich verführt, wollt Ihr etwas haben. Ihr wollt Bezahlung dafür wie eine Hure, Ihr...«

Er brach ab, als sie ihm wütend ein Kissen ins Gesicht schleuderte. Er hielt das Kissen genauso im Zaum wie seinen Unmut. »Rhiannon, ich bezahle nicht. Das solltet Ihr inzwischen gelernt haben.«

Mit aller Würde, derer sie fähig war, zog sie ein Fell über ihre bebenden Brüste. »Ich habe Euch um nichts gebeten!« zischte sie. »Nichts, Mylord, überhaupt nichts! Letzte Nacht wollte ich Euch etwas *geben*, aber habt keine Angst, ich werde niemals mehr in die Verlegenheit kommen, Euch etwas zu geben!«

Er ließ das Kissen fallen und griff nach ihrem Gesicht. Sie wollte sich abwenden, aber seine Finger strichen so zart über ihre Haut, daß sie statt dessen erstarrte, steif und unglücklich. »Ich gestehe meinen Fehler ein, Mylady«, sagte er sanft.

Seine Stimme wühlte sie auf und verursachte in ihr einen warmen Schauder, der ihr das Rückgrat hinunterfuhr. »Und ich danke Euch.«

Seine Lippen berührten leicht die ihren. Dann war er gegangen. Sie zog ein Fell um sich und starrte ihm nach, dann sank sie in das Bett zurück. Sie würde ihn niemals verstehen. Auch in hundert Jahren würde sie ihn nicht verstehen.

Grendal kümmerte sich wieder um sie. Nachdem sie angekleidet war und gefrühstückt hatte, fragte sie sich, ob sie hinuntergehen sollte, oder ob Eric sie holen würde.

Vermutlich würde er sie nicht holen.

Am Nachmittag klopfte es an ihrer Tür. Die Nonne, die sie in der ersten Nacht am Bett des Ard-ri gesehen hatte, trat lächelnd ein. »Ich bin Bede, Erins Schwester«, stellte sie sich vor, nahm Rhiannons Hände und küßte sie herzlich auf die Wange. »Die Zeiten sind so schwer für uns! Sonst sind wir immer sehr herzlich und heißen jeden Willkommen, und wenn du ihn gekannt hättest, hättest du meinen Vater ebenso innig geliebt!«

»Ich bin sicher, daß ich das getan hätte«, erwiderte Rhiannon höflich.

»Du hast dich Vater gegenüber sehr freundlich verhalten.«

»Habe ich das?«

»Das hast du«, klang eine Stimme an der offenen Türe.

Erin von Dubhlain stand da, blickte ihre Schwester an und lächelte dann Rhiannon entschuldigend zu. »Du mußt schrecklich erschrocken sein, als Vater dich so packte.«

»Ich...« Sie schwieg und beschloß, daß es besser wäre, nichts mehr zu sagen! *Euer Vater hat meine Gedanken gelesen und in mein Herz geblickt!* wollte sie ausrufen, aber sie tat es nicht und war froh darüber, denn Erin fuhr schnell fort: »Weißt du, er hielt dich für mich.«

»Ich verstehe nicht, Mylady?«

Bede lachte leise, und Erin warf ihr ein liebevolles Lächeln zu. »Ja, jetzt kann sie lachen! Aber diese meine nette, heilige Schwester hat sich einst mit Vater verschworen!«

»Ich habe mich nicht verschworen!« protestierte Bede.

»Hmmpf!« meinte Erin. »Weißt du, sie haben mich mit einem Trick in eine Ehe gezwungen. Eher hätte ich einen Gnom oder einen Zwerg oder einen großen häßlichen Bären genommen, als einen Wikinger«, erklärte Erin. »Aber weißt du, es herrschte Krieg – ein schrecklicher, grauenvoller Krieg –, und Vater und Olaf schlossen Frieden, und ich war der Unterpfand für diesen Frieden.«

»Oh!« rief Rhiannon aus. »Aber Ihr scheint jetzt so...« Erin lächelte erfreut, nahm Rhiannons Hand und ließ sie am Fußende des Bettes niedersetzen. »Keine Frau ist jemals durch eine Ehe – oder durch einen Mann – derartig glücklich gemacht worden. Die ganzen Jahre waren für mich beglükkend, auch wenn sie gar nicht gut angefangen haben.«

»Weißt du, es war schlimm«, informierte Bede Rhiannon, »Erin und Olaf haben sich nämlich gekannt. Erin lief überall mit einer goldenen Rüstung herum, und sie hat gegen ihren eigenen Ehemann gekämpft.«

»Bede!«

»In ihr steckt viel von ihrem Vater«, sagte Bede liebevoll. »Rhiannon, ich danke dir noch mal aus ganzem Herzen für das, was du zu meinem Vater gesagt hast.«

»Bitte, dankt mir nicht. Ich – es tut mir ja so leid, daß er gestorben ist.«

Erin stand auf und wanderte nervös im Zimmer auf und ab. »Und jetzt, wo er gestorben ist, planen die ganzen Männer, die ihm in der Halle unten die letzte Ehre erwiesen haben, einen Krieg gegen meinen Bruder!«

»Ich verstehe nicht«, sagte Rhiannon. »Warum sollten sie das tun?«

Erin schüttelte den Kopf. »Ich weiß es auch nicht. Ich habe es niemals verstanden. Als ich ein Kind war, gab es unter den Königen ständig Krieg. Dann kamen die Wikinger, und Vater vermittelte ihnen allen einen Friedensvertrag. Und jetzt... jetzt kämpfen sie wieder. Gott helfe Niall!« Sie drehte sich um. »Hast du alles, was du brauchst? Ist dein ganzes Gepäck vom Schiff schon gebracht worden?«

»Ja, Mylady, es ist gebracht worden. Danke.«

»Mylady?« Sie lächelte strahlend, ihre grünen Augen leuchteten, und wieder dachte Rhiannon, daß Erin eine unglaublich schöne Frau sei. »Ich bin deine Schwiegermutter. Du mußt nicht so formell sein. Außer, daß du mich jetzt entschuldigen mußt, weil ich mich um so viel kümmern muß.« Sie ging auf die Tür zu, blieb dann stehen und blickte zurück. »Bede, kümmere dich doch bitte darum, daß Rhiannon die Familie kennenlernt. Der gestrige Tag war sehr schwierig, aber heute ... wir müssen weiterleben.« Sie wollte gehen, kam dann aber wieder zurück und lächelte Rhiannon an. »Ich bin so glücklich, daß Eric dich gefunden hat. Er war immer sehr unstet, reiste als Wikinger in die entferntesten Länder, und deshalb bin ich ziemlich überrascht, daß er an König Alfreds Hof eine junge, wunderschöne, christliche Frau gefunden hat. Du kannst dich darauf verlassen, daß ich dich aus ganzem Herzen willkommen heiße.«

Dann ging sie, und Bede schlug vor, daß Rhiannon in die Halle mitging, um die Familie kennenzulernen.

Rhiannon folgte Bede. Zunächst führte Bede sie durch das Herrenhaus des Königs von Dubhlain. In einem Raum gegenüber der Haupthalle erhaschte Rhiannon einen Blick auf Eric. Er saß in einer großen Gruppe von Männern. Rhiannon vermutete, daß es seine Brüder und Onkel waren. Sie waren in eine hitzige Diskussion vertieft. Als sie die Frauengemächer betraten, sprang ein hübsches, junges Mädchen mit Erins ebenholzfarbenem Haar auf und rannte auf sie zu. »Tante Bede, jetzt hast du sie endlich hergebracht! Ich war so neugierig, als wir uns vergangene Nacht trafen! Erinnerst du dich an mich? Ich bin Daria, die jüngste und die letzte dieser Sippe, Erics Schwester. Und das sind meine Schwestern Megan und Elizabeth. Die Jungens heißen Leith – vielleicht erinnerst du dich, letzte Nacht stand er neben Großvaters Bett – und Bryan, Conan, Conar und Bryce. Und natürlich Eric. Vaters Doppelgänger, so nennen wir ihn alle. Bitte, tritt doch ein! Erzähl uns von Alfred und England und diesem schrecklichen Gunthrum. Bitte komm doch herein, du mußt nicht schüchtern sein.« Sie lachte, und Rhiannon war auf der Stelle von ihrer offenen und ungezwungenen Art angetan. »Nun, ich kann Euch ein bißchen was erzählen«, begann sie.

»Du bist eine Verwandte von Alfred, stimmt's?« unterbrach sie Daria.

»Seine Cousine.«

»Dann erzähl uns bitte etwas darüber. Wir sind alle über Großvater so betrübt. Am liebsten würden wir in ein Land flüchten, das ganz weit weg ist!«

Und so fand sich Rhiannon inmitten lauter Frauen wieder – Erics Tanten, Schwester und Schwägerinnen –, und mit ihrem natürlichen Talent zum Geschichtenerzählen war sie bald der Mittelpunkt. Als sie mit ihren Geschichten fertig war, wollte Daria wissen, wie es Eric gelungen war, sie zu überzeugen.

»So ziemlich gegen meinen Willen«, gab Rhiannon ruhig zu. »Wißt ihr, er trat als Wikinger auf, stahl mein Haus und mein Land, und Alfred beschloß, daß wir heiraten sollten.«

Plötzlich herrschte Stille. Sie hatte diese Feststellung leicht dahin gesagt, fast scherzhaft, und doch starrten alle sie an. Sie hatte sie beleidigt, und es tat ihr leid.

Doch dann bemerkte sie, daß sie die Türe anstarrten. Sie drehte sich erschrocken um und stellte zu ihrem Entsetzen fest, daß Eric dort stand und sie anblickte. Er lehnte gemütlich am Türrahmen, die Arme über der Brust gekreuzt und betrachtete sie mit seinem kristallblauen, unergründlichen, aber offensichtlich verdammten Blick und wartete.

»Sie ist eine wunderbare Erzählerin, oder?« fragte er plötzlich höflich die Gruppe. »Nun, meine Liebe, ich glaube, daß Ihr einen Teil der Geschichte ausgelassen habt. Mein Weib ist nämlich selbst eine große Kriegerin, wißt ihr. Wir kamen an, und ehe ich es mich versah, hatte ich einen der Pfeile meiner lieben Frau im Oberschenkel. Ich kann euch versichern, daß kein Wikinger jemals dieses tapfere Mädchen ganz beherrschen wird.«

»Du – du hast Eric angeschossen?« stieß Daria hervor.

Rhiannon errötete. »Ich wollte nicht...«

»Oh, Eric!« Daria kicherte, sprang auf die Füße und umarmte ihren Bruder. Rhiannon sah die tiefe Zuneigung zwischen den beiden, das Lächeln. Niemals hatte er ein solches Lächeln für sie übrig, dachte Rhiannon, teils sehnsüchtig, teils bitter.

»Ich stelle fest, daß du da gut herausgekommen bist«, meinte Daria.

»Kleine Schwester«, er stöhnte spielerisch, »ich trage eine schreckliche Narbe in meinem Fleisch!«

»Ach was, du hast auch noch andere Narben!« Sie blinzelte Rhiannon zu. »Du hast meinen Bruder wirklich mit einem Pfeil getroffen?«

»Sie kann hervorragend zielen«, sagte Eric, »auch wenn sie nur wenig Gemeinschaftssinn und eine zweifelhafte Quantität von Loyalität besitzt. Aber wenn ihr mich jetzt entschuldigt, ich muß sie euch für eine Weile entführen. Rhiannon?«

Sie erhob sich und wünschte sich, jetzt Pfeil und Bogen zu haben. Wie konnte er vor seinen Schwestern und Tanten so etwas zu ihr sagen?

Sie ging zur Tür und blieb direkt vor ihm stehen. »Nun, Mylord! Was wollt Ihr von mir? Wenn meine Loyalität so zweifelhaft ist, vielleicht ist es auch meine Zieltüchtigkeit. Nehmt Euch künftig in acht, junger Lord der Wölfe. Meine Zieltüchtigkeit kann sich genauso verbessern wie mein Gemeinschaftssinn. Wenn sie nur etwas besser gewesen wäre, hätten wir überhaupt nicht zu heiraten brauchen, denn es wäre von Euch nicht genug übrig geblieben, um diese Vereinbarung zu genießen!«

Daria, die nahe genug war, um diese Worte zu hören, brach in schallendes Gelächter aus. Eric starrte Rhiannon an und grinste langsam. Dann machte er einen Schritt, riß Rhiannon in die Arme und warf sie ohne Anstrengung über die Schulter. »Entschuldigt mich, Ladies, ich muß mal mit meinem eigensinnigen Weib ein paar Worte reden.« Er verbeugte sich und trug sie aus den Frauengemächern quer durch die Halle, ohne sich um irgend jemand zu kümmern.

Wie betäubt brachte Rhiannon kein Wort des Protestes hervor.

Dann bemerkte sie, daß sie wieder auf den Füßen stand. Sie hatten das Herrenhaus hinter sich gelassen und standen in dem Hof davor. Überall waren Männer, die Pferde aufzäumten und sattelten und sie in den Farben ihrer Könige und Prinzen herausputzten. Rhiannon wollte sich über die Art, wie Eric sie behandelt hatte, beschweren, aber er schwieg und betrachtete die Aktivitäten um sie herum.

Seine Augen ruhten auf ihr. »Während Nialls Abwesenheit hat es droben in Ulster bereits einen Angriff gegeben«, teilte er ihr mit.

»Ihr – Ihr reitet jetzt weg?« fragte sie ihn überrascht. »Aber der Körper Eures Großvaters ist doch noch nicht einmal kalt geworden!«

»Wir werden Großvaters Körper nach Tara eskortieren und anschließend nach Ulster reiten«, sagte er. Seine Arme waren fest über seiner Brust gekreuzt; seine Augen ruhten kühl auf ihr. »Und Ihr werdet hierbleiben, unter der Obhut meiner Mutter, bis ich zurückkehre.«

Sie öffnete den Mund, um zu antworten, schloß ihn dann aber wieder, weil sie sah, daß Rowan den Hof überquerte. Sie blickte Eric an und hatte Schwierigkeiten, zu atmen. »Wird Rowan mit Euch reiten?«

Er schien überrascht zu sein, dann erstarrte er. »Ja, auf Grund seines eigenen Wunsches.«

»Er sollte nicht... er sollte nicht auf fremdem Boden sterben!«

Er zog sie ganz plötzlich und heftig an sich. »Macht Ihr Euch um seine Rückkehr Sorgen und nicht um meine, Mylady? Ja, ich sehe, daß ich recht habe, schließlich habt Ihr mich nie im unklaren darüber gelassen, daß Ihr nur auf eine dänische Streitaxt wartet, die mir den Schädel spaltet. Aber, Lady, ob dieser Krieg nun Tage oder Jahre dauert, Ihr werdet Euch immer daran erinnern, daß Ihr mein Weib seid; Ihr werdet Euch an mich erinnern!«

Sie versuchte sich loszureißen. Er tat ihr weh. Ihr dummer

Stolz erlaubte ihr nicht, ihm zu sagen, daß sie ihn liebte, daß ihre Sorge um Rowan inzwischen lediglich eine List war, um ihre Gefühle zu schützen. Sie konnte ihm nicht sagen, daß sie das Leben nicht mehr ertragen würde, wenn er nicht zurückkehren würde. Sie konnte ihm ja nicht einmal etwas von ihrem gemeinsamen Kind sagen.

»Eric...«

Er hob sie in seine Arme. Seine Lippen drückten sich mit erschreckender Gewalt auf die ihren. Er küßte sie leidenschaftlich, vergewaltigte ihre Lippen und ihren Mund, und als er sie niedersetzte, sah es nicht so aus, als ob er genug hätte.

»Eric!« flüsterte sie. »Ihr müßt aufpassen.«

»Auf Rowan?« fragte er schneidend. »Bei Gott, Madame!« fluchte er heftig. Dann entfuhr ihr ein Schrei, als er sie brutal hochhob. Sie klammerte sich an ihn, denn er marschierte mit langen Schritten zurück ins Herrenhaus und brachte sie in sein Zimmer. Dort stieß er sie achtlos auf das Bett, und ehe sie sich erheben oder protestieren konnte, hatte er sich auf sie gelegt. »Hört auf damit, Wikinger... Bastard!« schrie sie ihn erschrocken an, aber sie konnte weder seinen Ärger, noch seine Leidenschaft aufhalten.

Er schob den Saum ihrer Tunika nach oben und öffnete schnell seine eigene Kleidung. Wieder schrie sie ihn an, und angesichts des Ausmaßes seiner Gewalttätigkeit stieg langsam Hysterie in ihr auf. »Eric!«

Irgend etwas in ihrer Stimme ließ ihn schließlich innehalten. Er wurde still und ließ sich dann neben sie rutschen. Er murmelte etwas, das sie nicht verstehen konnte. Er wollte aufstehen, und sie hätte eigentlich darüber froh sein müssen, aber sie konnte ihn so nicht gehen lassen. Sie bemerkte, daß ihre Wangen feucht vor Tränen waren.

Sie fühlte seinen Kuß auf diesen Tränen, einen zärtlichen Kuß. Sie umarmte ihn fest und fühlte, wie sich etwas in ihrem Körper regte. Seine Lippen fanden die ihren, und sie bekundeten einen heftigen, verlangenden Hunger, aber nicht länger Gewalttätigkeit. Seine Zunge drang tief in ihren Mund ein und schien geheime Höhlen zu erreichen. Die Härte seines Körpers auf ihrem zu fühlen, ließ in ihr ein süßes, feuchtes, warmes Verlangen entstehen. Es schien, als würde sein Hunger auch sie ergreifen. Sie wollte ihn. Sie begehrte ihn mit einem heftig wachsenden Bedürfnis, das ihr Herz und ihre Glieder und ihr ganzes Sein erfüllte. Er würde sie wieder verlassen.

»Lady, Ihr werdet Euch an mich erinnern!« flüsterte er ihr sanft ins Ohr. Er wiederholte sich, und sie griff leise stöhnend nach ihm, drückte seine Lippen auf die ihren, preßte sich mit einem auffordernden Kreisen ihrer Hüften an ihn.

»Rhiannon...«

Sie hörte, wie er ihren Namen flüsterte.

Sie wollte nicht sprechen. Sie vergrub ihr Gesicht an seiner Kehle. »Bitte!« murmelte sie nur.

Mehr brauchte sie nicht zu sagen. Er war in ihr und mit dem ersten aufwühlenden Stoß klammerte sie sich an ihn. Er fing an, sich in ihr zu bewegen, mit jedem Stoß drang er tiefer in sie ein, und in Sekunden hatte seine Raserei auch sie ergriffen. Er liebte sie, als könnte er damit für immer seinen Abdruck auf ihr hinterlassen; sie liebte ihn, als könnte sie ihn damit vom Krieg fernhalten. Donner schien die Luft um sie zu erschüttern, als ihr Rhythmus und ihre Leidenschaft zu nahezu unerträglicher Heftigkeit anschwoll. Dann schrie sie laut, denn der Höhepunkt, der sie erfaßte, explodierte mit einem derart sengenden Feuer, daß sie zuerst in Ekstase verfiel und anschließend kurz bewußtlos wurde. Als sie wieder das Licht sah, fühlte sie, wie Erics schwerer Körper auf ihr zuckte, und wieder wurde sie erfüllt, überflutet geradezu mit der brennenden Wärme seines Samens. Sie schloß die Augen und genoß diese Wärme.

Eine Ewigkeit lang schienen sie schweigend nebeneinander zu liegen. Dann schlang er seine Arme um sie und drückte sie eng an sich. »Erinnert Euch an mich«, flüsterte er wieder.

Sie öffnete die Augen und wurde vom kobaltblauen Sturm

in den seinen getroffen. Sie versuchte erfolglos zu lächeln. Und dann versuchte sie laut zu sprechen, aber ihre Stimme war nur ein Flüstern.

»Tatsächlich, Mylord, ich glaube sagen zu können, daß ich Euch nicht vergessen kann. Ich – ich werde Euer Kind zur Welt bringen.«

»Was?« Er lag immer noch auf ihr, stützte sich jetzt aber ab und betrachtete forschend ihre Züge.

Sie atmete tief ein und aus. »Wir werden ein Kind haben.«

»Du lügst mich nicht an?«

Endlich konnte sie lächeln. Er schien so grimmig zu sein.

»Mylord, ich kann nicht glauben, daß Ihr es nicht schon längst vermutet habt. Es gibt Veränderungen...«

Jetzt war es an ihm, tief Luft zu holen. Dann rollte er sich abrupt von ihr herunter, brachte ihre Tunika in Ordnung und berührte zärtlich ihre Wange. »Du kleine Närrin!« rief er aus. »Warum hast du mir erlaubt...«

»Euch erlaubt? Mylord, wann habe ich es jemals geschafft, Euch aufzuhalten?« gab sie zurück. Dann setzte sie hastig hinzu: »Eric, ich wollte – ich wollte dich auch. Du hast weder mir, noch dem Baby weh getan!«

Er berührte ihre Wange, dann küßte er sie. »Du wirst auf dich aufpassen. Du wirst ganz besonders auf dich aufpassen.«

Sie nickte. Damit meinte er nicht, daß sie auf sich aufpassen sollte; damit meinte er, daß sie auf das Kind aufpassen sollte.

Er erhob sich, langte hinunter und zog sie in seine Arme. Einen Augenblick lang hielt er sie schmerzhaft zärtlich umfangen. »Ja, meine Liebe, paß auf dich auf...« Dann gab er sie frei und strich wieder über ihre Wange. »Ich werde auf den jungen Rowan aufpassen. Ich werde, wenn es mir möglich ist, über ihn wachen. Du brauchst keine Angst zu haben.«

Seine Stimme klang jetzt wieder grob und bitter. Seine

Lippen berührten die ihren, dann drehte er sich um und ging.

Die Tür fiel zu.

Tränen standen ihr in den Augen. »Du bist es, den ich liebe!« flüsterte sie. Aber es war zu spät.

Er war gegangen.

16. Kapitel

Bei Einbruch der Dunkelheit wehte ein kühler Wind über die nördliche Küste. Eric stand hoch oben auf den Klippen und starrte auf das dunkle, nebelverhangene Meer hinaus. In den vergangenen Monaten hatten sie sehr viel erreicht, und jetzt, wo der kalte Winter vor der Tür stand, war das Ende der Kämpfe gekommen. Einer nach dem anderen hatten sich die geringeren Könige Irlands der Herrschaft von Niall Mac Aed unterworfen.

Morgen würde die letzte, entscheidende Schlacht stattfinden gegen Lars Mac Connar, den Sohn einer Irin und Enkel eines dänischen Adeligen. Niall mußte diese Schlacht gewinnen, sonst würden die kriegsbedingten Bündnisse zersplittern und die kleinen Könige wieder von ihm abfallen.

Alles hing von der morgigen Schlacht ab. Dann konnten sie wieder nach Dubhlain zurückkehren. Wie sehr sehnte er sich nach dieser Rückkehr!

Sie waren nicht so schnell abmarschiert, wie sie es ursprünglich geplant hatten – trotz der ständigen Bedrohung hatten sie sich zunächst um das Begräbnis seines Großvaters kümmern müssen. Nachdem er Rhiannon verlassen und den Schloßhof betreten hatte, wurde Eric zu einer eiligen Sitzung gebeten. Zusammen mit seinem Vater, den Onkeln, Brüdern und Cousins wurde beschlossen, daß es zu riskant war, Eric und den Frauen zu gestatten, mit nur einer Begleitperson Aed zu seiner letzten Ruhestätte nach Tara zu geleiten. Es wäre kein Zeichen von Schwäche oder Furcht, wenn die gesamte Familie mit der Leiche des Ard-ris nach Norden ziehen würde, um zusammen mit den Mönchen von Armagh Gebete an seinem Grab zu sprechen.

Von da aus würden sie sich dann sofort dem Geschäft widmen, sich der Loyalität der geringeren Könige zu versichern.

Und somit stand Eric einige Zeit zur Verfügung...

Nicht sehr viel Zeit, denn eine Reise mit so vielen Menschen ging nur langsam voran, und er hatte tagsüber niemals die Zeit, an der Seite seiner Frau zu reiten. Ständig kamen und gingen diverse Botschaften aus und in die verschiedenen Königreiche. Niall hatte die verschiedenen irischen Könige anerkannt – und verlangte dafür ihre Unterwerfung. Die Tage waren sehr kräfteraubend.

Es waren auch Nachrichten aus Wessex gekommen.

Nach dem Fall von Rochester hatte Gunthrum abermals einen Streit vom Zaun gebrochen. Alfred hatte eine große Flotte mit Kriegsschiffen zusammengeholt – darunter auch die von Eric – und die Dänen angegriffen.

Ohne große Umstände hatte Alfred die Dänen besiegt und zahllose Schiffe und Reichtümer erobert. Aber dann griffen ihn die Dänen wiederum an und eroberten die Reichtümer zurück.

Im Frühjahr wollte Alfred nochmals angreifen und die Dänen aus London vertreiben; jedenfalls hatte er das geschworen. Er drängte Eric, bis zum Frühjahr zurückzukehren.

Eric seufzte, schloß erschöpft die Augen und erinnerte sich daran, daß auf der langen, langsamen Reise nach Tara zumindest die Nächte ihm gehört hatten.

Aber selbst dann hatten er und Rhiannon nur wenig miteinander gesprochen. Er war zu ermattet gewesen, um sich zu unterhalten; und sie hatte es nie verlangt. Für ihn war es eine Zeit der Entdeckungen gewesen, denn Rhiannon hatte sich tatsächlich verändert, und er schimpfte sich selbst einen Narren, daß er es nicht schon früher bemerkt hatte. Wenn ihre Brüste in seinen Händen lagen, waren sie so ungemein voll und fest, und ihr Bauch hatte bereits angefangen, sich zu wölben. Er hatte den Eindruck, daß sogar ihre Augen glänzender und ihre Wangen strahlender waren...

Aber sie war schon immer eine Schönheit gewesen. Das hatte er niemals in Frage gestellt. Niemals. Schon vom ersten Augenblick an, als er sie hoch oben auf der Mauer gesehen hatte, hatte sie seine Sinne gefangen genommen.

Nur ein Narr würde sie lieben...

Aber er tat es.

Er fragte sich flüchtig, wann das begonnen hatte, wann sich sein Herz derartig gewandelt hatte, wann sie ihn, und nicht nur seine Begierde, gefesselt hatte.

Vielleicht war es an dem Tag geschehen, an dem er endlich zugegeben hatte, daß sie ihm gehörte und daß er so wild und unerbittlich wie ein wildes Tier um seinen Besitz kämpfen würde? Wann hatten sich seine Gefühle so gewandelt, daß er zugeben mußte, wenn auch nur vor sich selbst, daß er sie liebte? Nein, was er für sie fühlte, war mehr als nur Liebe. Es war eine tiefere Empfindung als alles, was er vorher gekannt hatte. Es war ein Teil von ihm, im Wachen und im Schlafen.

Er hatte schon vorher geliebt...

Und er hatte den Schmerz der Liebe kennengelernt, und er war sich sehr wohl bewußt, daß Liebe ein zweischneidiges Schwert sein konnte, eine Waffe, mächtiger als alles, was der Mensch jemals erfunden oder vervollkommnet hatte. Bei Gott, es gab immer noch zu viele Dinge, die zwischen ihnen standen. Zahllose Männer waren unnötigerweise gestorben, weil sie ihn angegriffen hatte, als er an ihrem Ufer gelandet war.

Und zu viele Dinge hatten sich zwischen ihnen ereignet. Vielleicht waren ihre Männer, die inzwischen schon lange in ihren Gräbern lagen, unschuldig gewesen, denn bestimmt waren es keine Geister gewesen, die später den Dänen Ragwald vor Erics Anmarsch gewarnt hatten.

Aber irgend jemand hatte es getan...

Wenn es nicht sein Weib gewesen war, dann irgend jemand, der Alfred beängstigend nahe stand. Wer? Rhiannon mußte eine Vorstellung haben, wer es sein könnte. Sie war Alfreds Patenkind; sie kannte alle seine Leute und zwar sehr gut. Beschützte sie jemand? Oder war sie tatsächlich so unschuldig, wie sie behauptete?

Vielleicht wünschte sie immer noch seinen Tod, hatte aber inzwischen schlauerweise gelernt, geduldiger zu sein, ruhiger darauf zu warten.

Nein, so etwas konnte er nicht glauben. Er wußte, daß sie immer noch tiefe Gefühle für Rowan hegte. Als sich in Tara ihre Wege trennten, hatte sie ihn abermals darum gebeten, sich um ihre Landsleute zu kümmern. Es waren ungefähr zwanzig Männer aus Wessex bei ihnen. Aber er hatte gewußt, daß ihre Bitte Rowan galt, auch wenn sie sich um die anderen ebenfalls sorgte.

Sie würden ein Kind haben. Falls er in dieser Schlacht fallen würde, würde er eventuell einen Sohn hinterlassen. Seine Hände zitterten plötzlich, und er blickte zum Himmel auf und betete, obwohl er sich nicht ganz sicher war, an welche Gottheit er seine Gebete eigentlich richtete. Er wollte am Leben bleiben. Er hing jetzt mehr am Leben, als er es sich jemals vorher klargemacht hatte. Er wollte sein Kind sehen, egal ob es ein Sohn oder eine Tochter war, und er wollte die Chance haben, das Leben zu führen, das er sich ausgemalt hatte.

Hinter ihm erklang ein leises Geräusch, und er wirbelte herum, das blanke Schwert in der Hand.

Mergwin stand vor ihm. Eric ließ mit einem Seufzer das Schwert sinken und steckte es leise fluchend wieder in die Scheide. »Bei Odin, Mergwin, du tauchst so lautlos auf wie ein Gespenst aus der Dunkelheit!« Mergwin sollte nicht bei ihnen sein, dachte Eric. Aed Finnlaith war bei seinem Tod über neunzig Jahre alt gewesen. Mergwin war sogar noch älter als Aed; viel zu alt, um in den Krieg zu ziehen. Und doch hatte er darauf bestanden.

Jetzt zerrte der Wind an seinem Haar und an seinem Bart, und in seinen Augen spiegelte sich der mitternächtliche Mond; er sah aus wie der Inbegriff des Magiers, des Zauberers. »Ich bin gekommen, um dich zu warnen, daß am morgigen Tag üble Dinge passieren werden«, sagte Mergwin.

Eric lächelte. »Sehr üble, Mergwin. Wir werden gegen

einen wilden und talentierten Krieger antreten, und die Zukunft dieses Landes und des Hauses von Aed Finnlaith und des norwegischen Wolfes stehen auf dem Spiel.«

Mergwin schüttelte den Kopf. »Das ist nur eine einfache und abschätzbare Schlacht.«

Einfach und abschätzbar? dachte Eric. Eine Schlacht war niemals einfach. Es war immer ein Horror aus Blut und Schmerz und Tod. Aber Mergwin hatte während seines langen Lebens schon so viele Schlachten gesehen, und es machte den Eindruck, als wußte er, daß alles noch sehr viel schlimmer sein konnte.

Der alte Mann warf ihm einen nachdenklichen Blick zu und ließ sich auf der Klippe nieder. »Etwas wird ganz schwerwiegend schiefgehen. Ich folgte dir nach England, weil ich es gefühlt habe. Ich bin bei deiner Braut geblieben, weil ich mich davor gefürchtet habe. Und jetzt, hier, ist es wieder ganz nahe gekommen.« Seine Finger ballten sich zu Fäusten.

»Bei Odin und allen Heiligen im Himmel! Ich kann diese Sache fühlen, aber ich kann sie nicht benennen! Ich kann dich nur warnen, auch hinter das Offensichtliche zu schauen. Unterlaufe die Kriegsaxt, pariere den Schwertschlag. Aber darüber hinaus mußt du noch weitaus mehr auf dich aufpassen.«

Er erhob sich wieder. Er blickte Eric an, und Eric blickte ihn ernst an. »Ja, Mergwin, ich werde höllisch auf mich aufpassen. Und wenn ich es schaffe, am Leben zu bleiben, werde ich versuchen zu erfahren, was dahinter steckt.«

Mergwin nickte. Er begann sich zu entfernen, blieb dann aber noch einmal stehen und blickte zurück. »Übrigens, mein Prinz, es ist ein Junge.«

»Was?« fragte Eric scharf.

»Dein Kind. Es ist ein Sohn.«

Mergwin verschwand ebenso lautlos in der Dunkelheit, wie er gekommen war. Eric sah ihm nach und lächelte langsam, dann verblaßte sein Lächeln.

Was war das, das Mergwin fühlen, aber nicht nennen

konnte? Konnte ihm irgend etwas Bedrohliches von Wessex bis zu diesen Klippen gefolgt sein?

Das war unmöglich. Die bevorstehende Schlacht machte Mergwin so unsicher. Seit Aed gestorben war, war Mergwin nicht mehr der alte.

Eric brauchte Schlaf.

Aber nachdem er zu seinen Männern und zu seinem Zelt zurückgekehrt war, fand er keine Ruhe. Unruhig warf er sich die ganze Nacht umher. Visionen tauchten auf. Visionen einer Schlacht, von Männern, die Schwerter und Äxte trugen. Visionen, in denen Rhiannon nackt und rosig auf ihn zutrat...

Aber sie erreichte ihn niemals. Ein Schwert fiel zwischen ihnen nieder, und er schreckte aus dem Schlaf hoch.

Die Morgendämmerung war da. Es war Zeit für die Schlacht.

Er hatte den weißen Hengst in Wessex zurückgelassen und hatte sich dafür aus dem Stall seines Vaters ein anderes, aber ebenso hervorragendes Pferd geholt. Es war ein massiver schwarzer Hengst mit glänzenden Flanken, erstaunlicher Geschwindigkeit und unerschütterlichem Gleichmut gegen die Aufregungen einer Schlacht. Zusammen mit Niall, seinem Vater und seinem Bruder Leith, führte Eric seine Männer in den ersten Kampf. Sein Vater hatte ihnen bereits in jungen Jahren beigebracht, daß kein wahrhafter König sich jemals hinter den Körpern seiner Männer versteckt. Es war eine Lektion, die er gut gelernt hatte, eine, die ihm Alfred sympathisch gemacht hatte, denn wie sein Vater und sein Großvater, war auch Alfred ein Kriegs-König.

Die grausame, schreckliche Schlacht dauerte mehrere Stunden, bis der Boden unter den Kämpfenden glitschig war von dem vergossenem Blut.

Als Lars das Kommando zum Rückzug gab, hörten die Kampfhandlungen allmählich auf.

Eric erinnerte sich an sein Versprechen, auf Rowan aufzupassen, und fluchte heftig. Denn er hatte den jungen Mann bereits geraume Zeit nicht mehr gesehen. »Einige von deinen Engländern sind da hinten hinter den Bäumen in einen Kampf verwickelt worden!« rief Leith ihm zu, und Eric nickte als Antwort und trieb den schwarzen Hengst zu dem Gehölz. Als er ankam, fand er Rowan und mehrere Männer immer noch mitten im Kampf. Rowan hatte sich vier flüchtenden Männern in den Weg gestellt.

Eric ritt schnell zu ihm, schwang sein Schwert und streckte zunächst einen und dann noch einen nieder. Rowan durchbohrte das Herz eines dritten Feindes, und dem letzten Mann gelang die Flucht in den Wald.

»Dank Euch, Mylord!« rief Rowan Eric zu. »Ich gebe es zwar nicht gerne zu, wenn ich Hilfe brauche, aber es war so!«

»Wir brauchen alle ab und zu mal Hilfe, mein Freund!« versicherte ihm Eric. »Dieses Wissen kann aus einem Mann einen großen Krieger machen!«

Rowan schob sein Visier zurück, lächelte und winkte. Eric lenkte sein Pferd herum und kehrte zu der Anhöhe zurück, auf der sich sein Vater, seine Brüder und Verwandten versammelt hatten.

Lars hatte ein Angebot gemacht. Er würde sich vor Niall von Ulster beugen, wenn seinen Männern Gnade gewährt und die Verwundeten an seine Frauen übergeben würden. Zusätzlich bat er um ein kleines Stück Land als Eigentum.

Ein Abgesandter wurde zurückgeschickt. Niall würde dem Vorschlag zustimmen, wenn Lars vor seinen Männern einen Eid auf die Lehenstreue unterzeichnen würde, in dem er Niall als seinen Herrn und Gebieter anerkannte.

Dunkelheit brach herein. Leith gab den Befehl, auch ihre eigenen Verwundeten zu versorgen und die Toten für ein christliches Begräbnis zusammenzuholen. Sein Vater, seine Brüder und seine engsten Familienangehörigen hatten die Schlacht überlebt, und Eric war dankbar dafür. Aber als er die Körper von alten Freunden und treuen Gefolgsleuten sah, die vor ihm niedergelegt wurden, mußte er den Ansturm von Schmerz niederkämpfen. Dann erschrak er zutiefst, als er Rollo einen wohlbekannten Körper tragen sah. Er eilte zu ihm und nahm ihm die Leiche ab.

Es war Rowan.

Rowan, totenbleich, immer noch gut und jung aussehend, mit einen dünnen Blutfaden, der aus seinem Mund lief. Eric legte ihn zu Boden. Als er seine Hand unter dem jungen Mann hervorzog, war sie mit Blut verschmiert. »Bei Gott!« fluchte er. »Ich habe ihn am Ende der Schlacht verlassen! Was ist passiert? Wer hat etwas gesehen? Ich verspreche jedem eine große Belohnung, der mir etwas über diesen Vorfall berichten kann!«

Einer der Engländer trat vor und lehnte sich wegen einer Beinverletzung schwer auf sein Schwert. Es war ein älterer Mann, einer, der oft an Rowans Seite gewesen war, ein Mann, den sie Harold von Mercia nannten.

»Mylord, ich schwöre, daß auch ich ihn am Ende der Schlacht lebendig und wohlbehalten sah! Aber Dänen trieben sich zwischen den Bäumen herum, und Rowan hat sie verfolgt. Sire, wir wissen nicht, wie er zu Tode kam.«

Kummer und Schuld erfüllten Eric. Er saß da, und Wut stieg in ihm auf, als er die Männer um sich betrachtete. »Er war ein großer Krieger«, meinte jemand.

»Männer fallen im Kampf, das passiert eben«, erinnerte Rollo ihn ruhig.

Eric stand auf und trug Rowans Leiche zu den anderen; um die Gefallenen hatten sich bereits die Mönche versammelt. Verbittert legte er Rowan nieder und gab einem kleinen, runzeligen Mönch eine Goldmünze, um für Rowan zusätzliche Gebete sprechen zu lassen.

Der Engländer hätte es verdient, zu Hause in der Erde von Wessex begraben zu werden. Aber Eric wußte, daß er Rowans Körper nicht heimbringen konnte, nicht wenn die Reise so lange dauerte und das Wetter immer noch so wechselhaft war. Rowan würde hier begraben werden, im Norden von Irland.

Eric kümmerte sich um seine Männer und seine Aufgaben als Olafs Sohn und Nialls Neffe. Dann zog er sich schnell auf die Klippen zurück und starrte auf das Wasser. Rollo entdeckte ihn dort und hielt ihm einen Dolch hin. Eric starrte auf die blutgetränkte Schneide, dann blickte er Rollo an. Auf dem Dolch waren keine keltischen Verzierungen zu sehen, aber er schien auch nicht dänischer Machart zu sein. Ähnliche Waffen hatte er im sächsischen England gesehen.

»Was ist das?«

»Ich wollte mit Euch darüber nicht vor den anderen sprechen«, sagte Rollo zu ihm. »Aber das ist die Waffe, die den jungen Rowan getötet hat. Ich dachte, daß Ihr sie haben solltet.«

Eric blickte Rollo an, nickte langsam, und wendete die Waffe in seiner Hand hin und her. »Danke.«

Rollo fühlte, daß Eric allein sein wollte und verließ ihn. Eric saß auf der Klippe, auf der Mergwin die Nacht vorher gesessen hatte. Die Schlacht war gewonnen. Es war Zeit, heimzugehen.

Aber wie sehr fürchtete er sich jetzt davor. Mergwin hatte ihn gewarnt. Aber was für eine Warnung war das gewesen? Es war eine heftige Schlacht gewesen. Rowan hatte tapfer und erfolgreich gekämpft. Und dann war Rowan gefallen.

Da stimmte etwas nicht. Eric spürte einfach, daß etwas an Rowans Tod nicht so war, wie es zu sein schien.

Hinter ihm erklang ein Geräusch, und Eric fuhr herum. Er atmete erleichtert auf, als er im Mondlicht seinen Vater erkannte. Olaf hockte sich neben ihn, und geraume Zeit starrten sie beide auf das Meer hinaus. »Ein Mann ist im Kampf gefallen«, sagte Olaf schließlich. »Er entschloß sich dazu, in dieser Schlacht zu kämpfen. Es ist nicht deine Schuld.«

Eric grinste kläglich und drehte sich zu Olaf hin. »Aber ich habe versprochen ihn zu beschützen, Vater. Ich, in meiner Überheblichkeit, habe angenommen, daß ich ihn vor dem Tod bewahren kann. Und ich habe versagt.«

»Kein Mensch kann einen anderen vor dem Tod bewahren, Eric. Für den Jungen war die Zeit gekommen, und nichts kann daran etwas ändern.«

Eric nickte langsam. »Es ist nur, *wie* er gestorben ist...«

»Wenn dir sein Tod seltsam erscheint, mußt du die Wahrheit herausfinden«, sagte Olaf zu ihm.

Eric zeigte seinem Vater den Dolch. »Das ist einer aus England, oder nicht?«

Olaf untersuchte sorgfältig die Waffe. »Er ist nicht irisch, und ich habe auch noch nie einen Wikinger-Dolch gesehen, der so aussieht. Doch Wikinger sammeln ihre Waffen in vielen Ländern – und von vielen gefallenen Feinden – deshalb mußt du dir deines Verdachtes sicher sein. Und du mußt auf deinen eigenen Rücken aufpassen.«

»Ja, Vater, das werde ich«, versicherte ihm Eric.

Olaf klopfte ihm auf die Schulter und ging, damit Eric in der Stille seinen Frieden finden konnte.

Es war ein kalter Tag Ende Dezember. Rhiannon saß mit Daria, Megan und Erin im Frauengemach und lauschte angespannt der jüngsten Nachricht des Königs von Dubhlain über dessen endgültigen Sieg, als die ersten Wehen sie gnadenlos überfielen. Sie sprang auf und rang unter dem erschreckenden Schmerz keuchend nach Luft. »Es ist das Kind!« rief Daria. Der Überbringer der Nachricht hörte auf zu sprechen, aber Erin lächelte nur beruhigend und beugte sich über ihre Näharbeit. »Fahrt bitte mit Eurer Botschaft fort. Rhiannon, es tut mir leid, aber bis zu dem Zeitpunkt, an dem das Baby wirklich kommen wird, haben wir noch etwas Zeit. Laßt uns zuerst der süßen Musik dieses Sieges lauschen, dann werden wir uns in dein Zimmer zurückziehen und auf mein neues Enkelkind warten.«

Daria blickte mit hochgezogener Braue ihre Mutter fragend an, aber Rhiannon fühlte bereits, daß der Schmerz allmählich nachließ. Sie setzte sich wieder, der Überbringer der Botschaft räusperte sich und fuhr fort. Nachdem er geendet hatte, fragte Erin ihn ganz ruhig: »Hat mein Gatte nichts über meine Söhne gesagt?«

»Nur die Worte ›alles ist in Ordnung‹, Mylady.«

»Dann geht es ihnen gut, und sie werden alle zurückkehren«, meinte Erin sanft. Sie legte ihre Näharbeit weg und wendete sich an Rhiannon. »Eric wird zurückkehren, Rhiannon. Und ganz begeistert sein, wenn er bei seiner Rückkehr sein Kind vorfindet.«

Rhiannon senkte schnell die Wimpern. Würde er darüber wirklich begeistert sein? Sie hatte gehofft, daß die Geburt erst später erfolgen würde. Sie schloß die Augen und fragte sich, ob seit ihrer Hochzeitsnacht auch tatsächlich volle neun Monate vergangen waren. Er schien fest davon überzeugt gewesen zu sein, daß er sie entjungfernt hatte, aber würde er jetzt auch noch davon überzeugt sein? Würde er bezweifeln, daß das Kind sein eigenes war?

Sie hielt die Augen fest geschlossen und erinnerte sich an die wenigen süßen Wochen, die ihnen vergönnt gewesen waren. Dabei war der Anlaß dafür so traurig gewesen – der Beerdigungszug für den großen Ard-ri! Und doch war das für sie beide der erste Anflug von Frieden gewesen, eine Zeit, in der sie sich ohne Verärgerung oder Verdächtigungen gegenübergetreten waren. Und auch wenn sie sich keine liebevollen Worte ins Ohr geflüstert hatten, hatten sie sich aber auch keine hasserfüllten oder wütenden Worte an den Kopf geworfen. Und er hatte ihre Brüste mit einer neuen Zärtlichkeit berührt, hat seinen Kopf sanft an sie gelehnt, während er ihren wachsenden Bauch liebkoste.

Lieber Gott, dachte sie, *mach, daß das jetzt nicht zerstört wird! Oh, bitte, mach, daß er weiß, daß das sein Kind ist, mach, daß er das Baby liebt, mach, daß er mich liebt...*

Er würde sie niemals lieben; das hatte er gesagt.

Eine zweite Woge des Schmerzes überfiel sie. Sie keuchte wieder laut auf und starrte Erin vorwurfsvoll an. Erin lachte und sagte zu ihr: »Liebe Rhiannon, ich habe das elfmal mitgemacht, daran mußt du immer denken, und ich versichere dir, es wird noch eine ganze Weile dauern!«

Und es dauerte noch eine ganze Weile. Erin brachte Rhiannon in ihr Gemach, und Daria und Megan leisteten ihr abwechselnd Gesellschaft. Als die Fruchtblase platzte und das Fruchtwasser alles durchnäßte, kam Grendal mit frischen

Tüchern, um die Bettwäsche und Rhiannons Nachtgewand zu wechseln. Eine Stunde nach der anderen verstrich, und die Wehen wurden immer heftiger.

Bei Einbruch der Dunkelheit war sie fast wahnsinnig vor Schmerzen; die Wehen kamen jetzt offensichtlich jede Minute. Sie unterdrückte die Tränen und fluchte statt dessen. Sie schimpfte aus vollem Halse über Eric und schwor, daß sie alle Wikinger verabscheute und sich wünschte, daß jeder einzelne von ihnen vom Meer verschlungen würde. Dann sah sie Erins herrliche smaragdgrüne Augen über sich; stöhnend versuchte sie sich zu entschuldigen.

Erin lachte. »Meine Liebe, du brauchst dich nicht bei mir zu entschuldigen! Du kannst mir glauben, elfmal habe ich selbst sämtliche Wikinger verflucht und mir gewünscht, daß sie vom Meer verschlungen werden.« Sie lächelte mitfühlend, kühlte Rhiannons Stirn mit einem nassen Tuch und hielt sie fest, wenn sie schrie.

Die Morgendämmerung kam, und als Rhiannon dachte, daß sie es keine Sekunde länger aushalten konnte, daß sie vor lauter Schmerz und Erschöpfung und Unglück sterben würde, rief Erin erleichtert aus: »Der Kopf kommt heraus! Oh, Rhiannon, jetzt ist es soweit! Nur noch eine kleine Anstrengung. Preß jetzt, preß!«

Sie versuchte es, aber die Anstrengung war zu groß, und wieder wurde sie vom Schmerz überwältigt.

»Ich kann nicht! Ich kann nicht!« schrie sie. »Oh, ich kann nicht!«

»Natürlich kannst du!« Daria drückte sie fest. »Wenn du es geschafft hast, meinen Bruder mit einem Pfeil zu verwunden, dann kannst du sicher auch sein Kind zur Welt bringen.«

»Los jetzt, preß!« drängte Erin sie.

»Stell dir vor, du würdest Eric in einen eisigen Fjord drücken«, schlug Daria vor.

»Daria!« ermahnte Erin sie vorwurfsvoll.

»Ich versuche doch nur, ihr zu helfen, Mutter. Los jetzt, Rhiannon, mach schon. So ist es richtig! Preß jetzt ganz fest!«

Sie tat es, und dieses Mal kam das Kind aus ihr heraus Die Erleichterung war gewaltig und wunderbar. Sie fiel zurück, zu erschöpft, um sich nach dem Geschlecht des Kindes zu erkundigen. Aber sie brauchte es auch nicht zu tun.

»Ein Junge! Oh, mein eingebildeter Bruder wird darüber ungemein erfreut sein!« sagte Daria liebevoll. »Ach, Rhiannon, es ist ein Sohn!«

Ein Sohn. Mergwin hatte ihr gesagt, daß es ein Junge werden würde. Eric würde einen Sohn haben. Alle Männer wollten Söhne haben.

Außer sie glaubten, daß das Kind nicht von ihnen wäre...

»Hier, Rhiannon! Oh, er ist wunderschön!«

Er war wunderschön, ein schreiendes, in Leinen gehülltes Bündel, das immer noch feucht und glitschig und verrunzelt aussah. Sie lachte, hielt ihn fest, dann wurde sie von einem Gefühl überwältigt, einem Gefühl, das so tief war, daß sie zitterte und bebte und voller ehrfürchtiger Scheu war und voller Liebe.

»Rhiannon, du mußt noch einmal pressen«, sagte Erin zu ihr. »Die Nachgeburt muß noch heraus. Daria, nimm ihr das Baby wieder ab. Rhiannon kann ihn gleich danach wiederhaben.«

Sie gehorchte ihrer Schwiegermutter, ohne an die Schmerzen zu denken. Sie war so begierig, ihren Sohn wieder im Arm zu halten, daß sie folgsam ihr Nachtgewand wechselte und sich so drehte, daß die Bettwäsche abermals gewechselt werden konnte. Dann streckte sie voller Glückseligkeit die Arme nach ihrem Sohn aus. Erin sagte, daß sie ihm für einen Augenblick die Brust geben müsse. Sie tat es, und als sich die winzigen Lippen mit unglaublicher Kraft an ihrer Brustwarze festsaugten, war sie für immer verloren.

Sie liebte das Kind aus ganzem Herzen.

Genauso, wie sie angefangen hatte, seinen Vater zu lieben, trotz ihres Leugnens. Aber das Kind konnte sie ohne Angst lieben, während Eric...

Er gab ihr seine Leidenschaft, seinen Schutz, das Feuer

seiner Hitze tief in der Nacht. Aber er hielt seine Gedanken vor ihr verborgen, seine Geheimnisse und sein Herz.

Bitte, Gott, mach, daß er dieses Kind liebt! dachte sie, und dann schlummerte sie völlig erschöpft ein.

Die Reise schien endlos gewesen zu sein, aber schließlich erhoben sich doch die Mauern von Dubhlain vor ihnen. Die Anzahl der Männer war geschrumpft, denn Niall war mit seinen Söhnen und seinen Männern in Tara geblieben, weitere Soldaten waren in ihre Heimat zurückgekehrt.

Trotz Schneefall herrschte auf dem Schloßhof ein buntes Treiben. Erics Mutter stand auf den Stufen, um seinen Vater zu begrüßen. Als Erin vortrat und von ihrem Ehemann hochgehoben wurde, sah Eric, daß sie sorgsam ein Bündel in ihren Armen hielt.

Er ließ den schwarzen Hengst einfach mit hängenden Zügeln stehen und eilte mit langen Schritten, die immer schneller wurden, auf seine Eltern zu. Zuerst stieg es ihm kalt, dann heiß auf, dann brauste das Blut in seinen Ohren, und schließlich rannte er. Vor Erin kam er schlitternd zum Stehen, und sie drehte sich mit großen Augen um, lächelte dann und begrüßte ihn. »Eric!« Mit ihrem freien Arm umschlang sie ihn und küßte seine Wange. Endlich fand er seine Stimme wieder. »Mutter! Mutter, ist das...«

»Ja, Eric, das ist es!« Lachend wiegte Erin das Bündel in ihren Armen und zog den Zipfel der Decke von einem winzigen Gesicht zurück. »Er ist zehn Tage alt, und wir haben ihn auf den Namen Garth getauft, da wir nicht wußten, wann du zurückkehren würdest. Rhiannon zögerte, dem Kind ohne deine Zustimmung einen Namen zu geben, aber es ist der Vorname ihres Vaters und ich...«

»Garth! Es ist ein Junge!«

»Eric, ich sagte ›er‹!« lachte Erin. »Nimm ihn.«

Vorsichtig nahm er das Kind in die Arme und murmelte: »Mergwin! Dieser alte Druide hat gesagt, daß es ein Junge werden würde!« Seine Arme zitterten, als er versuchte, das Kind genau zu betrachten. Er eilte zum Eingang des Herrenhauses. Die Neuigkeit hatte sich bereits unter seinen Leuten herumgesprochen. Ein Freudengebrüll stieg auf, und Eric drehte sich um, lächelte, und hob einen Arm, um seinen Männern für den Beifall zu danken. Er blickte sein Kind an, sah die riesigen blauen Augen, das fast platinfarbene Haar, das so weich und doch so dicht war. Zehn Tage alt. Sein Sohn schien ihn mit ebensolcher Neugier zu betrachten. Sein Sohn!

Eric blieb stehen und blickte zu Erin zurück. »Mutter, Rhiannon...«

»Es geht ihr gut. Sie schläft. Ich habe eure Ankunft gehört, aber ich habe sie nicht aufgeweckt, weil sie so tief schlief und immer noch sehr leicht ermüdet. Es sind erst zehn Tage, weißt du, und das Baby schläft noch nicht durch.«

Er lächelte und nickte. Erin trat zu ihm und streichelte stolz die Wange des Kindes, dann zog sie Eric ins Haus.

»Wirklich, es geht ihr gut.« Sogar als Erin sprach, starrte das Baby Eric an, wedelte mit seinen winzigen Fäusten in der Luft herum und stieß einen kräftigen Schrei aus. Erin lachte. »Er sieht dir nicht nur ähnlich, er klingt auch fast genauso wie du! Bring ihn zu seiner Mutter, er hat Hunger.«

»Hunger?« fragte Eric. »Nun, ich bin froh, daß er damit nicht ausdrücken wollte, daß er mein Gesicht nicht mag.« Er küßte seine Mutter auf die Wange, ging hastig ins Haus und eilte die lange Treppe hinauf. Er stieß gerade in dem Augenblick die Tür zu seinem Gemach auf, als Rhiannon erwachte. Sie war weiß gekleidet, ihr Haar ringelte sich wie eine Flamme um sie, sie hatte die Lider halb geschlossen und sah sowohl bezaubernd sinnlich, als auch aufregend unschuldig aus, als sie ihn erblickte. Ihre Augen wurden groß wie silberne Untertassen und sie flüsterte voller Überraschung seinen Namen. »Eric!«

Er durchquerte den Raum, legte das Kind neben sie, nahm ihre Hand und küßte sie, ehe er seinen Mund auf ihre Lippen legte. Und wieder lagen ihre Augen auf ihm, groß und schimmernd. Ein klägliches, scheues Lächeln kräuselte ihre Lippen, und sie fragte ängstlich: »Magst du ihn?«

»Ob ich ihn mag? Ich bete ihn an. Und ich danke dir aus ganzem Herzen.«

Sie senkte schnell die Lider, als ihr Tränen in die Augen stiegen. Er nahm ihr Kinn, hob es und betrachtete fragend ihre Augen. »Was ist los? Was hast du erwartet?«

Sie wurde totenbleich und versuchte sich abzuwenden, aber er ließ es nicht zu. »Rhiannon, ich möchte wissen, was da in deinem Kopf vorgeht.«

»Ich – ich hatte Angst!« flüsterte sie.

»Vor was denn? Vor mir?«

Trotz seines Befehls senkte sie wieder die Lider. Und dann lächelte er und zählte die Tage; seit ihrer Hochzeitsnacht waren genau neun Monate vergangen.

Er ließ seine Finger durch ihr Haar gleiten, drehte ihren Kopf zu sich und berührte ihre Lippen mit derartiger Leidenschaft, daß sie die Augen aufriß und ihn anstarrte. »Mein liebes Weib, ich habe immer gewußt, daß ich in dieser Nacht mit einer Jungfrau ins Bett gegangen bin. Wie kommst du dazu, mich nach so langer Zeit für einen Narren zu halten?«

Sie errötete und wand sich aus seinem Griff. Sie blickte auf das Kind hinunter und fühlte, wie die altbekannte Wut zurückkehrte. »Nun, du hast das Kind nicht beachtet, während es in mir wuchs!«

Er zuckte die Achseln mit einem Grinsen auf den Lippen, daß es ihr schier das Herz zerriß und es dazu brachte, voller Erregung zu pochen. »Es tut mir leid, meine Liebe, daß ich zwar versiert in bezug auf Sex war, aber völlig unbedarft, was meine Rolle als werdender Vater angeht. Rhiannon, wir haben einen Sohn gemacht. Gott, er ist großartig!«

»Hmmmph!« ertönte eine Stimme unter der Tür. »Wir haben einen Sohn gemacht! Für die Ernte dieser Arbeit hättest du eigentlich hier sein sollen. Und gemäß der Worte Rhiannons zu diesem Zeitpunkt, hättest du als Anstifter des Ganzen eigentlich vom Meer verschlungen werden sollen.«

Eric drehte sich um und sah, daß seine Schwester Daria feixend unter der Tür stand. Er stand auf und fing sie auf, als sie sich in seine Arme warf und ihn temperamentvoll küßte.

Tränen standen in ihren Augen. »Ach, Eric, ich bin so froh, daß du wieder zu Hause bist und am Leben und wohlauf.«

»Und ich bin froh, hier zu sein«, sagte Eric und hielt sie eng an sich gepreßt. Dann blickte er auf seine Frau hinunter. »Ich hätte vom Meer verschlungen werden sollen?«

Sie errötete heftig, und Daria lachte. »Ich werde Garth holen, Rhiannon, wenn ihr zwei zu turteln aufgehört habt.«

Sie ging, und einen Augenblick lang herrschte Stille. Dann fing Garth wieder zu schreien an, und Rhiannon errötete und murmelte, daß er hungrig sei. Sie öffnete ihr Gewand und legte den suchenden Mund des Babys an ihre Brust. Es saugte hungrig daran und gab aufgeregte kleine Töne von sich. Eric lachte. Er vergaß seine schmutzige Reisekleidung und seine Waffen und streckte sich neben seinem Weib aus und fühlte, wie ihn süße Mattigkeit überkam. Das ist es also, dachte er flüchtig. Das ist Frieden und Glück, zumindest ein Anflug davon, ein kleiner Vorgeschmack, nach dem man sich sehnen kann. Gefühle stiegen heiß in ihm auf, der Wunsch, alles gegen alle Widrigkeiten zu beschützen, seinen Sohn und Rhiannon mit Leidenschaft und Zärtlichkeit festzuhalten. In seinem ganzen Leben hatte er niemals etwas so Wunderschönes gesehen wie den Anblick seiner Frau, wie sie sein Kind wiegte.

Während sie das Kind stillte, streichelte er ihre Wange. »Hast du dir wirklich gewünscht, daß ich im Meer ertrinken soll? Du hättest doch auch darum beten können, daß mich eine Streitaxt erwischt.«

Sie hielt die Augen auf ihren Sohn gerichtet. »Das verstehst du nicht, Eric. Ich weiß gar nicht, was ich während dieser Stunden alles gesagt habe.«

»Hat es so weh getan?« fragte er sie mitfühlend.

»Es war grauenhaft!« antwortete sie, aber dann lächelte sie, und schließlich blickte sie ihn an. »Aber es war es wert! Ach Eric, er ist es wert... alles! Alles.«

Er holte tief Luft und blickte ihr in die Augen. Er berührte das platinblonde Haar seines Sohnes. »Du liebst das Enkelkind eines Wikingers aus dem Hause von Vestfald«, erinnerte er sie.

Sie blickte ihm in die Augen und lächelte dann langsam. Sein Blut fing zu kochen an, und er ermahnte sich, daß er derartige Gefühle nicht haben durfte, denn es war noch viel zu früh nach der Geburt ihres Kindes, um überhaupt Begierde zu empfinden.

»Ich mag deinen Vater sehr gern«, erklärte sie ihm.

»Tatsächlich?«

»Ja, tatsächlich.«

Er grinste, dann nahm er ihre Hand und küßte sie. Einen endlosen Augenblick starrten sie einander an, und dann entfuhr Rhiannon ein aufgeregtes: »Oh! Nimm ihn, Eric, er schläft schon, dabei muß er doch noch sein Bäuerchen machen.«

Er hob das Baby hoch und legte es sich gekonnt über die Schulter, während Rhiannon ihr Gewand verschloß und sich aufrichtete, wobei sie bebte vor Freude über die Rückkehr ihres Gatten und seine Freude über das Kind. »Du machst das sehr gut«, staunte sie, und das tat er tatsächlich. Der hervorragende Krieger mit dem goldenen Haupt, dem Mantel in königlichem Purpur und dem starken Schwertarm schien mit dem Baby auf seiner Schulter keinerlei Probleme zu haben.

»Ich bin schon etliche Male Onkel«, erinnerte er sie lachend. Dann machte das Baby sein Bäuerchen, und Rhiannon lachte. Eric beschuldigte seinen Sohn scherzhaft des Aufruhrs, weil er auf die königliche Uniform seines Vaters gespuckt hatte.

»Ach, Eric! Ich habe so oft Angst gehabt!« erklärte ihm Rhiannon und ließ ihn dabei nicht aus den Augen.

»Angst?«

»Daß du nicht zurückkommen würdest«, sagte sie und senkte abermals die Lider und zupfte am Bettzeug herum. Sie konnte ihm nicht zu viel geben. Sie wagte es nicht. »Aber du bist zurückgekommen, und deinem Vater geht es auch gut und deinen Brüdern, und deine Mutter ist so glücklich darüber, und ich bin so schrecklich froh...« Ihre Stimme wurde immer leiser. Eric war plötzlich ganz still.

»Eric?«

»Garth schläft. Ich werde Daria holen, damit sie ihn nimmt.« Er ging zur Türe. Daria war unten in der Halle und unterhielt sich angeregt mit Bryan. Bryan sah Erics Augen und schien zu verstehen, daß jetzt der Augenblick gekommen war, um Rhiannon zu sagen, daß ihr Landsmann getötet worden war.

»Daria, geh und hol unseren Neffen«, befahl ihr Bryan. Eric nickte seinem Bruder kurz zu. Daria runzelte die Stirn, holte aber schnell das Kind. Eric trat wieder in das Gemach und schloß die Tür. Rhiannon saß aufgerichtet im Bett und starrte ihn voller Sorge an.

»Eric, was ist los?«

Er konnte nichts machen; er konnte weder seine Schuld noch ihren Schmerz vermindern. »Rowan wurde getötet«, sagte er unumwunden zu ihr. Und dann beobachtete er ihre Gesichtszüge, als sie die Bedeutung seiner Worte verstand, beobachtete, wie die Qual in ihre Augen trat und die Tränen in ihnen aufstiegen. Seine Stimme wurde rauh, als er fortfuhr: »Ich schwor, ihn zu beschützen, aber ich habe versagt. Ich habe ihn mit speziellen Gebeten begraben lassen. Ich konnte ihn nicht zurückbringen; die Umstände haben das nicht erlaubt. Ich – es tut mir so leid.«

Er wollte sie berühren, aber er wußte, daß sie das jetzt nicht ertragen würde. Sie hatte Rowan geliebt. Sie hatte ihn mit ihrer Jugend geliebt, mit ihrer Unschuld, mit ihrer Leidenschaft und voller Lachen. Sie würde nicht wollen, daß der Mann, der diese Liebe zerstört hatte, sie jetzt tröstete.

»Es tut mir leid«, wiederholte er. Dann setzte er unbeholfen hinzu: »Ich verlasse dich jetzt. Wenn du mich brauchst, schicke nach mir.«

Er verließ das Zimmer und schloß die Tür hinter sich. Er hörte die leisen Schluchzer, die ihr entfuhren, stöhnte auf und eilte die Treppe hinunter.

Sie brauchte ihn nicht, oder zumindest schien es so zu

sein. Die Stunden dieses endlosen Tages verstrichen, und sie schickte nicht nach ihm. Als die Abenddämmerung hereinbrach, aß er mit seiner Familie, dann fand er Trost mit einem Horn voll Ale vor dem Feuer, während die Nacht verstrich und es immer später wurde.

Niemand störte ihn, bis ziemlich spät in der Nacht sein Vater kam, sich neben ihn setzte und in das Feuer starrte. »Du solltest zu ihr gehen«, sagte er zu Eric.

»Sie will mich nicht sehen«, antwortete er einfach.

Olaf lehnte sich vor und betrachtete die Flammen. »Einmal bin ich aus einer Schlacht zurückgekehrt und mußte deiner Mutter mitteilen, daß sowohl ein sehr alter Freund – der irische König, den sie vielleicht geheiratet hätte – als auch ihr Bruder am selben Tag gefallen waren. Und nachdem ich das getan hatte, blieb ich ihr fern. Ich verließ sie, damit sie allein weinen konnte.«

»Und was willst du von mir?« fragte Eric ihn.

Olaf lächelte langsam. »Ich machte einen Fehler. Ich möchte nicht, daß du denselben Fehler machst. Geh zu deiner Frau. Halt sie fest. Erleichtere ihren Schmerz, so gut du kannst.«

»Und was, wenn sie mich nicht sehen will?« fragte Eric bitter.

»Sie will dich sehen!« antwortete eine sanfte Stimme, und Erin trat aus dem Schatten und stellte sich hinter ihren Mann. Sie lächelte ihrem Sohn zu. »Ich weiß, daß sie dich sehen will. Sie braucht dich. Genauso wie ich deinen Vater brauchte. Geh zu ihr, Eric.«

Er erhob sich und blickte die beiden an. Dann verließ er seinen Platz am Feuer, stieg die Stufen empor und ging zu seinem Zimmer. Dort blieb er stehen, dann stieß er die Tür auf. Sie lag in ihrem Bett, immer noch glänzten Tränen in ihren Augen. Er hob sie hoch und trug sie vor das Feuer. Dort hielt er sie eng an sich gepreßt. Ihre Arme schlangen sich um seinen Nacken, und sie schluchzte leise, aber sie legte den Kopf an seine Brust.

Er hob ihr Kinn und küßte sanft ihr tränenüberströmtes

Gesicht. Er strich ihr zärtlich das Haar zurück und flüsterte ihr dann zu: »Laß mich dich halten, meine Geliebte. Laß mich dich einfach nur festhalten.«

Ihre Arme schlangen sich enger um ihn, und sie zitterte. Er fragte sie, wovor sie Angst habe.

Ihre silbrigen Augen blickten ihn an. »Ich habe einfach nur Angst, daß du mich verläßt!« flüsterte sie.

Er starrte sie lange Zeit an und erwiderte dann: »Niemals. Niemals, meine Geliebte.«

Sie lehnte sich an ihn und seufzte leise. Und dann fielen ihr die Augen zu.

Sie schlief in seinen Armen, schlief dort, bis die Morgendämmerung anbrach und sie beide erwachten, weil Daria erschien mit ihrem kostbaren – und sehr lautstarken – Sohn in den Armen.

Bald würde ein neuer Tag beginnen. Sie hatten die Nacht überstanden, dachte Eric.

Und vielleicht hatten sie beide tatsächlich einen neuen Anfang gemacht.

17. Kapitel

Weihnachten kam und wurde mit christlicher Würde gefeiert. Eric beschenkte Rhiannon mit einem eleganten Umhang, der mit Juwelen besetzt und feinen Goldfäden bestickt war und von einer Brosche mit keltischem Muster gehalten wurde. Sie beschenkte ihn mit einem edlen Dolch, den sie von einem fahrenden Händler erstanden hatte, die Wikinger-Schätze aus den baltischen Ländern anboten, und mit einer schönen, goldumrandeten Tunika, die sie während den langen Monaten seiner Abwesenheit mit eigenen Händen angefertigt hatte.

Es war ein frohes Fest für Rhiannon. Sie hatte angefangen, Dubhlain und Erics Familie sehr zu mögen, und es fiel ihr ziemlich schwer, sich daran zu erinnern, wie sehr sie den Gedanken, hierherzukommen, verflucht und gehaßt hatte.

Doch es gab zwei Dinge, die sie störten. Zum einen, daß Rowan in einem fremden Land den Tod gefunden hatte, in das er – wenn auch nur indirekt – ihretwegen gekommen war. Und die zweite Sache war, daß sie viele einsame Stunden hatte, in denen sie über Rowans Tod nachgrübeln konnte, denn nach der Nacht, in der Eric sie mitfühlend getröstet hatte, hatte er beschlossen, künftig auf der anderen Seite der Halle zu nächtigen. Als Grund dafür gab er an, er hätte Angst, sie oder das Baby zu stören.

Sie war auch weiterhin uneingeschränkt entzückt von ihrem Sohn, und sie hatte den Eindruck, daß Garth jedesmal, wenn ihre Gedanken zu dem schmerzlichen Verlust von Rowan abschweiften, mit dem Saugen aufhörte und sie wissend und verwundert anstarrte, bis sie wieder lächelte und sich entspannte.

Doch selbst, als die Winde des Januar an den dicken Steinmauern der Stadt zerrten, ritt Eric täglich aus. Seine Schiffe waren repariert und für die Reise nach Osten, in ihre

Heimat, mit Proviant versorgt worden. Es schien so, als wäre er wesentlich begieriger darauf, Dubhlain zu verlassen, als sie.

Das Abfahrtsdatum wurde auf Ende des Monats festgelegt. Rhiannon fand ihren Ehemann in dem spärlich möblierten Raum, den er sich ausgesucht hatte, und protestierte gegen diese Abfahrt. »Du mutest deinem Sohn zu, über ein stürmisches, windgepeitschtes Meer zu reisen! Eric, wir müssen warten...«

»Ich kann nicht warten«, sagte er ungeduldig zu ihr. Er saß vor dem Feuer und schliff sorgsam die Klinge seines Schwertes. Sie wußte, daß er das Schwert Vengeance, die Rache, genannt hatte. Sogar der Tod, den er verteilte, hatte einen Namen. Er blickte auf, als sie stehen blieb, und seine Augen waren genauso frostig blau, abweisend und kühl wie früher. Nichts hatte sich wirklich geändert. Er war sein eigener Herr, und sie war lediglich sein Eigentum, das er herumkommandieren konnte, auch wenn er seinen Sohn liebte. »Ich kann nicht warten! Ich habe Alfred von Wessex die Hilfe meines Schwertes versprochen. Ich bin gegangen, um für meine Verwandten zu kämpfen, was Alfred verstanden hat, aber er hat vor, im Frühjahr Gunthrum anzugreifen, und ich muß dabei sein!«

»Eric...«

»Mylady, es ist eine Frage meiner Ehre.«

Tränen stiegen in ihre Augen. »Ist denn der Tod wirklich so ehrenvoll?«

Er blickte sie wieder an. »Das ist er, Mylady, für einen Mann ist er die einzige Tür zu den Hallen von Walhalla.«

Sie drehte sich um und verließ ihn. Als die Tage verstrichen, sprachen sie nur noch selten miteinander, und Rhiannon betrachtete den grauen und abschreckenden Himmel. Dann war das Abfahrtsdatum da, und Rhiannon stellte erleichtert fest, daß der Wind etwas abgeflaut hatte, auch wenn das Meer immer noch voller schaumiger Wellen war.

Rhiannon suchte ihren Schwiegervater auf und bat ihn darum, zu versuchen, Eric aufzuhalten. Aber Olaf lächelte sie nur freundlich an. »Er muß zurückfahren. Er hat geschworen, Alfred zu helfen. Er hat das Land genommen, er hat dich zur Frau genommen, er hat einen schönen kleinen Sohn. Er muß zurückkehren.«

»Aber...«

»Rhiannon, nichts kann ihn aufhalten. Mach dir keine Sorgen, es wird alles gut ausgehen. Mergwin hat vorhergesagt, daß die Seereise gut ablaufen wird, und in derlei Dingen hat er sich noch nie getäuscht. Ich werde ihn sehr vermissen.«

»Er fährt mit uns?«

Olaf nickte, umarmte sie zärtlich und küßte sie auf den Kopf. »Es ist Zeit. Es gibt keinen anderen Weg, den ein Mann gehen kann. Wenn du jemals zurückkehren möchtest, wenn du uns jemals brauchen solltest, zögere nicht. Das Meer ist wirklich keine unüberwindbare Entfernung zwischen uns.«

Nichts und niemand würde ihr helfen können. Sie würden abfahren. Mergwin hatte gesagt, daß sie sicher sein würden, aber trotzdem fuhr er mit ihnen. Wenn er sich so sicher war, daß ihnen nichts passieren würde, warum kam er dann mit, wenn doch sein Herz Irland gehörte?

Rhiannon dankte Erics Mutter für ihre Gastfreundschaft und drückte nochmals ihr Beileid für den Verlust von Erins Vater aus. Die Königin lächelte und beruhigte sie: »Ich weiß, daß mein Vater die Zeit, seit meine Mutter vor ein paar Jahren gestorben ist, nur noch abgesessen hat. Ich glaube, daß die beiden jetzt wieder vereint sind, und daß sie uns beschützen. Kümmere dich um meinen Sohn und um meinen Enkel, darum bitte ich dich.«

Sie konnte sich nicht um Eric kümmern, niemand konnte das, aber das sagte sie Erin nicht. Sie küßte ihre Schwiegermutter auf die Wange, und dann nahm sie von Megan ihren fest eingepackten Garth in Empfang. Anschließend stellte Rhiannon fest, daß Daria sich entschlossen hatte, sie zu begleiten. Sie war sehr froh darüber.

Rhiannon war schon an Bord des Schiffes ihres Mannes

gegangen, als sie Mergwin entdeckte, der sich von Erin verabschiedete. Ein paar Augenblicke später war auch er an Bord, ging durch die Reihen der Seeleute und setzte sich neben sie in das Heck des Schiffes. Rhiannon stellte fest, daß Daria an Bord von Patricks Boot reiste.

Rufe und Befehle waren zu hören, und dann konnte sie beobachten, wie an diesem grauen Morgen die Stadt Dubhlain mit ihrer wunderbaren Stadtmauer langsam am Horizont versank. Warme Finger schlossen sich um die ihren. Sie drehte sich um und sah Mergwins Augen auf sich ruhen. »Alles wird gut gehen«, beruhigte er sie.

Sie nickte und hielt seine Hand fest. Sie dachte an sein hohes Alter und fragte sich, warum er sich wohl dazu entschlossen hatte, diese Reise zu unternehmen.

Die See war stürmisch, sie wurden ständig herumgeworfen, der kalte Wind zerrte an Rhiannons Gesicht und Haaren und kühlte sie völlig aus.

Stunden später verließ Eric seinen Platz am Bug des Drachenschiffs und ging zu ihr nach hinten. »Geht es dir dieses Mal besser?« fragte er. Es war eine höfliche Frage, auch wenn sie den Eindruck von Distanziertheit machte.

»Es geht mir gut, Mylord. Ich bin ein hervorragender Matrose, wenn ich nicht gerade schwanger bin.«

»Nun, wenn du daran gedacht hättest, mich davon zu unterrichten, daß du schwanger bist, Mylady, wäre ich vielleicht besser darauf vorbereitet gewesen, die Reise für dich bequemer zu machen.«

Er wartete ihre Antwort nicht ab. Er drehte sich um, ging wieder zum Bug und nahm abermals seinen Wachposten ein. Sie warf Mergwin einen Blick zu und sah, daß er verstohlen lächelte. Doch dann stellte sie fest, daß das Lächeln seine Augen nicht erreichte und machte sich Sorgen. »Seid Ihr krank?« fragte sie ihn ängstlich.

Er schüttelte den Kopf. »Nur ein bißchen traurig, das ist alles.«

»Warum?«

»Ich werde Irland nie wiedersehen«, sagte er sanft zu ihr.

Ein Frösteln überlief sie. »Das dürft Ihr nicht sagen!« erwiderte sie. »Bitte, Ihr dürft nicht...«

»Die Wahrheit sagen? Ich bin ein sehr alter Mann, Rhiannon. Sehr alt.«

»Und ich brauche Euch!« beharrte sie.

»Und ich werde da sein, solange du mich brauchst«, versicherte er ihr. Dann wechselte er schnell das Thema. »Manchmal ist er sehr empfindlich, weißt du.«

»Eric?«

Mergwin nickte. »Ich frage mich nur, warum er so angespannt ist, daß er wie ein gefangener Wolf auf seinem Schiff auf und ab tigert.«

»Das kommt daher, weil er ein arroganter Wikinger ist«, antwortete Rhiannon schnell.

»Ein einsamer Wolf, der hin und her läuft. Wie du weißt, Mylady, vermählen sich Wölfe für das ganze Leben. Und wenn ein Wolf seine Gefährtin verliert, läuft er durch die Wälder und heult seinen Schmerz und seine Wut darüber laut hinaus.«

»Aber liebt denn ein Wolf seine Gefährtin?«

Mergwins Lächeln vertiefte sich, und seine uralten Augen schienen wie Silber zu glänzen. »Ich habe diesen Wolf schon einmal verliebt erlebt – vor langer Zeit an einer weit entfernten Küste. Sie wurde getötet, und ich habe gesehen, wie er gelitten hat und ruhelos umher gelaufen ist, bis – du gekommen bist. Aber das war etwas anderes, weißt du. Es war eine andere Zeit und ein anderes Leben. Ich glaube nicht, daß er bis heute die volle Bedeutung dieser Zeit begriffen hat. Du hältst den Wolf in deinen Händen, Rhiannon. Das mußt du dir immer vor Augen halten.«

»Er zieht wieder in den Krieg«, sagte sie leise. »Er wird immer in irgendeinen Krieg ziehen.«

»Die Ruhe kommt erst nach dem Sturm. Das wird Alfreds letzte große Schlacht sein, und er wird siegen und als einziger König in die Geschichte eingehen, den die Engländer ›den Großen‹ nennen werden.«

»Aber wird er den Sturm überleben?« fragte Rhiannon.

Er ließ sich mit der Antwort Zeit. Der Wind blies ihnen heftig ins Gesicht und zauste Mergwins Haar und Bart. Garth, der vor sich hingewimmert hatte, beruhigte sich, und sogar die Rufe der Männer und das Flattern der Segel schien allmählich leiser und gedämpfter zu klingen.

»Du mußt ihn überleben!« war alles, was er ihr erwiderte.

Dann erhob sich auch Mergwin und schlenderte zum Bug.

Allein gelassen drückte Rhiannon Garth ganz dicht an ihr Herz und versuchte das Zittern zu unterdrücken, das in ihrem Inneren begonnen hatte.

Die Überfahrt war erfolgreich, und bei Einbruch der Dunkelheit konnte Rhiannon wieder den heimatlichen Boden von Wessex betreten. Adela war zu ihrer Begrüßung gekommen, und in ihrem Gemach erwartete sie vor dem Feuer ein heißes Bad und warmer Met mit Zimt. Nachdem Garth gefüttert und gebadet war, fiel sie erschöpft in ihr Bett und schlief traumlos ein.

Die Tage vergingen, und die Kriegsvorbereitungen gingen weiter. Zu Beginn des Frühlings mußte Eric sich mit Alfred vereinigen, um die Dänen unter der Führung Gunthrums anzugreifen.

Im Haus war bereits ein kalter Krieg im Gange, dachte Rhiannon. Sie verstand nicht, warum Eric ihr so lange Zeit fern blieb. Garth wuchs heran, und Eric hatte viel Freude an dem Kind und spielte oft mit ihm. Und doch schlief er auch weiterhin anderswo. Verletzt wie sie war, fühlte Rhiannon, wie in ihr Wut entbrannte, und die Peinlichkeit ihrer Situation gab diesen Flammen Nahrung. Wenn Eric sie begehren würde, würde er sie einfach in die Arme gerissen und genommen haben. Sie besaß nicht die Kraft, ihn irgendwohin zu tragen. Und sie war zu stolz, um ihn zu bitten, zu ihr zu kommen. Er hatte sie umarmt und ihr versprochen, sie niemals gehen zu lassen.

Und seitdem hatte er sie nicht mehr berührt.

Aus dem Februar wurde März. Der Tag, an dem er fortreiten würde, kam immer näher, und sie war davon überzeugt, daß sie das nicht ertragen würde. Mergwin war gereizt und sprach nichts. Das schürte ihre Angst. Da sie unbedingt mit Eric sprechen mußte, ehe er fortging, machte sich Rhiannon schließlich doch auf den Weg zu seinem Zimmer. Sie klopfte an seine Tür, die bereits einen Spalt weit offengestanden hatte und sich jetzt ganz öffnete. Sie sah, daß Eric bis zum Hals in einem dampfenden Bad saß. Und an seiner Seite stand zu seiner Bedienung kein junger Diener, sondern niemand anderer als das zartgliedrige Mädchen Judith.

Er hatte das Klopfen nicht gehört und sah sie auch nicht, weil er seinen Kopf auf den Rand der Wanne gelegt hatte und sein Gesicht von einem heißen Tuch bedeckt war. Rhiannon warf stolz den Kopf in den Nacken und betrat das Zimmer. Als Judith sie erblickte, riß sie die Augen auf. Rhiannon lächelte sie ungemein süß an und bedeutete ihr, den Raum zu verlassen. Dann schloß sie hinter Judith die Tür.

»Ach, Judith, schrubb mir doch den Rücken, ja?« sagte er. Rhiannon stieß erstickt so etwas wie eine Zustimmung hervor, trat hinter ihn und zog das Tuch von seinem Gesicht. Er beugte sich nach vorne und wendete ihr seinen nackten Rücken zu. Geschickt schrubbte sie seinen Rücken und biß sich dabei ständig auf die Lippen, um ihn nicht zu schlagen. Bei seinen nächsten Worten stieg heiße Wut in ihr auf: »Nachdem du meinen Rücken behandelt hast, Mädchen, wie wär's jetzt mit meiner Vorderseite?« Der heisere Ton seiner Stimme ließ keine Frage über die Bedeutung seiner Worte aufkommen.

»Oh, Mylord! Nichts mache ich lieber, als mich um Eure Vorderseite zu kümmern – und zwar ständig!« fuhr sie ihn an. Und ehe er antworten konnte, hatte sie ihm Wasser über sein Gesicht und seinen Bart gespritzt. Und dann wirbelte sie herum und rannte mit Tränen in den Augen und brennender Wut im Herzen aus dem Zimmer.

»Rhiannon!« brüllte er in scharfem Kommandoton hinter ihr her. Sie beachtete ihn nicht und lief weiter.

Sie rannte die Treppe hinunter, vorbei an Patrick und Rollo und den Männern in der Halle, an Adela und Daria, die zusammen an einem Wandteppich stickten.

»Rhiannon!« donnerte er abermals. An der Tür packte sie ihren dicken Umhang und rannte zu den Ställen. Sie stieß die Stalljungen beiseite, legte einer Stute in fliegender Hast die Zügel an, sprang auf ihren nackten Rücken und galoppierte an den Wachen vorbei durch die Tore hinaus.

Sie wußte nicht, wohin sie wollte. Es war ihr, als wäre sie endlos dahingaloppiert, bis sie bemerkte, daß sie der armen Stute eine Ruhepause gönnen mußte. Als sie ihr Tempo schließlich verringerte, wurde ihr bewußt, daß es schneite und daß die Nacht bitter kalt war. Um sie herum war es dunkel, und sie, die dieses Land wie ihre eigene Tasche kannte, hatte sich verirrt.

Aber das schien keine Rolle zu spielen. »Zum Teufel mit ihm!« schrie sie in den Nachtwind. Und dann rannen ihr die Tränen über die Wangen. Sie achtete nicht darauf, wo ihr Pferd hintrat, und so wurde sie völlig überrascht, als die Stute plötzlich wieherte und emporstieg. Rhiannon preßte zu spät ihre Schenkel zusammen und rutschte an dem Pferd hinunter und landete unsanft auf ihrem Hinterteil. Benommen lag sie auf dem Boden.

Dann drehte sich die treulose kleine Stute um und galoppierte davon – in Richtung Heimat, zur Wärme, zu einem Stall voller Heu.

Rhiannon erhob sich und rieb sich ihr mißhandeltes Hinterteil. Doch dann begann sie zu zittern, und das Herz blieb ihr fast stehen. Garth! Er schlief jetzt die Nächte durch, aber am Morgen würde er erwachen, hungrig und weinend und ganz allein. Sicherlich würden sie sich um ihn kümmern. Adela und Daria waren ja da; sie würden ihn niemals leiden lassen. Und es gab Ziegenmilch, die er trinken konnte...

Sie konnte hier draußen sterben. Nein, sie würde nicht sterben; sie würde den richtigen Weg schon finden, sie mußte nur einfach losmarschieren...

Plötzlich hörte sie das Donnern von Pferdehufen und Sekunden später schälte sich Eric aus der Dunkelheit. Er saß auf dem großen, weißen Hengst. Sie wischte sich schnell die Tränen aus den Augen und versuchte ihr schneebedecktes

Haar und ihre verrutschte Kleidung in Ordnung zu bringen. Er hielt vor ihr an, starrte zu ihr hinab, und sie war sich sicher, Belustigung in seinen Augen zu sehen. Wie konnte er es wagen!

Sie fing an, in die Richtung zu gehen, aus der er gekommen war.

»Rhiannon!«

Sie ging weiter. Er hielt sie nicht auf, sondern ließ das Pferd langsam hinter ihr traben. »Ich dachte, daß du vielleicht etwas Hilfe brauchen würdest.«

»Wie kommst du auf diese Idee?«

»Zum Beispiel durch die Stute, die an mir vorbeilief.«

»Ach. Nun, ich hatte gedacht, daß reiten mir Spaß machen würde. Aber nachdem ich erst einmal hier draußen war, stellte ich fest, daß ich viel lieber zu Fuß gehen würde, und schickte das Tier heim. Du kannst gerne wieder gehen.«

»Soll ich das?«

»Aber sicher.«

Sie hatte nicht gehört, daß er abgestiegen war, im Schnee hatte sie auch seine Schritte nicht gehört, aber plötzlich war er hinter ihr und riß sie in seine Arme. Sie wehrte sich gegen ihn, aber er achtete nicht auf ihre trommelnden Fäuste.

»Du bist völlig durchnäßt! Du wirst krank werden!« schalt er sie. Sekundenschnell stieg er mit ihr auf den Hengst. Und immer noch wehrte sie sich gegen seinen Griff.

»Welchen Unterschied würde das für dich machen!« schrie sie ihn wütend an. »Du findest dein Vergnügen ja überall!«

»Garth würde es das Herz brechen!«

»Laß mich gehen... Wikinger!« zischte sie ihn an.

Plötzlich schienen sich die Schleusen des Himmels zu öffnen. Aus der Dunkelheit stoben Millionen von dicken Schneeflocken. Eric fluchte und trieb den Hengst stärker an. Inzwischen bereute Rhiannon ihre impulsive Flucht. Das Wetter verschlechterte sich ständig. Sie würden es niemals zurück schaffen. Der dicke, nasse Schnee fiel jetzt gnadenlos auf sie herab.

Aber Eric ritt nicht nach Hause. Sie stellte fest, daß er in

Richtung auf eine der kleinen Jagdhütten ritt, die sich am Band der Klippen in den Wald duckten. Er führte den Hengst unter das Vordach, stieg dann ab und nahm Rhiannon auf die Arme. Er kämpfte sich gegen den Wind ins Innere der Hütte und stellte sie auf den Boden, um sofort hinter sich die Tür zu schließen. Nachdem er das geschafft hatte, drehte er sich um und lehnte sich dagegen. Sein blauer Blick ruhte mit einem scharfen und gefährlichen Ausdruck auf ihr.

»Nun, meine Liebe! Da sind wir also! In einer Nacht, in der wir sicher und warm vor einem Feuer sitzen könnten!«

Sie ignorierte ihn, drehte ihm den Rücken zu und versuchte, die Näße aus ihren Kleidungsstücken zu wringen. Er schlenderte auf sie zu. Einen Augenblick lang erstarrte sie vor Angst, aber er berührte sie nicht. Er ging zum großen Kamin und schichtete das Holz. Dann holte er Zünder und Feuerstein heraus und schaffte es, eine Flamme zu entfachen. Die Wärme war geradezu hypnotisierend. Sie zitterte zwar am ganzen Leib, wollte aber nicht näher zum Feuer rücken.

Eric erhob sich und blickte sich um. In einer Ecke des kleinen Raums lagen Strohballen, bedeckt mit Pelzdecken. Links vom Kamin stand ein großer, roh behauener Tisch, auf dem mehrere Trinkhörner lagen. Er ging zum Tisch und probierte den Inhalt des ersten Horns. Dann fiel sein Blick auf Rhiannon, und er trat auf sie zu. Sie wich zurück, und er hielt mit einem teuflischen Glänzen in seinen Augen inne. Er reichte ihr das Horn. »Met. Trink es! Ich habe vor, dich lebendig zurückzubringen.«

»Ich will nicht.«

»Ich sagte, du sollst es trinken!«

Sie nahm einen großen Schluck. Warm und köstlich rann er ihre Kehle hinunter in den Magen. Sie nahm noch einen tiefen Schluck, dann gab sie ihm das Horn zurück. »Habe Euren Befehl ausgeführt, Mylord«, meinte sie spöttisch. »Wünscht Ihr sonst noch etwas?«

»Aber sicher. Zieh deine Kleider aus.«

»Das werde ich nicht!« zischte sie ihn wütend an. Aber er

hatte sich bereits umgedreht, ließ das Horn auf eines der Strohbetten fallen und zog von einem anderen die Pelzdecke.

»Mal sehen, wie ich es dir am besten erkläre. Also, Mylady, entweder zu ziehst deine Kleider freiwillig aus, oder ich werde es für dich tun. Es ist ja schon eine ganze Weile her, daß ich das getan habe. Ich würde es sehr gerne wieder tun.«

»Oh!« schrie sie, und Wut übermannte sie. »Blutiger Eindringling, Wikinger-Bastard!« warf sie ihm an den Kopf. Lächelnd packte er ihren Arm und zog sie an sich. Sie wehrte sich, und schon hatte er ihren Umhang in der Hand. Sie rannte in eine Ecke des Raumes, aber er verfolgte und packte sie. Sie trommelte auf seine Brust, aber er nahm ihre Handgelenke und hielt sie ihr hoch über den Kopf. Auf diese Art wurde sie bewegungsunfähig. Mit seiner freien Hand zerrte er die blaue Wolle ihrer Tunika und das Leinen ihres Unterhemdes. Sie versuchte ihn zu treten, und in ihrer Wut fing sie wieder zu schreien an. »Ich hatte den Eindruck, daß es Judith war, die Eure Vorderseite ›behandeln‹ sollte, Wikinger!«

Er stieß ein heiseres Lachen aus, sein Atmen strich warm über ihre Wange und roch süß nach dem Met, und sein Körper war dem ihren ganz nahe. »Rhiannon –«. Er unterbrach sich, als sie es schaffte, ein Knie hochzubringen und ihn informierte: »Mylord, das ist alles, was ich für Eure Vorderseite tun kann!«

Eine Sekunde später lag sie flach auf dem Strohbett, wo sie sich verzweifelt hin und her wand. Sie schlug um sich, um die spärlichen Überreste ihrer Kleidung zu behalten, aber er riß sie ihr mit brutaler Gewalt herunter. Heftig zitternd schlang sie die Arme um sich, doch es wurde ein Fell über sie geworfen, hüllte sie ein und wärmte sie. Erschrocken krabbelte sie darunter hervor und sah, daß Eric sich ebenfalls seiner tropfnassen Kleider entledigte und ein Fell um sich schlang.

Dann wendete er sich wieder ihr zu. Sie versuchte aufzustehen, aber er stieß sie zurück und setzte sich mit gespreizten Beinen über sie. Wieder stiegen ihr Tränen in die Augen. Das Fell bedeckte lediglich seine Schultern. Seine nackte, muskelbepackte Brust war faszinierend weich und schimmernd. Es war schon so lange her, seit sie ihn so gesehen hatte. Sein Penis ruhte auf ihrem Bauch, und auch das erfüllte sie mit Wärme und Sehnsucht und schien in ihr etwas zum Kochen zu bringen. Aber jetzt, wo sie angefangen hatte, ihn so verzweifelt zu brauchen, ihn jeden wachen Augenblick zu begehren, sich danach zu sehnen, ihn mit Zärtlichkeit und Verlangen zu berühren; jetzt, wo sie ihn liebte, betrog er sie. Er begehrte die Hure Judith.

»Wage es nicht, mich zu berühren!« flüsterte sie voller Angst, daß ihr bald die Tränen herunterrinnen würden und daß damit ihr Stolz gebrochen würde.

Wieder packte er ihre Handgelenke und lehnte sich dann dicht über ihren Körper. Ihre Brüste berührten seine Brust, und sie sehnte sich danach, daß er sie umfaßte und liebkoste. Seine Lippen waren dicht über ihren, und er flüsterte heiser: »Wie kannst du dich jemals um meine Vorderseite kümmern, wenn ich dich nicht berühren darf?«

»Zum Teufel mit dir!«

Er brachte sie mit einem Kuß zum Verstummen. Zunächst roh und leidenschaftlich, dann süß und zärtlich. Aus Zwang wurde Verführung. Mit seinen süßen Küssen brach er ihren Willen und stahl ihr den Atem und wärmte sie gegen die Kälte. Als er sich von ihr löste, berührte er ihre Lippen immer wieder mit den seinen. Und gerade, als ihre Tränen zu fließen begannen, drehte sie den Kopf weg und bat ihn: »Eric, nicht!«

»Rhiannon, ich wußte, daß du es warst.«

Sie blickte ihn mit großen, ungläubigen Augen an. »Wie konntest du...«

»Weil du umgeben bist von deinem ganz eigenen, süßen Duft. Wie Rosen. Vermutlich kommt das von der Seife, die du benutzt. Du strömst ständig diesen Duft aus. Ich kenne ihn genausogut wie die Farbe deines Haares und die Färbung deiner Augen. Ich kenne ihn, weil er mich seit dem Tag, an dem wir uns kennenlernten, verfolgt hat. Er zieht durch meine Träume und erinnert mich an dich, wenn ich nicht bei dir bin. Er hüllt mich ein wie deine weiche Haarfülle, wenn wir zusammen sind. Keine andere Frau duftet so.«

»Aber ... Eric, sie war in deinem Zimmer, während du ein Bad genommen hast!«

»Sie hat mir Handtücher gebracht. Meine Liebe, sie ist eine Bedienstete meines Hauses.«

»Und du hast ...« Sie hielt inne, dann holte sie tief Luft. »Du hast dich so weit entfernt von mir gehalten!«

»Ich wollte dir nicht wehtun und auch nicht dem Kind.« »Aber es ist schon lange über die Zeit!«

»Rhiannon, du hast mir gesagt, daß die Geburt sehr schwer war. Ich dachte, es wäre das beste, wenn ich mich für eine Zeit von dir fernhalte. Und dann ... nun, du hast mir nicht den Eindruck vermittelt, daß ich wiederkommen sollte.«

Sie leckte sich über die Lippen und starrte ihm in die Augen. »Weil ich dachte, daß du nicht wiederkommen willst!«

»Willst du, daß ich zurückkomme?«

Wieder atmete sie tief ein, hin und her gerissen, voller Angst und doch beseelt von dem Wunsch, der Zärtlichkeit in seinen Augen zu glauben. »Oh, mein Gott!« stöhnte sie. »Ich kann einfach nicht glauben, daß ich das zu einem Wikinger sage! Ja, ja ... ich will dich zurückhaben. Ich will dich ... ich ...« Sie brach wieder ab, zitterte, und dann fühlte sie seine aufregende Wärme und all das Wunderbare, auf das sie so lange hatte verzichten müssen – die Härte seiner Schenkel, das Pochen seines Herzens, die versengende Hitze seines Körpers, der sich gegen ihren drängte. Und sein Gesicht, bezaubernd und stark, geschaffen durch das Beste, was zwei Kulturen hervorbringen konnten. Seine Augen ... so endlos blau, die jetzt so zärtlich auf ihr ruhten. Sie wagte es, zu flüstern: »Ich will dich Eric. Aus ganzem Herzen. Ich liebe dich.«

Eric zuckte bei den geflüsterten Worten heftig zusammen, starrte gleichzeitig verwundert, überrascht und so voller Liebe auf sie hinab, daß es ihrer Liebe für ihn gleichkam. Ihre

Augen waren feucht und glänzten beim Schein des Feuers silberblau, bezaubernd umrandet von ihren dichten, schwarzen Wimpern. Ihr Haar ringelte sich zwischen ihren nackten Körpern und den Fellen, und hüllte sie mit seinen feuerfarbenen Locken ein. Ihre Lippen hatten die Farbe von dunklen Rosenknospen, ihr Gesicht war leicht gerötet, und ihr Körper war noch schöner, als die Erinnerung daran, die ihn in seinen Träumen während der langen einsamen Nächte verfolgt hatte. Ihre Brüste waren immer noch größer als normal und sehr voll, die rosigen Brustwarzen voller Begierde geschwollen, und ihr Körper lag hingebungsvoll und weich unter ihm.

Und sie hatte geflüstert, daß sie ihn liebte!

»Bei Gott, ich hatte so viel Angst!« gestand er ihr. »Auch Angst davor, daß ich das wenige von dir, was mir gehörte, verloren hätte, als Rowan starb. Den Mann konnte ich bekämpfen, weißt du, aber niemals ein Gespenst. Ich dachte, daß er zwischen uns stehen würde, und deshalb wartete ich, aber ich...« Er hielt inne, und ihr Blick hing fragend und verwirrt an dem seinen. »Ich hatte so sehr Angst, dich zu lieben, Rhiannon. Liebe macht einen Mann verwundbar. Sie kann zu einer bösartigen Waffe werden. Ich habe dagegen angekämpft, und ich wußte nicht, wann ich diesen Kampf verlieren würde, ich wußte nur, daß das irgendwann einmal der Fall sein würde. Vermutlich hatte ich von Anfang an verloren, von jenem Tag an, als ich dich zum ersten Mal hoch oben auf der Mauer sah. Vielleicht geschah das in dem Augenblick, als ich dich unter mir hatte. Oder als ich sah, wie du dich bewegst und tanzt und dabei all die Männer fast zu Gewalttätigkeiten verleitet hast. Vielleicht war es auch nur der verzweifelte Wunsch, dich zu haben, zu besitzen, und als ich das dann erreicht hatte, war ich wirklich für immer verloren. Ich weiß nicht, wann es passierte. Aber, mein Eheweib, auch ich liebe dich – mit ganzem Herzen, mit meinem ganzen Leben und mit meiner ganzen Seele.«

»Eric!« flüsterte sie, und die Tränen liefen ihr über die Wangen, und sie sprudelte alles so schnell heraus, daß er ihr kaum folgen konnte. »Ich habe dich schon lange vor Rowans

Tod geliebt. Er war mir immer noch lieb und teuer, und ich habe mich wegen seines Todes sehr gegrämt, aber du warst mir tausend Mal lieber als er. Ich konnte nicht begreifen, daß ich dich lieben konnte, wo du mich doch ständig herumkommandiert hast, arrogant und fordernd.«

»Arrogant?«

»Und wie.« Sie lachte, verstummte schließlich und flüsterte dann: »Oh, Eric, ist das wirklich alles wahr?«

»Ich weiß, daß du jetzt mein Leben für mich bist und daß ich dich über jedes Verstehen oder jeden Grund hinaus liebe!« flüsterte er. Dann stöhnte er auf und fuhr mit den Fingerspitzen über ihre Wange, als er sagte: »So oft habe ich meinen Sohn beobachtet, wie er an deiner Brust lag, und ich sehnte mich so sehr danach, an seiner Stelle zu sein!« Wieder berührten seine Lippen die ihren, wanderten dann zu ihrer Brust und liebkosten sie. Bei dieser köstlichen Berührung schrie sie auf und drückte seinen goldenen Kopf an sich. Dann streichelte er sie, erregte sie und flüsterte ihr immer wieder mit spontanen und beschwörenden Worten zu, was er an ihr liebte, und bei jedem Wort berührte, liebkoste und entflammte er ihren Körper und ihre intimsten und geheimsten Stellen mit seiner Zunge. Dann richtete sie sich auf und umarmte ihn, und ihr Flüstern liebkoste ihn genauso wie die weichen, zarten Locken ihres Haares. Eifrig berührte, erforschte und erregte sie ihn, versicherte ihm voll süßer Hingabe, daß sie ihm mit Freude auf jede Art gehorchen und dienen wolle, und daß sie gierig darauf wäre, und sicherlich auch kompetent genug, seine Vorderseite zu versorgen; und dann begann sie, den Worten Taten folgen zu lassen. Er lachte und riß sie an sich und unter sich. Vor dem Feuer götzten sie sich an dem Wunder ihrer neuentdeckten Liebe.

Bis spät in die Nacht hielten sie einander umklammert und lauschten dem knisternden Feuer. Sie berührten und liebten sich immer wieder, und als Rhiannon ihm schließlich ihre Sorge um Garth mitteilte, beruhigte Eric sie. Ihm ginge es sicherlich gut. Niemand würde sich Sorgen machen, denn jeder wüßte, daß Eric ihr nachgeritten war.

»Und sie wissen, daß es uns gutgeht, weil du unverwundbar bist?« neckte sie ihn.

Er lachte: »Nun, vielleicht.«

»Du bist sehr eingebildet.«

»Und ich fürchte, daß ich das immer sein werde. Macht es dir sehr viel aus?«

Sie seufzte mit gespielter Resignation: »Ich werde versuchen, damit zu leben.«

»Willst du das? Du darfst nie vergessen, mein Liebling, daß du willensstark, stolz und gefährlich bist, und daß ich für immer eine Narbe von deinem Pfeil tragen werde!«

»Und du bist genauso fordernd und selbstherrlich wie du eingebildet bist«, erinnerte sie ihn zärtlich, streichelte die Haut um seine Narbe und versicherte ihm lächelnd, daß sie viele Nächte damit verbringen würde, ihn für diese Tat zu entschädigen. Dann umarmte er sie abermals, liebte sie abermals, und gemeinsam verfielen sie in einen erschöpften Halbschlaf.

Die Morgendämmerung kam, und sie bewegte sich in seinen Armen und sagte besorgt zu ihm: »Eric, ich habe dich niemals betrogen – und auch Alfred nicht. Ich schwöre es. Er ist mein König und war mein Vormund, und ich liebe ihn und würde es niemals zulassen, daß er verraten wird. Und ich habe auch dich nicht verraten.«

Er nahm ihre Hand und küßte sie. »Psst, mein Liebling, das weiß ich doch.« Dann schwieg er, aber seine Gedanken wanderten zurück. Wieder sah er Rowan lebendig und gesund im Sattel sitzen, als sie gegen die Dänen fochten, und dann sah er Rowan tot auf dem Boden, und er sah den Dolch.

Er zog sie an sich und küßte sie auf die Stirn. »Ich weiß, mein Liebling, ich weiß.«

Minuten später standen sie auf. Er warf ihr seinen Umhang über und wickelte sie in Felle. Dann gingen sie nach draußen. Es hatte aufgehört zu schneien, und die Welt lag unter einer märchenhaften weißen Decke. Sie bestiegen den weißen Hengst, und das mächtige Tier brachte sie sicher nach Hause.

Es folgte eine Zeit des Friedens, die so wunderbar war, daß Rhiannon kaum den Gedanken ertragen konnte, daß Eric eines Tages wieder fortreiten würde. In den Nächten klammerte sie sich an ihn und wünschte sich, daß sie auf magische Art die Zeit anhalten und die Zukunft fernhalten könnte.

Aber sie konnte es nicht. An einem herrlichen Frühlingsmorgen bereiteten sich die Männer auf den Abmarsch vor Rhiannon wartete mit Garth auf dem Arm im Hof, neben sich Adela und Daria. Eric ritt auf dem weißen Hengst zu ihr. Seine Rüstung bedeckte seine Brust, sein Umhang war über seine Schultern zurückgeworfen. Auf seinem Kopf thronte sein Helm, und durch das offene Visier konnte sie das aufregende Blau seiner Augen sehen. Sie zitterte, dachte daran, wie tief und herzlich sie ihn liebte und wie wunderschön er war. Er sollte nicht in den Krieg ziehen!

Er stieg ab und nahm seinen Helm herunter. Dann küßte er behutsam seinen Sohn und gab das Kind seiner Schwester, um Rhiannon in die Arme zu schließen. Er küßte sie lange und zärtlich, bis sie dachte, daß ihr das Herz im Leibe zerspringen würde.

Als er sich abwendete, überfiel sie die Angst. Er schwebte in großer Gefahr. Mergwin wäre nicht mit ihnen an diese Küste gekommen, wenn er nicht Angst vor der Gefahr hätte, in der Eric schwebte. Sie konnte ihn nicht gehen lassen.

»Eric...«

»Noch ehe du dich umschaust, wird es vorbei sein, und ich werde wieder zu Hause sein, mein Liebling.«

»Nein...« flüsterte sie elend.

»Ich werde zurückkommen. Ich habe gesagt, daß ich das tun werde, und so wird es auch geschehen«, versicherte er ihr mit einem zärtlichen Lächeln.

»Wenn nur...«

»Was?« fragte er.

Sie schüttelte den Kopf und hob das Kinn. Sie würde ihn nicht mit ihren Ängsten beladen in die Schlacht reiten lassen. »Möge Gott mir dir sein, mein Lieber. Gott und all die Gottheiten des Hauses von Vestfald!«

Er umarmte sie nochmals zärtlich. »Und du wirst ganz sicher sein. Patrick bleibt als Bewacher bei dir, Daria ist da und natürlich auch Adela. Paß auf unseren Sohn auf, Madame.«

»Das werde ich.«

»Und Mergwin bleibt auch hier.«

»Mergwin!« Überrascht löste sie sich von ihm. »Mergwin bleibt hier? Er reitet nicht mit dir?«

»Er möchte hier bei dir bleiben. Er ist ein sehr alter Mann. Es würde mir nicht gefallen, wenn er darauf bestehen würde, an der Schlacht teilzunehmen.«

Sie nickte und fühlte, wie ein kühler Lufthauch sie streifte. Dann schaffte sie es, zu lächeln.

Mergwin war nicht der Meinung, daß Eric in Gefahr war. Er war der Meinung, daß sie in Gefahr schwebte!

Abermals küßte sie Eric voller Wärme und Leidenschaft. Dann flüsterte er ihr zu, daß er gehen müsse, und sie trennten sich voneinander. Sie sah zu, wie er, prächtig anzusehen in seiner kriegerischen Aufmachung, den Hengst bestieg, und sie schaffte es, ihm zuzulächeln und zuzuwinken, bis er außer Sicht kam.

Dann löste sich ein Schluchzen aus ihrer Kehle. Sie drehte sich schnell um, betrat das Haus, rannte in ihr Gemach, und dort weinte sie, bis sie keine Tränen mehr hatte.

Sie lag da und betete stumm: *Gott, hilf ihm, Gott, hilf ihm, Gott, sei mit ihm.*

Und ich bitte dich, lieber Gott, auch mit mir zu sein!

18. Kapitel

Die Schlacht war kurz und gnadenlos.

Innerhalb von ein paar Wochen hatten sie die Dänen in London eingekesselt, und danach wurde heftig innerhalb der alten römischen Stadt gekämpft.

Eric saß auf seinem Hengst Alexander und starrte auf die Ruinen von London hinab. Es war ein ausgebrannter und trostloser Ort, in dem man nicht mehr wohnen und leben konnte. Männer schafften mit Karren die zerschmetterten Körper weg; allmählich tauchten in den Trümmern wieder Frauen und Kinder auf, die in dem Unrat nach Nahrung und Lebensmitteln suchten.

Aber zumindest war es jetzt vorbei, dachte Eric müde.

Und er hatte zusammen mit Rollo und dem Großteil seiner Leute wieder einmal überlebt. Eric war an den Krieg gewöhnt; er hatte sein ganzes Leben lang gekämpft. Aber als er an diesem Tag auf die Ruinen dieser großartigen Stadt blickte, war er des Abschlachtens, der Schmerzen und der Trostlosigkeit aus tiefstem Herzen überdrüssig und zutiefst froh, daß er sich in den nächsten Tagen wieder auf den Heimweg machen konnte. Nach Hause...

Zuerst mußte ein Friedensvertrag ausgehandelt werden. Denn Gunthrum, der verschlagene Däne, hatte es verstanden, die Schlacht wohlbehalten zu überstehen.

England sollte in zwei Teile geteilt werden. Die Dänen würden Essex, East Anglia, die östlichen Midlands und das Land nördlich des Humber bekommen. Im Süden würde Alfred als König regieren, und niemand würde jemals wieder seine Oberherrschaft in Frage stellen.

Es würde Frieden geben. Falls der Frieden andauern würde.

Er lenkte den Hengst von dem trostlosen Anblick weg und ritt auf die Ansammlung von Zelten am Stadtrand zu.

Als er einen hohen, entsetzten Schrei hörte, dem das Geräusch von aufeinanderprallendem Stahl folgte, beschleunigte er sein Pferd. Dann hörte er die Geräusche eines heftigen Schwertkampfes. Er ließ den Hengst schneller galoppieren. In einem Wäldchen entdeckte er nach kurzer Zeit eine Gruppe von Männern. Die meisten waren seine Leute, und einige gehörten zu den engsten Gefolgsleuten des Königs. Sie lagen im Kampf mit einer Gruppe, die ein dänisches Überfallkommando zu sein schien. Schnell zog er sein Schwert und warf sich in den Kampf, wobei er Rollo mittendrin entdeckte. Eric sprang vom Pferd und hackte sich seinen Weg bis zum Rücken seines Freundes. Zusammen bildeten sie eine unüberwindliche, tödliche Kampfmaschine. »Bei den Hallen von Walhalla!« brüllte Rollo. »Was soll das? Genau an dem Tag, an dem der Friedensvertrag unterzeichnet werden soll?«

»Ich weiß es auch nicht!« brüllte Eric zurück. In diesem Augenblick war es ihm auch egal. Der Feind drang von zwei Seiten auf ihn ein, und er brauchte seine ganze Kraft, um sein Schwert schnell genug zu führen, damit er seine Haut retten konnte. Er stolperte fast über einen gefallenen Angreifer, und das war offensichtlich seine Rettung, denn ein Schwert fuhr zischend durch die Luft und verfehlte um Haaresbreite seinen Schädel. Er richtete sich auf und enthauptete seinen Angreifer. Dann holte er heftig Luft, als er hoch oben auf einer Erhebung einen einzelnen Reiter bemerkte, der auf ihn herunterstarrte. Eric kniff die Augen zusammen und versuchte, die Embleme auf dem Umhang des Mannes zu erkennen.

Er fluchte und hob sein Schild, als der Mann seine Hand erhob und eine blitzende, silberne Klinge durch die Luft auf ihn zuwarf. Der Dolch knallte mit großer Heftigkeit gegen sein Schild und fiel dann auf den Boden.

Der Reiter preschte davon.

Eric kniete nieder und hob den Dolch auf. Er war von der gleichen Art wie der, der Rowan getötet hatte. Sie waren vielleicht sogar identisch.

Die überlebenden Dänen hatten sich allmählich zurückgezogen und verschwanden jetzt zwischen den Bäumen. Eric rief Rollo zu, daß er den Reiter erwischen müßte, und rannte dann zu seinem weißen Hengst. Er galoppierte los, aber der Reiter war verschwunden und Eric hatte keine Ahnung, in welche Richtung oder zu welchem Bestimmungsort er geritten sein könnte. Er fluchte in sämtlichen Sprachen, die er kannte und ritt dann erschöpft zu Rollo und den anderen zurück.

Der junge Jon von Winchester, ein Favorit des Königs, beugte sich gerade über den Körper eines Dänen. Er erhob sich voller Widerwillen, als Eric zu ihm ritt. »Welchem verdammten Friedensvertrag können wir denn überhaupt trauen, wenn so etwas passieren kann?«

Edward von Sussex, Jons guter Freund und ehemals ein treuer Begleiter von Rowan, kam ebenfalls an Erics Seite. »Verdammt soll ich sein, wenn ich das verstehe! Es machte den Eindruck, als wären sie nicht auf einen Kampf oder einen Sieg aus, sondern nur auf Mord, und sonst nichts!«

»Für Dänen ist das nichts Ungewöhnliches«, meinte Jon bitter. »

»Ich weiß nicht«, sagte Eric und schüttelte den Kopf. »Auch wenn es Dänen sind. Männer kämpfen, um zu gewinnen oder um sich zu verteidigen. Wofür denn sonst?«

Keiner von ihnen hatte darauf eine Antwort. Sie sammelten ihre Verwundeten ein und ritten ins Lager zurück. Eric wusch sich das Blut von Gesicht und Händen, wechselte seine Tunika und ging zu Alfreds Zelt. Der König war anwesend und lauschte einem Schreiber, den Gunthrum gesandt hatte, und der sich endlos über spezielle Bestimmungen des Vertrags ausließ.

»In diesem verdammten Vertrag ist nicht ein Wort wahr!« unterbrach Eric ihn.

Alfred sah ihn an. »Wir haben Gunthrum bereits eine Nachricht übersandt, in der wir ihn der Hinterlist und des Verrats beschuldigten. Er hat geleugnet, mit dem Angriff etwas zu tun zu haben und hat mir eine seiner Töchter als

Geisel geschickt, um die Wahrheit seiner Aussage zu bekräftigen.«

»Dann gibt es unter uns einen Verräter«, meinte Eric ausdruckslos. »Einen Verräter, der mir übel will – um genauer zu sein, der mich ermorden will –, und zwar von dem Tag an, an dem ich meinen Fuß an dieses Ufer setzte. Es fing damit an, als Eure Botschaft Rhiannon nicht erreichte und meine Schiffe so heftig angegriffen wurden. Dann, als ich mich für Euch, Alfred, auf den Weg in den Süden machte, um gegen die Dänen zu kämpfen, wurden sie vor meiner Ankunft gewarnt. Und weiter habe ich guten Grund zu glauben, Alfred, daß der junge Rowan in Irland nicht einfach im Kampf gefallen ist, sondern ermordet wurde, um in meinem Haus Unfrieden zu stiften.«

Vom Eingang des Zeltes ertönte ein entsetztes Keuchen. Jon von Winchester kam mit langen Schritten in voller Rüstung herein. »Bei allem was heilig ist, Lord von Dubhlain! Ihr meint, daß Rowan ermordet wurde?«

Eric warf den Dolch, mit dem auf ihn gezielt worden war, auf den Tisch des Königs.

Alfred studierte den Dolch und dessen Ausführung. Dann verzog sich sein müdes Gesicht schmerzvoll, und er sank in seinen Stuhl zurück. »Was ist das?« fragte Jon.

Alfred forderte Jon mit einer Handbewegung auf, den Dolch zu nehmen. Jon nahm ihn. Dann holte er tief Atem. »Er gehört William. William von Nordumbrien. Es ist sein Dolch. Es muß sich um ein... Mißverständnis handeln.«

William von Nordumbrien. Tatsächlich, William und Allen, Jon und Edward waren alle in seinem Haus, in Rhiannons Haus, gewesen, als Alfred ihm den Befehl überbringen ließ, gegen die Dänen im Süden zu marschieren. William hatte sie nicht nach Irland begleitet, aber es waren viele Männer aus Wessex mitgegangen, von den viele direkt unter Rowans Kommando gestanden hatten.

»Da gibt es kein Mißverständnis«, sagte Eric. »Ich habe zwei Dolche. Den einen aus Rowans Rücken in Irland, und den anderen, der hier auf mich geschleudert wurde.«

»In Irland...«

»Sucht einen Mann namens Harold von Mercia. Wenn er die letzte Schlacht überlebt hat, kann er vielleicht Licht in diese Ereignisse bringen«, schlug Eric vor.

Alfred ging zum Zelteingang. Er befahl seinen Wachen Harold zu suchen. Dann tigerte er im Zelt auf und ab, die Hände hinter dem Rücken verschränkt. Sekunden später kam der ältere Mann, der bei Rowans Tod in Irland vorgetreten war, in das Zelt geeilt. Er kniete vor dem König nieder. »Mylord, Ihr habt nach mir geschickt.«

»Steht auf!« befahl Alfred. Harold stand auf. Dann fiel sein Blick auf Eric und Jon, und er erbleichte unübersehbar. Er blickte auf den Tisch, sah den Dolch dort liegen, drehte sich plötzlich voller Panik um und wollte aus dem Zelt rennen.

Jon trat vor den Eingang. Eric packte Harolds Schulter und schleppte ihn zurück vor den König.

»Standet Ihr im Dienste von William von Nordumbrien, als Ihr nach Irland gegangen seid?«

»In Williams Dienst? Warum, nein, nein, natürlich nicht, mein König. Ich diente unter dem jungen Rowan, jawohl.«

»Habt Ihr ihm gedient?« fragte Eric kalt. »Oder habt Ihr ihn abgeschlachtet? Für Gold, das Euch von William versprochen wurde?«

Die Blässe des Mannes besiegelte sein Schicksal. Ein rauher und wütender Schrei entfuhr Jons Kehle, dann trat er mit gezogenem Messer vor und schlitzte dem Mann blitzschnell die Kehle auf.

Alfred wendete diesem Anblick den Rücken zu, sein Schmerz und seine Erschöpfung waren an seinen hängenden Schultern abzulesen. »Bei Gott, Jon, ich habe darum gekämpft, diesem Land Gesetze zu geben! Du hast hier und jetzt einen Mord begangen!«

»Und ich werde glücklich sein, seine Hinterbliebenen bezahlen zu können. Vielleicht sind sie genauso davon angetan, aus dem Tod Geld zu schlagen, wie er es gewesen ist. Bei Gott, Alfred, er hat Rowan ermordet!«

»Auf Befehl von William«, unterbrach Eric ihn. »Ich werde William holen.«

Er stürzte aus dem Zelt und ging eilig in den Teil des Lagers, wo William und sein Gefolge wohnten. Er hastete an Williams Männern vorbei und schlug den Zelteingang zurück.

Es war niemand drin. Draußen packte er den erstbesten am Hemd und fragte ihn, wo sein Herr sein könnte.

Keiner wußte es, und nicht mal die Androhung von Strafe konnte ihre Aussagen ändern. William war am Morgen in Begleitung von Allen von Kent ausgeritten, und war seitdem nicht mehr gesehen worden.

Während Eric noch Williams Männer befragte, galoppierte Jon mit Edward auf ihn zu. »William ist seit Stunden nicht mehr gesehen worden. Ebensowenig Allen. William muß gewußt haben, daß Ihr den Dolch habt – und damit einen Beweis gegen ihn. Er ist nach Süden geritten.«

»Wir müssen ihn verfolgen«, sagte Eric.

Jon blickte Edward an und sagte dann hastig. »Ja, wir müssen reiten, und zwar umgehend. Wir haben Euren Mann Rollo bereits angewiesen, Eure Sachen zusammenzupacken und Euer Pferd zu bringen. Wir müssen so schnell wie möglich an die Küste reiten, zu Eurem Haus.«

Eric fühlte, wie ihn eisige Kälte überkam, fühlte die Angst, die Mergwin geplagt hatte, seit sie in dieses Land gekommen waren.

»Zu meinem Haus? Warum?« fragte er heiser.

»Weil wir glauben«, begann Jon. Er holte tief Luft, aber Edward fuhr für ihn fort.

»Wir glauben, daß William von Nordumbrien schon lange Zeit Euer Weib begehrt. Es gibt Bemerkungen, die er Rowan gegenüber gemacht hat, es gibt Dinge, die wir gesehen haben, andere, die wir nur vermuten. Wir haben immer unsere Scherze darüber gemacht. Aber er dachte immer, wenn Rowan aus dem Weg wäre, oder wenn Rhiannon die Gunst des Königs verlieren würde, daß er dann derjenige sein würde, der sie bekäme. Und jetzt wird er alles verlieren, und deshalb glauben wir... wir glauben, daß er jetzt alles daran setzen wird, seinen Haß und seine Wut an ihr auszulassen.«

Erics Hände ballten sich zu Fäusten. Er warf seinen Kopf zurück und stieß voller Wut und Qual einen Kampfschrei aus. Es war der Kampfschrei des Hauses von Vestfald, der angsteinflößende, grauenvolle Schrei eines Wolfes in Not.

Rollo tauchte auf einem Schecken auf und führte den weißen Hengst mit sich. Eric sprang auf das Pferd und gab ihm die Sporen, und die anderen mußten sich beeilen, ihm zu folgen.

Für Rhiannon vergingen die Tage langsam.

Es war Frühling, und die Erde erwachte zum Leben. Von der Front kamen regelmäßig Nachrichten. Eric schickte jede Woche einen Mann, und deshalb wußte Rhiannon über den Verlauf der Schlacht genau Bescheid. Doch solange der Friedensvertrag noch nicht unterzeichnet war, würde sie sich um Eric Sorgen machen. Sie wußte, daß auch Mergwin, trotz seiner vorgeblichen Ruhe, wartete, und daß er offensichtlich nicht nur sie beobachtete, sondern auch den Himmel, den Wind und das Meer. Er ging häufig alleine weg; sie wußte nicht wohin, oder was er während seiner langen Abwesenheit machte. Bis Eric wieder zu Hause war, würde sie sich Sorgen machen.

Als eines Nachmittags William von Nordumbrien vor den Toren erschien, war Rhiannon allein. Mergwin war irgendwo draußen im Wald, und Daria war mit Adela zum Ufer gegangen, wo gerade ein kleines Schiff von Olaf und Erin, beladen mit Geschenken, eingetroffen war.

Die Wachen, die Williams Farben kannten, hatten sofort die Tore geöffnet, und die Bediensteten informierten Rhiannon. Sie eilte zur Tür und war sich sicher, daß es schlimme Neuigkeiten waren, wenn William selbst kam und nicht ein Diener oder ein Carl geschickt wurde.

Sie rannte in den Hof, und ihr Herz klopfte wild. Er schien in großer Hast geritten zu sein, und auch das erschreckte sie.

Er war allein und hatte nur seinen ständigen Begleiter Allen bei sich. Rhiannon begrüßte die beiden hastig und bot ihnen etwas zu essen und Ale an. Aber William stieg von seinem Pferd und packte sie bei den Schultern. »Rhiannon, dafür ist keine Zeit. Befehlt den Dienern, uns Ale zum Mitnehmen zu bringen – und vielleicht etwas Brot und Käse. Wir müssen uns beeilen.«

»Warum? Was ist passiert? Was ist geschehen?« rief sie erschrocken aus.

»Eric ist verwundet worden. Er kann nicht bewegt werden. Er hat nach Euch gefragt. Ich habe versprochen, Euch so schnell wie möglich hinzubringen.«

»Oh!« schrie sie entsetzt auf. Und plötzlich konnte sie sich weder bewegen, noch denken. »Ich muß – ich muß Adela erreichen und meine Sachen...«

»Nein. Ihr müßt sofort mitkommen. Laßt jemand Nahrungsmittel und etwas zu Trinken bringen, und dann kommt mit mir. Jetzt. Wir haben keine Zeit.«

»Ich muß Garth holen.«

»Was?« fragte William und hielt sie auf.

»Meinen Sohn. Ich kann nicht ohne meinen Sohn gehen.«

Williams Finger wanderten nachdenklich über seinen Schnurrbart und zwirbelten ihn. Dann lächelte er. »Ja, natürlich, meine Liebe. Ihr müßt Euren Sohn mitnehmen. Aber beeilt Euch.«

Sie beeilte sich. Zitternd und voller Entsetzen bewegte sie sich, ihre Knie gaben nach, als sie zu gehen versuchte. Das war es, das Furchtbare, das so lange drohend über ihr gehangen hatte. Eric hatte den Tod einmal zu oft herausgefordert. Er war ein großer Krieger, vielleicht sogar einer der größten, und er konnte ein Schwert führen wie kein anderer. Aber jeder Mensch war sterblich, und jetzt lag er verletzt da und starb vielleicht, nachdem er ihr ganzer Lebensinhalt geworden war! Ganz egal, was das Omen sagte, er durfte nicht sterben! Sie würde es nicht erlauben!

Garth hatte geschlafen. Sie ignorierte sein Protestgeschrei, hob ihn hoch und wickelte ihn in ein großes Leinentuch. Sie nahm einen Umhang und eilte wieder die Stufen hinunter. Inzwischen hatten die Diener Satteltaschen voller Nahrungsmittel und Trinkhörner gebracht, und eine Stute wartete auf sie.

Patrick war gekommen. Gespannt lauschte er Williams Erzählung von den Kämpfen, die sie gefochten hatten.

»Ich sollte mit Euch reiten«, meinte Patrick.

»Nein!« erwiderte William scharf. »Eric hat ganz besonders darauf bestanden, daß Ihr bei seiner Schwester und bei Adela im Haus bleibt. Er braucht Euch ... hier.«

»Ach, Patrick!« jammerte Rhiannon zitternd. Er umarmte sie kurz, dann half er ihr auf das Pferd und legte ihr Garth in den Arm.

»Er wird wieder gesund, Mylady, er muß wieder gesund werden! Eric ist aus Stahl, ich weiß es. Ihr müßt nur daran glauben.«

»Kommt, Mylady!« drängte William.

»Ja, laßt uns schnell aufbrechen, laßt uns reiten!« flüsterte sie. »Ach, bitte, bringt mich so schnell Ihr könnt zu ihm!« flehte sie. »Patrick, Gott sei mit dir!«

»Und mit Euch, Mylady!«

William ritt voran. Ein schneller Trab brachte Rhiannon und Allen durch die Tore hinaus und zu den Klippen. Rhiannon hatte Tränen in den Augen. Sie bemerkte kaum, in welche Richtung sie ritten.

Aber Mergwin, der gerade aus dem Wald trat, bemerkte es. Er ballte die Fäuste und schloß fest die Augen, dann lief er zu den Ställen. Er ignorierte das schmerzhafte Rasen seines Herzens, er sprang auf den nackten Rücken eines Pferdes. Er ignorierte auch die besorgten Rufe von Patrick und den Stallburschen, als er hinter den Reitern hergaloppierte.

Sie waren schon weit vom Haus entfernt, waren gerade dabei, in den Wald zu reiten. Mergwin ritt so schnell er konnte hinter ihnen her und erreichte sie, als sie gerade auf einen schattigen Pfad einbogen.

»Rhiannon!« rief er ihr zu.

Sie zügelte ihr Pferd. »Warum hält der alte Narr uns auf?« fragte William aufgebracht.

»Wir müssen auf ihn warten!« beharrte Rhiannon. Sie wendete sich zurück. »Mergwin! Eric ist verletzt worden!« rief sie ihm zu. »Ich muß ihn so schnell wie möglich erreichen!«

Mergwin ritt langsam zu der Gruppe. Er starrte Rhiannon und dann William an. Dann blickte er wieder zu Rhiannon und sagte leise: »Er ist nicht verletzt worden. Eric von Dubhlain ist nicht verletzt worden.«

»Woher willst du das wissen, du alter Schwindler?« fragte Allen spöttisch. »Wir waren bei ihm. Wir kommen direkt aus der Schlacht. Er hat uns gebeten, sein Weib zu ihm zu bringen.«

Mergwin schüttelte langsam den Kopf. Er lenkte sein Pferd zwischen die von Rhiannon und William. »Ich würde es wissen, wenn Eric von Dubhlain dem Tode nahe wäre. Geh nicht mit ihnen, Rhiannon. Nimm dein Baby und reite wie der Teufel nach Hause – jetzt!«

Er schlug heftig mit seiner Hand der Stute auf die Hinterbacke. Rhiannon schrie auf, als die Stute einen Sprung nach vorne machte und sie fast abwarf. Sie preßte Garth an ihre Brust, und Furcht stieg in ihr auf, als sie mit klopfendem Herzen Mergwins Befehl gehorchte. Doch gerade, als sie die Stute den engen Pfad hinunterlenken wollte, stieß William einen Schrei aus, und Allen schnitt ihr schnell den Weg ab. Sie schaffte es nicht, ihm auszuweichen, nicht mit Garth im Arm. Sie versuchte verzweifelt zu vermeiden, daß er ihr entglitt oder verletzt wurde. Sie hörte einen scharfen, abgehackten Schrei und das Geräusch eines Schlages. Als sie ihr Pferd herumriß, sah sie gerade noch, daß William Mergwin niedergeschlagen hatte, und daß der alte Mann von seinem Pferd fiel und mit großer Wucht auf dem Boden aufschlug.

Sie stieg schnell ab und eilte an seine Seite, Garth fest an sich gepreßt. Sie blickte fluchend zu William auf und zischte ihn wütend an: »Er hat die Wahrheit gesagt! Was für ein Spiel treibt Ihr?«

Sie legte Garth vorsichtig neben sich und hob Mergwins Kopf in ihren Schoß. Seine Augen öffneten sich, grau wie das Dämmerlicht, geheimnisvoll, schmerzerfüllt.

»Laßt ihn liegen!« befahl William ihr.

»Ihr habt ihn verletzt!«

»Ich wollte ihn töten!«

»Bastard! Alfred wird Euch hängen!«

»Alfred, Madame, wird mich nie wiedersehen.«

»Mergwin«, flüsterte sie und beachtete William nicht. Die uralten Augen lagen auf ihr, dann wimmerte er, und sie schrie auf: »Ich muß ihn nach Hause bringen! Er wird sterben, wenn er hier bleibt!«

»Lady, er wird sterben, und Ihr werdet nicht nach Hause gehen.«

»Mergwin, haltet aus, ich bitte Euch! Bleibt am Leben, ich flehe Euch an! Adela oder Patrick oder Daria werden kommen, davon bin ich überzeugt.«

»Rhiannon«, flüsterte er. Nur sie konnte es hören und auch nur, weil sie sich tief über seine Lippen beugte. »Hab keine Angst, ich habe schon sehr lange gelebt. Ich habe dich gewarnt, und vielleicht nicht umsonst, denn mit jeder Sekunde kommt Eric näher. Versuche alles so lange wie möglich hinauszuzögern, erschwert ihm die Reise, und wenn ich damit diesem Verräter seinen Plan durchkreuzt habe, dann ist meine Bestimmung hier erfüllt, und es ist die Zeit für mich gekommen, diejenigen, die ich liebe, in einem besseren Leben wiederzusehen.«

»Nein!« schrie sie auf und fühlte Tränen auf ihren Wangen. »Nein, Mergwin, nein!«

Sie sprang auf die Füße und starrte William an. »Ihr werdet ihm helfen, oder ich tue keinen Schritt.«

William lächelte und lehnte sich aus seinem Sattel. »Ihr werdet Euch bewegen – und zwar schnell, Mylady – oder ich werde Allen befehlen, Euch Euren Balg abzunehmen und mit einem Messer an der Kehle des Kindes loszugaloppieren. Habe ich mich deutlich genug ausgedrückt?«

Sie kochte vor Zorn. »Das wagt Ihr nicht!«

»Allen!«

»Nein!«

Sie hob Garth auf, preßte ihn an sich und blickte dann auf Mergwin hinunter. Seine Augen waren geschlossen. Sein Gesicht war bleich und eingefallen, bereits jetzt eine Maske des Todes. Sie konnte ihn nicht liegenlassen!

Aber sie konnte auch nicht das Leben ihres Sohnes riskieren.

»Mylady?« fragte William. Sie bewegte sich nicht. »Besteigt Euer Pferd, oder ich komme zu Euch und gebe Allen das Kind. Versucht nicht, mir wegzulaufen. Ich werde Euch wehtun, und ich werde dem Baby wehtun.«

Ihre einzige Chance war, ihm später auf dem Pferd zu entkommen und zu Mergwin zurückzureiten.

Sie mußte ihm entkommen, sie mußte...

Aber als sie die Stute bestieg, ergriff William ihre Zügel. Er würde sie selbst führen.

»Wir müssen uns beeilen!« warnte ihn Allen.

»Wohin?« fragte Rhiannon.

»Um die Dänen zu erreichen«, erklärte William ihr kurz. »Ich habe Gunthrum viele Warnungen und Informationen zukommen lassen. Er hat mir einen Platz in seinem Haushalt versprochen. Ihr werdet ihn mit mir teilen.«

»Alfred wird meine Rückkehr verlangen.«

»Vielleicht. Aber bis dahin, meine Liebe, werdet Ihr viel zu erschöpft und beschämt sein, um noch zu Eurem Ehemann zurückkehren zu wollen. Und er würde auch nicht ein Weib haben wollen, das ich ihm zurückschicke, oder Allen?«

Allen lachte. Rhiannon trieb ihr Pferd näher an Williams heran. Seine Hände hielten die Zügel nur nachläßig. Sie packte Garth fest mit beiden Händen, dann rammte sie ihre Hacken der Stute in die Seiten. Das arme Tier fing mit derartiger Heftigkeit und Geschwindigkeit zu galoppieren an, daß die Zügel aus Williams Händen gerissen wurden.

Das Kind fest an die Brust gepreßt, versuchte Rhiannon verzweifelt die schleifenden Zügel zu erhaschen, während sie gewaltsam durch den Wald preschten. Äste verfingen sich in ihrem Haar und peitscnten über ihr Gesicht, doch sie wagte nicht, das Tempo zu verringern. Die Zügel entglitten ihr wieder, als die Stute einen noch unwegsameren Pfad wählte. Doch dann blieb der Gaul so abrupt stehen, daß Rhiannon nur mit Mühe darauf sitzen bleiben konnte. Und als sich das Pferd wieder in Bewegung setzte, war plötzlich William vor ihr. In seinem mageren, angespannten Gesicht glitzerten die Augen voller Zorn.

»Noch ein Versuch wie dieser hier, und ich verspreche Euch, daß ich den Schädel des Kindes unter die Hufe meines Pferdes legen werde. Es ist daran gewöhnt, in der Schlacht größere Schädel zu zerstampfen – so ein kleiner Kopf wird eine leichte Sache für ihn sein.«

Zitternd senkte sie den Kopf. Sie mußte daran glauben, daß Garth dieses Entsetzliche nicht überleben würde, dessen Beute sie so leicht geworden war.

Voller Wut blickte sie ihn dann an. »Also weiter, Mylord.«

»Wenn Ihr an meiner Drohung zweifelt...«

»Oh, das tue ich nicht. Ich glaube Euch vollkommen, daß Ihr fähig seid, einen hilflosen Säugling zu ermorden. Die Schlacht gegen richtige Männer muß allerdings Eure Fähigkeiten überstiegen haben.«

Er lenkte sein Pferd ganz dicht an ihres. Mit der Rückseite seiner Hand schlug er ihr über die Wange, und sie malmte voller Schmerz ihre Zähne aufeinander und kämpfte darum, den Halt auf dem Pferd nicht zu verlieren. William beobachtete ihr Gesicht und lächelte dann träge.

»Ihr werdet Höflichkeit und Respekt lernen, Mylady. Vor uns liegen viele lange Tage und Nächte, in denen Ihr das lernen könnt.«

Tage und Nächte... Ihr sank das Herz. Sie stellte fest, daß der Alptraum in Wirklichkeit bereits begonnen hatte.

Wo war Eric? Immer noch beim König? Mergwin war gekommen, um sie zu warnen, aber es war zu spät gewesen. Tränen stiegen in ihre Augen, und sie fragte sich, ob er immer noch sterbend auf dem Pfad lag, oder ob er bereits in die große Walhalla eingegangen war und dort schon diejenigen umarmte, die er geliebt und verloren hatte. *Ach, Mergwin, steh mir doch noch bei!* dachte sie.

Irgend jemand soll mir beistehen, oh, mein Gott, bitte!

Sobald er die Tore seines Hauses erreichte, wußte Eric, daß William bereits dagewesen war. Er ritt ohne anzuhalten hinein und rief den Wachen zu, Patrick zu suchen.

Der Schrecken auf Patricks gutmütigem Gesicht bewies sehr schnell, daß irgend etwas falsch gelaufen war. Eric stieg nicht ab, sondern befragte Patrick vom Sattel aus.

»Ist er gekommen? William von Nordumbrien. War er hier?«

»Ja, Eric. Er sagte, daß Ihr verwundet wärt, und Lady Rhiannon nahm das Baby und ritt mit ihm fort.«

»Wie lange ist das her?« fragte Eric mit rauher Stimme. Sie hatten es nicht gewagt, während der Nacht zu schlafen, sondern versuchten in diesen Stunden den Vorsprung der anderen zu verkürzen. Seit fast drei Tagen waren sie nur geritten, und William war doch schneller gewesen.

»Vielleicht eine Stunde, vielleicht zwei. Gott sei Dank, Ihr seid gesund, Mylord! Aber dann, warum hat William...«

»Eric!« Daria, die von seiner Ankunft gehört hatte, kam aus dem Haus gelaufen. »Eric, du bist gesund! Aber wir haben gehört...«

»Daria, ich werde später alles erklären. Aber jetzt muß ich William aufhalten und mein Weib finden.«

»Und das Kind«, sagte Daria.

»Das Baby? Er hat auch das Baby mitgenommen?«

»Ja, Eric. Sie ist so schnell verschwunden, weder Adela noch ich waren hier. Vater hat uns ein Schiff geschickt, weißt du. Ach, Eric!«

»Wo ist Mergwin?«

»Vielleicht bei ihnen«, meinte Patrick. »Er sprang auf eine ungesattelte Stute, als sie weggeritten waren. Die Stute ist inzwischen allein zurückgekehrt. Wir wollten ihn suchen gehen, ehe das Tageslicht völlig verschwindet.«

»Ich werde ihn finden«, sagte Eric.

Er wendete den weißen Hengst und ritt auf die Tore zu. Rollo, Jon und Edward folgten ihm schnell. »Wartet!« bat Daria. »Laßt mich mit Euch reiten! Vielleicht kann ich Euch behilflich sein!«

Ihr Bruder hielt nur kurz an. »Daria, geh wieder hinein!« befahl Eric ihr. »Bei Gott, Daria, ich will dich nicht auch noch in Gefahr bringen!«

Aber kaum hatte er sich umgedreht, war Daria schon auf dem Weg zu den Ställen. Sie war die Tochter ihres Vaters – und die ihrer Mutter, dachte er bewundernd.

Eric war bereits in vollem Galopp auf dem Pfad. Dem Dänen Yorg hatte er Rhiannon ganz einfach abluchsen können, aber das hier war etwas anderes. William war ein sehr verzweifelter Mann, ein Mann, der sich vieler Dinge schuldig gemacht hatte, aber in erster Linie des Verrats gegen den König. Gegen den Bann des Königs gab es keine Hilfe. Er würde sein eigenes Leben wegwerfen, nur um Rhiannon und Eric mit sich in die Dunkelheit des Todes reißen zu können.

Und das Kind! Wenn sie nur das Kind dagelassen hätte! Aber sie würde das Kind nicht einfach zurückgelassen haben; das wußte er nur zu gut. Und er wußte auch, daß sie alles machen würde, um Garth zu beschützen. Der Schweiß brach ihm aus, seine Hände an den Zügeln begannen zu zittern, und er wußte, daß er William, wenn er ihn gefunden hatte, voller Freude mit seinen bloßen Händen in der Luft zerreißen würde.

Er runzelte die Stirn, bemerkte auf dem Pfad einen Körper, der an einen Baum gelehnt war. Er sprang vom Pferd und ließ sich neben der verkrümmten Gestalt nieder. Es war Mergwin, grau wie der Tod, die Augen geschlossen.

»Gott!« stieß Eric hervor, zog seinen alten Lehrer zu sich und nahm ihn in seine kraftvollen Arme. »Allein für das hier wird er sterben, das schwöre ich, mein Freund, das schwöre ich, bei der Ehre meiner Mutter!«

Er legte seinen Kopf an die Brust des Mannes und konnte keinen Herzschlag hören. Er würde Mergwin jetzt hier zurücklassen müssen. Und wenn er ihn nicht heimbringen konnte, damit er in irischer Erde ruhen würde, dann würde er ihn zum Wasser bringen, ihn mit seinen Runen und keltischen Kreuzen auf ein Totenfloß legen und ihn brennend hinaustreiben lassen, damit sein Weg zu den Hallen von Walhalla beleuchtet würde. Eric würde ihn für den Rest seines Lebens vermissen.

Plötzlich spürte Eric in der gebrechlichen Brust eine Bewegung. Die weisen, grauen Augen öffneten sich unter Aufbietung aller Kräfte und blickten in die seinen. »Verschwende nicht noch mehr Zeit mit mir, Prinz von Dubhlain. Ich liege ganz bequem hier im Wald. Sie weiß, daß William ein Verräter ist, und sie wird versuchen, ihn aufzuhalten. Beeil dich jetzt. Er ist in Richtung Norden entlang der Klippen und Hügel geritten. Du bist jetzt schon im Nachteil. Beeile dich. Laß mich liegen und verschwinde schnell.«

»Ich kann dich nicht hier sterbend liegenlassen!«

Mergwin grinste und winkte Eric näher heran. Er flüsterte ihm etwas zu und fiel dann erschöpft zurück.

»Rollo, komm und nimm Mergwin. Ich befehle dir, ihn so vorsichtig wie ein Baby heimzubringen.«

»Dann seid ihr nur noch zu dritt«, protestierte Rollo.

»Ich bin schon allein gegen zwanzig Mann geritten«, erinnerte Eric ihn trocken. »Nimm Mergwin. Jon und Edward müssen bei William den Tod eines Freundes in Ordnung bringen, und ich will mein Weib und mein Kind zurückhaben. Geh jetzt schnell.«

Rollo tat, was man ihm aufgetragen hatte. Eric stieg wieder auf den weißen Hengst und er, Jon und Edward ritten weiter.

19. Kapitel

Es war schon sehr spät. Sie hatten keinen einzigen Augenblick Rast gemacht. Garth wurde immer unruhiger, und sein Gebrüll war inzwischen so nervtötend geworden, daß sie Angst vor Williams Reaktion darauf hatte, wenn sie ihn nicht bald zum Schweigen brachte. Sie war dazu gezwungen gewesen, ihn vor Williams Augen zu stillen, vor seinem Blick, der sie bis in Mark erstarren ließ und sie mit Unsicherheit und Scham erfüllte. Sie versuchte ihn zu ignorieren, bis sie schließlich herausfand, daß er nur darauf erpicht war, so schnell wie möglich und so weit wie möglich vorwärts zu kommen.

Mergwin hatte ihr gesagt, daß Eric auf dem Weg war. Wenn das nur stimmen würde! Hatten sie angefangen, einander zu lieben, nur um jetzt durch diesen Verrat alles zu verlieren? Wenn es einen Gott im Himmel gab, durfte er das nicht zulassen.

Sie versuchte William und Allen aufzuhalten, indem sie behauptete, austreten zu müssen, etwas zu trinken zu brauchen oder sich immer wieder über Durst, Hunger und Erschöpfung beklagte. Aber offensichtlich hatte William nur sein Ziel im Auge und würde keine Pause machen, ehe es nicht erreicht war.

Sie erreichten es tief in der Nacht. Es war eine Höhle auf einem hohen Hügel mit einem engen Eingang, der Pfad dorthin war einsehbar. Rhiannon erkannte schnell die Klugheit dieser Wahl, denn keiner konnte sich der Höhle nähern, ohne gesehen zu werden.

William stieg ab und trat zu Rhiannon. »Ich sehe, daß Ihr die Vorteile dieser Höhle erkannt habt, Mylady. Sobald er sich nähert – falls er das überhaupt tut –, werde ich es wissen.«

Sie blickte ihn an: »Und was passiert dann? Ihr werdet also

sehen, wenn er kommt. Er wird Euch auf alle Fälle töten. Wie wollt Ihr ihn aufhalten? Auch wenn er allein kommt, wird er zuerst Allen töten und dann, sehr langsam, Euch.«

»Ich denke, nicht.«

»Und warum nicht?«

»Weil er wissen wird, daß, sobald er sich mir nähert, zuerst sein Kind und dann sein Weib über die Klippen am Seitenausgang fliegen werden. Und jetzt steigt ab, Rhiannon.«

Er streckte ihr seine Hand hin. Sie preßte Garth eng an sich, froh darüber, daß er endlich friedlich schlief. »Ich werde alleine absteigen«, sagte sie.

Leichtfüßig stieg sie mit ihrem Sohn ab, konnte aber seine Berührung nicht vermeiden. Als sie auf dem Boden stand, nahm Allen die Zügel der Stute und führte sie in die Höhle. William stand still da und starrte Rhiannon an. Er strich über seinen Schnurrbart und dann über seinen langen Bart. Endlich kam Allen zurück.

»Weiter drinnen brennt ein Feuer. Ich habe ein Bett für das Kind und Rhiannon gerichtet.«

»Sehr gut.« Williams Augen hingen auch weiterhin an Rhiannon, sein Lächeln vertiefte sich. »Dann wirst du die erste Wache übernehmen. Mylady, wenn Ihr mit mir kommen wollt.«

»Ich will nicht –«, begann sie, aber William nickte Allen zu, der packte sie bei den Schultern und dann entwand William ihr eigenhändig ihren Sohn.

»Ich kann ihn schon jetzt über die Klippen werfen, Mylady!« warnte er sie. »Geht mit mir, und ich werde ihn zum Schlafen auf seine Decke legen. Kommt aber jetzt mit mir.«

Er würde es tun, dachte sie, zerzaust, erschöpft, voller Angst vor einem hysterischen Anfall. »Gebt ihn mir zurück. Ich werde ihn zum Schlafen niederlegen.«

William schüttelte den Kopf, drehte sich um und ging in die Höhle. Verzweifelt folgte Rhiannon ihm. »Bitte! Legt ihn nieder, William, jetzt!«

Er tat es und legte das Kind sanfter auf den Boden, als sie erwartet hatte. Garth erwachte nicht, aber sein kleiner Körper erbebte von einem tiefen Seufzer, und er steckte sich den Daumen in den Mund. Voller Qual starrte sie ihren Sohn an und blickte dann auf den Mann vor ihr.

»Die Zeit zum Bezahlen ist gekommen, Rhiannon!« sagte er.

»Um für was zu bezahlen?«

»Nun, für Euren Stolz und für Eure Eingebildetheit und für Eure Unverschämtheit. Von Anfang an wart Ihr für mich bestimmt, und das Land und das Herrenhaus hätten mir gehören sollen. Ich war Alfreds Mann, treu bis in den Tod. Ich sah zu, wie Ihr aufgewachsen seid, und ich ging zum König und ließ ihn wissen, daß ich derjenige wäre, der Euch und das Land bekommen müßte. Aber Ihr habt Euch in Rowan verliebt, und der König war Narr genug, sich Eurem Wunsch zu beugen, bis dieser Wikinger-Bastard auf der Bühne erschien. Ich wollte Euch vor dem König entehren, als ich dafür sorgte, daß Ihr gegen den Wikinger kämpftet. Nun, der Einfall hat sich gegen mich gewendet. Dann hatte ich die Idee, daß Ragwald Eric den Wolf auf seinen Weg nach Walhalla befördern könnte, daß also ein Eindringling den anderen umbringen könnte, aber auch das klappte nicht. Also ließ ich Rowan töten.«

»Was?« schrie sie auf, und ihr wurde übel.

»Ja, Lady, es ist sehr leicht, Mörder zu engagieren. Ihr würdet erstaunt sein. Das Leben eines Mannes ist oft nur eine armselige Summe Goldes wert. Und dann versuchte ich abermals Euren Ehemann umzubringen und ihn von Euch zu entfernen, aber mein Dolch ging fehl. Wenn er jetzt noch nicht weiß, daß ich es war, der es auf ihn abgesehen hat, dann wird er es bald erfahren. Und deshalb seid nur noch Ihr übrig, und ich werde Euch nicht so einfach hergeben.«

»Nein«, flüsterte sie und wich vor ihm zurück. »Ich verfluche Euch. Ich verabscheue Euch. Der Gedanke an Euch macht mich krank. Ich werde Euch niemals...« Sie hielt erstarrt inne, als er ein Messer aus der Scheide an seinem Stiefel zog. Sie dachte, daß er sie damit erstechen wolle, und sie dachte, daß sie lieber sterben würde, als seine Berührung zu ertragen. Aber er drehte sich plötzlich um und warf die Klinge in Richtung der Decke, auf der Garth schlummerte. Rhiannon schrie auf und rannte zu ihrem Sohn. Das Messer war gut gezielt gewesen. Es hatte das Kind nicht berührt; es hatte es nicht einmal aufgeweckt. Aber es hatte sich genau neben seinem kleinen goldenen Kopf in die Decke gebohrt. Die damit verbundene Warnung war Rhiannon völlig klar.

Sie wollte sich umdrehen, aber vergebens. William stand schon neben ihr, zog sie auf die Füße und in seine Arme. »Lady, Ihr entkommt mir nicht!« wiederholte er. Er preßte seinen Mund hart auf den ihren und verletzte sie, so daß sie ihr Blut schmeckte. Sie wehrte sich gegen ihn, gegen seinen Kuß, gegen seinen Griff. Sie stieß und schlug und rammte ihr Knie in ihn, und er fluchte und stieß sie zu Boden. Und dann trat er mit giftig glitzernden Augen auf sie zu, und ehe sie etwas zu ihrer Verteidigung unternehmen konnte, schlug er ihr brutal ins Gesicht und riß sie auf die Füße. Er packte den Saum ihres Ausschnitts, und sie hörte und fühlte, wie das Gewebe zerriß. Dann schleuderte er sie in eine Ecke der Höhle, und während sie zu Boden fiel, hatte sie schreckliche Angst davor, nicht mehr kämpfen zu können, denn vor ihren Augen stieg Schwärze auf.

Lieber Gott, laß es nicht passieren! betete sie.

Aber sie konnte immer noch ihr Blut schmecken.

Als Eric den gähnenden Eingang der Höhle in der Dunkelheit vor sich entdeckte, stand der Mond schon hoch. Er hob eine Hand, und hinter ihm zügelten Edward und Jon ihre Pferde.

Weder Rhiannon, noch das Kind waren zu sehen, auch nicht William von Nordumbrien oder die Pferde.

Aber Allen war da. Er hatte sich vor dem Eingang der Höhle postiert und beobachtete jede Bewegung ringsum.

Jon ritt zu Eric. »Ich kenne diese Höhle. Es gibt noch eine Öffnung an der Seite. Darunter liegen nur Klippen. Wenn wir uns nähern, wird William Euch mit dem Tod Eurer Frau und des Kindes drohen.«

Eric nickte. Das hatte er selbst auch schon überlegt. Aber er konnte nicht warten. William war mit Rhiannon und Garth in dieser Höhle. Rhiannon würde nicht zulassen, daß er dem Kind etwas antat.

Und deshalb würde er ihr etwas antun...

Als er das Geräusch von Hufen hinter sich hörte, fuhr er herum, die Hand am Griff seines Schwertes. Daria kam in Sicht, und er empfing sie mit ausgiebigen Flüchen. »Ich hab dir doch gesagt, daß du zu Hause bleiben sollst.«

Daria stieg ab und schlug ihren Umhang zurück. »Ich dachte, daß ich vielleicht nützlich sein kann.«

»Nützlich!« unterbrach sie Jon. »Ihr solltet ihr eine Tracht Prügel verabreichen, Eric!«

Daria beachtete ihn nicht und ging auf die Bäume zu. »Ich *kann* nützlich sein!« flüsterte sie. »Eric, bitte, ich kann es! Wenn du dort auftauchst, wird der Mann Alarm schlagen. Wenn ich dorthin gehe, kann ich ihn vielleicht von seinem Posten ablenken.«

»Das ist zu riskant«, begann Eric, aber Daria lächelte nur und rannte mit derartiger Schnelligkeit an ihnen allen vorbei, daß sie keine andere Wahl hatten, als ihr hastig zu folgen.

Daria ging gelassen auf die Höhle zu und stieß einen Ruf aus, als sie Allen am Eingang entdeckte. »Lieber Sir! Könntet Ihr mir bitte helfen? Ich habe Angst, daß ich mich in diesem Wald ganz schrecklich verlaufen habe.« Sie sprach weiter, aber da sie sich Allen näherte, konnten sie nichts mehr verstehen. Er stand da, offensichtlich völlig fasziniert und vielleicht sogar hypnotisiert von ihrer Schönheit. Während sie sprach, ging sie weiter und lockte damit Allen vom Eingang der Höhle weg. »Jetzt!« murmelte Eric. »Bei Gott, sie hat uns den Eingang freigemacht! Jon, sorge dafür, daß er meiner Schwester nichts antut. Edward, ich flehe Euch an, kümmert Euch um mein Kind!«

Doch als er auf die Lichtung vor der Höhle laufen wollte, schien Allen zu spüren, daß etwas nicht stimmte. »William!« schrie er, »William, wir bekommen Besuch!«

Eric straffte sich und rannte mit gezogenem Schwert über die Lichtung. Allen sah ihn, und seine Augen weiteten sich vor Entsetzen. Er riß Daria als Schild vor sich. »Ich werde sie töten, Wikinger. Ich schwöre dir, ich werde sie töten.« Daria versetzte ihm einen bösartigen Tritt, und er ließ sie brüllend los und rannte zur Höhle.

»Daria, halte dich da raus!« warnte Eric sie. Jon, der hinter ihm war, packte Darias Arm und riß sie hinter sich in Sicherheit. Dann betraten die anderen die Höhle.

Irgend etwas war passiert, etwas, das sie vor dem Schlimmsten bewahrt hatte, dachte Rhiannon. Gerade als William sich über sie gebeugt hatte, gerade als sie voller Entsetzen aufschrie, weil seine Finger sich in ihr nacktes Fleisch gruben, passierte etwas. Die Welt drehte sich immer noch um sie, und sie wußte nicht, was geschehen war; sie bemerkte nur, daß William aufgesprungen war und vorwärtsstürmte.

Bebend zog sie ihre zerfetzte Kleidung um sich, wollte sich erheben und dann zu Garth eilen. Aber als sie sich gerade hingekniet hatte, sah sie, daß William die gleiche Idee gehabt hatte. Quer über den Erdboden der Höhle trafen sich ihre Augen, als er gerade nach dem Kind griff. »Tretet hinter mich, Lady, und bleibt da. Wir sind gerade dabei, Euren Ehemann zu begrüßen.«

Allen kam mit gezogenem Schwert zu ihnen gerannt. »Er ist da, der Wikinger ist da!«

»Hör mit dem Jammern auf, du Narr!« befahl William ihm. »Laß ihn nur kommen.«

Und dann stand Eric im Eingang der Höhle, ragte dort mit seinem Schwert Vengeance in der Hand wie ein Fels auf, in der dunklen Höhle glänzten seine Augen wie kaltes blaues Feuer.

»Du bist ein toter Mann, William«, sagte er sehr ruhig.

»Aber, aber, Wikinger, du hast etwas Offensichtliches übersehen. Ich halte dein Kind in meinem Arm. Und auch einen Dolch. Ich habe dein Weib. Wenn du willst, daß ihnen nichts passiert, läßt du mich vorbeigehen.«

Zu Rhiannons Überraschung trat Eric etwas zurück und

rieb sich das Kinn, als würde er über das Angebot nachdenken. »Gib mir das Kind. Die Frau kannst du behalten.«

Ein Keuchen entfuhr ihr, aber keiner der Anwesenden schien es zu bemerken. »Du willst mir Rhiannon überlassen? Für das Kind?«

»Frauen kann man immer wieder bekommen. Gesunde Erben sind nicht so einfach zu bekommen. Gib mir das Kind.«

William gab keine Antwort. Da brach plötzlich Daria zwischen den Männern durch. Wie ein Wirbelwind stürmte sie auf William zu und entriß ihm mühelos Garth. William, voller Verblüffung darüber, daß ihn das Mädchen so überrumpelt hatte, trat rückwärts zu Rhiannon, zog sie an sich und setzte ihr sein Messer an die Kehle. »Laß mich vorbei, unbelästigt, oder ich werde sie töten.«

Eric ließ William vorbei, während Allen zu den Pferden ging. Daria war mit dem Baby verschwunden, und Rhiannons Beine waren ganz schwach vor lauter Dankbarkeit, daß das Kind jetzt in Sicherheit war. Aber Eric konnte doch nicht im Ernst erlauben, daß er sie mitnahm, ganz bestimmt konnte er das nicht...

Und dann glaubte sie, sein Spiel zu durchschauen. »Wikinger-Bastard!« schrie sie ihn an. »Du glaubst, du kannst mein Land und mein Kind nehmen und damit davonkommen?« Während sie sprach, hielt sie still, aber dann entwand sie sich mit aller Macht Williams Griff. »Mylord!« schrie sie. »Ich bin frei!« Aber sie war es nicht. Sie konnte nicht an William vorbeikommen, sie konnte nur tiefer in die Höhle hineinflüchten.

Sie hörte das scharfe Geräusch von Stahl und drehte sich gerade noch rechtzeitig um, um zu sehen, wie Allen ihren Ehemann angriff und dann tot zu Boden fiel. William stieß einen heiseren, herausfordernden Kriegsschrei aus und höhnte: »Will der Wolf die anderen seine Kämpfe führen lassen? Komm, Mylord Wikinger, der Kampf ist allein zwischen uns.«

Und so trat er wieder weiter in die Höhle hinein. Williams

Schwert prallte auf Erics, und das Klirren und das Echo waren ohrenbetäubend. Immer wieder schwang Eric seine Klinge und trieb William tiefer in die Höhle. Schließlich zwang er ihn zu Boden. William warf Dreck in Erics Augen, und Rhiannon rief ihm eine Warnung zu, daß William auf ihn zukam. Eric rollte sich gerade noch rechtzeitig zur Seite, um Williams drohender Klinge zu entkommen. Auch Rhiannon wich immer tiefer in die Höhle zurück, bis sie einen kalten Luftzug spürte und feststellte, daß sie den nördlichen Eingang der Höhle erreicht hatten. Neben die Öffnung gepreßt, starrte sie in die halbdunkle Höhle, in der der Kampf weiterging. Dann hörte sie ein weiteres Klirren, einen dumpfen Aufprall, und dann herrschte plötzlich erschreckendes Schweigen.

Sie ballte die Fäuste, biß die Zähne zusammen und lauschte. Sie blinzelte, um in der Dunkelheit etwas erkennen zu können und stellte fest, daß William auf dem Boden lag und Eric über ihm stand, sein Schwert an dessen Kehle. »Steh auf, William. Ich werde dich hier nicht töten. Du mußt dich vor dem König verantworten.«

»Nein!« schrie William. »Bring mich um, Wikinger, meine Kehle liegt vor dir.«

Aber Eric zog sein Schwert zurück. »Steh auf! Deine Exekution ist das Recht des Königs.«

Langsam erhob sich William. Aber im letzten Moment drehte er sich um und taumelte zu dem Seitenausgang auf die Klippen zu. Er sah Rhiannon dort stehen und stieß ein gräßliches, heiseres Lachen aus. Während er sich in Richtung der Höhlenöffnung warf – und der Klippen darunter –, packte er sie.

Rhiannon schrie auf, als seine Finger sich um sie schlossen. Sie wehrte sich verzweifelt und bekam ihre Arme frei, aber er hielt immer noch einen Fuß gepackt. Ein grauenvolles Gefühl überspülte sie, als sie anfingen, zusammen nach unten zu rutschen.

»Rhiannon!« Sie krallte sich mit aller Kraft an die vertrockneten, kleinen Büsche, die den Rand der felsigen Öffnung säumten. Aber William war schon abgestürzt. Doch seine Finger hatte er nach wie vor fest um ihren Knöchel geschlungen und zog sie mit seinem Gewicht nach unten. Der Schmerz war kaum auszuhalten; sie konnte die Qual in ihren Armen nicht länger ertragen; sie rutschte abwärts, abwärts...

»Rhiannon!« Wieder brüllte er ihren Namen, und dann war Eric über ihr und blickte sie mit seinen kristallblauen, befehlenden Augen an. Seine Hände packten ihre Handgelenke, und er zog sie nach oben. Sie konnte sehen, wie sich seine bronzefarbenen Muskeln spannten, und ihre Schmerzen wurden stärker, und sie schrie voller Qual auf. »Halte durch!« befahl er ihr. »Halte durch, ich befehle es dir. Gehorche mir, Weib!«

Ihre Finger schlangen sich um die seinen, und dann hörte sie plötzlich einen langen, hallenden Schrei. William von Nordumbrien stürzte in die Dunkelheit, nach unten, in den Tod.

Aber sie wurde in der kühlen Nacht nach oben gehoben, in die schützenden Arme ihres Ehemannes.

In seinen Armen brach sie ohnmächtig zusammen. Er hob sie auf, bedeckte sie mit seinem Umhang und wickelte sie sanft ein.

Sie erinnerte sich nur unklar an den langen Ritt nach Hause. Garth war gut aufgehoben bei Daria, die Jon von Winchester darüber informierte, daß sie eine eigenständige Frau sei, die ihr Schicksal selbst in die Hand nehme, und daß sie genauso hilfreich sei wie jeder Mann.

Rhiannon hörte Daria zu und lachte laut auf, als Eric sagte, er wäre sicher, daß sein Vater nur zu gerne Heiratsangebote für seine jüngste und dickköpfigste Tochter entgegennehmen würde. Jon warnte Daria, daß sie sich in acht nehmen sollte – er würde ihr sonst vielleicht anbieten, ihr beizubringen, wo der Platz einer Frau zu sein habe.

Dann trieb Eric den weißen Hengst an, um mit Rhiannon ungestört sprechen zu können. In sicherer Entfernung von den anderen fragte Rhiannon ihn dann auch prompt: »Also ist es ganz einfach, jederzeit eine Frau zu bekommen, Mylord?«

»Nun, mein Liebling, ich habe nichts über Frauen wie dich gesagt. Frauen mit Mut und Feuer und Schönheit sind selten. Und die eine, die ich in meinen Armen halte, ist mein Leben.«

Er bebte, als er sie so in den Armen hielt. »Mein Liebling, wenn er dich über diese Klippen gezogen hätte, wäre mein einziger Wunsch gewesen, dir zu folgen!«

Sie zitterte und fühlte, wie er seine Arme enger um sie schlang. Sie blickte abermals in seine Augen. »Mergwin sagte, daß es Frieden geben würde, wenn wir den Sturm besiegen könnten. Oh Gott, Eric! Er gab sein Leben, um mich zu retten!«

»Ich sah ihn«, erzählte Eric ihr. »Er ist nach Hause gebracht worden.«

»Er sagte, daß er Irland nicht wiedersehen würde«, flüsterte sie, und Tränen stiegen in ihre Augen.

»Ruhig, mein Liebling, ganz ruhig. Er hat uns Frieden versprochen, also werden wir friedlichen Zeiten entgegensehen.«

Den Rest der Reise über sprachen sie nur wenig miteinander. Als sie schließlich nach Hause kamen, war Rhiannon eingeschlafen. Sie war so erschöpft, daß sie nicht einmal erwachte, als Eric sie in ihr Zimmer brachte. Am nächsten Morgen erwartete Adela sie schon mit einem schönen heißen Bad.

Als sie sich gerade wieder daraus erhob und mit einem Leinentuch abtrocknete, betrat Eric das Gemach. Auch er hatte sich den Schmutz und das Blut abgewaschen und sah so herrlich und eindrucksvoll aus wie immer.

Er umarmte sie stumm und voller Leidenschaft. Sie umschlang ihn und spürte die Kraft seiner Arme, als er sie aufhob und zum Bett trug. Sie küßte ihn ebenfalls voller Leidenschaft, aber als er das Handtuch wegzog und seine heißen Lippen voller Begierde ihre Brüste küßten, hielt sie seinen goldenen Kopf fest und protestierte: »Eric, das dürfen wir nicht! Wir haben noch so viel zu tun heute morgen!«

»Und was?« fragte er.

»Garth, Mylord, unser Garth. Er wird mich sicher bald brauchen.«

»Ja ... bald«, stimmte Eric ihr zu. »Aber jetzt kümmert sich Daria um ihn, und er nuckelt an einem Beutel mit Ziegenmilch. Sie wird ihn früh genug bringen.«

Rhiannon schüttelte immer noch den Kopf. »Eric, wir dürfen das nicht!« Tränen hingen in ihren Wimpern. »Erinnere dich an Mergwin! Wir müssen Gebete sprechen, Anordnungen müssen getroffen werden...«

»Ach ja.« Eric rollte sich auf die Seite. »Mergwin.« Seine blauen Augen blitzten hinterhältig und blickten sie herausfordernd an. »Da müssen keine Anordnungen getroffen werden.«

»Aber...«

»Mergwin lebt. Es geht ihm gut, und er ruht sich gerade unten aus. Seine einzige Sorge ist, daß er das Datum seines eigenen Todes nicht korrekt vorausgesehen hat. Er hat verlangt, daß ihn meine Eltern sofort besuchen sollen, da es ihm nicht mehr bestimmt sei, den Fuß auf irischen Boden zu setzen. Und weil ich den König der Wölfe und seine bezaubernde Königin, meine Mutter, jeden Tag erwarte, werden wir Vorbereitungen treffen müssen. Aber nicht jetzt, Liebling, nicht in diesem Augenblick.«

»Er – er Mergwin ist am Leben?« keuchte Rhiannon erstaunt.

Eric nickte. Sein Lächeln vertiefte sich, als er seine Finger über ihren nackten Bauch wandern ließ und zärtlich zu ihr sagte: »Es stimmt, er ist am Leben, und er hat mir viel über das Leben beigebracht, genauso wie du mir alles über die Liebe beigebracht hast. Unsere Zukunft ist letzte Nacht empfindlich in Gefahr gebracht worden! Überhaupt ist unser Leben ständig von Stürmen überschattet gewesen. Wir sind so oft getrennt worden. Aber jetzt steht uns diese gemeinsame, friedliche Zeit bevor. Das ist etwas sehr Kostbares, und genauso kostbar soll von jetzt an unsere ganze gemeinsame Zeit und unser gemeinsames Leben sein.«

»Das soll es sein, mein Liebling!« Rhiannon bebte, nahm seine Hand und küßte zärtlich seine Finger.

Er beugte sich über sie und berührte voller Zartheit mit seinen Lippen die ihren. »Vor langer Zeit, als ich gerade ein paar Sekunden alt war, hat Mergwin vorhergesagt, daß ich derselbe Wikinger und Wolf wie mein Vater werden würde. Und er hat Olaf gewarnt, daß ich durch Unwetter und Mühen gehen und als Wikinger durch die Welt ziehen würde. Aber er sagte auch, daß eine Füchsin den Wolf zähmen würde. Und wenn das passieren würde, dann wäre ich nicht mehr auf Abenteuer aus, sondern würde Frieden finden in den Armen meiner wilden und mutigen kleinen Füchsin.«

Rhiannon nickte langsam, streckte ihre Arme aus und schlang sie um ihn. »Und ich bin eine solche Füchsin, Mylord?«

»Das bist du tatsächlich. Dickköpfig, hitzig, faszinierend und sehr tapfer. Genau die Gefährtin, die ich mir gewünscht habe. Für mein Leben, mein Liebling, und danach.«

»Dann komm, mein Wikinger, mein Wolf. Flüster mir deine süßen Wünsche auf meine Lippen, und ich werde versuchen, dich zu zähmen, wenn ich kann.«

»Aus ganzem Herzen«, stimmte er zu, und sein Lachen klang heiser, als er sie auf sich zog und in die silbrige Tiefe ihrer Augen blickte. »Weißt du, Liebling, da gibt es noch eine andere Prophezeiung.«

»Tatsächlich?« fragte sie vorsichtig.

»Mergwin hat mir gesagt, daß ich, wenn wir diesen Augenblick wahrnehmen, schon bald der Vater einer Tochter sein würde, die mit ihrer Schönheit den Göttern Konkurrenz machen würde – und natürlich ihrer Mutter.«

Rhiannon lachte, aber als er seine Lippen auf ihre legte, verklang ihr Lachen, und schnell versank sie in der heftigen und doch zärtlichen Leidenschaft seines Kusses. Die süße

Hitze der Begierde überflutete sie, und sie unterwarf sich willig ihrer endlosen Liebe.

Sehr viel später flüsterte sie: »Eine Tochter, mein Lieber?«

»Eine Tochter«, bestätigte er.

Sie seufzte zufrieden und kuschelte sich bequem in seine starken Arme.

Mergwin hatte niemals, niemals unrecht.

HEYNE BÜCHER

Joanna Trollope

Überzeugende und einfühlsame Frauenromane der englischen Spitzenautorin, »mit großem erzählerischem und psychologischem Talent dargeboten.«

Frankfurter Allgemeine Zeitung

Die Zwillingsschwestern
01/9453

Herbstlichter
01/9904

Unter Freunden
01/10320

Schattenwolken
01/10560

Die nächsten Verwandten
01/10805

01/10805

HEYNE-TASCHENBÜCHER